LA DERNIÈRE VALSE
DE MATHILDA

TAMARA McKINLEY

LA DERNIÈRE VALSE DE MATHILDA

traduit de l'anglais
par Catherine Ludet

ARCHIPOCHE

Ce livre a été publié sous le titre
Matilda's Last Waltz,
par Piatkus, Londres, 1999.

Une première édition de ce livre
a paru sous le titre
L'Héritière de Churinga
aux éditions France Loisirs.

Si vous souhaitez recevoir notre catalogue et
être tenu au courant de nos publications,
envoyez vos nom et adresse, en citant ce livre,
aux éditions Archipoche,
34, rue des Bourdonnais 75001 Paris.
Et, pour le Canada, à
Édipresse Inc., 945, avenue Beaumont,
Montréal, Québec, H3N 1W3.

ISBN 978-2-35287-018-0

*« Et tu peux entendre son fantôme
Quand tu passes devant ce trou d'eau
Tu viendras danser avec moi, Matilda. »*

Extrait de *Waltzing Matilda*[*],
chanson de Andrew Barton,
dit « Banjo Paterson », 1895

---

[*] La chanson *Waltzing Matilda* peut être considérée comme l'hymne national « officieux » de l'Australie. Elle célèbre l'*outback* mythique, constitué en partie des prairies arides du Queensland et de la Nouvelle-Galles du Sud. À l'époque où elle fut écrite, des vagabonds, traversant la végétation de broussailles et d'épineux du *bush* et du *scrub*, allaient proposer leurs services dans les immenses *stations* d'élevage de moutons, sortes de fermes géantes qui s'étendaient alors déjà sur des milliers d'hectares. Le mot « Matilda » désigne, en argot australien, le baluchon constitué du tapis de sol et des maigres possessions de ces travailleurs itinérants, mais c'est aussi, bien entendu, un prénom de femme : celui, en particulier, choisi par l'auteur de ce roman pour l'une de ses héroïnes, véritable incarnation de l'Australie profonde. *(N.d.T.)*

PROLOGUE

Churinga. Effleurant le feuillage des poivriers, le vent tiède murmurait ce nom. Churinga. Terre âpre, que les grands-parents de Mathilda avaient taillée dans le bush et le scrub. Aux yeux de la fillette, qui y était née, treize ans auparavant, ce lieu n'avait rien perdu de la magie, du mystère sacré de ses origines. Peu importait que les corps et les cœurs y fussent souvent mis à rude épreuve, Churinga représentait tout ce qu'elle avait jamais connu, tout ce qu'elle avait jamais désiré.

Alors que son regard se portait au-delà du cimetière familial, vers l'étendue sauvage, sa gorge se contracta. Elle ne devait surtout pas pleurer ; la dignité sans faille de sa mère, face à la maladie, le lui interdisait. Les larmes n'atténueraient en rien le sentiment d'abandon qui la submergeait. Son enfance venait de prendre fin. Devant elle se déroulait un chemin solitaire, déjà tracé dans l'austère immensité de ce domaine, dont la beauté primitive la retenait tout entière.

L'horizon semblait vibrer, diluant l'ocre lumineux du désert dans le bleu immaculé de la voûte céleste. Autour de Mathilda résonnaient les sons au sein desquels elle avait grandi ; cet univers qui était le sien faisait entendre sa voix propre, dont les intonations familières lui apportaient un réconfort inattendu.

Elle ferma les yeux. Aux geignements des moutons dans les enclos se mêlaient les cris indignés des cacatoès querelleurs, aux crêtes couleur de soufre, le caquètement lointain des kookaburras rieurs, et le cliquetis des harnais. Dans l'épreuve la plus douloureuse de sa vie, le charme de Churinga opérait encore.

— Merv, tu veux dire quelques mots ?

La voix du tondeur retentit dans le silence du cimetière, ramenant la fillette à la réalité de l'instant. Elle leva les yeux sur son père, espérant voir sur son visage une trace d'émotion.

— Occupe-toi de l'oraison, mon gars. Dieu et moi, on n'est pas vraiment dans les meilleurs termes.

Ses vêtements noirs couverts de poussière, Mervyn Thomas appuyait lourdement son corps de géant sur une canne de fortune taillée dans une branche. Cinq ans auparavant, au terme du siège de Gallipoli, sa famille avait vu revenir un étranger, marqué à jamais dans sa chair et dans son esprit par ce qu'il avait traversé. Il restait muet sur cette période, sauf lorsqu'il était en proie à des cauchemars, ou sous l'emprise de l'alcool. Bien que le visage de son père restât dans l'ombre et que son chapeau fût rabattu en avant, Mathilda savait qu'il avait les yeux injectés de sang et que le tremblement de ses mains, signe trompeur de chagrin ou de remords, trahissait simplement son besoin de boire un verre.

— Je m'en charge, intervint la fillette d'une voix calme.

Serrant contre elle son livre de prières éculé, elle s'approcha du monticule de terre qui recouvrirait bientôt le cercueil de bois brut. Peu de temps lui avait été laissé pour pleurer sa mère, dont la mort était survenue brusquement ; en raison de la chaleur, il eût été impossible d'attendre l'arrivée des voisins et amis qui demeuraient à plusieurs centaines de kilomètres.

Elle parcourut du regard les visages du petit groupe immobile et silencieux : conducteurs de bestiaux, tondeurs et apprentis, qui constituaient tout le personnel de Churinga. À l'écart, devant les habitations d'écorce qu'ils avaient construites près du ruisseau, les aborigènes observaient le déroulement des événements. À leurs yeux, la mort représentait moins un deuil qu'un processus inévitable, retour à la terre dont l'être humain est issu.

Les yeux de Mathilda se posèrent un instant sur les pierres tombales irrégulières qui retraçaient l'histoire de ce coin minuscule de la Nouvelle-Galles du Sud. Frôlant de ses doigts le médaillon que sa mère lui avait offert, elle redressa la tête et fit face à l'assemblée.

— M'man n'avait que quelques mois lorsqu'elle est arrivée à Churinga, dans une sacoche attachée à la selle de mon grand-père, Patrick O'Connor. Le voyage de l'Irlande aux antipodes avait été long, mais mes grands-parents désiraient posséder cette terre, et l'exploiter en toute liberté.

La fillette vit les hochements de tête et les sourires approbateurs des visages brûlés par le soleil. Cette histoire, tous les membres de son auditoire la connaissaient, car ils avaient vécu la même.

— Patrick aurait été fier de sa fille Mary. Elle aimait cet endroit autant que lui. C'est grâce à elle que l'exploitation de Churinga est devenue ce qu'elle est aujourd'hui.

Mervyn laissa échapper un geste d'impatience. Mathilda s'interrompit, troublée par la colère qu'elle lisait sur son visage.

— Dépêche-toi d'en finir, lui intima-t-il.

Elle releva le menton. Sa mère méritait un adieu décent, et elle était déterminée à le lui offrir.

— Lorsque p'pa est parti à la guerre, beaucoup pensaient que m'man n'arriverait jamais à se débrouiller seule. Personne ne savait à quel point les membres de la famille O'Connor sont obstinés. Aujourd'hui, Churinga est l'une des plus belles propriétés de la région et nous ferons tout, p'pa et moi, pour qu'il en soit toujours ainsi.

Vaillamment, elle se tourna vers Mervyn afin qu'il appuyât son propos et croisa son regard irrité. Cette réaction ne la surprit pas. L'orgueil de son père avait énormément souffert, à son retour de la Grande Guerre, lorsqu'il avait retrouvé un domaine prospère, sous la direction d'une femme énergique et indépendante. Affaibli, humilié, il s'était rapidement réfugié dans la boisson. Mathilda doutait que la mort de son épouse améliorât la situation.

Les pages du livre de prières, écornées et cassantes, glissaient sous ses doigts. Luttant de nouveau contre les larmes, elle lut les mots que le père Ryan eût prononcés s'il avait eu le temps de venir. Sa mère, qui avait travaillé si dur, avait enterré dans ce petit cimetière ses propres parents, ainsi que quatre enfants, avant même d'avoir atteint vingt-cinq ans. Aujourd'hui, elle allait rejoindre, à son tour, le sol originel, où elle trouverait enfin le repos.

Mathilda referma le livre dans un silence respectueux et s'inclina pour ramasser une poignée de terre, dont les grains s'écoulèrent entre ses doigts et s'éparpillèrent avec légèreté sur le cercueil.

— Dors en paix, maman, chuchota-t-elle. Je vais m'occuper de Churinga pour toi.

À demi étourdi par la chaleur et les effets du whisky, Mervyn s'abandonnait au trot régulier de son cheval, qui se dirigeait vers Kurrajong. Ses bottes lui paraissaient tout à coup trop étroites et des élancements parcouraient sa jambe abîmée. Il était en proie à une vive contrariété. Bien que deux semaines se fussent écoulées depuis les funérailles de Mary, il sentait partout sa présence harcelante, hautement désapprobatrice.

Mathilda elle-même incarnait ce reproche permanent. En dépit des coups de ceinture que lui avait valu son petit numéro lors des funérailles, ses regards étaient empreints d'un mépris difficile à ignorer. Elle ne lui avait d'ailleurs pas adressé la parole pendant deux jours. Il était donc parti, en claquant la porte, pour Wallaby Flats et son pub accueillant. Là au moins, il pouvait se faire payer à boire, bavarder, et accessoirement culbuter la serveuse, qui n'était rien d'autre qu'une traînée mais qui avait au moins le mérite de lui sourire.

S'inclinant pour refermer la dernière des quatre barrières donnant accès à la propriété de son voisin, il faillit perdre l'équilibre. Sous le soleil accablant, l'odeur aigre de ses vêtements, qui remontait jusqu'à ses narines, lui provoqua un haut-le-cœur. Inquiète, la jument fit un écart qui projeta la jambe malade de son cavalier contre un poteau de la barrière. Avec un cri de douleur, Mervyn se pencha sur le côté et vomit sur le sol.

— Du calme, espèce de salope, hoqueta-t-il en secouant les rênes.

Cramponné au pommeau de la selle, il s'essuya avec la manche de sa veste et attendit que les spasmes s'apaisent. Son esprit s'éclaircissait depuis qu'il s'était soulagé. Redressant son chapeau, il tapa le flanc de Lady pour la faire avancer ; la demeure était visible, il n'y avait plus de temps à perdre.

La maison de Kurrajong, qui s'élevait fièrement au sommet d'une petite colline, protégée du soleil par un bosquet d'arbres à thé, abritait sous son toit de tôle ondulée une véranda ombragée, précieuse oasis de paix et de fraîcheur au cœur d'une station d'élevage animée et bruyante. Dans le paddock familial, des chevaux broutaient l'herbe épaisse, irriguée grâce au trou de sonde creusé par Ethan, deux ans auparavant. Des coups de marteau émanaient de la forge voisine et, dans le hangar de tonte, les ouvriers étaient encore à l'œuvre. Les moutons parqués, rassemblés et guidés par les chiens vers les rampes, exprimaient bruyamment de vaines protestations.

Tandis qu'il remontait l'allée jusqu'au poteau d'attache, Mervyn embrassa ce qui l'entourait d'un regard amer. À Churinga, la terre était bonne, mais l'habitation n'était qu'une baraque, comparée à celle-ci. Dieu seul savait pourquoi Mary et Mathilda lui manifestaient un tel attachement. Obstination typique de ces foutus O'Connor, qui se croyaient tous plus intelligents que les autres parce qu'ils avaient fait partie des premiers immigrants de la région, ce qui leur conférait, apparemment, une sorte de titre de noblesse. Il était temps d'arranger ça ; il en avait assez supporté. Plus personne ne lui dicterait sa conduite.

Il se laissa glisser jusqu'au sol, agrippa sa canne et se dirigea d'un pas titubant jusqu'au perron. Alors qu'il levait la main pour frapper, la porte s'ouvrit.

— Salut Merv. Nous t'attendions.

Comme à son habitude, Ethan Squires était un modèle de pure élégance. Sa chemise à col ouvert, bien repassée, épousait ses épaules larges et son torse musclé, au ventre plat. La blancheur immaculée de son pantalon était mise en valeur par ses bottes, d'un noir luisant. Dans sa chevelure sombre commençaient à apparaître quelques rares cheveux gris. Il tendit à son visiteur une main brune et calleuse, aux ongles soignés, dont l'annulaire s'ornait d'une alliance qui brilla fugitivement dans le soleil.

En dépit de leur faible différence d'âge, Mervyn se sentit tout à coup gros et vieux. Il regrettait de ne pas avoir accepté le bain qui lui avait été proposé, avant de quitter l'hôtel.

Afin de dissimuler son malaise, il rit bruyamment et secoua la main de son hôte avec une jovialité affectée.

— Comment vas-tu, vieux ?

— Le boulot, comme toujours, Merv. Tu sais ce que c'est.

Ethan s'assit, imité par son visiteur que cet accueil surprenait. Pourquoi l'attendait-on à Kurrajong, alors qu'il n'avait pas annoncé sa venue ? Il était sans doute inutile de se poser des questions : Ethan avait l'habitude de s'exprimer par énigmes, s'imaginant, probablement, que ça le rendait plus intéressant.

Les deux hommes restèrent silencieux tandis que la jeune servante aborigène leur servait des rafraîchissements. La brise légère qui soufflait dans la véranda apaisait Mervyn. Les spasmes de son estomac avaient cessé depuis qu'il était descendu de cheval. Il étendit sa jambe blessée pour poser le talon de sa botte sur un barreau de la balustrade.

La bière froide qui coulait dans sa gorge n'atténuait pas le goût amer de la réussite incarnée par son voisin. Pas de carnage de guerre pour ce veinard, cantonné loin des combats. Ni jambe détruite ni images insoutenables de visages et de membres mutilés, accompagnées de cris d'agonie obsédants.

La vie d'Ethan se jouait pratiquement sans aucune fausse note. Né et élevé à Kurrajong, il avait épousé Abigail Harmer, jolie et riche veuve de la région qui, déjà mère d'un fils, avait donné naissance à trois autres garçons en pleine santé, avant de mourir d'un accident de cheval. Mary, malgré plusieurs grossesses, n'avait réussi à mettre au monde qu'une fille, au corps efflanqué.

Autrefois, Mervyn avait rêvé de trouver une femme telle qu'Abigail. Mais il n'était qu'un simple directeur de station d'élevage et l'argent allait à l'argent. Lorsque Patrick O'Connor était venu à lui avec une proposition inespérée, il avait saisi sa chance. Comment eût-il pu deviner que Mary possédait d'immenses terres, mais très peu de liquidités, ce qui réduisait les promesses de son père à néant ?

— Désolé pour Mary.

Mervyn sursauta. On eût dit que son hôte lisait dans ses pensées.

— Je sais qu'elle a pas mal souffert, poursuivit Ethan, le regard dans le vague. Tant de douleur, c'est inhumain.

Mervyn grogna. Au cours de son interminable maladie, pas une seule fois Mary n'avait laissé échapper une plainte. Il eût sans doute dû l'admirer, mais cette force inébranlable avait eu pour effet de souligner sa propre faiblesse, ses tentatives dérisoires pour repousser les images obsessionnelles de la guerre, ou pour supporter tant bien que mal les douleurs de sa jambe. Victime d'un marché de dupes, prisonnier d'un mariage de pur intérêt, il avait toujours été privé du minimum de respect auquel il avait droit.

— Est-ce que Mathilda tient le coup, Merv ?

Le regard clair d'Ethan se posa un moment sur son interlocuteur, avant de se détourner. La lueur de dédain que Mervyn avait cru y lire n'était-elle qu'un effet de son imagination ?

— Ça ira. Elle est comme sa mère.

Le maître de Kurrajong se tourna vers son visiteur et le fixa droit dans les yeux.

— J'imagine que tu n'es pas venu d'aussi loin uniquement pour un échange de civilités ?

C'était bien le genre d'Ethan ; il ne perdait jamais de temps en vétilles lorsqu'il pouvait manœuvrer habilement pour assurer sa supériorité sur son adversaire. Mervyn eût préféré rester assis une heure ou deux à siroter de la bière en contemplant l'agitation environnante, et aborder le sujet de sa visite en temps voulu. Il finit son verre et se redressa. Autant régler tout de suite la question.

— Ça va plutôt de travers, mon vieux. Churinga, c'est plus pareil depuis que je suis revenu. Maintenant que Mary n'est plus là, j'ai décidé de sauter le pas.

Ethan garda le silence quelques instants.

— Tu ne connais que le travail de la terre, Mervyn, répondit-il enfin d'un ton pensif. Tu es trop vieux pour apprendre autre chose et Churinga est une belle petite exploitation, après tout le mal que Mary s'est donné.

Mervyn réprima un soupir. Une fois de plus, tous les éloges allaient à Mary. Les nombreuses années de son propre labeur ne comptaient-elles donc pas ? Il serra les poings contre son estomac. Il lui eût fallu une autre bière, mais son verre était vide et Ethan ne proposait pas de le remplir.

— Si tu compares Churinga à Kurrajong, c'est faux. On a besoin d'un nouveau trou de sonde, le toit s'écroule, les termites ont envahi les baraquements et la sécheresse a tué la plus grande partie des moutons. Le revenu de la laine ne suffira pas à couvrir les factures.

Ethan porta son verre à ses lèvres et le vida.

— Qu'attends-tu de moi ?

Un accès d'impatience saisit Mervyn. Son hôte savait parfaitement ce qu'il voulait. Quel besoin avait-il de retourner le couteau dans la plaie ?

— Je viens te proposer d'acheter Churinga, déclara-t-il, d'un ton naturel.

— Ah !

Ethan eut un petit sourire narquois qui déclencha chez Mervyn une bouffée de haine ; cet homme l'avait toujours méprisé.

— Eh bien ? insista-t-il.

— Il faut que je réfléchisse, bien sûr. Nous pourrions peut-être trouver un arrangement…

Mervyn se pencha avidement.

— Tu as toujours aimé ce domaine, qui touche le tien, argua-t-il. Si tu l'achetais, tu posséderais la plus grande exploitation de Nouvelle-Galles du Sud.

— Ce serait le cas, en effet, rétorqua Ethan, levant un sourcil. Mais tu sembles oublier un petit détail.

— Lequel ? demanda Mervyn nerveusement.

Évitant le regard de son interlocuteur, il se passa la langue sur les lèvres.

— Mathilda, bien sûr. Tu n'as pas oublié la passion de ta fille pour Churinga ?

Soulagé, Mervyn rassembla ses esprits. Il était clair qu'à Kurrajong, on ignorait tout du testament.

— Mathilda est trop jeune pour se mêler des affaires d'hommes. Elle fera ce que je lui dis.

Ethan se leva et vint s'appuyer contre la balustrade, le dos au soleil, une expression neutre sur le visage.

— Tu as raison, Mervyn, elle est jeune. Mais son amour de la terre lui est aussi naturel que de respirer. Je l'ai vue travailler. Elle sait monter à cheval et galoper comme n'importe quel conducteur de troupeau. Perdre ce domaine serait pour elle une catastrophe.

La patience de Mervyn était à bout. Il se leva, dominant Ethan de toute sa taille.

— Écoute, mon vieux, je possède une propriété que tu convoites depuis des années. J'ai aussi des dettes. Le fait que Mathilda aime la terre n'a rien à voir là-dedans. Je vends Churinga, et si ça ne t'intéresse pas, il y en a d'autres qui seront contents de me l'acheter.

— Et comment vas-tu t'y prendre pour vendre une terre qui ne t'appartient pas ?

Ainsi, il savait. Ce salaud savait depuis le début. Mervyn contint à grand-peine sa colère

— Personne n'est au courant, maugréa-t-il. Nous pouvons faire affaire maintenant et je m'en irai. Ça restera entre toi et moi.

— Mais moi, je suis parfaitement au courant, Mervyn.

Ethan s'interrompit quelques secondes et poursuivit :

— Mary est venue me voir il y a quelques mois, juste après que le docteur lui avait appris qu'elle était condamnée. Elle se tracassait à l'idée que tu pourrais vendre Churinga et laisser Mathilda sans ressources. Je lui ai donné quelques conseils pour protéger l'héritage de la petite. Elle a fait administrer son legs par fidéicommis jusqu'à ce que Mathilda atteigne vingt-cinq ans. C'est la banque qui a tous les papiers. Par conséquent, il ne t'est pas possible de vendre la terre pour rembourser tes dettes de jeu.

Mervyn sentait monter une nausée. Il avait entendu des rumeurs, mais n'avait pas voulu les croire, jusqu'à cet instant.

— La loi dit que la propriété d'une femme appartient à son époux. Patrick me l'avait promise, quand j'ai épousé

Mary. J'ai le droit de vendre. Et d'abord, qu'est-ce que ma femme faisait chez toi ?

— Je me suis simplement comporté en bon voisin, et lui ai suggéré de s'adresser à mon notaire.

Le visage durci, Ethan prit le chapeau de Mervyn et le lui tendit.

— Je désire posséder Churinga, mais pas au point de briser une promesse faite à quelqu'un que je respectais. Et tu vas constater qu'il en est de même pour les autres colons de la région.

Les mains dans les poches, Ethan suivit du regard son visiteur. Après avoir descendu les marches en claudiquant et détaché son cheval, ce dernier tirait brutalement sur les rênes pour conduire l'animal jusqu'à un endroit où il pourrait monter en selle sans être vu. Ethan se demanda si cette violence mal contenue s'était parfois déversée sur Mary ou sur Mathilda.

Il jeta un coup d'œil vers le hangar de tonte, et pénétra dans la maison. La saison touchait à sa fin ; le chèque de la laine serait le bienvenu. En raison du manque de pluie, il fallait acheter de la nourriture pour le bétail, et la sécheresse risquait de durer.

— Qu'est-ce qu'il voulait ?

Ethan se tourna vers son beau-fils.

— À ton avis ? répondit-il avec un sourire crispé.

— C'est Mathilda qui m'inquiète. Imagine ce que c'est que de vivre avec ce salaud.

Andrew se laissa tomber dans un fauteuil de cuir et lança une jambe par-dessus l'accoudoir. Le maître de Kurrajong regarda avec affection le jeune homme mince et vigoureux, couronné d'une tignasse rebelle aux reflets roux le faisant passer pour plus jeune que ses vingt et un ans. Bien qu'il eût refusé de se consacrer au domaine, Ethan était aussi fier de lui que s'il eût été son propre fils. L'éducation coûteuse qu'il lui avait offerte en Angleterre valait chaque penny dépensé. À la sortie de l'université, il entrerait dans un cabinet d'avocats de Melbourne.

— Je suppose qu'on ne peut pas faire grand-chose, n'est-ce pas, père ?

— Ça ne nous regarde pas, mon garçon.

Andrew eut un regard pensif.

— Ce n'est pas ce que tu as dit lorsque Mary Thomas est venue te voir.

Ethan fit pivoter son fauteuil pour faire face à la fenêtre. Mervyn suivait la piste jusqu'à la première barrière. Il lui faudrait au moins encore un jour et une nuit pour atteindre Churinga.

— Ce n'était pas du tout la même chose, murmura-t-il.

Les deux hommes se turent. Seul résonnait dans la pièce le tic-tac de la pendule du grand-père d'Abigail. Ethan alluma un cigare et laissa son esprit vagabonder. Certes, Mary n'avait rien à voir avec toute cette médiocrité. Mais quelle que fût sa dignité, elle n'avait pu vaincre le monstre qui l'avait lentement dévorée. Il la revoyait aussi clairement que si elle se tenait de nouveau devant lui.

C'était la première fois qu'ils se rencontraient depuis qu'elle était venue solliciter son aide. Elle était furieuse. Sa petite silhouette anguleuse se dressait de toute sa hauteur, coiffée d'un feutre miteux qui dissimulait, comme à l'habitude, sa flamboyante chevelure. Sur son visage parsemé de taches de rousseur, deux grands yeux bleus ornés de cils sombres le fixaient, tandis qu'elle tentait de maîtriser le hongre noir qui dansait devant elle. Un pan de barrière s'était écroulé, et une partie de son troupeau s'était mêlée à celui de son voisin.

Il sourit en évoquant son tempérament volcanique. Impossible d'oublier jamais son regard brillant de colère, et ses brusques mouvements de tête lorsqu'elle l'apostrophait. Il avait fallu plus d'une semaine pour trier les moutons et réparer la barrière. Pendant ce temps, ils avaient réussi à établir un semblant de trêve, qui ne s'était pas tout à fait mué en amitié.

— Pourquoi souris-tu, père ?

Ethan se retourna vers Andrew.

— Je ne crois pas que nous ayons trop à nous faire de souci pour Mathilda. Si elle ressemble un tant soit peu à sa mère, c'est pour Merv qu'il faut s'inquiéter.

— Tu appréciais Mary, n'est-ce pas ? Pourquoi n'as-tu jamais… ?

— C'était la femme d'un autre, aboya Ethan.

Andrew émit un sifflement.

— Dis donc, j'ai touché un point sensible, on dirait.

Ethan soupira. À l'époque, il n'avait pas su saisir sa chance.

— Si les choses avaient été différentes, qui sait ce qui serait arrivé ? Si Mervyn n'était pas rentré de Gallipoli dans cet état…

La phrase resta suspendue tandis que le tumulte de la guerre lui revenait en mémoire. Six ans après, il était encore obsédé par certains souvenirs. Pourtant, il faisait partie de ceux qui avaient eu de la chance, au contraire de Mervyn. Ce dernier n'était sorti de l'hôpital que deux ans après la fin des hostilités, pâle fantôme du joyeux soldat qui avait embarqué pour l'Europe en 1916. Le charmeur désinvolte au sourire nonchalant était devenu une épave à la démarche traînante, qui, au terme d'une longue convalescence, n'avait su trouver de réconfort que dans la bouteille. L'existence de Mary en avait été bouleversée.

C'est en partie ma faute, que Dieu me pardonne ! se dit Ethan. Tant que Merv avait été grabataire, Mary avait pu empêcher son époux de boire. Mais lorsqu'il s'était relevé, il avait pris l'habitude de disparaître pendant plusieurs semaines, abandonnant à son épouse la conduite de l'exploitation. Ethan devait admettre que cette femme s'était montrée plus forte qu'il ne l'avait espéré. La faillite de Churinga, qu'il avait escomptée, ne s'était pas produite, et l'admiration que cette réussite suscitait encore en lui aujourd'hui surpassait sa déception.

— J'avais pour elle de l'estime, oui. Elle a fait tout ce qu'elle pouvait dans des circonstances très difficiles. Bien qu'elle ait très rarement demandé de l'aide, j'ai tenté de l'épauler au maximum lorsqu'elle s'est adressée à moi.

Il alluma un petit cigare et ouvrit le livre de comptes. Le travail attendait, et une grande partie de la journée avait été perdue.

Andrew se redressa sur le fauteuil.

— Si Merv continue à s'endetter, Mathilda n'aura aucun héritage. Attendons deux ans et proposons-lui d'acheter Churinga. Elle ne pourra pas se montrer très exigeante.

Les lèvres d'Ethan découvrirent les petites dents blanches qui serraient le cigare.

— J'ai l'intention d'obtenir cette terre gratuitement, fiston. Pas besoin de payer pour quelque chose quand tu n'y es pas contraint.

Andrew inclina la tête de côté, un sourire aux lèvres.

— Comment t'y prendras-tu ? Mathilda est méfiante. Elle ne va pas céder facilement.

Ethan se tapota le nez.

— J'ai un plan, mon garçon. Mais il faut avant tout de la patience. En attendant, tu gardes ça pour toi.

Andrew allait répondre lorsque Ethan poursuivit :

— Laisse-moi faire, et je te garantis que dans les cinq ans qui viennent, Churinga nous appartiendra.

Un silence pesant avait envahi la maison, exacerbant la nervosité de Mathilda. Elle savait que son père ne tarderait pas à revenir ; ses disparitions n'avaient jamais excédé deux semaines, et ce délai était déjà écoulé.

Une chaleur étouffante régnait dans la cuisine où flottait le fumet du ragoût de lapin. Dénouant son tablier trop grand, la fillette constata que la fine poussière rouge, soulevée lorsqu'elle avait balayé la pièce, retombait lentement sur le sol. Le tissu de sa robe collait à sa peau moite. En dépit des volets et des moustiquaires que sa mère avait fait installer, deux ans auparavant, des mouches rasaient le plafond, paraissant ignorer le papier collant destiné à les attraper, appliqué sur la lampe à pétrole et déjà presque totalement recouvert d'insectes.

Lissant de ses deux mains ses cheveux vers l'arrière, Mathilda les tordit maladroitement en chignon sur le sommet de sa tête. Elle n'aimait pas sa chevelure abondante et rebelle, qui lui paraissait souvent trop encombrante, et dont la couleur n'était, par malchance, qu'une imitation pathétique du roux typiquement irlandais de sa mère, aux reflets d'acajou.

Elle sortit sous la véranda. La cour s'était transformée en fournaise. Des vagues d'air brûlant accumulées à l'horizon en un miroitement aveuglant semblaient rebondir sur la terre compacte du pare-feu. Les poivriers du paddock commençaient à s'étioler, et les saules pleureurs de la berge s'épuisaient, leurs branches vainement tendues vers la traînée de boue verdâtre, seule trace d'une humidité disparue. Si la pluie tardait à venir, la situation deviendrait catastrophique.

Les trois marches du perron avaient besoin d'être consolidées, et les réparations récentes effectuées par son père sur le toit n'avaient pas tenu. En outre, il fallait admettre qu'un bon coup de peinture sur la façade n'eût pas été inutile. Pourtant, lorsqu'elle fermait les yeux, Mathilda voyait clairement ce que fût devenu Churinga si ses parents avaient eu les moyens d'effectuer les travaux nécessaires.

Construit dans le style des habitations du Queensland, le bâtiment aux lignes simples et d'un seul niveau s'appuyait solidement sur des piliers de brique, abrité du côté sud par un bosquet de jeunes poivriers. Le toit, pourvu d'une haute cheminée prolongeant le mur nord, s'inclinait en pente raide jusqu'au bord de la véranda, ornée d'une balustrade de fer forgé ouvragée, qui parcourait trois côtés de la maison. Toutes les ouvertures étaient dotées de volets ou de moustiquaires peints en vert.

Dans l'enclos, quelques chevaux broutaient paisiblement, indifférents aux nuages de mouches tourbillonnant autour de leur tête. Le hangar de tonte et la grange à laine paraissaient étrangement vides, car la saison venait de se terminer et les balles immenses étaient en route vers les marchés. Des sources souterraines irriguant les pâturages, le bétail pouvait y rester jusqu'à la saison des pluies, mais si la sécheresse durait encore longtemps, les pertes de l'exploitation augmenteraient de façon critique.

En descendant les marches du perron, Mathilda émit un sifflement, auquel répondit un jappement provenant de dessous la maison. Une tête sombre et hirsute surgit, suivie d'un corps au poil rêche, secoué par le balancement d'une queue en panache.

— Blue, allons, viens ! Viens, mon chien !

La fillette frotta la tête et les oreilles de l'animal. Âgé de presque sept ans, ce bleu du Queensland était le meilleur gardien de troupeau qui fût. Bien que Mervyn lui interdît de pénétrer dans la maison, estimant qu'il ne s'agissait que d'un instrument de travail, Mathilda le considérait comme son seul ami véritable.

Elle se dirigea vers les poulaillers et les bergeries, le chien trottinant près d'elle. Au-delà du hangar à provisions, des coups de hache répétés résonnaient avec la régularité d'une sonnerie de cloche. L'un des apprentis travaillait dur pour alimenter le bûcher.

La porte du réfectoire s'ouvrit derrière elle.

— Bonjour, mignonne. Quelle chaleur, hein ?

Mathilda se retourna. Peg Riley se tamponnait la figure avec un mouchoir en souriant.

— Qu'est-ce que je ne donnerais pas pour une trempette bien froide dans le ruisseau ! poursuivit-elle.

— Ne vous en privez surtout pas, répliqua Mathilda en riant, mais il n'y a pas beaucoup d'eau en ce moment, et le peu qui reste est vert de mousse. Pourquoi n'allez-vous pas jusqu'au torrent de la montagne ? L'eau y est très fraîche.

Peg secoua la tête.

— Il va falloir que je m'en passe. On nous attend à Windulla demain, Bert et moi. Si nous restons ici un jour de plus, il va jouer son salaire au tripot clandestin, derrière le baraquement.

Bert Riley, tondeur itinérant, traversait toute l'Australie centrale à bord de son chariot, en compagnie de son épouse qui louait ses services comme cuisinière pendant la saison de la laine. Pourtant acharné au travail, il ne savait pas résister au jeu, où il laissait une grande partie de ses gains. Mathilda plaignait Peg de tout son cœur. Chaque année, le couple repartait avec une partie seulement de l'argent durement acquis.

— Est-ce que vous n'en avez pas assez de bouger tout le temps, Peg? Moi, je n'imagine pas devoir un jour quitter Churinga.

La cuisinière croisa les bras sur son ample poitrine et réfléchit un moment.

— Même si certains endroits nous plaisent beaucoup, nous sommes toujours impatients de découvrir le suivant. Sûr, si nous avions des enfants, nous nous serions installés quelque part. Mais je suppose que c'est notre destin de voyager jusqu'à ce qu'un de nous deux tombe raide mort!

Le rire secoua tout son corps. Devant le visage soudain empreint de gravité de Mathilda, elle entoura la fillette de ses bras et la serra affectueusement contre elle.

— Ne faites pas attention aux bêtises que je dis, mignonne. Prenez surtout soin de vous. À l'année prochaine.

Elle s'avança jusqu'au chariot, sur lequel elle grimpa prestement, agrippant les rênes.

— Bert Riley, tonna-t-elle. On s'en va! Si tu n'es pas là dans une seconde, je pars sans toi!

Bert sortit de derrière le baraquement et se dirigea vers son épouse, avec la démarche traînante typique des tondeurs.

— À l'année prochaine! jeta-t-il par-dessus son épaule en se hissant dans le véhicule.

Churinga paraissait tout à coup totalement désertée. Caressant les oreilles de Blue qui lui léchait la main,

Mathilda vit le chariot s'éloigner, puis disparaître dans un nuage de poussière. Elle entra dans la lainerie pour éteindre le générateur usagé et se rendit au réfectoire ; Peg l'avait laissé, comme à l'habitude, dans un état de propreté parfaite. Inspectant ensuite le baraquement où dormaient les ouvriers pendant la saison de tonte, elle constata que le ravage des termites s'était aggravé. Après avoir balayé le plancher et effectué une réparation mineure sur l'un des lits, elle referma la porte derrière elle et fut de nouveau assaillie par la chaleur étouffante.

Les aborigènes étaient rassemblés devant leurs habitations d'écorce. Pendant que les femmes préparaient le repas, remuant leurs préparations sur le feu, les hommes bavardaient. Ils appartenaient au clan des Bitjarras, qui vivaient sur les terres de Churinga bien avant la colonisation. Mathilda se demanda si elle saurait, comme sa mère, surveiller leur travail avec fermeté et compréhension à la fois.

Elle se dirigea vers eux. Gabriel, leur chef, élevé par les missionnaires, savait lire et écrire. Accroupi, il taillait au couteau un morceau de bois.

— B'jour, m'selle, dit-il avec un salut de la tête.

— Gabriel, t'es-tu occupé des barrières du paddock sud ?

— Je vais le faire, m'selle, aussitôt après le repas.

La fillette se contenta de sourire ; il serait toujours temps de régler cette question plus tard. Le soleil était haut, la canicule écrasante. Après s'être reposée une heure ou deux, elle vérifierait les comptes auxquels sa mère l'avait initiée, et qu'elle avait négligés ces dernières semaines.

En dépit de la chaleur, Mervyn était secoué de frissons. Au fur et à mesure qu'il se rapprochait de Churinga, la rage suscitée par l'attitude humiliante d'Ethan Squires et la duplicité de sa propre épouse se transformait en une colère froide et vengeresse.

Il avait bivouaqué à la belle étoile, au cœur de la nuit glaciale, indifférent aux silhouettes fantomatiques d'eucalyptus géants, inondées par la lumière de la lune, qui jaillissaient de la terre rouge ; insensible à la splendeur de la Croix du Sud comme au voile délicat de la Voie lactée qui se dissolvait à l'horizon. Enveloppé dans ses couvertures, la tête sur la selle de Lady, avec pour seule source de chaleur les flammes d'un maigre feu, il s'était répété avec amertume que durant toutes les années qu'il avait passées dans les tranchées, il n'avait jamais imaginé un avenir tel que celui qui l'attendait. On ne traitait pas les héros de cette manière. Jamais il ne laisserait une gamine lui voler le bien que Patrick lui avait promis.

Il s'était levé aux premières lueurs de l'aube, avait fait chauffer sa gamelle et avait terminé le morceau de mouton et le pain cuit à la braise que lui avait donnés la cuisinière de Kurrajong. Depuis qu'il avait repris la route, il n'avait rien mangé.

Le soleil aveuglant amorçait sa descente vers le mont lointain auquel Churinga devait son nom : les aborigènes l'avaient baptisé Tjuringa, mot désignant une amulette de pierre protectrice, dont le pouvoir remontait à l'origine du monde, au Temps du Rêve. Mervyn se racla la gorge et cracha sur le sol aux ondulations serrées, dessinées par le vent. En tout cas, cette magie n'opérait pas sur lui. Plus vite il s'éloignerait, plus vite il atteindrait son but.

Lorsqu'il aperçut la première barrière, il enfonça ses éperons dans les flancs de sa monture. Le moment de faire valoir ses droits était venu.

Une fois toutes les portes franchies, il s'arrêta un instant avant de poursuivre sa route. Le soleil plongeait derrière les arbres, allongeant les ombres de la cour. Sur le ciel orangé glissaient les volutes de fumée qui s'échappaient de la cheminée de la maison. Nul coup de hache ne retentissait, nulle voix ne se faisait entendre ; la saison était terminée, tondeurs et ouvriers itinérants avaient quitté les lieux pour une autre exploitation.

Mervyn poussa un soupir de soulagement. Mathilda avait donc réussi à dissimuler suffisamment d'argent pour payer tout le monde. Il croyait pourtant connaître toutes ses cachettes. Rien ne pressait ; il saurait, en temps voulu, la contraindre à lui révéler ses petits secrets, afin qu'elle cesse de se mêler de ce qui ne la regardait pas. Lorsqu'elle aurait compris qu'il était le maître des lieux, il trouverait le moyen de lui soustraire Churinga.

Il dessella sa monture et la conduisit dans le paddock. Après avoir jeté les sacoches sur son épaule, il gravit les marches de la véranda et ouvrit la moustiquaire d'un geste brutal. Un ragoût de lapin mijotait sur le fourneau, dégageant un arôme puissant qui lui fit venir l'eau à la bouche.

Le silence était oppressant. Une obscurité dense régnait dans les recoins que ne pouvait atteindre la lueur de la lampe à pétrole.

— Où es-tu ? cria-t-il. Viens m'aider à décharger les sacs.

Dans l'ombre, un bruissement presque imperceptible lui fit tourner la tête. Elle était debout devant la porte de sa chambre, le regard fixé sur lui. Autour de sa chevelure, les derniers rayons du soleil, filtrant à travers les volets, dessinaient un halo. On eût dit une statue de pierre, muette et raidie dans une réprobation inflexible.

Il sursauta, un instant égaré, face au fantôme de Mary, venu le hanter. La fillette fit un pas en avant ; l'illusion disparut aussitôt.

— Qu'est-ce qui te prend de surgir sans un bruit ? s'exclama-t-il, exaspéré.

Mathilda prit les sacoches en silence et les tira derrière elle sur le sol de la cuisine. Après les avoir vidées, elle déballa le contenu du sac de coton et rangea la farine et le paquet de sucre dans le garde-manger. Avec soin, elle aligna les bougies et les allumettes au-dessus de la cuisinière, puis posa la boîte de thé près de la bouilloire noircie de fumée.

Mervyn claqua son chapeau déformé contre sa cuisse et le lança sur l'une des patères situées près de la porte. Il tira une chaise vers lui en raclant délibérément le sol que sa fille avait nettoyé récemment.

Son geste ne suscita aucune réaction. Tandis qu'elle continuait à ranger les provisions, il l'observa en silence. Un peu trop petite et maigre à son goût, mais dotée d'un sacré caractère. Avec moins de feu que sa mère, peut-être, mais avec la même arrogance. Ces damnés O'Connor, ils avaient ça dans le sang.

— Ça suffit, siffla-t-il. J'ai faim.

Non sans un certain plaisir, il constata qu'il l'avait troublée, car elle avait failli laisser échapper le précieux sac de sel dont elle remplissait avec précaution une vieille boîte de fer. Il asséna un coup de poing sur la table et ricana lorsqu'il la vit se précipiter vers le fourneau et verser d'un geste trop vif, dans un bol ébréché, une portion de ragoût dont une partie tomba sur le sol.

— On dirait que tu n'as plus qu'à recommencer ton nettoyage.

Mathilda posa devant lui le récipient. Le menton levé, les joues cramoisies, elle se refusait cependant à le regarder dans les yeux.

Agrippant le frêle poignet de sa fille, il aperçut tout à coup le chien qui léchait ce qui avait été renversé.

— Que fait ce maudit cabot dans la maison ? Je croyais que je t'avais interdit de le faire entrer !

Mathilda leva lentement les yeux sur lui, incapable de dissimuler tout à fait la frayeur qu'elle ressentait.

— Il a dû te suivre quand tu es entré. Il n'était pas là tout à l'heure.

Elle avait parlé d'une voix posée, que contredisait un léger tremblement.

Sans la lâcher, Mervyn lança un coup de pied à l'animal, mais il manqua son but de quelques centimètres.

— Tu as de la chance de ne pas être un chien, Mathilda. Tu aurais aussi reçu un bon coup de pied au cul.

Lassé de son jeu, il desserra les doigts. L'odeur de la nourriture aiguisait son appétit. Il plongea sa cuillère dans le ragoût, la porta rapidement à la bouche, et mangea un moment, trempant dans la sauce, entre chaque bouchée, un morceau de pain frais cuit à la braise. Soudain, il s'aperçut que Mathilda ne s'était pas assise.

— Je n'ai pas faim, s'empressa-t-elle d'expliquer. J'ai déjà dîné.

Lorsqu'il eut fini d'éponger le reste de sauce, Mervyn s'adossa contre sa chaise, les mains dans les poches. Secouant machinalement quelques pièces de monnaie, il se remit à examiner sa fille d'un air narquois. Sa silhouette mince avait perdu la gaucherie et la rondeur de l'enfance ; il en était de même pour ses joues et son menton, qui laissaient apparaître des traits bien dessinés. Hâlée par le soleil, sa peau, constellée de taches de rousseur, faisait ressortir le bleu de ses yeux, tout comme le roux de sa chevelure mal disciplinée, hâtivement nouée en chignon sur le dessus de la tête. De petites mèches souples et rebelles bouclaient sur sa nuque.

Il se sentit ébranlé. Ce n'était pas une petite fille qui se dressait devant lui, mais presque une femme, de laquelle émanait une volonté aussi inflexible que celle de sa mère. Si elle se trouvait bientôt un mari, Churinga serait à jamais perdu pour lui.

— Quel âge as-tu exactement ? s'enquit-il, après un moment de silence.

Cette fois, le regard de Mathilda ne se déroba pas.

— J'ai quatorze ans aujourd'hui.

— Une vraie petite femme, on dirait.

— Il y a longtemps que j'ai grandi.

Elle s'approcha de la table.

— Je dois donner à manger aux poulets et je ne me suis pas encore occupée du chien. Si tu as fini, je vais débarrasser la table.

Mervyn lui attrapa de nouveau le bras.

— Et si nous buvions un verre, pour fêter ton anniversaire ? suggéra-t-il. Il est temps que nous apprenions à mieux nous connaître, surtout maintenant que ta mère n'est plus là.

Mathilda se dégagea d'un geste vif.

— Mon travail ne peut plus attendre, s'écria-t-elle en se précipitant vers la porte.

Après avoir entendu décroître le bruit de ses pas, son père se leva, d'un air pensif, pour attraper la bouteille de whisky.

Le seau de pâtée à la main, Mathilda traversa la cour, le cœur battant à tout rompre. Le regard et le ton de son père s'étaient modifiés, laissant deviner une menace sourde qui paraissait beaucoup plus inquiétante que sa colère habituelle, souvent suivie de coups.

Lorsqu'elle entra dans le chenil, contrairement à son habitude, elle ne prit pas le temps de caresser les chiots avant de leur donner à manger. Les aboiements et les manifestations de joie des animaux, qui retentissaient dans le silence environnant, n'arrivaient pas à dissiper le sentiment d'appréhension qui montait en elle.

Telle une automate, elle accomplit les gestes quotidiens. Après avoir versé le contenu du seau dans les mangeoires, elle ratissa le sol. Le soleil s'était couché derrière le mont Tjuringa, laissant derrière lui, dans le ciel, une traînée incandescente. La nuit allait tomber d'un seul coup. Chaque jour, au crépuscule, Mathilda attendait la venue bienfaisante de l'obscurité fraîche et paisible. Ce soir, elle la redoutait.

Les poulets couraient dans tous les sens tandis qu'elle inspectait l'état du grillage, destiné à repousser les dingos, friands de volaille. Récemment, ils avaient réussi à pénétrer dans le poulailler. Les serpents, eux aussi, constituaient un danger, mais il n'y avait pas grand-chose à faire contre eux.

Il lui fallait retourner à la maison. À contrecœur, elle souleva le seau, s'efforçant de maîtriser son anxiété. Brusquement, elle sursauta. Une lueur rouge était apparue dans la véranda, celle de la cigarette de son père, qui l'observait en silence.

— Tu as fini de traîner? Il est temps de rentrer, dit-il d'une voix pâteuse.

Mathilda comprit aussitôt qu'il avait bu. Il était affalé dans le rocking-chair, les jambes étendues le long de la balustrade, la bouteille de whisky débouchée, presque vide, serrée contre la poitrine. Lorsqu'il vit sa fille se diriger vers l'entrée, il lui barra le chemin en posant un pied sur la porte.

— Bois un coup avec moi.

Le pouls de Mathilda s'accéléra et une boule lui envahit la gorge.

— Non merci, p'pa, réussit-elle à articuler.

— Ce n'était pas une invitation. Bon Dieu, tu vas faire ce que je te dis, pour une fois !

Il laissa retomber son pied lourdement, et enserra la taille de la fillette de son bras. Mathilda perdit l'équilibre et tomba contre lui. Elle se débattit, frappant les jambes de son père avec ses talons afin qu'il relâchât son étreinte. En vain.

— Reste tranquille, aboya-t-il. Tu vas tout renverser !

Elle s'immobilisa et cessa de résister, décidant d'attendre le moment propice pour se dégager, afin d'échapper aux coups qui allaient suivre.

— Je préfère ça. Bois maintenant.

Lorsqu'elle sentit le liquide au goût amer qui se déversait dans sa bouche, elle eut un haut-le-cœur. La respiration coupée, n'osant pas recracher, elle réussit toutefois à écarter légèrement la bouteille.

— Je t'en supplie, p'pa, ne me force pas ! Je n'aime pas ça.

Il écarquilla les yeux avec une fausse expression de surprise.

— Mais c'est ton anniversaire, Mathilda. Il te faut un petit cadeau, susurra-t-il en ricanant.

Il frotta sa barbe de plusieurs jours contre la joue de la fillette, frôlant de sa bouche l'oreille délicate. Son haleine dégageait une odeur fétide qui se mêlait à la puanteur de ses vêtements sales. Mathilda sentit une nausée lui soulever l'estomac. Le bras de son père l'écrasait, tel un étau. Elle déglutit à plusieurs reprises, la tête bourdonnante. Tout à coup, elle se crispa.

— Lâche-moi, je vais…

D'un seul jet, le whisky jaillit de sa bouche et les aspergea tous les deux. Mervyn poussa un cri de dégoût et la repoussa violemment, laissant glisser la bouteille, qui se brisa sur le sol. La fillette s'effondra sur les morceaux de verre, mais sentit à peine la douleur ; tout tournait autour d'elle, et rien ne semblait pouvoir arrêter le flot brûlant et acide qui s'échappait de ses lèvres.

— Regarde ce que tu as fait, espèce de petite garce ! Vous êtes bien toutes les mêmes !

Et il lui décocha un coup de botte dans la hanche. Mathilda se traîna sur les genoux, cherchant la porte à tâtons afin de se réfugier à l'intérieur.

— Comme ta mère ! aboya-t-il en titubant, la dominant de toute sa taille. Vous, les O'Connor, vous vous êtes toujours crus supérieurs aux gens comme moi.

D'un second coup de pied, il envoya la fillette contre le mur.

— Il est temps que tu me montres un peu de respect, ajouta-t-il en pénétrant dans la maison.

Mathilda, qui ne quittait pas l'entrée des yeux, le vit ressortir aussitôt avec une autre bouteille.

— Fous le camp ! gronda-t-il. Tu ne vaux pas mieux que ta mère, tu ne sers à rien !

Sans perdre une seconde, elle s'efforça de se redresser et se dirigea vers la porte en claudiquant.

Mervyn but une longue gorgée d'alcool. Il s'essuya la bouche avec sa manche et jeta à la fillette un regard ironique.

— Tu te sens moins fière, hein !

Mathilda se glissa dans la maison et referma la porte contre laquelle elle s'adossa en inspirant profondément. La douleur qu'elle ressentait à la hanche n'était rien en comparaison des élancements de sa cuisse. Elle souleva sa robe et constata qu'un morceau de verre était planté dans sa peau.

En boitillant, elle se dirigea jusqu'au garde-manger, où était rangée la boîte de premiers secours, et entreprit de désinfecter sa blessure. La brûlure de la lotion désinfectante lui arracha une grimace. Elle s'appliqua ensuite à réaliser un bandage serré afin de comprimer un peu la plaie béante ; la douleur paraissait maintenant plus supportable.

L'oreille tendue vers la véranda, elle ôta rapidement sa robe et la fit tremper dans un seau tandis qu'elle se lavait. Le balancement du rocking-chair lui parvenait, ponctué, par intermittence, d'imprécations inintelligibles.

La fillette traversa la cuisine et pénétra dans sa chambre. Elle referma la porte et la bloqua à l'aide d'une chaise inclinée. Épuisée, elle se laissa tomber sur le lit, où elle resta étendue un long moment, les yeux ouverts, à l'écoute du moindre bruit. Les sons de la nuit lui parvenaient à travers les volets fermés. Accentué par la fraîcheur, un parfum mêlé d'eucalyptus, de torchis, d'herbe sèche et de terre s'insinuait par les fentes des bardeaux disjoints.

Bien qu'elle s'efforçât de lutter contre l'épuisement, ses paupières se fermaient inexorablement. Le visage de sa mère lui apparut, tandis qu'elle sombrait dans le sommeil.

Le bruit insolite la réveilla instantanément.

La poignée de la porte tournait avec un frottement. Se redressant d'un bond, Mathilda se glissa instinctivement à la tête du lit, le drap tiré sous le menton, le regard fixé sur la chaise qui bloquait la porte, animée de secousses de plus en plus fortes.

Elle hurla lorsqu'un choc violent fendit le bois en éclats, propulsant la chaise à travers la pièce. Les gonds grincèrent bruyamment et la porte brisée claqua violemment contre le mur.

La silhouette massive de Mervyn surgit, la lueur d'une bougie traçant des ombres épaisses autour de ses yeux exorbités.

Mathilda se blottit dans le coin le plus sombre, le dos écrasé contre le mur, les genoux remontés sur la poitrine.

Son père fit quelques pas et leva la bougie.

— Non, supplia-t-elle en tendant un bras vers lui, dans un geste de défense. Je t'en supplie, p'pa, ne me bats pas !

— Je viens t'offrir ton cadeau, Mathilda.

Il s'approcha en titubant, triturant sa ceinture.

La dernière fois qu'il l'avait fouettée, la boucle métallique lui avait déchiré la peau si profondément qu'elle avait souffert plusieurs jours.

— Pas la ceinture, p'pa, par pitié ! sanglota-t-elle.

Avec précaution, Mervyn plaça la bougie sur la table de nuit. Il tira sur la bande de cuir pour la dégager entièrement.

— Ce n'est pas la ceinture qui t'attend cette fois, ma belle, déclara-t-il dans un hoquet.

Les sanglots de Mathilda s'interrompirent brusquement et ses yeux s'écarquillèrent d'horreur tandis que son père déboutonnait son pantalon.

— Non ! souffla-t-elle, non !

Lorsque le vêtement tomba sur le sol, Mervyn l'enjamba et l'écarta du pied. Sa respiration était devenue rauque et ses yeux brillaient d'une lueur qui n'avait rien à voir avec le whisky.

— Tu t'es toujours comportée comme une petite ingrate.
Je vais te donner une leçon de savoir-vivre. Quand j'aurai
fini, tu y regarderas à deux fois avant de faire l'insolente.

Mathilda tenta de se jeter hors du lit tandis qu'il grimpait sur elle, mais il lui barra le chemin. Les volets avaient
été bien fermés pour écarter les moustiques. Toute fuite
était impossible. Lorsqu'il l'empoigna, elle poussa un hur-
lement incrédule.

Mais son cri alla se dissoudre dans les espaces infinis.

Mathilda avait l'impression de flotter dans une obscurité
épaisse et enveloppante, qui l'isolait du temps et des souvenirs, éloignant toute douleur, toute terreur.

Pourtant des bruits lui parvenaient. Chant du coq et
pépiements d'oiseaux, saluant les premiers rayons du jour,
pénétraient son esprit embrumé. Elle tenta de résister à l'invasion de la lumière, refusant d'être arrachée au cocon bienfai-
sant qui la protégeait d'une réalité confusément redoutable.

Transperçant les nuages, le soleil illumina son visage, la
ramenant à un état conscient. Elle ne fit aucun mouvement,
entièrement absorbée par une souffrance inexplicable. Soudain, tout lui revint à la mémoire. Elle ouvrit les yeux.

Il avait quitté la pièce, laissant derrière lui les traces de
sa bestialité. Telle une rose démoniaque, une tache de sang
s'étalait sur le lit, comme des pétales éparpillés sur ce qui
restait de son jupon déchiré.

Recroquevillée sur le sol, la fillette ne se souvenait pas
comment elle était arrivée par terre ; elle avait dû ramper
dans le coin le plus reculé de la pièce après le départ de
son père. Péniblement, elle se redressa en prenant appui
sur le mur, les jambes vacillantes.

Aucune parcelle de sa peau n'était épargnée par la douleur. Son corps portait des traces sombres de sang séché, dont l'odeur cuivrée se mêlait à une autre, nauséabonde. Celle de son père, de son haleine, de ses mains odieuses et de son impitoyable brutalité.

Le cri perçant d'un cacatoès la fit tressaillir, réveillant son énergie et sa détermination. Jamais elle ne le laisserait recommencer.

S'efforçant de maîtriser ses tremblements, elle enfila un jupon propre et rassembla ses maigres effets : deux robes, une jupe, un corsage, des sous-vêtements abondamment reprisés, le médaillon et le châle de sa mère, ainsi que le livre de messe que ses grands-parents avaient apporté d'Irlande. Elle enveloppa le tout dans le châle, gardant pour le voyage son pantalon, sa chemise et ses bottes, qu'elle enfilerait après s'être nettoyée.

Elle passa sur la pointe des pieds devant les débris de la chaise, et s'arrêta un instant pour tendre l'oreille vers la chambre de son père. Des ronflements réguliers lui parvenaient. Elle entreprit alors de traverser la cuisine.

Le moindre son semblait amplifié par le silence environnant. À chaque pas, Mathilda s'immobilisait, le cœur battant. Lorsqu'elle atteignit la porte, elle retint sa respiration pour attraper l'une des deux outres d'eau pendues à un crochet. Par chance, elle l'avait remplie la veille.

Lorsqu'elle ouvrit la porte, les charnières grincèrent. Les ronflements s'interrompirent soudain, suivis d'un grincement de sommier, accompagné de marmonnements inintelligibles.

Mathilda se pétrifia. Les secondes s'étiraient, interminables.

C'était une fausse alerte. Mervyn se remit à ronfler et Mathilda expira lentement. Elle franchit le seuil et se précipita en bas des marches. Gabriel et sa tribu étaient invisibles, ainsi que les conducteurs de troupeaux.

Elle se mit à courir vers le ruisseau, ses pieds nus soulevant la poussière de la cour. La berge, abruptement découpée, était abritée par les saules. Mathilda avança dans le liquide verdâtre, sûre que son père ne pourrait la voir de la maison.

Le soleil n'avait pas eu le temps de chauffer l'eau, encore glacée mais pourtant bienfaisante. La fillette sentait sa peau se libérer de la saleté et de l'odeur fétide dont elle était imprégnée. Secouée de frissons, elle se frottait vigoureusement, songeant, avec amertume, que rien ne pourrait effacer les taches qui souillaient son âme.

Elle s'essuya à l'aide de sa chemise et s'habilla fébrilement. Il lui était impossible de se rendre jusqu'à la sellerie, car l'accueil bruyant des chiens réveillerait Mervyn à coup sûr. Il ne lui restait qu'à monter à cru, en dépit de l'inconfort douloureux que cela impliquerait. Elle attrapa son baluchon et, ses bottes à la main, longea le ruisseau pour atteindre le paddock à l'arrière de la maison.

D'un rapide coup d'œil par-dessus son épaule, elle constata que rien ne semblait bouger derrière les volets clos.

Le souffle tremblant, elle enjamba la barrière et sauta sur le sol du paddock. La plupart des chevaux étaient à peine dressés. Fuir sur l'un d'eux eût été plus rapide, mais son choix se porta sur la jument baie de Mervyn : elle seule saurait retrouver le chemin de son enclos, une fois relâchée.

Les chevaux hennirent doucement et firent retentir leurs sabots, tandis qu'elle se dirigeait vers Lady.

— Ch-ch-chut, ma belle, tout va bien. On va juste faire un tour, chuchota-t-elle en caressant le museau soyeux de l'animal.

Lady roulait les yeux, piétinant avec nervosité. Mathilda agrippa sa crinière et se hissa péniblement sur son dos.

— Du calme, ma jolie. N'aie pas peur.

La joue sur le cou de la jument, fermement cramponnée aux longs crins, la fillette murmurait des mots apaisants au creux de l'oreille dressée. Lady, habituée aux manières brutales de son maître et à son poids considérable, pouvait réagir de façon inattendue. Il fallait à tout prix éviter d'être projetée à terre.

L'outre de toile accrochée dans le dos, le châle plié sur le bras, Mathilda encouragea sa monture à se diriger rapidement vers le portail du paddock, qu'elle ouvrit avec précaution. Elle rassembla ensuite tous les chevaux, qu'elle fit sortir pour brouiller les traces de son départ jusqu'aux vastes pâturages de Churinga.

Lorsque les animaux sentirent que la liberté leur était offerte, ils s'élancèrent au galop, faisant naître un pâle sourire sur le visage de la fillette, qui incita Lady à les imiter. Il faudrait beaucoup de temps pour les rassembler à nouveau, mais elle pourrait ainsi prendre une confortable avance. Car sans cheval, son père avait peu de chance de la rattraper.

L'orage grondait. Mervyn se crispa dans l'attente du coup de tonnerre et du tambourinement de la pluie sur le toit de tôle. Mais rien ne vint. Il se retourna et enfonça la tête plus profondément dans son oreiller.

Le sommeil, brusquement interrompu, se dissipait peu à peu. L'absence du tonnerre était troublante. Quelque chose ne collait pas.

Mervyn ouvrit les yeux, fixant avec peine son regard embrumé sur la place voisine de la sienne. Elle était vide.

La tête douloureuse, incapable de concevoir la moindre pensée cohérente, il n'était conscient que du besoin de boire. Sa bouche pâteuse avait un goût aigre. Il se passa la langue sur les lèvres et grimaça en sentant une déchirure qu'il ne se souvenait pas avoir subie. J'ai dû tomber, se dit-il, passant de nouveau sa langue sur la plaie.

— Mary ! Mary, où diable es-tu ? hurla-t-il, se soulevant à moitié.

Une douleur lancinante martelait l'arrière de ses yeux. Il retomba lourdement sur l'oreiller avec une grimace. Cette maudite femme n'était jamais là quand on avait besoin d'elle.

Immobile, il laissait errer son esprit dans un brouillard inconfortable.

— Mary, geignit-il. Femme, dépêche-toi !

Dans la cuisine, nul signe d'activité ne se faisait entendre. La cour paraissait anormalement silencieuse. Où diable étaient-elles ? Comment osaient-elles ignorer sa présence ? Ce calme était suspect.

Roulant sur lui-même, il se mit debout et chancela. Lorsqu'il prit appui sur sa jambe endommagée, un spasme violent la fit trembler. Bon Dieu ! Que fabriquaient-elles ?

Il tituba jusqu'à la porte et l'ouvrit d'un geste brutal. Elle rebondit contre le mur, faisant ressurgir un souvenir vague et fugitif. Il lui fallait un verre sans attendre.

Le fond de la bouteille de whisky lui glissa dans la gorge, atténuant le bourdonnement de son crâne. Il regarda autour de lui. Le fourneau était éteint. Alors qu'il ouvrait la bouche pour appeler son épouse, la mémoire lui revint subitement. Mary était morte et enterrée. Depuis plus de deux semaines.

Ses jambes refusèrent tout à coup de le soutenir. Il tomba sur une chaise, les événements de la veille s'imposant clairement à son esprit. Il se sentait envahi d'un froid paralysant, qu'aucun alcool ne pouvait dissiper, il en était certain.

— Bon sang ! Qu'est-ce que j'ai fait ?

Il se leva brusquement, renversant la chaise. Mathilda ! Il fallait qu'il la voie tout de suite, qu'il lui explique ! C'était le whisky qui l'avait poussé à se conduire ainsi.

La chambre de la fillette était déserte. Défoncée, la porte ne tenait plus que par une charnière. Sur le lit s'étalait, accusatrice, la trace sanglante.

Les larmes ruisselèrent sur son visage.

— Je ne voulais pas faire ça, ma petite fille. Je croyais que tu étais Mary.

Entre deux hoquets, il tendait l'oreille. Ravalant ses pleurs, il entra dans la pièce. Elle se cachait probablement. Il fallait qu'il la trouve, afin de la convaincre que tout cela n'était qu'une terrible méprise.

— Où es-tu, Molly ? chevrota-t-il, faisant appel au diminutif que Mary utilisait toujours. Viens voir, p'pa.

Aucune réaction. Il arracha le jupon souillé, regarda sous le lit, et ouvrit la lourde porte de l'armoire pour en scruter les recoins. S'essuyant le nez de sa manche, il fit un effort pour se concentrer. Elle devait être à l'étable ou dans l'une des autres dépendances.

Il retourna dans la cuisine d'un pas chancelant ; lorsqu'il aperçut la bouteille de whisky, il la fit tomber hors de la table d'un geste brutal.

— Jamais, s'écria-t-il, jamais ça n'aurait dû arriver !

Il se dirigea vers la porte d'entrée en traînant la jambe. Alors qu'il allait franchir le seuil, il s'immobilisa. À l'endroit où deux outres auraient dû se trouver, il n'y en avait qu'une.

Tout à coup la situation se fit jour dans son esprit. Certains détails hâtivement négligés prenaient un sens soudain. L'armoire de Mathilda était vide, ses bottes ne se trouvaient pas à leur place, et le châle de Mary avait disparu.

Instantanément, les larmes et le remords cédèrent le pas à une peur insidieuse. Où était-elle partie ? Et depuis combien de temps ?

Il sortit sous la véranda. Le soleil, aveuglant, poursuivait son ascension. Mervyn sentit une névralgie lui marteler la tête ; il enfonça son chapeau plus profondément sur son crâne et se dirigea vers les étables. Mathilda s'y trouvait, sans aucun doute. Le plus proche voisin habitait à plus de trois cent cinquante kilomètres ; tenter de s'enfuir eût été vraiment stupide.

Un simple coup d'œil lui suffit : il fallait se rendre à l'évidence, elle était bel et bien partie. Il réfléchit rapidement. Elle pouvait, en cours de route, rencontrer les conducteurs de bestiaux, mais ces derniers tenaient vraiment à leur travail, ils resteraient bouche cousue. Si elle s'était dirigée vers Wilga, elle serait, à coup sûr, bien accueillie par ce fouinard de Finley et son épouse. Idée préoccupante, en vérité, mais infiniment moins que si elle avait décidé de se réfugier à Kurrajong, auprès d'Ethan.

La panique, accélérant les battements de son cœur, le poussa à précipiter son allure. Il fallait qu'il la retrouve très rapidement.

Quelques instants plus tard, il se dirigeait vers le paddock, la selle et les rênes de sa jument à la main, la seconde outre d'eau sur l'épaule. Si Mathilda lui échappait, il n'y avait plus d'avenir pour lui à Churinga. Aucun artifice de langage, aucune dérobade ne réussiraient à le sauver.

Lorsqu'il eut traversé la cour, il fut arrêté dans son élan. Le paddock était vide, la barrière grande ouverte. Jusqu'à l'horizon s'étendaient les pâturages déserts. De rage, il jeta la selle sur le sol. Contrairement à Ethan, il n'avait pas les moyens de posséder une camionnette. Sans cheval, il n'avait aucune chance de rattraper cette petite sainte-nitouche.

Il alluma une cigarette, ramassa la selle et se fraya un chemin en maugréant dans les herbes hautes. Il ne pouvait laisser Mathilda raconter à quiconque ce qui était arrivé. D'ailleurs, qui d'autre cela regardait-il ?

Soudain, ses yeux se fixèrent sur un point précis. Quelque chose avait bougé, trop loin cependant pour savoir ce dont il s'agissait. Plissant les paupières, il mit la main en visière et observa la tache sombre qui émergeait de la brume de chaleur vibrante. En réponse au sifflement de Mervyn, l'alezan dressa les oreilles et secoua la crinière à plusieurs reprises ; puis il s'abandonna à la curiosité et avança au petit trot.

Parfaitement immobile, Mervyn attendit que le cheval arrivât tout près de lui. Celui-ci, très jeune, s'était sans doute trouvé isolé du troupeau. Vraisemblablement anxieux, il était revenu vers le seul endroit qui lui était familier.

Refrénant à grand-peine son impatience, Mervyn se prêta au jeu que lui imposait son adversaire. L'animal s'écartait dès que la main de l'homme s'approchait un peu trop. Ce dernier savait par expérience que le moindre geste brutal, le moindre bruit soudain pouvaient tout compromettre. Il prit le temps de parler à l'alezan avec douceur, afin de le calmer. Rassuré, celui-ci se laissa enfin seller. Mervyn l'enfourcha, et entreprit alors de suivre les traces de sabots sur le sol accidenté. Au bout d'une heure de route, il constata qu'elles se diversifiaient : un cheval s'était écarté du groupe pour prendre la direction de Wilga.

Mathilda ayant lâché la bride à Lady, les premiers kilomètres furent vite franchis. Mais quel cheval eût pu maintenir un galop rapide par une telle chaleur ? Peu à peu, la jument, qui commençait à se fatiguer, ralentit son allure et finit par adopter un trot régulier. La fillette se résigna : mieux valait laisser l'animal avancer d'un pas confortable plutôt que de lui faire courir le risque d'une blessure ou d'un essoufflement excessif.

Le soleil déjà haut projetait ses rayons implacables sur la terre parcheminée, faisant naître par endroits l'illusion de flaques d'eau luisantes. Leurs reflets métalliques faisaient paraître plus terne l'herbe argentée, dont le bruissement, sous les sabots de la bête, conférait au silence environnant une densité particulière. Dans des circonstances moins terrifiantes, Mathilda n'eût éprouvé aucun sentiment de crainte au cœur de ce décor familier, où la nature se livrait, depuis l'aube des temps, à une composition grandiose, et dont tout son être percevait la beauté.

Elle changea de position sur le dos de la jument. Son inconfort s'accroissait de minute en minute, mais elle ne pouvait se permettre de faire une halte. Après avoir tamponné son visage avec un mouchoir, elle rajusta son chapeau et but une gorgée d'eau, déjà chaude, au goût saumâtre. Elle n'avait d'autre choix que de se rationner. Pour atteindre le trou d'eau le plus proche, la distance à parcourir était encore considérable.

Comme elle l'avait déjà fait plusieurs fois, elle se retourna, scrutant l'horizon afin de s'assurer qu'elle n'était pas suivie. Rassurée, elle s'installa du mieux qu'elle put sur sa monture, s'efforçant de se concentrer sur le chemin qu'elle voyait se dérouler entre les oreilles de l'animal. Lady maintenait un trot régulier qui devenait cependant de plus en plus lourd. Sous l'effet du bercement et de la chaleur conjugués, la fillette se détendait, envahie d'une torpeur bienfaisante.

Un serpent enroulé sur lui-même s'abritait du soleil derrière une touffe d'herbe sèche. Réveillé par la vibration des sabots, il se tint d'abord immobile, en état d'alerte, puis se déroula lentement, tâtant l'air de sa langue et fixant du regard la menace qui s'approchait.

Mathilda se laissait glisser dans le sommeil. Presque assoupie, elle avait relâché les rênes, et tombait progressivement sur l'encolure de la jument.

De l'herbe brusquement écartée jaillit le serpent, crochets visibles, regard jaune fixé sur sa proie. Il mordit d'un seul coup, en un éclair.

Lady se cabra sous la douleur, ses pattes antérieures battant l'air tandis qu'elle hurlait de terreur. Le regard égaré, les naseaux béants, elle trépignait sur le sol argileux.

La fillette s'agrippa à la crinière. Cherchant à maîtriser les mouvements de panique de l'animal, elle serra instinctivement les flancs de ses genoux et entoura de ses bras l'encolure puissante, couverte de sueur. La jument se cabra de nouveau, folle de souffrance. Les efforts désespérés de sa cavalière pour rester en selle furent vains ; la terre rouge se précipita à sa rencontre.

Piétinant furieusement le sol, l'animal se débattait contre son ennemi invisible. Tout en cherchant à reprendre sa respiration, la fillette roula sur elle-même pour s'écarter des sabots menaçants.

Lady hennissait et s'ébrouait. Tout à coup, elle fit demi-tour et détala sur le chemin du retour, la poussière se soulevant autour d'elle, la terre vibrant sous son galop. Mathilda la regarda s'éloigner avec désespoir.

— Lady, cria-t-elle dans un sanglot, reviens, reviens, je t'en prie !

Le nuage de poussière se dissipa. La jument avait disparu.

La fillette tâta avec précaution ses membres un par un. Apparemment, elle ne s'était rien cassé, mais sa chemise déchirée laissait apercevoir sa peau écorchée. Péniblement, elle se remit debout. Ramassant l'outre et le baluchon, elle tendit l'oreille un moment ; il lui fallait absolument reprendre ses esprits.

Elle remit son chapeau et s'efforça de faire le point. Le sommet bleu-gris du mont Tjuringa, couvert de pins et d'eucalyptus, était visible. Au-delà s'étendait Wilga.

Avec un soupir tremblant, Mathilda parcourut l'horizon du regard. Elle n'avait plus de cheval, mais Mervyn restait invisible. Relevant le menton, elle se remit en route. Au pied de Tjuringa, elle trouverait de l'eau, et un abri. Si elle pouvait y arriver avant la nuit, elle s'accorderait un peu de repos.

Plus Mervyn avançait, plus il se sentait nerveux. Il enfonçait ses éperons dans les flancs de l'alezan qui s'efforçait d'allonger son galop, foulant péniblement le sol hostile. Plusieurs heures s'étaient écoulées depuis son départ. Le soleil était au zénith, l'épuisement menaçait sa monture, mais toujours aucun signe de cette maudite fuyarde. Il immobilisa l'animal et se laissa glisser de la selle.

Un remontant lui eût fait du bien, mais il fallait qu'il se contente de sa provision d'eau. Il fit couler le liquide tiède sur sa langue sèche, et le promena à l'intérieur de sa bouche avant de l'avaler. Puis il versa un peu d'eau dans son chapeau, qu'il tendit au cheval. Soufflant bruyamment, le corps humide de sueur, l'alezan but à longs traits. Mervyn remit son couvre-chef sur la tête et, les rênes à la main, reprit la route à pied, afin de marcher un moment à l'ombre de sa monture. Lorsqu'ils auraient atteint le trou d'eau au pied de Tjuringa, tous deux auraient le loisir de se rafraîchir et d'étancher leur soif.

Les mouches bourdonnaient dans la chaleur féroce qui se réverbérait sur le sol d'argile craquelée et sur les rochers. Au-dessus de la prairie étincelante, un faucon planait, prédateur désinvolte en quête d'une proie qui n'avait aucune chance de lui échapper. Pas comme la mienne, se dit Mervyn, condamné à une progression lente au cœur d'une fournaise. Il lui suffisait pourtant de penser à la punition qu'il infligerait à Mathilda lorsqu'il la retrouverait, pour se sentir animé d'un nouvel élan d'énergie, seul capable de repousser un moment la peur panique, impossible à réprimer, qui grandissait en lui.

Un sourire se dessina soudain sur son visage. Bon Dieu, la chance semblait tourner. Surgie de l'horizon, Lady venait à sa rencontre.

Il était temps de remonter en selle. Si Mathilda était tombée de cheval, il ne tarderait pas à la rattraper.

Le soleil baissait, allongeant les ombres bienfaisantes. Épuisée, Mathilda se fraya un chemin dans les herbes hautes pour se réfugier sous la voûte épaisse des frondaisons. Le moindre de ses mouvements était source de douleur ; elle se sentait à peine capable de respirer.

S'adossant contre un tronc épais, elle se concentra sur les bruits environnants. Des cris d'oiseaux déchiraient l'air tiédi, dans lequel résonnait le murmure de la cascade. Elle n'avait pas le temps de se reposer, mais elle pouvait se laver et remplir son outre avant de poursuivre sa route. L'idée du contact de l'eau fraîche lui insuffla un regain de courage.

Le torrent, qui jaillissait très haut, rassemblait en chemin d'autres sources qui ruisselaient jusqu'à la vallée rocheuse. Lorsque Mathilda émergea de l'obscurité dense du sous-bois, elle constata que le flot s'était raréfié en raison de l'absence de pluie. L'eau qui contournait les rochers lui-sants de la paroi montagneuse suffisait à peine à remplir les bassins naturels en contrebas. Des racines immenses, autrefois submergées, surgissaient en un fouillis d'entrelacs, entourées de fougères au feuillage roussi. D'épaisses lianes de lierre flétri pendaient mollement d'acacias et de pins parcheminés.

La fillette passa de rocher en rocher et choisit de s'installer sur une pierre qui surplombait l'un des bassins. Avec un soupir de soulagement, elle retira ses bottes et se laissa glisser, sans ôter ses vêtements souillés, dans le bain glacé, qui la fit frissonner de plaisir. Les ampoules de ses pieds se cicatriseraient rapidement, et les coups de soleil qui rougissaient ses avant-bras tourneraient bientôt au brun.

Elle ferma les yeux et se pinça le nez pour plonger sous l'eau, à la surface de laquelle se déploya sa chevelure. Sa peau desséchée et poussiéreuse semblait se purifier, retrouver sa souplesse, et la douleur qu'elle ressentait entre les cuisses s'endormait sous l'effet du froid.

Remontant à la surface, elle aspira profondément et but avec délice avant de remplir son outre. Les oiseaux s'égosillaient alentour. Elle parcourut du regard le refuge de verdure environnant. Cet endroit avait pour elle une signification particulière, car lorsqu'elle était toute petite, sa mère l'y amenait parfois, lui expliquant qu'ici régnaient des êtres invisibles, des fées, et de petits personnages bienfaisants qu'elle nommait des lutins. Au sein de ce paradis, la petite fille s'était volontiers laissé emporter par l'enchantement. Mais la sordide réalité avait parfois une façon bien à elle d'effacer les contes.

À contrecœur, elle se hissa hors de l'eau et entreprit d'enfiler ses bottes, grimaçant au contact du cuir sur les ampoules douloureuses. Elle n'avait pas le temps de s'attendrir. Saisissant l'outre et le baluchon, elle décida de prendre un raccourci en s'enfonçant dans les broussailles. Si elle marchait en direction du sud, sans dévier de son chemin, elle finirait par atteindre Wilga.

Lorsqu'elle émergea de l'ombre verdâtre, dans la splendeur du soleil couchant, elle avait de nouveau trop chaud. Devant elle se déroulaient des pâturages immenses, à l'extrémité desquels s'élevait un filet de fumée, s'échappant de la cheminée d'une habitation. Dans trois heures environ, elle aurait atteint son but.

Le soleil tombait vers l'horizon. Mathilda se remit en route, sous les arbres qui se raréfiaient. Elle entreprit d'escalader l'amas de rochers éparpillés au pied du mont Tjuringa. Harassée, elle glissait fréquemment, encombrée par l'outre qui pesait lourdement sur son épaule, et le baluchon qui ne lui permettait pas de se servir de ses bras pour garder l'équilibre. Au fur et à mesure de sa progression, ponctuée par le cri rauque des kookaburras, de petites créatures dont elle troublait la quiétude se faufilaient sous ses pieds. Elle atteignit enfin un terrain plus régulier et s'arrêta un moment pour reprendre sa respiration et boire quelques gorgées d'eau.

Le crépuscule s'étendait. Mathilda sentait qu'il lui fallait puiser de plus en plus loin, au fond d'elle-même, pour trouver le courage d'avancer. Mais si son père avait rencontré Lady, il ne se trouvait peut-être qu'à quelques kilomètres. Elle se remit en mouvement, avec pour seul repère les volutes de fumée, encore visibles dans la semi-obscurité.

Le temps avait soudain perdu toute signification. La fillette n'était consciente que de la maison au loin, des ombres de plus en plus épaisses et du frottement de ses bottes sur l'herbe desséchée. Elle tenta de fixer son esprit sur Tom et April Finlay.

La famille de Tom possédait Wilga depuis de nombreuses années. Ayant perdu son père et sa mère à quelques mois d'intervalle, le jeune homme, qui s'était marié très tôt, dirigeait l'exploitation avec son épouse. Mathilda ne l'avait pas vu depuis longtemps ; depuis la maladie de sa mère, en fait, qui avait poussé Mervyn à décourager toute visite à Churinga. Toutefois, elle avait la certitude de trouver asile auprès de son ami d'enfance qui, plus âgé qu'elle de quelques années, la considérait comme une petite sœur.

Elle évoqua le garçonnet efflanqué qui se moquait de son prénom. Mathilda, affirmait-il, péremptoire, ne pouvait désigner que des personnes austères, non des garçons manqués grimpant aux arbres et se roulant dans la poussière, les cheveux dans les yeux. En dépit de son épuisement mêlé d'angoisse, la fillette sourit. Comme il avait raison, admit-elle. Grand-tante Mathilda, si l'on en croyait son portrait, était une dame très digne, aux traits rigides.

Soudain, un bruit familier la fit se retourner.

Un galop de cheval faisait vibrer le sol ; le cavalier apparut lentement dans un nuage de poussière. La fillette se figea, l'espoir teinté d'anxiété. Il devait s'agir d'un membre du personnel de Wilga, rentrant au baraquement.

Elle leva les bras et les agita.

— Par ici ! appela-t-elle. Venez par ici !

Aucune réponse ne lui parvint. L'animal se rapprochait.

Un frisson la parcourut. Elle pouvait maintenant distinguer deux chevaux, mais un seul cavalier. Elle fit un pas en arrière, puis un autre, sentant sa gorge se serrer. Impossible de confondre avec une autre la silhouette massive juchée sur l'alezan, auprès duquel galopait Lady.

Elle se retourna et se mit à courir.

Avec un sursaut d'énergie, elle avançait à grandes foulées dans l'herbe haute, les yeux rivés sur le refuge encore lointain. Ses bottes dérapaient sur le sol accidenté. Son chapeau, qui avait glissé, lui martelait le dos. Il fallait qu'elle y arrive ; sa vie en dépendait.

Le fracas du bruit de sabots cessa ; un seul cheval allait au pas.

Mathilda se rendit compte que Mervyn se trouvait à environ deux cents mètres derrière elle, et qu'il avait l'intention de se prêter au jeu du chat et de la souris. Un sanglot de désespoir s'échappa de ses lèvres. Il guettait sa chute, attendait son moment. Tous deux savaient qu'elle n'avait plus aucune chance. Elle trouva cependant la force de rester debout et d'avancer, car si elle ne réussissait pas à lui échapper, l'avenir serait trop horrible.

Le cheval la suivait, veillant à ne pas la dépasser. Elle perçut un ricanement ponctué par le bruit des rênes, qui la fit redoubler d'efforts.

La maison se rapprochait. Mathilda pouvait même apercevoir de la lumière. Mervyn n'oserait pas la suivre si elle réussissait à atteindre le coupe-feu qui entourait le domaine.

Intensément, elle fixa la cour du regard, cherchant un signe de vie. Quelqu'un susceptible de l'apercevoir se trouvait peut-être à l'extérieur. Où était Tom ? Était-il possible que personne ne vînt à son secours ?

Tout à coup, le pas du cheval s'accéléra. Inexorablement, il se rapprocha, jusqu'à ce que l'univers entier fût rempli de son grondement.

Mathilda étouffait, le cœur cognant dans sa poitrine. Près d'elle surgit l'alezan dont les flancs humides de sueur se soulevaient pesamment. L'animal se glissa devant elle et s'immobilisa, lui barrant le chemin.

La fillette fit un bond de côté, aussitôt suivie par le cheval. Soudain, la botte éperonnée de Mervyn se détacha de l'étrier et la frappa violemment à la tête.

Le coup la fit trébucher. Elle tomba, essayant d'agripper le harnais pour rester debout, et s'écroula sur le sol caillouteux dans un nuage de poussière qui lui coupa la respiration.

La silhouette massive de Mervyn se dressa soudain devant le soleil.

— Tu t'imaginais peut-être que tu parviendrais à t'enfuir ?

Au-delà des herbes hautes, Mathilda regardait la maison. Si elle ne s'était pas arrêtée à la cascade, elle eût été sauvée.

D'un geste brutal, son père la releva. Avec une évidente satisfaction, il lui attrapa les cheveux et la força à tourner la tête vers lui. Elle savait qu'il attendait ses pleurs et ses supplications, mais elle ne lui donnerait pas ce plaisir, quelle que fût sa souffrance.

Il rapprocha sa bouche du visage de sa fille.

— Ce qui se passe à Churinga ne regarde personne. Compris ? Tu t'enfuis encore, et je te tue.

Mathilda savait qu'il ne s'agissait pas d'une menace en l'air. Elle baissa les yeux et essaya de ne pas crier lorsqu'il lui secoua la tête avec violence.

— Regarde-moi, ordonna-t-il.

Elle rassembla son courage et le fixa sans ciller.

— Personne ne te croira jamais. Je suis un héros de guerre, ne l'oublie pas. J'ai même une médaille qui le prouve.

Fugitivement, Mathilda eut l'impression de lire, dans le regard fixé sur elle, quelque chose d'indéfinissable, qui ressemblait à de la peur. Elle repoussa aussitôt cette idée. Les paroles de son père avaient l'accent de la vérité. Autour de Churinga venait de s'ouvrir un précipice sans fond, qui la séparait du reste du monde.

1

Sydney étouffait de chaleur. Devant l'arche majestueuse du pont enjambant la baie semblait voguer le nouvel Opéra, surmonté d'un toit en forme de voiles gonflées par le vent. La foule multicolore qui avait envahi Circular Quay, venue assister à l'inauguration de l'édifice par la reine, contemplait, sur l'eau, l'évolution gracieuse d'embarcations de toutes formes et de toutes tailles. Dans les rues étroites avoisinantes, remplies de bruit et de mouvement, la capitale de la Nouvelle-Galles du Sud exprimait sa liesse. Jenny avait cédé à l'envie de se mêler aux badauds, pour tenter d'apercevoir la souveraine, mais surtout pour occuper, en partie, une autre journée interminable. Cependant, la grande vague humaine qui avait envahi le bord de l'océan n'avait pas réussi à dissiper son sentiment d'isolement. Dès la cérémonie terminée, elle était rentrée dans sa maison, située au nord de la ville, à Palm Beach.

Debout sur le balcon, elle agrippait la balustrade avec la même force qu'elle employait depuis six mois, jour après jour, à résister contre l'éparpillement des débris de sa vie. La mort de son mari et de son fils, survenue avec une violence obscène, avait tout balayé autour d'elle, la laissant totalement démunie. Un lourd silence pesait sur la maison devenue trop vaste, chaque pièce ressuscitant des souvenirs où le bonheur se muait inexorablement en douleur. Il n'y avait pas eu de mots d'adieu, mais il n'y aurait pas non plus de retour en arrière. Ses deux raisons de vivre avaient à jamais disparu.

L'océan Pacifique, rutilant sous le soleil, se reflétait dans les fenêtres des villas élégantes bâties à flanc de colline. Sur les murs blancs de la maison se balançaient les bougainvillées, dont Peter avait aimé la couleur violette, affirmant avec passion qu'elle était identique à celle des yeux de sa femme. Aujourd'hui, Jenny ne pouvait les regarder sans un serrement de gorge. Mais c'était surtout la vue des enfants pataugeant dans l'eau qui restait insoutenable. Ben, son fils, âgé de deux ans, avait adoré se baigner.

— Je me doutais bien que tu serais là. Pourquoi t'es-tu enfuie ? Tu m'as fait peur, Jen.

Elle se retourna. Diane se tenait debout dans l'encadrement de la porte, vêtue, comme toujours, d'un caftan, ses boucles brunes disciplinées par un turban de soie.

— Excuse-moi. Je ne voulais pas t'inquiéter. Mais après six mois sans sortir, j'étais étourdie par la foule et le bruit. Il fallait que je parte.

— Tu aurais dû me dire que tu voulais rentrer, je serais venue avec toi.

— J'avais besoin de me retrouver seule un moment. Il fallait que je m'assure…

La phrase resta en suspens. Comment eût-elle pu exprimer à voix haute l'horrible espoir qui la saisissait chaque fois qu'elle pénétrait dans la maison ? Pourtant, elle n'ignorait rien de ce qui s'était passé, et avait assisté à la mise en terre.

— C'était idiot, je m'en rends compte, acheva-t-elle.

— Il n'y a rien d'idiot là-dedans, simplement un besoin de t'assurer de la réalité de ce que tu viens de traverser. Tu iras mieux dans quelque temps, tu verras.

Jenny regarda avec affection son amie, dont les vêtements exotiques, les bijoux clinquants et le maquillage peu discret cachaient une sensibilité que la jeune femme eût farouchement niée.

— D'où te vient cette sagesse remarquable ? s'enquit-elle.

— Vingt-quatre ans d'expérience, rétorqua son interlocutrice, un soupçon de tristesse dans les yeux. La vie est une salope, mais toi et moi avons tenu le coup jusqu'à présent ; alors ne t'avise pas de me lâcher, ma vieille.

Elles s'étreignirent, chacune évoquant en silence deux petites filles agrippées à l'espoir de retrouver leurs parents, qui s'étaient rencontrées à l'orphelinat de Dajarra. Lorsque leur rêve s'était écroulé, elles en avaient élaboré un autre, bientôt remplacé par un troisième.

— Tu te souviens lorsque nous sommes arrivées à Sydney ? demanda Jenny. Nous avions tellement de projets. Comment se fait-il que tout ait si mal tourné ?

Dans un tintement harmonieux de bracelets de métal, Diane écarta délicatement une longue mèche de cheveux châtains du visage de sa compagne.

— Rien n'est jamais acquis, Jen. Ça ne sert à rien de ruminer sur ce que le destin nous réserve.

— Mais c'est trop injuste !

— Je suis d'accord avec toi, mais malheureusement, il n'y a rien que nous puissions y faire.

Agrippant avec force le bras de son amie, elle reprit :

— Laisse-toi aller. Laisse sortir ta colère, pleure, hurle ce que tu ressens à la face du monde ! C'est à toi que tu fais du mal en laissant ta peine te ronger intérieurement.

Jenny se détourna du regard honnête qui pénétrait le sien et se dirigea vers la fenêtre. Il lui eût été facile d'éclater en sanglots et en récriminations. Mais, curieusement, une partie d'elle-même restait sous contrôle, et ce calme maîtrisé était le seul repère stable auquel elle pouvait encore s'accrocher.

Diane remonta ses longues manches évasées, alluma une cigarette et observa la bataille intérieure qui se reflétait sur le profil de son amie. Comme elle eût aimé pouvoir briser ce mur de résistance que Jenny dressait toujours autour d'elle lorsqu'elle était blessée ! Mais il fallait reconnaître qu'elle finissait toujours par surmonter ses problèmes. Pourquoi n'en serait-il pas de même cette fois-ci ?

Elle évoqua la petite fille solitaire et silencieuse qui ne pleurait que très rarement, quelle que fût l'étendue de son désarroi. D'elles deux, Jenny avait toujours semblé la plus forte ; jamais elle ne s'était livrée à des crises de larmes ou à des manifestations de rage envers les obstacles que la vie avait dressés devant elle. Pourtant, Diane savait que cette façade indestructible en apparence dissimulait une âme sensible et effrayée, en proie à la souffrance et à la compassion.

D'un geste nerveux, elle écrasa sa cigarette dans le cendrier. Il fallait qu'elle se rende à la galerie qu'elles possédaient en commun, pour aider Andy à disposer les sculptures qu'elle avait réalisées, car l'exposition approchait. Toutefois, elle hésitait à partir avant d'être sûre que son amie allait tout à fait bien.

Semblant deviner son hésitation, celle-ci se retourna. Dans son visage pâle, les yeux avaient pris une nuance foncée, presque opaque.

— Je suppose que tu veux les tableaux maintenant? interrogea-t-elle d'un ton neutre.

— L'expo n'est que dans un mois et je sais déjà comment les disposer. Ça peut attendre encore un peu.

Comment reste-t-elle aussi calme? se demanda Diane. Si mon mari venait de mourir, entraînant mon bébé avec lui, je serais incapable de penser à une exposition artistique.

— J'ai déjà enveloppé les toiles, elles sont dans l'atelier. Mais de toute façon, je dois partir, déclara Jenny en jetant un coup d'œil à sa montre.

— Où ça? Tout est fermé aujourd'hui!

— Chez le notaire, John Wainwright. Il veut discuter plus en détail de certains aspects du testament de Peter.

— Mais l'homologation a eu lieu il y a presque six mois. Que reste-t-il à discuter?

Jenny haussa les épaules.

— Il ne voulait pas en parler au téléphone. Cela aurait quelque chose à voir avec mon anniversaire.

— Je viens avec toi, s'exclama sa compagne d'un ton péremptoire.

— Inutile, ma chérie. Mais rends-moi un service : emporte les tableaux. Je n'ai pas le courage d'affronter Andy pour le moment.

Diane convint intérieurement que le tempérament volcanique du directeur de leur galerie était parfois difficile à supporter. Mais bien qu'il eût tendance à faire un drame de la moindre anicroche, il représentait un élément indispensable de leur travail, dans la mesure où il s'occupait de tout, laissant aux deux propriétaires tout le temps de se consacrer à leurs créations.

Devinant l'hésitation de son amie, Jenny secoua vigoureusement la tête.

— Je préfère y aller seule. Je t'en prie, essaie de comprendre, insista-t-elle en saisissant son fourre-tout.

Elle posa sur le bras de son interlocutrice une main froide aux ongles rongés et à la peau maculée de peinture.

— Je ne suis plus un bébé, tu sais, poursuivit-elle. Il est temps que je me débrouille comme une grande.

Au volant de sa voiture cabossée, Jenny descendit la colline escarpée pour emprunter la route principale. Palm Beach, qui n'était situé qu'à une heure de route seulement de la baie, semblait se trouver à mille lieues de l'agitation et des lumières clinquantes de la métropole. Des rues bordées d'arbres abritaient des boutiques sophistiquées et de petits restaurants pittoresques, non loin de criques paisibles où étaient amarrés des voiliers. Devant les demeures qui surplombaient le rivage, exhalant cette élégance discrète que seule la richesse peut offrir, s'étendaient des jardins luxuriants où les fleurs jaillissaient en une explosion de couleurs. Jenny se laissait chaque fois pénétrer par l'harmonie apaisante de ce quartier ; bien qu'elle adorât l'effervescence de la ville, l'aspect balnéaire de la banlieue nord avait sur elle un effet réconfortant.

John Wainwright avait son bureau à Windsor, petite ville de pionniers aux maisons de bardeaux, couvertes de tuiles et abritées par de grands gommiers rouges. Après avoir garé sa voiture à l'entrée de l'agglomération, Jenny resta un moment assise au volant, le regard dans le vague. Il lui fallait rassembler ses pensées avant d'affronter de nouveau le notaire.

La lecture du testament, aussitôt après la disparition de Peter et de Ben, s'était déroulée sans qu'elle en comprît vraiment la teneur, car elle vivait alors plongée dans une bulle protectrice, où rien ne pouvait l'atteindre. Les mots qu'elle avait entendus lui avaient révélé des éléments inconnus de la vie de son mari, qu'elle avait aussitôt écartés de son esprit, refusant de les accepter sur l'instant, ne sachant même pas si elle serait capable de les affronter un jour.

Ce jour était probablement arrivé. Il lui faudrait affronter une déplaisante réalité, afin d'ordonner les faits, dans l'espoir d'arriver à les assimiler.

Lorsqu'elle était sortie de l'état d'abattement qui avait suivi la catastrophe, il lui avait été difficile d'admettre que la vie allait continuer à suivre son cours, en dépit de la tragédie. Son mari était le roc sur lequel elle avait bâti sa vie d'adulte. Intelligent et entreprenant, il avait cru en son talent et l'avait encouragée à exposer ses œuvres ; mais il n'avait pas eu le temps d'exaucer son propre rêve de retour à la terre, car il s'était consacré à son travail à la banque, afin d'entretenir sa famille.

Elle soupira. Ils avaient été si sûrs qu'ils avaient l'éternité devant eux pour réaliser leurs ambitions ! Pourquoi Peter lui avait-il caché la grande quantité d'argent qu'il avait mise de côté, au lieu de lui en parler, afin de réaliser les projets qu'ils avaient partagés ? À quoi servait toute cette richesse, dont ils n'avaient jamais profité ensemble ?

Diane ignorait tout du testament. Peut-être eût-elle dû lui en parler, afin de pouvoir lui demander de quelle façon elle avait perçu la personnalité de Peter ? Mais tous les mariages se déroulent derrière des portes closes ; si le fait de vivre auprès de son mari ne lui avait pas révélé quel homme il était vraiment, comment son amie eût-elle pu mieux le connaître ?

Elle jeta un coup d'œil à sa montre. Il était temps d'y aller.

Les bureaux de Wainwright, Dobbs et Steel étaient situés dans un immeuble victorien imposant, noirci par les années. Elle s'arrêta un instant pour prendre une profonde inspiration ; il lui fallait, avant tout, garder le contrôle de ses émotions, afin d'éviter que son monde ne s'effondre en poussière, ne lui laissant aucun élément auquel s'agripper.

Elle grimpa les marches du perron d'un pas régulier et poussa les lourdes portes. Une atmosphère lugubre régnait dans le vestibule, en dépit des immenses lustres de cristal qui n'arrivaient pas à compenser la lumière de l'été australien, presque totalement éliminée par la haute silhouette des édifices environnants. Toutefois, le sol de marbre, surmonté de colonnes de pierre, conférait à cet espace une fraîcheur délicieuse après la chaleur du parking.

— Jennifer ?

Bien que John Wainwright fût le notaire de la famille de Peter depuis plusieurs années, Jenny ne s'était jamais sentie à l'aise devant cet Anglais petit et corpulent, affligé d'une calvitie précoce, dont les lunettes à monture invisible reposaient au milieu du nez. Avec condescendance, il tendit à Jenny une main féminine aux doigts effilés, ornés d'ongles manucurés.

Elle le suivit jusqu'à son bureau, où il la pria de s'asseoir sur une chaise de cuir bien ciré. Les battements de son cœur s'accélérèrent, suscitant une angoisse telle qu'elle faillit presque se lever et repartir aussitôt. Elle ne voulait pas entendre ce qu'il voulait lui dire. Mais si elle désirait comprendre la cause du comportement de Peter, elle n'avait d'autre choix que de rester.

— Je regrette de m'être montré aussi insistant, ma chère. Tout cela doit être très perturbant pour vous, déclara l'homme de loi, dont le regard myope resta fixé sur elle, tandis qu'il nettoyait ses lunettes avec un mouchoir immaculé.

Jenny examina le costume gris rayé, le col raide et la cravate discrète. Seul un Anglais pouvait se vêtir ainsi par une telle chaleur. Elle esquissa un sourire forcé, les mains serrées sur ses cuisses, sentant déjà sa robe de coton lui coller à la peau. Dans cette pièce étouffante, aux fenêtres fermées, où une mouche bourdonnait au-dessus de sa tête, elle avait le sentiment de suffoquer.

— Cela ne prendra pas beaucoup de temps, Jennifer, reprit-il en choisissant un dossier dont il défit le ruban rouge. Mais je devais m'assurer du fait que vous compreniez toutes les implications du testament de Peter.

Il la regarda par-dessus ses lunettes.

— Je ne crois pas que vous ayez tout saisi la première fois. Il y a en outre certains points dont nous devons discuter maintenant que votre anniversaire est passé.

Jenny remua sur la chaise inconfortable, regardant la carafe d'eau sur le bureau.

— Pourrais-je avoir un peu d'eau, s'il vous plaît ? interrompit-elle, il fait vraiment très chaud ici.

— Je croyais que les Australiens étaient insensibles à la chaleur, dit-il avec un rire constitué de petits cris grinçants.

Lorsqu'elle prit le verre qu'il lui tendait, elle tremblait tellement que l'objet lui échappa presque des mains.

— Pouvons-nous continuer ? demanda-t-elle.

— Certainement, ma chère.

Il remonta ses lunettes en haut du nez et croisa les doigts sous le menton en parcourant des yeux le document.

— Comme je vous l'ai déjà dit, votre époux a élaboré ce testament il y a deux ans, à la naissance de votre fils. Il y a ensuite ajouté quelques codicilles, qui sont affectés par votre récente tragédie. Cependant la teneur du document reste la même.

Levant les yeux vers elle, il retira ses lunettes et les frotta de nouveau.

— Arrivez-vous à tenir le coup, ma chère ? Quelle tragédie, les perdre tous les deux, si brusquement !

Un policier était venu sonner à la porte, ce matin-là. À cause de l'embolie qui avait frappé Peter au volant, il ne restait, de ceux qu'elle aimait, que la carcasse mutilée de la voiture, au fond d'un ravin, à vingt minutes de la maison. Elle n'avait rien su, rien pressenti à cet instant précis. Comment cela était-il possible ? Comment une femme, épouse et mère, pouvait-elle ne rien éprouver au moment même où disparaissaient son mari et son enfant ?

Elle fit pivoter sur son doigt sa bague de fiançailles, ornée d'un diamant.

— Je pense que je vais m'en sortir, répondit-elle.

Il la regarda avec solennité, opinant du chef avant de retourner à ses papiers.

— Comme vous le savez déjà, Peter était un investisseur astucieux, qui prenait grand soin de protéger ses placements.

— Ce qui me semble difficile à comprendre ! interrompit-elle. Peter travaillait dans une banque et ne possédait que très peu d'actions. À part la maison, qui est hypothéquée, et un partenariat dans la galerie, nous avions très peu de biens – en tout cas pas d'argent pour spéculer. Où a-t-il trouvé ces fonds ?

— L'assurance a permis la mainlevée de l'hypothèque, et la galerie vous revient, à vous et à Diane. Quant à la source de son capital pour jouer en Bourse, elle s'explique par les propriétés qu'il achetait et revendait avec beaucoup de flair.

Jenny réfléchissait à la liste impressionnante de domaines qui lui avait été fournie. Apparemment, Peter avait acquis des maisons sur la côte nord lorsque le marché était bas, il les avait fait restaurer, puis les avait revendues lors de la remontée des cours. Jamais il ne lui avait parlé de quoi que ce fût.

— Mais il lui fallait de l'argent pour se lancer dans tout cela, insista-t-elle.

— Il a fait un emprunt sur votre maison de Palm Beach pour acheter les premières propriétés ; lorsqu'il les a revendues, il a utilisé les bénéfices pour en acheter d'autres.

Elle pensa à la somme considérable déposée sur son compte en banque, et aux années pendant lesquelles ils étaient arrivés à grand-peine à payer les factures.

— Pourquoi ne m'a-t-il pas mise au courant ? murmura-t-elle.

— Je pense qu'il ne voulait pas risquer de vous inquiéter au sujet de ses transactions financières, affirma le notaire avec un sourire protecteur.

Elle jeta sur lui un regard glacial et changea de sujet.

— Quel rapport tout cela a-t-il avec mon anniversaire ?

John Wainwright remua les papiers de son bureau et prit une autre chemise.

— Peter avait prévu un cadeau qu'il désirait vous offrir le jour de votre anniversaire, mais…

Elle se pencha en avant, impatience et appréhension mêlées en un cocktail étrange.

— De quoi s'agit-il ?

— Il s'agit de l'acte de propriété d'une station d'élevage de moutons.

Bouche bée, elle retomba contre le dossier de la chaise.

— Je crois qu'il me faut quelques explications ! avoua-t-elle enfin.

— Cette exploitation a été abandonnée par ses propriétaires il y a plusieurs années. Votre mari, y voyant une chance de réaliser un rêve que vous partagiez tous les deux, a sauté sur l'occasion.

Il eut un petit sourire complice, avant de poursuivre :

— Il se montrait très enthousiaste à ce sujet, mais voulait vous réserver la surprise pour votre vingt-cinquième anniversaire. Je l'ai aidé à acquérir le domaine, et je me suis arrangé avec le directeur pour qu'il reste sur place et continue à s'occuper de tout, jusqu'à ce que Peter et vous en preniez possession.

Le tic-tac de l'horloge résonnait dans le silence, tandis que Jenny tentait de mettre un peu d'ordre dans ses pensées tourbillonnantes. Les éléments commençaient à se mettre en place. À Noël, alors qu'il lui offrait un médaillon ancien, Peter lui avait dit que l'objet était en rapport avec le cadeau qu'il lui réservait pour son prochain anniversaire.

— Pourquoi ne m'avez-vous pas parlé de tout cela lors de la première lecture du testament ?

— Votre époux insistait absolument pour que rien ne vous soit révélé avant le jour de vos vingt-cinq ans, déclara-t-il avec componction. Et Wainwright, Dobbs et Steel mettent un point d'honneur à respecter le désir de leurs clients.

Jenny se tut, bouleversée par l'absurdité de la situation. Leur rêve se réalisait trop tard. Si elle était seule à en profiter, il n'avait plus aucun sens. Cependant, elle ne put réprimer un soupçon de curiosité.

— Parlez-moi de cette propriété, John. Où se trouve-t-elle ?

— Au fin fond de l'outback, à l'extrémité nord-ouest de la Nouvelle-Galles du Sud. Elle s'appelle Churinga, nom qui, si j'en crois mes informations, est un terme aborigène signifiant « charme sacré » ou « amulette ».

— Mais comment Peter a-t-il choisi cet endroit ?

Il la regarda un long moment avant de répondre.

— Churinga se trouvait dans notre liste de domaines à vendre depuis des années, expliqua-t-il enfin. Les propriétaires nous l'ont confié, jusqu'à ce que nous trouvions un acquéreur sérieux. Peter s'est trouvé là au bon moment, et savait reconnaître une affaire avantageuse quand il en voyait une. C'est une très belle propriété.

Elle garda le silence, attendant la suite.

— Je comprends que tout cela soit un choc pour vous, Jennifer. Je vous demande de m'excuser de ne pas vous en avoir parlé avant. Mais je me devais d'obéir aux instructions de Peter.

Touchée par la sincérité qui se dégageait de ses paroles, elle approuva de la tête.

— Je vous suggère de réfléchir, continua-t-il. Revenez me voir dans quelques semaines pour me dire ce que vous désirez faire de cet héritage.

Il prit soudain un air sérieux.

— Nous pouvons, bien sûr, vous aider à revendre la station au cas où vous décideriez de ne pas la garder. Je connais plusieurs investisseurs qui sauteraient sur cette occasion. Le cours de la laine est très élevé en ce moment, et Churinga est une exploitation rentable.

Le fait de se débarrasser d'un domaine offert par Peter, et qu'elle n'avait pas vu, la contrariait. John avait raison, il fallait qu'elle réfléchisse.

— Je vous conseille de revendre, Jennifer, dit le notaire en sortant sa montre de sa poche. On m'a dit que cet endroit est très isolé. L'outback n'est pas une région très agréable pour une jeune femme, en particulier pour une citadine aussi raffinée que vous, ajouta-t-il en jetant un regard sur la petite robe élégamment coupée et sur les sandales à talons aiguilles.

Elle réprima un sourire. Les années qu'elle avait passées à Dajarra et Waluna n'avaient apparemment pas laissé de marques visibles.

— Je vais étudier la question.

— Vous est-il possible de signer ces papiers attestant que vous avez été mise au courant de votre legs ? Nous en avons besoin pour nos dossiers.

Elle parcourut des yeux le jargon juridique presque totalement incompréhensible. L'encre de sa signature était encore humide lorsqu'un autre dossier fut posé devant elle.

— Ceci est une copie du portefeuille d'actions de votre mari. Je me suis arrangé avec la banque pour que vous puissiez tirer l'argent du revenu. Si vous voulez bien signer ici, je pourrai vous faire ouvrir un compte.

Jenny obéit comme un automate. Elle se sentait perdre pied, ce qui créait en elle une tension intolérable. Il fallait qu'elle sorte de ce bureau étouffant, afin de pouvoir réfléchir, et digérer tout ce qui venait d'être dit.

— Prenons rendez-vous dans trois semaines, suggéra son interlocuteur. D'ici là, vous aurez sans doute une idée de ce que vous comptez faire de Churinga.

Légèrement étourdie, elle sortit dans la rue, en proie à une stupéfaction mêlée de tristesse et de curiosité. Tandis qu'elle se dirigeait vers le parking, elle essaya d'imaginer la station du cœur de l'Australie, qui ressemblait probablement à toutes les autres, mais qui devenait unique par le fait même que Peter l'avait achetée.

— Churinga, chuchota-t-elle.

Quel nom charmant, issu de la nuit des temps, mystérieux et envoûtant. Elle frissonna d'impatience en serrant le médaillon dans sa main. Même si la magie n'existait pas, dans le monde réel en tout cas, elle éprouvait, pour la première fois en six mois, un intérêt pour un endroit reculé, presque exotique, qui faisait naître en elle une envie de dépaysement.

Dès qu'elle vit la silhouette gracieuse et mince de Jenny pénétrer d'un pas rapide dans la galerie, Diane sut que quelque chose n'allait pas.

Elle se tourna vers Andy qui passait nonchalamment un plumeau sur une sculpture.

— Tu peux y aller. Nous avons fait tout ce que nous pouvions aujourd'hui.

Le regard du directeur effleura l'arrivante avant de revenir sur son interlocutrice.

— Papotage de filles, je suppose. Je sais comprendre quand je suis de trop. Je m'esquive !

Il disparut dans la pièce du fond. Se retournant vers Jenny, Diane embrassa sa joue fraîche et tremblante.

— Tu ne devineras jamais ce qui est arrivé, bégaya cette dernière, le regard fiévreux.

— Les murs ont des oreilles, ma puce, prévint sa compagne, un doigt devant la bouche.

À ce moment précis, Andy surgit, une veste jetée sur les épaules, chemise rose, médaille dorée sur torse bronzé, pantalon évasé, yeux brillant de curiosité.

— Au revoir ! s'écrièrent les jeunes femmes en chœur.

Il releva le menton et sortit en claquant la porte. Diane regarda son amie en riant.

— Ce qu'il peut être horripilant. Pire qu'une vieille fille.

— Il faut que nous parlions, interrompit Jenny en sortant les documents de son sac. J'ai des décisions très importantes à prendre.

— Le testament de Peter ? Je croyais que tout était réglé.

— Moi aussi, mais la situation a évolué.

Diane se dirigea vers la pièce du fond, suivie de son interlocutrice. Après avoir servi deux verres de vin, elle alluma une cigarette et se laissa tomber sur les coussins marocains.

— Que se passe-t-il, Jen ? Il ne t'a pas laissé de dettes, au moins ?

— Lis ces documents d'abord. Nous en discuterons après.

La jeune femme parcourut des yeux les premiers paragraphes, constitués en grande partie du jargon habituel. Au fur et à mesure de sa lecture, la signification de ce qu'elle déchiffrait se faisait plus claire. Elle ouvrit la bouche et ne la referma qu'à la dernière ligne.

Jenny lui tendit alors le portefeuille. Diane, qui avait quelques notions boursières, se montra impressionnée.

— Si j'avais su que Peter boursicotait, je lui aurais demandé quelques conseils. Il se débrouillait sacrément bien !

— Je ne savais pas que tu spéculais. Depuis quand ?

— Depuis que j'ai vendu ma première sculpture. Mon petit ami du moment travaillait à la Bourse. Je croyais que tu étais au courant.

— C'est étrange, n'est-ce pas ? Tu crois que tu sais tout d'une personne et tout à coup, à la suite d'un événement inattendu, tu découvres l'étendue de ce que tu ignorais.

— Je ne te donne pas les détails croustillants de ma vie sexuelle, mais cela ne veut pas dire que je n'en ai pas, rétorqua Diane, furieuse contre elle-même et contre son amie.

Jenny attrapa la cigarette de sa compagne et l'écrasa dans un cendrier.

— Je ne t'accuse de rien, Di. C'est une simple constatation. Je n'avais aucune idée que Peter et toi jouiez en Bourse. Aucune idée que nous avions autant d'argent. Et j'avoue que cela me tourmente. Comment a-t-il pu se montrer aussi secret alors que je ne lui cachais rien ? Pourquoi arrivions-nous tout juste à joindre les deux bouts, alors que nous avions tant d'argent à la banque ?

Diane ne répondit pas. Elle avait bien aimé Peter Sanders. Il adorait sa femme et son petit garçon et s'était montré fidèle, au contraire de ce salaud de David, qui s'était comporté comme un rat. Mais il est vrai qu'elle avait toujours perçu chez lui comme une sorte de distance. On eût dit qu'il se protégeait derrière une barrière invisible, impossible à franchir.

Elle s'apprêtait à livrer une réponse banale, lorsque Jenny lui tendit un dernier document.

— Qu'est-ce que c'est ?

— Une surprise de Peter pour mon anniversaire. Et je ne sais pas quoi en faire.

Quand elle eut déchiffré l'acte notarié, Diane se racla la gorge et alluma une autre cigarette.

— Je ne sais pas pourquoi tu paniques, déclara-t-elle enfin. Tu as de l'argent de côté, une maison non hypothéquée, et une station d'élevage de moutons au fin fond de nulle part. Quel est le problème ? Je pensais que c'était ce que tu avais toujours désiré !

Jenny lui arracha le document des mains. S'extirpant à grand-peine des coussins, elle se remit debout.

— Si seulement tu pouvais avoir des chaises dignes de ce nom au lieu de nous obliger à ramper sur le sol, marmonna-t-elle, tirant sa robe sur ses cuisses.

Diane sourit, ravie. Jenny ne s'était pas énervée depuis longtemps.

— Tu n'as pas répondu à mes questions, Jen. Je voudrais savoir…

— J'ai entendu ! Je n'arrive tout simplement pas à me remettre du choc. Je suis riche. Nous étions riches. Pourquoi alors étais-je obligée de conduire une vieille voiture toujours en panne ? Pourquoi Peter travaillait-il le soir et les week-ends ? Pourquoi n'allions-nous jamais en vacances et n'achetions-nous jamais de meubles ?

Elle pivota sur ses talons, le visage blanc de contrariété.

— J'étais mariée à un étranger. Il a fait des emprunts sur la maison, a joué cet argent en Bourse, a acheté et revendu des propriétés dont je n'ai jamais entendu parler. Quels autres secrets avait-il ?

Plongeant la main dans son sac, la jeune femme en ressortit des papiers qu'elle secoua sous le nez de son amie. Parfait, se dit Diane, Jenny émergeait enfin du recoin sombre et mystérieux où elle s'était tapie au cours des six derniers mois.

— Regarde cette liste d'investissements. Une rangée de maisons à Surry Hills ; un bâtiment de deux étages à Koogee et un autre à Bondi. La liste est interminable. Le tout acheté, remis en état et revendu avec de vastes bénéfices qu'il utilisait pour acheter des actions. Et pendant qu'il s'occupait de bâtir une fortune, j'avais du mal à payer les factures d'électricité !

Sa compagne lui prit les documents et les lissa de la main.

— D'accord, Peter était un spéculateur. Mais il faisait ce qu'il croyait bien, même si c'était derrière ton dos, et le retour à la terre était un rêve que vous partagiez.

La colère de son interlocutrice s'évanouit aussi vite qu'elle était apparue. Jenny se laissa tomber de nouveau sur les coussins et entreprit de se ronger un ongle.

— Prends une cigarette, insista Diane. Tu avais des ongles ravissants avant de cesser de fumer.

— Si je recommence, je ne pourrai jamais m'arrêter. De toute façon, les ongles sont moins chers que les clopes. Je me suis laissée aller, on dirait. Les choses semblent m'échapper, et je me demande parfois si je ne deviens pas folle.

— Les artistes sont tous un peu dérangés, ma vieille. Mais je te préviendrai quand tu perdras complètement la boule, et nous plongerons toutes les deux dans les affres du délire.

Jenny s'esclaffa nerveusement, d'un rire qui résonna comme une mélodie aux oreilles de son amie.

— Que vas-tu faire au sujet de la station ?

— Je n'en sais rien. Un directeur s'en occupe pour le moment, mais John Wainwright suggère que je la vende.

Elle pencha la tête pour regarder ses doigts. Sa chevelure glissa comme un voile sur son visage et dissimula son expression.

— Ce ne sera pas la même chose sans Peter, reprit-elle. Je ne connais rien aux moutons, et encore moins à la façon de diriger une exploitation.

Diane s'inclina vers Jenny. Churinga était peut-être juste ce qu'il lui fallait pour sortir de sa détresse.

— Mais nous avons été élevées à Waluna, et tu t'y es adaptée aussitôt, argua-t-elle. Garde le directeur, et contente-toi de jouer à la grande dame.

— Je n'en sais rien. Je suis tentée d'y aller simplement pour voir, mais…

— Mais rien du tout ! s'indigna Diane. N'es-tu pas curieuse de découvrir la surprise que Peter t'avait réservée ? Tu as besoin d'une rupture, besoin de quitter ta maison et ses souvenirs. Vis ce voyage comme une aventure, comme des vacances exceptionnelles.

— Et l'exposition ? Et la commande Parramatta que je n'ai pas terminée ?

Diane tira sur sa cigarette.

— L'exposition aura lieu, puisque le travail est déjà avancé. Andy et moi pouvons nous débrouiller. D'ailleurs, tu as presque fini ton paysage. Tu vois, insista-t-elle, en fixant Jenny d'un regard solennel, tu n'as plus aucune excuse. Tu dois te rendre là-bas. C'est ce que Peter aurait souhaité.

Après un dîner tardif à King Cross avec Diane, à quelques pas de la galerie, Jenny décida de ne pas retourner chez son amie et de rentrer chez elle, à une heure de voiture environ. Elle adorait sa maison. En l'acquérant, Peter et elle avaient fait une véritable affaire. Au cours des premières années de leur mariage, avant l'arrivée de Ben, ils avaient consacré tout leur argent à sa rénovation. Aujourd'hui dotée d'une nouvelle toiture, d'un système d'air conditionné et de fenêtres panoramiques, la demeure, fraîchement repeinte, valait beaucoup plus que lorsqu'ils l'avaient achetée. Palm Beach était devenu un quartier à la mode, mais malgré la procession d'amateurs de surf et de baigneurs pendant les week-ends, ni Peter ni elle n'avaient souhaité déménager. Ben, qui raffolait de la plage et venait juste de commencer à apprendre à nager, trépignait de rage lorsqu'il fallait renoncer aux plaisirs de l'eau pour rentrer à la maison.

Jenny tourna la clef dans la serrure, ouvrit la porte avec appréhension, et la claqua derrière elle. Dès qu'elle pénétrait dans la demeure, la douleur du souvenir semblait s'aiguiser. Diane avait peut-être raison : s'éloigner ne lui ferait pas de mal.

Les ampoules de l'atelier déversaient une lumière crue, car la jeune femme aimait peindre la nuit, lorsque le soleil cessait d'inonder la pièce par la verrière. Toutefois, à cet instant précis, elle avait besoin de lueurs douces. Avant d'éteindre les lampes, elle alluma des bougies et un bâton d'encens, puis se déshabilla, ne gardant sur elle que ses sous-vêtements et le médaillon de Peter. Elle se pelotonna confortablement sur une méridienne, très ancienne, au velours râpé, car il lui était toujours impossible d'affronter le grand lit désert.

Le son des vagues lui parvenait par les fenêtres ouvertes, déchiré par le cri lointain d'un kookaburra qui défendait son territoire. Dans la lueur vacillante des bougies, l'arôme de l'encens se mêlait aux odeurs de peinture et de diluants. Jenny commença à se détendre.

Son esprit évoquait des images heureuses, à jamais gravées dans sa mémoire. Ben riant avec délice lorsque l'écume d'une vague lui chatouillait les orteils. Son mari sur une échelle en train de réparer la gouttière après une tempête, portant un short qui mettait en valeur son torse musclé.

Ils s'étaient rencontrés à un bal, peu après son arrivée à Sydney. Peter travaillait déjà à la banque, mais se montrait très attaché à une station de bétail située dans le Territoire du Nord, dont ses deux frères aînés avaient hérité. Elle était tombée amoureuse presque instantanément de cet homme brillant et drôle ; ils avaient tous deux le même sens de l'humour, et partageaient les mêmes centres d'intérêt. Lorsqu'il lui avait parlé de son amour de la terre et de son désir profond de posséder un jour sa propre station, ses paroles avaient trouvé en elle un écho. Les années qu'elle avait passées à Waluna lui avaient laissé une impression inoubliable. L'enthousiasme de son mari avait embrasé le sien.

Jenny se recroquevilla davantage sur la couche usagée. Comment pouvait-elle envisager de vivre sans le sourire de Peter, sa chaleur, son odeur et la façon dont il la faisait rire ? Comment se passer des baisers qu'il lui plantait dans le cou lorsqu'elle faisait la cuisine, ou de la sensation encore si vive de son corps près du sien ? Comment renoncer aux conversations qui leur permettaient d'échanger, le soir, ce qui s'était passé dans la journée, même s'il s'agissait de petits riens sans importance ? Et surtout, comment accepter l'idée que plus jamais ils ne s'émerveilleraient tous deux de voir grandir leur petit garçon ?

Soudain, sa résistance céda et les larmes inondèrent son visage. Pour la première fois depuis l'accident, elle s'abandonna aux sanglots profonds qui la secouaient. Diane avait raison. Nul ne pouvait s'opposer à la cruauté du destin. Le rêve de fonder une famille, que son amie et elle avaient caressé à Dajarra, s'était violemment brisé. Étrangement, Peter lui offrait, par-delà la mort, la possibilité de vivre un autre rêve, qu'il ne pourrait partager avec elle, mais qui lui indiquait peut-être un chemin vers une nouvelle vie.

Lorsque Jenny ouvrit de nouveau les yeux, le soleil inondait l'atelier, faisant danser dans ses rayons des particules de poussière. En dépit de sa tête douloureuse et de ses paupières gonflées, elle éprouvait un profond sentiment d'apaisement. Les larmes de la nuit semblaient avoir balayé sur leur passage les barrières pathétiques qu'elle avait dressées pour se protéger.

Elle resta étendue, s'abandonnant à l'instant présent. Son regard se fixa sur la toile posée sur le chevalet, près de la fenêtre. La peinture était presque terminée. L'homme de Parramatta lui avait donné une photographie d'une demeure de l'outback, où son épouse avait vécu autrefois, souhaitant offrir à cette dernière le tableau pour son anniversaire.

Jenny examina son œuvre d'un œil critique, décelant aussitôt un coup de pinceau négligent auquel il faudrait remédier. Elle n'avait pas travaillé depuis un certain temps, mais dans la lumière du matin nouveau, elle sentit surgir en elle un élan qui l'avait quittée depuis longtemps. Aussitôt, elle se leva, traversa la pièce et saisit sa palette. Lorsqu'elle aurait terminé cette commande, elle réfléchirait à son avenir.

Tandis qu'elle mélangeait les couleurs, un frisson d'anticipation la parcourut. Churinga. Ce nom avait la force d'un appel, qui semblait l'attirer hors de la fraîcheur bleutée du Pacifique, vers le cœur incandescent du continent australien.

Trois semaines plus tard, Diane, installée dans la méridienne, regardait Jenny travailler. Elle souhaitait que le tableau fût terminé pour l'exposition, car le public australien n'aimait rien tant que la représentation de son patrimoine. Les visiteurs de la galerie s'émerveilleraient devant l'évocation de l'intérieur de ce continent que la plupart d'entre eux n'avaient jamais visité : sous le pinceau de Jenny surgissait l'Australie dans toute son authenticité.

Diane pencha la tête de côté et étudia la toile de plus près.

— Je pense que c'est ce que tu as fait de mieux depuis longtemps, déclara-t-elle. Cette peinture nous parle vraiment.

Jenny recula de quelques pas, contemplant son œuvre. Vêtue d'un short déchiré et d'un haut de bikini, elle avait enroulé ses cheveux au-dessus de la tête en un chignon sommaire, maintenu par un pinceau, et ne portait comme bijou que le médaillon offert par Peter.

— Je suis d'accord, murmura-t-elle. Bien qu'habituellement, je n'aime pas travailler d'après une photographie.

Elle mit la touche finale à sa composition sous l'œil intéressé de son amie. Cette dernière savait par expérience que les ultimes coups de pinceau pouvaient sublimer, ou totalement gâcher le travail précédent. Seul l'instinct pouvait dire à l'artiste si le tableau était terminé.

Jenny recula de nouveau, examina le paysage un long moment, puis commença à ranger son matériel. Après avoir mis ses pinceaux à tremper, elle gratta la palette et le couteau, qu'elle posa près du chevalet. Relâchant ses cheveux, elle secoua la tête, les bras étirés vers le plafond afin de détendre son cou et ses épaules.

— Fini, soupira-t-elle. Maintenant je peux commencer à m'organiser.

Quel bonheur de la voir reprendre vie, songea Diane, qui se leva et traversa la pièce, ses sandales dorées claquant sur le parquet. Son amie se retourna et sourit.

— Tu es certaine que cela t'est égal d'habiter ici pendant que je pars dans le bush ?

— Bien sûr que oui. J'aurai enfin un endroit où me réfugier pour avoir un peu la paix. Avec l'approche de l'exposition et Rufus qui me harcèle pour que nous nous fiancions, c'est tout à fait ce dont j'avais besoin.

— Mais je croyais qu'il était retourné en Angleterre.

— J'aimerais bien ! Il m'épuise avec ses propos pontifiants sur la grossièreté de l'art australien, comparé aux raffinements de l'école anglaise.

— Il cherche seulement à t'impressionner avec sa vaste culture.

— Peut-être, mais j'aimerais qu'il ne me jette pas l'Angleterre à la figure à tout bout de champ.

Elle regarda par la fenêtre. D'un lointain transistor, sur la plage déjà remplie de monde, leur parvenait la dernière chanson des Beatles.

— Cela dit, je l'aime beaucoup, admit-elle. Il me fait rire, et c'est tout ce qui compte, tu ne trouves pas ?

Jenny vint la rejoindre près de la baie, une expression de nostalgie sur le visage.

— Oh oui ! dit-elle tout bas.

Elle tourna les yeux vers sa compagne.

— Mais promets-moi que tu ne vas pas l'épouser pendant mon absence. Je connais suffisamment Rufus pour savoir qu'il sait se montrer très persuasif, et qu'il est visiblement fou de toi.

Diane fut envahie d'une bouffée de plaisir dont la violence la surprit.

— Tu le crois vraiment ? s'enquit-elle.

Jenny opina de la tête.

— Assez parlé de lui. Allons dans la cuisine, je vais nous préparer un brunch. Tu vas m'aider à établir le trajet jusqu'à Churinga avant que j'aille voir John Wainwright.

Le notaire, vêtu de son inévitable costume trois-pièces, la reçut de nouveau les fenêtres fermées. Sa seule concession pour lutter contre la chaleur écrasante était un ventilateur posé sur son bureau, qui ne réussissait qu'à brasser l'air étouffant.

Jenny l'observa tandis qu'il redressait ses papiers, apparemment très à l'aise au milieu de ce décor anglais intemporel, aux murs lambrissés ornés de livres reliés. Plus chaleureux que la fois précédente, il adressa un sourire à sa visiteuse.

— Avez-vous décidé ce que vous alliez faire de votre héritage ?

— Oui, déclara-t-elle. Je pense que je vais garder Churinga. En fait, je compte m'y rendre pour un certain temps.

Wainwright joignit les doigts sous son double menton, le regard troublé.

— Y avez-vous vraiment réfléchi, Jennifer ? C'est un très long voyage pour une femme seule. Vous vous exposerez à de mauvaises rencontres sur ces routes peu fréquentées.

S'attendant tout à fait à cette réaction, elle s'apprêta à argumenter, lorsqu'il la devança.

— Je pourrais réorganiser mon emploi du temps pour partir avec vous, mais cela ne serait pas possible avant une semaine ou deux, dit-il en la regardant par-dessus ses lunettes. Je ne crois pas qu'il soit raisonnable de vous laisser vous rendre par vous-même dans un endroit aussi reculé, sans être accompagnée.

Jenny grimaça intérieurement. Que ferait-elle de ce compagnon raffiné, au costume et aux ongles immaculés ? Tout à coup, elle l'imagina en pardessus et chapeau melon, flanqué de son parapluie et de sa serviette de cuir, déambulant le long d'une piste de l'outback en essayant de garder sa dignité. Elle dut se mordre les lèvres pour ne pas rire ; après tout, il voulait simplement se montrer serviable.

— C'est très gentil, John, répondit-elle en souriant pour atténuer son propos. Mais je connais déjà le bush et je sais à quoi m'attendre. Ce n'est pas aussi terrible que vous le pensez. Les gens sont très civilisés là-bas, vous savez.

Le soulagement du notaire se lut sur son visage. Avant qu'il eût pu exprimer la moindre objection, elle poursuivit :

— J'ai déjà en partie organisé mon voyage : comme vous pouvez le voir, je ne serai pas seule du tout, affirmat-elle en posant sur le bureau des billets de train et de car. Je prends l'Indian Pacific jusqu'à Broken Hill, puis un car jusqu'à Wallaby Flats. Comme je ne suis pas pressée par le temps, j'ai envie de visiter le plus d'endroits possible. Si vous pouviez contacter le directeur de Churinga et lui demander de venir me chercher au terminus, je vous en serais très reconnaissante.

— Vous semblez très organisée, dit son interlocuteur, le regard fixé sur les billets.

Elle se pencha en avant et s'accouda au bureau, laissant déborder son enthousiasme.

— Je pars demain à 4 heures. Il me faut au moins deux jours pour arriver à Wallaby Flats. De là, il est sans doute possible de louer une voiture, au cas où le directeur ne puisse pas envoyer quelqu'un pour me chercher.

Le regard interdit de John Wainwright était magnifié par ses épaisses lunettes.

— Wallaby Flats n'est pas une ville, Jennifer. C'est un ancien centre minier, aujourd'hui oublié, constitué de quelques masures, de cabanes de tôle et d'un pub fréquenté par des ouvriers itinérants, des conducteurs de troupeaux et des maraudeurs. Il n'y a rien autour. Vous pourriez y rester longtemps avant de trouver quelqu'un qui puisse vous emmener à Churinga.

— Eh bien alors, il faut vous assurer qu'un chauffeur m'y attendra ! déclara-t-elle d'un ton ferme.

— Il sera fait comme vous voulez, laissa-t-il tomber, dubitatif.

— Je n'ai peur ni de l'outback, ni de voyager seule, John. J'ai été élevée dans un orphelinat, à Dajarra, et j'ai dû me débrouiller toute ma vie. J'ai passé des années dans l'endroit le plus rude qui soit, une station du Queensland, où j'ai rencontré des hommes très durs au travail. Ce sont des gens honnêtes et courageux, qui ne feraient de mal à personne. Croyez-moi, je cours beaucoup plus de risques en ville.

Elle se tut un moment pour lui permettre de digérer ses paroles.

— Peter m'a laissé ce domaine pour que je retourne à la terre. L'outback fait partie de moi : je n'ai rien à craindre là-bas.

Ses paroles calmes et déterminées semblèrent vaincre les dernières résistances de son interlocuteur.

— Bien. Je vais prendre contact avec Churinga et faire savoir à Brett Wilson que vous êtes en route. Si vous voulez bien patienter, je vais essayer de l'appeler maintenant. Je ne veux pas vous laisser partir d'ici sans être certain que quelqu'un viendra à votre rencontre.

Il leva un sourcil et Jenny approuva de la tête, touchée que son interlocuteur prête une telle importance à sa sécurité.

Trois quarts d'heure plus tard, après lui avoir offert deux tasses de thé insipide, il revint dans le bureau, se frottant les mains.

— J'ai pu parler à M. Wilson ; il s'arrange pour envoyer quelqu'un à l'arrivée du car dans trois jours. Vous atteindrez sans doute Wallaby Flats en début de soirée ; je vous suggère donc de dormir à l'hôtel au cas où il y aurait un contretemps. M. Wilson m'assure que c'est un endroit correct, où vous pouvez passer la nuit sans danger.

Jenny se leva en souriant et serra la main chaude et molle du notaire.

— Merci de votre gentillesse et de votre aide, John.

— Je vous souhaite un bon voyage, Jennifer. Permettez-moi de vous dire que j'admire votre courage. Tenez-moi au courant. Si vous avez besoin de quoi que ce soit… vous savez où me trouver.

Jenny sortit de l'immeuble sombre d'un pas léger. Pour la première fois depuis longtemps, ses pensées étaient résolument tournées vers le futur.

2

En faisant ses adieux à Diane, qui l'avait accompagnée jusqu'au train, vêtue, comme toujours, d'un caftan exotique, abondamment maquillée et parée de bijoux voyants, Jenny était en proie à des sentiments contradictoires.

— Je me sens à la fois excitée et anxieuse. Je ne suis pas sûre du tout d'avoir pris la bonne décision, dit-elle, la voix légèrement tremblante.

Diane s'esclaffa en la serrant dans ses bras.

— Bien sûr que si. Rien ne t'oblige à rester là-bas si tu ne t'y plais pas. En attendant, je te promets de ne pas organiser de fêtes sauvages dans ta maison !

Elle poussa doucement son amie vers le train. Des portières qui se refermaient claquèrent dans le brouhaha environnant.

— Vas-y avant de faire couler mon mascara.

Jenny l'embrassa et rajusta son sac plus confortablement sur son dos. La gare était bondée de voyageurs partant pour le week-end, vêtus comme elle d'un short et d'une chemise, ainsi que de chaussettes et de bottes épaisses. Pour tout bagage, elle emportait trois tenues de rechange, son carnet d'esquisses, des produits répulsifs contre les insectes, des pansements et un chapeau de feutre. Là où elle se rendait, elle n'aurait pas besoin de grand-chose, d'autant plus qu'elle n'avait pas l'intention d'y séjourner longtemps. Il s'agissait d'un simple voyage de reconnaissance, destiné à satisfaire sa curiosité et son besoin de retourner une fois encore au cœur de l'Australie, dans l'espoir d'y retrouver des vestiges de sa vie d'autrefois.

Avec un dernier signe de la main, elle grimpa dans le train et chercha la place qu'elle avait réservée. Elle avait délibérément décidé de ne pas voyager en wagon-lit. D'une part, elle avait l'habitude de ne pas gaspiller l'argent, et d'autre part, ce choix lui permettrait de bavarder avec les autres passagers, et de se sentir moins isolée.

Le convoi s'ébranla et sortit lentement de la gare, faisant surgir en elle un sentiment d'excitation. À quoi ressemblait Churinga ? Retrouverait-elle l'attrait qu'elle avait éprouvé envers l'outback étant enfant ? Aujourd'hui, plus âgée, plus sophistiquée, et certainement plus posée, elle s'était habituée au confort facile de la vie citadine, où l'eau ne manquait jamais, où l'air conditionné permettait de moins souffrir de la chaleur, et où il faisait bon se promener dans l'ombre bienfaisante des parcs verdoyants.

Par la fenêtre, elle vit défiler Sydney et sa banlieue ; les sites familiers s'éloignaient peu à peu. Lorsque le train pénétra dans les Blue Mountains, Jenny eut le sentiment de feuilleter un livre de photographies somptueux qui se déployait en un panorama à couper le souffle. D'immenses gorges escarpées abritaient des cascades qui se déversaient dans des vallées boisées d'un vert profond. Des rochers déchiquetés, recouverts d'un voile de brume bleutée émanant des eucalyptus, formaient une chaîne qui s'étirait jusqu'à l'horizon miroitant. Rien ne pouvait ternir la beauté saisissante de ce spectacle, ni les bungalows éparpillés entre les arbres, ni les petits groupes de bâtiments plus anciens perchés sur les hauts plateaux.

Les appareils photographiques cliquetaient autour d'elle, ponctuant les exclamations émerveillées des touristes. Tout en regrettant de ne pas avoir pris le sien, Jenny avait le sentiment que cette splendeur resterait à jamais gravée dans sa mémoire.

En quelques heures, le train était passé d'une chaîne de montagnes à une autre, ne s'arrêtant que quelques minutes dans de petites gares reculées et poussiéreuses, pour y prendre quelques passagers.

La jeune femme ne se lassait pas de contempler les moutons broutant l'herbe jaune et cassante. Les montagnes l'avaient éblouie, mais cette terre rouge, ornée d'arbres rabougris, touchait en elle quelque chose de profond. Ses voisins saluèrent avec des cris de plaisir un troupeau de kangourous qui traversait la prairie en bondissant.

La nuit survint rapidement. Grâce à l'obscurité, ajoutée au bercement du train, Jenny réussit à s'endormir.

Dans un flamboiement magique, le jour se leva. Des lambeaux rouge orangé se déployaient au-dessus de la terre et projetaient sur elle leurs nuances chaudes. Jenny but son café en contemplant le ciel incandescent, magnifiant les étendues désolées, où les arbres dressaient bravement sous le soleil leur tronc couleur de cendre, aux feuilles desséchées. Une fois de plus, elle succombait à l'envoûtement qu'exerçait sur elle son pays.

À un autre jour succéda une autre nuit. Le train traversa d'immenses espaces presque déserts. Hameaux, pâturages, lacs et montagnes s'évanouissaient aussi vite qu'ils étaient apparus.

Le matin suivant, la jeune femme avait le cou et le dos raidis, à force de rester assise. Ayant dormi par intermittence, énervée par l'approche de sa destination, elle avait passé le reste du temps à jouer aux cartes et à boire de la bière avec un groupe de jeunes randonneurs anglais. Tout à coup, le train ralentit en atteignant l'oasis de Broken Hill, où les voyageurs pouvaient emprunter plusieurs correspondances.

Jenny rangea son guide et se prépara à descendre. L'apparition incongrue d'une mosquée toute simple, entièrement constituée de fer, fit naître un flot de commentaires chez ses compagnons, dont certains projetaient de visiter Silverton, ville fantôme située à l'ouest de Broken Hill, et utilisée aujourd'hui comme décor de cinéma. Elle eût aimé se joindre à eux. Lorsqu'elle quitta les randonneurs, elle éprouva même un sentiment de regret à l'idée de ne pas traverser tout le pays jusqu'à Perth. Il y avait tant de lieux à découvrir, qui n'étaient, jusqu'à présent, que des noms sur une carte. Mais ce serait pour plus tard : le car attendait, pour l'emmener vers un endroit bien précis.

Après avoir réglé les courroies de son sac à dos, elle sortit de la gare. La « ville d'argent », ainsi qu'on l'appelait autrefois, étalait, au long du Darling, ses bâtiments du début du XIXe siècle, ornés de verdure et de fleurs aux couleurs vives. En fait, elle avait devant elle un village aux prétentions citadines, typique de l'outback, avec des édifices imposants, datant de l'exploitation des mines d'argent, qui jouxtaient indifféremment des boutiques ornées de colonnes et des cabanes de bois. Au milieu des hôtels et motels aux enseignes criardes, de construction plus récente, s'élevaient la cathédrale, l'hôtel du commerce et la tour d'horloge de la poste.

Le car attendait devant l'hôtel du Prince Albert, qui se dressait fièrement au milieu d'un jardin luxuriant. Jenny était déçue ; elle eût souhaité non seulement visiter la ville, mais aussi prendre une douche, se changer et manger un peu. Toutefois, si elle ratait le car, il lui faudrait attendre une semaine entière pour prendre le prochain ; en outre, Brett Wilson devait venir la chercher à Wallaby Flats.

— Appelez-moi Lester. Donnez votre sac, mon petit. Sautez dans le car et installez-vous. Y a des bières et des remontants dans la glacière, mettez l'argent dans la boîte de métal.

Le conducteur attrapa son sac à dos et le rangea aussitôt. Vêtu d'un short, d'une chemise blanche et de longues chaussettes de même couleur, repliées sous le genou, il tourna vers elle un visage buriné où se dessinait un sourire chaleureux, à demi caché par une moustache sombre.

Elle lui rendit son sourire et grimpa à bord du véhicule. Une bouteille de bière à la main, elle en remonta l'allée, saluant au passage ses compagnons de voyage. Dans l'air étouffant, des mouches bourdonnaient au-dessus des sièges serrés. Les écartant de la main, elle but une gorgée du liquide glacé, en proie à une excitation croissante. Dans huit heures, elle serait à Wallaby Flats.

Le démarrage du car, dans un nuage de poussière rouge, fit disparaître les mouches et provoqua un courant d'air tiède par les vitres ouvertes. Chapeaux et journaux se transformèrent en éventails. En dépit de l'inconfort, Jenny était ravie. Elle retrouvait l'Australie authentique, bien loin des villes, des plages, des parcs et des centres commerciaux. Ici se trouvait l'âme véritable de son pays, avec tous ses excès.

La réserve de boissons devait être renouvelée à chaque arrêt, car la chaleur ne faiblissait pas, bien au contraire.

Lester amusait les passagers de son constant bavardage, ponctué de grosses plaisanteries. Étourdie par le manque de sommeil, la chaleur et l'excès de bière, Jenny somnolait.

Lorsque le véhicule atteignit enfin Wallaby Flats, la nuit était presque tombée et il faisait plus frais. Jenny descendit du véhicule et s'étira. Sa chemise et son short étaient maculés de sueur ; à en juger par l'aspect de ses compagnons, elle devait faire peur. Mais son moral restait au beau fixe, car elle touchait presque au terme de son voyage.

Debout dans le crépuscule, elle huma l'air environnant.

— Quelle est cette odeur affreuse ? s'exclama-t-elle, le souffle coupé.

— C'est celle des sources sulfureuses, mon petit, répondit Lester en souriant. Vous allez vous y habituer, ne vous inquiétez pas.

— C'est à souhaiter ! murmura-t-elle en récupérant son sac à dos.

De l'hôtel Queen Victoria émanait une sorte de gloire fanée, en dépit de l'enseigne cabossée qui en surmontait l'entrée. Ce vestige d'une grandeur passée avait, au fil des ans, pris un aspect triste et délabré. Orné d'un balcon et d'une véranda, il présentait une façade dont la peinture s'écaillait et dont les filigranes de fer forgé, rouillés, tombaient par endroits. Les fenêtres, flanquées de lourds volets de bois, étaient munies de moustiquaires. Devant l'édifice, des chevaux poussiéreux, la queue ballante, penchaient la tête vers un abreuvoir de béton. La véranda, seul refuge de fraîcheur apparent, rassemblait visiblement tous les hommes de l'endroit. Assis dans des rocking-chairs ou sur les marches, ils observaient les arrivants sous le bord de leur chapeau éculé.

L'œil d'artiste de Jenny embrassa la scène dans son ensemble. Tous ces visages burinés, qui racontaient des années de dur labeur et d'épreuves, eussent mérité d'être immortalisés par un dessin. Gravissant les marches de l'entrée, elle fit une pause pour les saluer.

— Bonjour. Quelle chaleur aujourd'hui, n'est-ce pas? dit-elle, son regard passant d'un visage à l'autre.

Après un silence, un vieillard grisonnant lui répondit d'un signe de tête. Jenny se demanda si ces gens se sentaient gênés par ce soudain afflux de visiteurs dans leur vie tranquille, ou si l'isolement de leur petite ville avait instillé en eux une profonde méfiance des étrangers.

Elle suivit ses compagnons de voyage jusqu'au bar. Une boisson, une douche et quelque chose à manger la mettraient en condition pour une bonne nuit de sommeil.

Un ventilateur brassait l'air humide, soulevant les bandes de papier tue-mouche accrochées à toutes les poutres. Le bar lui-même, constitué d'une planche de bois qui s'étendait sur toute la longueur de la pièce, était présidé par un homme mince au nez busqué, vêtu d'un maillot de corps surmonté de bretelles, et d'un pantalon trop grand retenu par une ceinture. Des décorations de Noël oubliées, suspendues au-dessus de rangées de bouteilles ternies, faisaient de leur mieux pour égayer la pièce, bravement soutenues par le grésillement d'une vieille radio.

— La salle réservée aux dames se trouve à l'arrière, décréta le patron avec un fort accent slave, accompagnant sa déclaration d'un geste de la tête qui désignait une porte à l'extrémité du bar.

Irritée d'être traitée, comme à l'accoutumée, en citoyenne de second ordre, Jenny suivit ses compagnes de voyage dans l'autre salle. À Sydney non plus, les hommes n'aimaient pas voir les femmes dans un pub, coutume annonciatrice de l'effondrement d'un système qui leur convenait parfaitement. Heureusement, un changement commençait à s'amorcer dans les villes. La jeune femme, en proie à une soif dévorante, se demanda si une boisson allait leur être proposée.

Une serveuse blonde entra dans la pièce, ses talons aiguilles résonnant sur le plancher de bois brut. Elle venait de se mettre du rouge à lèvres, dont la couleur jurait avec les boucles d'oreilles de plastique rose et la jupe orange très serrée. Son opulente poitrine se balançait sous un chemisier à fanfreluches qui dénudait ses poignets ornés de nombreux bracelets de métal. La trentaine environ, se dit Jenny : trop jeune sans doute pour être l'épouse du patron. En tout cas, cette apparition colorée et chaleureuse mettait indéniablement un peu de vie dans cet endroit morose.

— Non, merci, j'ai bu assez de bière, répondit la voyageuse lorsque la jeune femme lui proposa une boisson. Une tasse de thé serait parfaite.

— Sûr. Rien de tel que du thé pour chasser la poussière, non ? chanta la serveuse en battant des paupières. Au fait, je m'appelle Lorraine. Comment ça va ?

— Ça ira bien quand j'aurai bu mon thé, que je me serai lavée et que j'aurai mangé un peu, répliqua Jenny en souriant, l'appétit aiguisé par un fumet d'agneau rôti qui flottait dans la pièce.

Quelques minutes plus tard, elle se sentit revivre en sirotant son thé, fort et chaud. La jeune blonde avait disparu dans le bar, où l'on entendait ses allées et venues. La plupart des compagnes de Jenny étaient à moitié endormies ; les autres, trop fatiguées pour parler, avaient le regard dans le vague. La jeune femme eût aimé bavarder avec Lorraine, dont elle entendait le rire de gorge.

Cette dernière vint chercher ses clientes au bout d'une demi-heure pour les conduire dans la cuisine, où elle leur servit des portions bien garnies de viande et de légumes. Lorsqu'elle eut déposé toutes les assiettes sur la table, Jenny s'adressa à elle.

— Y a-t-il des messages pour moi ? Quelqu'un devait venir me chercher ici.

Les sourcils épilés de Lorraine se soulevèrent.

— Comment vous appelez-vous ? Je vais vérifier.

— Jenny Sanders.

Le sourire de la serveuse se figea et ses yeux se durcirent.

— Brett n'est pas encore arrivé.

— Vous avez donc une réservation à mon nom, pour cette nuit ?

— Ça, je n'en sais rien, madame Sanders. L'hôtel est toujours plein à l'arrivée du car.

Jenny étudia le visage rond, animé par une expression de fausse candeur. Son interlocutrice mentait, mais pourquoi ?

— M. Wilson a dit qu'il me réserverait une chambre, déclara-t-elle avec fermeté. Voici la confirmation.

Elle tendit à son interlocutrice le télégramme qui avait été envoyé à John Wainwright.

Lorraine resta de marbre. Elle effleura le télégramme du regard et haussa les épaules.

— Je vais voir si p'pa peut vous caser quelque part, mais il va vous falloir partager une chambre.

Un plateau de verres à la main, elle fit demi-tour avec souplesse et sortit de la pièce.

Un murmure de désapprobation s'éleva parmi les compagnes de Jenny, qui s'empressa d'en rire.

— Cela ne pose aucun problème, affirma-t-elle. De toute façon, je suis tellement fatiguée que je pourrai dormir n'importe où.

— Pour ma part, je trouve cette attitude scandaleuse, s'écria une femme corpulente d'âge moyen, vêtue d'une robe de coton bleu marine.

Au cours du voyage en car, Jenny avait appris qu'elle se nommait Mme Keen, et qu'elle allait dans le Territoire du Nord, pour rendre visite à ses petits-enfants.

— Si vous avez payé pour une chambre, vous devez en avoir une ! insista son interlocutrice.

Les exclamations suscitées par cette remarque mirent Jenny mal à l'aise. Elle ne voulait pas créer d'embarras et souhaitait éviter de mécontenter la serveuse, qui semblait déjà contrariée, Dieu seul savait pourquoi.

— Je suis sûre que cela va s'arranger, affirma-t-elle. Il fait trop chaud pour s'agiter. Voyons ce que Lorraine dira quand elle reviendra.

Mme Keen posa une main douce sur le bras de Jenny et se pencha vers elle avec un clin d'œil complice.

— Ne vous inquiétez pas, ma petite, vous pourrez dormir avec moi. Cette blonde est visiblement convaincue que vous convoitez son homme, ce Brett, qui est censé venir vous chercher.

Jenny la regarda fixement. Peut-être effectivement était-ce là toute l'explication. Lorraine s'était comportée normalement jusqu'à ce que le nom de M. Wilson fût prononcé. Cette situation était absurde, mieux valait la tirer au clair le plus vite possible.

— Brett Wilson est le directeur de ma station d'élevage de moutons. Je ne vois pas comment je peux représenter une menace pour cette jeune femme !

Le rire de Mme Keen secoua tout son corps.

— Elle me fait l'effet d'une panthère, mon petit. Quant à représenter une menace, eh bien, je pense que vous ne vous êtes pas regardée depuis longtemps dans un miroir !

Constatant que sa remarque laissait Jenny sans voix, elle poursuivit :

— Je parierais que Lorraine a des vues sur votre directeur. Vous verrez ce que je vous dis.

La serveuse rentra dans la pièce au moment où la conversation allait prendre une tournure animée :

— L'hôtel est plein. Vous allez devoir partager une chambre, ou dormir sur un matelas, sous la véranda arrière, caché par un paravent.

— J'ai une chambre à deux lits, Jenny peut s'installer près de moi, intervint Mme Keen, en finissant tranquillement de saucer son assiette avec un morceau de pain.

Lorraine lui jeta un regard hostile, mais ne répondit rien.

Lorsque le dîner fut terminé, les deux femmes portèrent leurs affaires jusqu'à la véranda, d'où un escalier menait à une chambre située au-dessus du bar. Un ventilateur grondait au plafond de la pièce, meublée de deux lits de camp, d'une chaise et d'une coiffeuse, et protégée des moustiques par des volets bien fermés ; un seul pichet rempli d'une eau couleur de thé, posé près d'une cuvette, leur était fourni pour un rafraîchissement sommaire. Les toilettes se trouvaient en bas, dans la cour.

— Eh bien ! Ce n'est pas tout à fait le Ritz, dit Mme Keen, se laissant tomber sur l'un des lits. Peu importe ; après ce trajet en car, n'importe quel matelas me semblera paradisiaque.

Jenny s'affaira à sortir ses affaires de son sac à dos tandis que sa compagne ôtait sa robe et se lavait avant de se mettre au lit. Au moins, se dit-elle, les draps et les serviettes sont propres, et il y a un morceau de savon.

Au son des ronflements de sa voisine, la jeune femme se débarbouilla et enfila un tee-shirt blanc. Elle resta ensuite assise dans l'obscurité croissante, savourant le calme du soir, puis sortit de la petite chambre étouffante pour prendre l'air sur le balcon.

S'appuyant contre la balustrade, elle leva la tête vers le ciel. Sur le firmament d'un noir velouté, la Voie lactée éparpillait ses étoiles. Orion et la Croix du Sud scintillaient au-dessus de la terre ensommeillée. Quelle splendeur ! s'exclama-t-elle intérieurement. L'espace d'un instant, elle se dit qu'il eût fait bon dormir dehors ; si seulement les moustiques n'existaient pas !

Alors que le cri d'un kookaburra déchirait le silence, elle pensa qu'il lui faudrait se réhabituer à l'outback. Mais elle savait déjà qu'une partie d'elle-même n'avait jamais cessé de lui appartenir.

3

Les premiers rais de lumière filtrant à travers les volets caressèrent doucement le visage de Jenny, qui émergea lentement d'un profond sommeil et resta un moment allongée, les yeux fermés contre l'éclat du jour. Pour la première fois depuis des mois, elle avait dormi sans faire de rêves.

Mme Keen, qui ronflait encore quelques minutes auparavant, s'éveilla brusquement.

— C'est déjà le matin ?

Jenny fit un signe affirmatif et commença à se brosser les cheveux.

— Le jour se lève tôt, par ici, dit-elle.

— C'est vrai, il n'est que 5 heures. Je me demande à quelle heure ils servent le petit déjeuner.

Jenny tordit ses cheveux sur le dessus de sa tête, en un chignon qu'elle fixa à l'aide de barrettes d'écaille. Elle se lava et s'habilla rapidement, prête à explorer les lieux.

— Je vous retrouve tout à l'heure, lança-t-elle à sa compagne.

Il faisait beaucoup trop beau pour rester enfermée.

Les toilettes étaient abritées dans une cabane de bois, au fond de la cour. Après un bref passage dans cet endroit sombre et malodorant, Jenny se dirigea vers la rue. Sous le ciel d'azur zébré de nuages rosés, il faisait déjà chaud. En contournant l'hôtel, elle entendit des bruits de casseroles et la voix stridente de Lorraine. Elle plongea les mains dans les poches de son short, envahie par un sentiment de paix intérieure depuis trop longtemps oublié. Même la serveuse n'arriverait pas à gâcher cette journée magnifique.

La route qui serpentait au-delà de l'hôtel allait se perdre dans le désert. De chaque côté s'élevaient des maisons érodées par la chaleur et la poussière, aux volets de bois affaissés sur des charnières rouillées, et dont la peinture se craquelait. La rivière, au tracé parallèle à celui de la route, réduite à un mince filet, débordait sans doute régulièrement à la saison des pluies, car chaque bâtiment était monté sur pilotis.

Jenny se dirigea vers les sources sulfureuses. Lester avait eu raison ; elle n'en percevait déjà plus l'odeur. Toutefois, dès qu'elle vit l'eau d'un jaune bilieux, elle renonça à tester son pouvoir thérapeutique et s'orienta plutôt vers les puits de mine désaffectés.

Il s'agissait de trous géants creusés dans le sol, consolidés par des traverses de chemin de fer. Selon son guide, les opales avaient autrefois fait l'objet d'un commerce important ; pourtant, les puits semblaient abandonnés depuis longtemps. Elle s'appuya contre la balustrade de l'une des excavations, et faillit perdre l'équilibre lorsqu'une voix tonna dans ses oreilles.

— Faites attention, m'dame !

Elle fit volte-face et se trouva devant un petit homme malingre, au nez déformé et aux yeux bleus brillants surmontés de sourcils en broussaille, qui lui jeta un regard féroce.

— Bonjour, répondit-elle. Ce puits est à vous ?

Une fois le choc initial passé, elle sut qu'elle aurait du mal à garder son sérieux.

— Tout juste. Ça fait deux ans que je creuse. Je crois que je touche au but, lui confia-t-il en découvrant quelques dents abîmées.

— Il y a donc encore des opales ?

— Oui, j'ai trouvé une véritable beauté, l'autre jour.

Il jeta un regard par-dessus son épaule et se pencha vers elle.

— Mais pas besoin de le crier sur les toits, je risque de me la faire voler. Je pourrais vous raconter des histoires à vous faire dresser les cheveux sur la tête, ma p'tite dame. Vous voulez jeter un coup d'œil ?

— En bas ? s'écria Jenny, dubitative.

Le puits paraissait profond et très sombre. En outre, qu'y avait-il à voir ?

— Mais oui. Vous ne craignez rien. Il n'y a plus de serpents, comme ceux que les mineurs utilisaient autrefois pour garder les lieux. Venez, je vais vous montrer.

Il tendit sa main rugueuse et puissante, afin de lui montrer comment descendre à l'échelle.

— Attendez, lui dit-il lorsqu'ils atteignirent le fond, je vais allumer.

Il frotta une allumette et, aussitôt, la lueur d'une lampe à pétrole dissipa l'obscurité.

Dans cet endroit agréablement frais, Jenny oublia sa méfiance. Elle se trouvait face à un véritable labyrinthe de tunnels, dont les couleurs et les textures des parois illustraient l'histoire de la planète.

— Quelle splendeur, n'est-ce pas ? Mais c'est ce qui est enfoui qui est une vraie merveille !

Plongeant la main dans une niche creusée dans le roc, il en sortit un petit sac de cuir fermé par un cordon, dont il déversa le contenu dans sa paume.

Le souffle coupé, Jenny contemplait les opales, dont les veines rouges, bleues et vertes luisaient dans le blanc laiteux de la pierre. Parmi elles reposaient des spécimens particulièrement précieux, les opales noires, constellées d'une fine poussière dorée.

L'homme prit délicatement la plus belle d'entre elles et la posa dans la main de la jeune femme.

— Je l'ai polie du mieux que j'ai pu ; je pense qu'elle peut me rapporter gros, à la ville.

— Elle est magnifique, souffla Jenny en la faisant tourner dans la lumière.

— Pour ça, oui ! Je peux vous faire un prix si vous voulez me l'acheter.

— Je doute que je puisse me l'offrir, répondit-elle avec un ton de regret. En outre, ne dit-on pas que les opales portent malheur ?

Le vieil homme jeta la tête en arrière, faisant résonner son rire dans le labyrinthe.

— Allons, ma p'tite dame ! Vous avez trop écouté les gens qui ne savent pas de quoi ils parlent. Elles ne portent malheur qu'aux pauvres chercheurs qui ne réussissent pas à les trouver !

Elle le regarda ranger les pierres dans le sac, qu'il remit à sa place.

— N'avez-vous pas peur que quelqu'un vous les vole ? s'enquit-elle.

Secouant la tête, il tendit la main vers une cage de métal aux barreaux très serrés.

— Pas lorsque mes scorpions sont lâchés. Je les mets près du sac et je ferme la cavité avec une grosse pierre. Allons, le petit déjeuner de Lorraine nous attend, déclara-t-il, en posant le pied sur le premier barreau de l'échelle.

Ils retournèrent ensemble à l'hôtel, dans un silence amical. Jenny eût aimé interroger son compagnon sur Lorraine et Brett Wilson, mais elle savait que dans ce petit pays, sa curiosité susciterait des commentaires. En outre, leurs relations ne la regardaient pas, dans la mesure où le travail du directeur n'en était pas affecté.

Dans l'immense cuisine, animée et bruyante, aux longues tables à tréteaux recouvertes de toiles cirées et de plats, étaient installés les passagers du car ainsi que les conducteurs de troupeaux et travailleurs itinérants qui avaient dormi à l'hôtel.

La voix de Mme Keen se fit entendre dans le brouhaha.

— Hou hou ! Je vous ai gardé une place !

À peine Jenny fut-elle installée près de sa compagne de chambre que Lorraine surgit à ses côtés et posa bruyamment devant elle une assiette remplie d'un steak, d'œufs et de pommes de terre sautées. La jeune femme fit une grimace.

— Merci, mais je ne prends pas de petit déjeuner. Un café me suffira.

— Nous ne servons que du thé, rétorqua la serveuse. Vous n'êtes pas dans un hôtel chic de Sydney ici.

L'assiette fut enlevée et remplacée par une théière.

— Je m'en suis aperçue, aboya Jenny, regrettant instantanément son éclat, qui provoqua un silence soudain.

Toutes les têtes se tournèrent vers les deux femmes. Mme Keen prit une profonde inspiration.

— Alors qu'attendez-vous pour y retourner ? lança Lorraine en quittant la pièce, dans un grand bruit de bracelets.

Jenny choisit de se moquer d'elle-même pour cacher sa gêne.

— Pour subir de nouveau cet horrible trajet en car ? Non merci !

Au milieu des rires et des conversations qui reprirent aussitôt, elle battit intérieurement sa coulpe. Alors qu'il y avait si peu de femmes dans le bush, elle avait réussi à se faire une ennemie de la première qu'elle rencontrait !

Mme Keen partit en car une heure plus tard. Après lui avoir fait signe de la main, Jenny s'assit sur le porche, avec son carnet d'esquisses. Il y avait tant de choses qu'elle désirait fixer sur le papier ! Toutes ces nuances sauvages de rouge, de fauve, d'orange et d'ocre, se combinant en une somptueuse tapisserie. Impossible de reproduire cette rudesse avec la douceur des pastels ou des crayons. Elle regrettait de n'avoir à sa portée ni toiles ni tubes de peinture.

Plongée dans son travail, elle enchaînait les croquis au fur et à mesure que le spectacle du désert se modifiait sous le soleil ascendant.

— Madame Sanders ?

Bien qu'elle n'eût pas entendu approcher son interlocuteur, sa voix aux intonations légèrement traînantes ne la fit pas sursauter. Elle leva les yeux et rencontra un regard gris-vert aux reflets dorés, frangé de cils noirs. Coiffé d'un chapeau de conducteur de troupeaux, l'homme penchait vers elle un visage buriné bien dessiné : mâchoires carrées, nez long et droit, lèvres pleines au sourire teinté d'humour, et menton creusé d'une fossette.

— Brett Wilson. Je suis désolé de vous avoir fait attendre. J'ai été retenu à l'exploitation.

— Bonjour, réussit-elle à prononcer lorsqu'elle eut retrouvé son souffle.

Ainsi ce bel homme séduisant était le directeur de Churinga ? Rien d'étonnant à ce que Lorraine se montrât méfiante envers les autres femmes.

— Appelez-moi Jenny, dit-elle aussitôt. Heureuse de vous rencontrer.

Il retira sa main et l'observa un moment.

— Je crois qu'il est préférable que je vous appelle madame Sanders, dit-il enfin. Les gens d'ici aiment jaser, et vous êtes ma patronne.

Jenny ne put cacher sa surprise. Tous les Australiens s'appelaient par leur prénom, même entre patrons et employés. Mais elle lut dans les yeux de son interlocuteur une expression qui la dissuada d'insister. En hâte, elle rassembla son matériel.

— J'imagine que vous êtes pressé de repartir ? s'enquit-elle.

— Il n'y a pas d'urgence, répondit-il. Je boirais bien une bière ou deux. Voulez-vous que Lorraine vous apporte un rafraîchissement pendant que vous m'attendez ?

Elle n'en avait pas vraiment envie, mais s'il la forçait à patienter, il pouvait au moins lui offrir une bière.

— D'accord, monsieur Wilson. Mais ne tardons peut-être pas trop longtemps ; j'ai hâte de découvrir Churinga.

Il repoussa son chapeau en arrière, découvrant une chevelure noire et bouclée, qu'il dissimula de nouveau en ramenant le couvre-chef sur son front.

— Ne vous inquiétez pas, Churinga ne va pas s'envoler, répliqua-t-il avant de pénétrer dans l'hôtel.

Jenny s'adossa de nouveau à sa chaise et reprit son carnet d'esquisses. Mieux valait s'habituer dès maintenant au rythme des habitants de l'outback.

Le bavardage bruyant de Lorraine fut bientôt suivi du claquement de ses talons sur le plancher de la véranda.

— Voilà une bière pour vous. Brett a dit qu'il ne serait pas trop long, déclara-t-elle d'un ton de propriétaire, avant de repartir vers le bar.

En effet, il a intérêt à se dépêcher, pensa Jenny en buvant une gorgée du liquide bien frais. Elle n'allait pas attendre pendant des heures qu'il eût fini de lutiner la serveuse.

Lorsqu'elle eut terminé son demi, elle remonta dans la chambre pour y prendre son sac à dos. Après s'être lavé le visage et les mains, elle se brossa les cheveux, activité qui avait toujours pour vertu de la calmer. Sa bonne humeur revenue, elle décida de redescendre pour savourer le paysage. Brett avait raison, Churinga ne s'envolerait pas.

Le verre de bière se trouvait toujours sur le bras du fauteuil. Jenny le posa sur le sol et reprit son travail. Son attention fut alors attirée par le vieux chercheur d'opales, assis dans un rocking-chair à l'autre extrémité de la véranda. Tandis que son crayon volait sur le papier, elle oublia Brett et Lorraine. Le mineur était un sujet merveilleux. Immobile, le regard perdu au loin, il avait repoussé son chapeau de telle sorte que son profil rude apparaissait dans toute sa netteté.

— C'est drôlement bien ! Je ne savais pas que vous saviez dessiner !

Jenny leva les yeux vers Lorraine en souriant. Maintenant que Brett lui avait consacré tout son temps, elle proposait peut-être une trêve.

— Merci.

— Vous devriez essayer de vendre ce que vous faites dans la galerie de Broken Hill, si vous avez l'intention de rester un peu. Les touristes adorent ce genre de dessins.

Son interlocutrice se garda d'indiquer que son œuvre était déjà connue en Australie.

— Je fais juste cela pour passer le temps.

La serveuse resta près d'elle tandis qu'elle terminait le portrait.

— C'est tout à fait Joe, déclara-t-elle, admirative. On reconnaît bien sa moue, lorsqu'il réfléchit.

Jenny déchira la page et la tendit à son interlocutrice.

— Il est pour vous, je vous en fais cadeau.

— Vous êtes sûre ? s'écria Lorraine, les yeux écarquillés de surprise. Oh merci, vraiment !

Ses joues s'étaient brusquement empourprées.

— Je suis désolée… Vous savez, je n'ai pas l'habitude de m'emporter comme ça.

Elle tendit la main vers Jenny.

— Copines ?

En dépit de ses réticences, la jeune femme lui serra la main.

— Copines.

La serveuse se montra satisfaite et retourna au dessin.

— Est-ce que ça vous ennuie si je le fais voir à Joe ? Je suis sûre qu'il va se mettre à rougir.

— Bien sûr que non.

— Je vous offre une bière pour ça. Brett ne devrait pas tarder.

Lorraine trottina jusqu'au fauteuil du mineur et lui mit son portrait sous le nez. Le vieil homme se mit à rire et se tourna vers l'artiste.

— Bravo, ma p'tite dame ! C'est mieux qu'un miroir, lança-t-il en levant son verre vide en guise de salut.

Jenny saisit la balle au bond.

— C'est ma tournée, Lorraine. Joe mérite d'être remercié pour être un aussi bon modèle.

Quittant la pénombre du bar, Brett s'avança dans la véranda. Mme Sanders, assise près de Joe, écoutait ses histoires de chercheur d'opales. Elle n'avait pas remarqué son arrivée, ce qui lui permit de l'étudier un moment.

Elle était beaucoup plus jeune qu'il ne l'avait imaginé. Beaucoup plus jolie aussi. Le vieux Wainwright avait simplement indiqué qu'elle était veuve, sans autre précision. Trop délicate pour Churinga, elle retournerait à Sydney dans deux semaines au plus tard. Lorraine avait raison, ces citadines étaient toutes les mêmes ; elles s'enthousiasmaient à l'idée d'aller dans le bush, mais une fois confrontées au manque d'eau courante, aux incendies, aux inondations ou à la sécheresse, elles prenaient leurs jambes à leur cou. Bon débarras, se dit-il. Je n'ai pas envie de recevoir des ordres d'une maigrichonne qui ne sait pas distinguer le cul de la tête d'un mouton.

Il admira les reflets d'ambre allumés par le soleil dans la chevelure de la jeune femme et observa les gestes de ses mains tandis qu'elle expliquait quelque chose à Joe, révisant tout à coup son opinion. On ne voyait aucune trace de la perte récente qu'elle avait subie, ce qui dénotait une certaine force de caractère. En outre, elle avait accompli seule ce long voyage, apparemment sans dommage. Elle lui faisait penser à un oiseau exotique, comme ceux qui peuplaient le bush. Peut-être était-elle plus coriace qu'elle n'en avait l'air ?

Sa patronne tourna la tête et fixa sur lui ses yeux magnifiques. Il s'enfonça le chapeau sur la tête et s'avança vers elle.

— Je suis à vous dans une minute, monsieur Wilson, j'écoute la fin de l'histoire de Joe.

Brett comprit qu'elle lui rendait la monnaie de sa pièce. Il eût aimé lui dire qu'il l'attendrait dans la camionnette, derrière l'hôtel, mais les récits de Joe étaient légendaires, et il aimait la façon dont Mme Sanders penchait la tête de côté pour écouter. Avec une expression d'ennui étudiée, il s'appuya sur la balustrade de la véranda et alluma une cig.. ette.

L'histoire terminée, Jenny se leva. Brett se força à ne pas détailler du regard sa silhouette harmonieusement proportionnée.

— Salut Joe, à bientôt, lança-t-il en prenant le sac à dos de la jeune femme. Allons-y, poursuivit-il, nous avons un long chemin à parcourir.

Près du pick-up, en plein soleil, Lorraine les attendait, un panier de provisions à la main. Brett coinça le sac de Jenny derrière le siège du passager, où elle s'installa, et posa le panier sur le plateau, recouvert d'une bâche. Il sauta dans le véhicule et claqua la portière.

Lorsque Lorraine passa la tête par la vitre ouverte, son parfum se répandit dans la cabine.

— Salut Jenny. J'espère que nous nous reverrons bientôt.

Elle posa sa main sur le poignet de Brett, tandis qu'il faisait démarrer le moteur.

— Au revoir, Brett. N'oublie pas que tu as promis de m'emmener au pique-nique pour l'Anzac Day[1] !

— D'accord. À un de ces jours, dit-il en libérant son bras.

Il fit une marche arrière et passa la première. Il était temps de rentrer à Churinga.

Jenny avait observé la scène d'un œil amusé. Cette pauvre Lorraine devrait travailler dur pour attraper ce personnage

---

1. Commémoration du débarquement des troupes australiennes et néo-zélandaises en Turquie lors de la Première Guerre mondiale. *(N.d.T.)*

particulièrement introverti et maussade. Tous les hommes du bush se comportaient-ils ainsi avec les femmes ? Ou Brett était-il tout simplement gêné devant elle ? C'était probablement le cas. La serveuse se montrait très possessive, ce qui était plutôt gênant lorsqu'on avait sa patronne assise auprès de soi.

Tout à coup, elle prit conscience du paysage qui l'entourait, et oublia aussitôt tout le reste. Les termitières couleur de rouille constellaient le paysage désertique, creusé par les lits secs et béants de rivières asséchées. Le véhicule, soumis à ces dénivellations dangereuses, menaçait à tout moment de verser. Sous le ciel infini d'un bleu parfait s'étendait une terre ocre, striée de noir, peuplée de gommiers fantômes aux troncs argentés et aux feuilles flétries.

Elle se promit d'emprunter un jour la camionnette et d'aller peindre dans le désert. Mais avant cela, il fallait que Diane lui fît parvenir son matériel.

Le silence n'était rompu que par le bruit du moteur et le frottement occasionnel d'une allumette sur le tableau de bord. Jenny avait ainsi tout le loisir de s'imprégner de l'atmosphère environnante. Un bavardage superficiel eût gâché la perfection de cette traversée.

Des bandes d'oiseaux exotiques tournoyaient au-dessus des arbres, traçant dans le bleu du ciel des traînées de couleurs vives. Les cris des cacatoès à crête de soufre se mêlaient au rire des kookaburras et au crissement des grillons.

Une dizaine d'heures s'était écoulée lorsqu'ils aperçurent, à l'horizon, un bosquet d'arbres surmonté d'un mont rocheux au sommet aplati.

— C'est le mont Tjuringa. Les aborigènes l'ont baptisé ainsi car il a la forme d'une amulette de pierre, ou churinga. Cet endroit est pour eux un lieu sacré.

Jenny s'agrippa au tableau de bord tandis que la voiture faisait une embardée.

— Quand apercevrons-nous la maison ?

— Dans environ une heure et demie, répondit Brett avec un sourire forcé. Il nous restera quatre-vingts kilomètres à parcourir lorsque nous aurons dépassé les arbres.

Elle le regarda avec surprise.

— Mais quelle est la dimension de la station d'élevage ? Quatre-vingts kilomètres des arbres à la maison ? C'est énorme !

— Elle ne fait que soixante-cinq mille hectares, ce qui est relativement peu pour cette région, répliqua-t-il avec nonchalance, les yeux plissés par le soleil.

Jenny regrettait de ne pas avoir écouté plus attentivement John Wainwright. Bien qu'elle fût consciente de l'immensité des terres constituant l'industrie fermière du cœur de l'Australie, elle n'avait pas pensé que Churinga pût être aussi étendue.

— M. Wainwright m'a dit que vous aviez signé votre contrat de directeur il y a deux ans. Où travailliez-vous auparavant ?

— À Churinga. Ma femme et moi nous y sommes installés il y aura dix ans à Noël. Nous avons repris la station d'élevage à la retraite du directeur précédent.

Jenny le regarda, interdite. Elle avait supposé qu'il était célibataire car il n'avait pas été fait mention d'une épouse. Comment osait-il s'afficher ainsi avec Lorraine ? Pas étonnant qu'il eût été gêné en sa présence, se dit-elle en s'adossant de nouveau à son siège. Ce tempérament taciturne recelait bien des surprises ; il serait intéressant de rencontrer la compagne d'un tel homme.

— Voici la demeure, annonça Brett d'un ton neutre, alors que le soleil plongeait derrière la montagne.

Il désigna de la tête une construction basse qui se détachait sur un bosquet de grands eucalyptus. Jenny avait perçu l'affection mêlée de fierté qui se dégageait de sa voix ; lorsque l'ensemble des bâtiments commença à se déployer devant ses yeux, son œil de peintre lui fit comprendre l'émotion du directeur de Churinga.

L'édifice de bois blanc, couvert d'un toit de tôle ondulée et juché sur des pilotis de brique, était abrité au sud par de grands poivriers accablés de chaleur, aux frondaisons vert pâle. Sur toute la longueur de la maison, parée de moustiquaires peintes en rouge, s'étirait une véranda dont la balustrade s'ornait de lierre et de bougainvillées. Le paddock familial, d'un vert acide, se détachait sur l'ocre de la cour.

Ayant arrêté le véhicule, Brett lui désigna le paddock.

— Il possède un trou de sonde alimenté par les sources souterraines, qui permet d'abreuver le bétail. Nous avons de la chance à Churinga ; grâce aux torrents de la montagne, nous n'avons jamais manqué d'eau. Il paraît que, pendant la guerre, le domaine a réussi à survivre à dix années consécutives de sécheresse.

Jenny descendit de voiture et étira ses membres raides. Elle contempla les chevaux, qui se prélassaient à l'ombre des arbres. En dépit de la tombée du soir, la chaleur restait suffocante.

— Quels sont ces bâtiments ? demanda-t-elle.

Cet endroit ressemblait à une petite ville plutôt qu'à une ferme toute simple comme celle de Waluna.

Brett désigna les constructions les unes après les autres.

— Ce baraquement est réservé aux gardiens de bestiaux, et le réfectoire se trouve à côté. Le plus grand baraquement abrite les tondeurs, et le plus petit les ouvriers itinérants et les apprentis. L'abattoir et le bûcher se trouvent à l'arrière.

Il se retourna pour désigner des bâtiments situés à l'est de la maison.

— Voici la lainerie, l'atelier de tri et les cuves de trempage. Nous pouvons accueillir vingt tondeurs à la fois. Les enclos du bétail, le chenil, le poulailler, la porcherie et la laiterie sont en enfilade. Chaque bâtiment possède son propre groupe électrogène.

— Bien sûr, il vous faut être totalement autonomes, murmura-t-elle. Je n'y avais jamais réfléchi. Tout ceci est stupéfiant.

Brett essuya ses bottes sur le sol et repoussa son chapeau.

— Nous pouvons faire la plupart des choses par nous-mêmes, mais nous avons toujours besoin du Royal Mail qui nous livre par avion l'épicerie, l'essence et le pétrole. Si la sécheresse dure trop longtemps, nous devons acheter du foin, du maïs, du sucre et de la farine. Nous commandons les machines par correspondance, mais nous avons la chance d'avoir un excellent mécanicien, qui les fait durer jusqu'à ce qu'elles tombent en morceaux. La grange que vous voyez là est le garage ; la forge est à côté, et la menuiserie au bout.

Le ton du directeur devint tout à coup plus sérieux.

— Ces réservoirs, derrière la maison, sont réservés à l'eau potable, expliqua-t-il en désignant un ruisseau qui serpentait paresseusement derrière des saules pleureurs, à l'extrémité ouest du paddock. L'eau pour se laver, et pour les tâches ménagères, est fournie par ce ruisseau.

— J'ai déjà vécu dans une ferme, monsieur Wilson. Je sais à quel point l'eau y est précieuse.

Une fugitive lueur d'intérêt traversa le regard de son interlocuteur, qui reprit son monologue, comme s'il récitait un texte maintes fois répété.

— Lorsque le ruisseau déborde, toute la cour est sous l'eau. C'est la raison pour laquelle la maison est sur pilotis ; ils ont été construits en brique à cause des termites.

— Je ne suis pas surprise que vous aimiez cet endroit, souffla Jenny. Il est très impressionnant.

— Mais parfois très cruel aussi. Ne vous faites pas d'idées romantiques à son sujet.

Décidément, rien de ce qu'elle pouvait dire ou faire n'ébranlerait l'opinion qu'il avait d'elle. À ses yeux, elle n'était qu'une citadine ignorante. Elle se tut tandis qu'il déchargeait la camionnette.

— Votre épouse est-elle ici, monsieur Wilson ? J'ai hâte de la rencontrer.

— Il faudrait vous rendre à Perth, grogna-t-il en se dressant devant elle, les bras chargés de sacs et le front creusé d'un pli profond.

Mettant sa main en visière, Jenny vit soudain se durcir le regard et la bouche de son interlocuteur.

— Elle n'est pas en vacances, si c'est ce que vous vous demandez, reprit-il. Elle est partie définitivement.

Il gravit les marches du perron, passa le bout de son pied sous la moustiquaire et entra dans la maison.

Se précipitant derrière lui, Jenny le rattrapa dans la cuisine.

— Je suis désolée, je ne voulais pas me montrer indiscrète.

Brett semblait absorbé par le rangement des provisions.

— Pas de problème. Vous venez d'arriver, il est normal que vous ne soyez pas au courant.

Il se retourna, le visage tendu.

— La vie d'ici ne lui plaisait pas, elle se sentait perdue dans tout cet espace. Elle a préféré retourner à Perth, dans le bar où je l'avais rencontrée.

Un long silence suivit ses paroles. Jenny eût aimé dire quelque chose, mais les mots lui manquèrent.

— Je ne voulais pas m'énerver, s'excusa-t-il. Mais je déteste les ragots et je préfère vous en parler moi-même. Avez-vous besoin de quelque chose avant que je m'en aille ? Les gars ne vont pas tarder à rentrer et certaines tâches doivent être exécutées avant la nuit.

— Qui fait la cuisine pour le personnel ? Avez-vous une gouvernante ?

La tension se dissipa soudain. Brett enfonça ses mains dans les poches arrière de son pantalon, le visage illuminé par un large sourire qui accentua ses pattes d'oie.

— Nous nous occupons de tout, mais à la saison de la tonte, c'est-à-dire en ce moment, c'est Ma Baker, la femme de l'un des ouvriers itinérants, qui s'occupe des repas.

Il porta l'index à son chapeau et se dirigea vers la porte.

— Nous reparlerons de tout cela plus tard, reprit-il. Le dîner est dans une demi-heure. Comme vous venez d'arriver, il est peut-être préférable que vous mangiez au réfectoire. La cuisinière vient chaque année avec son mari. Elle en connaît probablement aussi long que moi sur Churinga.

Jenny n'eut pas le temps de le remercier. Il était déjà parti.

Debout dans l'obscurité croissante de la cuisine, elle tendit l'oreille vers l'étrange symphonie des sons environnants : les cris des hommes, le bavardage des femmes aborigènes, les coups de marteau sur l'enclume, l'aboiement des chiens et le bêlement des moutons, tels étaient les bruits qui avaient accompagné une partie de son enfance. Un sentiment de détente l'envahissait. Après bien des années, elle était revenue à la terre, et en retrouvait l'écho familier.

La maison de la station d'élevage de Waluna, nichée au cœur de la région de Mulga, dans le Queensland, était construite selon le même plan que celle de Churinga. Les pâturages s'étendaient à des kilomètres à la ronde. Jenny pouvait encore sentir l'odeur de l'herbe gorgée de soleil, et entendre le bruissement du vent dans les frondaisons.

John et Ellen Carey étaient venus à l'orphelinat de Dajarra peu après qu'elle eut atteint l'âge de sept ans. Les religieuses avaient demandé aux enfants de cesser leurs occupations afin d'aller s'aligner devant les visiteurs, sous le regard austère de la mère supérieure.

Jenny s'était agrippée à la main de Diane. Toutes deux avaient fait le serment de ne jamais être séparées, et malgré le désir de fuir sœur Margaret, si dure et austère, elles ne souhaitaient pas vraiment partir. Car si elles quittaient Dajarra, comment leurs vrais parents pourraient-ils les retrouver ?

La jeune femme sourit en se remémorant Ellen et John, marchant le long de la rangée d'orphelins. Ellen s'était arrêtée devant elle un moment, mais la mère supérieure avait secoué la tête et l'avait pressée de continuer. Jenny n'avait pu entendre le commentaire chuchoté par la nonne, mais elle avait compris qu'une fois de plus Diane et elle ne seraient pas choisies.

Sa surprise avait été grande lorsque sœur Margaret était venue les chercher toutes les deux, en leur annonçant qu'elles partaient avec les Carey. Quelques jours plus tard, les deux fillettes commençaient une nouvelle vie, la mère supérieure leur ayant promis qu'elles seraient aussitôt ramenées à l'orphelinat si leurs parents se manifestaient.

Certains enfants de Dajarra avaient été adoptés, mais ce n'était ni son cas, ni celui de Diane ; elle s'était toujours demandé pourquoi. Ellen et John, assez âgés pour être leurs grands-parents, leur avaient offert une existence agréable. Grâce à eux, les deux fillettes s'étaient épanouies et avaient reçu assez d'amour pour pouvoir affronter la vie. Bien que ces parents de substitution eussent aujourd'hui disparu, Jenny gardait de ces années un souvenir profondément ému.

Sortant de son rêve éveillé, elle regarda autour d'elle. Il était temps d'explorer la maison.

La cuisine était rudimentaire. Sur un mur était fixée une rangée de placards, remplis d'ustensiles dépareillés et d'un joli service d'assiettes. Un évier de porcelaine maculé, au système d'évacuation en bois, était installé sous la fenêtre.

Au centre de la pièce s'étendait une longue table de bois délavé. Un poste émetteur-récepteur était posé dans un coin, unique lien avec le monde extérieur.

Cette pièce avait été agrandie pour accueillir des chaises rembourrées face à de hautes fenêtres donnant sur l'arrière de la maison. Des étagères couvertes de livres et plusieurs aquarelles de qualité ornaient les murs.

En examinant les peintures de plus près, elle constata qu'elles avaient toutes été inspirées par l'outback. Mais son regard fut attiré plus particulièrement par l'une d'elles, qui représentait Churinga. Elle avait sans doute été exécutée longtemps auparavant, car la maison y apparaissait beaucoup plus petite et délabrée, et la rangée d'arbres plus clairsemée. On n'apercevait que quelques cabanes dans la cour devant l'habitation, et les saules pleureurs du ruisseau n'étaient que des arbrisseaux, s'inclinant à peine jusqu'à l'eau.

Jenny étudia le tableau d'un œil critique. Bien qu'il n'y eût aucune signature et qu'il s'agît sans aucun doute d'une œuvre d'amateur, il s'en dégageait un charme désuet. L'auteur – Jenny était prête à parier que c'était une femme – aimait visiblement son sujet. Qui était cette artiste dont la touche était si délicate ? Une épouse de colon, d'ouvrier itinérant, ou quelqu'un qui se servait de son talent pour gagner sa vie ? Peu importait, au fond. L'auteur de ce tableau avait laissé un irremplaçable témoignage sur la propriété.

Retournant à son exploration, Jenny découvrit une petite salle de bains avec des toilettes et une douche un peu rudimentaire. Mais c'était tout de même une douche, et elle ne put y résister. Elle ôta ses vêtements et se tint avec délice sous le filet d'eau trouble, afin d'éliminer les traces de son voyage. Une serviette enroulée autour de son corps, elle parcourut le couloir étroit à la recherche de la chambre à coucher.

Dès qu'elle ouvrit la première porte, elle comprit qu'elle empiétait sur le territoire de Brett. Un tas de bottes et de vêtements sales étaient éparpillés sur le sol. Le lit était défait et un parfum de lanoline et de crème de rasage, auquel se mêlait une odeur d'étable, envahissait la pièce. Devant ce désordre, elle se demanda si elle se sentait prête à cohabiter avec cet homme imprévisible.

Elle referma la porte et ouvrit celle de la pièce voisine, qui donnait sur le paddock, à l'arrière de la maison. Le plancher avait été récemment balayé et ciré, et quelqu'un avait placé quelques fleurs dans un pot de confiture, posé sur le rebord de la fenêtre. Une pensée délicate, probablement due à Ma Baker.

Le lit de cuivre ornementé était recouvert d'un édredon en patchwork de couleurs tendres. Outre une penderie peinte en blanc et une coiffeuse assortie, devant laquelle était installée une chaise, un tapis de chiffons recouvrait le plancher. Jenny resta un moment dans la pénombre, essayant d'imaginer les gens qui avaient autrefois vécu à cet endroit, mais elle ne vit que le lit vide, et n'entendit que les bruits de la cour. Une vague de tristesse la submergea soudain. *Oh, Peter, comme j'aimerais que tu sois là !* se dit-elle en se laissant tomber sur le lit.

Des larmes, qu'elle s'efforça de refouler, surgirent au bord de ses paupières. Elle était fatiguée et avait faim ; il ne servait à rien de se laisser aller. Lorsqu'elle eut déballé ses affaires, elle enfila un short et un chemisier propres. En ouvrant la penderie pour y installer ses vêtements, elle fut assaillie par une odeur de naphtaline et de lavande mêlées.

Elle avait visité toute la maison. Soudain, elle eut envie de se rendre au paddock et de visiter le petit cimetière, à l'arrière du bâtiment. La venue du soir allongeait les ombres sur le sol. Foulant les hautes herbes, elle contourna le bâtiment à l'arrière duquel les chevaux somnolaient sous les arbres. Sur une petite parcelle de terre mal entretenue, entourée d'une barrière blanche, de simples croix de bois brut s'élevaient de tumulus recouverts de fleurs sauvages, lis et pattes de kangourou. Aux yeux de la jeune femme, il régnait dans ce lieu une paix infiniment émouvante, qui faisait paraître inhumain le grand cimetière public où reposaient les deux êtres qui lui étaient le plus chers.

Elle ouvrit le portillon, remarquant que les gonds avaient été graissés récemment, et se fraya un chemin dans l'enchevêtrement de mauvaises herbes.

Huit croix de bois délavées étaient encore debout ; les autres étaient presque entièrement recouvertes par la végétation. Jenny déchiffra chacune des épitaphes encore lisibles. Les O'Connor avaient disparu à la fin du XIXᵉ siècle ; c'étaient sans doute des pionniers venus de Grande-Bretagne. Mary et Mervyn Thomas étaient morts à peu d'années d'écart.

Les inscriptions des tombes enfantines se révélèrent plus difficiles à déchiffrer, car les lettres étaient presque effacées. Jenny dut écarter les plantes grimpantes des petites croix blotties les unes contre les autres. Chacune d'entre elles portait la même mention : « Garçon, mort à la naissance. »

Elle déglutit péniblement. Brett avait raison, Churinga pouvait être cruel.

Sur les deux tombes les plus récentes, dont la pierre avait été grossièrement taillée dans le même roc de couleur sombre, les lettres se lisaient encore nettement à travers le lichen. Mais l'épitaphe de la femme n'avait aucun sens. Elle s'accroupit, se demandant ce qui l'avait justifiée.

— Le dîner est prêt.

La voix de Brett la fit sursauter.

— Que signifient ces mots ? demanda-t-elle, désignant la stèle.

— Je ne sais pas, madame Sanders, car ces pierres sont antérieures à mon arrivée. Il paraît qu'il y a eu une tragédie ici, autrefois, mais ce ne sont que des rumeurs.

— Des rumeurs ? Quel genre de rumeurs ?

Jenny se releva et se frotta les mains pour en ôter la poussière. Elle adorait les mystères.

— Rien qui vaille la peine de se monter la tête, répondit-il nonchalamment. Allons, venez, ou il ne nous restera rien à dîner.

Lorsque la jeune femme se tourna vers lui, il détourna les yeux. Visiblement, il avait décidé de garder pour lui ce qu'il savait. Elle le suivit jusqu'au réfectoire, l'appétit aiguisé à l'idée que l'histoire de Churinga recelait peut-être de passionnants secrets.

4

Brett n'avait pas été vraiment surpris de trouver Jenny dans le cimetière. Cet intérêt morbide s'expliquait sans doute par la perte récente de son mari et de son fils. Il regrettait toutefois d'avoir fait allusion aux rumeurs. Cette femme était visiblement vive et futée ; elle n'aurait probablement de cesse d'obtenir de lui ce qu'il savait. Or, il en avait appris assez pour se dire qu'il valait mieux laisser le passé reposer en paix.

Alors qu'il marchait à côté d'elle, il admit intérieurement qu'il était plus accoutumé à l'odeur de la laine qu'à celle d'un parfum luxueux de Sydney. Mme Sanders le troublait. Plus vite il se réinstallerait dans le dortoir, mieux cela vaudrait. Il aurait dû déménager ses affaires la veille, ce qui se serait produit si sa jument n'avait pas perdu un fer et ne l'avait pas obligé à parcourir huit kilomètres à pied.

Il ouvrit la moustiquaire du réfectoire pour laisser passer la jeune femme, et accrocha son chapeau au porte-manteau. Ma se montrait très intransigeante à ce sujet. Il régnait dans la salle un brouhaha joyeux, qui se tut brusquement à leur entrée.

— Voici Mme Sanders, votre nouvelle patronne, les gars, annonça Brett en souriant devant leur regard stupéfait. Pousse-toi, Stan, que je puisse m'asseoir.

Ma sortit précipitamment de la cuisine, en essuyant ses mains sur son tablier. Elle administra aussitôt à Brett une tape sur l'oreille qui le fit grimacer.

— Que se passe-t-il, Ma ?

— Où sont tes bonnes manières, Brett Wilson ? répliqua-t-elle, suscitant un rire général autour de la table.

Elle se tourna vers Jenny, son visage brillant de sueur fendu par un large sourire.

— Les bonnes manières sont rares ici, mon petit. Je m'appelle Mme Baker, et je suis ravie de vous rencontrer. Installez-vous, je vous en prie.

Les mains sur les hanches, elle parcourut du regard les visages curieux.

— Que se passe-t-il, les garçons ? C'est la première fois que vous voyez une vraie dame ?

Tous les hommes plongèrent le nez vers leur assiette bien garnie, dont ils continuèrent d'attaquer le contenu avec appétit.

Jenny se sentit réchauffée par l'attitude complice de Ma, admirant l'aplomb de cette femme sans âge, plantureuse et généreuse, qui se faisait respecter des hommes pour qui elle cuisinait et faisait la lessive.

Une assiette abondamment remplie fut bientôt posée devant elle.

— Voici du rôti de mouton, ma jolie. Vous n'avez pas grand-chose sur les os, on dirait. Il faut remédier à ça.

Jenny s'empourpra. En dépit de leur intérêt manifeste pour leur nourriture, les hommes ne perdaient pas un mot de cet échange de propos. Venir manger ici avait été une erreur. Elle se fût sentie plus à l'aise à la maison ; Brett avait apporté des provisions pour un mois.

Alors qu'elle essayait de faire honneur à la cuisine de Ma, ses compagnons de table reprirent peu à peu leurs conversations. Ils discutaient surtout de leur travail, auquel elle ne connaissait rien.

Plus les minutes passaient, plus Jenny trouvait étrange de se trouver au milieu d'une trentaine d'hommes qui, sous le regard sévère de Ma Baker, faisaient de gros efforts pour s'exprimer correctement. La tension était presque palpable. Après ce qui parut à la jeune femme une éternité, les ouvriers quittèrent la table un par un, trahissant leur soulagement par la hâte avec laquelle ils se dirigeaient vers la porte. Elle eût parié qu'en général ils s'attardaient à table pour discuter, buvant une bière et fumant une cigarette. Ce soir, elle avait le sentiment d'être une intruse.

Tandis que le dernier dîneur quittait la table, portant son assiette dans la cuisine, Ma apparut avec deux tasses de thé et une boîte à tabac.

— Ne faites pas attention à eux, dit-elle. Ce sont de braves garçons, mais leurs seules interlocutrices sont des serveuses de bar. Ils n'ont pas une once d'éducation.

Jenny déclina la proposition de se rouler une cigarette, bien qu'elle éprouvât le besoin de se détendre après une telle journée.

— Je leur ai tout de même gâché leur dîner, déclara-t-elle. Je pense que je mangerai à la maison dorénavant.

— Ce serait peut-être préférable, madame Sanders, répliqua Ma d'un air pensif. Après tout, vous êtes la patronne.

— Appelez-moi Jenny. Je ne suis pas habituée à tant de manières. Est-ce une coutume d'ici ?

Ma rit en refermant la boîte à tabac d'un geste ferme.

— Pas du tout, mon petit. C'est juste notre façon de vous montrer du respect. Vous pouvez m'appeler Simone.

J'en ai assez qu'on m'appelle Ma, ça me donne l'impression d'avoir cent ans !

Jenny ne put réprimer un sourire.

— Quel prénom ridicule, n'est-ce pas ? reprit la cuisinière. Ma vieille mère a lu un jour un roman français… et voilà ! Non mais, regardez-moi !

— Avez-vous toujours suivi les tondeurs, Simone ?

Son interlocutrice fit un signe affirmatif.

— J'ai rencontré Stan il y a si longtemps que je ne compte plus les années. Quel bel homme il était, si grand, si fort ! On ne le dirait pas aujourd'hui, car les années de tonte courbent le dos de l'homme, et le font vieillir prématurément. Mais mon mari peut encore tondre plus de moutons en une journée que n'importe quel jeunot.

Elle s'accouda à la table.

— J'ai mis du temps à le prendre au piège, mais j'ai fini par l'attraper. Nous avons acheté un cheval et un chariot, et depuis, nous avons vécu sur la route. C'est parfois un peu difficile, mais je n'envie pas les colons et leurs maisons tape-à-l'œil. Je peux dire que je connais l'Australie mieux que quiconque.

Jenny dressa l'oreille. Peut-être Ma connaissait-elle les anciens habitants de la demeure, et pouvait-elle la renseigner sur leur histoire ?

— Vous avez dû voir bien des lieux changer au fil des années. Venez-vous ici depuis longtemps ?

— Ça fait cinq ans seulement.

La jeune femme eut du mal à dissimuler sa déception.

— Je ne vous ai pas encore remerciée pour les fleurs dans ma chambre, dit-elle. C'était très agréable d'être accueillie ainsi après un tel voyage.

— Je vous en prie, mon petit, ça m'a fait plaisir.

La cuisinière continua à fumer sa cigarette en silence.

— Que sont devenus les vêtements qui étaient dans la penderie ? Ils ont été retirés récemment, car l'armoire sent encore la naphtaline.

Simone s'absorba tout à coup dans l'examen des dessins de la boîte à tabac.

— Je pensais que toutes ces affaires vous encombreraient. Je les ai enlevées.

De nouveau, Jenny se sentit piquée par la curiosité. Que signifiait ce regard fuyant et cette expression de fausse candeur ?

— J'aimerais beaucoup les voir. Vous voyez, je suis peintre, et je m'intéresse vivement à l'histoire du costume. Si ces habits appartenaient aux personnes qui vivaient ici autrefois, eh bien…

— N'allez pas remuer le passé, Jenny, ce n'est jamais une bonne idée. D'ailleurs, ce ne sont que de vieilles fripes, argua Simone.

La jeune femme se contint pour ne pas trahir son impatience.

— Alors il n'y a aucune raison de ne pas me laisser y jeter un coup d'œil, n'est-ce pas ? Allons Simone, plus vous essayez de m'en dissuader, plus j'ai envie de les voir. Montrez-les-moi maintenant.

— Brett ne va pas être content, il m'avait dit de tout brûler.

— Pourquoi vous a-t-il demandé une chose pareille ? s'enquit Jenny. Ces affaires ne lui appartiennent pas. Je vous en prie. Si ce n'est qu'une collection de vieux vêtements, pourquoi tant de mystère ?

Son interlocutrice la fixa un moment, et prit une décision.

— Je n'en sais rien, mon petit. J'obéis simplement aux instructions qui me sont données. Venez, ils se trouvent là derrière.

Jenny la suivit dans la cuisine où un énorme tas de vaisselle sale attendait près de l'évier. Dans la pièce égayée par des rideaux à carreaux et une table en pin, des ustensiles de métal étaient suspendus à des crochets fixés au plafond, au-dessus de sacs de légumes frais alignés sur le sol.

— J'ai tout rangé là-dedans. Je trouvais qu'il était dommage de les brûler.

Jenny s'accroupit devant la malle éculée et défit les lanières de cuir. Sans qu'elle sût pourquoi, son cœur battait la chamade.

Retenant son souffle, elle releva le couvercle qui frappa le mur d'un bruit sec, et découvrit des vêtements datant apparemment de la fin du siècle précédent.

La cuisinière s'agenouilla près d'elle, soudain troublée.

— Si j'avais su que ça vous intéressait, je n'aurais jamais…

— Cela n'a pas d'importance, coupa Jenny. Mais je suis heureuse que vous ne les ayez pas détruits.

Elle souleva un par un les habits soigneusement pliés et les examina avec attention. Sous des chemises de nuit de batiste, cousues à la main et parfaitement conservées dans du papier de soie, se trouvait une tenue au col et aux poignets ornés de dentelle victorienne, aussi blanche que le jour où elle avait été exécutée. Elle déballa une robe de mariée, probablement venue d'Irlande, dont la soie moirée, pressée contre sa joue, dégageait un subtil parfum de lavande. Il y avait également des sarraus de coton, sans doute portés par une enfant au début du siècle, des vêtements de bébé délicatement brodés qui semblaient n'avoir jamais été utilisés, des robes à taille basse des années vingt et d'autres encore, datant de l'après-guerre, en tissu ordinaire, aux cols interchangeables et aux ceintures assorties.

— Simone, murmura-t-elle, ce ne sont pas des fripes, mais probablement des pièces de collection.

Le visage arrondi de la cuisinière s'empourpra.

— Si j'avais su ça, je ne les aurais jamais sortis de la maison. Mais Brett m'a dit qu'ils allaient vous embarrasser.

— Ils sont toujours là, c'est tout ce qui compte.

Elle sortit de la malle un pantalon de cheval et des bottes éculées, ainsi qu'un magnifique châle de soie dont quelques franges étaient déchirées. De nouveau, le parfum de lavande effleura ses narines. Ces vêtements avaient-ils été portés par la femme dont le portrait se trouvait encore dans son médaillon? Soudain, elle aperçut une trace de vert dans les plis d'un drap de lin. C'était une robe de bal, incongrue au milieu des vêtements de travail. Garnie de petites roses de tissu aux épaules et à la taille, elle comportait une ample jupe de satin bruissant aux reflets mauves, recouverte de mousseline vaporeuse.

— Cette couleur vous irait bien, déclara Simone. Pourquoi ne l'essayez-vous pas?

Jenny était tentée, mais préférait se trouver seule pour le faire: curieusement, elle n'avait pas envie de partager ce moment.

— Regardez! s'écria-t-elle, il y a même des chaussures assorties! Cette robe a dû être fabriquée pour une occasion vraiment importante.

— Vous avez tout vu, mon petit. Il n'y a que de vieux livres au fond.

— Des livres? Quelle sorte de livres?

— Des journaux intimes, mais la plupart d'entre eux tombent en ruine.

Jenny fixa Simone d'un regard insistant.

— Que se passe-t-il ici pour que l'on fasse tant de mystère ? Pourquoi toutes ces précautions au sujet de vêtements anciens ?

— Je sais seulement que quelque chose de mauvais s'est passé ici, il y a longtemps, soupira son interlocutrice. Brett pensait qu'il valait mieux que vous n'en entendiez pas parler, d'autant que vous-même venez de vivre une tragédie. Je suis vraiment désolée pour votre mari et votre petit garçon.

Que Brett Wilson se mêle de ses affaires ! pensa Jenny.

— Merci, mais je ne suis pas aussi fragile qu'on le pense.

Elle se pencha de nouveau vers la malle et en sortit les volumes usagés. Simone avait raison : il s'agissait de journaux intimes, dont certains étaient très abîmés. Les plus récents étaient reliés de cuir ; les autres, jaunis, présentaient des taches d'humidité. Il y en avait douze en tout, certains d'entre eux épais et lourds, couvrant une ou deux années ; d'autres uniquement constitués d'un cahier, relatifs à une période de quelques mois.

Sous le regard désapprobateur de la cuisinière, elle les plaça sur le sol dans l'ordre chronologique : ils traitaient d'événements compris entre 1924 et 1948. Elle en ouvrit quelques-uns, constatant l'évolution de l'écriture, d'abord enfantine, puis plus affirmée. Le dernier journal était surprenant. Les lettres en étaient déformées, presque illisibles, comme tracées par une autre main.

— Voilà, c'est tout, assura Simone. Voulez-vous que je vous aide à tout remettre en place ?

La jeune femme serra le dernier recueil contre elle avec une sorte d'émotion. La vue de cette écriture tourmentée avait semblé ressusciter un instant son auteur.

— Jenny, tout va bien, mon petit ?

À contrecœur, elle émergea de ses pensées.

— Oui, tout va bien. Remballons les affaires et transportons la malle à la maison. Je vais porter les livres.

Quelques minutes plus tard, elles traversaient la cour désertée. Le murmure des voix s'atténuait dans le dortoir, et les lumières s'éteignaient progressivement. Dès que la malle fut déposée sur le sol de la cuisine, Ma Baker prit congé.

— Je vais me coucher. Nous nous levons très tôt ici, pour éviter au maximum la chaleur.

Jenny regarda sa montre. Il n'était que 10 heures, mais elle aussi se sentait fatiguée.

— Vous avez l'air épuisée, vous savez, reprit son interlocutrice. J'ai mis des draps propres dans le lit. Il y a des couvertures en haut du placard, au cas où vous auriez froid pendant la nuit. N'ouvrez pas les volets, si vous ne voulez pas être dévorée par les moustiques.

— Très bien, Simone. Bonne nuit.

— Bonne nuit, mon petit. C'est bien agréable de pouvoir bavarder avec une autre femme. Les gars sont gentils, mais j'en ai parfois assez d'entendre parler de moutons à longueur de journée.

Jenny la suivit sous le porche. Tandis qu'elle la regardait disparaître dans l'obscurité, elle sentit l'air tiède, imprégné de la senteur des fleurs nocturnes, caresser sa peau. L'étendue de son héritage lui apparut soudain. Elle s'assit dans un fauteuil et s'abîma dans la contemplation de ce qui l'entourait. Quelques murmures émanaient encore du baraquement et des lueurs clignotaient dans le bungalow des apprentis, ainsi qu'au réfectoire. Tout cela lui appartenait ; elle avait hérité d'une ville, d'une communauté, dont la survie et le bien-être dépendaient d'elle. L'énormité de la tâche et des responsabilités qui en découlaient étaient énormes.

Un bâillement lui rappela tout à coup l'heure tardive. Elle rentra dans la maison.

Il régnait à l'intérieur un calme total. Brett devait déjà être endormi. Tout à coup, elle remarqua une feuille de papier sur la table et poussa un soupir de soulagement. Le directeur avait déménagé dans le dortoir.

Elle se tourna alors vers la malle qui formait, dans l'obscurité, une tache plus sombre, et céda à l'envie de l'ouvrir à nouveau. La robe verte luisait dans la lumière blanche de la lune, semblant attendre d'être revêtue.

Lorsque Jenny la fit glisser sur son corps, elle entendit un bruissement soyeux. Le tissu frais et doux du bustier, tendu sur sa peau, s'organisait en fronces à la taille, faisant danser l'ample jupe contre ses chevilles. Elle ferma les yeux et esquissa un pas de valse. Il lui semblait entendre une mélodie désuète, au son de laquelle elle tournoyait, pieds nus, sur le plancher de bois. La tenue de bal, tel un objet magique, la transportait de cette ferme isolée dans un lieu où l'attendait l'homme qu'elle aimait.

Elle sentit des mains sur sa taille et un souffle léger sur son visage. Mais la valse ralentissait, tout à coup interprétée par des instruments désaccordés.

Ouvrant les yeux, elle s'immobilisa. La musique s'était évanouie et la maison était vide. Les doigts tremblants, elle défit la robe qui tomba à ses pieds.

— Ressaisis-toi, ma vieille, dit-elle tout haut.

Le son de sa propre voix ne put dissiper l'insupportable sentiment de solitude qui l'avait saisie. En frissonnant, elle souleva le vêtement et le rangea dans la malle. Elle ramassa ensuite ses habits, ainsi que les journaux intimes, et se dirigea vers la chambre. Après une rapide toilette, elle s'allongea entre les draps frais et essaya de se détendre.

Mais le sommeil se refusait à elle. Le dos et les épaules douloureux, elle se retournait sans cesse, incapable de s'endormir. Allongée dans la semi-obscurité, les yeux ouverts, elle regarda les volumes empilés sur la chaise. Eux aussi semblaient l'inviter à découvrir leurs secrets.

Le recueil le plus ancien, très abîmé, était relié de carton. Jenny l'ouvrit, découvrant des pages cassantes, maintes fois feuilletées. Sur la page de garde, une plume enfantine avait tracé une phrase :

« Ceci est le journal intime de Mathilda Thomas, quatorze ans. »

Avec fébrilité, Jenny commença sa lecture.

5

Le visage inondé de larmes, Jenny émergea lentement de l'univers de Mathilda. Tout au long de la nuit, la fillette l'avait accompagnée, ressuscitant l'époque sombre où Churinga s'était transformée en prison. La simplicité poignante du récit faisait ressurgir les scènes horribles dans toute leur crudité, laissant deviner l'étendue du désespoir de la petite victime, dont personne n'avait entendu les cris, que personne n'était venu secourir.

Pourtant, si l'on en croyait le nombre de volumes de son journal intime, Mathilda avait survécu à l'horreur de sa vie avec Mervyn. Une foule de questions se posaient maintenant, dont les réponses se trouvaient peut-être dans les pages qui restaient à découvrir.

— Coucou ! Voici le petit déjeuner !

Simone fit irruption dans la chambre, mais son sourire chaleureux se figea lorsqu'elle vit le visage de la jeune femme.

— Que se passe-t-il, ma jolie ? Vous avez mal dormi ?

Jenny secoua la tête sans pouvoir répondre. Simone posa le plateau sur la chaise, qu'elle approcha du lit, et se redressa, les bras croisés, examinant le recueil à couverture de carton.

— Vous avez lu toute la nuit, et vous êtes toute retournée. Brett va être furieux s'il apprend ça. Il m'a dit qu'il fallait que vous vous reposiez.

— Laissez-moi m'arranger avec M. Wilson, Simone. Je suis une grande fille, tout à fait capable de s'occuper d'elle-même.

— Vous vous sentirez mieux quand vous aurez mangé, décréta la cuisinière en quittant la pièce.

Après avoir jeté un coup d'œil aux œufs sur le plat, accompagnés d'une épaisse tranche de bacon, Jenny s'allongea et ferma les yeux. À ses oreilles résonnait la mélodie d'une valse lointaine, qui l'entraînait peu à peu dans les brumes du passé. Elle s'abandonna à un sommeil agité, peuplé d'ombres menaçantes. Des bruits de sabots se rapprochaient dans un grondement, suscitant en elle une terreur insoutenable.

Elle ouvrit les yeux plusieurs heures plus tard, totalement désorientée. Luttant pour rester éveillée, elle se concentra sur les rayons du soleil et sur les sons familiers de Churinga qui pénétraient à travers les volets. Au bout de quelques minutes, elle sauta à bas du lit, un drap enroulé autour de son corps, pour se diriger vers la salle de bains. Un bruit de casseroles provenant de la cuisine s'interrompit aussitôt, et Simone apparut sur le pas de la porte.

— Avez-vous mangé votre petit déjeuner ? interrogea-t-elle d'un ton accusateur.

— Je n'avais pas faim, répliqua Jenny, se demandant pourquoi cette femme la faisait passer pour un enfant récalcitrant.

— J'ai pensé que vous ne vous sentiez pas bien, et je vous ai fait une bonne soupe.

D'une main ferme, elle conduisit la jeune femme dans la cuisine et désigna un bol rempli de viande et de légumes, à côté duquel attendait un petit pain chaud.

— Tout va bien, Simone. Ce long voyage m'a fatiguée, expliqua-t-elle en resserrant le drap autour d'elle et en se forçant à sourire. Mais cette soupe a l'air délicieuse.

La cuisinière s'installa en face d'elle, pour boire le thé qu'elle avait versé dans une tasse épaisse. D'un œil sévère, elle étudia Jenny qui s'efforçait d'avaler trois cuillerées de potage.

— Un régal, murmura cette dernière avec sincérité.

Ce repas était juste ce qu'il lui fallait pour lui faire retrouver son énergie. Lorsqu'elle eut vidé son bol, elle regarda sa montre.

— Est-il vraiment aussi tard que cela ? Il faut que je prenne une douche et que je m'habille.

— Si vous avez besoin de quelque chose, je serai en train de nourrir les poulets.

Quelques minutes plus tard, Jenny se tenait sous le porche. Dans la chaleur féroce de midi, ses cheveux encore humides lui procuraient une sensation de fraîcheur délicieuse au niveau de la nuque. Elle huma l'arôme qui se dégageait de la terre gorgée de soleil, observant les allées et venues des hommes en pleine activité.

La saison de la tonte battait son plein. La jeune femme se dirigea vers le bâtiment le plus vaste de la cour, surélevé par de solides piliers de brique, et entouré de rampes d'accès pour les animaux, elles-mêmes reliées à un labyrinthe d'enclos. Des nuages de poussière s'en échappaient, ainsi que les exclamations des ouvriers et les bêlements des moutons.

Chaque fois que la tonte d'une bête était terminée, une autre gravissait la rampe pour la remplacer. Les apprentis faisaient monter les animaux, encourageant les chiens d'une voix puissante à mettre un peu d'ordre parmi le bétail qui attendait son tour.

Jenny observa un moment le déroulement des opérations. Les méthodes n'avaient pas beaucoup changé depuis son séjour à Waluna. Elle fit le tour du bâtiment pour contempler les moutons tondus qui descendaient la rampe jusqu'aux cuves de trempage, d'où ils étaient soulevés par des bras puissants, avant d'être marqués et vaccinés. Bien que le travail, exécuté dans une chaleur implacable, fût proprement épuisant, les hommes manifestaient un entrain joyeux. Certains d'entre eux prirent même le temps de lui adresser un « B'jour m'dame ! » avant de retourner à leur labeur.

La jeune femme leur répondit par un signe de tête et un sourire. *Au moins, ils ne m'ignorent pas complètement,* se dit-elle. *Mais ils doivent se demander ce que je fais là. Peter se serait comporté de façon bien différente. Il aurait su quoi dire et quoi faire. Il aurait senti ce que les hommes éprouvaient, il aurait trouvé les mots justes pour s'adresser à eux.*

Elle soupira. Les femmes ne comptaient pas pour grand-chose ici. Sydney et sa carrière artistique naissante semblaient appartenir à une autre planète, située à des années-lumière de distance.

Elle se retrouva à l'entrée du hangar. Lorsqu'elle vivait à Waluna, il lui était arrivé d'aider à charger les ballots de laine sur les camions. La tonte, source de grande animation, était une sorte de fête. Après un moment d'hésitation, elle gravit les marches du bâtiment.

Le souffle coupé, elle s'immobilisa. Par la haute verrière voûtée se déversaient des torrents de lumière, éclairant un espace immense, qui résonnait du bourdonnement des tondeuses électriques et des jurons lancés par des voix chaleureuses. Les odeurs de lanoline, de laine, de sueur et de goudron se mêlaient en un parfum entêtant. Les mains dans les poches, Jenny resta sur le seuil, fascinée par le spectacle.

Chacun des vingt tondeurs, le torse nu, était penché sur le mouton récalcitrant coincé entre ses genoux. Le panseur, garçonnet d'environ dix ans, dont le teint hâlé mettait en valeur les grands yeux sombres et les dents très blanches, soulevait son seau de goudron, qui paraissait bien lourd pour ses bras fluets. Comme il se précipitait pour cautériser une vilaine coupure sur le flanc d'une brebis, la jeune femme constata qu'il se débrouillait déjà très bien.

Trois hommes ramassaient les toisons et les lançaient sur une longue table située au fond du hangar. Après les avoir étalées, triées et pressées, ils les ajoutaient aux balles déjà prêtes à être transportées en camion jusqu'à la gare la plus proche. Jenny, sachant qu'il s'agissait là de la tâche la plus importante, car il fallait beaucoup d'expérience pour juger de la qualité d'une laine, ne fut pas surprise de constater que Brett faisait partie de ce groupe.

Elle s'appuya sur le montant de la porte pour le regarder travailler. Ses larges épaules et les muscles de sa poitrine luisaient de sueur sous la lumière crue. Pour une fois, il avait laissé son chapeau de côté. Ses boucles noires indisciplinées, aux reflets bleutés, couvraient son front et sa nuque.

Heureusement que Diane n'est pas là, se dit la jeune femme, *elle adorerait admirer tous ces corps masculins, et demanderait aussitôt à Brett de poser pour elle au milieu de ses coussins marocains !*

Imaginant la scène, elle laissa échapper un petit rire. Il lui fallut quelques secondes avant de s'apercevoir que les tondeuses se taisaient soudain et que les regards se tournaient vers elle. Parcourant les visages hostiles qui lui faisaient face, elle sentit sa confiance l'abandonner. Pourquoi la regardaient-ils ainsi? Qu'avait-elle fait?

Le pas lourd et décidé de Brett fit résonner le plancher du hangar tandis qu'il fonçait sur elle, le visage furieux et les poings serrés. Tous les hommes le suivaient des yeux dans un silence tellement épais qu'il en devenait assourdissant.

Elle n'eut ni le temps de réfléchir, ni celui de dire un mot. Il lui agrippa le bras de sa main puissante et lui fit dévaler les marches.

Violemment, elle se dégagea, frottant son coude endolori.

— Comment osez-vous? siffla-t-elle. Pour qui vous prenez-vous?

— Les femmes ne sont pas autorisées dans le hangar, cela porte malheur, rétorqua-t-il, le regard féroce.

— Pardon? articula-t-elle, à court de mots.

— Vous m'avez parfaitement entendu. Tenez-vous à l'écart.

Alors qu'elle s'apprêtait à répliquer, il reprit:

— Je suis le directeur, et c'est moi qui décide, que vous soyez la patronne ou non. Les femmes n'ont rien à faire dans le hangar de tonte, elles peuvent provoquer des accidents.

Il tourna les talons et disparut dans le hangar. Elle hésita un instant à le suivre, afin de mener la discussion à son terme, mais elle choisit de ravaler, pour l'instant, les propos qui lui brûlaient les lèvres.

Fulminant intérieurement, elle se dirigea vers le paddock. De tous les rustres stupides et insupportables qu'elle avait eu la malchance de rencontrer, celui-ci était le champion incontesté! En outre, il possédait, sans aucun doute, le don de l'agacer prodigieusement.

Les chevaux tournèrent la tête vers elle avec un soupçon de curiosité, avant de se remettre à brouter l'herbe sèche. Jenny s'appuya à la barrière et les contempla, sentant sa colère tomber et son embarras s'accentuer au fur et à mesure des minutes qui s'écoulaient. Que m'arrive-t-il? se demanda-t-elle. À moi, qui suis le calme personnifié et qui sais si bien contrôler mes émotions! Comment cet homme parvient-il si facilement à me faire sortir de mes gonds?

Une brise tiède fit frémir l'herbe du paddock. La jeune femme frissonna. Sous la magie de Churinga circulaient des forces sombres et puissantes, dont il lui semblait sentir parfois la présence.

Ses pensées la ramenèrent aux journaux intimes et à la paix du petit cimetière. Comme Mathilda, elle avait été envoûtée par Churinga. Mais, à l'instant présent, elle éprouvait de la méfiance, voire une certaine frayeur. Elle était venue ici par curiosité, dans le but de retrouver quelques repères de son enfance. Or, depuis qu'elle avait commencé la lecture du récit de Mathilda, elle ne pouvait s'empêcher de penser que la raison d'être de sa présence à cet endroit était une fillette de quatorze ans, qui avait espéré que son histoire serait découverte par une personne capable de la comprendre, au-delà du temps.

Jenny soupira. Jamais elle n'aurait dû venir. Elle s'était attendue à trouver ici une promesse d'avenir, mais Churinga ne lui apportait que trouble et confusion.

Elle reprit sa promenade. S'éloignant du paddock, elle flâna devant les granges regorgeant de foin, les garages remplis de machines et les enclos peuplés de moutons bêlants. Ses pas la conduisirent jusqu'au chenil.

Les chiots, yeux brillants, queue en panache et démarche pataude, provoquèrent en elle un attendrissement auquel elle s'abandonna avec bonheur. Elle en prit un dans ses bras, amusée par ses coups de langue. Il n'y avait rien de tel qu'un petit animal pour chasser les idées noires.

— Posez ce chien immédiatement !

Elle se figea, le chiot se tortillant sur sa poitrine. Elle avait eu sa dose de Brett Wilson pour la journée.

— Ce n'est pas le hangar de tonte, monsieur Wilson. Je poserai ce chiot quand j'en aurai envie.

Leurs regards s'accrochèrent sans ciller.

— Ces chiens ne sont pas des animaux de compagnie, mais de travail. Tout ici a son utilité, et c'est aussi le cas de ces animaux. Lorsqu'ils ne se montrent pas bons gardiens, ils sont supprimés.

— Cela ne m'étonne pas, rétorqua-t-elle. Dommage qu'il n'en soit pas de même avec les directeurs grossiers.

Une lueur amusée traversa les yeux de Brett, dont la bouche s'incurva imperceptiblement.

— Exécuter le directeur me semble une solution un peu extrême, vous ne trouvez pas, madame Sanders ?

Elle enfouit son visage dans le duvet soyeux du chiot afin qu'il ne vît pas qu'elle était sur le point de rire. Après être resté quelques instants silencieux, Brett enfonça les poings dans les poches.

— Il semble que nous ayons pris un mauvais départ, reconnut-il. Et si nous faisions la paix ?

— Ce n'est pas moi qui ai déclaré la guerre, répliqua-t-elle fermement.

— Moi non plus, dit-il en soupirant. Mais dans un lieu comme celui-ci, il faut des règles strictes. Je le répète, il se produit des accidents lorsque les tondeurs sont distraits. Et croyez-moi, votre présence les distrait bougrement.

Il la fixa quelques secondes.

— Quant aux chiots... il est plus difficile de les tuer lorsqu'on en a fait des animaux de compagnie.

Il lui reprit le petit animal et le rendit à sa mère. Puis il effleura son chapeau de son doigt et tourna les talons.

Jenny le regarda s'éloigner. Autant le reconnaître, elle était amusée par leurs joutes verbales. Au moins, cet homme avait le sens de l'humour. Dommage qu'il ne le manifeste pas plus souvent.

Après avoir jeté un dernier regard vers le chenil, elle se dirigea vers la maison. Certes, elle n'avait aucun talent particulier pour faire tourner la station d'élevage, mais elle éprouvait toutefois le besoin de se rendre utile. Dans un sens, elle enviait Simone, qui avait eu la chance de trouver sa place. En se montrant capable de préparer des repas pour une centaine de personnes, apparemment sans effort, dans la chaleur accablante de l'été, la cuisinière jouait un rôle capital qui, en outre, lui permettait de gagner sa vie.

La jeune femme grimpa les marches du perron, et entra dans la cuisine, où elle décida de se préparer du thé. Après avoir disposé quelques biscuits sur une assiette, elle revint sous la véranda et s'installa sur la balancelle, dont les grincements firent ressurgir des souvenirs d'enfance. Dans la chaleur étouffante, pas un souffle d'air ne circulait ; les poivriers et les bougainvillées semblaient pétrifiés. Un couple d'opossums allait et venait sur le toit de la véranda, apparemment agité par les querelles des oiseaux dans les eucalyptus.

Tandis que Jenny laissait son thé refroidir, ses pensées revinrent à Mathilda. Elle pouvait imaginer sa silhouette frêle, enveloppée dans un châle de couleurs vives, courant pieds nus jusqu'au ruisseau. Tout à coup, la fillette se retournait et lui faisait signe, l'invitant à la suivre.

Le soleil poursuivait sa course. La jeune femme fixait l'horizon, troublée par l'étrange pouvoir d'évocation de l'enfant de l'outback. Quelle que fût la dureté du récit qui lui restait à découvrir, elle s'engageait intérieurement à le poursuivre jusqu'au bout.

Elle rentra dans la maison obscure et prit le deuxième volume avant de s'installer sur son lit. Avec un soupir tremblant, elle l'ouvrit et se plongea dans sa lecture.

La vie à Churinga avait changé. Mathilda évoluait dans un univers d'ombres, ayant le sentiment d'être devenue l'une d'entre elles. Pourtant sa volonté restait intacte, son esprit imaginant fiévreusement toutes sortes de vengeances pour ce que Mervyn lui faisait subir au long des nuits.

Tandis que les jours, puis les mois se succédaient, elle eut recours à la ruse. Bien que l'ivrognerie de son père grevât considérablement les revenus de la laine, elle en fit son alliée, en s'efforçant de l'encourager. Lorsque Mervyn s'écroulait, abruti par l'alcool, il ne représentait aucun danger. Pourtant, même lorsque son père avait bu, elle n'arrivait pas à dormir. Chaque nuit, lorsqu'elle se couchait, épuisée par son labeur quotidien, elle restait aux aguets, le visage tourné vers la porte, appréhendant d'entendre le son de ses pas.

Elle prit l'habitude de garder à la main un bâton pointu, à l'aide duquel elle réussissait à se protéger, lorsque son agresseur n'arrivait pas à s'en emparer pour la frapper. À plusieurs reprises, elle eut recours à l'utilisation de baies ou de feuilles vénéneuses dans la nourriture qu'elle lui servait, en vain. On eût dit que rien ne pouvait le détruire. L'imagination de Mathilda s'épuisait au fil des mois de tourments ininterrompus. Elle allait devoir le tuer.

La hache bien affûtée luisait dans la lumière lunaire qui se déversait par les fentes des volets. Debout dans la maison silencieuse, la fillette sentait son cœur battre à tout rompre. Depuis des mois, elle attendait ce moment, maintes fois répété en imagination, pour lequel il lui avait fallu rassembler tout son courage. Le visage et les bras couverts de contusions récentes, elle se tenait immobile, son arme à la main.

Elle se dirigea vers la chambre et saisit doucement la poignée de la porte, qu'elle réussit à entrebâiller en la faisant grincer un peu. Les ronflements puissants continuaient à se faire entendre. Il était allongé sur le dos, bouche ouverte, sa poitrine se soulevant régulièrement.

Mathilda s'approcha du lit et regarda le visage, les mains violentes et le corps lourd qu'elle haïssait. Elle souleva la hache.

Le métal scintilla dans un rai de lumière. La gorge serrée, elle se tenait dressée au-dessus de lui.

Mervyn grogna, ouvrant sur elle un œil trouble.

Sentant son courage l'abandonner, elle se réfugia dans sa chambre où elle s'effondra, versant des larmes amères et submergée par un profond sentiment d'échec. Désormais, tout espoir était perdu.

L'été s'étira jusqu'à Noël et au Nouvel An. Lourds de promesses de pluie, les nuages noirs tourbillonnaient, s'accumulant à l'horizon. Mathilda, Mervyn et Gabriel s'efforçaient de rassembler les animaux, dont le nombre avait considérablement diminué, pour les ramener plus près de la maison. Une mer de dos laineux ondulait devant les chevaux, sous la surveillance étroite de Blue, qui ne cessait d'aller et venir. Soulevée par les sabots des montures, une poussière étouffante aveuglait les cavaliers et leur irritait la gorge.

Mathilda enfonça ses talons dans les flancs de sa monture, qu'elle incita à grimper en haut de la berge d'un ruisseau à la suite d'une brebis égarée, et siffla son chien, qui se précipita pour faire rentrer la bête dans le rang. Le troupeau foulait l'herbe sèche de l'immense prairie, sous le regard angoissé de la fillette. Un grand nombre d'agneaux avaient été perdus cette année, en raison des dingos et de la sécheresse. En outre, son père et elle n'avaient plus les moyens de louer du personnel, et le domaine était beaucoup trop vaste pour n'être exploité que par trois personnes.

Mervyn effectuait régulièrement au pub des visites prolongées. Bien que Mathilda fût soulagée de ces répits momentanés, elle savait que la faillite n'allait pas tarder à les menacer. La maison tombait en ruine. Les barrières avaient besoin d'être consolidées, les champs d'être débarrassés du bush envahissant, et le ruisseau, réduit à un mince filet d'eau, d'être nettoyé. En outre, le forage d'un nouveau trou de sonde devenait urgent.

Elle poussa un soupir de découragement et dirigea son cheval vers le pâturage le plus proche de la maison. Outre Ethan Squires, qui ne faisait aucun secret de son désir d'acquérir Churinga, Mervyn la poussait à vendre. Mais elle s'agrippait à son héritage que ni le maître de Kurrajong ni le beau-fils de celui-ci ne lui raviraient.

Sous le mouchoir qu'elle avait noué devant son nez et sa bouche, afin de les protéger de la poussière, Mathilda eut un sourire ironique. Ethan se croyait très intelligent, mais elle avait vu clair dans ses intentions. Andrew Squires, bien que bel homme et remarquablement éduqué, ne lui inspirait aucun sentiment. Il n'était pas question qu'elle se réduise elle-même à une vulgaire marchandise, uniquement pour échapper à son père. Churinga avait trop de valeur à ses yeux ; en épousant ce soi-disant soupirant, elle perdrait son domaine.

Le ciel impitoyable déversait des torrents de chaleur sur l'herbe jaunie. Lorsqu'elle eut refermé la dernière barrière, le petit groupe se dirigea vers la maison. Pouvait-elle encore considérer ce lieu comme son foyer ? À ses yeux, c'était simplement l'endroit où elle s'efforçait de survivre, jour après jour.

Mervyn se laissa glisser de la selle et conduisit son cheval fourbu dans le corral. Séparant Lady des autres chevaux, il tripota gauchement le mors et les rênes. La jument roula les yeux tandis qu'il grimpait maladroitement sur elle.

— Je pars pour Wallaby Flats.

Mathilda dessellait le cheval hongre, afin de le bouchonner pour le libérer ensuite dans le paddock. Elle se concentra sur ses gestes, afin que son père ne pût lire dans ses yeux l'intense soulagement qu'elle éprouvait.

— Regarde-moi quand je te parle.

Décelant dans sa voix la froideur dangereuse qu'elle connaissait si bien, elle tourna vers lui un visage calme et indifférent, dissimulant le mieux possible son tumulte intérieur.

— Ethan et son fils n'ont pas à mettre les pieds ici. Je sais ce que cherche ce gamin, et il n'est pas question qu'il le trouve, tu m'entends ?

Elle fit un signe affirmatif. C'était bien le seul point sur lequel ils étaient d'accord.

Il effleura la joue de Mathilda de sa cravache, dont la pointe releva le menton de la fillette, l'obligeant ainsi à lever les yeux vers lui. Il se pencha sur le petit visage crispé.

— Tu ne m'embrasses pas pour me dire au revoir? interrogea-t-il avec une expression moqueuse.

Tel un automate, elle fit un pas en avant et frotta la joue rêche de ses lèvres inertes.

Elle ne quitta pas le cavalier du regard avant que le nuage de poussière soulevé par les sabots de Lady fût dissipé. Le silence de Churinga l'enveloppait, lui apportant à la fois la paix de l'esprit et un regain d'énergie. Elle leva les yeux vers le ciel. La promesse de pluie semblait s'évanouir une fois de plus, car les nuages se dissipaient en se déplaçant vers Wilga.

Après avoir nourri et enfermé pour la nuit cochons et poulets, elle traversa la cour pour aller parler à Gabriel. Le vieil homme se tenait accroupi près d'un feu qui dégageait beaucoup de fumée, sur lequel mijotait un ragoût de kangourou et de légumes.

— La pluie arrive, m'selle. Les esprits des nuages parlent au vent.

Mathilda respira profondément. Il avait raison. Le vent avait tourné, elle pouvait sentir l'odeur de la pluie.

— Il faudrait que vous déplaciez vos cabanes. Lorsque le ruisseau va déborder, vous serez inondés à coup sûr.

Il désigna la marmite avec un sourire.

— Pas tout de suite, affirma-t-il. On va dîner d'abord.

Effectivement, deux jours de canicule précédèrent l'arrivée des pluies. Des averses grondantes martelaient le toit de tôle ondulée et fouettaient les fenêtres. Nourrissant les rigoles et les ruisseaux, l'eau s'enflait sur la terre en rivières torrentielles. Les éclairs transformaient la nuit en jour, pétaradant tels des coups de feu dans le ciel noir, tandis que le tonnerre explosait, faisant vibrer jusqu'aux fondations de la petite maison.

Mathilda restait assise près du fourneau. Il n'y avait rien d'autre à faire. Gabriel et sa famille se trouvaient en sécurité dans la grange à foin ; les chevaux restaient bien au chaud dans l'écurie et les autres animaux étaient parqués dans leurs enclos. Seul le troupeau resté dans les pâturages devrait trouver la force de résister aux intempéries.

De Mervyn, aucun signe.

— Il n'y a que toi et moi, Blue, murmura-t-elle en grattant la tête soyeuse de son chien. Afin de lui signifier qu'il partageait son besoin de compagnie, il lui lécha la main.

La fillette resserra son châle autour de ses épaules. La maison avait été conçue pour favoriser le moindre courant d'air durant les étés étouffants : il y régnait un froid glacial que la maigre chaleur de la cuisinière ne parvenait pas à atténuer. La lampe à pétrole n'arrivait pas non plus à dissiper l'ombre qui envahissait le fond de la pièce. Pourtant, Mathilda se sentait en sécurité. La pluie était son amie ; elle empêchait Mervyn de rentrer et faisait renaître Churinga à la vie. Bientôt le désert se couvrirait d'anémones sauvages de couleur bleue, de pattes de kangourou, d'une herbe abondante et épaisse, ainsi que d'arbustes vigoureux.

Elle se cala contre le dossier de sa chaise, les paupières alourdies. Cette nuit, elle pouvait s'endormir sans crainte.

Des coups violents frappés à la porte la firent sursauter brusquement. Elle bondit hors de son fauteuil et saisit le fusil. Blue grognait sourdement, le poil hérissé.

— Qui est là ? hurla-t-elle pour se faire entendre à travers le grondement de la pluie sur le toit de métal.

— Terry Dix, de Kurrajong. Ouvrez-nous, petite.

Mathilda se dirigea vers la fenêtre. À travers l'eau qui dégoulinait sur les vitres, elle distinguait confusément quelques silhouettes sombres dans la véranda.

— Que voulez-vous ?

Elle chargea son arme et en rabattit le chien.

— Nous ramenons votre père. Laissez-nous entrer.

La fillette fronça les sourcils. Si Mervyn se trouvait avec eux, pourquoi tout ce tapage ? Elle colla son visage à la fenêtre et aperçut deux hommes, qui semblaient porter quelque chose de lourd. Mervyn était probablement ivre mort, et ses compagnons de beuverie l'avaient ramené à la maison.

Elle soupira. Au moins, il ne la tourmenterait pas cette nuit.

Tenant fermement son fusil d'une main, elle tourna la poignée de la porte qui s'ouvrit violemment, sous le souffle de la tempête. Les deux hommes passèrent devant elle, Mervyn affalé entre eux. Ils déposèrent leur fardeau sur la table et la regardèrent un moment en silence.

Les yeux de Mathilda se posèrent sur le corps trempé et boueux de son père, étrangement calme et silencieux, avant de revenir sur les deux visiteurs, dont les capes dégoulinaient de pluie.

Terry Dix retira son chapeau mouillé et se passa la main dans les cheveux. Le regard légèrement fuyant, il s'adressa à elle d'une voix hésitante.

— Nous l'avons trouvé prisonnier d'une racine géante à la limite de Kurrajong. Aucune trace de son cheval.

La fillette pria avec ferveur que Lady fût saine et sauve. Elle tourna les yeux vers son père.

— Il est mort, alors, laissa-t-elle tomber sèchement.

Terry écarquilla les yeux, abasourdi par son absence d'émotion. Il échangea un regard rapide avec son compagnon, puis baissa la tête.

— Aussi mort qu'on peut l'être quand on est surpris par une rapide montée des eaux.

Mathilda fit un signe affirmatif et se dirigea vers la table. Les vêtements du cadavre étaient déchirés et maculés de boue. Sa peau, devenue grise, portait les traces de ce qu'il avait subi. Il paraissait tout à coup moins grand et moins terrifiant qu'auparavant. Mais lorsqu'elle regarda ses yeux fermés, elle fut parcourue d'un frisson à l'idée qu'ils pouvaient s'ouvrir brusquement pour se tourner vers elle.

— Nous pouvons vous aider à l'enterrer, si vous voulez, petite.

Elle jeta un dernier regard à la dépouille de l'homme qu'elle détestait et hocha la tête.

— Oui. Il est trop lourd pour que j'y arrive seule.

Traversant la pièce jusqu'au fourneau, elle posa dessus la grosse bouilloire noircie.

— Buvez d'abord une tasse de thé et réchauffez-vous. Vous devez être gelés.

Après avoir remué le feu, elle coupa des morceaux de pain et de mouton froid, sans regarder une seule fois le corps étendu au centre de la pièce. Les deux conducteurs de troupeaux burent et mangèrent en silence, leurs vêtements fumant au contact de la source de chaleur. Mathilda gardait les yeux fixés sur les flammes.

— Il vaut mieux nous y mettre, petite. Si nous tardons trop, le patron va envoyer quelqu'un à notre recherche, et nos chevaux ont besoin de manger.

La fillette se leva calmement.

— Allons-y. Il y a des pelles dans la grange ; je vais vous envoyer Gabriel.

Elle prit quelques sacs de farine vides qui serviraient de linceul.

Les trois hommes soulevèrent Mervyn de la table et sortirent sous la pluie. Mathilda les précéda jusqu'au petit cimetière. Elle était contrariée que son père fût enterré auprès de sa mère et de ses grands-parents, mais tout autre arrangement eût soulevé trop de questions.

Debout sous la pluie, elle assista à la mise en terre, indifférente à sa chevelure ruisselante, à la robe de coton collée à son corps, à ses pieds mouillés et froids. Elle observa le mouvement des pelles, soulevant avec peine la lourde terre détrempée, et vit les hommes descendre, dans la fosse profonde, le corps de Mervyn, qu'ils recouvrirent des sacs de farine. Une à une, elle compta les pelletées de terre jetées dans la tombe. Puis, sans un mot, elle fit demi-tour et se dirigea vers la maison.

Les deux hommes la rejoignirent peu de temps après. Ils se demandaient probablement pourquoi elle n'avait prononcé aucune prière ; elle laisserait au père Ryan le soin de décider ce qu'il convenait de faire.

Les visiteurs prirent congé. La fillette resta un moment sous la véranda, puis rentra dans la maison dont elle referma la porte. Elle n'avait plus besoin de s'enfuir. Le cauchemar était terminé. Elle était libre.

Les pluies durèrent deux mois, période qui permit à Mathilda de mesurer pleinement l'héritage que lui avait laissé son père. Une station d'élevage au bord de la ruine ; un désir de réussir là où il avait échoué ; et un enfant dans son ventre, qui serait à jamais l'incarnation des années sombres.

6

— Stan organise une partie derrière le dortoir, tu en es, Brett ? demanda le tondeur à voix basse.

L'interpellé jeta un coup d'œil vers la cuisine. Si Ma savait que Stan allait jouer, les ennuis allaient commencer. Il opina du chef.

— Mais j'ai une chose ou deux à faire avant.

— Ça n'a rien à voir avec ta nouvelle patronne, par hasard ? dit George avec un clin d'œil appuyé. Elle est plutôt agréable à regarder, non ? Tu pourrais faire pire.

— Tu ne sors pas assez, mon vieux, rétorqua Brett en riant. Une trace de parfum te chatouille les narines, et tu perds la boule.

— C'est mieux que de sentir le mouton toute la journée ! décréta George en haussant les épaules. Si j'avais vingt ans de moins et que j'étais moins tordu, je tenterais ma chance.

Brett contempla avec affection le visage buriné au nez de travers, au menton grisonnant et aux cheveux rares.

— Eh bien, je t'aurais souhaité bien du courage ! Elle a un sacré caractère, et la réplique cinglante comme un coup de fouet.

Son interlocuteur se contenta de hausser les sourcils.

Le directeur de Churinga retourna au contenu de son assiette, tandis que son compagnon portait la sienne à la cuisine, avant de s'éclipser. *Il va falloir que je fasse attention à ce que je dis,* pensa-t-il. *Les tondeurs ne détestent pas répandre des ragots au cours de leurs périples.*

Ma sortit de la cuisine en s'essuyant les mains sur son tablier.

— Où est Stan ? s'enquit-elle.

Brett fit un geste d'ignorance et se concentra sur son dîner. Il n'était pas du genre à dénoncer les copains, même s'ils se comportaient comme des idiots. En poussant un soupir, la cuisinière s'assit en face de lui. Elle ouvrit la boîte à tabac et entreprit de se rouler une cigarette.

— Les hommes disparaissent toujours quand on a besoin d'eux ! Il m'avait promis de réparer la table de la cuisine.

Brett avala la dernière bouchée de son gâteau et s'essuya les lèvres.

— Je vais m'en occuper, Ma, ne vous inquiétez pas.

Sa cigarette allumée, elle le regarda à travers les volutes de fumée.

— J'espère qu'il ne joue pas, articula-t-elle. Il ne sait jamais s'arrêter.

Brett repoussa son assiette et prit son paquet de cigarettes sous le regard inquisiteur de son interlocutrice, qui semblait préoccupée. Ils fumèrent quelques instants dans un silence complice.

— Est-ce que Mme Sanders t'a parlé, Brett ?

Il évoqua le regard furieux de sa patronne. Certes, il s'était montré dur avec elle aujourd'hui, mais elle n'avait pas été tendre non plus.

— Parlé de quoi ?

Ma paraissait mal à l'aise. Elle avait le regard fuyant et ses doigts tambourinaient nerveusement sur la boîte de métal.

— Que se passe-t-il, Ma ?

— Je me demandais simplement si elle t'avait parlé de ces vieux vêtements et des livres, finit-elle par dire en secouant la tête.

— Pourquoi l'aurait-elle fait, puisque vous les avez brûlés ?

Il vit les joues de la cuisinière s'empourprer.

— Vous les avez détruits, n'est-ce pas ?

— En quelque sorte, bafouilla-t-elle, le regard rivé sur la table.

Il prit une profonde inspiration. Elle avait laissé Jenny lire les journaux !

— Que voulez-vous dire, Ma ? demanda-t-il d'une voix contenue, lourde de reproche.

Elle cessa enfin de jouer avec ses doigts et le regarda droit dans les yeux.

— Je ne comprends pas pourquoi cela te met dans cet état, se défendit-elle. Ce n'est qu'un tas de vieux vêtements, qu'elle était ravie de découvrir. Je ne voyais aucune raison de ne pas les lui donner.

Brett écrasa sa cigarette dans le cendrier.

— Vous avez entendu les rumeurs, Ma. Après ce que cette femme a vécu, je ne voulais pas…

— Tu ne voulais pas qu'elle prenne cet endroit en grippe et qu'elle le vende, interrompit-elle vivement. Toi et ton précieux Churinga ! Ce lieu est maudit, et tu le sais parfaitement !

— Non, Ma, dit-il en hochant la tête. Vous ne comprenez pas.

— Bien sûr que si! répliqua-t-elle avec fougue. Tu t'es fait une place agréable. Si elle vend le domaine, tu vas sans doute te retrouver sans travail. À mon avis, ce serait préférable. Mieux vaut s'éloigner d'ici.

Il se tut, convenant intérieurement qu'elle n'était pas loin de la vérité. Churinga représentait tout pour lui. On lui avait laissé la libre direction de la station d'élevage, qu'il avait dirigée comme si elle lui appartenait, et dont il avait réussi à faire l'une des exploitations les plus rentables de la Nouvelle-Galles du Sud. Si Jenny décidait de vendre, il devrait partir. L'idée de quitter tout ce qu'il avait accompli lui était proprement insupportable.

La main de Ma se posa sur son bras.

— Excuse-moi, mon garçon. Mais il faut bien que tu te fasses à cette idée. Qu'est-ce qu'une jeune femme comme elle pourrait faire de cet endroit? Elle n'a pas d'homme, pas de racines dans l'outback, et aucune expérience en matière d'élevage de moutons.

— Vous pensez donc qu'elle va vendre? demanda-t-il, soudain déprimé.

— Si j'en crois ce qu'on m'a rapporté, tu ne lui as pas vraiment fait sentir qu'elle était la bienvenue, répliqua-t-elle. J'ai entendu parler de la scène du hangar à tonte, et de la dispute au sujet des chiots.

— Elle ne m'a pas ménagé non plus, affirma-t-il.

— Peut-être, mais elle est seule. Tout doit lui paraître nouveau. Oublie un peu ton côté macho, Brett. Ne sois pas si dur avec elle.

Elle le regarda un moment avant de poursuivre :

— Je sais que c'est difficile pour toi, mon garçon. Mais cet endroit ne t'appartient pas, ne t'a jamais appartenu. Tu n'aurais jamais dû t'y attacher de cette façon.

— Mais c'est arrivé, Ma. C'est le domaine dont j'ai toujours rêvé. Je ne pourrais pas m'offrir la moitié de ce que j'ai ici, surtout depuis que j'ai dû céder la plus grande partie de mes économies à Marlene.

— Alors ne penses-tu pas qu'un peu de gentillesse, un peu d'amitié pourraient aider Jenny à se sentir mieux ? Elle est venue faire une visite de reconnaissance. Les premières impressions sont capitales, tu le sais.

— Je me suis excusé, et je lui ai expliqué les règles, au sujet des tondeurs et des chiots. Je crois qu'elle a compris, car la dernière fois que nous nous sommes parlé, nous avons fait la paix.

— Alors pourquoi n'est-elle pas passée ce soir ? Pourquoi reste-t-elle seule à la maison ?

— Elle est probablement plongée dans ces maudits journaux ! s'exclama-t-il.

— Quelle importance ? Le passé ne peut pas lui faire de mal. Elle a le droit de savoir ce qui est arrivé.

— Vous ne les avez pas lus, laissa-t-il tomber. Si quelque chose peut la pousser à partir, c'est ce récit déprimant.

— Je pense que tu pourrais être surpris. Jenny ne me semble pas du genre à fuir. Regarde comme elle a quitté Sydney pour affronter seule le voyage, si peu de temps après son deuil. Elle est forte, intelligente, et capable de réfléchir par elle-même.

Brett resta attablé en silence, tandis que Ma emportait la vaisselle dans la cuisine. Cette jeune femme était une énigme. Peut-être devait-il cesser de s'inquiéter au sujet des ragots, et tenter de mieux la connaître. Il appréciait son sens de l'humour. Si elle était en train de lire les journaux, il faudrait lui montrer que les choses avaient changé depuis l'époque de Mathilda, que les vieux fantômes s'étaient évanouis et qu'il n'y avait plus rien à craindre.

Mais pas ce soir, se dit-il en regardant sa montre. Lorsqu'il aurait fini de réparer la table de la cuisine, il serait trop tard pour lui rendre visite.

Jenny s'arracha un moment à l'encre pâlie du journal, à la fois bouleversée et fascinée par le courage de Mathilda. Elle ferma les yeux, essayant de se représenter la fillette dont elle découvrait peu à peu l'histoire, et dont la présence devenait de plus en plus réelle à ses yeux. De nouveau, elle oublia ce qui l'entourait, et retourna dans le passé.

La jument de Mervyn revint à Churinga deux semaines plus tard, alors que la pluie s'était momentanément interrompue pour céder la place à un soleil timide, nuançant le ciel d'une teinte d'acier. Attirée par un bruit de sabots dans la cour, Mathilda, avec une exclamation de joyeuse surprise, attrapa les rênes et conduisit l'animal à l'écurie.

Amaigrie, Lady avait perdu un fer, et sa robe était hérissée et maculée de boue, mais elle paraissait heureuse d'être rentrée. Après l'avoir laissée manger et boire à son aise, Mathilda entreprit de la bouchonner pour redonner au pelage son brillant. Le visage serré contre le flanc aux côtes apparentes, elle démêlait la crinière et caressait l'encolure musclée, murmurant des mots de bienvenue.

Les pluies cessèrent peu à peu, et le ciel redevint bleu. Les pâturages se couvrirent bientôt d'une herbe verte et drue parsemée de fleurs sauvages aux couleurs éclatantes, que survolaient, dans l'air pur et frais, des oiseaux au plumage bigarré. Un troupeau de kangourous avait élu résidence parmi les gommiers fantômes. Il était temps de rassembler le troupeau, de compter les bêtes et de voir ce qu'il était possible de sauver de la dévastation.

Elle était en train d'enfiler sa tenue de cavalière lorsqu'elle entendit un cheval hennir dans la cour. Attrapant le fusil, elle vérifia qu'il était chargé, et sortit sous la véranda.

Ethan Squires se dressait sur sa monture qui roulait les yeux, piétinant le sol avec nervosité. Il était vêtu d'un long imperméable tombant jusqu'aux talons de ses bottes, et coiffé d'un chapeau mou à large bord, maintenant une partie de son visage dans l'ombre. Toutefois, Mathilda pouvait distinguer sa mâchoire serrée et la lueur métallique de son regard. Ce n'était pas une visite de courtoisie.

— Que désirez-vous ? interrogea-t-elle en pointant l'arme vers son visiteur.

Il ôta son chapeau d'un geste brusque.

— Je te présente mes condoléances, Mathilda. Je serais venu plus tôt si le temps avait été plus clément.

Le regard de la fillette effleura les vêtements coûteux et le cheval pur sang. Était-il en train de se moquer d'elle ? Elle n'en était pas sûre. Pourtant, Ethan n'aurait jamais fait tout ce chemin dans le seul but de présenter ses respects à la fille d'un homme qu'il méprisait.

— Dites-moi plutôt ce que vous avez dans la tête, Squires. J'ai des choses à faire.

Les lèvres de l'homme s'incurvèrent en un sourire qui n'atteignit pas ses yeux.

— Tu me fais penser à ta mère. Tout feu tout flamme. Tu n'as pas besoin de ce fusil.

Elle agrippa plus fortement son arme.

— C'est à moi d'en décider.

— Très bien, Mathilda, si c'est ce que tu veux, dit-il en haussant les épaules d'un mouvement élégant. Je suis venu te demander de reconsidérer mon offre au sujet de Churinga.

Elle ouvrit la bouche pour protester, mais il leva la main pour l'interrompre.

— Je t'en donnerai un bon prix, poursuivit-il. Tu as ma parole.

— Churinga n'est pas à vendre, répliqua-t-elle, le fusil pointé vers lui.

Le rire de Squires retentit dans le silence matinal, surprenant son cheval, qui secoua la tête.

— Ma chère petite ! Qu'espères-tu accomplir ici ? dit-il en désignant d'un ample mouvement du bras les paddocks gorgés d'eau et les granges délabrées. Plus rien ne tient debout. Maintenant que les pluies sont terminées, les créanciers de Mervyn vont affluer comme des mouches. Tu vas devoir vendre les cochons, les machines, les chevaux, et probablement les moutons qui te restent.

Un silence glacial accueillit ses paroles. Face à cet homme puissant, Mathilda sentait le peu de poids de ses quinze ans. Si elle lui laissait croire qu'elle était influençable, elle risquait de tout perdre. Pourtant, elle savait qu'il disait la vérité, et avait passé bien des nuits sans sommeil, se demandant comment elle pourrait arriver à payer ses dettes.

— En quoi cela vous regarde-t-il ? rétorqua-t-elle. Il ne vous devait rien, j'espère ?

L'expression d'Ethan s'adoucit soudain.

— J'ai promis à ta mère de veiller sur toi, dit-il en secouant la tête, et je n'ai jamais rien prêté à Mervyn.

Il s'inclina sur l'encolure de son cheval.

— En dépit de tes craintes, Molly, je suis un homme honorable. J'admirais Mary, et c'est pour elle que je suis ici aujourd'hui. Si Churinga doit me revenir, je veux que ce soit par des moyens honnêtes.

— En me faisant épouser votre fils, sans doute ? riposta-t-elle, le cœur battant.

Il garda un silence éloquent.

— Je ne suis pas stupide, Squires. Je sais qu'Andrew ne fait qu'obéir à vos ordres ; c'est pourquoi il n'obtiendra rien de moi. Dites-lui d'arrêter de m'envoyer des invitations pour ses réceptions. Je ne suis pas intéressée, et Churinga n'est ni à vendre ni à troquer.

L'expression de l'homme se durcit.

— Espèce de petite idiote ! siffla-t-il. Où trouveras-tu une meilleure offre ? Mon beau-fils est prêt à t'offrir une vie dont tu n'oserais pas rêver, et tu ne perdras pas Churinga.

— Qui serait absorbée par Kurrajong, dit-elle sèchement. Pas question.

— Comment diable crois-tu que tu vas faire marcher l'exploitation, seule et sans cheptel ?

— Je me débrouillerai.

— Sois raisonnable, Mathilda, insista Ethan en prenant un ton posé. Je t'offre une chance de repartir de zéro, sans dettes. Laisse-moi te dire quelle somme je suis prêt à te donner ; tu serais surprise de savoir combien vaut cet endroit, en dépit de son état présent.

— Appelez-moi mademoiselle Thomas, rétorqua-t-elle en relevant son arme. Je ne suis pas la stupide petite fille que vous croyez. Allez-vous-en avant que je tire une balle dans votre superbe chapeau.

La bouche d'Ethan se serra jusqu'à ne former qu'un mince trait. Il secoua fortement les rênes, ce qui fit danser son cheval dans la boue.

— Vous allez le regretter, mademoiselle Thomas, articula-t-il lentement, les mâchoires crispées de rage. Je parie que vous ne tiendrez pas plus d'un mois. Alors, vous viendrez me supplier à genoux de vous acheter Churinga, mais le prix sera tout à coup devenu beaucoup moins intéressant.

Mathilda le suivit des yeux jusqu'à ce qu'il eût disparu. En dépit des trois cents kilomètres qui séparaient les deux stations d'élevage, elle savait qu'il n'hésiterait pas à revenir. Jamais il n'abandonnerait la partie.

Agitée d'un léger tremblement, elle baissa son fusil et essuya ses mains trempées de sueur. Malgré tout, elle se sentait plutôt satisfaite, car dans le combat qu'il lui fallait mener, elle venait de remporter la première manche.

Elle émit un sifflement strident, auquel Blue répondit aussitôt. Prêt à travailler, il accourut, les oreilles dressées, et trottina sur les talons de sa maîtresse jusqu'à l'écurie où il la regarda seller Lady.

Se dirigeant vers les pâturages, en compagnie de Gabriel et de son chien, elle savait que le nombre de bêtes aurait encore considérablement diminué. Mais rien ne pouvait entamer sa détermination : ces animaux lui appartenaient, et elle se faisait le serment de réussir là où son père avait échoué.

Jenny referma le journal. Le dos douloureux et les paupières lourdes, elle jeta un coup d'œil à la pendule et constata qu'elle avait vécu dans l'univers de Mathilda un peu plus de douze heures. La nuit était tombée, et Churinga dormait. En dépit de sa fatigue, la jeune femme se sentait envahie d'une lueur d'espoir. Mathilda s'embarquait dans l'inconnu, pour une aventure exaltante ; sa détresse absolue avait aussitôt fait place à un admirable sursaut de volonté.

Elle sauta au bas de son lit et se rendit à la cuisine. Ouvrant la malle, elle en sortit la robe de bal qu'elle tint un moment contre son visage, avant de se glisser dans le tissu soyeux.

Les yeux fermés, elle se balança un moment au rythme de la valse ancienne. Peu importait qu'elle fût seule à danser ce soir. Elle venait de comprendre que Mathilda lui enseignait une leçon de survie qu'elle n'aurait pas pu apprendre ailleurs.

7

Jenny s'éveilla au son du bavardage des cacatoès dans les poivriers, ponctué par le ricanement d'un kookaburra. Fraîche et reposée, en dépit de son manque de sommeil des deux derniers jours, elle s'étira voluptueusement avant de sauter du lit.

Aujourd'hui, elle avait l'intention d'en apprendre un peu plus sur Churinga, en s'efforçant d'observer et d'écouter les ouvriers au travail. Le samedi, leurs activités cessaient à midi, ce qui lui laisserait le temps de discuter avec les tondeurs et les conducteurs de troupeaux, peut-être même avec les aborigènes. Elle avait hâte de s'informer sur la vie quotidienne des habitants de la station d'élevage, et sur les problèmes auxquels Mathilda avait été confrontée.

Après s'être habillée et avoir bu une tasse de thé, elle décida qu'il lui fallait avant tout s'efforcer de remonter à cheval. Lorsqu'elle avait quinze ans, elle avait fait une mauvaise chute et n'avait jamais essayé depuis de vaincre sa frayeur. Mais à présent, le seul moyen de se représenter l'univers décrit dans les journaux consistait à plonger au cœur de l'action, et non à se tenir à l'écart, enfermée entre quatre murs.

Elle releva ses cheveux sur le dessus de sa tête et se coiffa d'un chapeau de feutre suspendu au portemanteau, près de la porte. Peut-être s'agissait-il de celui de Mathilda ? Aussitôt, elle se dit que c'était plus probablement un vieux couvre-chef de Brett, dont il n'avait plus besoin, et qu'il avait laissé derrière lui.

Dehors, il faisait bon, car le soleil commençait son ascension dans le ciel d'un bleu limpide. En dépit de l'heure peu avancée, les hommes s'attelaient déjà à leurs tâches, suscitant des aboiements d'impatience parmi les chiens. Un nouveau jour de tonte se préparait.

Elle respira profondément, savourant l'air frais imprégné d'une odeur d'acacia, et rit au spectacle des cacatoès la tête en bas, se délectant de la rosée qui coulait sur leurs plumes. En traversant la cour jusqu'au réfectoire, elle releva les manches de sa chemise.

Tandis qu'elle s'approchait du quartier des tondeurs, elle aperçut Brett, torse nu, qui se rasait près de la pompe. Instinctivement, elle ralentit le pas. Peut-être était-il préférable de l'éviter jusqu'à ce que tous deux eussent pris leur petit déjeuner. Même s'ils s'étaient quittés sur une sorte d'entente, les scènes de la veille étaient encore bien présentes à son esprit et elle ignorait dans quelles dispositions il se trouvait au saut du lit.

Sur le point de se détourner, elle croisa son regard dans le petit miroir qu'il avait suspendu sur la poignée de la pompe. Elle n'avait maintenant d'autre choix que de lui parler.

— Bonjour, monsieur Wilson. Quelle belle matinée ! lança-t-elle d'un ton enjoué.

— Bonjour, dit-il d'une voix bourrue, en saisissant sa chemise.

— Ne vous habillez pas pour moi, s'écria-t-elle aimablement, satisfaite de l'avoir mis mal à l'aise.

Il reprit son rasage d'une main sûre.

— J'aimerais me promener à cheval. Pourrais-je emprunter une monture après le petit déjeuner ?

Brett promena avec précaution la lame au creux de la fossette qui ornait son menton avant de lui répondre.

— Ce ne sont pas des chevaux de selle, madame. La plupart d'entre eux sont à peine domptés.

Il guettait visiblement sa réaction, mais elle décida de rester insensible à toute provocation.

— Mais je pense qu'on peut vous trouver une monture, poursuivit-il. Nous avons deux juments qui pourraient faire l'affaire. Je vais demander à l'un des gars de vous accompagner.

— C'est inutile, monsieur Wilson, je pense que je saurai trouver mon chemin.

Il se tamponnait le visage pour en ôter les restes de crème, ses yeux brillant dans le soleil matinal.

— Vous ne devez pas vous promener seule. Cela peut être dangereux.

— Alors qui mieux que vous pourrait s'occuper de ma protection ? Personne, sans aucun doute ! Et j'aurais ainsi la chance de profiter de votre infinie sagesse !

— Au cas où vous ne l'auriez pas remarqué, nous sommes en pleine période de tonte. On ne peut pas se passer de moi.

Il mit ses mains sur ses hanches, ignorant qu'une trace de crème subsistait sous l'une de ses oreilles.

— Comme il est merveilleux de se sentir indispensable ! s'exclama-t-elle, une lueur d'amusement dans le regard. Mais nous sommes samedi, et peut-être pourriez-vous trouver, cet après-midi, un moyen de déléguer vos responsabilités pour quelques heures?

Il ne put retenir un sourire.

— Ce sera avec plaisir, madame Sanders, fit-il en s'inclinant cérémonieusement, avant d'activer la pompe pour se mouiller les cheveux.

— Merci.

Cet homme est absolument insupportable, se dit-elle en se dirigeant vers le réfectoire. Mais au bout de quelques pas, son sens de l'humour reprit le dessus. Après tout, passer une partie de la journée avec lui ne serait pas forcément inintéressant.

Se promener à cheval, se répétait Brett. Que s'imagine-t-elle? Qu'elle se trouve dans un ranch de touristes? Si madame veut faire de l'équitation, je vais lui trouver une monture, mais je parie à cent contre un qu'elle ne sera pas en état de donner des ordres demain. Rien de tel qu'une bonne randonnée pour retrouver le sens des réalités!

En enfilant sa chemise, il tenta de récapituler tout ce qu'il avait à dire à sa patronne. Lui parler ne serait pas facile. Jenny n'était pas le type de femme capable de comprendre l'amour de la terre, mais une citadine sophistiquée, qui considérait son voyage à Churinga comme une aventure, et n'allait pas tarder à se lasser, dès que l'attrait de la nouveauté se serait dissipé.

À son tour, il se dirigea vers le réfectoire. Cette jeune personne tenait son futur dans ses jolies petites mains. Si elle vendait la station, les nouveaux acquéreurs n'auraient sans doute pas besoin d'un directeur. D'ailleurs, à supposer même qu'elle décidât de rester, elle ne le garderait pas forcément non plus. L'idée de devoir quitter Churinga provoquait en lui une véritable douleur physique. Ma avait raison, s'il voulait se donner une chance, il devait se montrer agréable avec sa patronne – ce qui, dans d'autres circonstances, n'aurait pas été difficile. Mais elle avait le chic pour le mettre en colère ; il n'avait aucune expérience des femmes de la ville et ne savait comment s'y prendre avec elles.

Jenny fut la première personne qu'il aperçut en entrant dans la salle. À vrai dire, il était difficile de ne pas la remarquer, car ses cheveux relevés mettaient particulièrement en valeur la courbe gracieuse de sa nuque. Il détourna hâtivement les yeux et se trouva une place à l'extrémité de la table. Soulevant l'énorme pot de métal, il se versa une tasse de thé qu'il agrémenta de quatre cuillerées de sucre. Il aurait besoin de toute son énergie, s'il devait passer la journée à contenir son énervement.

— Bonjour Brett, dit Ma en déposant devant lui une portion de steak, d'œufs et de pommes de terre. Cela devrait te donner du courage pour ta promenade avec Mme Sanders. Et je vous ai préparé un pique-nique.

— Nous serons probablement rentrés pour le déjeuner, marmonna-t-il en attaquant son repas.

Lorsqu'il eut fini de manger, il repoussa son assiette et alluma une cigarette. Bien qu'il vît la jeune femme quitter la pièce, il décida de prendre son temps et de finir son thé, au lieu de se précipiter derrière elle, sous le regard narquois de ses compagnons.

Stan tirait sur sa pipe, le souffle court. Brett l'observa d'un air pensif, se demandant combien de saisons il pourrait encore assumer. Bien qu'il eût au moins soixante ans, il était encore le tondeur le plus rapide de la Nouvelle-Galles du Sud. Ce corps malingre au dos voûté semblait infatigable.

— Il est temps de se mettre au travail, déclara l'époux de Ma, rangeant sa pipe encore allumée dans la poche de sa veste.

— Un de ces jours, tu vas prendre feu, dit Brett, observant la fumée qui s'échappait du vêtement.

Le vieil homme reprit sa pipe et en versa le contenu dans une soucoupe.

— Ne t'inquiète pas, mon vieux, j'ai l'intention de mourir dans mon lit, ma femme à mes côtés.

Il sortit en riant et, une fois la moustiquaire franchie, se mit à fumer de nouveau. Après avoir éteint son allumette avec grand soin, il se dirigea vers le hangar de tonte.

Brett le regarda s'éloigner. Personne ne prenait plus de précautions pour éteindre une allumette qu'un habitant du bush. Pas un homme n'avait échappé au spectacle d'un incendie dévastateur, et de la désolation que les flammes laissaient derrière elles.

Mais il avait assez traîné. Il était temps d'aller seller les chevaux.

Assise sur la barrière, Jenny regarda Brett attraper la jument rouanne et la seller. Tout comme les autres hommes de Churinga, il faisait partie intégrante de cet endroit ; elle n'arrivait pas à l'imaginer ailleurs. Rude et brun comme la terre, mince et vigoureux comme l'herbe, et aussi énigmatique que les oiseaux et les fleurs exotiques de ce magnifique paysage.

Elle descendit de son perchoir, ramassa la sacoche qui contenait le pique-nique et se dirigea vers l'homme et les deux animaux immobiles. Quel tableau charmant ils composaient, avec, en arrière-plan, un groupe d'arbres à thé au pied du mont Tjuringa ! Soudain, elle éprouva une violente bouffée de tristesse à l'idée que ce ne fût pas Peter qui l'attendait, les rênes à la main. Ce tableau illustrait le rêve de son mari, la façon dont il avait imaginé leur futur. Elle n'était plus sûre du tout d'avoir envie de vivre tout cela sans lui.

Brett lut sur son visage une anxiété inattendue.

— Vous n'avez pas changé d'avis, madame Sanders ? Nous pouvons remettre cette promenade à plus tard…

Jenny enfila ses gants, s'efforçant d'écarter toute pensée sombre de son esprit.

— Pas du tout, monsieur Wilson. Pouvez-vous m'aider à monter ?

Lorsqu'elle eut pris appui sur ses mains, il la souleva jusqu'à la selle, puis enfourcha sa propre monture avec légèreté, un sourire aux lèvres.

— Nous allons d'abord nous diriger vers le sud, ce qui nous permettra de déjeuner à l'ombre de la montagne. Cela vous convient-il ?

Saisissant les rênes, la jeune femme fit un signe affirmatif. La jument, apparemment vieille et douce, broutait paisiblement. Elle se repentit aussitôt de ses pensées peu charitables à l'égard de Brett, qu'elle avait soupçonné de lui réserver un cheval à peine dressé, afin de lui donner une leçon. Toutefois, même avec cette monture docile, elle devrait faire preuve d'une concentration permanente, si elle ne voulait pas se ridiculiser.

Ils se mirent en route, les sabots des chevaux foulant les herbes hautes. Alors qu'ils se dirigeaient vers les pâturages, les animaux adoptèrent un trot régulier.

— Vous semblez à l'aise en selle, madame Sanders, cria Brett. Un peu tendue, mais c'est naturel, sur une bête que vous ne connaissez pas.

Serrant les dents, Jenny réussit à se forger un sourire plein d'assurance. La surprise qu'il éprouvait devant son apparente expérience n'était rien, comparée à la lutte gigantesque qu'elle livrait pour rester en selle. Les efforts qu'elle déployait pour s'agripper aux rênes et pour serrer les flancs de la jument la faisaient trembler. Elle n'avait ni l'entraînement, ni la forme nécessaire, et regrettait de n'avoir pas chevauché seule quelque temps, avant de se lancer dans une promenade avec Brett.

Pourtant, alors qu'elle apercevait le mont Tjuringa, au-delà des vastes pâturages déserts, elle se sentit soulagée qu'il l'accompagne. S'aventurer seule eût été particulièrement imprudent, car en cas de chute ou de blessure, il eût fallu des heures pour la retrouver.

— Avançons droit vers la montagne, jeta Brett par-dessus son épaule. Vous vouliez découvrir Churinga, en voici l'occasion.

Sur ces mots, il poussa sa monture au galop.

La sueur dégoulinant le long de son dos, Jenny incita sa jument à le suivre. Elle se souleva et s'inclina sur l'encolure de l'animal, les genoux contre le corps musclé. Certes, il n'y avait pas de raison que Brett se doute de sa panique, mais elle se maudissait presque d'avoir suggéré cette sortie.

Soudain, comme par magie, sa peur et sa tension se dissipèrent. Décrispant les doigts, elle laissa la jument trouver son allure. Le dos battu en cadence par le vieux chapeau de feutre, simplement retenu par sa fine lanière de cuir, elle s'abandonnait à une sensation de liberté exaltante, accentuée par la tiédeur grisante du vent sur son visage et le pas assuré de sa monture.

Brett se trouvait à une certaine distance devant elle, torse immobile, comme soudé au corps de son cheval qui semblait voler à grandes foulées au-dessus du sol. Homme et animal se mouvaient dans une parfaite harmonie, devant la silhouette accidentée du mont Tjuringa.

Alors qu'ils s'approchaient peu à peu de la montagne, Jenny constata que le roc, en partie recouvert de broussailles épaisses, semblait surgir d'un bois formé d'arbres très anciens, constituant une sorte d'oasis. Elle distinguait même le bruit d'une chute d'eau et des chants d'oiseaux. Peut-être était-ce l'endroit où Mathilda s'était un instant reposée? Elle chassa résolument cette idée de sa tête, refusant que cette merveilleuse journée fût ternie par de sombres pensées.

Brett la précéda à travers le fouillis de verdure, dont les frondaisons formaient un rempart contre la chaleur. Ils débouchèrent tout à coup au bord d'un bassin naturel, alimenté par une cascade. Elle ramena son cheval au pas et sourit à son compagnon de route. À bout de souffle, elle savait qu'elle aurait le lendemain d'énormes courbatures, mais pour l'instant seul comptait le bonheur de se livrer à la joie pure de la promenade.

— C'était merveilleux, articula-t-elle. Merci de m'avoir accompagnée.

— Pas de problème, marmonna-t-il, sautant de cheval et se dirigeant vers elle.

— Vous ne comprenez pas, expliqua-t-elle en cherchant à reprendre sa respiration. Je ne pensais pas que je serais capable de remonter en selle après l'accident. Mais j'ai réussi à le faire! J'y suis arrivée!

Elle se pencha sur l'encolure de la jument rouanne et la caressa doucement.

— Merci, ma belle, murmura-t-elle.

Brett gardait une expression impénétrable.

— Vous auriez dû m'en parler. Je vous aurais laissé plus de temps pour vous habituer à Mabel.

— Pourquoi ? demanda-t-elle en haussant les épaules. J'avais quinze ans et le cheval n'avait pas été bien dressé. J'ai eu peur, je suis tombée, mais surtout, je ne me suis pas écartée à temps.

Elle se souvenait de la douleur qu'elle avait ressentie lorsque le lourd sabot avait pesé sur son épaule et ses côtes. Les os fracturés avaient mis des mois à se consolider.

— Il faut que vous vous reposiez, vous venez d'effectuer un long trajet. L'eau est potable.

Jenny lâcha les rênes et passa une jambe par-dessus la selle. Avant même d'avoir pu comprendre ce qui se passait, elle fut soulevée par des bras puissants. Le cœur de Brett battait contre sa poitrine, et la chaleur de ses mains se communiquait à sa taille tandis qu'il la tenait contre lui. Lorsqu'il la posa sur le sol, la fatigue et la surprise la firent chanceler.

— Vous allez bien, madame Sanders ?

— Parfaitement, merci, répondit-elle en s'écartant de lui. Je n'avais plus l'habitude de monter. Sans doute n'étais-je pas tout à fait prête.

Il l'effleura d'un regard éloquent, mais garda le silence. Puis il se détourna et se dirigea vers le bassin.

— Et les chevaux, s'enquit-elle, ne devrions-nous pas les attacher ?

— Ce n'est pas la peine. Ils sont dressés à rester où ils se trouvent dès que les rênes sont lâchées.

Utilisant leurs chapeaux comme récipients, ils se désaltérèrent. La jeune femme avait l'impression de renaître et de sentir s'évanouir la tension douloureuse de son corps. Lorsque leur soif fut apaisée, ils s'assirent en silence et laissèrent leurs montures boire à longues goulées.

Brett alluma une cigarette, le regard perdu dans le lointain. Jenny se demandait de quoi elle pourrait bien parler avec lui. Il n'était pas homme à apprécier les menus propos et elle ne connaissait rien à son travail, auquel toute allusion de sa part pourrait paraître ridicule.

Elle soupira et reporta son attention sur le paysage saisissant qui l'entourait. Le roc sombre du mont Tjuringa, zébré de veines orange vif ressemblait à un édifice dont les briques eussent été assemblées au hasard. La cascade surgissait d'une vaste fissure, presque cachée par la végétation sauvage, pour se déverser dans des bassins reflétant des peintures rupestres, vieilles de plusieurs siècles.

— Qu'est-il arrivé à la tribu qui vivait ici ? demanda la jeune femme.

— Les Bitjarras ? répondit Brett en fixant l'extrémité rougeoyante de sa cigarette. Ils reviennent périodiquement dans ce lieu qu'ils considèrent comme sacré, pour y célébrer leurs danses de cérémonie, les *corroborees*. Mais la plupart d'entre eux sont partis dans les villes.

Jenny se remémorait les aborigènes qui erraient dans les rues de Sydney. L'arrivée des Blancs avait signifié la perte de leur territoire, de leur culture, de leurs repères, et ils avaient fini par sombrer dans l'alcool, subsistant à l'aide d'expédients.

— C'est triste, n'est-ce pas ?

— Certains d'entre eux continuent à vivre selon ce qu'ils appellent le temps du rêve, mais comme tout le monde, ils font un choix. Ici, leur existence était devenue trop rude. Pourquoi seraient-ils restés ?

Il la scruta par-dessous le bord de son chapeau.

— Vous pensez à Gabriel et à sa famille, je suppose.

Elle fit un signe affirmatif, peu étonnée qu'il ait lu les journaux, ce qui expliquait pourquoi il ne voulait pas qu'elle les découvre.

— Ils sont partis il y a longtemps, poursuivit-il. Mais nous avons deux apprentis bitjarras qui travaillent pour nous en ce moment. Les hommes de cette tribu sont de grands cavaliers.

— En tout cas, leur présence a dû être infiniment précieuse pour Mathilda Thomas ! Sa situation était plus que précaire lorsque Mervyn est mort.

— De toute façon, la vie est difficile dans l'outback, déclara Brett en écrasant sa cigarette. Ou elle vous séduit, ou elle vous tue.

Il posa sur elle un regard pénétrant.

— Vous allez sans doute vouloir vendre Churinga et retourner à Sydney avant peu. Ici, la situation n'est pas simple pour une femme, en particulier lorsqu'elle est seule.

— Peut-être, admit-elle, mais ce n'est pas idyllique non plus à Sydney. Nous avons beau être dans les années soixante-dix, il nous reste encore bien du chemin à parcourir avant d'être acceptées comme égales de l'homme.

Brett émit un grognement. Jenny se demanda quelle remarque cinglante il était sur le point de faire, mais il parut changer d'avis.

— Je n'ai pas toujours vécu en ville, vous savez, dit-elle fermement. J'ai d'abord grandi à Dajarra jusqu'à l'âge de sept ans, puis je suis partie vivre dans une station d'élevage, à Waluna, chez John et Ellen Carey. À quinze ans, je les ai quittés pour l'école des Beaux-Arts de Sydney. J'ai rencontré mon mari à la ville, mais nous avions tous les deux fait le projet de revenir un jour à la terre.

Il la considéra d'un air pensif.

— Il n'y a pas grand-chose à Dajarra, à part un grand orphelinat catholique.

— C'est exact, dit-elle. Le foyer de mon enfance, dans lequel je ne remettrai pourtant jamais les pieds.

Il se redressa, mâchonnant un brin d'herbe.

— Écoutez, madame Sanders, je suis désolé de m'être montré grossier l'autre jour. Je pensais…

— Vous pensiez que j'étais une riche citadine, venue vous compliquer la vie, coupa-t-elle. Mais je ne vous ai pas parlé de mon passé pour vous apitoyer, Brett. Je voulais simplement remettre les choses à leur place, afin d'éviter les malentendus.

— Compris, affirma-t-il en souriant.

— Parfait.

Elle tourna la tête pour admirer un vol de perruches qui dessinait un arc-en-ciel à travers les arbres. Lorsqu'elle regarda Brett de nouveau, il s'était étendu sur le dos, le chapeau sur le visage, mettant apparemment un terme à leur conversation.

Au bout de quelques minutes, l'immobilité lui devenant pesante, elle décida d'aller jeter un coup d'œil sur les peintures rupestres. Très bien conservées, ces œuvres aborigènes représentaient avec une saisissante netteté des animaux divers cherchant à échapper à des chasseurs munis de lances et de boomerangs. Des cercles étranges et des dessins aux formes enchevêtrées, probablement des totems de la tribu, avoisinaient des empreintes de mains plus petites que les siennes, semblant indiquer une sorte de passage dans le scrub.

Elle se fraya un chemin parmi les buissons d'épineux, éblouie par chaque nouvelle découverte. En passant devant une profonde caverne, aux murs ornés de créatures fantastiques, elle aperçut un Wanjinna, l'esprit de l'eau, finement gravé dans la pierre, semblant surgir d'une fissure pour se diriger vers la cascade. S'enfonçant davantage dans les broussailles, elle commença à grimper. Sur un petit plateau s'étalaient des ornements funéraires en argile, encerclant un feu depuis longtemps éteint. Les os et les plumes d'oiseaux qui avaient été consommés à cette occasion restaient mêlés aux cendres. Elle s'accroupit et regarda la prairie qui s'étendait au-dessus de la cime des arbres, consciente de se trouver au cœur de l'Australie éternelle, son héritage.

— Mais bon sang, qu'est-ce qui vous a pris de partir ainsi à l'aventure ? tonna Brett qui bondit près d'elle, à bout de souffle.

Elle regarda son visage furieux et prit le temps de se relever.

— Je ne suis pas une enfant, monsieur Wilson, énonça-t-elle calmement. Je peux prendre soin de moi.

— Vraiment ? Alors comment se fait-il que vous n'ayez pas remarqué le magnifique scorpion qui grimpe sur votre botte ?

Pétrifiée d'horreur, Jenny fixa la petite créature, prête à piquer à l'endroit où seule la chaussette recouvrait la peau. Elle se tint parfaitement immobile, et chassa la bête d'un geste rapide de sa main gantée.

— Merci, dit-elle à contrecœur.

— Vous avez peut-être été élevée à Waluna, mais vous avez encore beaucoup de choses à apprendre, grommela-t-il. Je pensais que vous aviez assez de bon sens pour ne pas vous aventurer seule dans cet endroit.

— Peut-être la compagnie que j'avais près du bassin laissait-elle à désirer ? rétorqua-t-elle.

— C'est vous qui avez insisté pour que je vous accompagne.

Jenny enfonça son chapeau sur sa tête d'un geste décidé, et passa devant lui.

— J'ai commis une erreur, qui ne se reproduira pas.

— Bien, car j'ai autre chose à faire que de jouer le baby-sitter pour une femme stupide qui ne trouve rien de mieux que de se promener près d'un nid de scorpions.

Jenny se retourna, ivre de fureur.

— Vous semblez oublier à qui vous parlez, monsieur Wilson, siffla-t-elle.

— Cela me serait difficile, croyez-moi. Mais si vous ne vous comportiez pas comme une sale gosse, vous ne seriez pas traitée comme telle.

— Comment osez-vous ? dit-elle d'une voix dangereusement calme.

Attrapant la main qui se trouvait déjà à mi-chemin de sa joue, il attira Jenny vers lui.

— J'ose, en effet, car si quoi que ce soit vous arrivait, c'est moi qui en serais tenu pour responsable.

Il la relâcha brusquement.

— Allons-y, le travail m'attend.

Jenny le suivit, le souffle court. Dès qu'ils eurent atteint le bassin, Brett ramassa les rênes des deux chevaux. Il se tourna vers elle, avec une expression que l'ombre des frondaisons rendait énigmatique.

— Lorsqu'on joue avec le feu, madame Sanders, il faut s'attendre à être brûlée, laissa-t-il tomber, en guise de conclusion.

Elle lui arracha les rênes et grimpa maladroitement en selle, sans attendre son aide.

Ils effectuèrent le trajet de retour dans un silence total. Jenny retournait dans sa tête les paroles de Brett, se demandant ce qu'il avait voulu dire. Pourquoi s'était-il montré aussi nerveux en constatant qu'elle explorait un lieu sacré aborigène? Et pourquoi manifestait-il tant d'agressivité à son égard?

Alors qu'ils atteignaient le paddock, elle se laissa glisser de la selle, le dos et les bras endoloris. La prochaine fois, elle se ferait accompagner par quelqu'un d'autre. Une matinée en compagnie de Brett Wilson lui suffisait amplement.

— Merci, jeta-t-elle froidement. J'espère ne pas avoir abusé de votre précieux temps. Vous pouvez retourner travailler maintenant.

Dès qu'elle eut prononcé ces mots, elle regretta de s'être laissée aller à cette manifestation de condescendance. Elle n'avait toutefois aucune intention de s'excuser, étant donné la façon dont il s'était comporté à son égard.

Brett dessella les chevaux et s'éloigna après lui avoir adressé un bref salut de la tête.

Simone était dans la cuisine, attablée devant une tasse de thé et une salade au fromage.

— Vous êtes rentrés tôt, comment cela s'est-il passé? interrogea-t-elle, le visage brillant de curiosité.

La jeune femme jeta son chapeau sur la table et s'assit.

— La promenade a été très agréable, mais je ne peux pas en dire autant de mon compagnon de randonnée.

Simone, qui soulevait la théière, s'immobilisa brusquement.

— Vous vous êtes disputée avec Brett?

Jenny opina de la tête.

— Il s'est montré extrêmement grossier; il n'est pas question que je tolère ce comportement.

— Je suis désolée, mon petit, mais cela me semble difficile à croire. Que s'est-il passé ?

— Rien, répliqua-t-elle d'un ton sec.

Tout cela semblait si dérisoire maintenant. Il était inutile d'en faire un plat.

— C'est peut-être là le problème, déclara Simone en versant le thé.

— Que voulez-vous dire exactement ?

Simone lui tapota la main avec un petit rire.

— Pas grand-chose, ma jolie. Je suis toutefois étonnée que vous trouviez Brett grossier. C'est un garçon si charmant d'habitude. Il y a un tas de jeunes femmes qui donneraient beaucoup pour une promenade en sa compagnie.

— Eh bien, que Lorraine et les autres en profitent ! Pour moi, il y a un tas de choses plus agréables à faire.

— Jenny, écoutez-moi. Ce qu'il y a entre Brett et Lorraine n'existe que dans son imagination à elle. Il n'a jamais regardé une femme sérieusement depuis que la sienne a décampé.

L'hostilité qui se reflétait sur le visage de Simone impressionna Jenny. Qu'avait fait cette Marlene pour susciter une telle rancœur ?

— Et je vous assure que celle-là ne valait rien. On peut dire qu'elle en a fait voir à son mari.

— Qu'entendez-vous par là ?

De toute évidence, Simone avait pour le directeur un faible prononcé : non seulement il ne pouvait rien faire de mal, mais aucune femme n'était digne de lui.

— Elle chantait dans un bar de Perth quand il l'a rencontrée. Un endroit où les hommes ne venaient pas seulement pour sa voix, si vous voyez ce que je veux dire.

Elle s'interrompit un instant, les lèvres pincées.

— Pauvre garçon, reprit-elle, qui pensait avoir trouvé une jolie petite femme fidèle, heureuse de remplir la maison de rires d'enfants ! Avec tous ces hommes autour, elle ne restait pas en place et n'a causé que des ennuis, par ici.

L'ample poitrine de Simone se gonfla de désapprobation.

— Pas étonnant qu'il se montre aussi susceptible en présence des femmes, intervint Jenny. Il doit penser que nous sommes toutes les mêmes. Mais comment s'est-il laissé attirer par Lorraine ? D'après ce que vous dites, elle sort du même moule que Marlene.

— Elle est jeune, mignonne et très entreprenante. Les hommes ont des besoins, Jenny, et Brett n'est pas différent des autres ; mais à mon avis, il n'est pas assez idiot pour se laisser piéger. Si elle croit qu'elle peut le harponner de cette façon, elle se trompe. Après Marlene, il cherche sans doute une relation beaucoup plus durable.

Jenny se remémorait le visage heureux de la serveuse lorsqu'elle se trouvait en présence du directeur de Churinga.

— Pauvre Lorraine ! dit-elle.

— Je ne perdrais pas de temps à la plaindre, si j'étais vous.

— En tout cas, lui et moi n'arrivons pas à nous entendre, déclara Jenny en remuant sa cuillère dans sa tasse de thé. Comparé à Peter, mon mari, il est tellement taciturne qu'on ne peut l'approcher. Ai-je fait quelque chose qui l'a contrarié ?

— Pas de la façon que vous croyez, non.

— Que voulez-vous dire ?

— Rien, mon petit, répliqua Simone, soudain redevenue sérieuse. Brett est simplement angoissé à l'idée que vous pourriez vendre le domaine, ce qui le laisserait sans travail. Ça fait dix ans qu'il se dépense comme un fou pour obtenir les résultats que vous voyez aujourd'hui ; quitter cet endroit lui briserait le cœur.

— Alors il a une drôle de façon de chercher à m'influencer.

— C'est sa façon à lui de dissimuler ses sentiments. Les hommes sont comme ça, ici. Ils doivent toujours se montrer rudes et forts. Mon Stan rentre le soir en riant et en plaisantant comme si tout allait parfaitement bien, mais il ne sait pas que, parfois, je le vois grimacer de douleur tellement son dos lui fait mal.

Jenny termina sa tasse de thé en silence. Le comportement du directeur devenait tout à coup plus compréhensible. Sa brusquerie cachait la peur de perdre ce qu'il avait réalisé. Lorsqu'elle était arrivée, il s'était senti menacé ; tout à coup, son avenir se trouvait entre les mains d'une citadine inexpérimentée.

Pourtant, lorsqu'il l'avait aidée à descendre de cheval et que leurs cœurs avaient battu l'un contre l'autre, elle avait senti qu'il était sur le point de laisser tomber ses défenses.

— La promenade m'a vraiment épuisée, Simone. Merci pour le thé et la conversation. À tout à l'heure.

— Entendu. Il est temps que je prépare le dîner, de toute façon.

La jeune femme traversa la cour, l'esprit occupé à revivre la promenade du matin. Churinga exerçait sur elle un charme indéniable. Il lui faudrait prendre rapidement une décision. Mais pas maintenant, se dit-elle. Je ne suis ici que depuis quelques jours. Je ne laisserai pas Brett Wilson obscurcir mon jugement.

Dans la cuisine protégée du soleil par les volets, il faisait sombre et frais. Jetant un coup d'œil vers la malle

ouverte, elle vit la robe luire doucement dans la semi-obscurité. Bien qu'elle fût épuisée, elle savait que le moment
était venu de lire le journal suivant.

Elle ôta ses bottes et massa ses pieds moulus avant de
s'allonger sur son lit. En un instant, elle se retrouva dans
l'univers de Mathilda.

Le cheptel avait été rassemblé dans les pâturages les
plus proches de la maison. Les bêtes, dont l'effectif avait
considérablement diminué, avaient un aspect étique, et les
agneaux de printemps étaient beaucoup moins nombreux
que Mathilda ne l'avait prévu. Le revenu de la laine ne suffirait pas à couvrir les dettes de son père. Il lui faudrait
trouver un autre moyen de les payer.

Tandis qu'elle contemplait les animaux en train de
brouter l'herbe fraîche et drue, elle sentit le bébé remuer.
Rassembler le troupeau de bonne heure avait été une idée
judicieuse. À part elle-même, il ne restait à Churinga que
Gabriel et sa famille. Bientôt il lui serait difficile de parcourir seule, à cheval, les pâturages les plus éloignés. La castration des moutons pouvait se faire ici, ainsi que le
traitement du piétin ou des autres ennuis de santé qui pouvaient frapper le bétail.

Elle posa la main sur son ventre légèrement rebondi. Il
lui était impossible de haïr l'enfant qui s'y développait.
Bien qu'il eût été conçu dans le péché, il n'y était pour
rien. Elle était déterminée à lui donner la vie la meilleure
qui fût.

Les jours devinrent plus longs et plus chauds. L'herbe
commençait à perdre son luisant et sa vigueur. Mathilda
parcourait Churinga en compagnie de Gabriel et de Blue

afin de réparer les barrières et de dégager les ruisseaux des débris transportés par les pluies. Elle passait ensuite une partie de ses nuits à faire les comptes. Lorsque les créanciers viendraient, il faudrait qu'elle fût prête.

Les légumes du potager, les vaches laitières et les cochons permettaient aux habitants de Churinga de se nourrir. Mais la réserve de pétrole avait considérablement baissé, tout comme celles de farine, de sucre, de sel et de bougies. La saison de la tonte approchait. Si Mathilda réussissait à garder son troupeau, elle devrait trouver de l'argent pour payer les ouvriers.

N'ayant plus à se cacher de Mervyn, elle portait presque en permanence le médaillon de sa mère, qu'elle effleura de ses doigts. Il avait beaucoup de valeur, mais jamais elle ne le vendrait. Elle échangerait plutôt quelques pièces de la collection de fusils de son père contre des graines et de la farine. Il lui semblait encore entendre résonner la prophétie vengeresse d'Ethan dans le silence nocturne. Bien qu'elle fût déterminée à la faire mentir, elle sentait Churinga lui échapper petit à petit.

Les créanciers se présentèrent un mois après la brusque fin de la saison des pluies. Lorsqu'ils pénétrèrent dans la cour, Mathilda, vêtue d'un vieux pantalon de Mervyn et d'une chemise ample qui cachait sa grossesse, perchée sur le plus haut barreau d'une échelle, aidait Gabriel à réparer le toit de la maison.

Elle sut aussitôt qui ils étaient, et pourquoi ils venaient. En les regardant s'approcher, elle se demanda s'ils lui laisseraient l'occasion de faire quelques suggestions. Leur arrivée en groupe révélait qu'ils s'étaient concertés avant d'effectuer le voyage. Elle descendit de l'échelle avec précaution, se raidissant en vue de la bataille.

Ils conduisirent leurs chevaux dans le paddock et se dirigèrent vers la véranda, où elle les rejoignit. Constatant de prime abord qu'ils hésitaient à la regarder dans les yeux et trituraient nerveusement leur chapeau, elle décida de ne pas perdre de temps en mondanités.

— Je n'ai pas d'argent, déclara-t-elle avec fermeté. Mais j'ai l'intention de rembourser les dettes de mon père d'une façon ou d'une autre.

— Nous n'en doutons pas, mademoiselle Thomas, articula Hal Ridgley, propriétaire du magasin d'alimentation de Lightning Ridge, qui sembla se recroqueviller sous son regard.

La jeune fille dévisagea ses visiteurs l'un après l'autre. Ridgley était accompagné de Joe Tucker du pub, de Simmons de la banque, et de Sean Murphy de Woomera. Elle prit une profonde inspiration et se tourna vers ce dernier, homme apprécié dans la région, dont l'opinion était respectée. Si elle pouvait le mettre de son côté, elle avait une chance de persuader les autres de prendre son offre au sérieux.

— P'pa vous devait de l'argent pour le bélier et les deux brebis. J'ai besoin du bélier pour accroître le troupeau, mais les brebis ont eu chacune deux agneaux robustes. Voulez-vous les accepter en guise de paiement ?

Le soleil fit briller des reflets d'argent dans la chevelure de l'homme tandis qu'il penchait la tête pour réfléchir.

— Ce bélier est un bon étalon, il m'a coûté cher. Je ne sais pas trop.

Mathilda avait prévu sa réticence.

— Je donne les agneaux avec les brebis elles-mêmes, Sean, dit-elle aussitôt. Mais je dois garder le bélier une saison encore si je veux survivre.

Il échangea un regard avec ses compagnons, qui attendaient sa réponse.

— Je pense que votre proposition est honnête, made-moiselle.

La jeune fille sentit l'espoir lui revenir. Elle se tourna vers Hal Ridgley en souriant.

— Les pluies sont arrivées avant que j'aie pu utiliser toute la nourriture que p'pa avait fait rentrer. Vous pouvez reprendre ce qui reste, et j'ajoute à cela sa selle espagnole pour compenser ce qui a été consommé.

Une lueur d'intérêt s'alluma dans les yeux de son inter-locuteur. Elle renchérit :

— Vous l'avez toujours trouvée belle. Je pense qu'elle vaut plus que ce que nous vous devons.

Hal s'empourpra.

— Après tout ce temps, les aliments sont sans doute remplis de charançons, argua-t-il, et les rats s'y sont sans doute taillé une bonne part.

— Pas dans ma grange, rétorqua Mathilda en se dressant de toute sa hauteur. J'ai mis la nourriture dans des récipients de métal fermés hermétiquement. Êtes-vous d'accord avec ma proposition ?

L'homme acquiesça d'un signe de tête presque imper-ceptible. Son interlocutrice jubila intérieurement. Hal avait toujours convoité cette selle ornementée, dont elle aurait pu tirer davantage d'argent si elle l'avait vendue, mais dont l'offre, elle l'avait senti, ne serait pas refusée.

Joe Tucker fit un pas en avant et lui tendit une liasse de papiers.

— Voici les reconnaissances de dettes de Mervyn, dont certaines remontent à très longtemps.

Le cœur de Mathilda s'accéléra. Elle ne savait pas com-bien son père devait à ce propriétaire terrien. Tandis qu'elle feuilletait les feuilles que Mervyn avait paraphées, elle sentit le cœur lui manquer. Que d'argent gaspillé en paris stupides ! En whisky ! La somme due était énorme, bien au-delà de ses moyens.

— Je suis désolé, mais j'ai, moi aussi, des factures à payer, et je ne peux pas attendre davantage. Les temps sont durs, vous le savez.

Elle lui adressa un sourire tremblant. Pauvre Joe. C'était un homme généreux qui essayait de faire de son mieux. De toute évidence, la situation lui était aussi pénible qu'à elle. Elle tourna la tête vers le paddock, où broutaient les chevaux : sa propre monture, ainsi qu'un alezan à demi dressé, deux animaux encore sauvages et la jument grise de son père.

Le silence inconfortable n'était brisé que par le grincement du rocking-chair sur lequel se balançait Simmons, le banquier. Mathilda frissonna. On eût dit que son père était de retour, guettant le moment où il pourrait se saisir d'elle.

Elle prit une décision.

— Voilà ce que je vous propose, Joe. Vous emmenez les deux chevaux sauvages et vous les vendez. Si vous les dressez avant, vous en tirerez un bon prix. Je précise que ce sont deux étalons. Pourquoi ne les proposez-vous pas à Chalky Longhorn, à Nulla Nulla ? Il cherche à améliorer les croisements.

— Je ne connais rien au dressage des chevaux, répondit Joe d'un ton lugubre. Maintenant, si vous me donniez l'alezan avec les chevaux sauvages, je serais certain de rentrer dans mon argent.

La jeune fille regarda la jument alezane, animal rapide, au pied sûr, dont le dressage n'avait pas étouffé la sauvagerie, et qui aurait fière allure dans les concours locaux. Mervyn l'avait déjà fait courir et en avait retiré de belles sommes d'argent. Elle ne pouvait pas se passer de cet animal. Sa propre monture pouvait se blesser un jour, et Lady, qui vieillissait doucement, ne serait bientôt plus en mesure de travailler.

— Je donne l'alezan ou les chevaux sauvages. Je ne peux pas me passer des trois.

Joe semblait avoir pris de l'assurance, car son attitude devint tout à coup plus belliqueuse, et son expression plus déterminée.

— Votre père me doit de l'argent depuis très long-temps. Ce n'est que par respect pour vous que je n'ai pas cédé ces reconnaissances de dettes à Ethan Squires. Il vou-lait me les payer, car il est très intéressé par Churinga.

Mathilda comprit qu'elle était battue.

— Merci d'être venu me voir en premier. Vous pouvez prendre tous les chevaux si cela peut empêcher Squires de s'emparer de mes terres.

Simmons se leva du rocking-chair, son corps massif fai-sant grincer le plancher de la véranda.

— Je pense que cela ne fera aucune différence, made-moiselle, déclara-t-il d'une voix pompeuse. La banque ne peut se satisfaire de chevaux, de nourriture et de selles. Si vous ne pouvez rembourser le prêt que nous avons accordé à votre père, nous allons avoir recours à la justice. Il ne devrait y avoir aucun problème pour vendre Churinga, car nous avons déjà reçu un certain nombre de propositions.

La jeune fille ne lut aucune indulgence sur le visage de son interlocuteur. Les autres hommes quittaient la véranda pour rassembler leurs biens, mais elle concentra son atten-tion sur l'individu qui lui faisait face. Elle savait pourquoi il était venu, car elle avait trouvé les papiers après l'enterre-ment de Mervyn.

— Suivez-moi à l'intérieur, afin que nous discutions de cela tranquillement. Je ne veux pas que les autres entendent ce que j'ai à vous dire.

Il lui jeta un regard soupçonneux, mais obéit en silence. Après avoir placé une tasse de thé devant lui, Mathilda s'assit, les bras sur la table.

— Montrez-moi les termes du prêt, monsieur Simmons, dit-elle calmement.

Il sortit de sa serviette de cuir une liasse de papiers qu'il lui tendit, avant de s'adosser confortablement à sa chaise pour siroter son thé, le regard rivé sur elle.

Son interlocutrice lut les documents, puis les repoussa sur la table.

— Ces actes n'ont rien de légal. Je ne vous dois rien d'autre que le petit prêt que ma mère a contracté auprès de vous il y a cinq ans.

— Je pense que vous allez constater que vous vous trompez, protesta-t-il d'une voix forte. Ils ont été rédigés par mon propre notaire.

— Alors vous devriez vous débarrasser de lui, car il ne fait pas son travail correctement.

Le banquier perdit son calme.

— Je ne pense pas que vous soyez en mesure de critiquer l'un des esprits juridiques les plus fins d'Australie, mademoiselle.

— Je le suis lorsqu'un prêt est accordé sans mon autorisation, avec ma propriété pour garantie, monsieur Simmons.

L'arrogance de son visiteur fit place à une confusion visible.

— Mais j'ai vu les actes notariés… Votre père était propriétaire des terres lorsqu'il a souscrit le prêt.

Mathilda secoua la tête.

— Il avait le droit d'y vivre et de les exploiter jusqu'à sa mort, rien de plus. Voici le reste des papiers. Consultez-les à votre aise. Si vous voulez des précisions, je vous conseille de prendre contact avec le notaire de M. Squires, c'est lui qui les a rédigés pour ma mère.

L'homme sortit de sa poche un mouchoir d'une blancheur immaculée et se tamponna la tête tandis qu'il poursuivait sa lecture, les mains tremblantes. Le devant de sa chemise se maculait de sueur.

La jeune fille attendit qu'il eût terminé. Sa mère lui avait bien expliqué les termes de cet acte, qu'elle connaissait presque par cœur.

— Il va falloir que je soumette ces papiers à mon notaire. Il semble que votre père n'ait pas été très honnête avec nous.

— Il a fait preuve de fourberie envers une foule de gens, monsieur Simmons.

— La dette devra cependant être payée. Nous lui avons prêté une somme substantielle, sur laquelle nous ne pouvons pas tirer un trait comme cela.

Mathilda se leva.

— Eh bien, poursuivez-moi en justice. Vous n'aurez pas Churinga aussi facilement.

— Quel âge avez-vous ? demanda-t-il d'un air stupéfait.

— Quinze ans, mais ne vous fiez pas aux apparences, répliqua-t-elle, croisant les bras et baissant les yeux sur lui.

— Il reste le prêt de votre mère à rembourser. Comment comptez-vous vous y prendre ?

Consciente du sarcasme qui se dégageait de ces paroles, elle saisit une boîte de fer-blanc qu'elle avait soigneusement dissimulée à Mervyn. Le récipient contenait environ un an d'économies, amassées dans l'attente de ce moment, à l'aide des pièces qu'elle avait périodiquement trouvées dans les poches de son père. C'était tout ce qui lui restait jusqu'à l'arrivée du revenu de la laine.

Elle versa sur la table l'argent qui scintilla dans le soleil.

— Ceci représente la moitié de ce que nous vous devons. L'autre moitié, ainsi que ma mère s'y était engagée, vous sera payée lorsque nous toucherons le chèque pour la laine.

— Si l'on tient compte de l'aspect de votre troupeau, je doute que vous touchiez beaucoup d'argent cette année. Et comment allez-vous vous débrouiller jusque-là ? Cette somme représente tout ce que vous possédez, n'est-ce pas ?

Elle ne voulait ni de la sympathie de cet hypocrite, ni de sa présence dans sa cuisine.

— Cela me regarde, monsieur Simmons. Si nous en avons terminé… J'ai beaucoup à faire.

Elle le suivit sous la véranda et regarda les quatre hommes remplir leur outre d'eau et remonter à cheval. Joe se tenait en tête du groupe, tenant l'alezan et les chevaux sauvages par les rênes. Elle voyait onduler les dos laineux des brebis et des agneaux. Après avoir regardé le nuage de poussière s'évanouir au loin, elle retourna à la réparation du toit.

Gabriel, qui était adossé à la cheminée, n'avait pas avancé le travail depuis l'arrivée des visiteurs.

Malgré la douleur qui lui martelait les reins, elle remonta en haut de l'échelle. Il lui devenait de plus en plus difficile de se mouvoir rapidement.

— Dépêchons-nous de finir, Gabe. Ensuite nous pourrons manger.

— Il n'y a plus de clous, m'selle.

— Alors, essaie d'en trouver, je t'en prie, dit-elle en soupirant.

8

Mathilda avait le sentiment que le temps s'accélérait. Bientôt, il lui serait impossible de dissimuler sa grossesse. Une semaine après avoir reçu les créanciers de Mervyn, elle attela Lady au chariot et prit la direction de Wallaby Flats, Blue trottinant à côté du véhicule. Le niveau de ses provisions avait considérablement baissé : il n'y avait qu'un seul moyen d'obtenir de l'argent pour les renouveler.

Tandis qu'elle s'acheminait lentement vers la ville, elle se remémora les circonstances au cours desquelles elle s'était enfuie de Churinga. Elle n'était alors qu'une enfant. Aujourd'hui, devenue une femme, elle avait pris en main sa destinée. Les dettes avaient été effacées, Churinga lui appartenait encore, et l'herbe de printemps engraissait ses moutons. La vie était belle.

La nuit venue, elle s'enroula dans une couverture et s'allongea sous le chariot. Son chien, qui veillait à ses côtés, grognait au moindre bruit. Lorsque les premiers rayons de l'aube percèrent l'horizon, elle se leva pour préparer du thé, et manger le pain cuit à la braise qu'elle avait apporté.

Des corbeaux freux croassaient à son passage. Légèrement assoupie par les mouvements de son véhicule, elle sursauta lorsqu'un troupeau de kangourous traversa la route devant elle, aussitôt poursuivi par Blue, fou de rage de s'être laissé surprendre. Elle avait revêtu le long manteau de son père, qui lui tenait trop chaud, mais qui avait l'avantage de la recouvrir entièrement. Bien que cela ne regardât personne, elle ne se sentait pas préparée à affronter les rumeurs ni à fournir quelque explication que ce fût. Si tout se passait bien, elle n'aurait besoin de retourner à Wallaby Flats qu'après la naissance du bébé. Il serait temps alors de faire face à la situation.

L'ancien centre minier n'avait guère changé depuis que Mathilda y était venue pour la première fois avec sa mère, lorsqu'elle n'était encore qu'une petite fille. L'agglomération poussiéreuse se dressait toujours au milieu de nulle part, imprégnée de l'odeur du soufre et creusée de mines d'opales épuisées. Parmi les maisons dégradées par les intempéries, le pub présentait toujours le même aspect délabré, avec ses vérandas aux toits troués, dans lesquelles des clients se tenaient assis, bien alignés, le regard dans le vague.

La fillette attacha Lady près de l'abreuvoir. Elle sortit du chariot la collection de fusils de son père, et grimpa les marches qui permettaient d'accéder au trottoir de bois surélevé longeant les bâtiments de la rue. Lorsqu'elle ouvrit la porte du magasin, la cloche résonna. Accueillie par un arôme entêtant, où se mêlaient les senteurs du sucre, du café, du thé, du cuir et du pétrole, elle sentit son estomac se soulever et s'efforça de déglutir à plusieurs reprises, afin de lutter contre la nausée montante. Depuis quelque temps, elle ne supportait plus les odeurs fortes.

Resserrant le manteau autour de son corps, elle se dirigea vers le comptoir où l'attendait le marchand. Elle ne le connaissait pas car, depuis des années, les provisions arrivaient toujours à Churinga avec le courrier.

— Bonjour. Combien pour ces fusils?

D'une maigreur extrême, le regard brillant dans un visage vérolé, barré d'une moustache, l'homme prit un air réfléchi. Il examina les armes une par une avec soin, vérifiant l'état de chaque pièce, puis fit une grimace appuyée avant de les reposer sur le comptoir.

— J'ai déjà une belle collection de fusils. Ils ne valent pas grand-chose.

Mathilda le toisa de toute sa hauteur. La valeur des fusils n'avait aucun secret pour elle, car Mervyn n'avait jamais manqué une occasion de la mentionner chaque fois qu'il les nettoyait. Elle choisit trois armes, parmi les plus coûteuses.

— Ces deux-là sont des Winchester, et celui-ci un Enfield.

Les soulevant, elle les fit fonctionner à vide.

— Leur mécanisme a été parfaitement entretenu. Ils sont restés tels qu'ils étaient le jour où mon père les a achetés.

Elle patienta tandis que l'homme vérifiait longuement les dispositifs de visée et de chargement. Il se demandait probablement jusqu'à quel point il pourrait la duper. Avant qu'il eût pu lui faire une offre insultante, elle rompit le silence.

— J'ai une liste de provisions à acheter; ces fusils devraient en couvrir le montant.

Il se frotta le menton et tira sur sa moustache.

— Ce n'est pas de cette façon que je pratique d'habitude, dit-il. Mais je pense que ces armes suffiront à payer vos courses.

Plissant les yeux, il la regarda attentivement.

— Ne seriez-vous pas la fille de Merv Thomas?

À contrecœur, elle fit un signe affirmatif.

Il prit l'un des fusils sur le comptoir.

— Je pensais bien reconnaître son Enfield. J'ai été désolé d'apprendre ce qui lui était arrivé. Je lui avais dit de ne pas rentrer dans ces conditions mais, comme vous le savez, ce vieux brigand ne supportait pas qu'on lui donne des conseils. Il nous manque beaucoup, vous savez.

Avec un sourire contraint, Mathilda lui tendit sa liste.

— Pourrais-je avoir ce qui est indiqué ici ? Le chariot se trouve juste devant le magasin.

— Je m'appelle Fred Partridge, déclara-t-il en guise de réponse. Au fait, comment vous débrouillez-vous toute seule, à Churinga ?

— Gabriel travaille avec moi, expliqua-t-elle précipitamment. Et avec la saison de la tonte qui arrive, d'autres ouvriers vont venir se joindre à nous.

— Voulez-vous que je mette une annonce ? Combien voulez-vous engager de tondeurs ?

Déroutée par sa question, à laquelle elle ne s'attendait pas, elle remarqua tout à coup les nombreuses petites affichettes de papier fixées sur une planche derrière lui. Les centaines de milliers de moutons à tondre dans la région attiraient une foule d'hommes dont le premier réflexe consistait à venir s'informer à cet endroit des offres d'emploi.

— Je vous le ferai savoir, répliqua-t-elle.

— Il faut vous dépêcher, mon petit.

Il saisit un morceau de papier sur lequel il griffonna rapidement quelques mots.

— Voilà, j'inscris une demande pour dix hommes et une cuisinière. Ça devrait vous suffire.

Il se retourna pour fixer l'annonce au milieu des autres. Mathilda avait la bouche sèche. Elle ne pourrait payer autant d'ouvriers qu'en envoyant Gabriel vendre au marché tous les cochons, et deux des vaches, ce qui la laisserait avec très peu de bêtes.

— Demandez-en neuf. Peg Riley fait la cuisine chaque année, et Bert exerce encore son métier de tondeur.

— Vous ne vous sentez pas bien, n'est-ce pas, mon petit, interrogea-t-il en étudiant son visage. Asseyez-vous, je vais demander à la patronne de vous préparer du thé.

— Je vais bien, mentit Mathilda, ne vous inquiétez pas pour moi.

Sa protestation ne fut pas assez rapide. Comme si elle avait attendu le moment de faire son entrée, derrière le rideau qui séparait la boutique des pièces d'habitation, son épouse surgit, une tasse et une soucoupe à la main.

— Mathilda Thomas? Heureuse de faire votre connaissance.

Son regard perçant parcourut la silhouette de la visiteuse.

— Comment vous en sortez-vous toute seule, ma jolie? J'ai entendu dire que vous aviez remis Simmons à sa place. Je ne sais pas comment vous avez fait, mais en tout cas, il n'a eu que ce qu'il mérite.

La fillette ne fut pas surprise de la vitesse à laquelle les nouvelles s'étaient répandues. Bien qu'elle brûlât de savoir ce qui se disait d'autre, elle s'abstint de poser la moindre question. Devant ces yeux qui semblaient la vriller, elle ne voulait pas courir le risque de s'empêtrer dans une série de mensonges.

— Tout ira bien lorsque je vais recevoir le revenu de la laine, murmura-t-elle en avalant quelques gorgées du liquide trop sucré. Merci pour le thé. Excusez-moi, je dois partir, j'ai d'autres choses à faire en ville. Je reviendrai chercher mes provisions.

Elle sortit précipitamment du magasin, sachant que les commerçants l'observaient de près, et traversa en hâte la rue non pavée pour se réfugier dans la petite église située au coin d'une allée transversale. Avec gratitude, elle se laissa tomber sur un banc. Les mouvements du bébé accentuaient fortement les douleurs de son dos. Elle allait pouvoir se reposer un moment, dans l'ombre de l'édifice désert, enfin à l'abri des regards curieux.

— Mais, n'est-ce pas Mathilda Thomas ? En voilà une surprise agréable !

La fillette soupira discrètement. Elle avait espéré que le père Ryan serait en train d'effectuer l'une des grandes tournées de sa paroisse, qui lui prenaient environ trois mois. Elle leva les yeux vers le visage bienveillant du curé. Ce jeune prêtre chaleureux était venu régulièrement à Churinga du vivant de sa mère. Elle l'avait vu pour la dernière fois deux mois auparavant, lorsqu'il était venu prier sur la tombe de Mervyn.

— Bonjour, mon père.

— Comment vas-tu, ma fille ? Cela ne doit pas être facile pour une enfant comme toi de rester seule dans une propriété aussi vaste que Churinga. Je suppose que tu as l'intention de la vendre ?

— Non, mon père, je la garde, dit-elle en secouant la tête.

— Cela ne me semble pas très sage. Tu es trop jeune pour porter sur tes épaules tant de responsabilités.

Son accent irlandais rocailleux, qui résonnait sous la haute voûte de bois, trahissait une préoccupation sincère. Mais elle venait d'entendre ces mots une fois de trop.

— J'étais seule la plupart du temps du vivant de mon père, répliqua-t-elle sèchement. Je ne fais rien de plus aujourd'hui. Et je suis aidée par Gabriel et sa famille.

Brusquement, elle se leva.

— Je dois aller chercher mes provisions, et repartir pour Churinga.

— Il y a longtemps que tu ne t'es pas confessée, mon enfant. Ne veux-tu pas le faire maintenant ?

Mathilda secoua la tête avec véhémence. Dieu connaissait ses péchés, les confier au père Ryan ne servirait à rien.

— Je n'ai pas le temps, mon père. Peut-être la prochaine fois que vous viendrez à Churinga ?

— C'est ce que tu dis toujours, répondit-il avec un sourire attristé.

Il la regarda serrer son lourd manteau autour d'elle.

— Tu es sûre que tout va bien, ma fille ?

— Je suis un peu fatiguée, c'est tout. Excusez-moi, mais il faut que j'y aille maintenant.

Elle ne pouvait plus s'attarder, au milieu de tous ces regards inquisiteurs, de toute cette gênante compassion.

Fred Partridge finissait de charger les provisions à l'arrière du chariot. Sur le perron, ses deux petits garçons, cachés derrière les jupes de leur mère, observaient la jeune fille qui revenait vers eux. Elle entreprit aussitôt de vérifier les articles d'après sa liste ; rien ne semblait avoir été oublié.

— J'ai ajouté une chose ou deux, en pensant que vous pouviez en avoir besoin, dit Fred. Des clous, de la ficelle et un sac supplémentaire de nourriture pour les poulets. Ma femme s'est dit que ce coupon de tissu pourrait aussi vous être utile. Les fusils de Mervyn couvrent largement tout ça.

Les joues cramoisies, il évitait de regarder son interlocutrice.

Mathilda jeta un coup d'œil sur le vichy bleu, imaginant déjà ce qu'elle pourrait en faire.

— Merci.

Elle grimpa dans le chariot, saisit les rênes et adressa un sourire à toute la famille. Inutile de les dresser contre elle en leur jetant à la figure qu'elle n'avait pas besoin de leur charité. Sans doute eût-elle dû leur être reconnaissante de leur générosité. Mais à supposer que la laine ne lui rapportât pas assez et qu'elle eût de nouveau besoin de provisions, se montreraient-ils aussi compréhensifs ? Une fois les fusils vendus, ainsi que les vaches et les cochons, qui allaient servir à payer les tondeurs, il ne lui resterait plus rien à échanger.

À son coup de sifflet perçant, Blue sortit de dessous le magasin où il courait probablement après les rats. Dès qu'elle eut secoué les rênes sur le dos de Lady, le véhicule s'ébranla. Elle s'abstint de regarder derrière elle, sachant que les clients du pub étaient tous sortis pour la regarder s'éloigner, et que les rideaux s'écartaient à son passage. La tête haute, elle remonta la rue principale. Ces gens pouvaient penser d'elle ce qu'ils voulaient. À dater de ce jour, elle pouvait agir comme bon lui semblait, car jamais plus elle ne devrait le moindre penny à qui que ce fût.

Jenny était étendue sur son lit, les yeux au plafond. Elle essayait d'imaginer Mathilda sur le chariot, le chien l'accompagnant à côté du véhicule, ou de se représenter le labeur épuisant auquel elle s'était livrée, dans un isolement total. Comment avait-elle su réparer des toits, des murs, et reconstruire presque entièrement le hangar de tonte ? Comment avait-elle supporté de traverser à nouveau ses terres, sans rencontrer jamais âme qui vive, ce qui avait dû ressusciter des souvenirs horribles ?

Ce sentiment de solitude absolue, Jenny le connaissait bien, ainsi que le désir violent d'avoir auprès de soi quelqu'un à qui se confier. Les années d'orphelinat lui avaient appris le pouvoir de résistance du silence, la nécessité de contrôler ses émotions les plus profondes derrière une façade d'apparente indifférence. Car chaque fois qu'elle avait laissé deviner le moindre sentiment de peur ou d'appréhension, sœur Margaret y avait trouvé une invitation à sévir, sous prétexte de lui apprendre à s'aguerrir pour affronter les épreuves de la vie.

Ses pensées se tournèrent vers Dajarra et l'orphelinat des sœurs de la Pitié. Elle entendait de nouveau le chuchotement des voix d'enfants, s'élevant dans le calme parfois sinistre des salles de classe, ainsi que le bruissement des robes des religieuses, dont la présence restait à ses yeux synonyme de froideur. Loin d'incarner l'élévation spirituelle qu'elles étaient censées représenter, ces femmes aux langues acérées et aux mains lestes provoquaient des réactions mêlées de crainte et de rancœur. Aujourd'hui encore, la seule évocation des intonations de sœur Margaret ressuscitait en elle la terreur de ses premières années.

— Il faut faire sortir le démon qui est en toi, Jennifer.

Elle grimaça comme si le petit fouet que la nonne gardait toujours sur elle venait de la frapper une fois encore. Depuis cette époque, elle ne pouvait entrer dans une église catholique sans ressentir une certaine angoisse, ni entendre le cliquetis d'un rosaire sans un frisson. Ces sons réveillaient en elle une envie irraisonnée de s'enfuir le plus loin possible, de se cacher.

Le cœur battant, elle se leva et se dirigea vers la fenêtre ouverte, sur l'appui de laquelle elle s'accouda. Il lui fallait de l'air et de la lumière pour chasser ces sombres souvenirs.

La cruauté dans laquelle avait baigné sa prime jeunesse resterait à jamais dans sa mémoire. Ce n'était qu'à l'arrivée de Diane que sa vie s'était soudain éclairée.

La petite fille de quatre ans, étouffée par les sanglots, avait été abandonnée sur les marches de l'orphelinat après les vêpres. Un mot rapidement griffonné avait été épinglé à sa robe.

« Elle s'appelle Diane. Je ne peux plus y arriver. »

Au souvenir des pleurs inépuisables de l'enfant, qui avaient duré toute la nuit, la gorge de Jenny se serra. Elle s'était glissée dans le lit de la nouvelle venue et elles étaient restées agrippées l'une à l'autre, jusqu'au matin. Entre elles s'était forgé un lien puissant, qui n'avait rien perdu de sa force, aujourd'hui encore. Dans des moments comme celui-ci, lorsqu'elle se sentait tout à coup vraiment seule, Jenny eût aimé avoir son amie à ses côtés. Mais au moins, elle savait que Diane existait pour elle, alors que cette pauvre Mathilda n'avait personne vers qui se tourner.

Elle s'écarta de la fenêtre, évoquant soudain la robe de satin vert et la mélodie d'une valse lointaine. Il y avait eu quelqu'un dans la vie de la jeune fille de l'outback, quelqu'un qui l'avait réellement aimée, et dont l'esprit semblait encore errer à Churinga, tant que son histoire ne serait pas totalement révélée.

Mathilda enfonça la bêche dans la terre et en fit ressortir les pommes de terre. Elle avait hâte d'en avoir terminé avec cette tâche, car il y avait encore beaucoup de choses à faire avant l'arrivée des tondeurs, le lendemain. Mais elle était entravée dans sa progression par la douleur profonde qui lui martelait périodiquement le dos depuis le matin.

Sans doute s'était-elle froissé un muscle en remettant en place le vieux générateur, derrière la lainerie.

Elle resta un moment immobile, se tâtant les reins d'une main tremblante en retenant sa respiration. La sensation douloureuse semblait se répandre au creux de l'abdomen. Depuis plusieurs jours, l'enfant ne remuait plus, pesant de tout son poids. Posant la main sur son ventre dur, elle se demanda si le travail s'annonçait.

— Non, pas encore, murmura-t-elle. Ce n'est pas possible, pas au moment où les tondeurs arrivent.

Elle se pencha pour ramasser les pommes de terre lorsqu'elle fut déchirée par un spasme qui lui coupa le souffle. Tombant à genoux, elle se concentra furieusement sur les élancements lancinants qui la submergeaient. Les yeux fermés, elle s'affaissa sur le sol en se recroquevillant, la terre tiède pressée contre sa joue. Tandis qu'elle se balançait, une sorte de sombre mélopée s'échappa de sa gorge, se transformant en un gémissement long et bas, jusqu'à la fin de la contraction.

Les jambes tremblantes, elle réussit à se relever et se dirigea d'un pas chancelant jusqu'à la véranda. Il était impératif de rentrer dans la maison avant que le travail ne reprenne. Mais tandis qu'elle allait franchir la porte d'entrée, elle fut pliée en deux par une autre contraction, qui la fit s'affaisser dans le rocking-chair.

— Gabriel ! hurla-t-elle. Gabe, aide-moi !

Les habitations aborigènes étaient désertes. Seuls répondaient à son appel les bêlements des moutons.

À la souffrance se mêlait une sourde frayeur. Elle avait l'habitude des mises bas des brebis, et savait qu'une naissance pouvait mal tourner. Lorsque les agneaux se présentaient par le siège, mères et petits pouvaient y perdre la vie.

La sueur qui dégoulinait de son front lui brûlait les yeux.

— Gabriel ! gémit-elle. S'il te plaît, reviens ! Ne me laisse pas, j'ai besoin de toi !

La contraction s'arrêta, lui accordant un peu de répit. La cour restait vide. Comprenant qu'elle était seule, Mathilda entra dans la cuisine. Elle attrapa une vieille couverture accrochée au portemanteau, qu'elle étendit sur le sol, devant le fourneau. L'eau dans la gamelle était en train de bouillir. Saisissant sur la table le couteau qu'elle utilisait pour étriper les lapins, elle le fit tomber dans l'eau bouillante ; elle en aurait besoin pour couper le cordon ombilical.

Tandis qu'elle se penchait pour retirer son pantalon et ses bottes, la tête lui tourna. Bien que sa chemise fût trempée, elle décida de la garder. Elle ne pouvait envisager d'être à la fois nue et soumise à une telle douleur, elle se fût sentie trop vulnérable. Après avoir posé un drap propre près de la couverture, pour envelopper le bébé, elle s'agenouilla, se demandant où Gabriel et sa famille étaient allés.

Les élancements devinrent tout à coup plus féroces, et les contractions se succédèrent, de plus en plus rapprochées. Soudain, elle éprouva un besoin impérieux de pousser pour expulser le bébé. La douleur qui émanait d'elle semblait à la fois envahir tout l'espace et se concentrer en un désir irrésistible, celui de se laisser entraîner dans un tourbillon où rien d'autre n'existait que le besoin de donner la vie.

Soudain, comme venus de nulle part, lui parvinrent les sons d'une porte qui s'ouvrait et de pas s'approchant sur le plancher. Des voix distantes se faisaient entendre, assourdies par le grondement du sang dans ses oreilles. Autour d'elle se mouvaient des ombres, apparitions fantomatiques dans la lumière du feu.

— Mon Dieu, Bert, elle est en train d'accoucher ! Dépêche-toi de me donner ma boîte, à l'avant du chariot.

Ouvrant les yeux, Mathilda vit, penché sur elle, le visage familier et bienveillant de Peg Riley.

— Tout va bien, ma belle. Détendez-vous. Peg va vous aider.

— Mon bébé, souffla Mathilda en agrippant le bras de la cuisinière. Il arrive.

— Sans aucun doute, mon petit, et à toute allure ! Tenez-moi fort et poussez.

S'agrippant au bras robuste qui s'offrait à elle, Mathilda serra les dents, ferma les yeux et s'abandonna au besoin irrépressible d'atteindre la délivrance. Après un dernier effort, elle sentit l'enfant qui sortait d'elle et attendit son cri, qui ne venait pas. Tout à coup, l'obscurité la submergea. Avec gratitude, elle sombra dans l'inconscience.

Lorsqu'elle ouvrit de nouveau les yeux, elle se sentit désorientée par la lumière argentée de la lune qui effleurait le coin de sa fenêtre. Il s'était passé quelque chose, quelque chose d'inquiétant. Luttant pour émerger du brouillard cotonneux qui semblait envahir sa tête, elle retrouva tout à coup la mémoire. Combien de temps avait-elle dormi ? Et où était son bébé ?

Une ombre qui se déplaçait dans le coin le plus obscur de la pièce la fit sursauter de frayeur. C'était Mervyn, revenu de la tombe pour la punir et lui prendre son enfant.

— Chut, mon petit. Ce n'est que moi, Peg Riley.

Une main chaude repoussa en arrière les mèches de son front, et une tasse contenant un liquide doucereux fut placée entre ses lèvres.

Buvant docilement le contenu du récipient, Mathilda regarda le visage débonnaire de la cuisinière. La présence de cette femme chaleureuse, qu'elle avait toujours appréciée, lui donnait un sentiment de sécurité.

Elle écarta la tasse vide et tira le drap sous son menton.

— Voilà, ma chérie. Tout est terminé, vous pouvez vous rendormir maintenant.

— Où est mon bébé ? murmura la jeune femme.

— Ne vous inquiétez pas, mon petit. Il faut que vous dormiez. Après une bonne nuit, vous vous sentirez beaucoup mieux.

— Mon bébé. Est-ce qu'il va bien ?

Le son de sa voix résonna dans la pièce. Soudain, elle ouvrit les yeux. Les premiers rayons de l'aube pointaient à travers les rideaux de vichy tout neufs, éclairant la silhouette prostrée de Peg. Mathilda répondit par un sourire à l'expression affectueuse de sa compagne et attrapa maladroitement les doigts rougis entre ses mains.

— Merci. J'étais tellement effrayée. Je ne sais pas ce que j'aurais fait si vous n'étiez pas arrivée.

— Bert ne se sent pas très bien, mais nous sommes tout de même venus ici directement, sans passer par Wallaby Flats. J'aime bien tout préparer avant l'arrivée des tondeurs.

Peg regarda son interlocutrice d'un air grave.

— Je ne peux pas dire que j'ai été désolée d'apprendre la nouvelle à propos de votre père, ma jolie. Mais vous avez l'air de vous en être bien tirée. Les animaux semblent en forme.

L'esprit embrumé, Mathilda avait du mal à chasser le sommeil. Elle regardait Peg se mouvoir dans la pièce, heureuse d'entendre le bruissement de sa jupe et de se trouver en compagnie d'une autre femme.

— Buvez ceci, mon petit. J'ai mis quelque chose dedans pour vous aider à dormir.

La cuisinière attendit que sa patiente ait bu le lait chaud. Lorsqu'elle retira la tasse, son expression était songeuse.

— Puis-je vous demander où est votre mari? dit-elle finalement.

— Je n'en ai pas, articula Mathilda, les joues soudain empourprées de honte.

Sa compagne n'eut d'autre réaction que de secouer simplement la tête et de se retourner pour quitter la pièce.

— Où est mon bébé, Peg?

La cuisinière s'arrêta à mi-chemin de la porte, le dos droit, la main posée sur la poignée. Quelques secondes s'écoulèrent, lourdes d'angoisse, avant qu'elle se retournât pour regarder la jeune femme droit dans les yeux.

Mathilda s'appuya péniblement sur un coude, et s'affaissa aussitôt sur l'oreiller.

— Qu'est-ce qui ne va pas? murmura-t-elle.

Peg se laissa tomber de tout son poids sur le lit auprès d'elle et l'entoura de ses bras.

— Le pauvre petit était mort-né, hélas, articula-t-elle la voix brisée. Nous n'avons rien pu faire.

Serrée contre la poitrine généreuse et bercée par les bras doux et accueillants, la jeune femme laissa les mots s'imprimer dans son esprit sans les comprendre.

— Mon Bert est en train de lui fabriquer un cercueil. Nous allons lui faire des funérailles décentes.

Mathilda se raidissait contre les assauts du sommeil qui menaçaient de l'engloutir.

— Mort, dit-elle d'une voix incrédule. Mon bébé est mort?

La réalité s'imposa à elle, faisant jaillir un torrent de larmes sur son visage. Elle savait que quelque chose n'allait pas. L'enfant ne bougeait plus dans son ventre, depuis plusieurs jours. Pourquoi n'était-elle pas allée voir aussitôt le docteur Peterson, pour lui demander de l'aide ? C'était sa faute si le bébé n'avait pas vécu.

Peg la tint serrée contre elle jusqu'à ce qu'elle s'endormît.

Des sons lui parvinrent, lointains d'abord, puis plus distincts. Le geignement des moutons, le bruit d'un générateur et le bavardage joyeux des ouvriers se conjuguaient pour la faire émerger de la léthargie dans laquelle elle était plongée. Les tondeurs étaient arrivés, accueillis par Bert et Peg.

Soudain tout lui revint. Son bébé était mort et les funérailles devaient avoir lieu. Elle ne pouvait pas rester couchée.

— Peg, où êtes-vous ? appela-t-elle, en posant les pieds hors du lit.

Seul le silence lui répondit.

La cuisinière se trouvait sans doute dans le réfectoire. Tentant de se mettre debout sur ses jambes tremblantes, Mathilda s'appuya lourdement sur la table de nuit, attendant que son étourdissement se dissipât. Une sensation de vide jamais éprouvée auparavant, qui confinait à la douleur, lui faisait ressentir la perte de son enfant jusque dans sa chair. Elle s'efforça de respirer à fond, afin de trouver la force de sortir de la chambre.

Enfilant un vêtement large par-dessus sa chemise de nuit, elle se dirigea lentement vers la cuisine. Elle aperçut tout de suite le morceau de papier, sur la table.

« Avons fait de notre mieux pour le bébé. Mais Bert a eu un malaise. Sommes partis en urgence pour Wallaby Flats. Avons dû emporter quelques provisions. »

Les larmes surgirent de nouveau tandis qu'elle froissait le papier. Elle était désolée d'apprendre que Bert était malade, mais comment allait-elle se débrouiller pour surveiller le travail et faire en même temps la cuisine pour les hommes ?

Ses larmes se tarirent lorsqu'elle constata que le couple n'avait pas hésité à entamer considérablement ses provisions de farine et de sucre, et à emporter un demi-mouton. En dépit de l'aide apportée par Peg, elle fut envahie par une colère froide. Était-il vraiment possible de faire confiance à qui que ce fût ? Elle ne devait compter que sur elle-même. Jusqu'ici, elle avait su se débrouiller seule ; elle trouverait la force de continuer.

Après s'être levée avec précaution, elle sortit sous la véranda. Les bruits familiers de Churinga, en plein cœur de la saison de tonte, résonnaient autour d'elle. Elle s'appuya sur la balustrade, observant Gabriel qui prenait en charge les apprentis. Au moins, il était revenu. Mais qui s'occupait de la lainerie ?

Elle mit provisoirement ses préoccupations de côté. Avant tout, elle voulait voir où l'enfant était inhumé. Il fallait qu'elle lui dise adieu. D'un pas vacillant, elle se dirigea vers le petit cimetière familial. La terre fraîchement retournée était recouverte de pierres, disposées au pied d'une croix de bois rudimentaire. Mathilda s'agenouilla devant la tombe entourée de fleurs sauvages, et posa la main sur le monticule, le cœur déchiré à l'idée du petit corps gisant dans le cercueil ; son bébé, que pas une fois elle n'avait tenu dans ses bras.

Elle essaya de prier, mais les mots lui échappaient. Elle avait été punie pour ses péchés, et pour ceux de son père ; l'enfant innocent avait été appelé au ciel. Peut-être était-ce préférable, car quelle vie eût-elle pu lui donner ? Les rumeurs se fussent répandues à leur sujet, empoisonnant leur vie. Et le secret terrible et inavouable qui était le sien eût gâté leur relation, et les eût tous deux détruits, au fil du temps.

Après avoir cueilli quelques fleurs, elle les plaça contre la croix. Lentement, elle se releva et resta un long moment immobile.

— Je survivrai à ta disparition comme j'ai survécu à tout le reste, murmura-t-elle. Mais un jour, je te le promets, tu auras une pierre tombale digne de ce nom.

Jenny referma le journal, le visage inondé de larmes. Elle savait ce que signifiait perdre un enfant, et quelle douleur insoutenable Mathilda avait pu éprouver. Mais au contraire de cette dernière, elle pouvait encore évoquer avec une clarté bouleversante le sourire de Ben, sa chevelure dorée et ses mouvements maladroits. Elle avait eu la chance de connaître son fils. L'auteur des journaux intimes n'avait ni souvenir, ni photographie à chérir ; simplement une croix de bois sur un monticule de terre.

La jeune femme se couvrit le visage de ses mains, et pleura pour elles deux.

9

Brett hésita avant de frapper à la porte. Il avait agi sous l'impulsion du moment, ce qui pour lui était inhabituel, mais après la promenade du matin, il ne pouvait s'empêcher d'éprouver un certain respect pour la surprenante Mme Sanders. En outre, il ressentait le besoin de s'excuser.

À vrai dire, Ma avait joué un rôle non négligeable dans sa démarche. Elle n'avait pas mâché ses mots en lui disant ce qu'elle pensait de sa conduite. Lui qui s'était toujours considéré comme un être plutôt aimable avait été stupéfait de constater qu'il s'était effectivement conduit comme un rustre. Jenny qui, au premier abord, avait sûrement été effrayée par son cheval, avait tenu bon, au sens propre comme au sens figuré, jusqu'à ce qu'elle se sentît plus sûre d'elle. C'était plutôt remarquable, après la chute qu'elle avait subie autrefois.

Le chiot noir et blanc qu'il tenait dans ses bras se tortillait, remuant les pattes pour se dégager, mais Brett le tenait fermement, se demandant si le fait de venir ainsi dans la soirée était une bonne idée. Il avait vu de la lumière et avait supposé que la jeune femme était encore éveillée, mais il n'entendait aucun bruit, et, bien qu'il se fût décidé à frapper, ses coups restaient sans réponse.

Après avoir patienté quelques secondes de plus, il ouvrit la moustiquaire. Elle était forcément dans la maison, car elle n'avait pas d'autre endroit où aller. La pensée qu'elle dormait peut-être lui procura un soulagement. Il pourrait partir, et venir s'excuser le lendemain matin.

Un silence total régnait à l'intérieur. Il se racla la gorge afin d'annoncer sa présence, peu désireux de troubler l'intimité de Jenny, dont il connaissait le prix, dans un endroit comme celui-ci. En outre, si elle ne dormait pas, il ne voulait surtout pas risquer de lui faire peur.

Des sanglots étouffés en provenance de la chambre à coucher parvinrent soudain à ses oreilles, suscitant en lui une réaction de panique. Sans doute valait-il mieux s'enfuir maintenant, avant qu'il ne fût trop tard et qu'elle ne le surprît en train d'écouter. Il ne savait pas comment se comporter face à quelqu'un qui pleurait. Ne sachant que faire, il resta un moment immobile, le chiot se débattant dans ses bras. Son comportement grossier était-il à l'origine de ces larmes ? Il espérait que non, mais avec les femmes, tout pouvait arriver.

Le petit animal prit une décision à sa place. Dans un mouvement désespéré, il se dégagea et atterrit sur le plancher avec un bruit sourd, avant de se diriger d'une démarche peu assurée vers la porte de la chambre. Grattant la porte de ses pattes antérieures, il se mit à gémir.

Les sanglots se calmèrent instantanément.

— Qui est là ? demanda Jenny, la voix étouffée, teintée d'inquiétude.

— C'est moi, madame Sanders. Rien d'important, je reviendrai demain, s'empressa de répondre Brett.

— Non, ne partez pas, j'en ai pour une minute.

Il souleva le chiot, ôta son chapeau et fit quelques pas en arrière. Elle se mouvait dans la pièce en soupirant bruyamment. Il eût souhaité n'être jamais venu.

La porte s'ouvrit, livrant passage à la jeune femme, le visage gonflé par les larmes. Brett fit un pas en arrière. La vue de ces yeux rougis avait sur lui un effet inattendu.

— Je vous ai apporté un gage de réconciliation, bégaya-t-il. Mais je vois que le moment est mal choisi. Je peux revenir demain.

Jenny sembla ignorer son embarras.

— Qu'il est beau ! Il est pour moi ? s'exclama-t-elle, le regard brillant de plaisir. Comme c'est gentil, merci !

Il lui tendit le chiot qui, dès qu'il fut dans les bras de la jeune femme, entreprit de lui lécher les joues. Brett plongea son regard dans celui de son interlocutrice. Tout à coup, il eut l'impression de respirer plus difficilement. Tous les mots qu'il avait soigneusement répétés s'étaient envolés. Il ne voulait que tendre la main et la toucher, écarter de sa tempe humide la mèche de cheveux brillants qui y était collée, et poser ses lèvres sur les joues encore mouillées de larmes.

La prise de conscience de ce qu'il éprouvait le fit sortir de sa stupeur. À quoi pensait-il ? Elle était sa patronne. Il devenait fou. S'éclaircissant la gorge, il se redressa de toute sa taille.

— Je venais juste m'excuser pour ce matin, et pour hier. Je pensais que la compagnie de ce filou vous ferait du bien. Mais il n'est pas encore dressé à la propreté.

Il se sentit rougir tandis qu'elle levait les yeux sur lui. Triturant son chapeau, il faisait quelques pas en arrière pour se réfugier sous la véranda.

— Quel amour ! s'écria Jenny, caressant la tête soyeuse du petit animal qui s'agitait dans ses bras. Merci, Brett, c'est le plus beau cadeau que vous puissiez me faire.

— Il est tard. Je vous verrai demain matin.

— Êtes-vous vraiment pressé ? Je vous en prie, restez boire une bière. Vous pourrez m'aider à trouver un nom pour ce petit coquin.

Il sentit que cette invitation trahissait un réel besoin de compagnie.

— Eh bien, commença-t-il…

Après tout, prendre une bière avec elle ne l'engagerait à rien.

Il se tint gauchement près de la table tandis qu'elle versait un peu de lait dans une soucoupe. L'animal se précipita dessus, renversant le liquide dans sa précipitation. Il lécha le sol et tourna vers eux ses grands yeux sombres au regard interrogateur.

En riant, Jenny sortit les bières du réfrigérateur à gaz. Elle ouvrit les bouteilles, en tendit une à son visiteur et porta la sienne à ses lèvres, buvant à longs traits. Puis elle s'assit à la table et regarda le chiot mâchonner une chaussure.

— Merci encore, dit-elle, les yeux à nouveau embués de larmes.

— Pas de quoi, marmonna-t-il, fixant fermement sa boisson.

Il eût aimé lui demander ce qui n'allait pas, mais ne savait pas comment le formuler. Simplement, il espérait qu'elle n'allait pas se remettre à pleurer. Si Ma avait été là, elle aurait su quoi dire.

— Je suis sincère. C'est vraiment gentil de votre part. D'autant plus que je ne le mérite pas vraiment, après la façon dont je me suis comportée ce matin. Vous êtes arrivé ce soir juste au moment où j'avais besoin d'un peu d'amitié.

Brett la regarda rejeter ses cheveux par-dessus ses épaules, avec un petit rire forcé. Cette femme souffrait visiblement, mais il ne pouvait se permettre de faire preuve d'indiscrétion. Son deuil y était sans doute pour quelque chose, et la lecture de ces fichus journaux ne devait rien arranger.

Elle dut comprendre qu'il se sentait mal à l'aise, car elle se tourna vers le chiot qu'elle observa un moment. Il avait trouvé une paire de chaussettes qu'il détruisait méthodiquement.

— Je pense qu'il devrait s'appeler Ripper[1], déclara-t-elle.

Son interlocuteur approuva de la tête et but une gorgée de bière. Le silence devenait pour lui trop pénible. Alors qu'il était sur le point de se lever et de prendre congé, elle se pencha en avant et posa la main sur son bras.

Il sursauta, ses yeux plongés dans le regard bleu lavande de la jeune femme qui se rapprochait de lui.

— Parlez-moi de Mathilda Thomas.

Il put constater que les pupilles de son interlocutrice étaient constellées de lueurs dorées. S'écartant d'elle, il s'adossa à sa chaise. Il s'était douté que cette question viendrait un jour, mais pourquoi la posait-elle ce soir, alors qu'elle était déjà bouleversée et que lui-même avait du mal à s'exprimer ?

— Que voulez-vous dire, madame Sanders, demanda-t-il pour gagner du temps.

---

1. Éventreur *(N.d.T.)*

— Vous savez très bien ce que je veux dire, Brett Wilson ! répliqua-t-elle, exaspérée. Et si vous ne cessez pas à l'instant de m'appeler madame Sanders, je casse cette maudite bouteille sur votre maudit crâne !

Ils échangèrent un regard, tous deux stupéfaits par cette sortie inattendue, et éclatèrent de rire en même temps.

— Tout ceci est ridicule, pouffa Jenny, nous sommes pourtant des adultes. Comment se fait-il que nous passions notre temps à nous chamailler ?

Brett secoua la tête en souriant franchement. Il souleva le chiot qui se dressait contre sa jambe, et l'installa confortablement sur ses genoux.

— Je n'en sais rien. C'est sans doute ma faute. Mais reconnaissez, madame… je veux dire Jenny, que vous avez créé un effet de surprise. Je m'attendais à voir apparaître quelqu'un de plus âgé.

— Je décide de prendre ces paroles pour un compliment. Prenez encore une bière.

En lui tendant une autre bouteille, elle souleva la sienne pour trinquer.

— Buvons à des relations plus harmonieuses.

— Pourquoi pas ?

— Alors, racontez-moi l'histoire de Churinga, dit Jenny en reposant la bière sur la table, le visage soudain sérieux.

Elle leva la main pour prévenir ses objections.

— Ma et vous avez fait allusion à des rumeurs. Allons, Brett, j'ai besoin de savoir.

Depuis qu'il avait découvert les journaux, il savait que les rumeurs n'étaient rien en comparaison de la réalité. Mais ignorant ce que la jeune femme avait déjà lu, il décida de lui parler des éléments positifs de l'histoire de Churinga.

Par où devait-il commencer? Il tenta de rassembler ses pensées.

— Les O'Connor sont arrivés ici au début du XIXe siècle. C'étaient des émigrants irlandais pauvres, comme la plupart des colons à l'époque. Rejetant la législation britannique, et particulièrement désireux de posséder la terre sur laquelle ils travaillaient, ils ont d'abord construit une simple cabane au milieu du bush, en choisissant les pâturages les plus hauts, près de la montagne, là où il y avait de l'eau, de l'herbe, et la possibilité d'échapper aux inondations. Mais, avant d'accroître le troupeau qu'ils avaient amené avec eux, il leur fallait d'abord débroussailler.

Il se tut, rendant un hommage silencieux au labeur harassant des premiers habitants du domaine, avant de poursuivre :

— Ils n'avaient pas de machines, bien sûr, et ont probablement effectué la plus grande partie du travail à la hache et à la houe. Au fur et à mesure que la terre était défrichée et que le troupeau prospérait, ils élargissaient la surface du domaine. Lorsque Mary a repris l'exploitation de ses parents, Churinga s'étendait sur plus de quarante mille hectares, et la cabane était entourée de hangars et de granges.

— Mary était la mère de Mathilda ?

Brett fit un signe affirmatif.

— Elle a dirigé seule le domaine pendant la Première Guerre mondiale, alors que son mari était parti se battre en Crimée. Elle a acheté des mérinos et des vaches laitières. Avec l'argent qu'elle a réussi à gagner avec la laine, elle a amélioré les installations. On raconte que Mervyn acceptait mal sa réussite. Lorsqu'elle est morte, il a essayé de vendre Churinga à Ethan Squires.

— Mais il n'est pas arrivé à ses fins, car la terre appartenait à Mathilda. J'ai lu les premiers journaux, mais je voudrais savoir ce que les autres pensaient de cette femme.
Quelles sont ces rumeurs dont vous parliez ?

— Mathilda Thomas était une véritable figure de
légende, avant même qu'elle n'atteigne ses vingt ans. Elle
était considérée comme hors du commun, car c'était une
femme seule, dans un monde d'hommes. On trouvait
bizarre, voire excentrique, sa façon de vivre en compagnie
des aborigènes. Les gens, qui ont toujours un peu peur de
ce qu'ils ne comprennent pas, avaient tendance à s'éloigner
d'elle. Il y a eu des rumeurs au sujet d'un bébé, bien sûr,
car il y a toujours des regards indiscrets pour voir ce qui ne
les concerne pas, mais dans la mesure où personne ne l'a
vu, il a été rapidement oublié.

— C'est elle qui a fait de Churinga la station qu'elle est
aujourd'hui ?

— Oui. Elle a été respectée pour ce qu'elle a réalisé,
bien que les autres colons et leurs épouses aient désap-
prouvé son mode de vie.

Il eut un sourire amusé.

— En fait, c'était un véritable garçon manqué. Elle s'ha-
billait comme un homme et se moquait totalement de ce
qu'on pouvait penser d'elle.

— Que lui est-il arrivé après la mort du bébé ? Quels
ont été ensuite ses rapports avec la famille Squires ?

— Personne n'a vu Mathilda après la mort du bébé. Elle
se rendait deux fois par an à la ville, et s'est un peu rappro-
chée de ses voisins de Wilga, Tom et April Finlay. Quand
Churinga a commencé à prospérer, elle a acheté une
camionnette, mais ne s'est jamais vraiment éloignée d'ici.
On raconte qu'elle se comportait en ermite, restant seule

avec les Bitjarras, sauf à la saison de la tonte. Elle ne se rendait jamais aux grands pique-niques, ni aux bals. Andrew Squires a essayé de la séduire, mais elle savait qu'il n'était intéressé que par sa terre, et elle l'a envoyé promener. On raconte aussi que Charlie, le plus jeune fils de Squires, avait un faible pour elle, mais il n'en est rien résulté.

— Mais elle a bien eu quelqu'un dans sa vie, n'est-ce pas ? dit son interlocutrice en se penchant vers lui, ses doigts posés tout près des siens.

— Je n'en sais rien, Jenny, dit Brett en haussant les épaules.

Elle le regarda d'un air sérieux et s'adossa à sa chaise.

— Si j'en crois les journaux, Ethan Squires était intéressé par Churinga, et si j'en crois mon notaire, sa famille l'est toujours.

Son regard devint pénétrant.

— Qu'est-ce qui les intéresse tant ici ?

— L'eau, répondit aussitôt son interlocuteur. Kurrajong possède une belle rivière et des trous de sonde, mais Churinga est parcourue par trois rivières et par des puits artésiens profonds. Les O'Connor savaient reconnaître une bonne terre, et Squires ne s'est jamais remis d'être arrivé trop tard.

— Parlez-moi de la famille Squires.

Brett soupira. Pourquoi insistait-elle tellement ? Si seulement Ma avait brûlé les journaux, comme il le lui avait demandé !

— Le père d'Ethan était le plus jeune fils d'une famille de riches fermiers anglais. Il a été envoyé ici au début du XIXe siècle pour y faire fortune, avec juste assez d'argent pour subsister quelques années. Il a commencé à travailler dans le Queensland, où il a appris les différences qui séparaient une exploitation australienne d'une exploitation anglaise, puis il est descendu plus au sud. En voyant cette terre, il a compris que c'était un endroit approprié pour s'établir, et a construit Kurrajong. Mais avec Churinga qui s'étendait au sud et à l'est de sa propriété, il n'avait pas d'autre option que de s'étendre au nord, région plus sèche, car il y pleut moins et les cours d'eau y sont plus rares.

— Et la querelle a commencé.

— Je ne sais pas s'ils ont vraiment livré bataille, mais le père d'Ethan a fait savoir qu'il n'aimait pas les O'Connor, et qu'il ferait tout pour leur faire obstacle. Il a transmis son bien à son fils Ethan qui a incité son beau-fils à épouser Mathilda, mais elle a ruiné leurs plans en refusant de coopérer. Ethan se montre toujours aussi amer à ce sujet.

— Mais vous avez bien dit que Charlie Squires était attiré par Mathilda ? Comment se fait-il que cela n'ait rien donné ?

— Je n'en ai pas la moindre idée.

— Cet endroit est-il maudit, Brett ? La churinga est-elle une amulette néfaste ?

— C'est ridicule. Ce lieu est comme des centaines d'autres, isolé du reste du monde et entouré des éléments les plus rudes qui parcourent la planète. Ce qui est arrivé à Mathilda aurait pu arriver à n'importe qui par ici. Nous devons garder à l'esprit ce qu'elle a accompli en dépit des revers, au lieu de laisser courir notre imagination. Il n'y a aucune malédiction à Churinga, mais seulement la vie, sous sa forme la plus crue.

— Vous aimez vraiment ce domaine, n'est-ce pas, murmura-t-elle, même si cet isolement vous a coûté votre femme.

Brett fut soulagé du tour que prenait la conversation. Il commença à se détendre.

— Marlene était une fille de la ville. Elle aimait les magasins, les nouveaux vêtements et les sorties. J'aurais dû savoir qu'elle détesterait vivre ici.

Il eut soudain envie que son interlocutrice voie Churinga tel qu'il le connaissait, tel qu'il était vraiment.

— Ne vous faites pas d'idées fausses sur cet endroit, Jenny. Il est coupé de tout, mais il y règne une sorte de charme primitif. Pensez à Mathilda. Elle ne bénéficiait ni du luxe que nous connaissons aujourd'hui, ni de l'aide de tous nos ouvriers. Pourtant, elle est restée. Elle a travaillé et lutté chaque jour pour faire de cette station ce qu'elle est aujourd'hui, uniquement parce qu'elle y était attachée. Elle aimait la terre, la chaleur et les grands espaces. En dépit de tout ce qu'elle a traversé, elle ne s'est jamais laissé abattre.

Il se tut. Jenny semblait apaisée et moins anxieuse de l'interroger.

— Merci, Brett. Mais plus je lis ces journaux, moins j'ai le sentiment de devoir rester. Churinga semble exercer un charme sur ses habitants. C'est comme si Mathilda hantait encore cet endroit. Il y a des moments où j'ai l'impression qu'elle se trouve près de moi, m'attirant de plus en plus dans son univers. Et je ne suis pas sûre d'aimer cela.

Elle eut un frisson.

— C'est comme si elle savait que je peux comprendre sa peine. Mais c'est trop tôt pour moi. La perte de Ben et de Peter est trop récente. Je ne me sens pas capable de porter son fardeau avec le mien.

Il lui prit la main et la garda dans la sienne.

— Alors, débarrassez-vous des journaux. Brûlez-les. Laissez le passé reposer en paix, avant qu'il ne vous détruise.

Elle secoua la tête.

— Je ne peux pas faire ça. Mathilda a pris possession de moi, et je dois savoir ce qui lui est arrivé. Je dois essayer de comprendre ce qui la retenait ici.

— Alors laissez-moi vous montrer le Churinga que j'aime. Permettez-moi de vous aider à comprendre pourquoi nous restons sur cette terre qui nous fait vieillir prématurément. C'est ma maison, Jenny, je ne vivrais ailleurs pour rien au monde. Et je veux que vous l'aimiez aussi.

Il sentit son visage s'empourprer en constatant à quel point il s'était laissé emporter par la passion. Elle allait penser qu'il était un peu fou.

— Vous avez peur que je vous en prive, n'est-ce pas ?

Incapable de parler, il fit un geste affirmatif de la tête. Il sentait le pouls de la jeune femme battre contre ses doigts, au rythme de son propre cœur.

— Pensez-vous vendre le domaine ? demanda-t-il, appréhendant la réponse, mais sachant qu'il lui faudrait y faire face.

— Je ne sais pas. Cet endroit est magnifique, et je comprends que vous y soyez très attaché.

Elle retira sa main de celle de Brett et croisa les bras sur son ventre.

— Je suis désolée de ne pas pouvoir vous donner de réponse définitive, poursuivit-elle. Je vois à quel point votre avenir en dépend.

Il poussa un soupir de soulagement. Au moins, elle hésitait encore.

— Laissez-vous vivre et oubliez le passé, je vous assure. Profitez de ce que vous avez.

— Vous me paraissez bien philosophe, pour un directeur de station d'élevage.

— Je tiens ça de ma mère, admit-il en souriant. Elle dissertait toujours sur la vie et la mort. Il a dû m'en rester quelque chose.

Il se tut un instant, avant de poursuivre :

— Mes parents étaient de braves gens. Ils me manquent énormément. Mes frères et moi avons eu de la chance de les avoir.

L'espace d'un instant, il se remémora le visage de sa mère, qui s'effaça aussitôt. Il n'avait que des souvenirs d'enfance de celle qui avait lutté durement pour offrir à ses enfants ce qu'elle n'avait pas connu lorsqu'elle était petite : un foyer aimant, des vêtements propres, et une éducation.

La voix de Jenny interrompit ses pensées.

— Je vous envie. Dajarra m'a nourrie et élevée, mais les sœurs de la Pitié n'avaient pas le temps de nous manifester de l'affection. Ce genre de départ dans la vie vous rend méfiant, et trop tôt indépendant. Vous ne faites confiance à personne. C'est sans doute ce qui me rend prudente envers cet endroit… et envers vous, ajouta-t-elle en levant les yeux sur lui avec un sourire malicieux.

L'opinion que Brett s'était faite de la jeune femme évoluait rapidement. Celle qu'il avait prise pour une citadine méprisante n'était en fait qu'une petite fille effrayée qui cachait sa solitude et son chagrin derrière une façade de fausse assurance. Elle lui faisait penser à un poulain qu'il avait possédé jadis. Maltraité par ses précédents propriétaires, il ne s'était habitué à son nouveau maître qu'après des mois d'une rééducation patiente et douce.

— Parlez-moi de votre enfance, reprit Jenny.

— Nous vivions à Mossman, dans le Queensland. Mon père travaillait la canne à sucre, et nous ne le voyions pas souvent. Il y avait toujours une raison qui l'empêchait de rassembler suffisamment d'argent pour que nous achetions une maison. Mais la canne a eu sa peau. C'est une plante épouvantable, pleine de vermine et d'insectes infectant les plaies qu'on se fait dans les champs.

Il suspendit un instant son récit, n'ayant pas l'intention de la déprimer davantage en lui décrivant la pauvreté dans laquelle il avait vécu, mais ne voulant pas non plus en dissimuler la réalité, comme si elle n'avait compté pour rien. Sa mère avait lutté trop longtemps pour cela. La canne l'avait tuée aussi, d'une façon différente.

— Nous étions quatre enfants. John, l'aîné, est resté dans les champs de canne avec mon autre frère, Davey. Ils ne pouvaient pas se passer de l'odeur de la mélasse. Pour ma part, je détestais cette senteur sucrée qui envahissait tout, et imprégnait la maison, les vêtements, les cheveux.

— À quoi ressemblait votre vie ? Bien que j'aie vécu jusqu'à l'âge de sept ans à Dajarra, en plein cœur de la région de la canne à sucre, nous étions entourés de pâturages et de montagnes. Quant à la station de moutons où l'on m'a ensuite emmenée, elle se trouvait plus au sud.

— C'est un autre monde, chaud, humide, infesté de mouches et de serpents. La chaleur vous abat, car vous transpirez en permanence, et la canne ne vous fait pas de cadeaux.

Après une légère pause, il poursuivit :

— C'est magnifique, pourtant. Un champ de canne à sucre secoué par le vent évoque une mer de verdure, houleuse et cruelle. Mais il faut des hommes d'une trempe peu commune pour survivre à cette existence.

Il effleura les oreilles du chiot et songea à la façon dont les choses évoluaient. Bientôt, les machines remplaceraient les hommes, et les ouvriers tels que ses frères devraient se mettre en quête d'un autre gagne-pain.

— Après la guerre, beaucoup de travailleurs immigrés sont venus travailler dans les champs. Il était difficile de trouver deux personnes parlant la même langue. Mais les temps changent. Avec l'évolution des techniques, le travail de la canne à sucre fera bientôt partie de la légende.

— Continuez, je vous en prie, dit doucement Jenny.

Il but une gorgée de bière avant de poursuivre son récit. C'était comme s'il avait besoin de se débarrasser du goût de la mélasse, et du souvenir de la fumée épaisse et étouffante s'échappant des champs brûlés avant la coupe.

— Nous déménagions d'une cabane à l'autre. Toujours à quelques kilomètres des champs, pour que mon père puisse s'y rendre facilement. Mais nous ne le voyions pas plus pour cela. Il restait toujours en compagnie des autres coupeurs. Il existait entre ces hommes une sorte de fraternité. Les femmes ne tenaient pas beaucoup de place dans leurs vies, et je me demande encore pourquoi mon père a fondé une famille. Il nous considérait sans doute comme un fardeau, et sa promesse d'une maison était, je pense, envisagée par lui-même comme une utopie.

— Cela n'a donc pas été facile pour vous non plus, constata-t-elle calmement.

Caressant le chiot assoupi, il pensa qu'il avait prononcé plus de paroles ce soir qu'en un mois entier. Toutefois, il ne le regrettait pas.

— Ce que vous n'avez jamais eu ne vous manque pas, déclara-t-il. Nous étions pourtant heureux, car notre mère faisait de son mieux pour que nous nous sentions aimés.

Une image s'imposa à sa mémoire. Un jour, son père, affaibli par des attaques répétées de jaunisse, n'avait plus eu la force de retourner travailler. Amaigri, le visage tiré par la maladie, il avait attendu la fin dans leur misérable cabane.

— Mon père était un grand gaillard, reprit-il pensivement. Il pouvait nous prendre tous les quatre dans ses bras et nous transporter en courant dans toute la pièce. Mais lorsqu'il est mort, il ne pesait pas plus de quarante kilos.

— Jamais je n'avais réalisé à quel point cette tâche était dure, admit Jenny. Nous mangeons du sucre sans nous poser la moindre question. Je suis désolée d'apprendre que votre père est mort de cette façon.

— Nous avions choisi de vivre ainsi. Et il faut bien que quelqu'un fasse ce travail. Mais j'ai décidé très tôt que je n'étais pas fait pour ça. John et Davey sont restés après la mort de notre mère, mais Gil et moi sommes devenus apprentis dans des stations d'élevage de moutons et de bovins. Gil est resté dans le Queensland, et a fini par acheter une propriété. Quant à moi, je suis allé plus loin, vers le sud. Je travaille avec les moutons depuis l'âge de seize ans, et je ne l'ai jamais regretté.

Il vit soudain Jenny étouffer un bâillement. L'heure était venue de prendre congé.

— Vous devez en avoir assez de m'entendre bavarder.

— Pas du tout ! s'exclama-t-elle aussitôt. Merci de vous être confié à moi, Brett. J'espère que cela n'a pas remué trop de mauvais souvenirs. C'est parfois très pénible, je le sais.

Il sourit en secouant la tête.

— Pourquoi ne viendriez-vous pas vous promener avec moi demain matin ? Je vous montrerai le reste du domaine. Si j'arrive à vous faire partager ma façon de la voir, vous comprendrez peut-être pourquoi j'y tiens tellement !

Penchant la tête de côté, elle le regarda avec une expression malicieuse.

— Êtes-vous vraiment sûr qu'on peut se passer de vous ?

— Le dimanche, je ne suis utile à personne, affirma-t-il en riant.

— Dans ce cas, cela me ferait très plaisir.

Elle lui reprit le chiot, dont elle frôla la tête de ses lèvres.

— Alors, à demain matin. Nous partirons assez tôt pour éviter la chaleur.

En guise d'au revoir, elle lui adressa un sourire qui illumina son visage.

Brett franchit la moustiquaire. Il se sentait très fatigué, mais doutait d'arriver à fermer l'œil de la nuit.

Jenny, debout dans l'embrasure de la porte, le regarda traverser la cour, d'un pas souple, les mains dans les poches. Brett était très agréable lorsqu'il laissait son arrogance de côté. Elle embrassa de nouveau la tête de Ripper. Cet adorable chiot était juste ce dont elle avait besoin, après avoir pleuré sur Mathilda.

Le petit animal endormi gémissait, son corps lourd et tiède totalement abandonné dans les bras de sa maîtresse. Elle le posa doucement sur le sol, afin de lui préparer une couche, à l'aide d'une couverture pliée dans un cageot. À côté, elle posa un plateau rempli de terre sèche, en guise de litière.

Tandis qu'elle se déshabillait, elle réfléchit aux propos de son visiteur. Elle se sentait incapable de laisser les journaux de côté et de les oublier ; s'ils n'avaient pas été détruits, c'était parce que leur auteur voulait qu'ils soient lus. Mais d'autre part, Brett n'avait pas tort. Il était sans doute temps qu'elle regarde vers le futur, et qu'elle attache moins d'importance à ce qui s'était passé autrefois. Mathilda et lui avaient su découvrir ici une musique qu'elle devait apprendre à entendre, elle aussi. Peut-être, alors, pourrait-elle décider de son destin.

10

Le dimanche, Ma faisait sonner la cloche du petit déjeuner une heure plus tard que d'habitude. Jenny resta un moment allongée après son réveil, savourant l'air frais du matin. Se remémorant soudain le programme de la matinée, elle sauta au bas du lit, et ne tarda pas à découvrir qu'elle était courbatue.

Soudain, la tête de Ripper surgit au-dessus du drap, les oreilles basses.

— Vilain chien, dit-elle en riant doucement. Je t'avais fait un lit dans la cuisine !

Sans le moindre repentir, il lui lécha le visage, tandis qu'elle le prenait dans ses bras pour le conduire jusqu'au porche arrière de la maison. Dès qu'elle le posa sur le sol, il se dirigea vers la zone herbeuse, où il leva aussitôt la patte.

Jenny rentra pour jeter un coup d'œil à la pendule, et grogna. Il n'était que 5 heures et demie. Pourrait-elle s'habituer un jour à ces levers matinaux, même s'ils étaient compensés par des siestes l'après-midi ?

Dans la cuisine inondée de soleil, elle entreprit de préparer son petit déjeuner. Attablée devant une tasse de thé, un œuf à la coque et des toasts, elle se remémora les plaisirs du dimanche à Sydney : les longues heures où elle restait allongée sur le balcon surplombant la mer ; les suppléments des journaux sur papier glacé, exaltant les merveilles de l'art ; ou la rubrique sportive sur laquelle se jetait Peter. Ben commençait à s'intéresser aux bandes dessinées qu'elle lisait à haute voix, essayant ensuite de lui en expliquer le sens.

— Pas d'attendrissement inutile, prononça-t-elle, décalottant son œuf d'un coup de couteau décidé.

Au son de sa voix, Ripper remua la queue, la tête penchée de côté, comme s'il cherchait à comprendre ce qu'elle disait. Elle lui octroya quelques morceaux de toast, qu'il saisit avec une remarquable délicatesse.

Après s'être douchée, elle revêtit un large pantalon de toile, une chemise de coton, de vieilles chaussures et le chapeau cabossé. Alors qu'elle rangeait ses bijoux et cherchait ses gants de cavalière, des coups se firent entendre à la porte.

— Une seconde, Brett, j'arrive ! s'écria-t-elle.

Elle n'arrivait pas à attraper ses gants tombés derrière le lit, tâche compliquée par Ripper, qui trouvait cette activité particulièrement amusante.

— C'est Andrew Squires, madame Sanders. J'espère que je ne vous dérange pas trop tôt ?

Jenny se figea. Andrew Squires ? Voilà qui risquait d'être intéressant.

Ayant enfin récupéré ses gants, elle prit le temps de se calmer, en dépit de sa curiosité envers l'homme qui avait fait la cour à Mathilda. Pourquoi arrivait-il à une heure aussi peu propice aux visites ?

Vérifiant son apparence dans le miroir, elle constata que, depuis son arrivée, le soleil lui avait hâlé la peau. Elle ramassa ses cheveux en un chignon hâtif, et décida d'appliquer une touche de rouge sur ses lèvres, ainsi qu'un soupçon de parfum sur son cou. Elle se sentait toujours beaucoup plus sûre d'elle quand elle était certaine d'être à son avantage.

Lorsqu'elle ouvrit la porte, elle vit tout d'abord son visiteur de dos. Appuyé à la balustrade de la véranda, il observait l'activité matinale de l'exploitation. Une voiture rutilante était garée devant la maison, couverte d'une poussière rouge qui ne réussissait pas à ternir l'éclat des pare-chocs de chrome.

Ripper, ses pattes épaisses bien campées sur le plancher de bois, fit entendre un grognement.

— Monsieur Squires ?

Lorsqu'il se retourna pour lui faire face, elle fut frappée par son aspect inattendu. De haute taille, les épaules carrées, c'était encore un bel homme, en dépit de ses soixante-cinq ans bien sonnés. Mais bien qu'il fût arrivé en voiture, il était vêtu d'une culotte de cheval, d'une veste de tweed et de bottes cavalières au cuir brillant. Sa chemise blanche amidonnée s'ouvrait au niveau du cou, laissant admirer un foulard imprimé. Le roux flamboyant de ses cheveux et de ses moustaches mettait en valeur le bleu intense de ses yeux qui croisèrent le regard direct de la jeune femme.

— Bonjour, madame Sanders, dit-il avec un fort accent britannique. J'espère que je ne vous dérange pas. Mais je souhaitais vous attraper avant que la température ne soit trop élevée.

Il plongea la tête en avant en guise de salut.

— Bienvenue à Churinga, ajouta-t-il. Andrew Squires, à votre service.

La jeune femme lui serra la main, qu'il avait plutôt molle, admirant les reflets que le soleil allumait dans sa chevelure cuivrée.

— Bonjour, répondit-elle brièvement en dégageant ses doigts. Voulez-vous entrer pour vous rafraîchir ?

— Après vous, chère madame.

Il ouvrit la moustiquaire et lui céda le passage, avant de la suivre dans la cuisine.

Dès qu'elle l'eut fait asseoir, Jenny enferma Ripper, qui grognait toujours, dans la chambre à coucher. Puis elle prépara du thé, qu'elle offrit à son visiteur avec quelques biscuits, avant de s'asseoir à son tour.

Regardant son hôtesse avec une curiosité non dissimulée, il prit délicatement sa tasse et recula sa chaise pour pouvoir passer une jambe par-dessus son genou, d'un mouvement étonnamment féminin.

— Je crois savoir que vous vivez à Kurrajong, dit-elle pour meubler le silence. Je suppose que ce nom est d'origine aborigène, comme Churinga ?

Elle se sentait particulièrement mal à l'aise, car elle lisait clairement dans son regard une expression de calcul, voire de cupidité.

— Bien sûr, répondit-il avec un sourire condescendant. Kurrajong signifie « toujours vert », madame Sanders. Nous sommes voisins de Churinga depuis presque un siècle.

Jenny sirotait son thé, souhaitant que Brett ne tardât pas à arriver. Cet homme n'était pas venu pour une simple visite de politesse, mais dans une intention bien précise.

— Je connais un peu l'histoire de ce domaine, monsieur Squires, mais beaucoup d'éléments me semblent sujets à conjectures, déclara-t-elle avec une expression délibérément innocente. Avez-vous bien connu Mathilda Thomas ?

Andrew Squires s'appliqua soudain à examiner soigneusement ses ongles manucurés.

— J'ai été éduqué à l'étranger, et je ne suis revenu qu'après avoir été accepté au barreau. Mon cabinet se trouve à Melbourne. Kurrajong n'est pour moi qu'un refuge, loin de la frénésie de la ville.

Il la fixa de son regard d'un bleu intense.

— Je n'ai jamais eu le plaisir de rencontrer cette dame Thomas, mais je crois que mon père la connaissait bien.

Quel sacré menteur tu fais ! se dit Jenny sans baisser les yeux.

— Alors peut-être pourrais-je vous rendre votre visite un de ces jours, monsieur Squires, suggéra-t-elle. Il serait intéressant de pouvoir parler avec votre père de toute cette époque passée.

— Je doute qu'il puisse vous apprendre grand-chose, car elle n'appartenait pas au même monde que lui.

Écœurée par tant de morgue, elle en eut soudain assez de voir cet homme prétentieux assis dans sa cuisine, en train de boire son thé tout en la trompant délibérément.

— Vous auriez dû appeler avant de venir, monsieur Squires, déclara-t-elle avec froideur. J'ai des projets pour aujourd'hui et je suis en retard.

Son interlocuteur parut amusé par cette soudaine tentative pour se débarrasser de lui. Il sortit une cigarette à bout doré de son étui en argent, et prit le temps de l'insérer dans un fume-cigarette d'ivoire. L'ayant allumée avec un briquet luxueux, il souffla la fumée au plafond avant de répondre.

— Vous ne vous montrez pas très accueillante, chère madame. Surtout envers un voisin qui vient de parcourir un long trajet pour venir vous voir !

— Êtes-vous ici dans un but précis ?

Elle jeta un regard vers la porte. Où diable était Brett ?

— Eh bien, vous avez une façon remarquable d'aborder les affaires ! Comme c'est rafraîchissant ! Je sens que nous allons fameusement nous entendre.

— Tout dépend des affaires dont vous voulez discuter.

Il la contempla à travers les volutes bleutées.

— Vous semblez être une femme sensible, et Dieu sait qu'elles sont rares. Avec votre talent artistique et votre réputation croissante, vous vous sentez sans doute plus à l'aise en ville que dans cet endroit perdu.

— Venez-en au fait, monsieur Squires, je n'ai pas toute la journée devant moi.

Avec un petit sourire satisfait, il fit tomber la cendre de sa cigarette dans une soucoupe. Jenny se demanda quelle impression éprouvaient ceux qui se trouvaient opposés à lui dans un tribunal. Il ne faisait sans doute pas bon affronter cet homme froidement roublard.

— Je pense que Wainwright vous a déjà fait savoir que nous étions intéressés par Churinga. Je suis venu ici ce matin pour vous faire une offre.

Alors que la jeune femme s'apprêtait à lui répondre, il leva la main pour l'interrompre.

— Ayez au moins la courtoisie de me laisser finir, madame Sanders.

— Uniquement si vous avez la courtoisie de vous souvenir que vous êtes chez moi, et que vous n'avez pas le droit de vous imposer de cette façon, rétorqua-t-elle. Nous ne sommes pas au tribunal, et je ne suis pas dans le box des témoins.

— *Touché* [1]. J'aime les femmes qui s'expriment avec franchise. Les flagorneuses sont fatigantes, vous ne trouvez pas?

Jenny lui opposa un regard dédaigneux.

— Comment le saurais-je? laissa-t-elle tomber.

Indifférent à sa rudesse, il poursuivit :

— Ainsi que je vous l'ai dit, j'ai l'intention de vous offrir un très bon prix pour ce domaine. Si vous acceptez de me le vendre, je suis sûr que nous pouvons arriver à un accord qui nous satisfera tous deux.

Luttant contre une exaspération croissante, la jeune femme s'adossa à sa chaise. Les Squires ne laisseraient donc jamais tomber! Ethan avait envoyé ce serpent faire son sale travail, tout comme il l'avait fait tout au long de la vie de Mathilda.

Se forçant à sourire, elle résista à l'envie de faire disparaître par une gifle le sourire reptilien qu'il lui adressait. Elle allait le prendre à son propre jeu.

— Quel chiffre avez-vous en tête?

Stimulé par la perspective d'atteindre son but, il s'inclina en avant.

— Trois quarts de million de dollars, plus la valeur du troupeau.

Stupéfaite, elle veilla à ne rien laisser paraître de sa surprise. Ayant étudié les papiers donnés par Wainwright, elle savait que cette somme était nettement supérieure à la valeur réelle du domaine. Ce jeu était trop dangereux pour être poursuivi ; si elle lui demandait un million de dollars, il était capable d'accepter.

---

1. En français dans le texte. *(N.d.T.)*

— C'est certainement un bon prix, monsieur Squires. Mais qu'est-ce qui vous fait croire que j'ai l'intention de vendre ?

Soudain très sûr de lui, il alluma une autre cigarette, d'un geste fluide.

— J'ai fait mes recherches, madame Sanders. Vous êtes veuve, vous êtes peintre, et votre réputation augmente à vue d'œil. Vous détenez des parts dans une galerie de Sydney. Vous avez eu du mal à joindre les deux bouts toute votre vie, et vous avez tout à coup la possibilité de devenir plus riche que vous n'avez jamais rêvé de l'être. Que feriez-vous d'une station d'élevage de moutons, au fin fond du pays, alors que vous pourriez vivre de vos revenus en ville, le reste de votre vie ?

Il avait fait ses recherches, en effet. Elle fit appel à toute sa volonté pour ne pas lui montrer à quel point elle en était contrariée.

— Tout cela est vrai. Mais mon mari a acquis cette propriété pour moi, je ne me sens pas le droit de la vendre.

— Vous vous trompez, je pense. Il a acheté Churinga pour vous deux, espérant que vous viendriez y vivre en famille. Il n'imaginait pas que vous seriez contrainte de vous y débrouiller seule, sans parents ni amis pour vous tenir compagnie.

Jenny observa le visage de son interlocuteur en se faisant un serment. Si elle avait un jour l'intention de vendre Churinga, jamais elle ne le céderait à cet être répugnant.

Andrew se laissait emporter par son enthousiasme.

— Imaginez, madame Sanders. L'argent ne sera plus jamais un souci pour vous. Vous serez libre de voyager. Paris, Florence, Rome, Londres… Vous pourrez visiter le Louvre et la Tate Gallery, et vous ne peindrez plus que pour le plaisir, non pour gagner votre vie.

— J'ai déjà beaucoup voyagé, déclara-t-elle d'un ton neutre. Churinga n'est pas à vendre.

Un éclair de surprise traversa fugitivement le regard de son visiteur.

— Je comprends que tout ceci arrive très peu de temps après votre tragédie. Peut-être avez-vous besoin de rassembler vos idées, avant de prendre une décision hâtive.

Jenny admit intérieurement qu'il savait garder son sang-froid, car il ne faisait pas le moindre doute que son refus l'avait décontenancé.

— Je n'ai pas besoin de réfléchir. Churinga n'est pas à vendre, et ne le sera pas non plus dans un futur proche, déclara-t-elle en se levant. Je le répète, j'ai beaucoup de choses à faire aujourd'hui. Si vous voulez bien m'excuser…

En dépit de la colère qui perçait sous son expression de raideur polie, Squires glissa la main dans la poche de sa veste de tweed.

— Voici ma carte, dit-il, le visage empourpré. Si vous changez d'avis, appelez-moi, je vous en prie. Le prix peut être négocié, à condition, bien sûr, que la transaction soit réalisée dans un proche avenir.

Jenny prit la carte ornementée de lettres dorées.

— Merci, mais je vous ai déjà donné ma réponse, répliqua-t-elle, en le précédant dans la véranda, heureuse de pouvoir respirer plus librement.

Andrew Squires ajusta son chapeau mou sur sa tête, enfila ses gants et saisit la main de son hôtesse qu'il baisa, après un salut courtois.

— À une prochaine fois, madame Sanders.

Stupéfaite de tant d'audace, la jeune femme le regarda monter dans la voiture, démarrer, et s'éloigner dans un nuage de poussière. Elle sentait encore le contact de ses lèvres sur sa main, qu'elle frotta contre son pantalon.

— Que voulait-il ?

Se retournant, elle vit Brett, qui se tenait à l'extrémité de la véranda, le regard brillant dans le soleil matinal, avec, à la main, les rênes de deux chevaux sellés et prêts pour la promenade.

Elle lui raconta son entrevue.

Il lâcha les rênes, se précipita vers elle et lui agrippa les deux bras en la forçant à le regarder.

— C'est un homme venimeux, Jenny, tout comme son père. Refusez tout contact avec eux, ou tout ce que Mathilda a construit ici sera détruit.

— Vous me faites mal, Brett.

Il la lâcha et se passa la main dans les cheveux.

— Excusez-moi. Mais je maintiens ce que j'ai dit.

— J'ai déjà rencontré des hommes de ce genre, froids, calculateurs et cupides. Je ne suis pas une idiote, je sais faire face à ce type de personne.

— Comment vous en êtes-vous sortie ?

— Je lui ai dit que je ne voulais pas de ses trois quarts de million de dollars.

— Combien ?

Jenny s'esclaffa.

— Vous devriez vous voir ! Je savais que vous seriez surpris.

— Bon sang ! J'aurais moi-même été tenté par cette somme, admit-il. Je ne savais pas que Churinga avait autant de valeur.

— Ce n'est pas le cas, je vous rassure. Mais il voulait m'épater avec une offre plus qu'intéressante. Je ne peux pas nier que j'ai été déconcertée, mais j'aurais l'impression de trahir Mathilda en vendant la propriété à un Squires, après toutes ces années. De plus, il a dû me faire suivre par un détective, car il savait tout de ma vie et de mon travail.

— Il en serait bien capable, convint Brett.

Elle respira profondément.

— Ne nous occupons plus de lui. Le soleil est levé, les chevaux sont prêts, et moi aussi. Allons nous promener.

— Andrew et sa famille ne peuvent pas être écartés d'un geste de la main, Jenny. Ce sont des gens riches et puissants, dont il faut se méfier.

La jeune femme leva les yeux vers son interlocuteur, et lut l'inquiétude sur son visage.

— Je le sais. Mais je ne suis pas aussi pauvre que Mathilda. J'ai les moyens de m'opposer à eux, et c'est moi qui possède ce domaine.

Elle posa une main apaisante sur son bras.

— Je ne leur vendrai jamais le domaine, Brett. Oublions la famille Squires, et montrez-moi votre Churinga.

Ils attrapèrent les rênes des chevaux et parcoururent à pied l'étendue de terre compacte de la clairière centrale. Jenny espérait que son compagnon retrouverait sa bonne humeur ; elle n'était pas décidée à laisser Andrew Squires gâcher sa journée.

Son espoir fut vite exaucé. Le directeur de Churinga s'anima dès qu'il commença à lui désigner les différents bâtiments, en lui expliquant en détail le processus de l'élevage des moutons.

— Nous déplaçons les animaux dans les pâturages en fonction de leur qualité, du temps qu'il fait, de l'eau, et de l'herbe. Afin d'être sûrs d'obtenir une laine parfaite, nous n'avons ici que des mérinos.

Jenny observait les moutons dans les enclos.

— Pourquoi les parquez-vous en leur laissant si peu d'espace ? Ce n'est sûrement pas indispensable !

Un franc sourire accompagna la réponse de Brett.

— Parce que ce sont les animaux les plus stupides du monde. Quand l'un d'entre eux se sauve, tous les autres le suivent. Si nous n'avions pas les chiens, nous n'arriverions pas à en tondre un seul.

Soudain redevenu sérieux, il ajouta :

— Ils ne sont serrés ainsi que très peu de temps. Les tondeurs travaillent vite. Ils y sont obligés, car la plupart sont attendus ailleurs. Ils touchent toujours une prime si leur travail est rapide et efficace.

— Cela semble cruel de les tondre juste avant la venue de l'hiver. N'ont-ils pas besoin de toute leur laine pour ne pas souffrir du froid et de l'humidité ?

Brett secoua la tête, les coins de la bouche relevés.

— Réaction purement citadine ! C'est la laine qui compte. Les moutons ne sont que le moyen de l'obtenir. Pour une toison épaisse et de grande qualité, ils doivent être tondus maintenant.

Jenny regarda les animaux en grimaçant. Décidément, la compassion n'était pas de mise ici, où seuls survivaient les êtres résistants et utiles.

— Comment se répartit le travail sur l'année ? s'enquit-elle. Je suppose que l'hiver est la seule saison où vous pouvez vous reposer ?

Brett alluma une cigarette et la conduisit dans le labyrinthe des enclos.

— Il faut s'occuper des moutons sans interruption. Nous n'avons pas vraiment de temps pour quoi que ce soit d'autre. Nous les menons d'un pâturage à l'autre, nous les sélectionnons, puis nous effectuons les croisements pour améliorer la race. Après la tonte, ils sont lavés, marqués, puis vaccinés. Si les pluies ne viennent pas et que l'herbe est pauvre, nous coupons et ramassons le scrub pour les nourrir manuellement.

Repoussant son chapeau en arrière, il s'essuya le front.

— Les moutons ne mangent rien qui ne soit issu de leurs pâturages, à moins que le meneur du troupeau, que nous appelons « le Judas », n'accepte de leur montrer l'exemple.

— Vous adorez votre travail, n'est-ce pas ?

— La plupart du temps, oui, mais je n'aime pas trop m'occuper des agneaux. Il faut les attraper, leur cercler la queue, leur agrafer des étiquettes sur l'oreille et les castrer s'ils ne doivent pas servir à l'élevage. Je ne raffole pas de cette dernière tâche, comme je n'aime pas abattre un animal dont les yeux ont été dévorés par un corbeau dans un champ, et qui continue à courir, fou de douleur.

La jeune femme frissonna en dépit de la chaleur.

— Je ne vous ai pas promis que tout serait beau à voir et à entendre, Jenny. C'est la vie, voilà tout. Nous élevons les plus beaux mérinos. Tout ici est organisé pour obtenir une laine parfaite. Aucun de nos moutons n'est vendu pour la viande. Lorsqu'ils ne produisent plus de laine, ils sont expédiés ailleurs pour être transformés en cuir, en suif, en lanoline ou en colle. Rien ne se perd.

— Combien de moutons y a-t-il ici ?

— Environ quatre moutons par hectare, ce qui fait trois cent mille têtes en tout. Mais ce nombre diminue rapidement pendant la sécheresse, comme au cours des incendies ou des inondations.

S'éloignant des enclos, ils se dirigèrent vers les poulaillers, où les coqs se pavanaient pompeusement parmi les poules. La laiterie, d'une propreté immaculée, abritait des trayeuses automatiques qui brillaient sur fond de carrelage blanc.

— Nous n'avons que quelques têtes de bovins. Ils sont moins rentables que les moutons, mais ils nous fournissent le lait, le beurre, le fromage, et quelques steaks qui nous changent un peu de l'ordinaire.

Brett s'appuya sur la barrière du parc à bestiaux, qui s'étendait sur plusieurs hectares, derrière le baraquement des apprentis.

— La plupart des chevaux que vous voyez ici sont rétifs, mais leur résistance et leur vivacité nous permettent d'effectuer de bonnes journées de travail. Nous les utilisons à tour de rôle afin de ne pas les épuiser. Aucun conducteur de troupeaux ne les monte deux jours de suite, sauf s'il se trouve dans les pâturages et ne peut pas rentrer.

— Est-ce ici que vous effectuez les croisements ?

— Il n'y a que des hongres et des juments. Les étalons nous créent trop de problèmes ; nous ne les gardons pas. Si nous avons besoin de nouveaux animaux, nous les achetons.

Jenny caressa l'encolure de la jument baie, qui battait incessamment de la queue, dans l'espoir de chasser les mouches s'acharnant sur ses yeux.

— Elle a l'air très calme.

— C'est l'une des rares bêtes paisibles que nous ayons, mais elle travaille pourtant très bien.

Il sauta en selle.

— Venez, je vous emmène jusqu'aux chenils, et nous partirons ensuite en promenade.

Ils furent accueillis par une meute de chiens bleu-gris jappant et grognant, qui sautaient sur le grillage.

— Nous séparons les femelles des mâles, afin qu'il n'y ait aucun croisement indésirable, expliqua-t-il en montrant une portée de chiots en train de téter leur mère. Nous avons quelques kelpies, mais rien ne vaut les bleus du Queensland pour rassembler les moutons. Ils sont intelligents, audacieux et alertes. Rien à voir avec le toutou des villes, précisa-t-il avec un sourire moqueur.

— Tout ici garde un caractère sauvage, dit Jenny pensivement, en voyant deux chats querelleurs sortir de derrière une grange, fourrure hérissée, toutes griffes dehors.

À son tour, elle monta en selle, et suivit Brett dans le paddock.

— Combien gardez-vous d'hommes après la tonte ?

— En principe dix, parfois douze. Les gardiens de bestiaux restent rarement plus de deux ans au même endroit. Ils finissent toujours par partir pour un domaine plus grand, qui leur paraît plus valorisant. Mais nous devons malgré tout nous occuper des animaux toute l'année.

Contemplant l'herbe cassante aux brins argentés, qui miroitait sous le soleil du matin, Jenny plissa les yeux. Çà et là, sur la prairie, des arbres foudroyés se dressaient telles des sentinelles abandonnées, des rubans d'écorce raidie se détachant de leur tronc calciné. Le vent soulevait de petits tourbillons de poussière qui entraînaient les feuilles mortes, puis les déposaient à nouveau en petits tas informes, toujours mouvants. Il eût suffi d'une étincelle imprudente, d'une boîte de conserve oubliée dans l'herbe ou d'un morceau de verre pour détruire Churinga.

Tandis qu'ils chevauchaient au milieu des buis et des eucalyptus, un groupe de perroquets au vol sinueux apparut soudain au-dessus de leur tête, bientôt rejoint par des perruches lancées à l'assaut des poivriers. Le chant flûté des cotingas soulignait d'une ligne mélodieuse l'avertissement d'un kookaburra, qui vint se poser sur une branche basse, juste devant leurs yeux, dans un bruissement d'ailes constellées de brun. Emperlées de gouttes de rosée, de gigantesques toiles d'araignées, dont les habitantes velues chassaient déjà, ornaient les frondaisons.

Jenny se détendait peu à peu devant le paysage austère et majestueux qui se déroulait devant elle. Ce qu'elle avait appris à aimer à Sydney lui paraissait bien loin : la mer, et sa fine bruine salée sur le visage ; les bains dans une eau claire, bien différents des douches d'eau verdâtre qu'elle prenait ici chaque jour ; sans oublier Diane, et ses autres amis, qui comprenaient son besoin de peindre, et partageaient son intérêt pour le théâtre et les expositions, tout en apportant dans sa vie chaleur et fantaisie. Lorsque Simone partirait pour un autre domaine, elle serait la seule femme à Churinga, parmi ces hommes qui ne vivaient que pour la terre et les animaux, et qui, en outre, désapprouvaient sans doute sa présence.

— Tout va bien, Jenny ? Ne souffrez-vous pas trop de la chaleur, des mouches, et de la poussière ?

— J'ai renoncé à lutter contre la poussière, dit-elle avec une grimace. Mais les mouches ne me gênent pas, et je suis habituée à la chaleur.

Ils se turent de nouveau et poursuivirent leur chemin, accompagnés par le croassement des corbeaux et les cris aigus des cacatoès.

— Nous sommes sur les terres de Wilga, maintenant, déclara Brett une heure plus tard. Vous voyez les arbres ?

Jenny mit sa main en visière, pour se protéger de la lumière aveuglante. De magnifiques ramures d'un vert acide s'inclinaient vers le sol en une symétrie parfaite, offrant un refuge de fraîcheur.

— Est-ce le vent qui leur donne cette forme ? On dirait qu'ils ont été harmonieusement taillés.

Une foule de petites rides naquirent au coin des yeux de son interlocuteur lorsqu'il se mit à rire.

— Vous avez en partie raison. Les moutons se chargent de la taille jusqu'à ce qu'ils ne puissent plus atteindre les branches. C'est la raison pour laquelle les arbres de Wilga sont arrondis.

Les chevaux piétinaient nerveusement l'herbe sèche comme du papier.

— Les propriétaires ne vont-ils pas nous en vouloir d'être entrés chez eux ? Ne devrions-nous pas d'abord passer les voir ?

Brett tira sur les rênes du cheval hongre, qui souffla et frappa la terre de ses sabots.

— Je pensais que vous étiez au courant. Wainwright ne vous a-t-il rien dit ?

— À quel sujet ?

— Tout ceci vous appartient, et fait partie de Churinga.

Il fallut quelques secondes à Jenny pour assimiler cette information.

— Mais j'avais cru comprendre que nous n'élevions pas de bovins ? Qu'est-il arrivé aux Finlay ?

Brett regarda les bœufs magnifiques qui paissaient autour d'eux.

— Nous nous consacrons aux moutons à Churinga, mais Wilga est dirigée séparément. Les Finlay sont partis après la guerre.

Faisant cliqueter son harnais dans l'air calme et tiède, la jument de la jeune femme baissa la tête pour brouter paisiblement.

— Pourquoi a-t-on gardé les deux noms, et pourquoi les deux domaines n'en forment-ils pas qu'un seul ?

— Les deux stations sont séparées depuis toujours. Celle-ci doit son nom aux wilgas qui y poussent, bien sûr. Je suppose que personne n'a songé à procéder autrement.

Dans l'odeur puissante de la terre calcinée retentissaient d'innombrables chants d'oiseaux et le crissement des sauterelles.

— Tout ici évoque la musique, remarqua Jenny.

— Les aborigènes eux-mêmes ont un langage très mélodieux. Vous devriez les entendre discuter lorsqu'ils se réunissent pour leurs *corroborees*. La plupart des endroits de cette région portent un nom indigène, sauf ceux baptisés par les premiers colons, en souvenir de leur pays d'origine.

— Il en est de même dans toute l'Australie, dit Jenny en souriant.

— Avez-vous beaucoup voyagé ? interrogea Brett.

— Pas mal, à vrai dire. J'ai quitté Waluna pour faire des études à l'école des Beaux-Arts. Ensuite, pendant une année entière, j'ai visité l'Europe et l'Afrique avec Diane, pour étudier les différentes cultures picturales.

Elle évoqua avec affection les larges caftans et les bijoux fantaisistes de son amie.

— Diane est tombée amoureuse de l'exotisme à Marrakech mais, pour ma part, c'est Paris que j'ai préféré. Montmartre, la Rive gauche, la Seine, le Louvre…

Il perçut la touche de nostalgie qui se dégageait de ses paroles.

— Venez, je vais vous montrer mon endroit favori, dit-il en tirant sur les rênes. Il ressemble à celui où je vous ai emmenée l'autre jour, mais se trouve de l'autre côté de la montagne. Ce n'est plus très loin. Je pense que vous ne serez pas déçue.

Ils s'élancèrent au galop à travers la plaine, vers le bleu vibrant des montagnes bleues qui se dressaient au loin. Un fin réseau de lignes sinueuses, d'un vert cru, trahissait dans l'herbe l'écoulement de rigoles issues d'un trou de sonde situé plus haut, et drainées par les pâturages.

Les membres tremblants et les articulations douloureuses, Jenny attendait avec impatience le moment où elle descendrait de cheval.

— Nous arrivons, annonça Brett, une demi-heure plus tard.

La jeune femme constata avec étonnement que les arbres s'ornaient, à cet endroit, de feuilles gonflées et luisantes, dont la couleur se détachait sur les étendues miroitantes alentour. Elle pressa sa jument sous le couvert luxuriant et se laissa glisser de la selle. Ôtant son chapeau, elle le secoua pour éloigner les mouches, avant d'essuyer la sueur de son front.

Brett prit les rênes des deux chevaux et la précéda à travers la végétation épaisse. La touffeur qui régnait sous le dais translucide évoquait à Jenny le climat du Queensland, humide et bourdonnant d'insectes. Cette marche allait-elle bientôt prendre fin ?

Soudain s'ouvrit devant elle un espace de lumière dorée, où le son d'une cascade semblait, comme par enchantement, dissiper la chaleur. Brett s'écarta un peu afin qu'elle pût embrasser du regard le décor entier. Le souffle coupé, elle découvrit une véritable oasis, dissimulée dans les replis rocheux de la montagne, dont les arbres, aux branches majestueuses, s'inclinaient vers le vaste bassin étendant à leurs pieds son miroir limpide. Des fleurs et des plantes grimpantes jaillissaient de rochers éboulés et évoluaient, avec un élan gracieux, le long des fentes et des fissures. Troublés par leur arrivée, des perroquets s'envolaient, se rassemblant au-dessus de leur tête en un nuage mouvant couleur d'arc-en-ciel. Pinsons, moineaux et étourneaux s'appelaient en voletant de branche en branche. On eût dit un univers uniquement constitué de créatures ailées, qui s'élevaient puis plongeaient par centaines avant de se poser, le regard curieux, pour examiner les visiteurs.

Jenny ne put retenir une exclamation de joie pure, effrayant un groupe de cacatoès qui s'éparpillèrent avec des cris rauques.

— Je vous avais dit que c'était exceptionnel, remarqua Brett avec un sourire de plaisir.

— Comment imaginer qu'un tel endroit puisse exister au cœur de cette contrée sauvage ?

— Vous n'avez pas besoin de chuchoter. Les oiseaux vont rapidement s'habituer à nous. Regardez, s'écria-t-il en lui prenant le bras, là-bas, dans la boue !

Elle tourna les yeux dans la direction qu'il lui indiquait. Des dizaines d'écrevisses pointaient leurs pinces sur la rive boueuse.

— Nous allons en rapporter quelques-unes pour le souper, s'exclama-t-elle.

— Plus tard, dit-il fermement. Je crois qu'un bain ne nous ferait pas de mal.

Le sourire de Jenny se figea. L'eau semblait un délice, mais le fait de nager tout habillée la contrariait.

— Vous auriez dû me prévenir ! Je n'ai rien apporté pour me baigner.

Tel un prestidigitateur, il sortit de sa sacoche un maillot de nylon orange vif, parsemé de fleurs violettes, qu'il lui lança.

— C'est celui de Ma. Il est sans doute un peu grand, mais c'est tout ce que j'ai pu trouver.

Jenny examina le vêtement d'un œil critique. Énorme et affreusement démodé, il pourrait sans doute faire l'affaire si elle le serrait bien et l'attachait à la taille à l'aide de sa ceinture ; elle le porterait au-dessus de ses sous-vêtements.

Lorsqu'elle eut revêtu le maillot, elle hésita un instant avant de sortir du buisson où elle s'était déshabillée, mais le bruit de la cascade était trop tentant. Retirant son médaillon, elle jeta subrepticement un coup d'œil vers le bassin. Brett était déjà dans l'eau, son short noir mettant en évidence l'équilibre parfait de son corps viril aux épaules larges, au ventre plat et aux jambes musclées. Alors qu'il faisait la planche, le soleil para sa chevelure de reflets bleutés.

Jenny rajusta les bretelles sur ses épaules. Ma était dotée d'une abondante poitrine, et aucun subterfuge ne pouvait dissimuler le fait qu'elle-même avait beaucoup moins de rondeurs à couvrir. Elle plongea et remonta aussitôt à la surface, le souffle coupé par le liquide glacé. Aussitôt, elle constata que le costume de bain s'était rempli d'eau et ballonnait autour d'elle comme un gilet de sauvetage.

Tant pis ! se dit-elle en se laissant flotter avec bonheur. *Je suis décente et cette eau merveilleuse est un pur délice.*

Elle admira la nage sûre et régulière de Brett, qui se dirigeait vers l'autre extrémité du bassin où se déversait un petit torrent dévalant la paroi rocheuse. Il se dressa sous le jet, poussant un cri de bien-être qui provoqua un bruit d'ailes affolées.

Jenny se mit à rire avec lui. Se sentant entraînée vers le fond par le maillot alourdi, elle décida de s'en débarrasser et de se contenter de ses sous-vêtements. Elle lança le tissu mouillé sur un rocher et s'abandonna au plaisir de la baignade. Après avoir nagé pendant quelques minutes, elle émergea près de rochers plats et se hissa hors de l'eau.

Essoufflée par le froid et l'effort, elle resta étendue sur la pierre brûlante, savourant la caresse du soleil. Les bruits environnants semblaient s'éloigner. Elle se sentait submergée par la fatigue. Ses paupières devinrent lourdes et, avec un plaisir félin, elle se laissa entraîner dans le sommeil.

— Jenny! Jenny!

La voix semblait venir de très loin, cadencée par le clapotis de l'eau.

— Réveillez-vous! Il est temps de déjeuner.

À contrecœur, elle ouvrit les yeux et vit son reflet dans le regard gris posé sur elle. Elle s'assit précipitamment, en proie à un embarras qu'elle tenta de dissimuler en secouant ses cheveux mouillés.

— Suis-je restée endormie longtemps?

— Vous avez sommeillé un peu. Mais vous aviez l'air si paisible que je n'ai pas eu le cœur de vous réveiller, avoua-t-il d'une voix rauque. Venez, Ma nous a préparé un piquenique, et nous aurons des explications à fournir si nous ne le mangeons pas.

Lui tendant la main, il l'aida à se relever. Elle constata que la couleur de ses yeux paraissait plus foncée et sentit le tremblement de ses doigts. Il semblait retenir son souffle.

— Attention de ne pas glisser, dit-il d'un ton brusque en la lâchant subitement.

Jenny le suivit dans le sous-bois, tentant d'analyser ce qui s'était passé. Elle avait dû se tromper. Il se montrait tout simplement poli vis-à-vis de sa patronne, lui montrant Churinga, heureux de voir ses réactions. Mais une petite voix insistante lui disait qu'il avait été sur le point de l'embrasser, et qu'en toute honnêteté, elle était déçue qu'il ne l'eût pas fait.

Tandis qu'elle marchait précautionneusement sur le sol herbeux, elle constata avec horreur que ses sous-vêtements mouillés étaient transparents. Attrapant sa chemise, elle se précipita dans les buissons et se rhabilla en un instant. Rouge de confusion, elle se réprimanda pour son insouciance. Pas étonnant que le regard de Brett eût pris une intensité particulière au spectacle de son corps nu, complaisamment étalé sur les rochers. Il s'était bien gardé de la réveiller, en effet !

Elle boutonna fébrilement ses vêtements, sentant sa raison reprendre le dessus. Peut-être valait-il mieux faire comme si rien ne s'était produit. Respirant profondément, elle sortit des buissons avec assurance.

Brett, qui lui tournait le dos, avait étalé le pique-nique sur les rochers. Ma avait préparé un véritable festin : poulet, jambon, tomates, pain cuit à la braise, fromage, grande bouteille de citronnade, bière et thermos de thé.

Évitant de regarder son compagnon, Jenny se servit. Il ne semblait pas avoir remarqué sa gêne, ou avait décidé qu'elle ne méritait pas d'être commentée, car il ne lui parla que de Churinga.

Elle écouta les détails qu'il lui donnait à propos de la laine, de la vente à la criée des moutons, des problèmes de transport et de la difficulté de trouver des ouvriers sérieux. Les minutes s'écoulant sans qu'il fît mention de ce qui s'était passé, elle finit par se détendre.

Lorsque le soleil amorça son déclin derrière les arbres, ils pêchèrent une douzaine d'écrevisses et prirent le chemin du retour. La jeune femme se sentait à la fois lasse et agréablement détendue.

Une fois les chevaux dessellés, bouchonnés et nourris, Jenny et Brett s'accoudèrent à la barrière tandis que la nuit descendait. Un dais constellé d'étoiles brillantes recouvrait la terre avec une telle clarté que la jeune femme avait l'impression de pouvoir toucher la Croix du Sud.

— J'ai passé une journée merveilleuse, Brett. J'ai tellement de choses magnifiques.

Il baissa les yeux sur elle, la bouche relevée en un sourire légèrement railleur.

— Moi aussi, affirma-t-il avec conviction.

Tournant aussitôt les talons, il se dirigea vers le baraquement avant qu'elle n'eût le temps de lui lancer une réponse cinglante.

11

La saison de tonte battait son plein ; outre les moutons de Churinga, le hangar accueillait des troupeaux en provenance de stations d'élevage moins importantes. Brett étant très occupé, Jenny partait en promenade avec son carnet d'esquisses pour tenter de reproduire sur le papier l'âpre beauté des terres rouges. Après la chaleur torride de la journée, tous deux chevauchaient à travers les pâturages, dans la relative fraîcheur du soir. Au fil des semaines, la jeune femme en vint à attendre ces sorties avec impatience et s'avouait en silence qu'elle était déçue lorsque le travail du directeur les rendait impossibles.

Les journées se déroulaient sur un rythme effréné. Plus de quatre cent mille animaux devaient monter les rampes avant le départ des tondeurs. Lorsque Jenny accompagnait de temps en temps les gardiens de bestiaux, elle commençait à comprendre, en écoutant leurs témoignages, l'énormité de la tâche accomplie par Mathilda. En raison de l'étendue des pâturages, les gardiens se relayaient pour surveiller les bêtes, le fusil et le fouet à la main. Ils dormaient dans les champs, tirant sur les lapins afin de les empêcher de manger de l'herbe, ainsi que sur les dingos et les freux qui attaquaient les moutons. Ils étaient également à l'affût des cochons sauvages, noirs et velus, qui pouvaient causer des ravages au sein du cheptel, voire éventrer un homme d'un seul coup de défenses.

Jenny prit l'habitude de rester en selle des heures durant, Ripper trottinant à ses côtés, la langue pendante. Ses mains devenaient calleuses, car elle s'entraînait à manier l'immense fouet que les hommes utilisaient avec tant de facilité apparente. Peu à peu, elle s'habituait à la poussière soulevée par les milliers de mérinos, et aux sombres nuages de mouches toujours prêtes à se poser sur l'arrière-train maculé des animaux. Le soir, elle s'écroulait sur son lit et dormait d'un sommeil profond jusqu'à ce que sonnât la cloche du petit déjeuner.

Un mois s'écoula, puis la moitié du mois suivant. Les tondeurs commençaient à se rendre dans d'autres stations et, petit à petit, l'activité bruyante de la cour et de la lainerie se réduisait. Pour s'assurer que le transport s'effectuerait sans encombre, Brett partit avec les camions.

Jenny sentait la paix descendre sur le domaine et s'étendre sur les enclos et les pâturages désertés. Simone et Stan devaient partir le lendemain. Une fois de plus, le rythme de la vie à Churinga allait changer, et peut-être ressembler davantage à l'existence isolée que Mathilda avait connue.

Avec une tristesse rêveuse, la jeune femme pensait aux journaux qu'elle n'avait pas encore lus, et à la robe verte qui reposait dans la malle. Bientôt, elle en avait l'intuition, il lui faudrait retourner dans cet univers d'où lui parvenaient les échos d'une valse, pour reprendre le fil du récit laissé en suspens.

Dans la cuisine, il faisait une température étouffante. Jenny transpirait en préparant le repas, admirant la ténacité de Simone, qui cuisinait chaque jour dans ces conditions difficiles pour une foule d'hommes affamés.

Afin que ses hôtes pussent profiter de la fraîcheur du soir, le dîner était prévu pour 10 heures. Elle venait à peine de revêtir une robe droite de coton et des chaussures plates qu'ils sonnèrent à la porte.

Simone, qui était habillée d'une robe de coton jaune, avait pris soin de se maquiller et de se faire une mise en plis. Un peu emprunté dans son costume déformé par son dos voûté, Stan, les cheveux aplatis par la brillantine, se balançait nerveusement d'un pied sur l'autre.

Jenny leur fit traverser la cuisine, où les arômes mêlés du rosbif et du Yorkshire pudding s'échappaient du four, et les conduisit jusqu'au porche arrière de la maison. Les portes-fenêtres étaient grandes ouvertes et les chaises avaient été sorties. Elle avait passé une grande partie de la journée à dépoussiérer et cirer les guéridons bas qu'elle avait disposés à côté des sièges, et ornés d'un vase rempli de fleurs sauvages. La grande table, elle aussi transportée à l'extérieur, était difficilement reconnaissable sous la nappe de lin blanc qui la recouvrait, mettant en valeur la vaisselle de fine porcelaine, les couverts luisant sous le clair de lune, et le bouquet de lis blancs qui se dressait entre deux bougeoirs, découverts au fond d'un placard.

Simone, immobile et les yeux écarquillés de plaisir, embrassait le décor du regard. Jenny l'observa tandis qu'elle effleurait de ses doigts les couverts et les serviettes. N'était-elle pas allée un peu trop loin ? Peut-être ses invités pensaient-ils qu'elle avait voulu les impressionner ?

— Merci pour ce moment aussi rare, dit enfin la cuisinière. Vous ne pouvez pas savoir combien de fois j'ai souhaité m'asseoir à une table comme celle-ci, avec de l'argenterie et des fleurs. Je me souviendrai toute ma vie de cette soirée.

— J'avais peur d'en avoir fait un peu trop. J'avoue que je me suis laissé emporter par mon enthousiasme lorsque j'ai découvert tous ces trésors. Si cela vous ennuie, je peux en ranger une partie.

— Ne vous avisez pas de toucher à quoi que ce soit ! Pour la plupart des gens, je ne suis que Ma ; ils m'oublient dès qu'ils ont le ventre plein. Ceci est la chose la plus gentille que l'on ait faite pour moi depuis des années.

Elle donna un coup de coude à son mari.

— Et cela vaut pour toi aussi !

Jenny servit le sherry pendant que les invités s'installaient confortablement sur les chaises rembourrées.

— Vous avez arrangé la maison agréablement, madame Sanders, déclara Stan, les coudes posés sur les genoux.

— Merci, Stan. Je sais que vous préférez sans doute une bière. Je vous en prie, retirez votre cravate et votre veste, il fait beaucoup trop chaud, ce soir, pour que nous nous montrions formels.

— Sûrement pas ! intervint Simone d'un ton péremptoire. Stan Baker, je te demande, pour une fois, de faire les choses correctement et de rester en costume !

Devant l'expression déterminée de son invitée, Jenny n'insista pas.

Le rosbif et le pudding eurent un énorme succès. Pour le dessert, Jenny servit une pavlova à la pêche accompagnée d'une crème épaisse ; elle avait préparé la meringue tôt dans la journée, et l'avait conservée au réfrigérateur avant de la fourrer de fruits. Ce régal raffiné, savouré avec le recueillement qui s'imposait, fut suivi de café et de cognac.

Lorsque le dîner fut terminé, l'hôtesse et ses convives se réinstallèrent sur les chaises confortables, afin de contempler les terres endormies.

— Vous allez me manquer, Simone, affirma Jenny. Depuis mon passage à Wallaby Flats, vous êtes la seule femme à qui j'aie parlé.

— Et vos amis de la ville? Vous n'avez aucune nouvelle?

— Diane m'a écrit plusieurs fois. Quant au téléphone, la ligne est trop mauvaise pour que nous ayons une conversation intelligible.

— Avez-vous réfléchi à ce que vous alliez faire? Vous semblez vous plaire ici, depuis que vous avez cessé de vous quereller avec Brett, dit Simone en retirant ses chaussures.

La jeune femme remarqua que la veste et la cravate de Stan avaient été subrepticement retirées et posées sur un dossier de chaise.

— Non, je n'ai pas encore pris de décision. Cet endroit exerce sur moi un charme étrange, mais il y a tellement de choses que je n'ai pas eu le temps de réaliser ailleurs! Je me demande parfois si je n'utilise pas Churinga comme une excuse pour fuir la réalité.

— Il n'y a rien d'irréel ici, mon petit. Vous y trouvez tous les aspects de la vie.

Jenny s'absorba un instant dans le paysage lunaire.

— Les aspects les plus durs, certainement. Mais il y a énormément de découvertes à faire dans le reste de ce pays; ce continent est un monde à lui seul.

Elle pensa à la dernière lettre de Diane. Si elle décidait de rester à Churinga, Rufus proposait de racheter ses parts de la galerie et de louer sa maison. Mais elle ne pouvait renoncer à tout cela aussi facilement. La maison et l'art faisaient partie de son existence même. Peindre était pour elle une nécessité absolue. Son carnet regorgeait d'esquisses qui réclamaient d'être reproduites sur la toile.

— Cet endroit est isolé, je vous l'accorde, admit Simone. Nous avons bourlingué dans le Queensland et la Nouvelle-Galles du Sud toute notre vie, et nous avons assisté à un tas de changements. Il est vrai qu'ici le sort des femmes est plus rude encore que celui des hommes. On nous demande de faire preuve de solidité et de détermination, au milieu de la poussière et des mouches. Nous acceptons tout ça pour nos maris et nos enfants, et à cause d'une chose qui naît avec nous, l'amour de la terre. Je suppose que vous seriez plus heureuse en ville.

Jenny sentit une tristesse inattendue l'envahir. Simone avait raison. Il n'y avait rien ici pour la retenir, excepté de vieux rêves envolés. Elle avait perdu mari et enfant et ne pouvait se réclamer d'un amour profond de la terre. Ne voulant pas que l'atmosphère de la soirée fût gâchée, elle changea de sujet.

— Où vous rendez-vous maintenant ?

— À Billa Billa. C'est un bon domaine, et la cuisine est tout équipée. Ensuite, nous irons à Newcastle voir notre fille et nos petits-enfants. Nous ne les avons pas embrassés depuis un bout de temps, n'est-ce pas, Stan ?

Son époux se contenta de secouer la tête.

— Nous avons trois enfants, deux filles et un garçon, expliqua Simone fièrement. Et neuf petits-enfants ! Mais nous n'en profitons pas beaucoup. Ils sont répartis sur tout le continent. Lorsque les stations d'élevage où nous travaillons sont trop éloignées les unes des autres, il nous arrive de ne pas pouvoir leur rendre visite entre deux saisons.

Elle plongea son regard dans les ténèbres environnantes.

— Nous en profitons pour faire de petits travaux ici et là, sinon nous aurions du mal à joindre les deux bouts. Stan est trop vieux pour retourner à la canne à sucre.

— Que comptez-vous faire lorsque le travail de tonte deviendra trop dur pour vous, Stan ? interrogea Jenny.

— J'espère avoir encore un certain nombre de saisons devant moi, déclara Stan. Mais j'ai promis à Ma depuis longtemps qu'elle aurait sa propre maison le moment venu. Pas quelque chose de trop grand, bien sûr. Juste une petite habitation avec environ quatre cents hectares, uniquement pour m'occuper un peu.

— Des promesses, toujours des promesses ! grogna Simone. Il y a toujours un autre domaine qui nous attend, ou une autre saison à faire !

Jenny se demanda si l'idée qu'elle avait eue était si farfelue.

— Si je décidais de rester, dit-elle, mais je ne promets pas que je le ferai, accepteriez-vous de vous installer ici tous les deux ?

Simone lança un rapide coup d'œil à Stan, et se tourna aussitôt vers la jeune femme.

— Je ne sais pas, mon petit. Nous voyageons depuis si longtemps que ça nous semblerait étrange de rester au même endroit.

— Vous pourriez vivre dans le bungalow près du ruisseau, m'aider à tenir la maison et organiser la nourriture pour les tondeurs. Stan donnerait un coup de main ici et là et surveillerait la lainerie, suggéra Jenny en se tournant vers son invité.

L'expression de ce dernier, aussi austère qu'à l'habitude, en disait plus long que des paroles. Simone le regarda un instant et poussa un soupir.

— Cette proposition me paraît idyllique, mon petit. Mais Stan n'est pas du genre à pouvoir rester en place. Ses pieds le démangent.

— Pas de problème. Je n'ai pas encore pris de décision. Mais si je garde Churinga, je vous écrirai. Peut-être alors pourrons-nous essayer de convaincre votre mari ?

Le tondeur fixait attentivement le fond de son verre de bière, comme si la réponse s'y trouvait.

— Je vous donnerai l'adresse de notre fille à Newcastle ; elle nous transmettra vos lettres.

Stan finit sa bière et se leva.

— Merci pour ce repas, madame Sanders. Ma et moi apprécions vraiment ce que vous avez fait pour nous, mais nous devons partir tôt demain matin.

Jenny lui serra la main, qu'il avait très douce, car le contact permanent avec la lanoline, lié au travail de la laine, offrait une protection naturelle contre les cals. Lorsque Simone l'embrassa très chaleureusement, Jenny comprit que cette femme pleine d'entrain et de courage allait lui manquer plus qu'elle ne l'avait imaginé.

Elle raccompagna ses invités jusqu'à la véranda, et les suivit des yeux tandis qu'ils traversaient la cour en direction du réfectoire. Après un dernier signe de la main, elle rentra dans la cuisine, en proie à une bouffée de solitude qu'accentuait le spectacle de la table abandonnée. Au cours de la soirée, la poussière s'était subrepticement déposée sur le sol et les meubles, ternissant les guéridons et recouvrant les fleurs d'un voile opaque.

Pendant qu'elle faisait la vaisselle, Ripper sortit pour sa promenade nocturne. Après une dernière tasse de café, elle s'installa dans un fauteuil pour savourer les senteurs de la nuit.

Caressée par l'air tiède, elle était bercée par le bruissement des feuilles et de l'herbe sèche, évoquant celui d'un tissu de satin vert. La mélodie discordante de la valse ancienne se faisait de nouveau entendre. Le moment était venu d'ouvrir le journal suivant.

L'hiver sec fut suivi d'un été sans pluie. Mathilda n'avait pas le temps de pleurer son bébé. L'herbe haute, qui tournait au fauve, était devenue cassante, et les feuilles des arbres calcinés se recroquevillaient sous le soleil implacable. Des milliers de lapins et de vastes troupeaux de kangourous descendaient vers les plaines grasses du sud, fuyant l'outback qui se desséchait peu à peu.

Le chapeau rabattu sur le front, la jeune femme parcourait les pâturages du regard, la main en visière pour se protéger de la lumière aveuglante. Grâce à Tom Finlay, qui avait supervisé la tonte l'année dernière, le revenu de la laine avait couvert le dernier versement de l'emprunt bancaire ; il lui restait juste de quoi tenir encore un été. Pour une station aussi vaste que Churinga, qui avait contenu d'immenses troupeaux, le cheptel était maintenant relativement réduit, car il ne comprenait plus qu'un millier de têtes de mérinos. Cette situation présentait toutefois un avantage certain : il était devenu plus facile de veiller à la sécurité des bêtes. Sans les ravages causés par les lapins et les kangourous, l'herbe eût sans doute été suffisante pour nourrir tous les moutons. Mais si les pluies ne venaient pas, il faudrait faucher pour distribuer à la main le fourrage.

Avec un minimum de provisions dans leurs sacoches, Mathilda et Gabriel patrouillaient dans les pâturages. La jeune femme apprit à dormir tout habillée sur le sol dur, le fusil armé, à l'affût du froissement d'herbe trahissant la présence d'un cochon sauvage, d'un dingo ou d'un serpent. Les journées torrides succédaient aux nuits glaciales. Blue trottinant à ses côtés, elle chevauchait parmi les animaux éparpillés. Chaque fois qu'un mouton mourait, une boule se formait dans sa gorge ; elle l'enterrait dans un silence solennel, accablée par un sentiment d'impuissance.

La saison de l'agnelage approchait, marquant le départ d'une course contre les prédateurs naturels. Mathilda surveillait les enclos qu'elle avait dressés à l'extrême ouest du domaine, sachant qu'il serait plus commode d'y rassembler les brebis avant la mise bas.

Chaque agneau devait être examiné, évalué et étiqueté. Puis sa queue devait être cerclée. Mais la tâche la plus pénible était, sans conteste, la castration. Il fallait faire ressortir les testicules entre deux doigts, les arracher d'un coup de dents et les recracher. Ce processus sanglant dégoûtait Mathilda, qui avait appris toutefois à surmonter sa répugnance, car il fallait en passer par là pour garantir aux toisons une qualité supérieure.

Le rasage de l'arrière-train, travail ardu et non moins repoussant, devait être effectué dans les champs. Aucun tondeur n'eût accepté de toucher une toison maculée d'excréments, à moins qu'il ne fût payé double tarif. La laine de la croupe, couverte de fèces séchées, et bourdonnant de mouches pondeuses, s'agglomérait en paquets malodorants. Mathilda et Gabriel luttaient avec les bêtes récalcitrantes pour raser la toison au plus près de la peau. L'aborigène semblait parfaitement insensible aux mouches, mais la jeune femme avait cousu autour de son chapeau des ficelles ornées de bouchons, afin d'éloigner les nuages noirs qui tourbillonnaient autour d'elle.

Alors que la saison de la tonte approchait, ils entreprirent le rassemblement des animaux. Les moutons furent classés et répartis dans différents pâturages, certains parqués dans des enclos, d'autres installés dans les paddocks, près de la maison. Tandis que Mathilda conduisait le troupeau sur le sol sec et poussiéreux, elle commençait à s'inquiéter. Le nombre de têtes avait tout de même augmenté depuis l'année précédente, et bien que le cheptel fût loin d'avoir retrouvé son ampleur d'antan, il serait difficile à la jeune femme de payer, pour la tonte, une livre par centaine de moutons.

Debout dans le hangar, elle leva les yeux vers le toit voûté où des grains de poussière dansaient dans les rayons de lumière. Les odeurs de sueur, de lanoline, de laine et de goudron se mêlaient dans l'air environnant. Elle les respira avec un plaisir profond ; voilà ce que signifiait être un propriétaire terrien, un éleveur de moutons, et le fournisseur de la laine la plus belle du monde. Son regard se posa sur le sol, taché par la sueur de plusieurs générations de tondeurs. Puis elle regarda les seaux de goudron et le générateur, qui avait été installé par un ouvrier itinérant en échange de deux repas et d'un lit pour la nuit. Les rampes qui s'élevaient jusqu'au hangar, ainsi que les tables de tri, avaient été refaites à neuf. Mais à quoi serviraient-elles, s'il ne lui était pas possible de louer le personnel nécessaire ?

Elle poussa un profond soupir. Les hommes n'attendraient pas pour être payés… Et s'il n'y avait pas de tondeurs, il n'y aurait pas de laine. Et sans le revenu de la laine, elle ne pourrait pas survivre.

— Salut, Mathilda. Je vois que le rassemblement est en bonne voie.

La jeune fille se retourna et sourit à Tom Finlay, dont l'ascendance irlandaise se lisait clairement dans sa chevelure brune et ses yeux verts. Ils se serrèrent la main.

— Oui, il est quasiment terminé. Et à Wilga ?

— Le troupeau est presque rentré. Il y a beaucoup d'agneaux cette année, malgré le manque de pluie. Mais quel travail de les nourrir !

Elle opina de la tête.

— Tu entres boire une tasse de thé ? J'ai même peut-être quelque part une bouteille de quelque chose d'un peu plus fort.

— Un thé fera l'affaire.

Ils se dirigèrent vers la maison, le bruit de leurs pas résonnant sur le sol compact.

— Ça fait plaisir de te voir en forme, Molly.

Elle sourit en entendant le diminutif qu'il avait toujours utilisé, et qui la ramenait des années en arrière.

— April et moi avons eu peur pour toi quand tu as été malade l'année dernière. Elle voulait venir te voir, mais tu sais comment le temps passe.

Ils franchirent la moustiquaire. Mathilda se dirigea vers le fourneau.

— Elle ne m'aurait sans doute pas trouvée, dit-elle en coupant des tranches de mouton froid qu'elle inséra entre deux tranches de pain. J'ai passé la plus grande partie de l'année à surveiller les pâturages avec Gabriel, et nous n'avions pas besoin de rentrer souvent.

— Et les jeunes Bitjarras ? Pourquoi ne les avez-vous pas emmenés avec vous ?

— Ils sont chargés de ranger les granges et les hangars, et de tout nettoyer à la fin de l'hiver. La plupart d'entre eux ne sont pas encore assez grands pour sortir. Et puis, de toute façon, je n'ai pas assez de chevaux.

Ils mangèrent en silence, puis s'adossèrent à leur chaise, une tasse de thé bien fort à la main. Tom la regarda d'un air pensif.

— Tu as changé, Molly. Je me souviens d'une petite fille maigre, avec des rubans dans les cheveux, qui aimait revêtir ses habits du dimanche pour les pique-niques et les bals.

Mathilda examina son ami d'enfance. Il avait pris quelques rides, qui révélaient son caractère affirmé ; son visage s'était tanné et ses grandes mains calleuses trahissaient des années de travail acharné.

— Nous changeons tous, répliqua-t-elle. Tu es un homme maintenant, et non l'épouvantable petit garçon qui me tirait les cheveux et me faisait rouler dans la poussière. Le temps des rubans et des belles robes est passé, Tom. Il nous a fallu grandir.

Il se pencha en avant.

— Cela ne signifie pas que tu n'as plus le droit de t'amuser, Molly. Sous ces haillons se trouve une jeune et jolie fille. Tu devrais aller aux fêtes et chercher un mari, au lieu de dormir en plein air et de baigner jusqu'aux coudes dans la merde de mouton.

La jeune femme se mit à rire. Elle avait l'impression d'avoir cent ans, et savait très bien quelle allure était la sienne dans le vieux pantalon de son père et sa chemise maintes fois rapiécée.

— Si c'est vraiment ce que tu penses, tu as peut-être traîné un peu trop longtemps dans les prairies, Tom.

— Ce n'est pas une vie pour une fille seule, insista-t-il en secouant la tête. Et je connais pas mal de jeunes gens qui ne demanderaient qu'à mieux te connaître.

Le sourire de Mathilda s'effaça.

— Comme Andrew Squires, par exemple, qui vient toujours renifler par ici ? Il y en a eu un ou deux autres, mais je les ai tous envoyés balader.

Elle plongea un regard de défi dans les yeux verts et amusés posés sur elle.

— Je ne veux aucun homme ici, sauf si c'est un tondeur et qu'il s'en va, une fois son travail accompli.

Tom poussa vers elle sa blague à tabac, et se roula une cigarette.

— En parlant de tondeurs, prononça-t-il d'une voix traînante. Combien penses-tu avoir de bêtes ?

— Un peu moins de mille cinq cents, répondit-elle aussitôt, fixant intensément la cigarette qu'elle s'efforçait de rouler avec maladresse. Mais je vais me débrouiller cette année, ne t'inquiète pas.

— Les ouvriers arrivent chez moi la semaine prochaine. Si tes moutons sont prêts à tondre et que tu peux t'organiser pour les amener à Wilga, ils s'en occuperont avec les miens.

— Combien cela coûtera-t-il ?

Tant de gentillesse et de générosité étaient émouvantes, mais il lui fallait faire preuve de sens pratique.

— Eh bien, ça va dépendre, Molly, dit-il en souriant.

Levant un sourcil, elle le regarda droit dans les yeux.

— Je me suis arrangé avec Nulla Nulla et Machree. Ils amènent aussi leur troupeau chez moi cette année, et ils peuvent se permettre de payer un penny de plus ici et là pour couvrir tes dépenses.

— Très astucieux ! dit-elle ironiquement, lui rendant son sourire.

— Pas du tout. Le vieux Fergus a vraiment les moyens et Longhorn aussi. De plus, ils sont particulièrement radins. Qu'en penses-tu ?

— Merci, dit-elle simplement en lui serrant la main pour sceller le marché.

— Je ne refuserais pas une autre tasse de thé.

Elle le servit, espérant qu'elle trouverait un moyen de le dédommager. Mais Tom Finlay, qui s'était toujours montré capable de lire dans ses pensées, n'avait visiblement pas perdu ce talent.

— Tu vivras dans la maison avec April et moi, bien sûr, mais tes moutons ne seront pas tondus pour rien. Il y a beaucoup de choses que tu peux faire pour nous, et quand tu rentreras chez toi, tu seras bien trop fatiguée pour éprouver la moindre gratitude !

Mathilda finit de fumer sa cigarette en silence. Un jour, elle se le jurait, elle dédommagerait Tom. Il était le seul voisin qui lui eût proposé de l'aider, ce qu'elle n'oublierait jamais.

Lorsqu'il fut reparti, elle se dirigea vers les habitations des aborigènes.

— Gabe, je veux que tu viennes avec moi demain pour finir le rassemblement. Tes deux fils aînés pourront rester à surveiller les bêtes dans les pâturages proches de la maison. Nous emmenons le troupeau à Wilga.

— Le hangar est très bien ici, m'selle. Pourquoi aller à Wilga ?

Elle étudia la silhouette efflanquée, enveloppée dans une couverture.

— Parce que le travail y sera moins cher.

Ils se regardèrent un long moment en silence, puis Gabriel fit un signe affirmatif.

Les deux enfants qu'il avait amenés avec lui se montraient aussi efficaces que Blue pour rassembler les animaux, mais il fallut trois jours complets pour les regrouper entièrement. Des nuées sombres s'amoncelaient dans un ciel qui résonnait de l'écho lointain du tonnerre, prometteur de pluie. Un par un, les pâturages furent vidés. Mathilda et Gabriel ramenaient chaque groupe de bêtes près de la maison et les parquaient dans les enclos avant de repartir pour un autre pâturage. Emportés par le vent brûlant et sec qui faisait bruisser l'herbe et rendait les moutons nerveux, les nuages gardaient leur précieux chargement.

Le quatrième jour, alors que l'aube n'était pas encore levée, Mathilda avait empaqueté dans ses sacoches tout ce dont elle aurait besoin pendant les semaines à venir. Près de Lady, déjà sellée, elle jeta un dernier coup d'œil à la mer de dos laineux qui s'étendait devant elle. En dépit du manque de pluie, les animaux avaient eu suffisamment de nourriture. Ils présentaient un aspect sain et vigoureux. Certains d'entre eux souffriraient du long voyage vers Wilga, mais il n'y avait pas de place pour la sensiblerie : seule importait la qualité de la laine.

— La tempête arrive, m'selle, dit Gabriel qui était déjà monté sur le cheval hongre.

Elle leva les yeux vers le ciel. Il s'était assombri de nouveau et l'air était chargé d'électricité.

— Alors, allons-y, déclara-t-elle, faisant signe aux garçons d'ouvrir la barrière.

Elle émit un sifflement sonore au son duquel Blue entreprit de contenir les bêtes qui se déversaient dans le paddock. Avec une agilité remarquable, quelques mordillements et des coups de museau bien placés, le chien réussit à maintenir la cohésion du troupeau.

Mathilda resta à l'arrière avec Gabriel, encourageant les animaux de la voix, et jouant parfois du fouet avec une adresse consommée, tout en avalant la poussière soulevée par plusieurs milliers de pattes. Le ciel, devenu d'un noir d'encre, faisait écran au soleil, et répandait sur la terre une atmosphère lugubre.

— Tempête sèche, m'selle, c'est pas bon pour nous.

La jeune fille fit un signe affirmatif, de nouveau envahie par la crainte. Il fallait absolument atteindre Wilga avant l'orage. Rien n'était plus terrifiant qu'une tempête sèche. Au premier éclair, ils risquaient de perdre le contrôle des bêtes.

Blue paraissait sentir l'urgence de la situation. Il veillait à tout, courant après une brebis effrayée, harcelant un retardataire, et gardant l'œil sur le meneur. Il leur fallut la journée entière, mais lorsque le soleil disparut derrière la montagne, ils atteignirent les pâturages de Wilga, où ils furent accueillis par un groupe de conducteurs de bestiaux qui venait à leur rencontre. Les moutons furent conduits dans le petit paddock, derrière le hangar de tonte, où ils étaient séparés des trois grands autres troupeaux par un labyrinthe d'enclos.

— Tu pourras trier les bêtes demain, dit Tom. On dirait que la tempête va éclater.

Mathilda finit de compter les têtes de bétail et poussa un soupir de soulagement.

— Nous n'en avons perdu aucun en chemin. Comme nous avons bien fait de partir ce matin !

Ensemble, ils levèrent les yeux vers les nues tourmentées.

— Je pense que nous allons le sentir passer, grimaça Tom.

Il accompagna la jeune fille jusqu'au corral, où elle installa les deux montures avec les autres chevaux. Les flancs des animaux se soulevaient d'appréhension à l'approche de l'orage.

— April est à l'intérieur. Viens, nous allons dîner.

La demeure de Wilga, plus vaste que celle de Churinga, s'étalait sur le sommet d'une colline peu élevée, ses vérandas donnant sur les ruisseaux et les pâturages environnants. Outre de grands arbres, qui ombrageaient les baraquements, des buis et des eucalyptus bordaient les cours d'eau. Comme à Churinga, la végétation était maintenue un peu à l'écart de l'habitation pour éviter tout risque d'incendie.

L'épouse de Tom, âgée d'environ trois ans de plus que Mathilda, était une petite femme mince qui paraissait trop fragile pour supporter sa grossesse dans une telle chaleur. Des mèches échappées de son chignon retombaient autour de son visage, et quelques-unes d'entre elles étaient collées sur son front, humide de sueur. Se déplaçant incessamment entre l'évier, la table et le fourneau, elle paraissait épuisée. Les manches de sa robe, relevées jusqu'aux coudes, mettaient en évidence ses mains rougies par le travail.

— Quel plaisir de te revoir, Molly, dit-elle avec un sourire qui éclaira son visage. Je t'avoue qu'une autre paire de bras ne sera pas inutile en ce moment.

Mathilda détourna le regard de son ventre gonflé, étouffant avec détermination la bouffée de tristesse qui montait en elle. April avait fait le choix de se marier et de fonder une famille, ce qui n'avait rien à voir avec ses propres plans.

L'hôtesse de Wilga versa l'eau chaude de la bouilloire dans une cuvette de fer-blanc, et tendit à Mathilda un morceau de savon et une pièce de tissu.

— Fais donc un brin de toilette et repose-toi un peu, Moll. Le dîner ne sera pas prêt avant un certain temps.

La chambre de Mathilda se trouvait à l'extrémité est de la maison. Petite et remplie de meubles lourds qui dégageaient une odeur merveilleuse de cire d'abeille, elle s'ornait d'un lit de cuivre et donnait sur les enclos. Le sol avait été récemment balayé avec de la sciure fraîche. La jeune fille entendit des enfants jouer dans la cour. Combien Tom en avait-il maintenant, quatre ou cinq ?

Haussant les épaules, elle aperçut soudain son reflet dans le miroir. Bouche bée, elle examina son image avec une fascination horrifiée. Était-elle vraiment devenue cette femme à la peau tannée, à la chevelure hérissée ? Pas une fois elle ne s'était inquiétée de la façon dont elle avait grandi, et vieilli, si l'on en croyait les pattes d'oie autour de ses yeux. Ses cheveux avaient un peu foncé et ses yeux paraissaient plus bleus. Elle avait l'impression de contempler le fantôme de sa mère.

Avec une grimace chagrinée, elle étudia le pantalon de flanelle qu'elle avait remis à sa taille. Maculé et usagé, il était maintenu au niveau des genoux et des chevilles par des lanières de peau de kangourou, destinées à empêcher les insectes rampants de monter le long de ses jambes. Autrefois de couleur bleue, sa chemise, délavée par le soleil et les nombreux lavages, avait aujourd'hui une teinte grise indéfinissable.

Elle soupira. Mary Thomas avait, elle aussi, aimé travailler vêtue d'une tenue de conducteur de troupeaux. Mais elle avait toujours conservé une allure propre et soignée ; ses vêtements n'avaient rien à voir avec ces nippes miteuses.

Évoquant la robe de coton d'April, elle se souvint de sa conversation avec Tom. Après s'être déshabillée, elle se nettoya le visage et les bras, noircis par le voyage. Son dernier effort pour s'habiller convenablement remontait à fort long-temps, et cela ne lui arriverait probablement plus jamais. Elle avait choisi son mode de vie et, si cela devait la rendre semblable à un homme, ce n'en était que mieux. De toute façon, les femmes de l'outback avaient une vie particulièrement ingrate. Pour sa part, elle avait bien l'intention d'échapper à leur sort.

S'allongeant pour un petit moment, elle s'endormit aussitôt, et ne se réveilla qu'au son de la cloche annonçant le dîner. En hâte, elle rejoignit la famille au complet dans la cuisine. Les quatre garçons avaient tous hérité des cheveux bruns et des yeux verts de leur père. Très vite, elle se sentit intimidée, lorsqu'elle constata que six paires d'yeux épiaient ses moindres mouvements.

— Les hommes arrivent après-demain, dit Tom en dévorant son ragoût. Nous devrions pouvoir nous occuper de ton troupeau vers le milieu du mois prochain.

La bouche pleine, Mathilda approuva de la tête. Après avoir vécu de mouton froid et de pain pendant des mois, elle ne voulait pas perdre de temps à parler.

— April a presque fini de ranger les baraquements. Tu peux travailler dans les enclos, ou à la cuisine, comme tu préfères.

Mathilda regarda le visage aux traits tirés de son hôtesse. Bien qu'elle eût préféré travailler auprès des animaux, elle se révélerait plus utile dans la cuisine et dans les baraquements, qu'il fallait décaper et dont les lits auraient besoin d'être réparés. Les tondeurs amèneraient leur propre cuisinière, mais le personnel serait nombreux. Il faudrait préparer les légumes, faire le pain et surveiller les enfants. April, seule et enceinte comme elle l'était, ne pourrait jamais faire face à toutes ces tâches.

— Où en es-tu avec l'eau, Moll ? Tu en as assez dans tes citernes, au cas où les pluies ne viendraient pas ?

Elle repoussa son assiette et s'appliqua à rouler une cigarette.

— Oui. Les citernes sont à peu près les seules choses que p'pa ait entretenues, dit-elle sèchement. Nous avons le trou de sonde, bien sûr, mais le ruisseau est réduit à un mince filet.

— Ton grand-père a été sage d'installer toutes ces citernes. J'en ai acheté une paire de plus il y a deux ans, avant les pluies. Je dois dire qu'ici nous avons de la chance avec les cours d'eau et les rivières. Le puits artésien irrigue les champs, mais son contenu est trop riche en minéraux, nous ne pouvons pas l'utiliser dans la maison.

Un grondement lourd de menace interrompit leur conversation. Tous les visages se tournèrent vers la fenêtre. Effrayés, les enfants les plus jeunes se réfugièrent contre leur mère.

Le sang s'était retiré du visage d'April qui s'était figé, yeux écarquillés.

— Tout va bien, articula-t-elle. Nous avons un paratonnerre, la foudre ne peut pas nous frapper.

L'éclair éventra le ciel et déversa sa fureur, faisant vibrer la maison. Des veines bleues striaient les nuages bas, déversant dans la nuit des lueurs aveuglantes. L'électricité claqua comme un fouet, lacérant les nuages un par un dans une rage aveugle. Tandis que le tonnerre explosait, rebondissant sur le toit de tôle ondulée, la terre parut trembler. Une langue de lumière frôla un arbre isolé dans un pâturage, laissant derrière elle un halo funeste avant de s'évanouir.

— Il faut aller voir les animaux, hurla Tom.

— Je viens avec toi, répondit Mathilda.

Ils restèrent un instant sous le porche, saisis par le spectacle de la nature en furie. Avec consternation, ils comprenaient qu'il leur fallait renoncer à tout espoir de pluie. Il n'y aurait pas de rémission pour la terre parcheminée, pour les arbres secs comme de l'amadou. L'air semblait si épais qu'ils pouvaient difficilement respirer, et que leurs cheveux, soulevés par l'électricité statique, lâchaient des étincelles dès qu'ils essayaient de les discipliner. Ils se précipitèrent vers les enclos où les autres hommes vérifiaient déjà les barrières. Les moutons roulaient les yeux et bêlaient, mais ils restaient serrés, pour le moment, en un groupe compact.

Mathilda courut vers le paddock. Les chevaux se cabraient, battant l'air de leurs pattes antérieures, crinière dressée, queue raidie par la peur. Les chiens gémissaient et les bovins raclaient la terre de leurs sabots. On eût dit que le monde entier se tordait dans une épouvantable agonie.

L'orage dura toute la nuit et la journée suivante. Les enfants rampaient jusqu'aux fenêtres pour observer, dans un silence lourd de stupeur, le déchaînement des éléments. Il eût suffi que la foudre s'abattît sur un brin d'herbe ou un arbre isolé pour qu'une minuscule flamme bleue apparût et se répandît en quelques secondes, provoquant un incendie.

Les tondeurs arrivèrent, accompagnés des conducteurs de troupeaux, apprentis et panseurs. Le travail au réfectoire prit la forme d'une succession de repas, constitués de viande de mouton, de pain, de tourtes et de pâtisseries. Dans une chaleur qui s'élevait à presque cinquante degrés, Mathilda sentait ses vêtements lui coller à la peau. Bien qu'elle fût habituée au dur travail dans les pâturages, la jeune femme, épuisée à la fin de la journée, éprouvait une admiration croissante pour April. Enceinte de sept mois, cette dernière aidait à nourrir quatre-vingts personnes quotidiennement, sans jamais s'arrêter, ni se plaindre.

À la fin de la deuxième nuit, les vents se soulevèrent, enserrant la terre dans une tourmente, renversant tout ce qui se trouvait sur leur chemin. Il n'y avait rien à faire, à part prier pour qu'ils ne se transforment pas en tornades destructrices.

Tom voyait les bourrasques soulever ses poteaux comme des allumettes et les transporter aux quatre coins de Wilga. De grandes rafales rebondissaient sur le sol, soufflant dans une direction, puis faisant volte-face, donnant naissance à des tourbillons qui balayaient les ruisseaux, emportant au loin l'eau si précieuse. Avec des craquements sinistres, les toits se tordaient et les volets claquaient sur les murs, brassant la poussière étouffante. Un mur du garage s'effondra sur l'un des enclos vides.

Mais les vents eurent pour effet de chasser la tempête. Vers midi, le troisième jour, tout était redevenu paisible. Les habitants de Wilga émergèrent comme des survivants d'un naufrage, pour évaluer les dégâts.

Les saules avaient survécu, leurs longues branches souples inclinées vers le lit boueux de la rivière. À l'extrémité du pâturage le plus proche, le gommier, scindé en deux, reposait sur le sol, son tronc mutilé pathétiquement dressé vers le ciel. Deux des six précieuses citernes avaient explosé et devaient être réparées au plus vite. Il fallait consolider les toits de tôle ondulée et démolir le garage afin de le reconstruire entièrement. Par chance, aucun des animaux n'avait été écrasé sous les gravats.

L'un des gardiens de troupeaux, de retour des pâturages où il était allé réparer les barrières, revint avec une expression amère sur le visage.

— J'ai trouvé cinq vaches mortes, Tom. Désolé, mon vieux. Elles se trouvaient à des kilomètres de distance de leurs pâturages.

— Estimons-nous heureux qu'il n'y en ait que cinq, déclara Tom avec résignation.

Mathilda s'inquiétait à propos de Churinga. Les dégâts subis par Wilga seraient vite réparés, avec autant de mains serviables. Mais que se passerait-il si son domaine avait été détruit ? Si les citernes avaient souffert, et si les hangars s'étaient écroulés ? Avec une détermination stoïque, elle écarta ces noires pensées. Le troupeau, au moins, était sauf. Elle pourrait survivre.

Quelques heures à peine après la fin de la tempête, le hangar de tonte put être réutilisé. Les tondeurs s'efforçaient de rattraper le temps perdu, la plupart d'entre eux, véritables experts, pouvant s'occuper de deux cents moutons par jour. Ils maniaient leur tondeuse étroite d'une main sûre, rasant la toison presque à ras de la peau fragile, afin de la soulever en un seul morceau.

Lorsque Mathilda pouvait s'échapper de la cuisine, elle se précipitait jusqu'au hangar, où elle regardait les hommes s'activer, passant à côté d'eux avec un seau d'eau et leur servant à boire. Chaque ouvrier consommait plus de dix litres d'eau par jour.

Il n'y avait pas de champions cette année, de ces hommes qui pouvaient tondre trois cents bêtes à la journée et faire fortune grâce aux paris qu'ils suscitaient. Elle observait le patron, qui allait et venait, veillant à ce que la toison fût sans accroc, et les animaux indemnes.

Fergus McBride et Joe Longhorn contrôlaient le travail effectué sur leurs troupeaux, touchant leur chapeau lorsqu'ils croisaient la jeune fille, mais trop timides pour échanger avec elle quelques propos.

Il fallut presque six semaines de labeur acharné, au cours duquel la chaleur s'était encore accrue, pour venir à bout de tout le cheptel. Mathilda cherchait un peu d'air dans les enclos, où il faisait aussi chaud, mais moins humide que dans la cuisine. Enfermée dans la maison toute la journée, elle avait l'impression de suffoquer. Près des animaux, le soleil sur le visage, elle aimait assister au dur travail des gardiens de bestiaux.

Alors que McBride et Longhorn repartaient vers leurs propres pâturages, les tondeurs grimpèrent dans leurs chariots et quittèrent Wilga. La laine était déjà emballée et en route pour la gare de Broken Hill.

Mathilda venait de terminer son dernier souper avec les Finlay. La vaisselle était faite et rangée ; les enfants dormaient. La jeune fille s'assit en compagnie de ses hôtes sous la véranda, retournant dans son esprit les mots qu'elle désirait leur dire. Il lui fallut s'avouer qu'elle n'arrivait pas à exprimer ses remerciements, à leur montrer combien elle leur était reconnaissante. Elle avait appris à réprimer ses émotions depuis trop longtemps.

— Merci, Tom, dit-elle enfin, sentant à quel point ce mot était insuffisant.

Pourtant, elle eut l'impression qu'il comprenait. Il secoua la tête, lui tapota maladroitement l'épaule et retourna à sa contemplation de la cour.

— Je pense que je vais t'accompagner avec quelques hommes, Molly. La tempête a fait des ravages, et je ne voudrais pas te laisser avec des problèmes pour l'hiver.

— Non! s'exclama-t-elle précipitamment. April et toi en avez assez fait pour moi. Je vais me débrouiller, je t'assure.

— Tu as toujours été têtue, répondit-il sans rancœur. Nous n'aurions jamais pu nourrir tous ces hommes sans toi. Je crois vraiment que tu as largement payé la tonte de tes moutons.

— Mais tu dois emmener tes animaux dans les pâturages d'hiver. Et tu as encore des tas de choses à faire ici.

— Ne t'inquiète pas, dit-il calmement. Nos réparations sont presque terminées et les conducteurs de troupeaux peuvent se consacrer aux bêtes. De plus, à quoi serviraient les voisins s'ils ne se donnaient pas un coup de main de temps en temps?

April posa sur ses genoux la chaussette qu'elle était en train de repriser. En dépit des longues heures consacrées aux tâches domestiques, et bien qu'elle semblât en permanence épuisée, elle ne savait pas rester sans rien faire.

— Nous serons plus tranquilles de savoir que tout va bien pour toi, Molly. Je ne sais pas comment tu fais pour tout assumer seule, déclara-t-elle avec un frisson. C'est déjà difficile pour moi lorsque Tom accompagne les troupeaux. À ta place, je n'arriverais jamais à m'en sortir.

Mathilda sourit et prit une chaussette.

— C'est incroyable ce qu'on arrive à faire quand on n'a pas le choix, expliqua-t-elle.

April la regarda repriser avec maladresse le talon troué.

— Mais je croyais qu'Ethan t'avait offert de racheter le domaine?

Se piquant avec l'aiguille, son interlocutrice se mit à sucer son doigt, où perlait une goutte de sang.

— Et je lui ai dit d'aller se faire voir!

Tom éclata de rire.

— J'ai cru voir ta mère un instant, Molly. Bravo, tu as l'âme d'une véritable pionnière.

Ils se levèrent avant l'aube, alors que la lumière diffusait une lueur glauque sur les pâturages. Mathilda embrassa les garçons et se tourna vers April.

— Tu ne peux pas savoir combien il a été agréable pour moi d'être en compagnie d'une autre femme. Rien de tel que les potins pour faire passer la journée.

Son hôtesse s'essuya les mains sur son tablier et prit sa compagne dans ses bras.

— C'était un plaisir de t'avoir. Promets-moi que tu reviendras.

La jeune fille sentit le bébé remuer entre elles deux. Elle se força à sourire.

— J'essaierai de trouver un peu de temps, mais tu sais ce que c'est.

Tom et elle descendirent les marches de la véranda et traversèrent la cour désertée. Au sifflet de sa maîtresse, Blue accourut. Gabriel, qui était resté dans le quartier des aborigènes, se dirigea vers le paddock et revint avec les deux chevaux. Les moutons furent libérés des enclos, les chiens se mirent au travail et le troupeau s'ébranla sur le chemin du retour.

Mathilda pouvait suivre des yeux le passage du vent sur l'herbe et décelait, sur la ligne d'horizon, les changements qui étaient survenus dans le paysage. Des arbres avaient été abattus, des barrières de fil de fer barbelé s'étaient écroulées et emmêlées. Certains repères familiers, tels que le vieil arbre foudroyé, avaient disparu à jamais. Seule la montagne restait immuable, toujours couverte d'une végétation épaisse et luxuriante, sentinelle indestructible du domaine de Churinga.

La jeune femme poussa un soupir de soulagement lorsqu'elle arriva au niveau du paddock, qui n'avait apparemment pas souffert.

— Bon sang ! Regardez par ici ! s'exclama Tom d'une voix rauque.

L'une des citernes avait été soulevée jusqu'au toit de la maison qu'elle avait crevé, tombant à l'intérieur de l'habitation. Elle reposait maintenant sur les débris du mur sud, la tôle ondulée surgissant au-dessus des gravats sous forme de grandes ailes rouillées.

La jeune fille se tourna vers Tom, avec un sentiment mêlé d'angoisse et de soulagement.

— Tu m'as sauvé la vie, murmura-t-elle. Si je n'étais pas allée à Wilga… C'est tombé juste sur ma chambre, reprit-elle en s'humectant les lèvres.

Son ami d'enfance prit aussitôt la direction des opérations.

— Gabriel et toi, occupez-vous des bêtes. Nous allons nous charger des réparations. On dirait que la propriété a été épargnée par la tempête, car il n'y a pas beaucoup d'autres dégâts. Oui, heureusement que tu étais avec nous !

Il dirigea son cheval vers la maison, lançant des ordres aux conducteurs de troupeaux.

Gabriel et elle conduisirent les moutons dans les enclos, où ils seraient maintenus jusqu'à la fin des réparations.

Mathilda ne pouvait pas retourner dans la maison, bien que la plupart des dommages se fussent produits dans une partie du bâtiment seulement. Dans la cour, elle creusa un trou qu'elle entoura de pierres pour y faire du feu. Avec une gamelle et une vieille poêle cabossée, elle réussit à cuisiner pour Tom et ses deux ouvriers au cours des jours suivants. La nuit, tous dormaient à la belle étoile, enveloppés dans des couvertures.

Grâce à une poulie improvisée, les trois hommes réussirent à soulever la citerne et à la remettre sur ses pilotis, avant de se consacrer aux barrières. Lorsqu'il fallut s'attaquer à la maison, Tom retira son chapeau et se gratta la tête. Le mur effondré était réduit en miettes, et les fenêtres étaient brisées.

— Je pense qu'il faut tout rebâtir, Molly. Cette bâtisse s'écroule de toutes parts.

— Tu n'as pas le temps de le faire, Tom. Que vont devenir tes moutons ?

— Les hommes s'en occupent. Je veux être sûr que tu seras au chaud et au sec cet hiver, grogna-t-il avant de s'éloigner à grands pas.

Les trois hommes travaillèrent pendant plus d'une semaine. L'un des conducteurs se rendit à Wallaby Flats d'où il revint, le chariot rempli de planches qu'il jura avoir obtenues d'un vieux colon ayant décidé de détruire l'un de ses hangars. Mathilda le regarda, sceptique, mais il s'obstina à répéter son histoire. Elle n'avait pas d'autre choix que de faire semblant de le croire.

Tom fit également travailler Gabriel et ses fils, qu'il initia à la réparation complète du toit et à la pose des fenêtres.

Avec une nouvelle porte d'entrée, les volets et les moustiquaires réparés, et une nouvelle couche de peinture, Churinga resplendissait dans la lumière de la fin de l'été. La véranda parcourait maintenant tout le tour de la maison, abritée par le nouveau toit soutenu par des piliers de bois brut.

— Chez nous, April a posé des fleurs sur toute la toiture et les citernes. Tu devrais essayer, Molly. D'ici deux ans, tu ne verrais plus ces horreurs.

Elle contempla le nouveau bâtiment, muette d'émotion, presque aveuglée par les larmes de gratitude qui coulaient sur son visage.

— Tu as sans doute raison, Tom. Comment pourrai-je jamais te remercier ? Tu as tant fait pour moi.

Il lui entoura les épaules de son bras.

— Disons que c'est ma façon de m'excuser pour toutes les fois où je t'ai tiré les cheveux et où je t'ai poussée dans l'eau. Je suis désolé que nous ne nous soyons pas vus plus souvent depuis la mort de ta mère. Nous sommes des amis, Molly, et les amis sont faits pour ça.

Lorsque les hommes furent repartis, elle entra dans la maison avec Blue et referma la porte. Son premier geste consista à accrocher sur un mur l'aquarelle de sa mère, qui représentait Churinga. Il y avait maintenant, dans sa vie, quelqu'un en qui elle pouvait avoir une totale confiance. Un homme honorable qu'elle pouvait appeler son ami. Peut-être avait-elle eu tort de s'isoler ainsi de la communauté environnante. Elle sentait revenir le courage d'affronter les autres. Lorsqu'elle aurait conduit les moutons dans les pâturages d'hiver, elle irait en ville s'acheter une robe. Et un jour, elle se le promettait, elle trouverait un moyen de rendre à Tom Finlay tout ce qu'il avait fait pour elle.

Jenny plaça un marque-page dans le journal. Elle comprenait ce que Mathilda avait dû éprouver. Une réelle preuve d'affection avait suffi pour lui redonner un courage bien différent de la force dont elle faisait preuve chaque jour dans les pâturages : celui d'aller à la rencontre des autres, et de réapprendre à ne plus s'en méfier.

Elle regarda le chiot, qui se grattait furieusement.

— Allons, Ripper, il est temps d'aller au lit. Et demain matin, tu auras droit à un bain.

Il leva sur elle un regard d'adoration et sortit complaisamment de la pièce. Jenny admira un moment les paddocks silencieux surmontés d'un ciel d'encre, constellé de millions d'étoiles. Bien que magnifique et cruel à la fois, cet univers recelait des dons précieux. Elle commençait à comprendre pourquoi Mathilda et Brett lui vouaient un tel amour.

12

Le silence avait acquis une densité qui le rendait presque tangible. Au fur et à mesure que le temps passait, Jenny commençait à prendre conscience de son isolement. Pourtant, avec pour seule compagnie les quelques hommes qui restaient à Churinga, elle éprouvait une sorte de réconfort à se trouver face à elle-même, savourant une paix intérieure qu'elle n'avait jamais éprouvée auparavant.

Elle occupait ses journées à chevaucher dans les pâturages, son carnet d'esquisses dans la sacoche. Au cours des soirées glaciales, lorsque le givre faisait scintiller les vastes étendues, elle entretenait la maison. Après avoir lavé les rideaux et peint les placards de la cuisine, elle transporta la malle dans sa chambre. Ces vêtements magnifiques ne devaient pas rester cachés ; ils méritaient de retrouver leur vraie place, dans la penderie. Elle sortit la robe de satin vert et la tint contre elle. Un faible parfum de lavande s'en échappa, accompagné de l'écho lointain d'une valse ancienne.

Jenny ferma les yeux, cherchant à imaginer le couple qui dansait au son de cette musique. C'était pour les connaître qu'elle suivait le fil du récit de Mathilda ; c'était leur histoire qui demandait à être racontée.

— Jenny ? Vous êtes là ?

Elle ouvrit les yeux, brutalement ramenée au présent. Il ne fallait pas que Brett la voie ainsi.

— Un instant, j'arrive ! cria-t-elle.

Tandis qu'elle accrochait la robe dans la penderie, elle entendit le claquement de la moustiquaire, suivi d'un bruit de bottes sur le plancher de la cuisine. Les jappements de joie de Ripper se mêlaient aux intonations de baryton de son visiteur. Elle enfila rapidement un pantalon et une chemise, prit une profonde inspiration et ouvrit la porte de sa chambre.

— Bonjour, Jenny.

Il leva les yeux vers elle en essayant de retirer ses doigts des mâchoires du chiot.

Elle lui sourit, étrangement heureuse de le voir.

— Je ne pensais pas que vous reviendriez aussi vite. Comment s'est passé le transport ?

— Très bien. Et nous avons obtenu un bon prix des toisons. J'ai mis le chèque à la banque, comme d'habitude.

Il plongea la main dans sa poche.

— Bien entendu, j'ai déduit les salaires et les frais, mais voici les reçus.

Jenny jeta un coup d'œil sur les chiffres, dont le montant dépassait tout ce qu'elle aurait pu imaginer.

— Le revenu de la laine est-il toujours aussi important ?

— Cela dépend du marché, mais cette somme représente à peu près une moyenne.

Il semblait tellement indifférent ! On eût dit que tout cet argent ne représentait rien pour lui. Elle plia les reçus et les glissa dans la poche de son jean.

— Vous m'offrez une bière, Jenny ? Le voyage a été long.

Elle prit deux bouteilles qu'elle décapsula.

— Buvons à ce chèque impressionnant.

Il but une longue gorgée et la regarda en souriant.

— Au fait, j'ai rapporté quelque chose pour vous de Broken Hill. Ce colis attendait d'être livré avec le courrier.

Il se dirigea vers la véranda d'où il tira un énorme paquet.

— Diane a envoyé ce que je lui avais demandé ! s'écria-t-elle, déchirant le papier de ses doigts impatients et luttant avec la ficelle.

Sa vieille boîte de peinture en bois apparut enfin, accompagnée de rouleaux de toile pré-enduite et de pinceaux liés en faisceau.

— Elle a même pensé à joindre mon chevalet léger, reprit-elle, enchantée.

— Je vois que vous êtes parée pour l'hiver.

Jenny approuva de la tête. Elle caressait du regard les tubes et les couteaux à palette, ainsi que les petites bouteilles de white-spirit et d'huile de lin. Maintenant, elle pourrait faire vivre Churinga sur la toile, apporter couleur et vie aux esquisses qu'elle avait accumulées au long des mois précédents, voire représenter des scènes qu'elle avait imaginées à la lecture des journaux. L'énergie impatiente du peintre lui revenait. Elle avait hâte de commencer.

— À condition que vous décidiez de rester, poursuivit Brett. Il n'y a pas grand-chose à faire ici pendant les deux mois à venir, pendant que les conducteurs se trouvent dans les pâturages d'hiver.

Triturant son matériel, elle leva les yeux sur lui.

— Maintenant que j'ai tout cela, l'isolement ne me pèsera pas. Il y a tant de choses que je veux peindre, tant de dessins que je veux porter sur la toile. La maison, les paddocks et l'étendue de terre qui conduit à cette merveilleuse cascade. Ou encore la montagne, l'oasis où nous avons nagé, les wilgas, le hangar de tonte et les parcs à bestiaux. Le soir, vous me tiendrez compagnie avec Ripper, n'est-ce pas ?

Brett se balança d'un pied sur l'autre, les mains dans les poches, les yeux fixés sur ses bottes.

— Eh bien… commença-t-il.

Interdite, Jenny s'assit sur ses talons.

— Que se passe-t-il, Brett ? demanda-t-elle d'une voix calme.

Quelque chose le tourmentait, qu'il avait visiblement de la peine à exprimer.

— Est-ce le fait de vous sentir coincé ici avec moi ? demanda Jenny. Je vous rassure tout de suite, le simple fait de savoir que vous êtes là me suffit. Nous n'avons même pas besoin de nous voir, si vous avez besoin de solitude.

Menteuse, pensa-t-elle. *Pourquoi ne pas admettre que tu espérais passer du temps en sa compagnie ? Alors que les exigences de Churinga sont moins impératives, et qu'il aurait été possible de faire vraiment connaissance ?*

Les yeux couleur de fumée de son visiteur se posèrent sur son visage.

— Vous êtes un peu dure, Jenny. Je n'aime pas l'idée de vous laisser seule ici, et je ne le ferais pas si je n'y étais pas obligé, dit-il avec douceur.

— Et qu'est-ce qui vous y oblige ? s'enquit-elle d'un ton un peu trop sec, évoquant aussitôt l'image de Lorraine.

— Une lettre m'attendait à Broken Hill, écrite par mon frère Davey, qui vit dans le Queensland. John a de réels problèmes de santé cette fois, et c'est la seule chance que j'ai de le voir cette année.

Jenny sentit à quel point il était indécis.

— Combien de temps serez-vous absent ? réussit-elle à dire malgré sa profonde déception.

— Un mois. Mais je peux annuler mon vol, si vous ne voulez pas que je m'absente aussi longtemps. Vous avez dû vous sentir vraiment isolée ces deux dernières semaines.

— Brett, il est clair que vous devez y aller. Tout ira bien. J'ai la peinture pour m'occuper, et il y a toujours le poste émetteur-récepteur pour me tenir au courant des potins, ou pour demander de l'aide le cas échéant.

— Je n'aime pas l'idée de vous laisser sans aucune compagnie. Ce n'est pas comme à la ville, vous savez.

— C'est le moins que l'on puisse dire ! admit-elle en se relevant et en frottant son pantalon pour en ôter la poussière. Mais ne vous inquiétez pas. Allez voir votre frère l'esprit tranquille. Il ne m'arrivera rien.

Il fit quelques pas vers la porte, d'un air peu convaincu. Les mains sur les hanches, Jenny le regarda droit dans les yeux.

— Je suis une grande fille, et je peux me prendre en charge. Si cela devient trop pénible, j'ai toujours la possibilité de retourner à Sydney. Maintenant, allez-y, et laissez-moi travailler.

Il soutint son regard un long moment, d'un air pensif, puis s'esquiva.

Jenny poussa un profond soupir lorsque le bruit de ses pas se fut évanoui. Elle avait attendu son retour avec beaucoup plus d'impatience qu'elle ne voulait se l'avouer, et cette prise de conscience la troublait. Sans sa présence, la maison semblait plus vide, le silence plus lourd, l'isolement de Churinga plus intense. De longues semaines s'étendaient devant elle, avec pour seuls compagnons le couple de valseurs que ressuscitait chaque fois la robe verte.

Avec fébrilité, elle saisit la boîte de peinture et se laissa emporter par son imagination. Churinga et ses anciens habitants produisaient sur elle un effet étrange. Plus vite elle se plongerait dans son travail, mieux cela vaudrait.

Il n'avait fallu que quelques minutes à Brett pour jeter des vêtements dans un sac. Juste avant son départ, il se dirigea de nouveau vers la véranda, et s'immobilisa, contemplant Jenny à travers la moustiquaire.

Pendant qu'il s'était éloigné, elle n'avait pas perdu son temps. Elle avait poussé les meubles proches des fenêtres vers l'arrière de la maison, et recouvert les tables et le sol de draps. Son chevalet était dressé sur la table, les pinceaux posés à côté, dans des pots, les toiles soigneusement empilées. Elle avait bien choisi son exposition : la lumière inondait la pièce par les grandes baies, et une brise tiède soulevait les rideaux.

Il l'observa tandis qu'elle étendait sa toile sur les cadres qu'elle avait fait fabriquer à la menuiserie, et ne put se défendre d'un sentiment de déception. Elle n'avait aucun besoin de lui, et ne remarquerait probablement même pas son absence. Dans le colis de Diane, elle avait trouvé tout ce dont elle avait besoin.

Avec un soupir, il fit demi-tour et se dirigea vers la camionnette. Les bidons d'eau et d'essence étaient pleins, les roues de secours et la boîte à outils bien attachées sur le plateau. Il lança son sac sur le siège du passager et sauta dans le véhicule. Le trajet à parcourir était long. Il ne pouvait s'empêcher de penser que le voyage eût été plus facile s'il avait pu croiser, une fois encore, les yeux couleur de myosotis de Jenny.

Jurant à voix basse, il tourna la clef de contact. Il se comportait comme un véritable idiot ; le moment était vraiment venu de prendre un peu de distance avec Churinga.

Tandis que la camionnette tressautait sur le sol rocailleux, il se força à se concentrer. Un faux mouvement, et le véhicule pouvait se retourner. La route solitaire menant à Bourke n'était pas l'endroit idéal où tomber en panne. De là, il traverserait la région sèche de Mulga, puis prendrait deux avions pour atteindre enfin Cessna et ses champs de canne à sucre, où l'attendrait Davey.

Il détestait prendre l'avion, en particulier les petits coucous, et eût de beaucoup préféré effectuer tout le voyage en voiture. Mais ayant plus de deux mille cinq cents kilomètres à parcourir, il lui fallait gagner du temps. Davey n'écrivait jamais, et sa lettre à propos de John était une première bouleversante. Son frère aîné avait été malade auparavant, mais il ne l'avait appris que lors d'un voyage précédent. Cette fois, la situation semblait inquiétante et l'idée d'arriver trop tard le poussait à prendre des risques qu'il n'eût jamais envisagés en temps ordinaire. Il se força à rester calme et à se détendre. S'il voulait venir en aide à sa famille, il aurait besoin de toutes ses facultés.

Les kilomètres se succédaient. La nuit venue, il dormit par intermittence, impatient de reprendre le voyage dès l'aube. Churinga semblait déjà très loin. Mais bien qu'il pensât presque sans cesse à John, il ne pouvait se débarrasser tout à fait de l'évocation de Jenny, de la façon dont le soleil allumait des reflets cuivrés dans sa chevelure, de ses membres fins, de ses mouvements gracieux, et du corps harmonieux qu'il avait contemplé, abandonné dans le sommeil. Il s'efforçait de chasser la jeune femme de son esprit et de se concentrer sur le but de son voyage, mais il ne pouvait éviter de se demander comment elle allait et si elle pensait de temps en temps à lui.

Descendant enfin du petit avion qui l'avait transporté jusqu'à ce trou perdu au cœur des champs de canne à sucre, il fut immédiatement assailli par la puanteur familière de la mélasse, qui le ramena aussitôt à son enfance et à des souvenirs qu'il croyait depuis longtemps évanouis. Quelques secondes à peine après avoir débarqué, il avait le corps trempé de sueur et la chemise collée à la peau.

— Comment vas-tu, mon vieux ? Ça fait du bien de te voir.

John était vêtu de l'uniforme des coupeurs de canne, maillot de corps, short kaki et bottes. Sa peau avait la couleur d'un vieux parchemin et ses membres étaient couverts de cicatrices.

En lui serrant la main, Brett regardait fixement l'homme qui se dressait devant lui, tentant de dissimuler le choc qu'il venait d'éprouver. Ils ne s'étaient pas vus depuis trois ans. Ce vieillard voûté, aux cheveux gris, n'avait rien de commun avec le géant musclé qu'il avait connu. Davey avait raison de s'inquiéter. La canne à sucre tuait son frère aîné aussi sûrement qu'elle avait tué leur père.

— Qu'est-ce que tu fais ici, John ? Je croyais que c'était Davey qui devait venir me chercher ?

— Il est en train de régler un marché pour la saison prochaine. Et j'en ai plus qu'assez de rester allongé toute la journée. L'air frais me fait du bien.

— Il n'y a rien de frais ici. Que du sucre liquide.

John sourit, l'ossature de son visage clairement visible à travers sa peau tendue.

— On dirait que la Nouvelle-Galles du Sud te réussit. Surveiller une poignée de moutons n'est pas vraiment ce que j'appelle un travail, mais tu n'as même pas de cheveux blancs, constata-t-il avec regret en se passant la main sur le crâne.

Brett s'efforça de plaisanter, alors que son cœur saignait.

— Eh oui, tu es un vieux maintenant, tu as plus de quarante ans.

Il tapa dans le dos de son interlocuteur pour montrer qu'il ne parlait pas sérieusement, mais sentit que ce dernier faisait une grimace de douleur avant de s'écarter.

— Comment te sens-tu, vraiment ? Dis-moi la vérité.

— Ça va aller, marmonna son frère, en le précédant jusqu'au camion. Juste un peu de maladie de Weil. Tu sais bien que quand on l'attrape, on ne s'en débarrasse jamais.

Brett grimpa dans le véhicule et observa son frère tandis qu'il mettait le contact. Le camion s'ébranla à travers les champs. La maladie expliquait la couleur de la peau de John, ses membres décharnés, ses douleurs articulaires et son vieillissement prématuré.

— Davey m'a dit que ta dernière attaque remonte au mois dernier. Visiblement, tu devrais être au lit.

John alluma une cigarette qui déclencha une quinte de toux. Il la laissa pendre ensuite sur sa lèvre inférieure.

— Mais non, je me sentirai mieux après deux semaines loin de la canne. J'allais très mal lorsque Davey t'a écrit, mais comme je le lui ai dit, je me remets toujours.

Brett sentit croître son impatience. John n'avait-il retenu aucune leçon de ce qui était arrivé à leur père ?

Son frère, qui ne s'apercevait apparemment pas de son inquiétude, fit déraper le camion autour des nids-de-poule.

— Tu as choisi le bon moment pour venir nous voir. La saison est terminée et Davey pense que nous allons pouvoir travailler dans la raffinerie ; mais ce ne sera pas avant deux semaines.

— J'ai entendu dire que les choses changeaient ici. Qu'allez-vous faire à la saison prochaine si les fermiers acquièrent des machines ?

— Oh, on s'en sortira. Les machines coûtent cher, et Davey travaille à une sacrée cadence ; il coupe presque aussi vite que moi quand j'avais son âge. Je pense que nous avons encore quelques années de travail devant nous. Nous aurons bientôt notre propre domaine. J'ai vu une sacrée propriété près de Mossman. Le propriétaire part à la retraite, et il est prêt à baisser son prix.

Brett regarda son frère et lut dans ses yeux fiévreux un optimisme forcé. On lui aurait donné soixante ans. Pourquoi Davey et lui vivaient-ils ainsi, alors que d'autres climats, celui de la Nouvelle-Galles du Sud, par exemple, étaient beaucoup plus sains pour eux ? Quel était l'attrait de la canne infestée de rats, du labeur incessant dans une constante humidité, et de l'honneur douteux d'être le coupeur le plus rapide ? Quant au projet d'avoir leur propre domaine, ce n'était qu'une illusion. Ils en parlaient depuis des années et possédaient probablement de quoi l'acheter trois fois son prix. Mais ils ne pourraient jamais s'installer. Ils avaient la canne dans le sang.

Brett soupira. Il allait essayer de persuader John de rentrer avec lui. Il y avait un tas de choses qu'il pouvait faire autour de Churinga. Des emplois qui lui donneraient une chance de se rétablir. Car s'il restait ici, il ne lui resterait pas beaucoup d'autres saisons à effectuer.

Tournant la tête, il contempla les champs de chaumes calcinés à perte de vue, de chaque côté de la route. Il regrettait d'être venu. John n'avait pas besoin de lui, et n'écouterait aucun de ses conseils. Sa présence n'avait plus aucun sens, depuis longtemps. Ôtant sa chemise, il s'essuya le corps. L'humidité semblait dissoudre son énergie de minute en minute. Il évoqua avec nostalgie les verts pâturages de Churinga et l'ombre bienfaisante offerte par les wilgas. Ainsi qu'un regard bleu…

D'un coup, ce souvenir occulta tous les autres. Ses yeux ne voyaient plus les champs brûlés. Il venait de comprendre qu'il aimait Jenny. Elle lui manquait, il désirait être avec elle. Que faisait-il ici alors qu'elle était seule à Churinga, probablement de plus en plus encline à retourner à Sydney? Lorsqu'il lui avait annoncé qu'il partait pour un mois, l'expression de la jeune femme avait suffi à lui faire comprendre qu'elle ne pourrait jamais s'installer dans un endroit aussi reculé, aussi isolé. Elle était trop intelligente et cultivée. Elle allait vendre le domaine, s'en aller et le laisser dépossédé de tout. Sans maison, sans travail, sans compagne.

Cette pensée provoqua en lui une telle angoisse qu'il faillit se tourner vers John pour lui demander de le raccompagner jusqu'au terrain d'aviation. Mais il se força à se taire. Pour le moment, son frère représentait une priorité absolue. Il devait y avoir un moyen de le persuader d'abandonner la canne, au moins pour quelque temps.

— Tu es bien silencieux, Brett. Est-ce que tu as des problèmes? demanda John, une main sur le volant, l'autre pendant par la fenêtre.

— Rien que je ne puisse régler, répondit-il d'un ton sec.

John s'esclaffa tandis qu'il garait le camion dans le parking d'un bâtiment délabré qui se présentait comme un hôtel.

— Oh oh, serait-il question d'une femme ? Ne t'encombre pas, mon frère. Crois-en mon expérience, rien ne vaut l'indépendance.

— Ce n'est pas si simple, marmonna Brett, tendant la main pour prendre son sac.

— Je croyais que ton épouse t'avait donné une bonne leçon. Elle s'appelait comment, déjà ? Merna, Martha ?

— Marlene. Mais celle-ci n'a rien à voir.

— La nuit, tous les chats sont gris, mon vieux. Crois-en un spécialiste, dit John avec un clin d'œil.

— Les aventures d'une nuit ne m'intéressent pas. Je veux une épouse, des enfants, et un domaine qui m'appartienne.

— Tu as déjà essayé, et ça n'a pas marché. Contente-toi de ta serveuse, celle dont tu m'as parlé l'autre fois. Au moins, tu n'es pas obligé de l'épouser.

— Lorraine est agréable, mais ça s'arrête là.

Il pensa à la façon dont la jeune femme se jetait à son cou. Il avait été stupide de ne pas mettre un terme à cette situation ambiguë, croyant obtenir ce qu'il voulait sans s'engager. Tout naturellement, elle attendait de lui quelque chose de plus. Quelque chose qu'il n'avait pas l'intention de lui donner.

— D'ailleurs, reprit-il, je pense qu'elle ne voit en moi que le moyen de s'échapper de Wallaby Flats.

— Tu pourrais bien avoir raison, mon gars. Allons viens, j'ai besoin d'une bière.

John ouvrit la lourde portière en grimaçant et descendit lentement du camion, le visage soudain gris et couvert de sueur.

L'hôtel était perché sur pilotis, à mi-pente d'une colline. Entouré d'arbres tropicaux et de fleurs grimpantes aux couleurs vives, il s'offrait au moindre souffle de vent. L'air y était moins humide que dans la vallée, mais il était fortement imprégné de l'odeur de la mélasse, qui s'élevait des raffineries alentour.

Brett suivit son frère dans le couloir au linoléum craquelé menant à l'escalier de bois. John ouvrit la porte de sa chambre et s'écroula sur son vieux lit de fer.

— Les bières sont dans le frigo, dit-il, à bout de souffle.

Alors qu'il examinait la chambre qu'il devrait partager avec ses frères, Brett ne put réprimer une grimace. Les apprentis de Churinga avaient des habitations nettement plus décentes que celle-ci. Dépourvue de rideaux et de tapis, éclairée par une ampoule nue, la pièce ne contenait que trois lits, chacun flanqué d'une table de nuit, dont les draps semblaient n'avoir pas été changés depuis des mois. La peinture écaillée des murs était maculée, par endroits, de taches d'humidité. Au plafond grinçait un ventilateur paresseux qui soulevait doucement un papier tue-mouche entièrement couvert d'insectes noirs. Il laissa tomber son sac sur le lit le plus proche et ouvrit le frigo. Plus vite il pourrait persuader John de quitter cet enfer, plus tôt il reprendrait le chemin du retour.

La première gorgée de bière, glacée, lui brûla la bouche et la gorge, provoquant dans sa tête une sorte de pulsation douloureuse. Mais aucune autre boisson n'avait jamais aussi bien étanché sa soif, ni soulagé son corps aussi rapidement d'une chaleur excessive. Il vida la bouteille pratiquement d'un trait, la déposa sur la poubelle qui débordait de détritus, et en prit une autre. Puis il se déshabilla et s'effondra sur le lit, harassé.

— Pourquoi diable vis-tu ainsi, John, alors que tu sais que cela te tue ? lâcha-t-il d'un ton délibérément brutal.

— Parce que c'est la seule vie que je connaisse, et que je m'en sors bien.

John roula péniblement sur le côté, le visage soudain animé et coloré par une tache rouge sur les pommettes saillantes.

— Il n'y a rien qui égale le sentiment d'être le roi de la canne, poursuivit-il. Je peux encore rivaliser avec le plus rapide des coupeurs, et bien que je sois devenu un peu maigre, je n'ai pas encore été battu. Dans deux semaines, je serai sur pied. Nous tombons tous malades, c'est la vie. Mais il n'y a rien de mieux que de partager son temps avec une poignée de potes, de travailler à s'éclater, et de voir l'argent s'accumuler à la banque.

— Mais à quoi sert cet argent si tu n'as pas l'occasion de t'en servir ? Cela fait des années que tu parles d'acheter ton propre domaine. Pourquoi ne le fais-tu pas tant que tu peux encore profiter de la vie, en laissant un autre travailler à ta place ?

— Non. L'endroit que je veux nous mettrait à sec, Davey et moi. Nous devons attendre encore deux ans.

— Quelles conneries ! On croirait entendre p'pa. Il n'y aura pas de domaine pour vous deux, John, et tu le sais très bien. Juste un autre baraquement, un autre hôtel minable, jusqu'à ce que tu deviennes trop vieux ou trop malade. Et tout cet argent que tu auras économisé partira en factures d'hôpital.

Devant cet éclat inattendu de son frère, John resta impassible.

— Tu te souviens de cet endroit dont je t'ai parlé à Mossman ? C'est vraiment ce qu'il nous faut. Davey et moi, on y serait très bien si on pouvait rassembler l'argent nécessaire.

— De combien avez-vous besoin ? Je te passe ce qui te manque si ça te fait sortir des champs de canne.

— Merci pour ta proposition. Mais nous ne sommes pas des mendiants.

Il finit sa bière et en prit une autre.

Son frère remarqua le tremblement de ses mains et la difficulté avec laquelle il déglutissait. John ne se rendait pas compte de son état et, bien qu'il eût sans doute plus d'argent qu'il ne le disait, sa stupide fierté lui interdirait de quitter les champs jusqu'à ce qu'il tombe raide mort. S'il avait accepté l'offre de Brett, ce dernier n'aurait plus eu les moyens de s'offrir un jour une station d'élevage. Pourtant, ce sacrifice aurait été largement compensé par le bonheur de voir de nouveau John en bonne santé.

Un long moment, il examina son compagnon. Les années qui les séparaient et leurs vies, qui se déroulaient dans des univers si différents, avaient fait d'eux des étrangers. Il lui eût été impossible de dire ce qui intéressait John, en dehors de la canne à sucre. Aucun d'entre eux ne comprenait les ambitions de l'autre, et tous faisaient semblant de maintenir la cohésion familiale. La raison de sa venue cette année était évidente, mais pourquoi s'était-il efforcé jusqu'ici de rendre visite à ses frères régulièrement ? Les liens qui l'unissaient à eux, particulièrement ténus, étaient presque arrivés à un point de rupture. Pourtant, une force inconnue, source de terribles frustrations, le ramenait toujours à ces racines qu'il méprisait.

Un claquement de porte dissipa ses pensées. Avant d'avoir pu y échapper, il fut pratiquement renversé par Davey. Secoué par le rire, à moitié étouffé, il essaya de repousser son agresseur, mais son jeune frère le maintenait d'une poigne de fer.

— D'accord, tu as gagné, hurla-t-il. J'abandonne. Laisse tomber, espèce de rabat-joie !

Davey se dégagea, aida Brett à se relever et le serra dans ses bras.

— Comment vas-tu ? Qu'est-ce que ça fait du bien de te voir ! Ce misérable vieux débris ne chahute plus, il reste allongé toute la journée à pleurer sur son sort.

Brett sourit. Rien ne changeait jamais chez Davey, hormis sa taille. Il avait gagné quelques centimètres et s'était élargi et musclé. Heureusement, la canne l'épargnait pour l'instant.

Une bière à la main, le nouvel arrivant s'assit au pied du lit de Brett.

— Alors, à quoi ressemble la vie dans le pays de nulle part, où les hommes sont de vrais hommes qui font trembler les moutons ?

Devant cette plaisanterie éculée, Brett leva les yeux au ciel.

— Il se peut que je doive quitter bientôt Churinga. La propriété a été rachetée, déclara-t-il d'un ton nonchalant.

Davey le scrutait par-dessus le goulot de sa bouteille.

— Sale coup, dit-il enfin. Est-ce que ça veut dire que tu vas revenir à la maison ?

— Jamais de la vie ! La canne n'est pas pour moi, et ne l'a jamais été. Il va falloir que je trouve une autre station, c'est tout.

John tenta d'arranger ses oreillers et se redressa sur le lit, cherchant sa respiration avec difficulté.

— À quoi ressemble ton nouveau patron ?

Peu enclin à parler de Jenny, Brett secoua la tête.

— C'est une femme, laissa-t-il tomber négligemment.

Davey écarquilla les yeux, mais ce fut John qui exprima leur opinion.

— Pas de chance, mon gars! Je ne m'étonne plus que tu songes à partir! Allons, buvons une autre bière.

Brett prit la bouteille qu'on lui tendait, à la fois soulagé que ses frères ne lui demandent pas plus de détails, et un peu déçu qu'ils ne s'intéressent apparemment pas du tout à ce qui concernait sa vie.

John semblait effectivement s'en sortir, s'agrippant à la vie avec une détermination inflexible. Pendant les dix jours suivants, Brett put constater que les coupeurs de canne à sucre savaient indéniablement prendre du bon temps. Chaque soir, après le travail, les cornemuses résonnaient tard dans la nuit, accompagnant les danseurs; la bière coulait à flots, les bagarres éclataient, et il se réveillait immanquablement avec une gueule de bois, qui ne le quittait plus.

Un matin, après un petit déjeuner constitué d'une décoction de thé accompagnée de lard et d'œufs frits, il grimpa dans le camion avec ses frères.

— Prêt? demanda Davey, avec une expression sérieuse sur le visage, qui lui donnait soudain un air plus mûr.

Brett fit un signe de tête affirmatif. En fait, ce pèlerinage constituait la raison véritable de sa visite, le seul lien qui le retenait réellement à cet endroit.

Sertie dans une vallée de verdure profondément encaissée, où les palmiers projetaient une ombre bienfaisante, la petite église de bois s'élevait paisiblement au cœur de la forêt tropicale qui venait frôler ses murs de bardeaux. Le cimetière, sorte d'oasis parfaitement entretenue, se détachait sur un arrière-plan de végétation luxuriante et sauvage. Témoignage accablant des ravages opérés par le travail de la canne à sucre, les pierres tombales et les croix de marbre, alignées dans un ordre militaire sur plus d'un hectare, luisaient doucement au soleil.

Brett s'agenouilla devant les deux tombes jumelles et plaça le bouquet qu'ils avaient apporté dans une urne de pierre. Il se releva et rejoignit ses frères ; tous trois restèrent immobiles un long moment, unis dans un silence respectueux qui faisait ressurgir leur enfance.

Il n'avait qu'un vague souvenir de son père avant sa maladie. Seule la vue de Davey ressuscitait en partie l'image d'un homme fort et exubérant, dont la présence épisodique avait, en quelque sorte, ponctué leur vie. En revanche, il se remémorait nettement le vieillard émacié, suffoquant en permanence, qui ouvrait la bouche de manière pathétique pour tenter d'aspirer l'air qui se refusait à lui, et crispait ses doigts décharnés sur les draps humides de sueur.

Brett n'avait compris que tardivement le lien puissant qui avait uni ses parents. Son père n'avait connu que la canne à sucre, et sa mère avait accepté la vie qu'il lui proposait par amour pour lui. Ensemble, dans l'enfer humide du nord, ils s'étaient forgé une existence qui leur avait malgré tout permis d'élever leurs enfants le mieux possible. Après la mort de son mari, l'épouse vieillissante s'était, en quelque sorte, abandonnée à son sort, comme si elle avait soudain perdu la volonté de se battre sans l'homme qu'elle aimait. Ses garçons n'ayant plus réellement besoin d'elle, elle s'était laissée glisser vers le repos éternel.

Brett tourna le dos aux tombes et sortit du cimetière. Il était temps pour lui de quitter cette région, où les montagnes dissimulaient le ciel et où la forêt menaçait de tout envahir, déployant sur l'espace environnant sa touffeur malsaine. Tout à coup, il était saisi d'un besoin impérieux de retrouver les grands espaces, le trottinement des troupeaux soulevant une poussière rouge, les wilgas et les gommiers jaillissant au-dessus de l'herbe pâle. De revoir Churinga, et Jenny.

De retour à l'hôtel, il lança ses vêtements dans un sac et appela un taxi. John avait insisté pour se rendre à la raffinerie avec Davey, et Brett avait renoncé à l'en dissuader.

— Il faut que je parte, grommela-t-il en serrant maladroitement son frère aîné dans ses bras. Va voir un toubib, consacre un peu de ton argent à te soigner et prends des vacances.

— Je ne suis pas une mauviette, protesta John en se dégageant. Pas question de jouer les malades pour un peu de toux.

Après avoir étreint le visiteur avec affection, Davey rassembla quelques affaires dans un baluchon qu'il jeta pardessus son épaule.

— Ne t'inquiète pas, dit-il. Je surveillerai cette vieille canaille. Tu peux nous déposer ? Le camion va rendre l'âme, et nous n'en aurons pas besoin pendant un certain temps.

Tous trois firent le trajet en taxi dans un silence total. Il faisait trop chaud pour parler. Leur seul lien était celui du sang, et Brett s'avouait, avec une immense tristesse, que cela n'était plus suffisant pour les réunir.

Lorsqu'il débarqua à Charleville, il grimpa dans la camionnette et reprit la direction du sud. L'air était léger et sec, imprégné d'une touche hivernale qui lui apportait juste ce qu'il fallait de fraîcheur. Il respira à fond, enchanté par les lignes et les couleurs douces des immenses prairies qui s'étendaient à perte de vue.

Il n'avait pas eu l'intention de rendre visite à Gil, mais après ce séjour déprimant en compagnie de John et de Davey, il ressentait le besoin de revoir le frère qui lui était le plus proche, de reprendre son souffle et de s'offrir un peu de recul. Car si Churinga devait être vendu, il lui faudrait trouver un nouveau travail ou penser sérieusement à s'acheter une propriété. Il avait toujours aimé se confier à Gil, car ils avaient tous deux le même regard sur les choses, la même conception de la vie.

Son frère vivait à cent cinquante kilomètres environ au sud-ouest de Charleville, dans la région de Mulga. Sa maison, bâtie dans le style gracieux du Queensland, arborait de larges vérandas ombragées, ornées de balustrades de fer forgé richement ouvragées. Alors qu'il remontait la longue allée menant à l'entrée de l'édifice, il put admirer les paddocks, entourés de poivriers, et le jardin abritant une profusion de fleurs aux couleurs vives.

— D'où sors-tu ? Quel plaisir de te voir !

Brett sauta hors de la camionnette et serra son frère dans ses bras. La plupart des gens les prenaient pour des jumeaux, car ils avaient à peine un an d'écart.

— Je suis ravi, moi aussi. Je reviens du nord, où j'ai rendu visite à John et à Davey, et j'ai eu envie de passer te voir. Mais si je vous dérange, je ne m'attarde pas.

— Tu plaisantes, j'espère. Gracie ne me pardonnerait jamais de te laisser passer sans te retenir !

La moustiquaire s'ouvrit au moment où ils grimpaient les marches du porche. Gracie, grande et mince comme un garçonnet, en dépit des trois enfants qu'elle avait mis au monde, se précipita dans les bras de Brett, qui aimait comme sa sœur cette jeune femme brune.

— Toujours aussi séduisant ! s'écria-t-elle en se reculant pour mieux le voir. Je suis surprise qu'aucune fille ne t'ait encore mis la main dessus !

Brett échangea avec Gil un regard éloquent.

— Je vois que rien ne change, ici, marmonna-t-il.

Gracie lui donna une affectueuse bourrade.

— Il est peut-être temps que tu te ranges, Brett Wilson, et que tu songes à donner à mes enfants quelques cousins auxquels ils pourraient rendre visite, de temps en temps !

— Au lieu de papoter, n'offrirais-tu pas une bière à un homme assoiffé ?

En se dirigeant vers la maison, sa belle-sœur lui fit une grimace destinée à lui faire comprendre qu'elle n'abandonnerait pas le sujet pour autant.

— Où sont les enfants ?

— Avec Will Starkey, qui emmène les bêtes dans les pâturages d'hiver. Ils sont assez grands pour dormir dehors. Je pense qu'ils reviennent demain.

Brett sourit en pensant à ses deux neveux et à sa nièce.

— J'ai du mal à les imaginer en train de conduire un troupeau.

— Tu serais surpris. Ils montent à cheval aussi bien que moi, et je pense qu'ils ont tous les trois l'intention de travailler ici lorsqu'ils auront terminé l'école. Ils ont le goût de l'élevage, comme nous.

Gracie revint avec un plateau chargé de bières et de sandwichs, destinés à les faire patienter jusqu'à l'heure du thé. Ils s'installèrent tous les trois dans les fauteuils confortables de la véranda, en contemplant les pâturages qui s'étendaient sous leurs yeux. Brett leur raconta son séjour auprès de John et de Davey et discuta avec Gil du prix de la laine, du manque de pluie et de l'élevage de chevaux étalons, dans lequel son frère venait de se lancer. Gracie le regardait d'un air pensif.

— Tu sembles préoccupé, Brett, dit-elle enfin, et j'ai l'impression que cela n'a rien à voir avec John et Davey.

Elle s'inclina vers lui, les coudes sur les genoux.

— Que se passe-t-il, mon grand ? Tu as des problèmes à Churinga ?

Il but une gorgée de bière pour gagner du temps, mais elle ne le lâcha pas des yeux.

— Churinga a été vendue, dit-il finalement.

— Mince, quelle tuile ! s'exclama-t-elle. Mais tu n'as pas perdu ton travail, n'est-ce pas ?

— Je l'ignore. La nouvelle propriétaire vient de Sydney, et elle ne sait pas encore ce qu'elle va faire.

— Une femme ? Je me doutais qu'il y avait une femme là-dessous !

— Laisse-le tranquille, murmura Gil. Tu ne cesses de l'interrompre !

Brett se leva et arpenta la véranda en long et en large racontant ce qui s'était passé depuis l'arrivée de Jenny. Lorsqu'il eut terminé, il s'arrêta, les mains dans les poches.

— Il se peut donc que mon temps à Churinga prenne fin. Alors je dois penser à ce que je vais faire après. C'est en partie la raison de ma visite.

Gracie le contempla d'un air exaspéré.

— Les hommes sont-ils vraiment des idiots ? Selon moi, tu es amoureux de ta jeune veuve. Alors où est le problème ? Dis-le-lui, espèce de benêt ! Vois ce qu'elle en pense, avant de te mettre à paniquer. Tu pourrais être surpris !

L'espace d'un instant, une bouffée d'espoir envahit Brett, mais elle retomba aussitôt.

— Elle est très riche. Comment pourrais-je l'intéresser ?

Sa belle-sœur attrapa le plateau et se tourna vers lui, les joues enflammées.

— Ne te dévalorise pas. Si elle ne voit pas quel homme merveilleux tu es, c'est tout simplement qu'elle ne vaut pas la peine d'être remarquée. Tu attends depuis longtemps la femme de ta vie. Ne laisse pas passer ta chance, ce pourrait être la dernière.

— Ce n'est pas si facile. Non seulement elle est riche, mais elle est ravissante et pleure toujours son mari et son fils.

— Je ne t'ai pas dit d'arriver avec tes gros sabots, souligna-t-elle en passant la pointe de sa chaussure sous la moustiquaire pour la tirer vers elle. Prends ton temps, laisse-la te connaître mieux, deviens son ami et vois comment les choses évoluent.

Elle lui jeta un regard attendri.

— Si tu tiens vraiment à elle, cela vaut la peine d'attendre, décréta-t-elle avant d'entrer dans la maison.

— Gracie n'a pas tort, mon vieux, déclara Gil.

— Peut-être, mais si cela ne marche pas, il faut que je me trouve un autre travail.

— Il y a une petite propriété dans le coin qui va se libérer dans quelques mois. Les propriétaires partent à la retraite. Environ quarante mille hectares, et le troupeau est très bien entretenu. Ça te conviendrait parfaitement.

— Peut-être. Je vais y réfléchir.

— Et moi, je vais demander à Gracie de se calmer. Maintenant qu'elle a senti de l'amour dans l'air, elle va être intenable.

En échangeant un sourire, les deux frères se dirigèrent vers les paddocks pour y inspecter des chevaux arrivés le matin même. Les heures s'écoulèrent agréablement, et Brett se coucha le soir dans une chambre jonchée de jouets d'enfants abandonnés.

Il resta une semaine, et se décida à repartir presque à regret. Gil avait réussi ce qu'il avait entrepris : il s'était fait une place dans le monde et avait trouvé la femme avec qui la partager. Les enfants, pleins d'énergie, remplissaient la maison de leurs rires, donnant un sens au travail acharné de l'exploitation, qui serait un jour leur héritage.

Tandis qu'il franchissait la première des quinze barrières du domaine de son frère, il se retourna pour faire un signe de la main. Ayant vécu en famille quelques jours, il appréhendait de se retrouver dans le dortoir déserté. Jenny serait-elle repartie à Sydney ? L'isolement se serait-il révélé trop insupportable pour elle ?

Enfonçant le pied sur l'accélérateur, il se dit qu'il avait perdu assez de temps. Peut-être même était-il déjà trop tard. Gracie avait raison, il ne devait pas laisser passer sa chance. Mais courtiser Jenny serait l'une des choses les plus dures qu'il eût jamais tentée, car il lui serait terriblement difficile de contenir son impatience. Il fallait qu'il lui laisse l'initiative, en n'étant pas sûr du tout qu'elle serait prête un jour à voir en lui autre chose que le directeur de Churinga.

Lorsqu'il arriva enfin à Wallaby Flats, il arrêta la camionnette devant l'hôtel. Il avait l'impression d'être parti depuis beaucoup plus de trois semaines. Bien qu'il eût préféré retourner directement à la station, il avait une tâche à remplir avant de rentrer, perspective qui ne l'enchantait pas outre mesure.

Derrière le comptoir, Lorraine essuyait des verres. Dès qu'elle le vit entrer, elle poussa un cri de joyeuse surprise, et se précipita vers lui.

— Tu aurais dû me prévenir que tu revenais ! s'exclama-t-elle en lui agrippant le bras. Oh, Brett, ce que je suis contente de te voir !

Devant la dizaine de paires d'yeux qui observaient cette petite scène, Brett se sentit rougir. Il libéra son bras d'un geste impatient.

— Je ne peux pas m'arrêter longtemps. Sers-nous une bière, Lorraine.

D'une main experte, elle versa le liquide ambré dans de grands verres givrés et s'accouda au comptoir pour le regarder boire, bombant vers lui sa poitrine avantageuse.

— Tu en veux encore une ? demanda-t-elle. Ou pourrais-je, par hasard, faire quelque chose d'autre pour toi ?

Ignorant délibérément la promesse de ses yeux, il secoua la tête.

— La bière me suffit.

Elle changea tout à coup de sourire et de ton :

— Alors, comment va la vie à Churinga ? La patronne se montre à la hauteur, on dirait ?

— Je n'en sais rien. J'étais dans le nord.

Il n'était pas question qu'il discute de Jenny avec Lorraine.

— J'ai entendu parler de ces gars remarquables qui coupent la canne à sucre, déclara-t-elle. Il paraît que c'est quelque chose de les voir. Je devrais peut-être quitter Wallaby Flats et voyager un peu ?

S'écartant légèrement du comptoir, il prit le temps de se rouler une cigarette et de l'allumer. Cette situation se révélait plus délicate à régler qu'il ne l'avait pensé.

— De toute façon, qu'est-ce qui me retient ici ? reprit-elle avec une moue boudeuse. Il n'y a que de stupides moutons, et un type que je ne vois que quatre fois par an !

— Nous ne sommes pas enchaînés, Lorraine. Pars voyager, si c'est ce que tu veux. L'Australie est vaste, et il y a des milliers d'autres types à rencontrer.

Elle battit des paupières et entreprit de nettoyer furieusement le comptoir.

— C'est ce qui s'appelle se faire remettre à sa place, si j'ai bien compris ? aboya-t-elle après quelques secondes.

— Tu viens de dire que tu voulais voyager, argua-t-il avec mauvaise foi. Je ne faisais que t'approuver.

Les mains de Lorraine s'immobilisèrent, tandis que ses yeux lançaient des éclairs.

— Je pensais que je comptais pour toi, Brett Wilson ! jeta-t-elle d'une voix teintée de mépris. Mais je vois que tu es comme les autres salauds qui traînent ici !

— Tu y vas un peu fort. Nous n'avons jamais été vraiment proches, et je ne t'ai jamais rien promis.

Elle se pencha vers lui, la voix sifflante.

— Ah non ? Alors pourquoi m'invitais-tu aux bals et aux fêtes ? Pourquoi venais-tu ici passer des heures à me faire du plat, si je ne te plaisais pas ?

Il recula, surpris par sa véhémence.

— Nous avons pris du bon temps, c'est tout, bégaya-t-il. Nous nous sommes tenu compagnie. Mais je t'avais dit dès le départ que je ne voulais plus m'engager, après Marlene.

Avec violence, elle posa le verre qu'elle essuyait sur le bar.

— Vous êtes tous les mêmes, lui hurla-t-elle à la figure. Vous venez ici vous abrutir d'alcool, et vous ne savez parler que d'herbe, de sécheresse et de ces maudits moutons ! Je pourrais aussi bien faire partie des meubles, ça ne changerait rien pour moi !

Un silence stupéfait emplissait la pièce poussiéreuse, où tous les regards restaient tournés vers eux.

— Je suis désolé pour toi. Mais si c'est ce que tu ressens, tu ferais peut-être mieux de partir vivre ailleurs.

Les larmes de la jeune femme faisaient couler son mascara sur ses joues.

— Je ne veux pas voyager, dit-elle en reniflant. Tout ce que je souhaite, c'est rester ici. Tu ne vois donc pas ce que j'éprouve pour toi ?

Il avait l'impression d'être aussi vil qu'un dingo.

— Je ne m'en étais pas rendu compte, marmonna-t-il piteusement, la tête basse. Je suis navré, Lorraine, mais nous nous sommes mal compris. Je pensais que les choses étaient claires.

Écrasé de honte, il se sentait incapable de la regarder dans les yeux.

— Espèce de pauvre type ! siffla-t-elle. C'est après cette prétentieuse de Mme Sanders que tu cours. Tu veux la mettre dans ton lit, pour avoir Churinga ! Eh bien, tu vas voir, mon vieux. Tu vas comprendre. Elle va retourner à la ville et tu vas te retrouver comme un pauvre imbécile. Mais n'espère pas que je vais t'attendre ! Je me serai envolée depuis longtemps !

Elle fit demi-tour et quitta le bar, ses talons claquant sur le plancher.

Consterné, Brett finit lentement sa bière et tendit le bras vers son chapeau.

— Salut les gars, lança-t-il à la cantonade, d'un ton qu'il voulait neutre. Nous nous verrons aux courses du pique-nique.

Il sortit de l'hôtel et grimpa dans la camionnette. La scène qu'il venait de vivre l'avait perturbé. Réellement attristé d'avoir blessé Lorraine, il cherchait à se convaincre qu'il ne s'était pas vraiment rendu compte de l'importance qu'elle attachait à leur relation. Son honnêteté lui soufflait cependant qu'il avait joué avec le feu, en se voilant commodément la face.

13

Lorsque Brett fut parti, Jenny organisa rapidement sa vie automnale avec Ripper, dans l'isolement et le calme du domaine déserté. Maîtresse de l'espace, et du temps qui s'écoulait uniquement selon son horloge intérieure, elle trouvait dans cette totale indépendance un renforcement de la paix qui l'avait envahie depuis son arrivée à Churinga. La plaie béante qui la déchirait depuis des mois commençait à se cicatriser. Il lui devenait possible de faire face à la tragédie et à la colère qu'elle avait étouffée jusqu'ici, comprenant que le travail de deuil ne pourrait s'accomplir autrement. À jamais, le souvenir de Peter et de Ben resterait tendre et douloureux, mais le temps était peut-être venu de le laisser s'éloigner un peu.

Les jours se succédaient harmonieusement, alimentant petit à petit son énergie retrouvée. Le matin, elle chevauchait dans les champs ou se rendait vers les pâturages d'hiver, pour y retrouver les grands troupeaux. Les étalons, à demi sauvages, étaient montés par des cavaliers rudes et aussi peu sociables que leurs montures. Dans ses carnets d'esquisses, elle s'efforçait de saisir les mouvements et la puissance des hommes et des bêtes, opposés à l'herbe pâle et à la montagne immuable, d'un bleu éternel.

Ripper trottinait à côté de la jument. Lorsqu'il se montrait fatigué, elle le plaçait dans une sacoche où il semblait sourire de plaisir, les oreilles au vent. Dans la chaleur de l'après-midi, tous deux cherchaient un endroit frais sous la véranda, où Jenny reproduisait sur la toile les dessins exécutés le matin. Elle travaillait avec une ardeur et une sûreté de touche qu'elle n'avait jamais connues, comme si le temps la pressait, l'incitait à ne pas perdre une seconde.

Tandis que l'automne s'acheminait lentement vers l'hiver, elle éprouva un soir le besoin d'allumer le fourneau et de s'installer devant, Ripper à ses pieds, le journal de Mathilda à la main.

Il s'agissait du volume le plus épais, qui couvrait apparemment un grand nombre d'années. L'écriture s'y révélait plus ferme et le récit s'y déroulait en phrases courtes, comme si leur auteur avait eu trop peu de temps à consacrer à leur rédaction.

La Grande Crise de 1930 n'épargna pas l'outback. Elle avait balayé les villes et laissé femmes et enfants livrés à eux-mêmes, subsistant à l'aide des allocations de chômage, tandis que les hommes allaient ailleurs chercher du travail. Les ouvriers itinérants, nomades en haillons, posaient leur baluchon de station en station, à la recherche de tâches à accomplir en échange de nourriture, ou à la poursuite d'un avenir qui n'existait que dans leur imagination. Avec une impatience fébrile, ils plongeaient jour après jour dans l'inconnu, poussés le lendemain vers un autre endroit, plus prometteur, comme s'ils étaient attirés par la solitude et la pureté lumineuse des vastes étendues.

Mathilda dissimula son argent sous les lames du plancher et gardait un fusil chargé près de la porte. Même si la majorité des vagabonds étaient de braves gens, elle ne voulait courir aucun risque. Le bruit courait qu'un filon d'opales avait été découvert dans l'une des mines désaffectées de Wallaby Flats. Des hommes des villes au regard concupiscent, attirés par cette rumeur, rôdaient donc également dans les parages, à la recherche d'autre chose qu'un repas chaud et un lit de paille dans une grange.

L'admiration de la jeune femme allait surtout aux épouses qui voyageaient avec leur mari, dans un chariot rempli de pots, de poêles et de gamelles. Certaines d'entre elles, gaies et chaleureuses, lui faisaient penser à Peg ; mais d'autres ne réussissaient pas à cacher leur amertume, car elles avaient laissé, dans le no man's land, un arbre ou une pierre marquant la tombe d'un enfant ou d'un ami. Leur âme stoïque conserverait à jamais la mémoire de ces symboles, dérisoires aux yeux d'étrangers.

Les hommes aidaient aux tâches du domaine en échange de farine, de sucre et de quelques shillings. La nourriture étant relativement bon marché, Mathilda s'assurait à chaque fois qu'ils repartent de Churinga le ventre plein. Dès qu'ils s'étaient éloignés, ils étaient remplacés par d'autres hommes, d'autres chariots, d'autres familles.

Elle savait qu'il s'agissait d'une lutte pour la survie, alors que, pour elle, la situation s'améliorait. Grâce à Tom, qui continuait à partager avec elle son hangar de tonte, le revenu de la laine lui permettait d'augmenter le troupeau de bons géniteurs et de louer les services de deux conducteurs de bestiaux. Ces hommes n'étaient pas si faciles à trouver au premier abord, car rares étaient ceux qui acceptaient de travailler pour une femme. Toutefois, il leur suffisait de rester un certain temps pour que leur attitude réticente se transforme en respect ; la voyant agir, ils constataient rapidement qu'elle ne leur demandait rien qu'elle ne fût elle-même capable d'exécuter. Elle finit par engager Mike Preston et Wally Peebles, de Mulga, dont le patron avait fait faillite, heureuse de leur présence permanente, face à tous les vagabonds qui transitaient par son domaine.

Ethan Squires se révélait un adversaire rusé. Bien qu'il ne vînt jamais à Churinga, elle voyait, sur ses terres, les traces de son influence néfaste. Certaines barrières se trouvaient soudain démantelées, permettant ainsi aux bêtes de la jeune femme de pénétrer sur le territoire de Kurrajong, où leurs marques étaient masquées par la teinture verte issue des pins de ce domaine. Des agneaux étaient volés dès que les brebis avaient mis bas. Une fois, elle retrouva l'un de ses béliers, la gorge trop nettement tranchée pour qu'il pût s'agir d'une attaque de sanglier ou de dingo. En dépit d'une surveillance constante et de nuits à la belle étoile, il lui était impossible, avec Gabriel et seulement deux employés, de couvrir la totalité de ses pâturages. De surcroît, son ennemi semblait toujours savoir où elle était la plus vulnérable.

C'était l'hiver. Tandis que les hommes patrouillaient dans les champs voisins, où le programme de croisements battait son plein, elle avait choisi de surveiller le coin le plus isolé de la propriété. Allongée près de Lady, dans la ravine asséchée qui traversait l'extrémité des pâturages situés au sud, et lentement gagnée par une agréable somnolence, elle observait, à chaque expiration, la vapeur qui sortait de sa bouche dans l'obscurité paisible. Sa petite couverture suffisait à peine à la réchauffer. Les moutons eux-mêmes se serraient les uns contre les autres dans un silence misérable.

Tout à coup, son demi-sommeil fut interrompu par un son étouffé, mais très proche. Trop sournois pour un cochon sauvage, mais suffisamment prudent pour un dingo. Mathilda arma le fusil et rampa dans les ténèbres. Sa vision nocturne était bonne : elle repéra aussitôt les silhouettes qui se mouvaient près de la barrière. Ces chasseurs sur deux jambes étaient venus dans un but tout à fait évident.

Veillant à rester invisible, elle se déplaça sans un bruit, jusqu'à ce qu'elle se trouve derrière eux. Blue la suivait, le poil hérissé, les mouvements au ralenti, attendant le signal de sa maîtresse pour attaquer.

Les trois hommes entreprirent de couper le fil de fer lisse et de déterrer les poteaux. Les moutons, inquiets, commencèrent à s'agiter, faisant gémir les chiens des intrus. Mathilda patientait.

— Fais taire ces foutus cabots ! intima à son voisin une voix familière.

Le frisson qui parcourut l'échine de la jeune femme n'avait rien à voir avec le froid. Billy exécutait le sale boulot de son père.

— J'aimerais voir sa tête lorsqu'elle va constater que la moitié de son troupeau a disparu.

— Ton souhait ne va pas tarder à se réaliser, si tu ne te dépêches pas, siffla le gardien de troupeaux de Squires. Fais travailler les chiens, allez !

Mathilda attendit que les animaux fussent presque rassemblés et se redressa. Billy Squires, âgé de quinze ans, se trouvait dans sa ligne de mire.

— Ça suffit ! Un seul geste, et je tire !

D'un grognement, Blue ponctua cette menace, mais il ne bougea pas.

Les trois hommes se figèrent, tandis que leurs chiens continuaient à diriger les moutons vers l'ouverture de la barrière.

Deux coups de feu retentirent, soulevant un nuage de poussière aux pieds de Billy, qui fit un bond en arrière. Comme elle l'avait prévu, les moutons prirent peur et s'éparpillèrent aux quatre coins du champ. Elle fit glisser deux autres cartouches dans le canon.

— Appelle tes clébards et sors de chez moi, hurla-t-elle.

Les trois hommes hésitaient.

— Tu ne vas pas tirer, Mathilda, tu n'oserais pas, lança Billy, qui ne semblait croire qu'à moitié à ses paroles.

— Tu veux parier ? répliqua-t-elle.

Son doigt appuya sur la détente.

Ses adversaires laissèrent échapper un murmure, mais ce fut Billy qui se précipita le premier sur son propre territoire.

— Rappelez vos chiens, ordonna-t-elle.

Leur sifflement strident fut aussitôt couvert par le tonnerre d'un bruit de sabots. Mathilda n'avait pas besoin de quitter Billy des yeux pour savoir que Wally et Mike avaient entendu ses coups de fusil.

— Attrapez-les, les gars. Ils ont une barrière à réparer et des moutons à récupérer.

Les hommes de Kurrajong se précipitèrent vers leurs chevaux, mais ils ne pouvaient rien contre un fouet, un lasso, et un chien très agressif. Mathilda grimpa en selle et vint prêter main-forte à ses employés. Lorsque les barrières furent remises en place, elle se tourna vers Mike.

— Attache-les, il est temps que Billy aille retrouver son cher papa.

Le soleil était presque couché lorsqu'ils virent Kurrajong se déployer devant eux. Toutes les fenêtres de l'élégante demeure étaient illuminées, répandant leur clarté sur le jardin qui s'étendait jusqu'à la rivière, laissant deviner les silhouettes sombres des arbres et des bâtiments annexes.

Mathilda immobilisa son cheval afin d'embrasser ce spectacle majestueux. Certes, cette station était considérée comme l'une des plus riches de la Nouvelle-Galles du Sud, mais elle ne s'attendait pas à une telle révélation. Les yeux écarquillés, elle contempla l'édifice à un étage, aux balcons ornés de balustrades ouvragées, et soupira à la vue de la pelouse épaisse, des buissons de roses et des saules pleureurs. Comme tout cela était magnifique !

Soudain son regard tomba sur Billy et son admiration s'évanouit aussitôt. Squires avait tout ce qu'il voulait. Comment pouvait-il encourager son jeune fils à voler ? Il était temps qu'elle règle ses comptes avec lui.

Leur étrange procession parcourut lentement l'allée parfaitement tracée conduisant à la maison. Mais la colère de la jeune femme avait repris le dessus. Toute cette grandeur ne l'impressionnait plus. Faisant signe à ses compagnons de rester où ils étaient, elle sauta sur le sol, gravit les marches du perron et fit résonner le marteau de la porte d'entrée.

La porte s'ouvrit et la silhouette de Squires apparut, bloquant presque la lumière du hall. Il était visiblement stupéfait de la voir.

— J'ai surpris Billy en train de me voler des bêtes, dit-elle froidement.

Bouche bée, il découvrit les trois hommes ligotés et jetés sur leur selle. Brusquement, son visage se durcit lorsqu'il vit les fusils de Mike et de Wally pointés vers son fils. Il posa son regard glacial sur Mathilda.

— Ils ont dû s'égarer sur vos terres par erreur.

— Ils démantelaient la barrière et étaient même accompagnés de leurs chiens.

L'expression de Squires restait impénétrable.

— Avez-vous des preuves de vos accusations, Mathilda ? Montrez-moi la barrière en question et je me ferai un plaisir de vous aider à récupérer les bêtes qui sont passées chez moi.

Pas étonnant que cet homme soit aussi riche et puissant, pensa-t-elle. *Avec quel art consommé il sait déstabiliser son adversaire ! En outre, exploiter la faiblesse des autres ne lui pose visiblement aucun problème de conscience.*

— J'ai deux témoins, cela me suffit, s'obstina-t-elle.

— Mais cela ne me suffit pas, à moi, rétorqua-t-il. Je suggère que vos hommes et vous quittiez ces lieux avant que je vous fasse arrêter pour vous être introduits sans autorisation dans une propriété privée, et pour agression à main armée.

— Si je surprends qui que ce soit de Kurrajong sur mon domaine, j'emmène les coupables directement à Broken Hill. Il est temps que la police soit au courant de vos agissements, Squires.

Il parut se détendre et prit le temps d'allumer un petit cigare. Après avoir tiré une bouffée, qu'il souffla lentement, il s'abîma dans la contemplation de ses doigts.

— Je ne crois pas que la police vous soit d'une aide considérable. Ce que je fais ne les regarde pas, et je les paye assez pour qu'ils me laissent tranquille.

Un sourire rusé sur les lèvres, il posa les yeux sur elle.

— C'est ainsi que marchent les affaires, Mathilda.

Elle fit demi-tour, dévala les marches et remonta en selle. Rassemblant les rênes, elle fit face à son interlocuteur.

— Alors la prochaine fois, je tire à vue. Même votre police aura du mal à expliquer la mort de l'un de vos hommes sur mes terres.

— Rentrez chez vous, jeune fille, et consacrez-vous à la broderie. Ou vendez votre exploitation. Ce n'est pas un endroit pour les femmes.

— Je suis heureuse de constater que vous ne pouvez dissimuler votre amertume, Squires. Peut-être êtes-vous en train de comprendre que vous n'arriverez jamais à vos fins !

Elle fit pivoter sa jument. Cette journée, qui s'était révélée particulièrement rude, en annonçait d'autres. La guerre était déclarée ; il était temps d'engager d'autres gardiens de troupeaux pour surveiller Churinga.

April avait eu un autre garçon, Joseph, qui avait maintenant trois ans. Mathilda aimait cet enfant intelligent et énergique comme si c'était le sien.

— Tu vas le fatiguer à force de l'embrasser, fit remarquer Tom, tandis qu'elle préparait le petit garçon pour le coucher.

— Peut-on donner trop d'amour à un enfant ? murmura-t-elle.

Tom l'observa un moment en silence, avant d'ouvrir son journal.

— Il est temps que tu aies tes propres rejetons, Molly. Il y a plein d'hommes qui seraient tentés si tu leur laissais une chance.

Mathilda souleva Joseph et le cala sur sa hanche.

— Je suis trop occupée à empêcher Squires de s'emparer de Churinga pour penser à autre chose.

— Tu n'as que vingt ans. Il est dommage qu'April et moi soyons les seuls à admirer tes nouvelles tenues.

Elle jeta un œil sur la création de coton brodé qu'elle avait achetée lors de son unique visite à Broken Hill. Droite des épaules aux hanches, où elle se prolongeait par une large bande de tissu, elle se terminait par un plissé jusqu'aux genoux. Cette coupe lui paraissait très osée, si elle la comparait aux robes longues de sa mère, mais elle avait vu des femmes porter ce vêtement lors de certaines fêtes agricoles et adorait la liberté de mouvement qu'il offrait.

Désirant aider April à coucher les enfants, elle sortit de la pièce. Il était presque l'heure d'allumer la radio.

Cette étonnante merveille était arrivée depuis peu dans la région. Pratiquement chaque domaine en possédait une.

Mathilda, qui avait besoin de nouveaux chevaux, y avait renoncé pour l'instant mais, lorsqu'elle venait à Wilga, elle n'arrivait pas à s'en détacher.

Quoique encombrant et laid, l'appareil, qui occupait presque entièrement le coin de la cheminée, constituait un lien irremplaçable avec le monde extérieur. Quelle magie de pouvoir apprendre, au moment même où elles se produisaient, qu'il y avait une inondation dans le Queensland, une sécheresse en Australie-Occidentale ou une surabondance de canne à sucre dans le nord ! Pour la première fois, les habitants de l'outback pouvaient explorer le monde extérieur, sans être obligés de quitter leurs terres.

En attendant que le poste chauffe, April avait pris un vêtement dans l'inévitable panier à repriser ; Tom, quant à lui, fumait sa pipe avec satisfaction.

— Tu devrais avoir des enfants, déclara la jeune femme. Tu te débrouilles si bien avec les miens! Et il te faudrait un homme, pour s'occuper de toi.

Mathilda regarda ses hôtes l'un après l'autre.

— Tom m'a dit la même chose, mais je lui ai répondu que vos enfants me suffisent et que je ne vois pas à quoi un homme me servirait.

— Tu dois te sentir seule, parfois. Tom et moi nous sentirions plus tranquilles si tu avais quelqu'un pour te protéger.

L'espace d'un instant, son interlocutrice fut tentée de lui parler de Mervyn et de son bébé mort-né, mais ce secret trop longtemps gardé lui semblait impossible à exprimer. Elle appréhendait de faire ressurgir tout à coup des émotions violentes, soigneusement enfouies.

— Je suis heureuse comme ça. J'ai essayé d'aller à une soirée une fois, mais ça s'est plutôt mal passé. Je me sens mieux seule, à Churinga.

— Quand était-ce? Tu ne nous en as jamais parlé.

— À la réception de la fin de saison, à Nulla Nulla. Tu venais d'accoucher de Joseph.

— Tu y es allée seule? Oh, Molly, Tom t'aurait accompagnée si tu nous avais mis au courant!

— Il était beaucoup trop occupé.

— Et qu'est-il arrivé? dit April en posant son ouvrage, tandis que Tom baissait son journal.

— J'avais décidé de m'acheter des vêtements décents. Lorsque l'invitation est arrivée, je me suis dit que c'était le moment ou jamais de l'accepter. Je savais que je connaîtrais la plupart des hommes présents, car je les rencontrais sur les marchés. Mais les Longhorn m'ont placée dans le bungalow du directeur avec quelques autres femmes célibataires.

Au souvenir de ces moments pénibles, passés en compagnie de femmes inconnues avec lesquelles elle n'avait rien en commun, elle se sentit rougir.

— Elles me regardaient comme si j'étais une carcasse déposée à leurs pieds par un dingo, reprit-elle. Après une tonne de questions que j'ai trouvées trop intimes, elle m'ont tout simplement ignorée.

Marquant une pause, elle prit une profonde inspiration et entreprit de se rouler une cigarette.

— En un sens, c'était plus facile pour moi. Je ne pouvais pas parler du dernier chanteur à la mode, ni du dernier spectacle donné par le cinéma itinérant. Quant à elles, aucune ne savait distinguer la tête d'un mouton de sa queue. Je me suis donc contentée d'enfiler ma nouvelle robe, d'écouter leur bavardage au sujet du dernier soupirant ou du maquillage à la mode, et de les suivre lorsque nous nous sommes dirigées vers le lieu des festivités.

Les laissant courir devant, elle avait pris son temps pour parcourir la distance qui la séparait de la grange où le bal allait se dérouler. Dans la nuit douce et illuminée d'étoiles, l'air tiède caressait la peau nue de ses bras et de ses jambes. Lorsqu'elle avait essayé sa robe, au moment de l'acheter, elle l'avait trouvée seyante ; mais, devant les créations citadines portées par les autres jeunes filles, elle avait compris que le style en était terriblement désuet, et peu approprié à ses dix-sept ans.

— Charlie Squires m'a accueillie à la porte et est allé me chercher une boisson. Il s'est montré vraiment agréable et m'a invitée à danser.

Il lui avait paru tout à fait charmant, et elle avait été surprise de la facilité avec laquelle ils s'étaient entendus. De deux ans plus âgé qu'elle, c'était un jeune homme aux manières raffinées, acquises durant les années passées dans un internat de Melbourne. Elle s'était bien demandé pourquoi il passait tout ce temps en sa compagnie, alors qu'il y avait tant d'autres jeunes filles beaucoup plus attirantes, mais lui aussi se montrait passionné par l'exploitation de la terre. Tandis qu'ils dansaient et bavardaient, elle avait senti que son chevalier servant comprenait ses sentiments pour Churinga.

— Toi et Charlie Squires ! s'exclama April, les sourcils levés. Je me demande quelle tête faisait son père !

— Les autres membres de la famille n'étaient pas là, c'est sans doute pourquoi Charlie se sentait libre de rester avec moi. De toute manière, ce n'est arrivé qu'une fois, dit-elle en fixant la cigarette à peine consumée entre ses doigts. Je ne suis plus allée à aucune soirée après cela.

— Mais pourquoi, Molly ? Si Charlie s'intéressait à toi, pourquoi ne t'a-t-il pas invitée de nouveau ?

Mathilda regarda son amie en secouant la tête.

— Ce n'est pas Charlie qui m'a écartée, précisa-t-elle en écrasant sa cigarette. En fait, il m'a appelée sur le poste émetteur-récepteur tous les jours pendant un mois. Il est même venu me voir une fois ou deux. Nous nous entendions vraiment bien. Mais brusquement, il a cessé de se manifester.

— Bon sang, mais quelle cachottière tu fais ! s'exclama Tom. Tu n'en as jamais touché mot. Que s'est-il passé pour qu'il disparaisse sans prévenir ? Et pourquoi n'es-tu pas allée à d'autres soirées ? Tu avais fait le premier pas, le plus difficile !

— Je ne sais pas ce qui s'est passé avec Charlie. J'aurais pensé que le vieux Squires aurait été ravi de savoir que son fils me courtisait, après la façon dont j'avais rejeté Andrew.

Mais il n'y a eu aucune explication. Maintenant, lorsque nous nous croisons, Charlie et moi, il me sourit, me dit tout simplement bonjour et s'éloigne. C'est comme s'il était gêné de me voir.

— Très bizarre, décréta Tom en fronçant les sourcils. Quelque chose a dû se passer pour le faire changer d'avis. Après tout, il n'avait que dix-neuf ans et n'était sans doute pas prêt à créer des liens définitifs.

— Probablement.

Elle ne pouvait s'empêcher, aujourd'hui encore, d'éprouver un réel regret ; car elle avait vraiment apprécié Charlie, qui la faisait rire, et auprès de qui elle se sentait jolie et insouciante.

— Mais j'ai cessé d'aller aux soirées à cause des autres filles. Je peux faire face à un dingo ou à un cochon sauvage, mais je suis incapable d'affronter les remarques mesquines ou le snobisme déplacé des femmes et des filles de colons.

April posa ses mains rougies par le travail sur celles de Mathilda.

— Se sont-elles montrées si mauvaises que ça ?

— Je les ai entendues parler de moi lorsque je me coiffais dans la salle de bains, le lendemain matin. Elles se moquaient de ma robe, de mes dessous, de la façon dont je marchais et dont je parlais, de l'état de mes mains… En outre, elles affirmaient que Charlie ne me fréquentait que parce que son père voulait ma terre, qu'aucun homme sain d'esprit ne voudrait m'épouser. J'en ai eu assez. Je leur ai dit ce que je pensais d'elles et je suis repartie pour Churinga.

— C'est terrible ! affirma Tom. Longhorn aurait été horrifié s'il avait appris cela, et sa femme aussi. Pourquoi n'as-tu rien dit ?

— Pour créer encore plus d'histoires ? Cela n'aurait fait aucune différence. Elles auraient conservé l'opinion qu'elles avaient de moi, et j'aurais conservé la mienne. Quant à Charlie… c'était agréable d'être courtisée, mais il n'en serait sorti rien de bon, car je me serais forcément demandé si Ethan avait quelque chose à voir là-dedans ou non.

— Quel dommage, murmura April.

— En résumé, j'aime vos enfants, mais je préfère la compagnie des moutons à celle des participants aux soirées mondaines.

Ils écoutèrent la fin des informations qui furent suivies d'un concert, retransmis depuis Melbourne. À la fin de l'émission, Mathilda, chantonnant le refrain d'une valse particulièrement mélodieuse, se rendit sous la véranda où Tom la rejoignit bientôt.

— Sais-tu que ton chien a probablement engrossé l'une de mes chiennes ? Si les petits sont beaux, nous les partagerons.

— Je l'espère bien ! S'ils sont aussi doués que leur père, je peux leur trouver du travail.

— Excuse-nous d'avoir fait ressurgir tous ces souvenirs, Molly. Ça n'a pas dû être agréable.

Elle soupira, lasse d'avoir une fois de plus à exprimer ses sentiments sur la question.

— Je suis aussi heureuse qu'on peut l'être. J'ai mes amis, ma terre et un peu d'argent à la banque. Que peut-on demander de plus ?

— De la pluie.

Elle leva les yeux vers le ciel dont la splendeur étoilée n'était ternie par aucun nuage. Il n'était pas vraiment tombé d'eau depuis quatre ans. Bien que son troupeau n'eût pas encore retrouvé son importance d'antan, la nourriture n'allait pas tarder à manquer.

Alors que la région entrait dans sa cinquième année de sécheresse, l'herbe se désagrégeait peu à peu en poussière. Mathilda, qui menait ses moutons de pâturage en pâturage, finit par les parquer sur les terres les plus proches de la maison, irriguées par le trou de sonde. Elle vendit une partie de ses animaux et mit l'argent à la banque. Les quatre petits de Blue qui lui revenaient, trois mâles et une femelle, se révélaient tous particulièrement intelligents et dociles. Il lui fut bientôt possible de les emmener avec elle dans les paddocks et de développer leur don inné pour le travail auprès du cheptel.

Tous les domaines environnants souffraient du manque d'eau : Wilga, Nulla Nulla, et même Kurrajong. La laine, de piètre qualité, était vendue au prix le plus bas. Mathilda se demandait si tout ce qu'elle avait réussi à créer n'allait pas s'effondrer. Privés d'une nourriture vraiment reconstituante, les moutons, accablés par une chaleur insupportable, perdaient toute leur énergie.

Tout à coup, des tempêtes sèches se succédèrent. Cette accumulation d'électricité explosait en orages furieux, sans donner de pluie, exacerbant la nervosité de toutes les créatures vivantes. Les nuages gorgés de pluie se rassemblaient, assombrissant le ciel à tel point qu'il était nécessaire d'allumer les lampes pendant la journée. Quelques gouttes tombaient parfois, arrosant légèrement la terre parcheminée, mais s'évaporaient aussitôt dans l'air torride.

Une nuit, Mathilda se réveilla en sursaut. Lorsqu'elle ouvrit les yeux, elle constata qu'il faisait toujours sombre, et que le tonnerre retentissait non loin de Churinga. Pourtant, quelque chose avait changé. La température avait diminué de plusieurs degrés, et une brise fraîche entrait dans la chambre par la fenêtre ouverte.

— La pluie ! s'écria-t-elle en sautant hors de son lit. Il va pleuvoir !

Blue sur les talons, elle traversa la maison en courant et s'élança sous la véranda. Les premières gouttes s'écrasèrent pesamment sur le toit et maculèrent de taches noires la terre sèche du pare-feu. Leur chute s'accéléra en un roulement continu qui se transforma soudain en un grondement assourdissant.

Mathilda oublia qu'elle était en chemise de nuit, pieds nus. Sur son visage, les larmes se mêlaient à la pluie précieuse. Elle descendit les marches du perron et écarta les bras.

— Enfin ! Enfin ! répétait-elle incessamment.

Gabriel et sa famille, sortis précipitamment de leur habitation, riaient et dansaient, regardant Mike et Wally apparaître, un sourire sur les lèvres.

— Il pleut ! hurla inutilement Mathilda.

— Pour sûr ! répondit Wally en s'esclaffant.

Mathilda attrapa le jeune homme par la main et l'entraîna dans une danse tourbillonnante à travers la cour. Mike les suivit, tirant derrière lui la petite-fille de Gabriel.

En quelques secondes, tous étaient aspergés de boue, hors d'haleine.

Lorsqu'ils s'écroulèrent enfin sur les marches de la véranda, ils restèrent assis, observant la façon dont la terre assoiffée absorbait le liquide, source de vie. Le miracle s'était produit.

— Il faut que nous transportions les moutons sur des pâturages plus élevés, déclara soudain Mike. Ils sont trop près de la rivière.

Alertée par son regard furtif, Mathilda constata que sa chemise de nuit, collée à sa peau, ne cachait pas grand-chose de son corps.

— Je vais m'habiller, s'écria-t-elle, écarlate. Occupe-toi du petit déjeuner, Mike.

Ils dévorèrent des sandwichs au mouton arrosés de thé bien fort. Le martèlement des gouttes sur le toit de tôle rendait toute conversation impossible.

À Gabriel fut confiée la tâche de veiller à la sécurité des vaches, des cochons, et des provisions dans les granges.

Lorsqu'elle grimpa en selle, vêtue d'un long imperméable, Mathilda constata que Lady se montrait particulièrement nerveuse. La jeune femme saisit fermement les rênes, et la jument se mit en route. Blue et ses trois petits mâles veillaient au rassemblement des moutons ; la journée promettait d'être chargée.

Aspirant avec délice l'odeur de la terre et de la végétation mouillées, ils atteignirent les terres plus élevées qui s'étendaient à l'est du mont Tjuringa. L'herbe rare deviendrait bientôt luxuriante. Après avoir vérifié l'état des barrières, ils relâchèrent le troupeau et prirent le chemin du retour.

Il était 3 heures de l'après-midi, mais on se serait plutôt cru à l'aube, tellement la luminosité était faible. Les lourds nuages noirs traversaient le ciel plombé et le vent puissant propulsait des faisceaux de gouttes à travers les arbres. Les chevaux effectuèrent de nouveau la traversée des rivières, ainsi que celle des rigoles ruisselant sur la terre imperméable, leur crinière balayant la pluie, qui s'écoulait sur leur encolure et leur poitrail.

Le long imperméable saturé d'eau pesait lourdement sur les épaules de la jeune femme, et des gouttes glacées s'introduisaient sous son col. Mais cela n'avait aucune importance. Il était impossible de regretter les conséquences de la bienfaisante averse.

L'un des ruisseaux était en crue. Le mince filet d'eau s'était transformé en un torrent furieux, qui balayait tout sur son passage. Mathilda agrippa fermement les rênes, et incita sa monture à y entrer.

La vieille jument chercha à se dérober. Elle glissa et secoua la tête avec épouvante, en sentant le liquide houleux qui se refermait autour de ses pattes. Mathilda tenta de la calmer et de la pousser en avant, mais elle roula les yeux, et se mit à reculer.

Le hongre de Mike la suivait de trop près. Il se cabra et hennit, provoquant chez elle un tremblement prolongé. Il fallut quelques minutes avant de calmer les deux chevaux.

— Nous devons traverser, Molly ! hurla Mike. Il n'y a pas d'autre chemin, et nous risquons de rester coincés.

— Je sais, hurla-t-elle en retour. Mais Lady est terrorisée et je ne crois pas qu'elle y arrive.

— La pluie risque de durer plusieurs jours, intervint Wally, dont l'alezan gardait un calme impressionnant. Je vais vous précéder et tendre une corde.

Déroulant son lasso, il en fixa l'extrémité autour d'un tronc d'arbre presque submergé. Après avoir attaché fermement l'autre extrémité autour de sa taille, il saisit deux des chiots et les installa sur sa poitrine, à l'intérieur de son imperméable. Son cheval entra dans l'eau en furie, et se mit à nager à contre-courant.

L'animal réussit enfin à atteindre l'autre côté et s'efforça de grimper la berge, mais ses sabots glissaient sur la boue liquide. Wally sauta de la selle et tira sur les rênes, avec des mots d'encouragement.

Leur ascension parut interminable. Ils atteignirent enfin un terrain plus sec et trouvèrent un autre tronc où Wally attacha l'extrémité de la corde. Puis il leva son chapeau et le balança, indiquant que les autres pouvaient le suivre.

— À toi, Molly, dit Mike. Mais si tu sens que ton cheval est entraîné, ne t'agrippe pas. Reste accrochée à la corde et passe de l'autre côté.

Mathilda prit le chiot qui restait et attendit qu'il s'installât confortablement sur sa poitrine. Puis elle s'appliqua à encourager doucement sa monture qui glissait et trébuchait, la tête secouée de terreur. Couchée sur l'encolure, elle murmurait des mots apaisants. Lorsque la jument se mit à nager, sa cavalière, sentant la force du flot tumultueux, s'agrippa plus fortement à son dos.

La pluie les aveuglait, renforçant le courant et rendant les berges plus glissantes encore. L'animal s'épuisait.

— Encore un effort, ma belle. Un tout petit effort, et nous y serons.

Lady, dans un ultime sursaut, atteignit la rive, mais elle n'y trouva aucune prise. La boue la faisait immanquablement glisser en arrière. Mathilda entendait sa respiration de plus en plus bruyante et sentait le tremblement des muscles, tendus à l'extrême. Elle se laissa glisser de la selle et essaya de tirer la jument hors de l'eau.

L'animal, qui luttait jusqu'à l'extrême limite de ses forces, commença à gravir la berge. Il avançait avec une telle lenteur que le temps semblait s'être figé. Lorsqu'il se sentit en terrain solide, il poussa de toute son énergie sur ses membres antérieurs afin d'atteindre le sommet de la pente, et resta dressé un long moment, les flancs soulevés par l'essoufflement. Soudain ses pattes se dérobèrent et il s'effondra sur le sol. Ses dents claquèrent une fois, ses yeux se révulsèrent et il s'immobilisa, les membres rigides.

Mathilda, à genoux dans la boue, ne sentit même pas le chiot qui se dégageait et partait rejoindre Wally. Le visage inondé de larmes, elle posa la main sur l'encolure de la jument, et suivit les courbes familières de son corps puissant. Lady, qu'elle avait considérée comme une amie véritable, avait fait preuve de courage jusqu'au bout.

— Mike entre dans l'eau ! s'écria Wally. Viens nous aider !

Elle refoula ses larmes et agrippa la corde. Mike se trouvait déjà au milieu de la rivière, Blue en travers de la selle. Tandis que l'eau glissait en tourbillons par-dessus le dos du hongre, le chien faillit basculer. La jeune femme retint sa respiration. Mais Blue n'avait pas l'intention de nager. Il s'accroupit contre Mike et reprit son équilibre, puis manifesta sa joie en aboyant et en remuant la queue.

— Cette canaille s'amuse comme un petit fou ! s'écria Wally, alors qu'ils tiraient sur la corde. Il a même l'air de bien rigoler !

Mathilda restait pétrifiée. Elle venait de perdre une compagne et ne supporterait pas de voir périr son chien.

Le hongre réussit à atteindre la terre ferme. Blue sauta sur le sol et se secoua vigoureusement avant de se précipiter vers sa maîtresse pour lui faire fête. Totalement indifférents à la pluie qui trempait leurs vêtements, les deux hommes et la jeune femme se laissèrent tomber dans la boue, épuisés.

Lorsqu'ils eurent repris leur respiration, Mike invita sa patronne à partager sa monture, et les cavaliers prirent le chemin du retour, les chiens gambadant devant eux. Les pensées de Mathilda ne quittaient pas sa jument ; ils avaient dû l'abandonner derrière eux, ce qu'elle considérait comme une fin ignoble pour un cheval aussi brave. Elle serra contre sa poitrine la selle que Wally avait détachée. Personne ne pouvait imaginer à quel point Lady allait lui manquer.

Pour la première fois depuis cinq ans, les colons de la Nouvelle-Galles du Sud respiraient plus librement. L'herbe avait jailli du sol à hauteur de genou, permettant aux animaux qui avaient survécu à la sécheresse de se fabriquer une toison épaisse. La reproduction serait abondante et la vie reviendrait à la normale.

Mais leur soulagement fut de courte durée. L'eau, absorbée par la terre compacte, disparut comme par enchantement. Plus impitoyable que jamais, le soleil ressurgit, haut dans le ciel, provoquant l'apparition d'une vapeur qui s'échappait du sol et transformait l'herbe vigoureuse en touffes argentées. Les pâturages se voilaient d'une brume de chaleur, épaissie par la poussière.

Tom avait perdu quelques moutons dans les terres basses, mais son troupeau étant beaucoup plus important que celui de Mathilda, il se considérait comme privilégié. Sa voisine lui acheta un étalon pour remplacer Lady, et la vie reprit, avec son cycle inévitable de rassemblements de troupeaux, de croisements de spécimens sélectionnés, de tontes à grande échelle, de longs transports, et de ventes à la criée.

La jeune femme avait pris l'habitude de rendre visite au moins deux fois par mois à Tom et April. Les nouvelles en provenance d'Europe étaient inquiétantes. Le Premier ministre avait annoncé que la guerre pouvait éclater si Hitler attaquait la Pologne.

— Mais qu'est-ce que l'invasion de la Pologne aurait à voir avec nous ? demanda Mathilda, au cours d'une soirée de septembre 1938. Pourquoi une guerre en Europe devrait-elle affecter l'Australie ?

— Dans la mesure où nous faisons partie du Commonwealth, nous y serions entraînés. Chamberlain doit agir rapidement.

Les mains d'April s'immobilisèrent sur son tricot et son visage pâlit dans la lueur de la lampe.

— Mais tu n'auras pas à y participer, Tom ? Tu nous es indispensable ici. Le pays va avoir terriblement besoin de laine, de suif, de viande de mouton et de colle… S'il y a une guerre, bien entendu.

Elle regarda son mari avec anxiété, mais il évita son regard et se contenta d'éteindre la radio.

— Tout dépend de la façon dont les choses se dérouleront, ma chérie. Un homme digne de ce nom ne peut pas rester à se croiser les pouces pendant que ses potes se font tirer dessus. S'ils ont besoin de moi, je partirai.

April et Mathilda le fixèrent d'un air horrifié.

— Et Wilga ? Tu ne peux pas tout laisser tomber comme cela, intervint Mathilda sèchement. Que se passerait-il pour April et les enfants ? Comment pourraient-ils s'en sortir sans toi ?

— Je n'ai pas dit que c'était une certitude. J'ai simplement dit que, si on avait besoin de moi, je ne me défilerais pas. Il n'y aura sans doute même pas de guerre.

Mathilda lut dans ses yeux une impatience à peine dissimulée. Cette idée l'excitait. Il attendait qu'on l'appelle. Se tournant vers April, elle comprit, à l'expression de ses traits, que son amie éprouvait la même sensation. Elle se mordit la lèvre inférieure et prit une décision. Quelques années auparavant, elle s'était juré de remercier Tom pour sa gentillesse ; le moment était venu de tenir sa promesse.

— Si tu dois partir, Tom, je m'occuperai de Wilga. Les moutons peuvent être tous rassemblés, et il est possible d'utiliser tes hangars pour la tonte. J'espère que quelques hommes resteront pour travailler la terre, mais nous nous débrouillerons jusqu'à ce que tu reviennes.

April éclata en sanglots. Laissant Tom consoler sa femme, Mathilda quitta la pièce et sortit sous la véranda, pour se diriger vers les pâturages. Ils avaient besoin d'être seuls, et elle avait besoin d'espace pour réfléchir.

Elle observa un moment les chevaux dans le paddock, puis leva les yeux vers le ciel, qui semblait envelopper ce petit bout de terre dans une étole scintillante. Comment imaginer que cette écharpe somptueuse s'étendait aussi sur une Europe déchirée par la guerre ? Les hommes allaient se battre et mourir. La terre serait laissée à la garde des femmes, aux garçons trop jeunes pour savoir ce qu'ils faisaient, et aux vieillards, qui n'avaient plus la force de braver les assauts de la nature. Pour la première fois depuis des années, elle se sentit heureuse de ne pas être un homme ; heureuse de ne pas être forcée de quitter Churinga pour un champ de bataille étranger.

Un frisson la parcourut. Bien sûr, elle ferait tout ce qu'elle pourrait pour April et les garçons, mais elle n'avait pas oublié ce que la Grande Guerre avait représenté pour sa mère. Si une telle catastrophe devait survenir de nouveau, que Dieu leur vienne en aide !

14

La lumière s'atténuait. Jenny avait étalé les toiles terminées le long du mur et nettoyait ses pinceaux, lorsqu'elle entendit Ripper aboyer. Elle se retourna au bruit de pas résonnant dans la véranda et éprouva un plaisir violent à voir la silhouette de Brett qui se dressait dans l'embrasure de la porte.

— Hello, s'écria-t-elle d'une voix curieusement étouffée.

Elle s'éclaircit la gorge et sourit.

— Vous êtes revenu plus tôt que prévu !

Il ôta son chapeau en lui rendant son sourire.

— Je vois que vous n'avez pas perdu votre temps, dit-il en désignant les peintures de la tête. Vous devez travailler très vite.

Jenny se tourna vers les tableaux, désireuse d'échapper un moment au regard de son visiteur pour reprendre ses esprits.

— Que pensez-vous de mes efforts ? s'enquit-elle, tandis que Brett s'approchait pour examiner ses œuvres.

Il mit les mains dans les poches et étudia les paysages d'un air pensif.

— Je n'y connais pas grand-chose, mais vous avez incontestablement réussi à capter l'atmosphère unique de cette région, décréta-t-il en prenant l'une des toiles et en la plaçant sur le chevalet. J'aime particulièrement celle-ci.

Soudain détendue, Jenny contempla avec lui la scène pastorale, qui représentait des moutons et des conducteurs de troupeaux.

— J'ai accompagné les hommes dans les pâturages pour celui-là. La lumière était exceptionnelle. Je voulais que ce tableau illustre l'essence même de Churinga.

— Vous y êtes incontestablement arrivée. Je peux presque sentir l'odeur des moutons !

L'espace d'un instant, elle se demanda s'il se moquait d'elle, mais il avait déjà retrouvé une expression songeuse en poursuivant son examen du tableau. Lui tournant le dos, elle reprit le nettoyage de ses pinceaux et de sa palette. Elle ne savait pas quoi dire à cet homme tranquille, qui se tenait si près d'elle qu'elle pouvait presque sentir la chaleur de son corps. Pendant son absence au cours des dernières semaines, elle avait compris que ce qu'il incarnait à Churinga avait pour elle énormément d'importance.

— Vos vacances ont-elles été agréables ? demanda-t-elle alors que le silence menaçait de devenir gênant.

— Mon frère John est très malade, il a besoin d'aller à l'hôpital, ou tout du moins de s'arrêter de travailler un moment. Mais il ne veut rien entendre. Je n'ai pas réussi à le persuader de laisser tomber la canne à sucre et de chercher à faire autre chose de sa vie. En revanche, la visite que j'ai rendue à Gil a été très réconfortante.

— Un sandwich et une bière, ça vous dirait ?

Entendant la voix étranglée qui sortait de sa bouche, elle se demanda pourquoi elle ne pouvait avoir une conversation normale avec son visiteur sans avoir la gorge nouée. En silence, elle prépara son rapide dîner et emporta le plateau dans la véranda.

Brett la suivit et s'accouda à la balustrade en la regardant mettre la table.

— Vous savez que demain c'est l'Anzac Day et qu'il y a un grand pique-nique et des courses de chevaux. J'ai pensé que vous aimeriez peut-être venir, déclara-t-il d'un ton impersonnel.

— Oui, je sais, cela se passe à Kurrajong, n'est-ce pas? Depuis quelque temps, c'est le seul sujet dont on parle sur le poste émetteur-récepteur.

— Cette demeure est la plus grande de la région et, bien qu'Ethan n'ait pas participé au siège de Gallipoli, la célébration de cet événement dans sa propriété est pratiquement devenue une tradition. Prenez de quoi dormir sur place.

Jenny essaya de dissimuler son excitation en mordant dans un sandwich. Il ne fallait surtout pas manquer cette occasion de pouvoir rencontrer les Squires et leur parler.

— Où logerons-nous? Dans l'un des bungalows?

— En tant que nouvelle propriétaire de Churinga, je pense que vous serez installée dans la grande maison. Ce sera pour la famille un honneur de vous avoir comme invitée, vous savez, indiqua-t-il en la regardant par-dessus son verre de bière. La radio bourdonne de spéculations depuis votre arrivée.

— Je suis au courant, je les ai entendues, dit-elle en s'esclaffant comme une gamine. J'espère être à la hauteur de leur attente, je ne suis pas habituée à tant de notoriété.

Elle but sa bière en silence, pensant à Ethan Squires et à ses fils. Peut-être le vieil homme se laisserait-il persuader de combler quelques lacunes du récit de Mathilda? Il serait intéressant de comprendre pourquoi Charlie avait brusquement laissé tomber la jeune fille.

— Comment les festivités se déroulent-elles exactement ? s'enquit-elle.

— Une cérémonie en présence des vétérans a lieu à Wallaby Flats, puis tout le monde retourne à Kurrajong pour les courses. On commence par les éliminatoires, qui se disputent avec frénésie, car presque tous les hommes de la Nouvelle-Galles du Sud espèrent arriver en finale. De plus, il y a un grand pique-nique, un feu d'artifice, des jeux en plein air et un bal.

— Tout cela me paraît prometteur.

Brett approuva d'un sourire chaleureux.

— Les femmes apprécient cette fête autant que les hommes, car elle leur donne l'occasion de mettre de jolies robes et de papoter.

— Quand partons-nous ?

— Très tôt demain matin. Comme je dois emmener quelques chevaux, il vaudrait mieux que vous conduisiez la camionnette. Ripper va devoir rester ici, précisa-t-il en voyant le chiot endormi sous la chaise de Jenny. Les chiens de Kurrajong n'en feraient qu'une bouchée.

Ayant entendu son nom, l'animal se leva et se dirigea vers Brett en se tortillant, pour se faire caresser. Le visiteur se baissa vers lui en riant doucement. Lorsqu'il releva les yeux vers la jeune femme, elle éprouva une bouffée de nostalgie. Aussitôt, elle détourna le regard et but une gorgée de bière tiède. La solitude enflammait son esprit. Il se montrait amical, rien de plus, et elle ne ferait que se ridiculiser en laissant s'envoler son imagination.

Le soleil se fondait dans la terre, déployant sur le paysage un voile éphémère rose vif mêlé d'orange. Jenny jeta un coup d'œil à sa montre et ne put retenir un bâillement.

— Peut-être vaudrait-il mieux mettre un terme à cette soirée si nous devons nous lever tôt demain matin ? suggéra-t-elle.

Elle eût mille fois préféré regarder tomber la nuit en sa compagnie et voir lentement apparaître la Croix du Sud. Tandis que tous deux se levaient en même temps, il la regarda d'un air énigmatique, gardant le silence quelques instants. Irrésistiblement, elle se sentit attirée vers lui, mais la magie fut rompue lorsqu'il saisit son chapeau et se détourna.

— Demain matin 5 heures ? Bonne nuit, Jenny.

Elle le suivit des yeux tandis qu'il traversait la cour de son pas souple de cavalier, ses bottes à talons plats soulevant la poussière au passage. Se demandant s'il savait danser, elle rougit en imaginant le contact de sa main sur son dos tandis qu'il la serrerait contre lui. Elle rentra dans la maison en secouant la tête. Qui croyait-elle tromper ? Elle était sa patronne et il était le petit ami de Lorraine. De toute façon, il ne savait probablement pas mettre un pied devant l'autre.

La perspective d'aller à la fête faisait monter en elle une exaltation irrépressible. Elle n'était pas sortie depuis longtemps. Se remémorant les rares fêtes où elle s'était rendue lorsqu'elle était adolescente, elle se dit qu'il serait agréable de s'habiller et de se laisser entraîner sur une piste de danse, jusqu'à en perdre le souffle.

Brusquement, elle se souvint qu'elle n'avait rien à se mettre, à part des jeans, des shorts et des chemisiers. Impossible de se rendre, ainsi vêtue, à une fête où toutes les autres femmes seraient très élégantes.

Subitement, une idée se forma dans son esprit, mais elle lui parut tout d'abord si choquante qu'elle la repoussa aussitôt. Et pourtant... pourtant, elle serait réalisable, si elle osait la mettre à exécution.

Elle se rendit dans la chambre à coucher et ouvrit la porte de la penderie. Un délicat parfum de lavande se répandit dans la pièce, persistant comme un souvenir. Décrochant la robe de satin vert, elle entendit aussitôt résonner à ses oreilles quelques notes de la valse ancienne qui lui était devenue si familière. On eût dit que Mathilda l'encourageait à essayer de nouveau sa tenue ravissante.

En hâte, elle se déshabilla, enfila le vêtement et s'étudia d'un œil critique dans le miroir. Les plis soyeux vibraient dans la lumière de la lampe. Le vert profond du tissu se moirait de reflets violets qui mettaient ses yeux en valeur, et rehaussaient la nuance cuivrée de sa chevelure. Découpé en forme de cœur et orné de mancherons, le bustier, bien ajusté et serré à la taille, se prolongeait d'une jupe un peu trop courte.

Indéniablement, cette création magnifique restait très désuète. Il eût fallu la retoucher. Toutefois, Jenny se sentait réticente à l'idée de changer quoi que ce fût à une robe qui avait sans doute été très précieuse aux yeux de Mathilda.

Une brise tiède pénétrait dans la pièce, frôlant les bras nus de la jeune femme. Jenny eut l'impression que l'ancienne propriétaire de Churinga se tenait dans la pièce, tout près d'elle, lui chuchotant d'utiliser la robe à son idée, afin qu'elle fût portée une fois encore.

— J'en prendrai bien soin, murmura-t-elle dans un souffle.

Elle ôta le vêtement et l'étala sur le lit. Maintenant, il lui fallait des chaussures. Elle se souvint de la paire d'escarpins verts, qui reposaient encore au fond de la malle mais, lorsqu'elle les essaya, elle poussa une exclamation de désappointement ; ils étaient vraiment trop étroits. Tant pis, elle porterait les sandales plates qu'elle avait empaquetées à la dernière minute ; plutôt élégantes, elles pouvaient passer pour des chaussures de bal. De toute façon, elle n'avait pas le choix.

Emportant la robe dans la cuisine, elle détacha avec précaution les rubans sur lesquels se trouvaient les roses délicates, à la taille et aux épaules. Après un long moment d'hésitation, elle prit les ciseaux et entreprit de couper le tissu. Lorsqu'elle posa son aiguille, deux heures plus tard, elle avait devant elle une robe-bustier qui pouvait rivaliser avec les modèles les plus coûteux de Sydney.

Tenant son œuvre contre elle, devant le miroir, elle se dit qu'il manquait une seule chose pour que l'ensemble fût parfait. Quelques minutes plus tard, elle attacha le ruban de soie autour de son cou, faisant reposer les roses, qu'elle avait parsemées de peinture dorée, à la naissance de l'épaule.

Elle contempla son reflet avec un étonnement ravi, et se mit à rire. *Eh bien, Cendrillon, tu vas vraiment aller au bal !* se dit-elle avec enchantement. *Et tu n'y seras peut-être pas la plus repoussante !*

Bien avant le lever du soleil, elle se lava les cheveux sous la douche. Après avoir revêtu un pantalon de coton et un chemisier en broderie anglaise, elle s'appliqua à vernir ses ongles. Elle avait emporté peu de bijoux : une seule paire de boucles d'oreilles, des créoles en argent et le médaillon offert par Peter, dont elle ne se séparait jamais. Une dernière fois, elle s'étudia dans le miroir, en proie à une certaine nervosité. N'étant pas allée à une vraie fête depuis des années, elle n'était pas tout à fait sûre d'être prête à affronter la foule. Mais il était un peu tard pour se poser la question.

Depuis son réveil, Ripper la suivait avec un air de martyr. D'un air attentif, il la regarda préparer son sac à dos et ranger la chambre à coucher, puis trottina sur ses talons jusqu'à la camionnette, où il la vit étaler avec soin la robe de soirée sur le siège du passager. Il sentait que quelque chose d'inhabituel allait se produire, et qu'il ne serait probablement pas invité à y participer.

Elle le prit dans ses bras, incapable de résister aux yeux suppliants qui se levaient vers elle. Après un court moment d'hésitation, elle capitula.

— Allons, viens, petit coquin. Monte là-dedans avant qu'on ne te voie, mais je te préviens : un seul aboiement et je t'abandonne en chemin.

Il ne se le fit pas dire deux fois et grimpa dans le véhicule, où Jenny le suivit et fit démarrer le moteur. Elle avait vu Brett à l'autre bout de la cour, un groupe de chevaux piétinant autour de lui.

— Couche-toi sur le sol, Ripper. S'il t'aperçoit, nous serons tous les deux en mauvaise posture.

En franchissant la première barrière, Jenny se rendit compte que le trajet ne serait pas facile. La route de Kurrajong était trouée de nids-de-poule. La poussière soulevée par les chevaux et les autres voitures s'amassait déjà en un immense nuage, et collait désagréablement à sa peau. Elle avait eu tort de mettre un joli chemisier pour voyager.

Au terme de cinq heures d'un voyage épuisant, l'entrée principale de Kurrajong apparut devant elle. Elle était constituée de deux lourdes portes de fer forgé, surmontées d'un fronton imposant, au sommet duquel figurait l'emblème du domaine, un arbre à feuilles persistantes.

Au bout de l'allée, la véranda et le balcon coloniaux se détachaient sur une façade de brique couleur de miel. Les colonnes, entourées de bougainvillées et de frangipaniers, conféraient à l'ensemble une majestueuse beauté. La grandeur paisible de la demeure et la luxuriance des jardins étalaient au regard du visiteur la richesse et la puissance de leur propriétaire.

— Impressionnée ? demanda Brett en se penchant vers elle.

— Sans doute pas autant que je devrais l'être, répliqua Jenny, mais c'est très spectaculaire.

— Allez jusqu'à la maison, je dois m'occuper des chevaux.

— Vous ne m'accompagnez pas ? interrogea-t-elle, tout à coup anxieuse à l'idée de se trouver seule face à tous ces étrangers.

Il secoua la tête avec un sourire.

— Je ne suis qu'un employé, qui va s'installer dans le bungalow. Je vous retrouverai tout à l'heure.

Tout à coup, il aperçut Ripper qui sortait en rampant de sa cachette, attiré par sa voix.

— Je croyais vous avoir dit de le laisser à Churinga !

Jenny installa le chien sur ses genoux.

— Tout se passera bien, il peut dormir dans la camionnette. Je ne pouvais pas supporter de le laisser.

— Ah, les femmes ! murmura Brett avant de se diriger vers le paddock avec les chevaux.

Elle n'eut pas le temps de répondre. Andrew Squires descendait les vastes marches de la véranda pour l'accueillir, une expression triomphante sur le visage.

— Bonjour, madame Sanders, s'exclama-t-il en lui donnant une poignée de mains vigoureuse. Quel plaisir de vous rencontrer de nouveau !

— Votre maison est vraiment ravissante, répondit-elle poliment.

— Je suis ravi qu'elle vous plaise, affirma-t-il en prenant le sac et la robe dans le véhicule. J'espère que vous me permettrez de vous la faire visiter.

Soudain, il aperçut Ripper.

— Mais on dirait que vous avez un passager clandestin !

— Il a vraiment insisté pour venir, mais il peut dormir dans la voiture, il ne provoquera aucune gêne.

Son interlocuteur se pencha pour caresser le chien.

— S'il est propre, il n'y a aucun problème, il est le bienvenu.

Andrew remonta d'un cran dans l'estime de Jenny. S'il aimait Ripper, il ne pouvait pas être aussi mauvais qu'il en avait l'air. Ce séjour ne serait peut-être pas aussi intimidant qu'elle le pensait. Elle grimpa les marches derrière lui et pénétra à sa suite dans le hall.

C'était comme si elle venait d'entrer dans un autre monde. Les planchers étaient recouverts de tapis persans, les murs ornés de miroirs et de cadres dorés à la feuille d'or. Des vases de cristal, posés sur des tables parfaitement cirées, trônaient à côté d'objets de porcelaine et de trophées d'argent. Elle leva la tête vers le lustre somptueux, constitué d'innombrables gouttelettes de cristal, éblouie par les myriades de petits arcs-en-ciel que le soleil promenait sur les murs et sur le plafond.

— Mon grand-père l'a rapporté de Venise, il y a longtemps. C'est une sorte d'objet de famille, déclara fièrement son guide.

— Je n'aimerais pas avoir à le nettoyer !

— Nous avons des domestiques pour cela. Venez, je vais vous conduire à votre chambre.

— N'avez-vous pas de domestiques, pour cela aussi ? rétorqua-t-elle d'un ton légèrement sarcastique, atténuant sa grossièreté d'un sourire.

— Bien sûr que si, riposta-t-il d'un ton solennel, mais je pensais que pour votre première visite à Kurrajong, vous apprécieriez un accueil plus personnel.

Honteuse de s'être abandonnée à l'impolitesse, elle baissa les yeux et se contenta de suivre son hôte dans le grand escalier.

— Une bonne va venir défaire vos bagages, dit Andrew en déposant son sac et sa robe sur le lit. La salle de bains est de ce côté. Lorsque vous serez prête, descendez nous rejoindre au salon afin de rencontrer le reste de la famille et les autres invités. Inutile de vous préciser qu'ils sont tous très intrigués par la nouvelle propriétaire de Churinga.

Son sourire chaleureux l'aurait rendu presque agréable, si elle n'avait pas déjà découvert les aspects plus sombres de sa personnalité. Elle le remercia et attendit qu'il fût sorti de la pièce pour se pencher vers Ripper.

— Un peu différent de ce dont nous avons l'habitude, non ?

Examinant le décor qui l'entourait, elle admira le lit à baldaquin et le brocart crème des rideaux qui ornaient la fenêtre. Un tapis épais de couleur pâle recouvrait le sol entier, faisant ressortir l'opulence du mobilier victorien. Elle traversa la pièce jusqu'à la coiffeuse et examina les bouteilles de parfums coûteux bien alignées, ainsi que les petits savons de luxe, empilés dans une coupe précieuse. Balmain, Chanel, Dior… Ses hôtes aimaient étaler leur

générosité, mais elle ne pouvait s'empêcher de se demander si cet accueil de rêve ne cachait pas quelque chose.

L'évocation de Churinga, de son plancher de bois et de
ses meubles sobres, donnait à tout ce luxe un caractère
démesuré. Pour la première fois, Jenny éprouva de la nostalgie pour l'endroit charmant et familier qui était devenu
sa maison. Sa demeure de Sydney semblait se trouver à des
années-lumière. Elle aspirait à se retrouver au cœur de la
simplicité rustique de son héritage.

De légers coups à la porte interrompirent ses pensées.
Elle se retourna et vit entrer une fillette souriante à la peau
sombre et aux pieds nus, vêtue d'une robe de coton blanc
et bleu sous un tablier amidonné.

— Je peux vous aider, madame ? À sortir vos habits ?

— Non merci, je m'en occuperai tout à l'heure, répondit Jenny.

Le sourire de la petite bonne s'effaça aussitôt.

— Mais madame, le maître m'a dit de le faire !

Jenny comprit que s'obstiner ne ferait qu'accentuer
le malaise de la servante. Elle lui fit un signe de tête affirmatif.

Lorsqu'elle eut rangé les sous-vêtements et accroché
la robe, la fillette désigna les vêtements souillés que portait
la jeune femme.

— Si vous voulez, je les lave tout de suite.

— Tu n'auras pas le temps, argua Jenny avec une grimace. Je dois descendre bientôt.

— Ça ne sera pas long, madame.

Cédant de nouveau, Jenny se déshabilla.

— Comment t'appelles-tu ? s'enquit-elle.

— Jasmine, dit son interlocutrice, qui se dirigeait déjà
vers la porte.

Jenny soupira en se dirigeant vers la salle de bains. N'ayant rien d'autre à se mettre, elle avait sans doute le temps de prendre un bain, avant d'affronter les Squires et leurs invités.

Elle s'arrêta sur le seuil de la pièce, qu'elle contempla avec un amusement horrifié. Ce décor n'eût pas déparé une maison close. Les robinets, qui avaient la forme de dauphins dorés, se dessinaient sur un fond de carrelage de style italien, peint à la main. Dans une corniche, entourée de bouteilles de sels de bain et de produits cosmétiques, se dressait une Vénus de Milo en plâtre, semblant contempler les serviettes épaisses posées sur un rail chauffant. Un peignoir de soie, brillant dans la lueur de lampes de cristal, attendait sur le dossier d'une chaise imitation Louis XVI. De toute évidence, les habitants de Kurrajong voyaient les choses en grand.

Plongée dans la baignoire jusqu'aux oreilles, la tête posée sur un coussin judicieusement placé, Jenny ferma les paupières. Même si tout ce luxe était vraiment exagéré, elle était déterminée à en goûter la douceur.

Lorsqu'elle rouvrit les yeux, l'eau avait tiédi. Sortant rapidement du bain, elle s'essuya avec une serviette chaude avant de jeter un regard de regret aux crèmes pour la peau qui se trouvaient au pied de la statue. Pas le temps de les essayer pour l'instant.

Jasmine avait fait des miracles. Sur le lit s'étalaient le chemisier lavé et le pantalon nettoyé et repassé. En jetant un regard à sa montre, la jeune femme se rendit compte avec consternation qu'une heure s'était écoulée depuis son arrivée.

Elle s'habilla en toute hâte et se maquilla légèrement. Des voitures se succédaient dans l'allée et des voix se saluaient. Il ne fallait pas s'attarder.

Ripper gémit lorsqu'il la vit se diriger vers la porte.

— Reste ici ! lui intima-t-elle. Je te sortirai tout à l'heure.

Lorsqu'elle arriva en haut de l'escalier, elle comprit qu'il lui suffisait de suivre le brouhaha des conversations pour trouver le salon. Son cœur battait à tout rompre. Elle eût vraiment préféré que Brett fût à ses côtés.

Alors qu'elle commençait à descendre, elle vit un bel homme d'une soixantaine d'années s'avancer vers elle et l'attendre en bas des marches. Après l'avoir examinée d'un regard admiratif, il lui tendit la main. Aussitôt, elle sut qu'il s'agissait d'un autre fils d'Ethan Squires.

— Enchanté de vous rencontrer enfin, madame Sanders. Je m'appelle Charlie. Puis-je vous appeler Jenny ?

Elle le trouva immédiatement sympathique. Pas étonnant que Mathilda l'eût bien aimé.

— Bien sûr. Ravie de vous rencontrer, Charlie.

Il lui prit la main et la glissa sous son bras.

— En route pour la fosse aux lions. Débarrassons-nous de la corvée pour pouvoir nous esquiver au plus vite vers un coin tranquille, avec une boisson à bulles. Êtes-vous prête à rencontrer mon père ?

— Seulement si vous me promettez de ne pas me laisser seule face aux fauves.

Elle se laissa entraîner vers la foule, consciente des regards curieux et des murmures excités soulevés par son passage. Mais son attention était fixée sur le vieil homme affaissé dans un fauteuil roulant.

De son visage couleur de mastic, dont les yeux pratiquement décolorés étaient en partie voilés par des paupières tombantes, jaillissait un nez en forme de bec d'oiseau de proie. Ses mains déformées, aux veines apparentes, reposaient, sans vie, sur la couverture écossaise étalée sur ses genoux. Mais le regard qu'il fixait sur elle était vif, intelligent et éloquent.

— Tiens, tiens, voici notre nouvelle Mathilda, on dirait, clama-t-il dans le silence attentif qui s'établit lorsque Jenny s'immobilisa devant lui. Je me demande si vous avez le même tempérament.

— Seulement lorsque c'est nécessaire, monsieur Squires, rétorqua la jeune femme, sans fléchir les yeux.

— Attention à cette chipie, mon garçon, dit-il à Charlie. Si elle ressemble un tant soit peu à l'autre, elle te fera sortir de Churinga le fusil aux fesses.

Son rire catarrheux s'éleva, pour se transformer aussitôt en accès de toux.

Une femme mince et élégante, d'âge moyen, se détacha du groupe de spectateurs pour aider le vieillard à boire un peu d'eau.

— Je t'avais dit de ne pas l'énerver, protesta-t-elle en jetant un regard désapprobateur à Charlie.

Ce dernier saisit le bras de Jenny, comme pour se défendre.

— Tu sais bien qu'il n'a pas besoin de provocation, riposta-t-il. Il ne fait que s'amuser de la façon qui lui est habituelle.

Son interlocutrice leva les yeux au ciel en soupirant.

— Je suis désolée, madame Sanders, vous devez nous trouver particulièrement grossiers, s'excusa-t-elle en tendant à Jenny une main manucurée ornée d'un diamant. Helen Squires. Je suis la femme du frère de Charlie, James.

Jenny lui rendit son sourire chaleureux et sa poignée de main. Avec gratitude, elle se laissa entraîner vers un autre coin de la pièce.

— Père attendait avec impatience le moment de s'opposer à vous, lui confia Helen. Charlie aurait vraiment dû vous prévenir qu'il se comporte comme un rustre. Je suis désolée de cet éclat, mais il est impossible de contrecarrer son agressivité.

— Ne vous inquiétez pas, affirma Jenny, encore sous le choc. Espérons qu'il se calmera suffisamment pour accepter de me parler de l'histoire de Churinga.

Elle vit ses deux hôtes échanger un regard, qu'elle n'eut pas le temps d'interpréter, car elle était déjà guidée par Charlie vers les autres invités.

— Vous aurez tout le temps de parler avec père, mais je pense que, pour le moment, il est préférable de le laisser mijoter, murmura-t-il. Lançons-nous dans les présentations.

Jenny serra de nombreuses mains et sourit à de nombreux visages, tentant de mémoriser les noms et les liens de famille des personnes qui lui étaient présentées. Aux questions de pure forme, elle répondait par des banalités qui ne l'étaient pas moins. Soumise à tous ces regards avides, qui semblaient la déshabiller, elle fut reconnaissante à Charlie de l'emmener enfin sous la véranda pour le brunch. Après quelques gorgées de champagne glacé, elle s'efforça de se détendre lorsqu'une domestique plaça devant elle une assiette d'œufs brouillés.

— Un fameux pensum, n'est-ce pas? Je trouve que vous vous en êtes magnifiquement tirée, en particulier devant père.

— Quel étrange accueil en effet, Charlie. Que voulait-il dire exactement?

— Attribuez ses propos aux divagations d'un vieil homme. Je vous suggère de n'en tenir aucun compte.

— Il s'est montré vraiment agressif, insista-t-elle.

Charlie se concentra un long moment.

— Je pense qu'il a vu en vous un caractère indépendant, qui lui rappelle celui de Mathilda ; cette volonté de fer, cette flamme toujours sur le point de se transformer en incendie.

Il lui sourit avant de poursuivre :

— Votre réplique n'a fait que mettre en valeur cette similarité. J'ai bien connu Mathilda autrefois ; on ne l'oubliait pas facilement. Vous devriez vous sentir flattée d'être comparée à elle.

Jenny réfléchit un instant.

— Mais je le suis, sincèrement, admit-elle.

Elle était sur le point de lui demander pourquoi il avait rompu ses relations avec la jeune femme qu'il admirait tant, mais elle se ravisa. Sans doute était-il préférable d'apprendre à mieux le connaître avant de l'entraîner sur un terrain aussi intime.

— J'ai l'impression que la Nouvelle-Galles du Sud, dans son intégralité, s'est réunie ici cette année ! s'écria-t-il d'un ton enjoué, en s'adossant aux coussins de son fauteuil en osier. Mais bien sûr, je n'ai pas besoin de vous préciser pourquoi ils sont venus ! Deux mois de potins et de rumeurs ont aiguisé leur appétit.

— Ma célébrité ne sera qu'un feu de paille, dit-elle en tournant la tête vers le paddock, où elle pouvait apercevoir Brett, parmi un groupe d'hommes appuyés à la barrière.

Deux mois. Elle n'avait pas vu le temps passer ; l'hiver approchait et il lui faudrait bientôt prendre une décision à propos de Churinga.

— Un dollar pour vos pensées.

— Elles ne valent pas tant que cela, répliqua-t-elle gaiement. Quand la parade commence-t-elle ?

— Dans environ deux heures, répondit-il en regardant sa montre. Peut-être devrions-nous donner le signal du départ. Me ferez-vous l'honneur de voyager dans ma voiture ?

Touchée par cette marque de courtoisie désuète, elle sourit. Voyager avec Brett et les hommes de Churinga eût été plus agréable, mais ils semblaient s'être déjà organisés et se dirigeaient vers leurs véhicules.

— Merci, j'en serai flattée.

Le monument aux morts était situé dans les faubourgs de Wallaby Flats. Grâce à la climatisation de la voiture de Charlie, Jenny se trouvait à la fois à l'abri de la poussière et de la chaleur éprouvante. Contemplant la foule bigarrée qui attendait le défilé, elle se demanda d'où venaient tous ces gens : gardiens et conducteurs de troupeaux, tondeurs, travailleurs de ferme, commerçants, colons riches ou pauvres, et visiteurs issus d'autres régions de l'Australie. Les femmes étaient vêtues de robes de coton aux couleurs vives, et les anciens combattants arboraient leur vieil uniforme, la poitrine ornée de médailles brillantes. Ces figures, qui se mouvaient sur fond de terre rouge sombre et de ciel pommelé, formaient un kaléidoscope que Jenny eût souhaité saisir sur son carnet d'esquisses.

Après que Charlie eut parqué sa voiture à côté de celles de ses invités, ils se dirigèrent tous deux lentement vers la foule. Elle chercha Brett des yeux, mais ne le vit pas. Soudain, le son étranglé d'une cornemuse sonna le départ du cortège.

Dans un cliquetis de harnais, les chevaux s'ébranlèrent derrière la fanfare de Wallaby Flats, constituée de cuivres et de cornemuses. Un élan de patriotisme souleva la foule lorsqu'elle vit les musiciens précéder trois générations de militaires jusqu'au monument. Jenny reconnaissait les visages de conducteurs de troupeaux qui avaient travaillé à

Churinga, et qu'elle n'eût pas crus assez âgés pour avoir fait la guerre.

Les vétérans furent accueillis près du monument par les dignitaires locaux, resplendissants dans leurs costumes officiels. Un prêtre, dont la soutane noire flottait dans le vent, commença le service, au cours duquel les hymnes, connues de tous, furent entonnées avec ferveur. Lorsque la gerbe de pavots rouge sang fut déposée sur les marches, au son de la sonnerie aux morts, exécutée par un très jeune soldat, Jenny sentit sa gorge se serrer. Dès que la dernière note s'évanouit dans le silence, l'assistance poussa un soupir ému.

— Après le souvenir, les réjouissances, s'écria Charlie, avec un sourire joyeux qui dissipa les dernières traces d'émotion.

— Que faisons-nous maintenant ?

— Nous retournons à Kurrajong, pour ne pas nous faire voler les meilleures places pour le pique-nique !

Le flot sinueux de la Culgoa rutilait sous la brise ensoleillée. Lorsque Charlie et Jenny arrivèrent, des couvertures et des paniers de pique-nique avaient été étendus sous les arbres. Des enfants se baignaient dans l'eau froide, d'autres jouaient au football sur l'herbe. Nombre d'attractions avaient été prévues : jongleurs, cracheurs de feu, boxeurs, femmes à barbe, manèges et balançoires.

— En tant qu'hôte, j'ai quelques obligations, Jenny, déclara Charlie en la regardant d'un air solennel. Je peux demander à quelqu'un d'autre de vous tenir compagnie, si vous le désirez.

— Allez-y, répondit-elle en secouant la tête. Je serai ravie d'explorer les lieux à mon rythme.

Il fixa les yeux sur elle un moment et s'éloigna. Bien qu'elle appréciât réellement sa compagnie, elle était heureuse qu'il eût autre chose à faire. Les sons et les odeurs de la fête foraine faisaient ressurgir des souvenirs de Waluna. Elle était impatiente de se promener seule, de s'offrir de la barbe à papa et une pomme caramélisée.

Savourant les filaments légers de sucre, elle se fraya un chemin parmi des paniers de pique-nique, répondant aux sourires chaleureux qui lui étaient adressés. En passant devant le stand de boissons, qui était déjà bondé, elle se demanda si elle allait rencontrer Brett.

Finalement, elle l'aperçut, debout au cœur d'un groupe compact qui s'était rassemblé autour du ring de boxe. Elle se dirigea vers lui, au milieu de la foule, et s'immobilisa brusquement. Il était avec Lorraine, qui avait glissé son bras sous le sien, et qu'il regardait, apparemment très détendu. Tous deux formaient un couple heureux de profiter ensemble d'un jour de fête.

Elle fit demi-tour avant qu'ils n'eussent eu l'occasion de l'apercevoir. La journée venait tout à coup de perdre son éclat.

15

Brett leva les yeux et aperçut très fugitivement l'expression du visage de Jenny juste avant qu'elle ne se retournât. Comprenant aussitôt ce qu'elle avait cru voir, il dégagea brusquement son bras de celui de Lorraine. Lorsque celle-ci s'était précipitée pour se coller contre lui, quelques minutes auparavant, il n'avait pas voulu la repousser en public et avait décidé d'attendre le bon moment pour s'échapper.

— Je dois y aller, marmonna-t-il. Il faut que je m'occupe des chevaux.

Elle tordit ses lèvres en une moue désapprobatrice.

— Je pensais que nous allions pique-niquer ensemble. Je me suis installée au bord de l'eau, sous les arbres.

— Il est déconseillé de manger avant les courses, Lorraine. Et j'ai promis aux Squires que je les rejoindrais pour l'apéritif.

— Dis plutôt que tu l'as promis à madame la bêcheuse, ricana-t-elle. Tu te rends complètement ridicule. Elle n'est intéressée que par l'argent et a déjà mis le grappin sur Charlie.

— Ne juge pas les autres d'après tes propres valeurs, rétorqua Brett, d'un air contrarié.

— Salaud ! Je me demande ce qui m'a plu chez toi. Mais si tu crois que c'est du tout cuit avec la patronne, tu te mets le doigt dans l'œil. C'est de l'univers des riches dont elle fait partie, pas du tien. Tu n'es qu'un employé, ne l'oublie pas.

Brett la regarda s'éloigner, blessé malgré lui par ses paroles. Pourtant, quelque chose en lui se refusait à croire ce qui pouvait paraître à d'autres comme une évidence. D'après ce qu'il connaissait de Jenny, il sentait intuitivement qu'elle était différente de tous les Squires de ce monde. Elle ne se laisserait influencer ni par l'argent ni par le pouvoir, et déciderait en toute conscience de son avenir. Il se fraya un chemin parmi les participants de la fête, en se dirigeant vers l'aire de pique-nique.

Cependant, lorsqu'il vit la foule des invités, il hésita à s'y mêler. Le tableau auquel il assistait était intéressant. Les mots de Lorraine lui revinrent à la mémoire quand il vit Jenny plongée dans une conversation animée avec Charlie Squires, qui se penchait vers elle, visiblement attendri. Elle semblait accepter les attentions de son interlocuteur avec naturel et se montrait indéniablement très à l'aise dans cet environnement sophistiqué.

Près des couvertures étendues sous les wilgas avaient été dressées des tables recouvertes de nappes d'un blanc éclatant, sur lesquelles luisaient des couverts d'argent. Vêtues de robes de coton raffinées et protégées par de grands chapeaux, les femmes de Kurrajong sirotaient avec élégance du champagne servi dans des flûtes de cristal, bavardant et riant avec leurs visiteurs, tandis que le vieux Squires, installé sous une vaste ombrelle, la fumée de son cigare s'accumulant en un dais opaque au-dessus de sa tête, aboyait ses ordres et convoquait près de lui ses invités.

Comme d'habitude, Helen se tenait à son service, et James servait les boissons.

Charlie et Jenny semblaient vraiment s'entendre parfaitement. Certes, le fils d'Ethan avait une bonne quarantaine d'années de plus que son interlocutrice, mais il restait un homme séduisant qui, disait-on, savait s'y prendre avec les femmes. Séduisant et riche, il aurait les moyens de procurer à la propriétaire de Churinga tout ce dont elle aurait envie, en échange d'une terre que sa famille convoitait depuis toujours.

Brett fit demi-tour avant qu'ils n'eussent pu le voir. Il n'avait aucun rôle à jouer dans cette scène, à part celui de l'intrus. En réalité, il répugnait à partir et à laisser la jeune femme s'éloigner de lui. Mais maintenant qu'elle avait goûté à la vie des riches colons, que pouvait-il lui offrir qu'elle ne possédât déjà ?

Jenny n'avait jamais participé à un pique-nique aussi somptueux : viande froide, salades de toutes sortes, poulet rôti, saumon fumé, et caviar luisant sur lit de glace. Au centre de la table, couverte d'une nappe damassée qui mettait en valeur l'argenterie et le cristal, se dressait une pyramide de fruits. Indéniablement, les maîtres de Kurrajong savaient recevoir leurs convives. Pourtant, en dépit de leur gracieuse hospitalité et de leurs conversations polies, la jeune femme sentait qu'il manquait quelque chose à ce tableau, dont la composition avait été soigneusement travaillée. À force d'observer ses hôtes, elle comprit ce qui la gênait.

Les membres de cette famille ne s'aimaient pas. Ethan Squires, patriarche incontesté, avait toute autorité sur ses nombreux enfants et petits-enfants, grâce à la main de fer avec laquelle il continuait à diriger son exploitation. Il avait apparemment étouffé en James toute étincelle d'ambition. Charlie, de compagnie très agréable, ne pouvait dissimuler sa frustration de ne pouvoir mettre aucun projet à exécution sans l'autorisation de son père. Le seul des trois fils qui paraissait satisfait de sa vie semblait être Andrew. Mais bien qu'il eût échappé aux griffes du vieil homme pour se bâtir une carrière à la ville, les liens qui l'unissaient à Kurrajong étaient encore très forts. En dépit de son apparente émancipation, il se trouvait toujours à la merci de la règle tyrannique d'Ethan, car toutes les affaires du domaine passaient par son bureau, ce qui donnait sans doute toute latitude au vieillard pour exercer un contrôle strict sur leur gestion.

Alanguie par un festin trop copieux, légèrement somnolente, Jenny s'adossa aux coussins de son fauteuil et ferma les yeux. Les femmes autour d'elle bavardaient gaiement de gens et de choses qu'elle ne connaissait pas, ce qui l'empêchait de prendre part à la conversation.

— Eh ! Voici ce que j'appelle un véritable oiseau de paradis !

Se demandant de quoi pouvait bien parler Charlie, Jenny ouvrit les yeux, et resta bouche bée.

— Diane ! s'exclama-t-elle.

Son compagnon s'arracha à la contemplation d'un caftan écarlate pour se tourner vers elle.

— Vous connaissez cette créature exotique.

— Et comment ! dit-elle en sautant sur ses jambes. Ne la trouvez-vous pas éblouissante ?

Sans attendre de réponse, elle se précipita vers son amie, qu'elle serra dans ses bras.

— Mais que diable fais-tu ici ?

— En voilà une façon d'accueillir quelqu'un qui vient de traverser la moitié du pays pour te voir ! protesta Diane en se dégageant. Mais tu es splendide, ma fille. La vie au grand air te réussit, on dirait.

Enveloppée par le parfum oriental de la nouvelle arrivante, Jenny l'examina d'un œil critique : sa tenue rouge vif, qui réussissait à ne pas jurer avec le turban de pirate couleur feu noué autour de sa tête, faisait ressortir le lourd maquillage des paupières et les boucles d'oreilles en or, assorties aux bracelets cliquetant autour des poignets toujours en mouvement.

— Je vois que tu as décidé de te mêler au commun des mortels ! déclara-t-elle.

Diane regarda autour d'elle la foule qui s'était rassemblée.

— Tu sais que j'adore qu'on parle de moi !

Charlie se frayait un chemin jusqu'à elles. Jenny saisit le bras de son interlocutrice.

— Allons-nous-en d'ici pour pouvoir parler tranquillement.

Suivant son regard, la visiteuse s'écarta.

— Pas question ! Je veux d'abord rencontrer tous les gens dont tu m'as parlé dans tes lettres.

Elle jaugea Charlie d'un coup d'œil.

— Ce n'est pas Brett, n'est-ce pas ? Pas mal, mais plutôt vieux.

— Un peu de tenue ! C'est Charlie Squires.

— Pas le Squires de triste mémoire ? s'écria Diane en écarquillant ses yeux chargés de khôl.

— Son fils, souffla Jenny.

Lorsque l'hôte des lieux prit Diane sous son aile pour la présenter aux autres invités, on eût dit un perroquet aux couleurs vives qui se pavanait au milieu des moineaux. Elle serra les mains tendues avec des gestes théâtraux et finit par accepter un verre de champagne. Son sourire ne disparut pas un instant de son visage, en dépit du regard incrédule, voire désapprobateur, des femmes qui l'entouraient.

Jenny observait la scène, sachant combien son amie aimait être au centre de l'attention générale. Elle s'était toujours comportée de cette façon, comme si, abandonnée dans son enfance, elle était déterminée à ne jamais plus être ignorée ou laissée de côté. Telle était sa façon de s'affirmer, de se défendre contre l'indifférence et l'anonymat dont elle avait souffert à l'orphelinat.

Diane s'écarta enfin de son groupe d'admirateurs, et, glissant son bras sous celui de Jenny, se dirigea avec elle vers la rivière. Une brise fraîche atténuait la chaleur du soleil déclinant.

— Comment as-tu fait pour me trouver?

— J'ai acheté un vieux camping-car à un ami qui rentrait de la côte Ouest. L'exposition a marché du tonnerre, et j'étais épuisée. J'avais besoin de partir, d'avoir un peu d'espace autour de moi.

Elle s'esclaffa.

— Et l'espace, ce n'est pas ce qui manque ici! Je croyais ne jamais arriver à Wallaby Flats, et encore moins à Churinga!

Jenny lui jeta un regard sceptique.

— Tu as conduit jusqu'ici? Toi qui prends un taxi pour aller dans les magasins à deux rues de chez toi?

La visiteuse décida d'ignorer ce sous-entendu caustique.

— J'étais inquiète pour toi. Tes lettres étaient trop rares et trop espacées. Tu ne m'en disais pas assez, et j'avais l'impression que quelque chose n'allait pas.

Jenny mit son bras autour des épaules de son amie.

— Tout va bien. Au début, la lecture des journaux de Mathilda m'a bouleversée mais, depuis, je me sens mieux. J'ai même l'impression que ce témoignage m'a aidée à comprendre que l'on peut retrouver le goût de vivre après une tragédie. C'est en grande partie grâce à son exemple que j'accepte de laisser le passé derrière moi et de penser au futur.

— Tu envisages donc de revenir à Sydney ?

— Pas forcément, répondit son interlocutrice, en hésitant.

— Cette indécision n'a rien à voir avec un certain Brett Wilson, par hasard ?

La jeune femme sentit ses joues s'empourprer.

— Ne sois pas stupide ! Il est ici avec sa petite amie.

La contemplant un moment d'un air pensif, Diane s'abstint de tout commentaire.

— On dirait que la prochaine course va démarrer, dit-elle en voyant la foule se rassembler vers la piste. Allons-y.

Les deux jeunes femmes se joignirent à l'assistance et se laissèrent bientôt gagner par une joyeuse excitation en voyant les cavaliers et leurs chevaux se préparer. Les animaux, sentant que quelque chose allait se produire, manifestaient leur énervement en piaffant et s'ébrouant, les lèvres relevées en un rictus anxieux.

L'ensemble des concurrents constituait une bonne représentation des hommes qui habitaient et travaillaient dans l'outback. Colons, conducteurs de troupeaux, tondeurs et directeurs de stations d'élevage, tous arboraient les couleurs de leurs patrons, ainsi qu'un tapis de sol ou un baluchon sur le dos.

Soudain, la foule fit silence. Le drapeau de départ flotta dans la brise. Les chevaux s'élancèrent dans une explosion de poussière, soutenus par des cris d'encouragement.

Le parcours débutait par une ligne droite, suivie de l'ascension d'une colline offrant un tracé sinueux à travers des arbres et autour de hautes termitières. La foule perdit de vue les cavaliers qui étaient en tête, ce qui n'atténua en rien son enthousiasme, entretenu par le nuage opaque qui s'élevait au-dessus du bush. Après un long moment, le champion émergea du petit bois pour entamer sa périlleuse descente jusqu'à la vallée. Les chevaux zigzaguaient entre les arbres à thé, galopant sur le sol inégal ; agrippés aux rênes, les hommes criaient des encouragements dans leurs oreilles dressées.

Jenny et Diane hurlèrent avec la foule pour saluer le gagnant de Kurrajong, qui franchit la ligne d'arrivée bien avant le reste des concurrents.

— Quelle émotion ! s'écria Diane. Et si nous misions sur un cheval pour la prochaine course ?

— Excellente idée, mesdames ! approuva Charlie. Je vais m'en occuper pour vous. Je suppose que vous voulez parier sur votre directeur, Jenny ? Gagnant, ou placé ? Sa cote est faible, mais vous pourriez faire pire.

La jeune femme évita soigneusement le regard de Diane.

— Pourquoi pas ? dit-elle en tendant cinq dollars à Charlie. Mais je joue simplement gagnant. Après tout, Brett porte les couleurs de Churinga, et je suis sûre qu'il sait ce qu'il fait.

— Pourquoi sa cote est-elle si basse ? s'enquit son amie, en fouillant dans son porte-monnaie.

— Parce qu'il a gagné les trois dernières fois. Mais cette année, Kurrajong a une arme secrète, qui me pousse à croire que le règne de Brett, roi de la colline, est terminé.

Son regard se tourna vers un jeune homme plutôt fluet, dressé sur la selle d'un cheval pie très nerveux.

— Dingo Fowley a déjà remporté des courses dans le Queensland et le Victoria. C'est le meilleur cavalier que j'aie vu depuis longtemps, affirma-t-il en s'éloignant.

— Allons, montre-le-moi ! souffla Diane dans l'oreille de Jenny. Je veux voir sur qui j'ai placé mes cinq dollars.

Son interlocutrice regarda la ligne de départ. Brett se trouvait sur un hongre alezan, arborant sur sa chemise vert et doré l'emblème de Churinga, l'amulette sacrée du même nom tracée par les mains d'un artiste aborigène. Les gestes calmes et précis avec lesquels il savait calmer sa monture conféraient à son allure une réelle noblesse, qui le rendait particulièrement séduisant. Il tourna la tête vers Jenny et échangea avec elle un long regard qui les isola un instant de la foule et se termina soudain sur un clin d'œil complice.

Diane laissa entendre un rire de gorge.

— Voilà ce que j'appelle un secret digne d'être jalousement gardé ! Pas étonnant que tu n'aies pas eu le temps de m'écrire !

— Tu as vraiment l'esprit mal placé. Et tu n'y es pas du tout. C'est la première fois que je le vois depuis notre arrivée ici.

— Sans rire ? murmura son amie d'un air pensif.

Dès que le drapeau fut levé, Brett agrippa les rênes de Stroller, qui piaffait d'impatience. Il était déterminé à se concentrer uniquement sur le parcours, et ignorait délibérément son concurrent. Ayant entendu parler des ruses grâce auxquelles Dingo avait coutume de s'assurer la victoire, il avait décidé de le battre à tout prix. Outre sa réputation à conserver, il se devait de gagner le trophée, pour

Jenny, dont il arborait les couleurs. Il était plus important que jamais de garder son titre.

Le drapeau s'abaissa. Stroller s'élança en même temps que son adversaire, qui resta collé à lui, permettant à Dingo, d'un coup de botte, de faire sortir le pied de Brett de l'étrier. Aussitôt, le cheval allongea sa foulée et aborda le virage au sommet de la colline, s'engageant dans le parcours sinueux tracé à travers le bosquet.

Le claquement des sabots martelant la terre durcie se mêlait au sifflement des branches qui giflaient les cavaliers au passage. Les termitières, s'élevant à hauteur d'homme, constituaient des obstacles. Il fallait les contourner avec une adresse extrême, que seules des années de rassemblements de troupeaux pouvaient permettre d'acquérir.

Alors que montures et cavaliers, couverts de sueur et de poussière, allaient sortir du couvert des arbres, Dingo donna un nouveau coup de pied à son concurrent, sans succès.

Ils jaillirent tous deux dans le soleil, dévalant la pente raide jusqu'à la ligne droite finale. Les flancs soulevés par l'essoufflement, les chevaux, toujours côte à côte, se tendirent en un ultime effort, stimulés par les hurlements de la foule qui se dissolvaient dans le bruit infernal de leur galop. Le museau de Stroller franchit la ligne d'arrivée quelques centimètres avant son concurrent.

— Bravo, mon pote ! cria Dingo. Mais cela ne te sera pas aussi facile l'année prochaine !

Brett fit faire demi-tour à son cheval et s'approcha de son adversaire.

— Tes ruses sont un peu éculées, vieux. Tu devrais essayer de te montrer plus original.

Il se laissa glisser de sa monture et faillit être renversé. Lorraine, qui s'était précipitée sur lui, le couvrait de baisers.

— Magnifique ! hurla-t-elle. Tu es le roi ! Je savais que tu gagnerais !

— Ça suffit, Lorraine, dit-il sèchement, tentant de s'écarter, en vain. Arrête de te donner en spectacle !

Elle jeta un coup d'œil derrière lui et eut un rire forcé avant de lui planter un baiser sur la bouche.

— Mon héros ! s'écria-t-elle, d'un air où le triomphe le disputait au sarcasme.

Lorsqu'elle se recula, Brett comprit la raison de son attitude. Jenny se trouvait à quelques pas, son visage crispé témoignant du fait qu'elle avait probablement assisté à toute la scène. Il agrippa les épaules de la serveuse et la maintint à longueur de bras.

— Pour quelle raison fais-tu cela ? Il n'y a plus rien entre nous, alors pourquoi toutes ces histoires ?

— C'est toi qui dis que c'est fini, rétorqua-t-elle. Tu ne te débarrasseras pas de moi aussi facilement, Brett Wilson.

— Qui est cette pétasse ? s'enquit Diane, avec son franc-parler habituel.

— Lorraine, répondit Jenny d'une voix neutre. C'est la petite amie de Brett.

Son interlocutrice laissa échapper un grognement désapprobateur.

— Il a un goût plutôt douteux, si tu veux mon avis, déclara-t-elle. Je ne m'inquiéterais pas trop à ta place, cette histoire ne durera pas.

— Qui est inquiète ? rétorqua son amie d'un ton faussement léger, souhaitant ardemment être de retour à Churinga.

— Jenny, père veut que vous remettiez le trophée.

Elle regarda Charlie avec horreur.

— Pourquoi moi ?

— Parce que vous êtes la propriétaire de la station d'élevage gagnante. Allons-y.

Après avoir jeté à Diane un regard paniqué, elle se dirigea à contrecœur vers la foule qui entourait Brett, et murmurait à son approche. Mais elle ne vit que Lorraine debout près du vainqueur, une expression de suffisance sur le visage.

— Mes compliments ! jeta Ethan lorsqu'elle parvint à sa hauteur. Aux innocents les mains pleines, comme on dit. Nous vous reprendrons ce trophée l'année prochaine.

Lorsqu'on lui eut mis dans les mains une statue représentant un cheval en train de ruer, elle se tourna vers Brett, qui s'éloigna de Lorraine avec un air renfrogné.

— Félicitations, articula-t-elle froidement, détournant la tête au moment où il allait planter un baiser sur sa joue.

— Jenny, chuchota-t-il en se penchant contre sa chevelure, ne vous fiez pas aux apparences.

Elle leva les yeux vers lui, sentant son pouls s'accélérer, mais Lorraine avait déjà repris possession du bras de son vainqueur.

— Nous nous reverrons à Churinga, monsieur Wilson, dit-elle d'un ton définitif.

Après avoir rejoint Diane et Charlie, elle dut se forcer pour participer aux conversations polies, en buvant du champagne, comme si tout allait bien. Ce n'était pas du tout le cas. À quel jeu Brett jouait-il ? Et pourquoi ses yeux lançaient-ils des messages que contredisaient ses actes ?

Les paniers de pique-nique furent ramassés, et les stands de fête foraine démantelés. Jenny s'excusa auprès de ses hôtes, fit un arrangement avec l'un des conducteurs de troupeaux pour qu'il ramène la camionnette à Churinga, et grimpa dans le camping-car près de Diane.

Tandis que la conductrice, suivant la voiture des Squires, se concentrait sur la route caillouteuse, essayant d'en négocier au mieux les embûches, Jenny garda le silence. Lorsqu'elles atteignirent enfin Kurrajong, elle sourit devant la réaction de son amie.

— Une maison close ! Apparition pour le moins inattendue !

— Attends de voir l'intérieur !

Dans le hall, elles furent accueillies par Helen.

— J'espère que vous ne verrez aucun inconvénient à partager la chambre ? La maison est pleine à craquer.

Les deux jeunes femmes échangèrent un sourire.

— Ce sera comme au bon vieux temps. Aucun problème, Helen.

Jenny précéda son amie dans l'escalier. Une fois entrée dans la pièce, elle se recula afin que Diane prît le temps d'examiner le décor.

— Bon sang ! Tu fréquentes le gratin ! Je n'ai jamais rien vu de tel.

Elle souleva Ripper, le cala dans ses bras et inspecta les lieux. En pénétrant dans la salle de bains, elle laissa échapper un cri aigu.

— Celui qui a fait ça mérite le châtiment suprême ! As-tu déjà vu une sculpture plus horrible ? Pauvre Vénus !

Effrayé par ses exclamations, le chiot cherchait à se dégager. Elle l'embrassa sur le dessus de la tête et le posa par terre, puis elle se jeta sur le lit et s'étira voluptueusement, dans les rayons du soleil couchant.

— Veux-tu prendre ton bain la première ? demanda Jenny. Nous avons trois heures avant le début du bal.

Jenny, qui avait pris son temps pour se préparer, finissait de se maquiller lorsque Diane émergea de la salle de bains, vêtue d'une robe droite violette, lamée argent, au décolleté plongeant, qui découvrait sur le côté ses longues jambes bronzées. Ses cheveux bruns, empilés sur le dessus de sa tête, et retenus par des peignes argentés, laissaient échapper de fines mèches bouclées qui encadraient son visage. Sur sa peau mate luisaient un collier et des boucles d'oreilles d'améthyste aux reflets mauves.

— Un cadeau d'adieu de Rufus. Pas mal, non?

Jenny regarda en soupirant ses anneaux et son médaillon.

— À côté de toi, je ne vais vraiment pas paraître élégante…

— Idiote! Ta robe est à tomber par terre! Il ne te manque que mes boucles d'oreilles en jade et une paire de chaussures décente.

Diane fourragea dans son vaste fourre-tout et en sortit triomphalement les bijoux vert et argent.

Alors que son amie admirait la façon dont les pendants d'oreilles s'harmonisaient avec sa tenue, Helen pénétra dans la pièce, après avoir frappé à la porte.

— Sommes-nous en retard? demanda Jenny en contemplant la robe noire élégante qui mettait en valeur les épaules blanches, la broche délicate et le tour de cou valant probablement une fortune.

Leur hôtesse sourit.

— Pas du tout. Je voulais juste bavarder un peu et m'assurer que vous aviez tout ce qu'il vous fallait.

Elle détailla les deux jeunes femmes avec un plaisir évident.

— Quelles jolies filles vous êtes! soupira-t-elle. Les hommes vont se battre pour danser avec vous!

Face à cette femme d'une élégance si raffinée, Jenny sentit sa confiance en elle la fuir brusquement.

— Vous ne pensez pas que nous en avons fait un peu trop ?

— Bien sûr que non ! s'exclama Helen. Quelle autre occasion auriez-vous de vous habiller et de vous amuser ?

Tendant la main, elle effleura le satin vert.

— C'est une merveille. Cette couleur donne une nuance turquoise à vos yeux. Je ne pourrais jamais porter cette teinte, j'aurais l'air d'être malade. Comme j'aurais aimé être moins blonde !

Jenny contempla les cheveux platine de son hôtesse, aux reflets soyeux, harmonieusement coiffés en un chignon sophistiqué qui reposait à la naissance du cou.

— Jamais je n'arriverais à être aussi élégante que vous. J'ai toujours envié les cheveux très clairs.

La main d'Helen se posa doucement sur son bras.

— Il me semble que nous venons de fonder une association d'admiration mutuelle ! Seriez-vous offensée si je vous donnais un petit conseil ?

Jenny déglutit péniblement et croisa le regard de Diane. Qu'avait-elle fait de maladroit ? Quel tabou avait-elle brisé ?

— Il s'agit de vos chaussures, ma chérie. Pas assez habillées. Attendez-moi, je vous en apporte une paire.

Elle s'élança hors de la pièce et revint quelques minutes plus tard, avec une boîte à chaussures de grande marque.

— Je pense que nous sommes de la même pointure. Essayez-les.

Les sandales au talon effilé, exquisément découpées, étaient ornées d'une dentelle délicate constellée d'une multitude de petites perles. Jenny entendit Diane retenir son souffle.

— Elles sont magnifiques ! Mais je ne vais jamais oser les porter !

— Balivernes ! s'exclama son interlocutrice, je vous les offre. La robe avec laquelle je les mettais est terriblement démodée, et je suis trop vieille pour ce genre d'accessoires. Maintenant, venez avec moi. En tant qu'hôtesse de ces lieux, je me dois d'être disponible très tôt. Si vous êtes prêtes, vous pouvez me suivre.

L'immense grange, qui se trouvait à plus de trois kilomètres de la maison, avait été récurée pour l'occasion. Sous la charpente décorée de drapeaux et de ballons, un bar se dressait près de la porte, et des balles de foin étaient disposées tout autour de la pièce, en guise de sièges. Sur une scène improvisée, un groupe d'hommes en costumes de cow-boys accordaient leurs instruments.

— Ça me rappelle bien des choses, dit Diane, qui désigna un groupe de jeunes filles groupées dans un coin. Tu te rappelles comme nous avions peur de faire tapisserie ?

Après avoir accepté le verre de champagne que leur tendait Andrew, elles s'amusèrent un moment à regarder arriver les participants.

— Il n'est pas encore là, murmura Diane. Mais elle non plus.

Jenny ne put répondre, car un tonnerre d'applaudissements salua James et Helen qui s'élançaient sur la piste pour ouvrir le bal. Aussitôt, Charlie la saisit par la taille et l'entraîna dans une polka endiablée.

Le plancher de la grange vibrait sous les pas de tous les danseurs. Jenny fut tour à tour enlevée par de jeunes gens vigoureux qui la faisaient tourner sans répit, ou promenée sur la piste par de vieux conducteurs de troupeaux qui lui marchaient sur les pieds. Au bout de plus d'une dizaine de danses, étourdie et épuisée, elle finit par se laisser tomber sur une balle de paille pour reprendre son souffle.

Charlie avait disparu et Diane virevoltait toujours dans les bras du séduisant cavalier qui l'avait invitée pour la première danse. Elle semblait s'amuser énormément. Mais il était tout aussi agréable de rester assise, à admirer les couleurs et les mouvements du bal.

Elle était sur le point de prendre une boisson qui lui était offerte lorsque, tout à coup, elle fut soulevée de son siège.

— Charlie, je n'en peux plus ! s'exclama-t-elle.

Ses protestations s'évanouirent tandis que Brett l'attirait dans ses bras.

— C'est une valse lente, mais je ne peux pas vous promettre de ne pas vous écraser les orteils.

Comme envoûtée, Jenny s'abandonna contre lui, sentant la chaleur de son corps et la paume de sa main, paisiblement posée sur son dos. Bien qu'elle eût cherché à se persuader du contraire, elle attendait cela depuis longtemps. Elle ferma les yeux, savourant la magie de l'instant.

L'orchestre, excellent, jouait un pot-pourri des succès du moment – rêves, cœurs et promesses brisés. Malgré les paroles plutôt tristes, elle se rendit compte qu'elle ne s'était pas sentie aussi heureuse depuis des mois.

— Vous êtes ravissante, Jenny, murmura-t-il, les lèvres dans sa chevelure.

Elle plongea ses yeux dans le regard gris acier et vit qu'il était sincère.

— Merci. Et bravo pour votre victoire.

— La quatrième ! dit-il fièrement. Mais danser avec vous est infiniment plus précieux à mes yeux.

— Vraiment ?

— Je vous l'ai dit tout à l'heure, il ne faut pas se fier aux apparences. Lorraine et moi, c'est terminé.

Après avoir soutenu son regard, elle décida de ne pas gâcher l'ambiance de la soirée et se laissa entraîner dans la polka rapide dont résonnaient les premières notes. Mais, presque aussitôt, elle dut le supplier de s'arrêter.

— J'ai trop chaud et mes pieds me font mal, dit-elle avec un sourire piteux. Pouvons-nous rester assis pendant celle-ci ?

Il la raccompagna jusqu'à la balle de paille.

— Je pense qu'une boisson nous ferait du bien à tous les deux. Promettez-moi de ne pas vous enfuir !

Il était presque 4 heures du matin, et les réjouissances battaient toujours leur plein. Diane avait disparu dans la nuit avec son danseur, et, malgré ses protestations, Brett avait été entraîné par ses amis dans un quadrille écossais particulièrement frénétique qui se prolongeait indéfiniment. Jenny était épuisée ; elle avait les pieds vraiment douloureux, et avait bu trop de champagne. Apparemment, son cavalier ne la raccompagnerait pas jusqu'à la maison, comme elle l'avait espéré. Avec un soupir, elle jeta un dernier regard à l'assemblée joyeuse et sortit de la grange.

Dans la nuit fraîche, au tournant de l'aube, le ciel prenait une nuance lilas. Tandis qu'elle s'éloignait du brouhaha, elle retira ses chaussures, savourant la sensation de la terre sèche sous ses pieds. Cette longue marche lui donnerait l'occasion de revivre les moments précieux partagés avec Brett.

Toutes les fenêtres de la maison étaient illuminées, telles des fanaux accueillants. Jenny monta l'escalier en fredonnant. Elle avait passé une soirée merveilleuse, et pouvait, de nouveau, attendre avec impatience le lendemain.

Lorsqu'elle se réveilla, cinq heures plus tard, Diane, qui avait dû rentrer très discrètement, était étendue auprès d'elle. Ripper remuait la queue avec espoir.

— Laisse-moi me laver et m'habiller, et je te sortirai avant de repartir pour la maison.

La perspective de rentrer chez elle la stimulait. Churinga et Brett représentaient maintenant les deux éléments les plus importants de sa nouvelle vie. Pour elle, l'avenir avait de nouveau un sens.

Laissant son amie dormir, elle descendit avec le chien et sortit sous la véranda. Les activités de la journée avaient commencé : hommes et chevaux s'agitaient dans la cour, dans une odeur de bacon grillé qui s'échappait de la cuisine. Elle détacha Ripper, afin de le laisser renifler à son aise, et huma l'arôme entêtant des bougainvillées auquel se mêlait l'odeur de la poussière. La journée promettait d'être chaude, sans aucun signe avant-coureur des pluies que tout le monde attendait avec ferveur.

Son regard parcourut la cour et s'arrêta sur le bungalow que Brett partageait avec le contremaître de Kurrajong. Elle se demanda s'il était déjà reparti. Soudain, pleine d'espoir, elle aperçut un mouvement dans l'ombre épaisse qui entourait le bâtiment ; mais elle se figea aussitôt.

Lorraine, les chaussures à la main, les cheveux hérissés et le maquillage défait, venait de franchir la porte de bois.

Sans avoir conscience de s'être déplacée, Jenny se retrouva au milieu de la cour, tentant de chasser de ses pensées les conclusions qui semblaient s'imposer. Lorraine avait sans doute passé la nuit avec le contremaître. Ou peut-être venait-elle tout simplement des voitures des visiteurs, qui étaient parquées derrière le bungalow des tondeurs. Le fait de la voir sortir par la porte n'était probablement qu'un effet d'optique.

— Salut ! Quelle fête, hein ?

La serveuse tenta de rester en équilibre sur un pied tandis qu'elle essayait d'enfiler une chaussure sur l'autre. Elle s'évertua à aplatir ses cheveux, mais y renonça aussitôt avec un sourire complice.

— N'attendez pas Brett trop tôt à Churinga, il a eu une nuit plutôt chargée, déclara-t-elle avec un clin d'œil. Si vous voyez ce que je veux dire…

Jenny serra les poings dans ses poches, pour résister à l'envie d'agripper violemment les mèches en désordre de son interlocutrice et de les secouer un bon coup. Elle ne laisserait pas à cette garce le plaisir de constater à quel point ses mots l'avaient blessée.

— Je ne vois pas en quoi cela me regarde, déclara-t-elle avec hauteur. Et que faisiez-vous dans le bungalow du contremaître, qui se trouve hors des limites autorisées aux visiteurs ?

Lorraine s'esclaffa.

— Bon sang, on dirait ma vieille maîtresse d'école !

Soudain, son expression se durcit.

— Écoutez-moi bien, madame la pimbêche, vous n'êtes pas chez vous ici, et je vais où ça me chante.

Avec un mouvement brusque de la tête, elle lança sa réplique finale.

— Brett m'a incitée à rester ; vous devriez régler ça avec lui !

Avec une expression de dignité offensée, elle grimpa dans une camionnette. Jenny la suivit des yeux jusqu'à ce qu'elle eût quitté la propriété, dans un bruit pétaradant, puis elle s'élança aussitôt dans l'escalier et entra précipitamment dans la chambre.

— Lève-toi, nous rentrons à la maison.

Diane ouvrit les yeux et tenta de les fixer sur son amie, à travers ses cheveux défaits.

— Que se passe-t-il ? marmonna-t-elle.

Jenny entreprit de remplir son sac d'une main experte.

— C'est ce salaud ! bafouilla-t-elle en refoulant ses larmes. Tu ne devineras jamais ce qu'il m'a fait !

— Je n'essaierai même pas, déclara son interlocutrice en bâillant et en s'étirant. Pouvons-nous au moins boire un café ? J'ai un goût horrible dans la bouche.

— Pas question ! siffla Jenny. Plus vite je serai à Churinga, mieux cela vaudra. Je me suis complètement ridiculisée. Je termine la lecture des journaux et je rentre à Sydney.

Elle claqua deux tiroirs et écrasa du poing ses sous-vêtements dans son sac.

— Lorraine aura son Brett et Squires aura son Churinga, reprit-elle. Grand bien leur fasse ! Et toi, dit-elle à Ripper d'un ton sévère, il va falloir t'habituer aux réverbères !

16

Au volant du camping-car qui les ramenait toutes deux à Churinga, Diane gardait le silence, sachant par expérience qu'il valait mieux laisser Jenny ruminer en paix. Elle finirait, comme toujours, par fournir des explications. Toutefois, la situation n'en était pas moins frustrante, et le manque de sommeil, ajouté à l'absence de café, ne faisait rien pour atténuer cette insatisfaction.

Agrippée à son volant, elle essayait de garder le cap sur la route à peine visible. Elle eût souhaité être de retour à la ville. Non qu'elle ne sût pas apprécier la rude beauté de cette région, surtout lorsqu'il lui était donné d'admirer le faucon magnifique qui planait avec majesté au-dessus du scrub, à ce moment précis ; mais elle savait mesurer l'avantage de circuler dans des rues décentes et d'avoir des voisins n'habitant pas à des milliers de kilomètres.

Allumant une cigarette, elle jeta un coup d'œil à sa compagne qui regardait fixement devant elle. Si seulement elle daignait fournir quelques détails ! Que s'était-il passé entre Brett et elle, pour qu'elle fût en proie à une telle rage ?

Le silence devint soudain insupportable.

— Je ne sais pas comment tu pourrais même envisager de vivre ici, Jen. Il n'y a rien d'autre à voir que la terre et le ciel.

Jenny se tourna vers elle, les yeux écarquillés de surprise.

— Rien à voir ? Tu es folle ! Regarde les couleurs, la façon dont l'horizon semble vibrer et dont l'herbe ondule, on dirait du métal en fusion !

Diane éprouva une satisfaction non dissimulée. Elle savait que Jenny ne pourrait s'empêcher de défendre la splendeur primitive environnante.

— Oui, on peut trouver un certain charme à cette âpreté, concéda-t-elle. Mais tout cet espace me rend claustrophobe.

— Tu parles par énigmes.

— Réfléchis, Jen. Ici, nous avons des milliers de kilomètres d'étendues vides et, au milieu de ce vide, de petites poignées de gens isolés. C'est là que la claustrophobie entre en jeu.

— Continue.

Diane sentait bien que son amie avait tout de suite saisi son raisonnement, mais cela ne faisait pas de mal de préciser son propos.

— Ces gens vivent et travaillent dans de petites communautés. Ils communiquent grâce à la radio et se rencontrent de temps en temps pour des réceptions, des pique-niques, des courses de chevaux, des bals. Toujours les mêmes visages, les mêmes sujets de conversation, les mêmes rivalités.

— C'est comme cela partout, intervint Jenny.

— Pas vraiment. Sydney est une grande ville, abritant une foule de gens qui ne se connaissent pas. Il est facile d'y déménager et de recommencer une vie ailleurs, de changer de travail et de se faire de nouveaux amis. Il y a beaucoup de choses pour occuper l'esprit. On ne s'y ennuie pas si facilement. Ici, il n'y a rien que la terre et les moutons. L'isolement rapproche les gens parce qu'ils ont besoin de ce contact humain, mais le contact entraîne les rumeurs et entretient les vieilles querelles. Il est sans doute impossible d'y échapper. Ces gens bougent rarement, surtout les colons. Ils se connaissent intimement grâce aux potins et aux mariages intercommunautaires. Leur loyauté est en béton. Fais-toi un seul ennemi, et tu en as tout à coup une dizaine.

— Tu exagères, Diane. Il y a beaucoup d'espace pour chacun d'entre eux. Si tu le veux, tu n'as même pas besoin de quitter ta maison.

— C'est vrai. Mais cette maison est remplie de gens qui ont leurs propres valeurs, leurs propres rivalités et leurs propres rancunes. Que se passe-t-il si tu ne t'entends pas avec eux ? Si tu trouves leurs manières grossières et leurs habits repoussants ? Tu sais que tu les verras à coup sûr au moins une fois par semaine. Il n'y a rien que tu puisses faire pour les éviter, ils vivent et travaillent sur tes terres et font partie de la petite communauté qui fait fonctionner la station d'élevage.

Jenny resta silencieuse un long moment, puis tourna la tête vers la conductrice.

— Je sais où tu veux en venir et je vois bien que tu ne cherches qu'à m'aider. Mais c'est une question que je dois régler seule. Alors changeons de sujet.

— Que s'est-il passé entre Brett et toi ?

— Rien.

— Ne me dis pas ça ! J'ai vu la façon dont vous vous regardiez ; le monde extérieur n'existait plus pour vous.

— Alors, tu es aussi aveugle que moi. Brett peut se montrer très agréable, mais Charlie et lui sortent du même moule.

— Qu'est-ce que Charlie vient faire là-dedans ?

— Il est d'une compagnie très plaisante, lui aussi, mais tout son charme ne peut dissimuler le fait qu'il veut Churinga, tout comme Brett.

— Comment le sais-tu ? demanda Diane en fronçant les sourcils.

— Il me l'a dit plus ou moins clairement, répliqua Jenny d'un ton exaspéré. C'est tout ce qui le préoccupe depuis que je suis arrivée. Il me harcèle pour connaître mes projets et me suit partout pour essayer de me convaincre de ne pas vendre.

— Je pense que tu es un peu dure avec lui, Jen. Il m'a paru plutôt sincère, et tu l'éblouis visiblement.

— À tel point qu'après m'avoir murmuré des mots doux à l'oreille il a passé la nuit avec Lorraine, laissa tomber son amie avec dédain.

La conductrice faillit perdre le contrôle de son véhicule.

— Tu en es sûre ?

— Je l'ai vue sortir de son bungalow ce matin. Elle était trop contente de me faire savoir que lui et elle venaient de passer ensemble des heures très agitées. D'après son allure, elle ne mentait pas.

Diane était stupéfaite. Pour une fois, son instinct l'avait trompée. Elle avait été si sûre que Jenny et Brett éprouvaient l'un pour l'autre une attirance réciproque, si sûre que Lorraine ne représentait aucune menace…

— Je suis désolée que ça n'ait pas marché, dit-elle doucement. J'avais cru…

— Eh bien, tu t'es trompée, coupa son interlocutrice, qui se redressa sur son siège, les bras serrés autour de son corps. Qu'est-ce qui m'a pris de tomber amoureuse du premier homme séduisant qui lance un hameçon ? Je ne sais pas ce qui m'est arrivé.

— La solitude, peut-être ? Nous avons tous besoin de quelqu'un, Jen. Ça fait presque un an. Il est temps que tu recommences une nouvelle vie.

— Cela ne veut rien dire, et tu le sais ! s'exclama Jenny. Je me suffis à moi-même. La dernière chose dont j'aie besoin, c'est d'un homme qui me complique l'existence.

— C'est ce que je pensais aussi, confia Diane. Mais depuis que Rufus est retourné en Angleterre, il me manque plus que je ne l'aurais cru possible.

Sentant sur elle le regard appuyé de Jenny, elle garda les yeux sur la route.

— Ça ne veut pas dire que je ne m'en remettrai pas. Tout le monde s'en remet, dit-elle avec une fausse légèreté.

— Dans mon cas, c'est plutôt une question d'amour-propre blessé, admit Jenny. Je suppose que j'étais flattée, et plutôt facile à berner. C'est surtout cela qui me rend furieuse !

Diane hocha la tête avec sympathie.

— Mieux vaut te mettre en colère, plutôt que de t'enfermer pour lécher tes plaies, déclara-t-elle. Mais si tu veux retrouver ton amour-propre, il faut que tu revoies Brett avant de partir.

— Je le sais, répliqua Jenny d'un ton cassant. Et le plus tôt sera le mieux.

Brett avait été surpris en constatant que Jenny avait précipitamment quitté la grange de Kurrajong. Il avait compté la raccompagner après le bal, mais elle était déjà partie lorsqu'il avait réussi à échapper à ses compagnons. Le lendemain matin, presque aveuglé par une migraine lancinante, il s'était senti d'autant plus frustré qu'il avait passé beaucoup de temps à sortir les hommes de leur lit, pour leur faire prendre le chemin du retour.

Sa patience avait été mise à bout lorsqu'il avait découvert que deux des garçons aborigènes étaient partis marcher dans le désert, et que l'un des chevaux avait perdu un fer. Pendant que le maréchal-ferrant le remplaçait, les hommes s'étant de nouveau dispersés, il avait fallu une demi-heure de plus pour les rassembler. Une fois tout le monde installé dans les camions, la caravane s'était enfin mise en route.

Le soleil commençait à décliner derrière le mont Tjuringa. Brett poussa un soupir de satisfaction en voyant le camping-car garé devant le porche. Jenny était à la maison. Mais le temps qu'il s'occupe des chevaux et donne des ordres aux employés pour le lendemain, la nuit était tombée, et les lampes des chambres à coucher brillaient dans l'obscurité. Il était trop tard pour aller frapper à la porte. Bien qu'il fût impatient de voir la jeune femme, il savait qu'il lui faudrait attendre jusqu'au lendemain matin.

Dès que les rayons du soleil effleurèrent son visage, il sauta au bas de son lit. Une demi-heure plus tard, il traversait la cour. Son cœur se mit à battre plus fort lorsqu'il aperçut Jenny dans la véranda.

Elle ne l'avait pas encore vu ; il en profita pour la contempler. Même vêtue d'un jean et d'une vieille chemise, avec le soleil matinal qui jouait dans sa chevelure cuivrée, elle était exquise. Un sourire aux lèvres, il s'avança avec une légèreté intérieure qu'il n'avait pas ressentie depuis trop longtemps.

— Bonjour, Jen. Quelle belle fête, n'est-ce pas ?

En haut des marches, elle lui tournait le dos. Il crut d'abord qu'elle ne l'avait pas entendu et s'apprêtait à la saluer de nouveau lorsqu'elle se retourna. Ce qu'il vit le pétrifia. Le visage pâle et figé, elle évitait ostensiblement son regard, fixant un point très éloigné au-dessus de son épaule.

— Je suppose qu'elle était réussie, si l'on aime ce genre de distractions, dit-elle d'un ton condescendant.

Il fronça le sourcil. Elle paraissait transformée. Ce n'était pas la femme qui avait dansé avec enthousiasme dans ses bras, riant, plaisantant et paraissant tellement à l'aise en sa compagnie. Visiblement, elle n'était pas elle-même.

— Que s'est-il passé ? demanda-t-il calmement.

— J'ai enfin compris que je n'ai rien en commun avec les gens d'ici, déclara-t-elle froidement. Diane rentre à Sydney dans une semaine. J'ai l'intention de repartir avec elle.

Ce ton délibérément impitoyable le stupéfia.

— Mais c'est impossible ! bafouilla-t-il. Que se passe-t-il pour nous deux ?

Elle plongea son regard dur dans le sien.

— Nous deux, monsieur Wilson ? Je ne vois pas ce que vous voulez dire. Je suis la propriétaire de Churinga, et vous êtes mon directeur. Vous n'êtes pas en position de discuter mes décisions.

— Garce ! souffla-t-il, consterné de s'être trompé à ce point.

Elle ne valait pas mieux que Marlene.

Jenny fit comme si elle ne l'avait pas entendu.

— Mon avocat vous informera de mes projets. Jusque-là, vous pouvez continuer à occuper votre poste.

Sans lui laisser le temps de répondre, elle se détourna et entra dans la maison, claquant la porte derrière elle.

Interdit, envahi par un mélange d'angoisse et de confusion, il resta un long moment immobile, espérant qu'elle ressortirait. Il ne pouvait s'agir que d'une mauvaise plaisanterie. Que s'était-il passé au cours des douze dernières heures pour qu'elle ait changé ainsi de comportement ? Qu'avait-il commis d'irréparable ?

Il fit un pas en arrière, puis un autre. Après un dernier regard à la porte implacablement close, il fit demi-tour et s'éloigna. La logique lui disait qu'il serait beaucoup mieux sans elle, mais son cœur annihilait toute forme de raisonnement. Quelque chose de grave avait dû se passer pour la rendre si agressive. Il s'appuya sur la barrière du paddock et revint en pensée à la danse qu'ils avaient partagée. Apparemment heureuse, elle s'était abandonnée dans ses bras. Il avait presque failli se déclarer, lorsqu'il avait été entraîné par ses copains dans une danse frénétique. Quand il avait pu se libérer, elle était déjà partie.

Plissant les yeux, il fixa l'horizon. Quand il était sorti, il ne l'avait pas vue. D'ailleurs, la voiture de Charlie avait également disparu. Il crispa les doigts sur le barreau de bois. Charles et Jenny. Bien sûr ! Comment avait-il pu être assez stupide pour penser qu'il avait la moindre chance auprès d'une femme comme elle, alors que le fils Squires pouvait lui offrir beaucoup plus ? Lorraine avait eu raison. Sa patronne, ayant goûté à la grande vie des colons, avait succombé à ce serpent de Charlie et en avait conclu que tout ce luxe ne lui déplaisait pas.

Il les revit en train de danser, leurs têtes rapprochées dans une entente complice. Riches, cultivés, mieux adaptés à une existence citadine qu'à celle de la terre, ils étaient faits l'un pour l'autre. Comment s'étonner du fait que Jenny refuse un homme n'ayant à lui consacrer que la sueur de son front ?

Sentant monter en lui une légère nausée, il se dirigea vers les granges. Le fait que la station d'élevage dût être bientôt absorbée par Kurrajong lui devenait égal, tout à coup. Que lui importait maintenant Churinga, s'il ne pouvait le diriger avec Jenny à ses côtés?

Il sella le cheval hongre et l'enfourcha pour se diriger vers les pâturages d'hiver. Il y avait des tâches à accomplir. S'il se concentrait suffisamment sur son travail, il réussirait, peut-être, à atténuer en partie sa souffrance.

Jenny se laissa tomber contre la porte, des larmes brûlantes sur le visage. La rupture était consommée, mais jamais elle n'oublierait le regard de mépris incrédule que Brett lui avait jeté en la voyant agir de la sorte. Elle n'avait pourtant pas eu le choix. Si elle s'était laissée fléchir, elle aurait été perdue.

— Eh bien, Jen! Tu n'y es pas allée par quatre chemins!

Elle renifla, en essuyant ses pleurs de ses doigts.

— Il fallait le faire, Diane.

— Peut-être, mais tu t'es comportée comme une vraie garce, et ce n'est pourtant pas ton genre, déclara son amie d'un ton pénétré. Es-tu sûre d'avoir bien agi?

— Il est trop tard pour se poser la question.

— Effectivement, je pense que tu viens de brûler toutes tes cartouches.

Jenny s'écarta de la porte.

— Cela ne sert à rien d'en discuter. Ce qui est fait est fait. Je ne suis pas fière de la façon dont je l'ai traité, mais il lui fallait une leçon cuisante.

Elle détourna les yeux du regard perçant de son amie.

— Je suis une grande fille maintenant, reprit-elle. Je sais assumer les conséquences de mes actes.

— Tu te sens donc capable de l'affronter dans la semaine qui vient ?

Jenny opina de la tête. Mais la douleur mêlée de honte qu'elle éprouvait ne lui permettait pas d'imaginer comment elle se sentirait lorsqu'elle reverrait Brett.

Diane entoura sa compagne de ses bras.

— Je ne sais pas comment tu fais. À ta place, je me serais déjà enfuie. La claustrophobie dont je parlais prend soudain une réalité oppressante.

— Pas question que je parte de chez moi avant de l'avoir décidé. Je veux d'abord finir les journaux.

— Pourquoi ne les emportes-tu pas avec toi ? Je ne verrais aucun inconvénient à rentrer plus tôt, et tu pourrais les lire à Sydney.

— Non, c'est impossible. Mathilda aurait souhaité que je les laisse ici.

— Que d'histoires pour une pile de vieux bouquins ! Quelle importance ?

— C'est important pour Mathilda et pour moi, s'obstina Jenny.

Diane la foudroya du regard.

— Tu ne crois pas vraiment à ce que tu dis, n'est-ce pas ? Insinuerais-tu sérieusement que le fantôme de Mathilda hante Churinga ?

— En quelque sorte, oui, répliqua Jenny d'un ton net. J'ai parfois l'impression de sentir sa présence très clairement.

— Ma fille, il est vraiment temps que tu quittes cet endroit. L'isolement prolongé t'a réduit le cerveau en bouillie.

Jenny la regarda un moment et se rendit dans sa chambre. Lorsqu'elle revint, Diane était en train d'inspecter ses toiles.

— Tu sais qu'elles sont vraiment magnifiques ! Nous allons pouvoir les exposer en rentrant. Je suis prête à parier qu'elles seront toutes vendues.

— Laisse tomber.

Elle ne se sentait pas le cœur à discuter de ces peintures, exécutées à une période où elle se sentait si bien. Aujourd'hui, elles lui rappelaient surtout ce qu'elle était sur le point de perdre.

— Tiens, dit-elle en tendant à son amie quelques volumes, je voudrais que tu lises ceci. Tu comprendras peut-être pourquoi je dois laisser ce récit à Churinga.

Le dimanche 3 avril 1939 au soir, Mathilda se trouvait chez Tom et April. Les informations en provenance de l'Europe étaient de plus en plus inquiétantes. Depuis l'invasion de la Pologne par Hitler, le vendredi précédent, les spéculations allaient bon train. Dans la petite cuisine, tous se taisaient pour écouter le Premier Ministre s'adresser à la nation, annonçant officiellement que la Grande-Bretagne entrait en guerre, avec l'Australie à ses côtés.

Aux expressions consternées d'April et de Mathilda se mêla le murmure excité des garçons.

Se voulant rassurante, la voix aux inflexions britanniques expliquait qu'il était indispensable au pays de poursuivre sa production et de maintenir les emplois, afin de conserver sa force et lui permettre de traverser les épreuves.

April s'empara de la main de Tom, une lueur d'espoir dans les yeux.

— Tu n'auras pas besoin de partir, n'est-ce pas ? Le Premier Ministre vient de dire qu'il était important de continuer à travailler la terre.

Son mari lui entoura les épaules de son bras.

— Ils n'auront pas besoin de nous tous, April. Mais il va être difficile de faire tourner l'exploitation sans les hommes.

Mathilda croisa son regard. Combien de temps faudrait-il pour qu'il succombe à la fièvre guerrière qui balayait l'outback ? D'après les messages qui se transmettaient par la radio, elle savait que les hommes étaient impatients de partir et que les femmes, en dépit de leur chagrin, ne pouvaient résister à cette occasion de mettre en avant leur sacrifice pour une grande cause.

— Les conducteurs de troupeaux se sont déjà portés volontaires, dit-elle. Ils sont arrivés vendredi avec leur lettre de démission.

Elle sourit tristement.

— Ils m'ont dit qu'ils voyaient dans la guerre une chance d'aller montrer au reste du monde combien les Australiens sont durs au combat. Si vous voulez mon avis, ils considèrent tout cela comme une sorte de pugilat géant, beaucoup plus amusant qu'une bagarre au pub, le samedi soir.

Devant l'expression effrayée d'April, elle se tut, consciente toutefois de dire la vérité. Les mâles australiens étaient capables de faire n'importe quoi pour prouver leur virilité, et elle savait, tout comme son amie, que Tom n'était pas différent de ses compagnons.

April regarda ses fils, qui se tenaient les yeux écarquillés autour de la table.

— Dieu merci, ce ne sont que des enfants ! murmura-t-elle.

— Je ne suis plus un bébé, m'man, j'ai presque dix-sept ans ! protesta Sean en reculant sa chaise. Et j'espère que ça va durer assez longtemps pour que je puisse y aller !

Sa mère lui envoya une gifle cinglante.

— Je t'interdis de parler ainsi ! hurla-t-elle.

Dans le silence stupéfait qui s'ensuivit, l'adolescent se redressa de toute sa hauteur.

— Je ne resterai pas ici dans tes jupes pendant que mes copains se battent, dit-il en passant une main rugueuse sur sa joue enflammée. Dès qu'ils m'accepteront, je m'engagerai.

April éclata en sanglots.

— Seigneur, Tom, qu'allons-nous devenir ? Suis-je supposée voir mon mari et mes enfants partir à la guerre sans rien dire ?

Son mari écarta les bras en un geste d'impuissance.

— Que puis-je répondre, April ? Notre garçon est assez grand pour prendre ses propres décisions. Mais ne te tourmente pas, ma chérie, dit-il en prenant sa femme dans ses bras. Je ne vais nulle part tant qu'on ne m'y oblige pas, et Sean non plus.

Mathilda surprit dans le regard de Davey, âgé de seize ans, une expression qui lui glaça le sang. Lui aussi voulait aller combattre. Et en raison de l'influence de son frère, il serait difficile de le convaincre qu'on aurait vraiment besoin de lui à la propriété.

Elle se leva de table avec les garçons les plus jeunes, très perturbés de voir leur mère dans cet état. Après avoir répondu à une foule de questions, elle les mit au lit et attendit près d'eux qu'ils soient calmés. Lorsqu'elle eut éteint les lampes à pétrole, elle sortit sous la véranda.

La déclaration de Sean avait choqué Mathilda autant qu'elle avait heurté April. Pourtant, il ne lui était pas possible de nier que les deux fils aînés de ses amis étaient devenus des hommes. La vie rude de l'outback les avait aguerris. Le soleil avait déjà tanné leur peau et tracé de fines rides autour de leurs yeux. En outre, ils savaient chevaucher et manier le fusil aussi bien que leur père. Il était clair que les travailleurs du bush, même les plus jeunes, seraient chaleureusement accueillis dans les rangs de l'armée, en raison de leur ténacité et de leur force, comme ils l'avaient été à Gallipoli.

Au cours de l'année suivante, Mathilda et April s'accrochèrent à l'espoir qu'elles pourraient garder près d'elles Tom et Sean. Mais le grondement lointain des combats était si puissant qu'il résonnait jusqu'au fond de l'outback, et finit par inciter les volontaires à prendre les armes, en confiant la terre aux femmes, aux enfants et aux vieillards.

Même dans les périodes fastes, le personnel n'était jamais suffisant ; mais cette pénurie avait atteint un niveau très préoccupant. La pluie n'était qu'un vieux souvenir : la sécheresse durait maintenant depuis cinq ans. Le prix de la nourriture pour les animaux avait grimpé et, en raison de l'explosion de la population de lapins, l'herbe était devenue rare. Mathilda et Gabriel surveillaient les pâturages, déplaçant les troupeaux en permanence afin de préserver les précieux brins d'herbe. Ils dormaient à la belle étoile d'un sommeil léger, enroulés dans des couvertures, à l'affût des prédateurs, toute perte d'animal pouvant se révéler désastreuse.

La bataille de Dunkerque ouvrit les vannes de l'élan patriotique australien. Les hommes se précipitèrent dans les bureaux de recrutement afin de s'engager, et les vastes étendues semblèrent plus désertes que jamais. Mathilda se demanda combien de temps elle pourrait continuer à exploiter Churinga. Grâce au travail acharné des dernières années, le troupeau avait décuplé, ce qui signifiait un travail accru et davantage de nourriture à acheter. De plus, sans personnel, il lui serait beaucoup plus difficile de survivre.

Au milieu du mois de juin, sous un ciel immaculé, elle se rendit à Wallaby Flats pour dire au revoir à Tom et à Sean. La petite ville, bondée de véhicules de toutes sortes, était en effervescence. Une fanfare jouait devant l'hôtel, et des enfants couraient dans tous les sens.

Après avoir attaché son cheval, elle étudia les visages qui l'entouraient et reconnut des conducteurs de troupeaux, des gardiens de bestiaux, des tondeurs, des colons et même un ou deux vagabonds qui avaient ponctuellement travaillé pour elle. La fièvre de la guerre s'était répandue jusqu'au fin fond du pays. Une intuition terrifiante lui disait que rien ne serait plus jamais comme avant.

Elle aperçut Ethan Squires, debout devant son automobile bien astiquée. James, Billy, Andrew et Charles, qui avaient grande allure dans leurs uniformes d'officiers, buvaient une coupe de champagne, riant un peu trop fort. Mathilda savait qu'en dépit de leur insouciance affichée, ils n'en menaient pas large.

Il lui sembla que nombre de jeunes gens ne paraissaient pas avoir l'âge requis pour se faire enrôler. Impatients de se conduire en adultes, ils avaient dû mentir sur leur date de naissance. Debout sous la véranda ombragée du pub, les deux fils du patron du magasin, qui paraissaient le reflet l'un de l'autre, penchaient leur tête blonde sur un journal.

Mais son attention fut attirée plus particulièrement par les femmes. Le visage résolument fermé à toute émotion, elles se tenaient la tête haute, tandis que leurs hommes se rassemblaient. Seuls leurs yeux les trahissaient. Bien loin des propos insouciants et du patriotisme idéaliste qui les alimentait, elles se trouvaient maintenant plongées dans la réalité crue, à laquelle rien ne les avait préparées.

Mathilda observait tous ces signes avec une colère grandissante. Dans la chaleur oppressante, une file de camions militaires s'étirait devant le magasin, leurs conducteurs bavardant, paresseusement appuyés contre le capot ; les moteurs étaient déjà en marche et les pots d'échappement dégageaient une fumée noire. Ils allaient emmener les hommes, et un soldat sans visage et sans nom leur apprendrait à massacrer leurs semblables. Peut-être ramèneraient-ils un jour les plus chanceux, transformés par la guerre et ayant probablement perdu le goût de vivre, comme cela avait été le cas pour Mervyn.

Elle se fraya lentement un chemin à travers la foule, de plus en plus compacte, pour rejoindre Tom et April. Elle voyait déjà Sean, si grand près de son père, vêtu de son uniforme brun et coiffé d'un chapeau mou. Des larmes coulaient lentement sur le visage de sa mère qui le dévorait des yeux. Les garçonnets, étrangement silencieux, paraissaient très impressionnés, sans pourtant comprendre vraiment ce que tout cela signifiait.

Tom sourit à Mathilda par-dessus la tête de sa femme. Le visage couleur de cendre, il luttait pour garder le contrôle de ses émotions.

Elle le serra dans ses bras et se mit sur la pointe des pieds pour lui embrasser la joue. Il était le frère qu'elle n'avait jamais eu. Son départ allait créer un vide énorme dans sa vie.

— Fais attention à toi, Tom, lui intima-t-elle. Et ne t'inquiète pas pour April et les enfants, je veillerai sur eux.

— Merci Molly, dit-il en s'éclaircissant la gorge. April aura besoin de toi, et je sais que tu ne la laisseras jamais tomber.

Il posa une main sur la tête de chacun des garçonnets, et s'arrêta un peu plus longtemps devant Davey.

— Je te confie les femmes, mon fils, je compte sur toi.

Le jeune homme hocha la tête en triturant son chapeau, mais Mathilda lut une réticence dans ses yeux. Lorsqu'elle le vit regarder avec envie son père et son frère qui montaient dans le camion, elle sut qu'il ne serait pas long à les rejoindre.

Tandis que le véhicule s'ébranlait dans un nuage de poussière, suivi par les enfants qui hurlaient et agitaient leurs chapeaux, elle entoura la taille d'April de son bras.

— Tu m'accompagnes à Churinga, déclara-t-elle fermement. Pas question que vous rentriez dans une maison vide ce soir.

— Et les bêtes ? demanda son amie, les yeux démesurément ouverts dans son visage tendu. Il faut que je les nourrisse à la main, les lapins ont dévasté les pâturages.

— Il te reste deux gardiens pour le faire. Ils sont trop vieux pour partir à la guerre, mais assez forts pour travailler.

Quelle chance que ces deux hommes soient restés, se dit-elle. *Sans eux, il serait impossible de surveiller efficacement les troupeaux. Et il va falloir aider April à surmonter son angoisse, afin qu'elle aussi puisse travailler.*

— Les lapins peuvent se régaler ce soir, poursuivit Mathilda en poussant toute la famille vers les chevaux. Demain, Davey et les garçons pourront retourner à Wilga. Je t'apprendrai à maîtriser le bétail et à tirer. Nous ne savons pas combien de temps cette guerre va durer, mais nous devons à tout prix continuer le travail à Wilga et à Churinga jusqu'au retour des hommes.

April la regarda, refoulant ses larmes.

— Ils reviendront, n'est-ce pas ?

Mathilda monta en selle et saisit les rênes.

— Évidemment.

— Comment peux-tu te montrer aussi forte ? Si sûre que tout va bien se passer ?

— Parce que c'est nécessaire. Toute autre attitude serait défaitiste.

Les jours s'étirèrent en semaines, puis en mois. Les barrières séparant Churinga de Wilga furent démantelées ; il était ainsi plus facile de garder l'œil sur les deux cheptels. Totalement desséchée, la terre se craquelait. Les troncs d'arbres s'affaissaient lentement sur les brins d'herbe rares et fragiles laissés par les lapins. Dingos et faucons devenaient plus entreprenants, mais il fallait chasser ou tuer d'autres envahisseurs, tels que les kangourous, les wombats et les émeus, qui affluaient dans les pâturages, de plus en plus près des habitations. Les rivières et les ruisseaux, réduits à un simple filet, obligeaient les gardiens à avoir recours à l'eau sulfureuse du trou de sonde pour abreuver les animaux. Bien que les citernes de Churinga ne fussent pas totalement vides, chaque goutte du précieux liquide était conservée, car rien n'indiquait que l'année à venir amènerait la pluie.

La radio constituait le seul lien des deux femmes avec le monde extérieur. À l'écoute des informations internationales, elles apprirent que les Japonais avaient bombardé Pearl Harbor et que Hong Kong était tombé. Soudain, la guerre semblait se rapprocher ; la suite des événements devenait réellement inquiétante. Très proches des îles asiatiques, les grandes plaines vides de l'Australie offraient un terrain sans défense. Si les Japonais décidaient d'envahir le continent, rien ne pourrait les arrêter : tous les combattants se trouvaient en Europe.

Un jour que Mathilda s'échinait à maintenir un bélier pour le castrer, elle entendit un galop de cheval qui se rapprochait. Mettant sa main en visière, elle vit son amie, les cheveux et la jupe soulevés par le vent, traverser le pâturage à bride abattue. Le cœur de Mathilda se mit à battre plus fort. À coup sûr, elle avait reçu une mauvaise nouvelle.

À peine l'animal fut-il arrêté qu'April se laissa glisser de la selle.

— C'est Davey, Molly. Mon Dieu, c'est Davey !

Le visage blême et décomposé, elle tendit à Mathilda une feuille de papier, puis se laissa tomber sur le sol, secouée par des sanglots convulsifs. Avant même d'avoir lu les mots tracés d'une main malhabile, son amie comprit ce qui s'était passé. Le jeune homme était parti se battre.

Mathilda aida la mère éplorée à se relever et la serra contre elle.

— As-tu appelé le bureau de recrutement ? demanda-t-elle lorsque l'accès de larmes fut un peu calmé.

En se mouchant, April fit un signe affirmatif.

— J'ai essayé de les joindre, mais il n'y a personne d'autre qu'un gardien. Les camions sont partis très tôt ce matin.

— Le gardien t'a-t-il donné un numéro à appeler ? L'armée ne peut engager Davey, il est trop jeune. Il faut les prévenir.

— Non, il m'a dit que si mon fils avait presque dix-huit ans, il avait sans doute été accepté, et qu'il était en route pour le camp d'entraînement. Il n'y a plus rien à faire.

— Tu n'aurais pas pu l'empêcher de partir. Il y pense depuis qu'il a vu Sean accompagner son père.

De nouveau, des pleurs affluèrent aux paupières d'April.

— Je ne veux pas qu'il aille au combat ! Tom ne dit pas grand-chose dans ses lettres, et Sean non plus, mais je sais lire entre les lignes, Molly. C'est un carnage. Je voudrais qu'ils reviennent à la maison sains et saufs et qu'ils se remettent à travailler la terre comme ils devraient être en train de le faire, et comme ils l'ont toujours fait.

— Ils sont tous trois en âge de prendre des décisions, répondit Mathilda prudemment. Davey est jeune, c'est vrai, mais il a toujours aidé Tom. Il est aussi fort, résistant et têtu que n'importe quel autre Australien.

Elle serra son amie contre elle et lui caressa les cheveux.

— Il ne rêvait que de se battre, tu le sais bien, et se serait enfui tôt ou tard.

La guerre s'éternisait. Les deux femmes poursuivaient la lutte qui les opposait à la fois aux éléments et à leur propre tourment intérieur. Tom et les garçons écrivaient régulièrement. Mathilda était très reconnaissante à April de partager ces lettres, qui se révélaient, pour elle aussi, infiniment précieuses. Bien que la censure en fît des lambeaux et les rendît difficiles à lire, elles témoignaient au moins du fait que leurs auteurs étaient vivants. En assemblant les maigres indices qui leur restaient, et en consultant un atlas très ancien, les amies réussissaient à suivre le parcours des combattants.

Tom et Sean se trouvaient quelque part en Afrique du Nord, tandis que Davey, pas suffisamment entraîné au combat, avait été rapidement expédié en Nouvelle-Guinée.

Mathilda épluchait ces missives avec soin. Ayant emprunté des livres à la bibliothèque ambulante, elle savait quelle réalité recouvraient les mots prudemment tracés sur le papier. Mais elle gardait tout cela pour elle-même. À quoi cela eût-il servi de dire à April que les combats de jungle représentaient pour les soldats des jours, parfois des semaines vécues dans l'obscurité, sans jamais avoir la sensation d'être au sec ? L'humidité faisait pourrir la peau et moisir les vêtements. Dans une moiteur constante, les hommes, rapidement affaiblis, succombaient aux maladies transmises par les piqûres de moustiques, lorsqu'ils échappaient aux araignées ou aux serpents venimeux. Il valait mieux laisser April penser que Davey se trouvait dans un baraquement confortable et mangeait trois bons repas par jour.

Tandis que l'été traînait en longueur, la Malaisie et les Philippines furent envahies. Il devenait de plus en plus important de rester en contact avec le monde extérieur. Les deux amies s'efforçaient chaque soir de rentrer dans l'une de leurs maisons afin d'y écouter les informations.

Singapour tomba aux mains des Japonais. Dans un silence stupéfait, les femmes, les vieillards et les adolescents se regardèrent avec horreur. L'île se trouvait non loin de la Nouvelle-Guinée, et donc de la péninsule d'York. Alors que l'Australie était privée de toutes ses forces armées, les vastes plaines du continent constituaient tout à coup une cible facile.

Le Premier Ministre demanda à Churchill d'autoriser les Australiens à revenir défendre leur pays. Finalement, deux divisions furent embarquées en Afrique du Nord pour accomplir le long voyage de retour.

— Ils rentrent ! s'exclama April, n'osant y croire. Tom et Sean se trouvent sans doute sur ce bateau !

— Mais les soldats ne reviendront pas chez eux, avertit Mathilda. Ils sont attendus au nord du Queensland, pour empêcher les Japonais de nous envahir.

Son amie tourna vers elle un visage radieux.

— Mais ils auront des permissions, Molly. Imagine, nous pourrons les revoir à Wilga ! Entendre leurs voix !

Son enthousiasme s'éteignit soudain.

— Et Davey ? Pourquoi ne le renvoient-ils pas ?

Mathilda surprit le regard entendu des deux conducteurs de troupeaux, comprenant ce qu'ils pensaient. Le jeune homme se trouvait au cœur des événements. Sa dernière lettre avait mis des semaines à leur parvenir. Il y avait peu d'espoir de le revoir avant la fin du conflit.

En soupirant, elle prit la main de sa compagne.

— La guerre ne durera pas éternellement, affirma-t-elle. Nous les reverrons bientôt.

Malheureusement, au lieu de renvoyer au pays toutes les troupes australiennes, l'Angleterre confia la défense du continent à une seule division américaine. À l'instar de leurs compatriotes, Mathilda et April se sentirent trahies. Comment aussi peu d'hommes pourraient-ils défendre un territoire aussi vaste ? Et pourquoi refusait-on aux soldats australiens de venir défendre leur patrie, alors qu'ils avaient combattu si bravement pour la cause anglaise, à travers l'Europe ?

Au long des mois suivants, l'angoisse au cœur, les deux femmes s'efforcèrent de se soutenir mutuellement et de trouver une forme de consolation dans leur labeur acharné, qui permettait aux moutons de survivre.

Mathilda était retournée à Churinga afin d'y réceptionner une livraison de nourriture pour les animaux, qui était arrivée le matin même. Aidée de Gabriel, elle empilait les sacs dans la camionnette qu'elle avait achetée quelques mois auparavant, lorsqu'elle entendit le braiment familier de la mule du prêtre.

— Emporte ça dans le champ de l'est, Gabe. Je te rattraperai tout à l'heure.

— Des ennuis, m'selle ?

— J'ai bien peur que oui. Laisse-moi m'en occuper.

Refusant obstinément d'évoluer avec son temps, le père Ryan parcourait toujours sa vaste paroisse sur un chariot composé d'une planche montée sur quatre roues. Les années de guerre avaient fait apparaître des mèches grises dans sa chevelure brune d'Irlandais, et ses épaules s'étaient considérablement voûtées.

— Vous apportez de mauvaises nouvelles, n'est-ce pas ? dit Mathilda, qui le suivit des yeux tandis qu'il descendait de son véhicule et abreuvait la mule.

Le prêtre fit un geste affirmatif. Elle glissa son bras sous celui de son visiteur, qu'elle conduisit vers la maison. Son cœur battait à tout rompre, à l'idée de ce qu'elle allait entendre. *Mais pas maintenant*, supplia-t-elle intérieurement. *Je ne suis pas prête.*

— Buvons d'abord une tasse de thé, proposa-t-elle. J'ai toujours trouvé qu'il est plus facile de recevoir de mauvaises nouvelles lorsqu'on est assis.

Le père Ryan but son infusion à petites gorgées en grignotant un biscuit.

— Ces temps sont très durs, Mathilda, dit-il tristement. Comment te débrouilles-tu ici, toute seule ?

— J'ai Gabe à Churinga, et April a les enfants et deux conducteurs. Nous avons mis nos bêtes ensemble, c'est plus facile à organiser.

— April va avoir besoin de toutes ses forces dans les jours qui viennent. Mais tu le sais déjà, n'est-ce pas ? affirma-t-il en prenant les mains de son interlocutrice.

— Lequel est-ce ? demanda-t-elle en se raidissant.

Le silence qui suivit sa question lui parut une éternité. Les mains du prêtre, chaudes et réconfortantes, étaient comme une ancre dans la vague d'émotion qui l'emportait.

— Tous les trois, Mathilda.

Elle fixa le visage couleur de cendre, au regard éteint.

— Tous les trois? articula-t-elle. Oh, mon Dieu! Pourquoi, mon père? Pourquoi? C'est trop injuste!

— La guerre est toujours injuste, Mathilda, déclara-t-il doucement en venant s'asseoir près d'elle. Et tu ne peux blâmer Dieu pour cela. C'est l'homme qui a créé la guerre, c'est la guerre qui les a tués.

Aveuglée par les larmes, elle posa sa tête sur son épaule et respira l'odeur mêlée d'encens et de poussière qui se dégageait de sa soutane.

— D'autres que toi partagent ta peine, ma fille. Kurrajong a perdu Billy. Cette guerre est vraiment terrible!

Elle s'écarta violemment de lui, essuyant avec rage les larmes sur son visage.

— Oui, mais cela n'empêche pas tous ces idiots de partir avec leur fusil et leur bourrage de crâne pour montrer au monde entier combien ils sont braves, n'est-ce pas? Et les mères, les sœurs, les fiancées? Elles aussi sont entraînées dans un combat, mais un combat bien différent. Elles ne subissent peut-être pas le tir de l'ennemi, mais leurs cicatrices sont pourtant réelles! Comment April va-t-elle se débrouiller, sans mari? Comment peut-elle affronter l'avenir, sans ses deux fils aînés? Que répond votre précieux Dieu à cela, mon père?

Fixant le prêtre d'un regard furieux, la poitrine soulevée par la révolte, elle regretta aussitôt de s'être abandonnée à cet éclat. Certes, elle éprouvait de la rage, mais c'était une rage provoquée par la tristesse, par l'affligeante futilité de la guerre.

— Je sais ce que tu ressens, Mathilda. Ton amertume est légitime. J'ai reçu trop de télégrammes tragiques, au cours de ces dernières années. Ne crois pas que je sois insensible à la souffrance qu'ils ont causée.

Il se tut, cherchant les mots justes.

— Mais c'est la colère même qui a causé la perte de nos hommes, reprit-il. C'est l'incapacité à trouver des solutions pacifiques qui est au cœur de tout cela. La colère, qui te permet peut-être de soulager un peu ta peine, ne les fera pas revenir.

— Je suis désolée, dit-elle en reniflant. Mais plus rien ne semble avoir de sens. Les hommes tuent d'autres hommes pour un morceau de terre, et les femmes luttent pour survivre à la sécheresse et aux bombardements. À quoi cela sert-il ?

Accablé, son interlocuteur baissa la tête.

— Je ne puis répondre à cela, mon enfant. Mais je souhaiterais du fond du cœur pouvoir le faire.

Ils effectuèrent ensemble le long voyage jusqu'à Wilga, chacun perdu dans ses pensées. Tandis qu'ils approchaient de l'habitation, Mathilda se rendit compte qu'April observait leur arrivée. Ses mains se crispèrent sur les rênes.

L'expression du visage de son amie lui révéla que cette dernière savait déjà pourquoi ils étaient venus. Sans nul doute, l'horreur de ce qu'ils avaient à lui apprendre suffirait à détruire la petite femme fluette qui luttait depuis si longtemps pour surmonter sa fragilité. Mathilda rassembla toutes les forces dont elle disposait encore, en prévision de ce qui allait survenir.

April se tenait délibérément à distance de ses visiteurs ; elle ne leur proposa pas d'entrer dans la maison. Debout sur le porche, elle écouta sans réagir les paroles du prêtre, telle une statue de pierre, incarnation de la douleur.

Après un silence insoutenable, elle respira à fond.

— Merci d'être venus, mon père, Molly, mais j'ai besoin d'être seule, dit-elle d'une voix terne.

Elle leur tourna le dos, pénétra dans le bâtiment et referma la porte derrière elle.

Mathilda voulut la suivre, mais le prêtre la retint.

— Laisse-la en paix. Chacun d'entre nous a sa propre façon d'aborder le deuil. Elle a besoin d'être avec ses enfants.

À contrecœur, Mathilda opina de la tête, le regard fixé sur la porte close.

— Je vais me charger de son travail, déclara-t-elle. Au moins, je pourrai me rendre utile en essayant de ne pas trop penser.

— Excellente idée. Et souviens-toi que Dieu te donnera la force de traverser cette épreuve.

Le père Ryan fit claquer son fouet, et la mule se mit en route vers le nord. Il avait probablement d'autres nouvelles à annoncer, d'autres familles à consoler.

La jeune femme se dirigea vers les pâturages de Wilga. Il y avait trente mille moutons à rassembler, car la saison de tonte allait commencer.

Trois jours s'écoulèrent sans qu'elle vît April. Le quatrième jour, son amie arriva chez elle en fin d'après-midi, dans la vieille camionnette de Tom, les enfants assis près d'elle, et le plateau rempli à ras bord de bagages et de possessions diverses.

— Je retourne à Adélaïde, annonça-t-elle en descendant du véhicule. Mes parents, qui sont là-bas, nous ont proposé de venir vivre avec eux.

En entendant sa voix contenue, Mathilda devinait l'effort démesuré qu'elle faisait pour ne pas s'effondrer devant les enfants.

— Et Wilga? demanda-t-elle. Tu ne peux pas tout quitter. Pas après le travail que Tom et toi y avez accompli depuis tant d'années!

Les yeux d'April se durcirent.

— À quoi me sert cette terre si je n'ai pas d'homme pour m'aider à l'exploiter?

— Toi et moi nous sommes débrouillées plutôt bien jusqu'ici. Et les garçons ont du talent pour s'occuper des moutons.

Elle tendit la main vers son interlocutrice, qui s'écarta aussitôt.

— Wilga appartient à la famille de Tom depuis plusieurs générations, reprit-elle. Il est impossible que tu partes en l'abandonnant comme cela.

— Alors, fais-moi une offre, dit son amie, d'un ton implacable.

Mathilda la regarda fixement.

— Tu as besoin de temps pour réfléchir. Une décision hâtive de ce genre priverait tes enfants de leur héritage. Et tu sais que Tom ne s'est pas échiné au travail pour en arriver là.

— Je ne veux plus jamais voir cet endroit, affirma April avec amertume. Chaque arbre, chaque brin d'herbe et chaque animal me rappellent à tout moment ce que j'ai perdu. Ce domaine est à toi, Molly. Pour le prix que tu voudras me le payer.

Devant le petit visage résolu, Mathilda comprit qu'il était inutile de discuter.

— Je ne connais pas la valeur exacte de Wilga, mais je sais en tout cas qu'elle représente beaucoup plus que ce que j'ai à la banque, argua-t-elle. Peut-être pourrais-tu attendre un peu et mettre la propriété sur le marché ? Tu la vendrais un bon prix, ce qui te permettrait de ne pas te faire de souci pour l'avenir.

— Non, répondit son amie avec véhémence. Tom et moi avions envisagé la possibilité qu'il ne revienne pas, et nous étions tombés d'accord sur le fait que tu devais avoir Wilga.

Elle fouilla dans son sac et en sortit une liasse de documents.

— Voici l'acte de propriété et les clefs de la maison.

Se tournant vers la camionnette, elle sortit du plateau une pile de volumes reliés.

— Et voici la liste des bêtes, et les livres de comptes, dit-elle en les posant sur la table de la véranda. Tu me paieras ce qui te semble équitable, en m'envoyant la somme quand tu le pourras.

— Mais, April…

— Ne t'inquiète pas. Mes parents ont une bonne petite affaire en ville, je ne serai pas à court d'argent.

— Tu ne peux pas…

— Ça suffit, Molly. Tu as été une amie merveilleuse. Je ne sais pas ce que j'aurais fait sans toi au cours de ces dernières années. Et je ne doute pas une seule seconde que tu aies presque autant de peine que moi. Mais c'est ce que Tom et moi avions décidé, alors ne rends pas les choses plus difficiles qu'elles ne le sont déjà. Adieu, et bonne chance.

Mathilda entoura de ses bras le corps frêle. Elle dut se contenir pour ne pas supplier son interlocutrice de rester.

Mais celle-ci s'en sortirait mieux à la ville. Essayer de lui faire changer d'avis serait vraiment égoïste.

— Adieu, répéta April, faisant démarrer la camionnette.

Le véhicule s'ébranla, prit de la vitesse et disparut bientôt dans le lointain.

Debout dans la cour qui lui paraissait plus déserte que jamais, Mathilda se demanda comment elle pourrait résoudre le problème de Wilga. La sécheresse entrant dans sa neuvième année, les domaines ne se vendaient plus. Le bétail mourait de faim, la laine était de piètre qualité, les lapins se multipliaient et les économies s'épuisaient. Il avait été difficile de s'occuper des deux propriétés, même avec April et des deux enfants. Ce cadeau, qui eût été inappréciable dans d'autres circonstances, représentait maintenant une lourde responsabilité de plus.

Elle sella son cheval et se dirigea vers les pâturages. Tom avait eu foi en elle, et April avait besoin de cet argent. Il lui fallait se montrer digne de cette confiance.

17

Jenny referma le journal et resta un moment allongée, les yeux fixés sur le plafond. Puis elle s'étira et sauta hors du lit. Diane s'affairait déjà dans la cuisine.

— Salut, Jen. Tu avais raison, je suis restée plongée dans ce journal pendant une grande partie de la nuit.

Elle tendit à son amie une tasse de thé bien fort et une tranche de pain grillé. Jenny goûta au liquide fumant et fit une grimace : il était beaucoup trop sucré.

— Alors, qu'en as-tu pensé ?

Diane rejeta en arrière ses cheveux bruns et les fit glisser derrière ses oreilles des deux mains. Elle avait l'air fatiguée.

— Je comprends pourquoi ils t'intéressent tant. Ce n'est pourtant qu'une histoire banale de misère et d'inceste, comme on en entend parler souvent ; mais je reconnais que je suis aussi impatiente que toi d'en connaître la fin.

Elle s'interrompit, s'abîmant dans la contemplation de la vapeur qui s'échappait de sa tasse.

— Je ne comprends toujours pas pourquoi tu veux laisser les journaux ici. N'importe quel éditeur serait prêt à t'arracher le bras pour mettre la main dessus.

— C'est bien pour cette raison qu'ils ne doivent pas quitter Churinga.

S'accoudant à la table, Jenny se pencha vers son interlocutrice.

— Comment réagirais-tu si ton secret le plus intime et le plus noir se répandait sur la place publique ? Jusqu'à présent, les habitants de Churinga n'ont fait l'objet que de rumeurs. J'aurais l'impression d'avoir trahi Mathilda si la vérité venait à se savoir.

— Elle a laissé ces volumes pour qu'ils soient découverts, Jen. Elle voulait qu'ils soient lus. Pourquoi considères-tu leur sauvegarde comme une croisade personnelle ?

— Bien que cette femme et moi n'ayons aucun lien, et qu'elle ait vécu à une époque marquée par de terribles épreuves, que je n'aurais même pas soupçonnées si je n'avais pas lu son récit, nos vies sont liées par les choses qui nous sont arrivées à toutes les deux. Elles se rejoignent régulièrement. Parfois, je ne peux pas m'empêcher de penser que c'est moi qui étais destinée à découvrir ces journaux et à décider de leur sort.

Diane étudia le visage de son amie en allumant une cigarette.

— Je continue à penser que tout cela ne te fait pas de bien. Pourquoi remuer le passé, revivre ces années de brutalité, d'isolement et de pertes épouvantables, alors que tu commences seulement à sortir de tes propres souffrances ?

— Parce que Mathilda est devenue mon inspiration. Elle m'a appris que rien ne peut détruire l'esprit humain, s'il est suffisamment fort.

— Tu le savais déjà, j'en mettrais ma main au feu ! dit Diane en souriant. Mais si ces journaux t'aident à t'en souvenir, c'est une bonne chose que tu les aies trouvés.

— Sortons sous la véranda, il fait trop chaud ici, proposa Jenny en lui rendant son sourire.

La cour, déserte, résonnait de coups de marteau en provenance de la forge. En dépit de la venue de l'hiver, le ciel semblait plus proche de la terre. L'humidité s'était levée avec le soleil et il n'y avait pas un souffle d'air. Même les oiseaux semblaient avoir perdu l'énergie de se manifester.

Jenny observa les alentours. Un silence étrange semblait planer au-dessus du monde. On eût dit que l'immense cœur rouge de l'Australie avait cessé de battre.

— C'est dans des moments semblables à celui-ci que je souhaiterais être de retour à Sydney, murmura Diane. Que ne donnerais-je pas pour sentir l'odeur de la mer et voir des vagues géantes s'écraser sur les rochers !

Jenny ne répondit pas. Elle eût voulu graver ce paysage dans sa mémoire et l'emporter avec elle, afin d'en ressusciter le souvenir au cours des nuits d'hiver de la capitale.

— On dirait que tu as une visite, prévint Diane.

Jenny suivit le regard de son amie et grogna. Sur son cheval, Charlie Squires franchissait la dernière barrière.

— Que diable peut-il bien vouloir ? dit-elle en soupirant.

— Probablement te faire la cour. Tu sais à quel point la chaleur perturbe les hommes. Je t'abandonne, ma vieille.

— Reste là ! chuchota Jenny, qui constata aussitôt qu'elle se parlait à elle-même, Diane s'étant éclipsée.

— Bonjour, ma chère ! J'espère que je n'arrive pas à une heure trop matinale. Mais je voulais m'assurer que tout allait bien.

Charlie ôta son chapeau en souriant. Ses tempes grisonnantes conféraient à son visage une indéniable séduction. Elle lui serra la main chaleureusement, de nouveau conquise par son charme.

— Je suis ravie de vous revoir, Charlie. Mais de quoi vous inquiétiez-vous ?

— Vous êtes partie plutôt précipitamment, l'autre jour. J'espère que rien de désagréable ne s'est produit au bal.

— Votre hospitalité a été merveilleuse. Je suis désolée de ne pas avoir pris congé correctement, mais il fallait que je rentre au plus vite.

— Voilà le problème des propriétaires terriens, ils ont toujours quelque chose à faire, affirma-t-il en allumant un cigare. J'espérais vous faire visiter Kurrajong, mais ce sera pour la prochaine fois.

Jenny se dit qu'il était inutile de lui apprendre qu'elle partait dans six jours.

— Ce serait très agréable, et cela me donnerait l'occasion de revoir Helen. Nous nous entendons vraiment bien et je lui ai promis de lui donner un de mes tableaux.

— Elle m'a justement demandé de vous transmettre ses amitiés. Vous avoir avec Diane a été pour elle un réel plaisir. En raison de l'état de père, elle ne peut quitter Kurrajong que très rarement, mais votre brève visite lui a fait énormément de bien.

— Entrez boire une tasse de thé, Charlie. Diane est dans les parages, et je sais qu'elle sera contente de vous voir.

— Je n'en suis pas si sûr. Je l'ai vue se sauver en me voyant arriver. J'espère que je n'ai rien dit qui l'ait choquée ?

Jenny s'esclaffa en versant du thé dans une tasse.

— Qu'auriez-vous bien pu dire pour offenser Diane ?

Il rit à son tour.

— Je n'en sais rien, mais je ne peux pas me permettre d'entacher ma réputation, vous le comprenez.

Soudain, Jenny aperçut Brett dans l'embrasure de la porte. Aussitôt sur la défensive, elle sentit son pouls s'accélérer.

— Puis-je vous demander pourquoi vous apparaissez ainsi sans prévenir, monsieur Wilson ? Ne voyez-vous pas que j'ai un visiteur ?

Brett fit un pas en avant, aussitôt accueilli par Ripper qui se dressa contre ses jambes pour se faire caresser. Il décida d'ignorer le petit animal.

— Je suis venu chercher le reste de mes affaires, dit-il en jetant à Charlie un regard noir. Elles sont dans la réserve.

Jenny lui donna son accord d'un signe de tête, furieuse de ne pas s'être souvenue qu'il avait laissé des cartons dans la maison. Tandis qu'il passait près d'elle, elle se sentit terriblement consciente de la proximité de son corps et du bruit de ses bottes sur le plancher. Pourquoi Diane ne venait-elle pas la secourir ? Elle se tourna vers Charlie qui la regardait avec curiosité, un sourcil levé.

— Le reste de ses affaires ? Voilà qui est intéressant ! affirma-t-il d'un air entendu.

— Brett a déménagé dès mon arrivée, rétorqua Jenny. Il ne se passe absolument rien, ici, dont on ne puisse parler devant de chastes oreilles.

— Trop de protestations provoquent le soupçon, déclara-t-il sentencieusement. Mais qui suis-je pour jeter la première pierre ?

— Charlie, vous êtes vraiment impossible ! s'exclama-t-elle, à la fois agacée et amusée.

Les bras remplis de sacs, Brett réapparut. Il traversa la cuisine avec des éclairs dans les yeux et sortit en claquant la porte.

— Eh bien, votre M. Wilson ne semble pas dans son assiette, ce matin. Il soupire sans doute ardemment après sa petite serveuse délurée.

Le regard d'un bleu intense se tourna vers Jenny.

— Ils forment un couple charmant, ne trouvez-vous pas?

Elle détourna les yeux, afin qu'il évite d'y lire ce qu'elle éprouvait.

— Je n'ai aucune opinion sur la vie amoureuse de M. Wilson, répliqua-t-elle d'un ton ferme.

Il émit un ricanement éloquent.

— Je ne vais pas vous prendre plus de temps, Jenny, car je sais que vous êtes occupée. Transmettez mes respects à Diane de ma part et n'oubliez pas votre promesse de revenir nous voir. Helen attend votre visite à toutes deux.

Il lui prit la main et la garda un peu plus longtemps que nécessaire dans la sienne.

— J'aimerais aussi vous revoir, dit-il avec chaleur. Vous avez apporté couleur et vie à Churinga. Ce ne serait plus la même chose sans vous.

— Il est toujours gratifiant de voir qu'on a fait bonne impression.

— Je vois bien qu'il est difficile de vous flatter, Jenny. C'est une qualité que j'admire chez une femme. Je m'y prendrai mieux la prochaine fois, car il me déplairait de constater que j'ai perdu la main.

Sur ces mots, il s'inclina et lui baisa les doigts.

Jenny s'écarta de lui et le reconduisit jusqu'à la véranda avant qu'il ne fût tenté d'en dire plus. La conversation commençait à lui échapper. Bien qu'elle ne se fît aucune illusion sur la raison réelle de ce flirt, elle ne pouvait s'empêcher d'être extrêmement sensible au sens de l'humour de son visiteur.

— Il n'a peut-être pas tort, Jen. Cela pourrait valoir la peine de rester ici un peu plus longtemps.

Jenny fit volte-face. Diane, les poings sur les hanches, regardait s'éloigner le cavalier et sa monture.

— Que veux-tu dire par là, exactement ?

— Du calme, du calme, ironisa son amie en secouant son index, orné d'un ongle verni. Je veux simplement dire que si tu en as terminé avec Brett, tu pourrais essayer d'attraper le gros poisson. Ce vieux Charlie doit bien valoir un billet ou deux ?

L'exaspération de Jenny était à son comble.

— Tu n'as aucun goût, et tu es vraiment lâche. Tu m'as laissée avec lui alors que tu savais que je ne voulais pas le recevoir seule. Et pour couronner le tout, Brett est arrivé.

— Oh là là ! Tant d'hommes en si peu de temps ! Tu as eu une matinée chargée !

Jenny se mit à rire. Il était impossible de rester longtemps fâchée avec Diane.

— Tu aurais dû voir la tête de Brett, dit-elle. Si ses yeux avaient été des pistolets, Charlie ne serait plus de ce monde.

— Efforce-toi de faire illusion devant ton directeur, mais pas devant moi, Jenny. Il est clair que tu tiens encore à lui, et je pense que tu as eu tort de le traiter de cette façon. Tu ne lui as laissé aucune chance de se défendre. J'imagine que le fait de te voir avec Charlie n'a pu qu'aggraver la situation.

— Je ne veux plus en entendre parler.

— Peut-être pas, rétorqua son interlocutrice. Mais j'ai le droit d'exprimer mon opinion, je pense ?

— Il fait trop chaud pour discuter, déclara Jenny en se dirigeant vers sa chambre. Je retourne à ma lecture.

— Comme tu veux, dit son amie en haussant les épaules. Mais tôt ou tard, il va te falloir faire face à ta décision de partir d'ici, et le fait de te plonger dans les journaux de Mathilda ne rendra pas les choses plus faciles.

Une fois dans sa chambre, Jenny s'accouda un instant à la fenêtre. Mieux valait ne pas se demander si Diane avait raison, car il lui faudrait alors reconnaître qu'elle avait commis une erreur, ce qui était hors de question. Elle prit le journal, s'installa confortablement et se mit à lire.

Depuis un mois, Mathilda patrouillait seule dans les pâturages de Churinga. Peu après le départ d'April, Gabriel, selon la coutume de son clan, était parti marcher dans le désert, et les deux conducteurs de troupeaux poursuivaient le programme de croisements qu'ils avaient commencé à Wilga. Après quatre jours consécutifs de besogne, épuisée par le travail, la chaleur et la soif, elle se dirigea vers la maison pour remplir son outre.

Tandis que sa monture foulait de ses sabots les restes poussiéreux de l'herbe calcinée, Blue trottinait près d'elle. Elle se rendait compte qu'il vieillissait et ne serait bientôt plus en état de travailler.

L'attitude de Gabriel l'avait étonnée. Pourquoi l'avait-il abandonnée pour effectuer sa marche dans le désert au moment précis où April était partie ? Il savait qu'elle avait maintenant deux propriétés à exploiter, et que leurs tâches avaient considérablement augmenté.

Une odeur inhabituelle lui parvint, transportée par la brise tiède. Elle oublia aussitôt ses préoccupations et se dressa sur sa selle, humant l'air environnant et tirant sur les rênes pour immobiliser son cheval.

De la fumée. C'était une odeur de fumée.

La gorge serrée, Mathilda inspecta l'horizon. Le feu était le seul ennemi qu'elle était incapable de combattre.

Les filets gris qui s'élevaient vers le ciel d'azur semblaient trop fragiles pour causer un désastre, mais elle savait qu'en quelques secondes, ils pouvaient se transformer en un enfer de flammes balayant tout sur son chemin, avec une force destructrice incommensurable.

Son cœur se mit à battre plus fort tandis qu'elle éperonnait son cheval pour le lancer au galop. La fumée semblait venir de la maison. Churinga était en train de brûler !

Lorsque sa monture bondit dans la cour, elle constata que la fumée, maintenant plus épaisse, provenait d'un seul endroit. Alors, elle avait une chance d'étouffer le feu avant qu'il ne se répande. Contournant le hangar de tonte, elle brida son cheval et se laissa glisser à terre, tremblant de rage.

— Gabriel ! hurla-t-elle, qu'est-ce qui te prend de faire un feu dans la cour ?

Le vieil homme déploya ses jambes croisées et se dirigea vers elle d'un pas nonchalant, un sourire joyeux aux lèvres.

— Il faut que je mange, m'selle.

Elle le regarda d'un air furieux. Depuis qu'il était parti, il avait tant maigri qu'elle pouvait compter ses côtes et les mèches argentées dans sa chevelure noire. En outre, il avait perdu ses dernières dents.

— Où es-tu allé pendant tout ce temps ? Et qui sont ces gens ?

Il effleura des yeux le groupe d'hommes et de femmes rassemblés autour du feu.

— J'ai ramené des amis pour travailler, m'selle. En échange de farine, de sucre et de tabac.

Après l'avoir fixé un moment, elle regarda autour d'elle et vit que les hommes avaient construit des cabanes d'écorce près du lit asséché du ruisseau. Des enfants en haillons jouaient dans la poussière. Elle constata avec horreur qu'ils constituaient en tout un groupe d'une trentaine de personnes, espérant sans doute qu'elle pourrait les nourrir. Elle se retourna vers Gabriel.

— Pas de farine, ni de sucre, ni de tabac. Je n'en ai pas les moyens.

Le vieil homme la regarda d'un air éloquent.

— Les hommes et les femmes ont très faim, m'selle. Ils vont faire un travail utile pour vous, avec beaucoup de muscles.

Tandis qu'elle parcourait des yeux la misérable assemblée et les enfants étiques, elle se laissa fléchir. Si la situation actuelle était difficile pour elle, pour eux, elle devait être terrible. Même dans les périodes fastes, les aborigènes vivaient au jour le jour, de façon très précaire. De toute manière, ils représentaient la seule force de travail sur laquelle elle pût compter, tant que durerait cette maudite guerre.

— D'accord, Gabe. Mais tout le monde reste à l'extérieur de la maison et des granges, sauf si je dis le contraire. Que je ne voie personne s'approcher des cochons ou des poulets, c'est clair?

Il opina du chef.

— Pas de vol de légumes non plus. Ceux qui ne travaillent pas n'auront pas de tabac.

— Oui, m'selle. Ils viennent presque tous de la mission, près de Dubbo. Ils sont bons et courageux.

— Très bien. Vous pouvez commencer par couper du bois, tu sais où se trouve la hache. L'un des garçons peut s'occuper des chevaux. Qu'il bouchonne celui-ci et lui donne à manger. Demande à l'un des hommes d'enlever les arbres morts et d'entreprendre la construction d'un pare-feu beaucoup plus vaste. Je ne veux pas prendre de risque, étant donné la sécheresse. Et dis à l'une des femmes que j'aurai besoin d'elle dans la maison. Je n'y suis jamais, elle commence à être très sale.

Gabriel choisit trois femmes dans le groupe et les poussa en avant.

— Daisy, Dora, Edna, dit-il fièrement.

— Une seule me suffit, déclara Mathilda. Mais il faut que je sois sûre qu'elle ne s'en ira pas marcher dans le désert à la première occasion.

— Edna est très sérieuse, m'selle.

— Alors, suis-moi, Edna.

Elle se dirigea vers la maison et constata que les trois femmes la suivaient.

— C'est Edna qui va faire le ménage, expliqua-t-elle. Vous deux pouvez aller nettoyer le baraquement des tondeurs.

Edna secoua la tête avec conviction.

— Daisy et Dora vont m'aider, m'selle. Nous allons ranger les autres bâtiments après.

Mathilda les examina. Ni jeunes ni belles, elles avaient pourtant la remarquable dignité qui caractérisait les aborigènes du bush. Avec un soupir, elle céda.

— Entendu, mais je veux que vous travailliez, pas que vous perdiez du temps à bavarder.

La vie se poursuivit à Churinga de la façon dont elle se déroulait depuis des années. Gabriel avait eu une excellente idée de faire venir les autres membres de sa tribu, car il réussissait à les faire travailler efficacement. Mathilda se chargea elle-même de la formation des femmes et de celle des jeunes garçons, dont elle fit des apprentis. Les enfants participaient à l'entretien du potager.

Devant ces derniers, dont les visages souriants, aux yeux limpides, étaient surmontés d'une chevelure hérissée, la jeune femme se laissait souvent attendrir. Elle confectionnait des bonbons qu'ils suçaient avec un air béat. Il lui arrivait fréquemment de constater qu'un poulet ou quelques légumes avaient disparu, mais elle fermait les yeux, car elle savait que Gabriel et son clan avaient sauvé Churinga de l'extinction. Tout à coup, l'avenir apparaissait moins sombre. Les informations relatives à la guerre laissaient espérer que le conflit serait bientôt terminé.

Blue mourut au cours de l'été 1943. Son organisme s'était ralenti, comme une vieille pendule épuisée. Une nuit, il s'endormit dans sa couverture et ne se réveilla pas. Sa maîtresse l'enterra sous son wilga favori, le cœur brisé. Au cours de toutes ces années, il avait été son compagnon le plus proche. Bien qu'il survécût en partie chez ses descendants, il allait terriblement lui manquer.

Maintenant qu'il lui fallait aussi s'occuper entièrement de Wilga, elle était rarement chez elle. Les deux conducteurs de troupeaux n'arrivant pas à accomplir tout leur travail, elle avait appris à deux enfants de Gabriel à surveiller les vaches de Tom. Au nombre d'une centaine, elles fournissaient le lait, le fromage et, à l'occasion, quelques bons morceaux de viande. Mathilda espérait qu'à la fin de la guerre elle pourrait commencer à voir fructifier son programme d'élevage. Les bovins s'adaptaient bien à la région.

Les béliers et les taureaux, de qui dépendait la survie des deux propriétés, étaient restés dans les enclos tout au long de la sécheresse. Il fallait leur distribuer de la nourriture mais, devant l'importance des factures, Mathilda se demandait pendant combien de temps encore elle réussirait à payer. Les revenus de la laine diminuaient régulièrement, reflétant la baisse de qualité des toisons. Lorsqu'elle se penchait chaque nuit sur ses comptes, elle voyait bien qu'il lui fallait de nouveau apprendre à vivre au jour le jour, en dépit du labeur intense effectué au cours des années qui venaient de s'écouler.

Australiens et Américains menaient une lutte féroce pour reconquérir le Pacifique, occupé par les Japonais. Mais des centaines d'entre eux mouraient en raison du froid et de la fièvre de la jungle, qui se répandait à la vitesse de l'éclair.

Mathilda essayait d'imaginer l'enfer des combats au sein d'une végétation luxuriante, où luisaient les champignons phosphorescents et où les pluies tropicales maintenaient une vapeur constante. Les troupes étaient décimées non pas par les armes, mais par les conditions au sein desquelles il leur fallait mener la bataille. Le béribéri, la gangrène, les plaies ouvertes, la malaria, le choléra étaient inévitables. Comme elle avait de la chance de ne souffrir que de la sécheresse ! Les hommes dans les tranchées, soumis à la morsure des sangsues, ne rêvaient que de sentir à nouveau l'odeur de la terre desséchée, et d'éprouver la brûlure exquise du soleil sur leur peau. Elle en était sûre.

Elle écoutait la radio en compagnie des aborigènes. Au début, Gabriel avait eu peur de l'appareil. En entendant les voix qui en émanaient, semblant venir de nulle part, il avait secoué le poing et murmuré des imprécations. Mais la jeune femme, en s'asseyant sur le poste et en manipulant plusieurs fois le bouton, lui avait montré qu'il ne risquait rien. Maintenant, il venait jusqu'à la maison avec toute la tribu, et restait près de la porte, écoutant les informations et le concert qui suivait.

Au fil des années, une amitié solide s'était forgée entre Mathilda et le chef de clan. La jeune femme avait même appris suffisamment de mots aborigènes pour comprendre les récits traditionnels de son peuple. Les rares soirs où elle avait le loisir de s'installer sous sa véranda, elle était heureuse qu'il vînt lui tenir compagnie.

Ce jour-là, elle était assise dans le rocking-chair que sa mère avait utilisé avant elle, laissant son esprit vagabonder sur les intonations chantantes de la voix de Gabriel. Installé sur la plus haute marche du porche, la tribu étalée à ses pieds, le vieil homme commença le récit de la Création.

— Au début, il régnait partout une grande obscurité, déclara-t-il en observant les visages des enfants, absorbés par ses paroles. Froide et silencieuse, elle recouvrait les montagnes, les plaines, les collines et les vallées. Elle pénétrait jusqu'au fond des cavernes. Il n'y avait pas de vent, pas même la plus petite brise. Et, au fond de ces terribles ténèbres, dormait une déesse d'une immense beauté.

Un murmure parcourut l'auditoire. Tous adoraient cette histoire. Le conteur se cala confortablement contre le pilier de la véranda afin de poursuivre sa narration.

— Un jour, le grand Esprit murmura ces mots à la déesse : « Réveille-toi, et donne la vie au monde. Commence par l'herbe, puis par les plantes et les arbres. Quand tu auras fini, fais naître les insectes, les reptiles, les poissons, les oiseaux et les autres animaux. Ensuite, tu pourras te reposer pendant que les choses que tu as créées rempliront leur rôle sur terre. » La déesse du soleil prit une profonde inspiration et ouvrit les yeux. Lorsque l'obscurité se dissipa, elle vit combien la terre était vide. Elle descendit sur le monde et s'installa sur la plaine de Nullarbor, puis se dirigea vers l'ouest, jusqu'à ce qu'elle soit revenue chez elle, à l'est ; l'herbe, les arbustes et les arbres jaillissaient dans les traces de ses pas. Puis elle se dirigea vers le nord et parcourut la terre jusqu'au sud, poursuivant son périple jusqu'à ce que la terre soit couverte de végétation. Enfin, elle se reposa sur la plaine de Nullarbor, en paix avec les grands arbres et l'herbe auxquels elle avait donné naissance.

En voyant les signes de tête approbateurs dans l'assistance, Mathilda se sentit réellement privilégiée de pouvoir assister à ce rituel.

— Le grand Esprit revint vers elle, lui demandant de se rendre dans les grottes et les cavernes, et de donner la vie à ceux qui habitaient dans le noir depuis si longtemps. Elle lui obéit. De sa lumière et de sa chaleur jaillirent des essaims de merveilleux insectes de toutes formes, de toutes tailles et de toutes couleurs. Tandis qu'ils volaient de buisson en buisson, ils répandaient leurs teintes sur tout ce qui existait, rendant la terre magnifique. Après un long repos, au cours duquel la déesse ne cessa de briller, elle se rendit en haut de la montagne, sur son chariot de lumière, pour admirer tout ce qu'elle avait créé. Puis elle inspecta les entrailles de la terre et en chassa l'obscurité. De ces abysses surgirent des reptiles en forme de lézards et de serpents qui se déplaçaient sur leur ventre. Un fleuve, né de la glace qu'elle avait fait fondre, ondulait dans la vallée, et ses eaux étaient remplies de toutes sortes de poissons. La déesse du soleil vit que sa création était bonne et demanda que tous les êtres vivants y cohabitent en harmonie. Après s'être de nouveau reposée sur la plaine de Nullarbor, elle retourna dans les cavernes et, grâce à sa lumière, fit naître une profusion d'oiseaux de toutes couleurs, et des animaux de toutes formes et de toutes tailles. Toutes ces créatures la considéraient avec amour et étaient heureuses d'être en vie. Le grand Esprit était satisfait de ce qu'elle avait accompli.

C'est alors qu'elle créa les saisons. Au début du printemps, elle appela auprès d'elle toutes les êtres vivants, qui arrivèrent en grand nombre de la maison du vent du nord. D'autres affluèrent des maisons du vent du sud et du vent d'ouest, mais la foule la plus grande qui apparut provenait de l'est, du palais royal des rayons de soleil. La déesse leur dit que son travail était terminé, et qu'elle allait maintenant se rendre dans une sphère supérieure, où elle deviendrait leur lumière et leur source de vie. Mais elle promit de leur donner un autre être qui les gouvernerait, le temps qu'ils resteraient sur la Terre. Car ils allaient se modifier, leurs corps finiraient par retourner à la poussière, et la vie que le grand Esprit leur avait donnée ne prendrait pas la forme de l'existence ici-bas. Ils seraient transportés dans le pays des esprits où ils brilleraient à leur tour, et guideraient tous ceux qui leur succéderaient.

La déesse du soleil s'envola très loin, et plus loin encore, dans les hauteurs suprêmes. Tous les animaux et les reptiles la regardaient avec crainte. Tandis qu'ils se tenaient ainsi, la terre devint sombre ; ils pensèrent que la déesse les avait abandonnés. Puis ils aperçurent l'aube vers l'est et se mirent à discuter, car n'avaient-ils pas vu la déesse se diriger vers l'ouest ? Qu'est-ce qui pouvait bien venir de l'est ? Ils la regardèrent voyager à travers le ciel, comprenant que son sourire radieux serait toujours suivi par les ténèbres, et que, pendant chaque nuit, ils devraient se reposer. Alors ils creusèrent des terriers dans le sol, ou se perchèrent sur des arbres. Les fleurs qui s'étaient ouvertes au soleil se refermèrent et dormirent. Le Wanjina, le génie de la rivière, pleura et pleura encore, en se soulevant de plus en plus haut pour rechercher la lumière. Il s'épuisa et retomba sur la terre, s'éparpillant sur les arbres, les buissons et les herbes, sous forme de gouttes de rosée scintillantes.

Lorsque l'aube apparut, les oiseaux étaient tellement excités que certains d'entre eux se mirent à gazouiller et à pépier, d'autres à rire et rire encore, tandis que les derniers chantaient leur joie. Les gouttes de rosée s'élevèrent pour rejoindre le soleil, et ce fut le début de la nuit et du jour.

Lorsque Gabriel eut terminé son récit, des murmures paisibles se firent entendre parmi l'assemblée, qui se leva et s'éloigna de la véranda. Mathilda roula précautionneusement une cigarette et la tendit à Gabriel.

— Ton histoire est très proche de celle que j'aimais entendre quand j'étais une petite fille, dit-elle doucement. Mais elle me paraît beaucoup plus réelle lorsque c'est toi qui la racontes.

— Les aînés doivent l'enseigner aux enfants. Le Temps du Rêve est important, et la marche dans le désert en fait partie.

— Dis-moi pourquoi c'est tellement important, Gabriel. Pourquoi vas-tu régulièrement marcher dans le désert ? Qu'y a-t-il là-bas que tu doives trouver, alors que tu as ici nourriture et abri ?

Il la regarda d'un air solennel.

— Nous sommes sur notre mère la Terre, et je fais partie de la terre. La marche dans le désert permet à l'homme noir de retrouver son esprit. Il se dirige vers les terrains de chasse et se rend dans les lieux sacrés, à Uluru, ou dans les grottes. Là, il parle avec les ancêtres. Il apprend.

Mathilda fumait sa cigarette en silence. En voyant son expression, elle comprit qu'il ne lui dirait plus rien. Il faisait partie d'un peuple très ancien qui vivait à peu près comme il avait vécu à l'âge de pierre. Au contraire de l'homme blanc, il était, et serait toujours, le chasseur nomade pour qui la Terre, ainsi que les plantes et les animaux qui l'habitent, ne recelaient pratiquement plus aucun secret.

Grâce à lui, elle savait maintenant que certaines égratignures de l'écorce d'un gommier révélaient qu'un opossum se reposait dans l'arbre, au creux du tronc, ou au milieu des branches épaisses. Elle avait également appris que quelques poils sur des rochers, conduisant à un trou dont l'entrée était lisse, indiquaient aussi la présence d'opossums endormis. Mais ce qui la fascinait surtout, c'était l'adresse avec laquelle Gabriel ramassait du miel. Bouche bée, elle l'avait vu attacher une plume minuscule à une toile d'araignée, qu'il avait fait tomber sur le dos d'une abeille en train d'aspirer le nectar d'une fleur d'acacia. Pendant plus d'une heure, tous deux avaient suivi, de fleur en fleur, l'insecte qui traînait toujours derrière lui la plume légère. Enfin ils avaient atteint la ruche, dans laquelle Gabriel avait plongé les doigts, pour en retirer le miel d'une main sûre. Les abeilles n'ayant pas paru remarquer sa présence, il ne s'était pas fait piquer. Mathilda, debout au pied de l'arbre, avait pris toute la mesure de sa maladresse et de son ignorance.

Avec un soupir, elle écrasa le mégot de sa cigarette. Elle savait que les autres propriétaires terriens la trouvaient étrange, et que des bruits couraient sur ses relations avec Gabriel. Elle les laissait croupir dans leurs suppositions : le vieil homme et sa tribu pouvaient lui apporter infiniment plus de choses qu'une femme de colon médisante, à l'esprit étriqué.

— Pourquoi n'avez-vous pas de mari, m'selle ? interrogea tout à coup le chef aborigène, la tirant hors de ses pensées.

— Je n'en ai pas besoin, Gabe. Je vous ai, toi et ta tribu.

Il secoua sa tête grisonnante.

— Je ne vais pas tarder à partir pour la dernière marche dans le désert.

Elle sentit son cœur se serrer. Lorsqu'elle était enfant, elle le trouvait vieux. Mais il faisait tellement partie de son environnement qu'elle n'avait même pas remarqué combien il avait décliné ces derniers temps.

Le regardant attentivement, elle constata que sa peau sombre avait perdu de son éclat et devenait couleur de cendre. L'âge les rattrapait tous. En faisant un calcul rapide, elle se rendit compte, avec un choc considérable, qu'elle aurait bientôt trente-six ans. Les années s'étaient écoulées à une vitesse inouïe. Elle était maintenant plus âgée que sa mère au moment de sa mort.

Se forçant à revenir au présent, Mathilda posa sa main sur l'épaule osseuse du chef de clan.

— Arrête de dire des bêtises, décréta-t-elle d'un ton ferme. La terre peut se passer de ta vieille carcasse pendant encore quelque temps. Actuellement, Churinga a plus besoin de toi que le monde des Esprits.

— Le sommeil vient vite, m'selle, dit-il en secouant la tête. Je dois retourner à la terre, retrouver mes ancêtres, et lancer des étoiles dans le ciel.

Il lui adressa un grand sourire édenté.

— Si vous regardez bien, un jour, vous verrez une nouvelle étoile, là-haut.

— Tais-toi, Gabe ! lui intima-t-elle. Tu dis n'importe quoi. Tu as encore beaucoup d'années devant toi. N'accepte pas sans lutter l'idée de partir.

Mais il parut ne pas l'entendre.

— Churinga est un endroit qui a beaucoup de chance, murmura-t-il en parcourant du regard la terre parcheminée et les arbres désolés. La pluie viendra bientôt. Les hommes rentreront à la maison. Vous aurez besoin de quelqu'un. L'homme et la femme doivent vivre ensemble.

Mathilda le regarda en souriant. Gabe avait toujours su brillamment revenir au sujet qui le préoccupait, mais elle eût aimé qu'il change parfois de thème.

Les yeux embrumés, il fixa l'horizon lointain.

— À l'époque du Temps du Rêve, l'homme noir a rencontré la femme noire.

L'homme a dit : « D'où viens-tu ? »

La femme a dit : « Du sud. Et toi, d'où viens-tu ? »

L'homme a dit : « Du nord. Voyages-tu seule ? »

La femme a dit : « Oui. »

L'homme a dit : « Tu seras ma femme. »

La femme a dit : « Oui, je serai ta femme. »

Il se tourna vers elle, avec une expression solennelle.

— L'homme a besoin de la femme, m'selle. La femme a besoin de l'homme. Vous avez besoin d'un homme.

Mathilda plongea son regard dans les yeux pleins de sagesse et comprit qu'il était convaincu de ce qu'il lui disait. Elle ne pourrait rien faire pour le retenir, le moment venu. Il voulait être sûr que lorsqu'il partirait, elle aurait quelqu'un d'autre sur qui se reposer.

— Bats-toi, Gabe. Ne me laisse pas maintenant. Tu nous es indispensable, à Churinga et à moi.

— Les Esprits m'appellent avec les chants, m'selle. Il est impossible de se battre contre ça.

Il se leva et la regarda un long moment, puis il s'éloigna.

Mathilda le vit entrer dans sa cabane d'écorce et s'accroupir, son plus jeune enfant dans les bras. Totalement immobile, il contemplait l'étendue immense du désert, les yeux du petit fixés sur son visage.

Le 2 septembre 1945, avec l'armistice signé par le Japon, le monde retrouvait la paix. Pour les colons australiens prenait fin une période de six années exténuantes. L'Europe allait travailler à reconstruire ses villes détruites ; l'Australie retournerait à l'exploitation de sa terre.

Pendant presque dix ans, pas une seule goutte de pluie n'était tombée. Mais le matin du jour où la paix fut proclamée, des nuages noirs s'accumulèrent dans le ciel, au-dessus de la terre craquelée. La voûte céleste s'entrouvrit et les premières gouttes, énormes, s'écrasèrent sur le sol.

Aux yeux de Mathilda, on eût dit que le dieu du père Ryan avait retenu son cadeau tant que le monde était en guerre, afin de punir les hommes qui déployaient tant de violence et de haine. En leur donnant la pluie, il leur signifiait son pardon et leur offrait la promesse d'un avenir meilleur.

Entourée de la tribu, elle resta dehors, se laissant inonder par l'eau bienfaisante, que la terre paraissait aspirer interminablement. Les ruisseaux et les lacs se remplissaient peu à peu. Des heures durant, la pluie imprégna le sol, devenu plus sombre, le transformant en rivières de boue impétueuses et tourbillonnantes. Les animaux, pattes écartées, sentaient ruisseler sur leur dos laineux le liquide qui entraînait avec lui les parasites irritants. Dans les arbres courbés par le déluge, les cacatoès, accrochés aux branches, la tête en bas, ouvraient leurs ailes sèches et poussiéreuses à la douche purifiante. Au son de l'averse martelant le toit de tôle, Mathilda se dit que c'était le son le plus doux qu'elle eût jamais entendu.

Debout sous la véranda, trempée jusqu'aux os, elle respirait l'air frais imprégné de l'odeur de la terre mouillée. Les gommiers ployaient sous le poids de l'eau, leurs feuilles effleurant le sol et brillant comme de l'argent dans la demi-obscurité. La vie redevenait belle. La guerre était terminée, les hommes allaient revenir, et la terre leur livrerait une herbe luxuriante, source de vie. Les citernes venaient juste de s'épuiser. Ils avaient tous survécu. Gabriel avait raison, la chance favorisait Churinga.

La pluie tomba pendant trois jours et trois nuits. Les rivières débordaient et la terre se transformait en boue, mais les moutons et les vaches étaient en sécurité, les premiers sur les terres les plus hautes, et les secondes à l'écart des ruisseaux. Une hauteur de vingt centimètres d'eau signifiait l'apparition d'une herbe nouvelle et vigoureuse, c'est-à-dire, tout simplement, la survie.

Le quatrième jour, l'averse se tarit lentement et un soleil timide apparut derrière les nuages. Une trace de verdure apparaissait déjà dans les paddocks. Au bout de deux semaines, les premiers brins d'herbe épais se balançaient dans la brise. La vie renaissait.

— Où est Gabe, Edna ?

Mathilda rentrait de plusieurs jours de patrouille dans les pâturages.

— J'ai besoin de lui pour travailler dans le champ nord et réparer les barrières. La rivière a débordé et les poteaux ont été emportés sur plus de quatre kilomètres.

Edna, installée sur la dernière marche de la véranda, berçait son bébé. Elle regarda son interlocutrice de ses grands yeux limpides.

— Parti marcher dans désert, m'selle. Il a suivi le chant des Esprits.

Un sentiment de crainte envahit Mathilda tandis qu'elle se laissait glisser à terre. Bien qu'elle fût excessivement inquiète et voulût savoir où se trouvait Gabriel, il ne fallait pas s'énerver, sous peine de braquer Edna contre sa curiosité. Elle s'efforça de garder une voix calme et neutre.

— Vers où s'est-il dirigé ? Il faut le retrouver très vite !

— Par là-bas, m'selle.

Après avoir désigné du doigt un point vague dans le lointain, la jeune femme se leva et se dirigea d'un pas tranquille vers le feu qui brûlait non loin des cabanes.

— Bon sang ! s'exclama sa patronne, stupéfaite de voir tous ces hommes et ces femmes insensibles au fait que leur chef était parti mourir au milieu de nulle part. Si vous ne faites rien pour Gabriel, je vais m'en occuper !

Sautant en selle, elle s'élança au galop en direction du trou d'eau. Un bosquet se dressait au pied du mont Tjuringa, à l'endroit où la cascade jaillissait des rochers pour s'écouler dans un bassin. Des peintures rupestres en faisaient un lieu sacré pour les Bitjarras. Elle espérait que Gabriel n'avait pas choisi d'autre endroit pour mourir. Si elle s'était trompée, il lui faudrait retourner à la maison et rassembler les hommes pour une recherche plus rationnelle.

Pendant douze heures, elle explora tous les sites, mais finit par se rendre compte que, sans l'aide des autres membres du clan, elle ne pouvait pas s'aventurer plus loin. Les grottes étaient vides et le bassin désert. Aucun signe du chef de clan.

De retour à l'habitation, elle finit par admettre, à contre-cœur, que personne n'avait le temps de se lancer à la recherche de Gabriel. Et si ce dernier ne souhaitait pas être suivi, aucune personne de race blanche ne parviendrait à retrouver sa trace.

Les Bitjarras semblaient accepter la disparition du vieil homme avec stoïcisme. Elle savait qu'ils ne l'aideraient pas. Ils avaient du respect et de l'amour pour leur chef, mais, selon leur tradition, lorsque la mort s'annonçait par un chant à l'un d'entre eux, l'heure venue, les autres membres de la tribu n'étaient pas concernés.

Ainsi que l'avait dit Gabriel, on ne pouvait lutter contre le chant.

Trois jours plus tard, l'un des garçons, qui était allé dans le bush pour une initiation, revint à Churinga. Mathilda, qui l'avait vu arriver, avait remarqué qu'il s'était aussitôt dirigé vers son frère aîné. Elle ne pouvait entendre ce que les deux jeunes gens se disaient, mais reconnut une amulette que le vieux chef portait habituellement dans sa ceinture en peau de kangourou.

— Viens ici, mon garçon ! appela-t-elle de la véranda.

L'adolescent regarda son frère, qui fit un signe affirmatif.

— Tu as trouvé Gabriel, n'est-ce pas ? Où est-il ?

— Plus loin que Yantabulla, m'selle. Parti avec les Esprits.

Mathilda le fixa avec stupéfaction.

— Yantabulla se trouve à deux cent cinquante kilomètres d'ici ! Comment Gabe a-t-il pu se rendre aussi loin en marchant ?

Son interlocuteur sourit.

— Il a fait deux ou trois tours de lune, m'selle. Gabe court bien.

Mathilda doutait que Gabriel eût été capable de courir où que ce fût. Toutefois, l'endroit où il était mort, si loin de Churinga, semblait confirmer ce témoignage.

La nouvelle de la mort du chef de clan se répandit comme une traînée de poudre dans la tribu. Aussitôt, les hommes peignirent, sur leur visage et sur leur corps, des traits rectilignes et des cercles blancs, tandis que les femmes leur passaient autour du cou des colliers constitués de plumes et d'os. Les lances furent aiguisées, les boucliers de peaux de kangourou furent peints avec les emblèmes du clan, et les têtes de tous les membres du groupe furent teintes en rouge, à l'exception de celle de la veuve.

Puis les hommes s'éloignèrent de la maison en une procession solennelle. Accompagnées de Mathilda, les femmes les suivirent jusque dans les plaines. Au bout de longues heures de marche, le groupe atteignit un endroit où l'herbe poussait autour de pierres anciennes, ornées de totems.

Les femmes et Mathilda s'assirent en cercle, à environ deux kilomètres de distance, car il leur était interdit d'assister à la cérémonie. Leur parvenaient les échos lugubres des chants funèbres et le sifflement des rhombes. Un nuage de poussière se soulevait, signe que les hommes avaient sans doute commencé leurs danses rituelles.

— J'aimerais voir ce qui se passe, Dora, dit Mathilda. Pourquoi n'avons-nous pas le droit de nous approcher ?

— C'est interdit aux femmes, m'selle.

Baissant la voix, elle se pencha vers sa voisine.

— Mais je vais vous raconter ce qu'ils font.

— Comment le sais-tu si c'est interdit ?

— Quand j'étais petite, je me suis cachée et j'ai tout vu. C'est pas intéressant.

— Explique-moi quand même.

— Chaque homme abrite, en lui-même, l'esprit d'un animal. Il exécute la danse de cet animal, par exemple la danse du kangourou, de l'oiseau, du dingo ou du serpent. Mais en silence. Il ne doit pas parler, pour que l'esprit de l'animal sorte de lui et emporte Gabe après un long, très long voyage, jusqu'au Temps du Rêve.

Mathilda resta en compagnie des femmes jusqu'à ce que le ciel s'assombrît, puis elle rentra à la maison. La cérémonie durerait plusieurs jours et son travail ne pouvait pas attendre. Les aborigènes pratiquaient, au fond, une cérémonie qui lui rappelait une veillée funèbre irlandaise à laquelle elle avait autrefois participé. Simplement, ils ne buvaient pas, ce qui conférait à ce rite une dignité particulière.

Grimpant les marches de la véranda, elle s'immobilisa soudain. Sur le sol reposait une amulette de pierre, une churinga. Elle ne savait pas qui l'avait déposée à cet endroit, et se doutait que cette offrande resterait sans doute un mystère ; mais, en la ramassant, elle se dit qu'elle la garderait précieusement, en souvenir de son ami.

Rien ne fut plus comme avant. Les hommes commencèrent à revenir de la guerre, mais en raison des pertes nombreuses et des tragédies personnelles qui en découlaient, de multiples changements apparurent. Wallaby Flats se transforma à vue d'œil. Le pub et le magasin furent repris par un nouveau patron ; après la restauration de l'église, furent entrepris l'empierrement des rues et l'élaboration d'un jardin commémoratif. Dans la petite ville régnait une effervescence qui ne s'était pas produite depuis longtemps, et qui ne tarda pas à entraîner une ruée vers les terres bon marché.

Devant l'immensité des propriétés habitées par une minorité de gens, il fut décidé que les milliers d'hommes qui avaient combattu devaient avoir une chance de posséder leur propre station d'élevage.

Cette mesure, destinée à résoudre le problème posé par l'afflux des vétérans, avait déjà été appliquée après la Grande Guerre, et s'était, à l'époque, révélée inefficace. Nombre des hommes et des femmes qui avaient tenté de s'adapter à la vie des éleveurs, après des mois, voire des années de lutte quotidienne pour leur survie, étaient retournés à la ville. Seuls les plus résistants avaient tenu bon.

Les terres furent rachetées aux plus grands propriétaires. Kurrajong perdit la moitié de sa surface et Willa Willa, ainsi que Nulla Nulla, furent lourdement amputés.

Mathilda avait réagi très rapidement, dès que la paix avait été proclamée. Elle se souvenait très précisément de ce qui s'était produit au retour de son père, après le siège de Gallipoli, et savait que, si le gouvernement la forçait à vendre Wilga, elle n'en obtiendrait qu'un prix dérisoire par rapport à la valeur réelle du domaine sur le marché.

Les deux exploitations se révélant trop lourdes à diriger, elle s'était tout de même résignée à céder la propriété de ses amis, mais en avait exigé le meilleur prix. Bien qu'elle eût déjà envoyé beaucoup d'argent à April, cette dernière avait du mal à vivre décemment à Adélaïde.

Le nouveau propriétaire lui avait écrit de Melbourne pour lui dire qu'il ne voulait pas des bovins, car il avait acheté Wilga avec l'intention d'élever des chevaux. Il avait également accepté de lui laisser la moitié du troupeau de moutons. Mathilda savait qu'elle avait assez d'herbe pour tous les animaux, et les béliers lui étaient indispensables pour les croisements. Cette année, la laine était belle ; l'année prochaine, elle serait superbe.

Par contre, les vaches lui posaient un problème. Jusqu'à présent, elle ne s'en était pas occupée, mais les vieux conducteurs de troupeaux ayant pris leur retraite, elle était obligée de se pencher sur la question. Avec étonnement, elle ne tarda pas à découvrir que les besoins de ces bêtes étaient très différents de ceux des moutons. Chaque nuit, elle étudiait des ouvrages spécialisés, stupéfaite par le nombre d'infections contre lesquelles elle aurait à lutter. Pas étonnant que le nouveau propriétaire ne voulût pas les garder ! Pendant les périodes de sécheresse, elles lui coûteraient très cher et gâcheraient l'herbe de la prairie, en la labourant de leurs gros sabots.

Les barrières qui séparaient Wilga de Churinga avaient été reconstruites par son nouveau voisin, mais elle n'avait pas encore eu l'occasion de le rencontrer. Les bavardages à la radio parlaient d'un homme jeune, célibataire, plutôt séduisant, qui constituerait indéniablement un bon parti pour la femme chanceuse qui saurait l'attraper. Mathilda se demandait surtout de quelle trempe il était, et s'il serait capable de supporter les conditions de vie éprouvantes auxquelles il serait confronté dans l'outback.

Trois des conducteurs de troupeaux qui avaient travaillé pour elle avant la guerre, et qui venaient de rentrer, souhaitaient reprendre leur ancien poste. Elle accepta avec joie leur proposition, et engagea trois autres conducteurs, un vacher et deux apprentis. En outre, elle fit dresser une nouvelle grange et une étable munie de stalles, puis attribua une partie des terres aux bovins. L'herbe était haute ; le prix de la viande de mouton et de bœuf, ainsi que celui du lait, grimpaient en flèche. Elle avait de l'argent à la banque et l'espoir d'un avenir prospère.

Comprenant qu'il lui fallait évoluer avec son temps, elle entreprit de moderniser la maison et le matériel de l'exploitation. Tout d'abord, elle acheta une nouvelle cuisinière, un réfrigérateur à gaz et une camionnette un peu moins endommagée que la précédente. Puis elle s'offrit le luxe de l'électricité, prodiguée par deux générateurs, l'un destiné à l'habitation, et l'autre au hangar de tonte, qui avait été réparé et agrandi. Le confort de Churinga fut amélioré par de nouveaux rideaux, des chaises confortables, des draps, des couverts et des ustensiles de cuisine. Enfin, au baraquement des conducteurs de troupeaux, qui avait aussi été agrandi, vinrent s'ajouter un réfectoire et un dortoir.

Elle acheta des brebis excellentes reproductrices, un bélier et six cochons. Si la situation ne changeait pas, elle pourrait, dans deux ans, ajouter au domaine une forge et un abattoir. De cette façon, Churinga, devenant presque autonome, pourrait éviter certaines grosses dépenses. Les fers à cheval tout faits coûtaient cher, ainsi que les services rendus par le boucher de Wallaby Flats.

En dépit de son aisance pécuniaire nouvelle, Mathilda patrouillait toujours dans les pâturages et surveillait la façon dont Churinga était exploitée. Il était difficile pour elle de renoncer à ses vieilles habitudes, d'autant plus qu'elle s'ennuyait à la maison, maintenant que Dora, Daisy et Edna connaissaient bien leur travail. Elle continuait à chevaucher, vêtue de vieux pantalons et de chemises larges, son chapeau maculé de sueur planté sur sa chevelure épaisse.

Cet après-midi-là, il faisait particulièrement humide. La pluie tombée la nuit précédente s'évaporait sur le tapis d'herbe luisant qui s'étendait à l'ombre des arbres, au pied du mont Tjuringa. Elle retira son chapeau et s'essuya le front avec sa manche.

Un cavalier et son cheval se dessinaient au loin, sur l'horizon miroitant. Elle but quelques gorgées d'eau, sans quitter des yeux la silhouette tremblante qui devenait de plus en plus nette au fur et à mesure qu'elle avançait dans sa direction.

Tout d'abord, elle crut qu'il s'agissait de l'un de ses conducteurs ; mais lorsque l'homme s'approcha, elle constata que c'était un étranger. Elle rangea son outre et attrapa son fusil. Bien que la période de la Grande Crise et de ses vagabonds ne fût plus qu'un souvenir, mieux valait se montrer prudente. Ses employés étant éparpillés sur le vaste territoire de son domaine, elle était seule pour faire face à cet inconnu.

Immobile, elle l'examina tandis qu'il se dirigeait vers elle. De haute taille, il se tenait élégamment en selle, visiblement très à l'aise sur sa monture.

— Bonjour ! cria-t-il, dès qu'il fut à portée de voix.

Mathilda lui répondit par un signe de la main, tout en serrant son arme de l'autre. Elle vit qu'il s'agissait d'un homme athlétique, vêtu d'une chemise à col ouvert, d'un pantalon de velours et de bottes couvertes de poussière. Elle ne distinguait pas encore son visage, qui restait dans l'ombre du chapeau à large bord ; mais, tandis qu'il avançait, elle en discerna l'expression aimable.

Il immobilisa son cheval et ôta son couvre-chef.

— Vous devez être m'selle Thomas, dit-il d'une voix traînante. Ravi de vous rencontrer enfin. Je m'appelle Finn McCauley.

Un sourire chaleureux aux lèvres, il pencha de côté son visage buriné par les intempéries, surmonté d'une chevelure sombre et bouclée, et posa sur elle des yeux d'un bleu profond, autour desquels se dessinaient de petites rides. La radio ne lui avait pas vraiment fait justice. Elle avait devant elle le plus bel homme qu'elle eût jamais rencontré.

— Enchantée, bégaya-t-elle.

Hormis le fait qu'elle ne se sentait jamais à l'aise avec les étrangers, l'arrivée inopinée de ce cavalier la prenait par surprise.

— Comment cela se passe-t-il pour vous à Wilga? reprit-elle.

— Très bien, dit-il en prenant la main qu'elle lui tendait dans la sienne, qu'il avait chaude et ferme. C'est un endroit superbe. Juste ce qu'il faut pour des chevaux.

Elle rangea son fusil dans son étui accroché à la selle et remarqua qu'il l'observait.

— On se méfie toujours ici, je ne pouvais pas savoir qui vous étiez, expliqua-t-elle.

— Vous avez raison. Ce n'est pas facile pour une femme seule, déclara-t-il avec solennité. Mais j'ai l'impression que cela ne vous tracasse pas vraiment. J'ai beaucoup entendu parler de la façon dont vous vous êtes débrouillée pendant la guerre.

— Le contraire m'aurait étonnée, lâcha-t-elle d'un ton sec.

Il laissa échapper un rire profond et mélodieux.

— Ne soyez pas fâchée, m'selle Thomas. Il est normal qu'un nouvel arrivant cherche à s'informer au sujet de ses voisins. J'ai suffisamment d'expérience pour ne croire qu'un tiers de ce qui se dit sur la radio du bush.

Elle l'étudia un instant, se demandant s'il se moquait d'elle. Il ne lui manquait qu'un bandeau noir et une boucle d'oreille pour faire un parfait pirate.

Rassemblant les rênes, elle sourit, prête à lui accorder le bénéfice du doute.

— Vous faites bien. Si seulement la moitié de ce qui se propage sur les ondes était véridique, cet endroit serait paralysé, car personne n'aurait plus le temps de travailler.

— Ce n'est que trop vrai, approuva-t-il d'une voix douce.

Il la décontenançait, et elle n'était pas certaine d'aimer cela. Quelque chose dans ses yeux et dans sa façon de parler déclenchait en elle des sensations inconnues, qu'elle craignait de ne pas savoir affronter.

— J'étais sur le point de faire une pause pour manger un peu, déclara-t-elle brutalement. Voulez-vous vous joindre à moi, monsieur McCauley ?

Un sourcil sombre se leva.

— Seulement si vous m'appelez Finn. J'ai eu ma dose de formalisme dans l'armée. Je trouve qu'on perd quelque chose de soi-même, lorsqu'on n'est pas appelé par son prénom.

— Alors appelez-moi Molly, s'écria-t-elle avant d'avoir eu le temps de réfléchir.

Elle n'attendit pas qu'il lui répondît et le précéda sous le dais de verdure du mont Tjuringa, jusqu'au bassin rocheux. En proie à la confusion, elle était irritée de sentir lui échapper le contrôle de ses pensées. Il ne lui fallait qu'un peu de temps pour reprendre ses esprits.

Se laissant glisser de son cheval, elle laissa les rênes traîner sur le sol. Sa monture, bien dressée, ne risquait pas de s'éloigner.

— Quelle merveille ! s'exclama Finn. Je n'imaginais pas ce qui se dissimulait derrière ces arbres.

Il retira son chapeau, le remplit d'eau, et en déversa le contenu sur sa tête.

Fascinée par la façon dont les gouttes scintillaient sur les boucles noires, Mathilda s'empressa de reporter son attention sur sa sacoche.

— J'essaie de venir ici une fois par semaine, expliqua-t-elle, soulevant le sac de cuir et le portant jusqu'à un rocher plat. L'eau est si limpide, comparée à la boue du ruisseau près de la maison. Et il fait si agréablement frais sous les arbres.

Elle avait la sensation de caqueter comme une perruche.

— Mais il fait particulièrement lourd aujourd'hui, après la pluie, termina-t-elle lamentablement.

Il remplit son outre, but longuement et s'essuya la bouche de son bras.

— Quel goût délicieux, par rapport à l'eau de la citerne ! Pas étonnant que vous veniez ici le plus souvent possible.

Tandis que son regard embrassait le bassin et les rochers qui l'entouraient, il prit soudain une expression sérieuse.

— J'espère que je ne perturbe pas vos projets. Peut-être aviez-vous envie de vous baigner ? Dans ce cas, je vous abandonne.

Mathilda s'empourpra en songeant qu'elle avait eu l'intention, comme d'habitude, de se mettre entièrement nue et de nager longuement.

— Bien sûr que non, s'écria-t-elle. L'eau est trop froide. Je me contente seulement d'y tremper les pieds.

Il la regarda d'un œil scrutateur, mais s'il ne la crut pas, il n'en manifesta rien.

Mathilda sortit les sandwichs de la sacoche et les posa sur la pierre.

— Servez-vous, Finn. Ils ont probablement un peu ramolli, mais ils sont frais, ils ont été préparés ce matin.

Voilà qu'elle se remettait à parler pour ne rien dire. Qu'y avait-il, chez cet homme, qui eût le pouvoir de la transformer en oie sans cervelle ?

Il mordit dans son sandwich avec entrain et s'allongea sur le rocher, mâchant avec volupté en contemplant la cascade. Il se dégageait de lui une sagesse tranquille, une sorte de contentement profond, laissant penser qu'il semblait satisfait de sa vie et capable de s'accepter tel qu'il était. Voilà probablement ce qui le rendait aussi attirant.

Sa voix traînante à l'accent du Sud rompit tout à coup le silence.

— Depuis combien de temps êtes-vous installée à Churinga, Molly ?

— J'y ai vécu toute ma vie. Mes grands-parents ont fondé le domaine.

— Je vous envie, car vous y avez ainsi vos racines. Wilga est le premier endroit où je m'installe vraiment. Mes parents voyageaient beaucoup, et lorsque la guerre est arrivée, il m'a fallu voyager encore.

— Où avez-vous combattu ?

— En Afrique et en Nouvelle-Guinée.

Bien qu'il eût parlé d'un ton léger, son regard s'était assombri. Elle décida d'écarter ce sujet, visiblement pénible.

— C'est la première fois que j'entends votre prénom, Finn. Quelle est son origine ?

Il s'appuya sur un coude et cala le menton sur sa main, un grand sourire sur le visage.

— C'est le diminutif de Finbar. Mes parents étaient irlandais.

— Tout comme mes grands-parents, s'écria-t-elle, ravie.

— Eh bien, Wilga n'est plus la seule chose que nous ayons en commun, on dirait.

Elle fixa ses ongles en fronçant les sourcils.

— Vous avez donc l'intention de rester ? s'enquit-elle, consciente que son cœur s'accélérait en attendant sa réponse.

— Je suis habitué à ce mode de vie. Je viens de Tasmanie, et bien que je ne me sois pas beaucoup occupé de moutons, la chaleur et la sécheresse y sont les mêmes qu'ici. Je n'ai pas l'intention de partir avant très longtemps.

Surprise, elle releva les yeux vers lui.

— Je pensais que la Tasmanie ressemblait un peu à l'Angleterre ! Entièrement verte, avec beaucoup de pluie et de rudes hivers.

Il ne put s'empêcher de rire.

— Idée fausse très répandue, Molly. La côte y est plus fraîche qu'ici, bien sûr, mais le centre s'y révèle tout aussi brun et poussiéreux. Nous avons souffert autant que vous au cours des dix années de sécheresse.

— Alors pourquoi rester ici et ne pas retourner en Tasmanie ?

Son sourire s'évanouit.

— Je voulais démarrer quelque chose d'autre, et le gouvernement me proposait une formation à l'élevage des moutons.

Il lança un caillou plat dans l'eau et observa les ondulations qu'il avait provoquées.

— Ce sont les chevaux qui me passionnent, mais je savais qu'il me faudrait une autre source de revenus jusqu'à ce que mon propre programme d'élevage soit élaboré. De plus, ces magnifiques pâturages m'offrent assez d'espace pour que j'aie le sentiment de pouvoir respirer. J'avais besoin de m'éloigner de l'atmosphère étriquée des petites villes, où tout le monde est au courant de vos moindres gestes.

À son tour, elle s'esclaffa.

— Alors, vous vous êtes trompé d'endroit ! Ici, les bavardages et les rumeurs vont bon train. Je serais même prête à parier que vous avez déjà entendu bien des cancans sur l'étrange Mathilda Thomas, qui vit seule avec ses Bitjarras, depuis presque vingt-cinq ans.

— J'ai entendu dire qu'elle était particulièrement réservée, et un peu distante. Mais je ne vois, jusqu'à présent, aucune preuve de ces allégations.

— Bienvenue en Nouvelle-Galles du Sud, Finn. J'espère que votre nouvelle vie vous apportera ce que vous en attendez.

Ses yeux d'un bleu sombre prirent la nuance des fleurs de lavande.

— J'ai l'impression que cela s'annonce plutôt bien, déclara-t-il d'une voix chaleureuse.

Très émue, Jenny essuya ses larmes en soupirant. Enfin, les choses semblaient s'arranger pour Mathilda. Bien que sa relation avec Finn n'en fût qu'aux prémices, tout semblait indiquer que le dernier volume du journal révélerait un dénouement heureux.

S'adossant à nouveau contre ses oreillers, elle regarda par la fenêtre, surprise de constater que le jour déclinait déjà et que sa lecture lui avait fait perdre la notion du temps. Aussitôt, elle pensa à Diane avec un sentiment de culpabilité. Après tout, son amie essayait simplement de l'aider à résoudre ses problèmes avec Brett et Charlie ; elle ne méritait pas d'être laissée à l'écart.

Jenny sauta au bas de son lit et se rendit dans la cuisine. Une note sur la table indiquait que sa compagne était partie faire une promenade à cheval, et qu'elle l'embrassait en attendant de la revoir. Apparemment, elle lui avait pardonné son accès de mauvaise humeur.

Soulagée, elle ouvrit la porte à Ripper. Tandis qu'il se promenait, elle se dirigea vers la barrière du paddock sur laquelle elle s'accouda, observant les chevaux somnolents. Sous l'immense ciel azuré, bercée par le bruissement des feuilles desséchées des gommiers, elle respira l'odeur de la terre qui montait dans la chaleur encore intense. L'herbe devenait plus rare, il allait bientôt falloir déplacer les animaux.

Elle s'arracha à ses pensées décousues et se détourna pour rentrer à la maison. Peu lui importait que les chevaux dussent être menés ailleurs, ou que la pluie ne fût pas tombée depuis des mois. Encore quelques jours, et Churinga ne ferait plus partie de ses préoccupations.

18

Au cours des deux jours suivants, la chaleur s'intensifia. Les nuages orageux s'accumulaient, accompagnés par des roulements de tonnerre, et l'air se chargeait d'électricité. Ripper, tremblant, cherchait refuge sous la table de la cuisine.

Diane regarda les cieux menaçants.

— On ne va pas s'amuser quand il va éclater, déclara-t-elle en sortant de la douche, une serviette sur ses cheveux mouillés. Je déteste ces tempêtes sèches.

Assise dans le rocking-chair, sur le porche, Jenny leva les yeux vers elle.

— Moi aussi. Il n'y a pas un souffle de vent, et cette chaleur m'épuise.

— Au moins, à Sydney, nous avons l'air conditionné ! Même si le système n'est pas sans inconvénient, c'est une bénédiction par un temps pareil !

Jenny caressa de ses doigts le cuir repoussé du volume posé sur ses genoux. Elle eût voulu retourner dans l'univers de Mathilda, pour échapper au déchaînement des éléments qui s'annonçait ; mais, depuis deux jours, une sorte de réticence la retenait.

— C'est le dernier tome ?

— Oui, c'est le chapitre final, murmura-t-elle. Et je ne sais pas si j'ai envie de le lire.

— Mais pourquoi?

Secouant ses boucles brunes, Diane se laissa tomber dans le siège voisin de celui de Jenny.

— Je croyais que tu t'attendais à une fin heureuse?

Jenny réfléchit un moment avant de répondre.

— Ce n'est pas vraiment le problème. C'est juste que lorsque j'aurai lu la dernière page, ce sera comme si je disais adieu à une amie intime, que je ne reverrai jamais.

— Tu ne peux pas laisser ta lecture inachevée, Jen. Tu te demanderais toujours comment les choses ont tourné.

— Je sais. C'est idiot, n'est-ce pas?

Le regard sombre de sa compagne se posa sur elle.

— Pas du tout. Je me sens toujours triste lorsque je termine un bon livre. Mais tu vas y arriver.

Jenny ouvrit le volume et l'effeuilla lentement; il ne restait pas grand-chose à découvrir, car l'écriture ne couvrait que la moitié du recueil. Elle s'installa plus confortablement et parcourut les premiers mots. Soudain, la sonnerie du téléphone retentit.

— Qui diable nous appelle? grommela-t-elle.

— N'étant pas douée de télépathie, je n'en sais rien, rétorqua son amie en se dirigeant vers l'appareil.

Elle revint quelques instants plus tard.

— C'est Helen, pour toi.

Fronçant les sourcils, Jenny leva les yeux du journal.

— Je n'en sais pas plus! reprit son interlocutrice, en haussant les épaules.

— Allô, Jennifer?

La voix cultivée dominait le grésillement de la ligne collective.

— Je suis tellement contente de réussir à vous avoir ! poursuivit-elle.

Consciente qu'elles étaient écoutées par l'opératrice, et par la moitié des stations d'élevage de la Nouvelle-Galles du Sud, la jeune femme choisit sa réponse avec prudence.

— Avec cette menace de tempête, j'ai préféré ne pas trop m'éloigner.

Il y eut un moment d'hésitation à l'autre bout de la ligne, avant qu'Helen ne reprît la parole :

— Je me demandais si je pouvais venir vous voir.

— Bien sûr, s'écria Jenny aussitôt. Mais quand ?

— Aujourd'hui, si cela ne vous dérange pas.

Ayant compris qu'il s'agissait d'une question urgente, Jenny se dit que maintes supputations s'élevaient déjà dans une bonne partie de l'outback.

— C'est parfait. Venez déjeuner.

De nouveau, Helen hésita. Jenny espérait que sa visite n'avait rien à voir avec l'acharnement d'Ethan à vouloir acquérir Churinga. D'une part, elle aimait bien sa voisine ; d'autre part, la perspective d'un déjeuner entre femmes lui remontait tout à coup le moral.

Son interlocutrice réagit comme si elle avait pu lire dans ses pensées.

— Je vous préviens tout de suite que je viens pour une raison précise, sans aucun rapport avec ce dont vous avez précédemment discuté avec Andrew.

— Je vous remercie de m'épargner un voyage jusque chez vous, dit Jenny, soulagée. Vous avez raison, nous devons parler de certaines choses.

— Je suis d'accord, mais pas lorsque la moitié de l'État cesse de respirer pour nous écouter ! Je serai chez vous dans trois heures.

Jenny reposa l'écouteur d'un air pensif. Helen avait clairement exprimé que l'hostilité d'Ethan n'était pas à l'origine de sa visite. Mais la belle-fille du maître de Kurrajong en savait-elle assez pour jeter un éclairage sur la lutte qui opposait depuis si longtemps les propriétaires des deux stations voisines ? Ou ne réussirait-elle qu'à brouiller un peu plus le tableau ?

Diane reçut la nouvelle avec surprise d'abord, et avec plaisir ensuite.

— Rien de tel qu'un déjeuner entre filles pour chasser le blues, s'écria-t-elle gaiement.

En emportant le journal dans sa chambre, Jenny se sentait mal à l'aise. Tandis qu'elle enfilait une tenue moins décontractée, elle s'interrogea sur ce qui tracassait Helen. Cette dernière faisait tout de même partie de la famille qui avait persécuté Mathilda et Churinga. Ses préoccupations étaient-elles vraiment sans rapport avec tout cela ?

— Nous allons préparer une salade, décréta Diane. Il fait trop chaud pour quoi que ce soit d'autre.

Jenny sortit des steaks du congélateur et les rangea dans le garde-manger, à l'abri du museau inquisiteur de Ripper et des mouches omniprésentes. Elle s'appliqua ensuite à confectionner une mousse à la pomme, et à composer, à l'aide des légumes du jardin, une salade qui serait accompagnée d'une sauce à l'ail. Socaratinn amie prépara une carafe de citron pressé et mit le couvert. Le déjeuner était quasiment prêt.

Dans la maison nettoyée et provisoirement dépoussiérée, Diane avait disposé de grands vases de fleurs sauvages, qui égayaient de leurs couleurs crues la lumière morne du matin. Les deux jeunes femmes regardèrent l'effet produit d'un œil critique, et Jenny ne put s'empêcher de ressentir un pincement au cœur, en pensant que plus jamais elle ne recevrait d'invités en tant qu'hôtesse de ces lieux.

— J'emmène Ripper se promener pendant que tu te changes, dit-elle à sa compagne.

Une chaleur oppressante pesait sur les pâturages. Suivie de son chien, elle suivit le rideau d'arbres qui longeait le ruisseau. De grosses araignées noires somnolaient au bout d'un fil, reliées à de délicates dentelles argentées. Sous les arbres à thé étaient étendus des kangourous alanguis, que berçaient de paresseux chants d'oiseaux.

Apercevant un iguane qui prenait un bain de soleil et s'échappa à la vue des nouveaux arrivants, Ripper s'élança à sa poursuite, refusant d'obéir aux appels répétés de sa maîtresse.

Avec un soupir, Jenny s'adossa contre un arbre et observa une colonie de termites qui réparaient leur monticule endommagé, grain par grain. La similarité entre la vie de ces insectes et celle des colons lui apparut aussitôt. Centimètre par centimètre, ces derniers s'étaient taillé, dans cette contrée sauvage, une existence fragile, qui pouvait être détruite en quelques secondes, par le feu ou les inondations, ou en quelques années, par la sécheresse. Et pourtant, leur volonté de survie était telle qu'après toute catastrophe, elle suffisait souvent à leur insuffler la force de tout recommencer.

Un bruissement furtif à ses pieds l'arracha à ses pensées. Le serpent s'immobilisa, tout près de la pointe de sa botte. C'était le plus venimeux de tous ; une morsure, et c'était la fin. Le cœur de la jeune femme cognait contre sa poitrine. L'attente s'étira en une infinité de secondes, avant que le reptile ne décidât de s'éloigner et qu'elle pût respirer à nouveau.

Ripper émergea de dessous les arbres et bondit sur l'intrus. Jenny l'agrippa par la peau du cou et le tira vers elle.

— Espèce d'idiot! hurla-t-elle, tandis qu'il cherchait à se dégager. Tu vas finir par te faire tuer!

Le serpent s'écarta en glissant dans l'herbe. Avec soulagement, la jeune femme se dirigea vers la maison.

— Pourquoi aboyait-il ainsi? demanda Diane, resplendissante dans un caftan bleu paon.

— Il voulait prendre un serpent-tigre pour jouet. Il vaut mieux que je l'enferme tout l'après-midi.

Helen arriva quelques minutes plus tard, sa luxueuse voiture soulevant la poussière. Fraîche et élégante dans une robe de coton toute simple, elle s'avança vers les deux amies, sa chevelure platine luisant doucement dans la lumière glauque du soleil voilé.

— Merci de me recevoir, dit-elle en leur serrant la main. Je n'étais pas sûre que vous accepteriez ma visite.

Toutes trois s'installèrent sous la véranda.

— Je ne vois vraiment pas pourquoi! Vous m'avez reçue chez vous. En outre, il y a si peu de femmes, ici, qu'il semble stupide de ne pas se fréquenter, uniquement pour des raisons liées au passé, répliqua son hôtesse en servant la citronnade.

Helen leva son verre.

— Alors, buvons à l'avènement du bon sens.

Jenny échangea un regard avec Diane avant de poser de nouveau les yeux sur la visiteuse.

— Cela fait trop longtemps que je vis dans cet endroit pour ne pas avoir compris que les hommes s'y montrent extrêmement stupides, dit cette dernière en riant. Ils se pavanent comme des coqs, essayant de prouver leur virilité à coups de fusil, de randonnées à cheval et de beuveries, laissant aux femmes le soin de recoller les morceaux.

Devant le visage interloqué de ses compagnes, elle eut une expression amusée.

— N'ayez aucune inquiétude. Je ne suis pas une nouvelle version du cheval de Troie, concoctée par Kurrajong. C'est de votre côté que je me range, car je pense qu'il est vraiment temps de mettre fin aux stupides querelles qui opposent les deux domaines.

Après quelques secondes de silence, elle but longuement et reposa son verre sur la table.

— Mais oublions tout ceci pour l'instant et déjeunons, si vous le voulez bien. Cela fait des lustres que je ne me suis pas détendue avec deux amies.

Elles restèrent sous la véranda pour prendre leur repas, car il y faisait plus frais. Jenny se sentait étrangement à l'aise avec cette femme assez âgée pour être sa mère, et pourtant suffisamment jeune d'esprit pour parler intelligemment des questions d'actualité, aussi bien que de la pop music et de la mode.

— Mais nous recevons des journaux, vous savez, précisa la visiteuse. Et je me rends à Sydney aussi souvent que possible. Sans ces petites incursions au cœur de la civilisation, je me scléroserais, comme la plupart des autres femmes de la région.

— Vous n'êtes donc pas originaire de l'outback ?

Jenny avait débarrassé la table et servait le vin apporté par Helen.

— Seigneur, non ! J'ai rencontré James à Sydney, au cours de l'une des réceptions d'affaires de mon père, qui possède une compagnie d'exportation de viande. Nous recevions régulièrement des colons et des éleveurs.

Avec un sourire teinté de tendresse, elle poursuivit :

— James était si beau, si séduisant ! Lorsqu'il m'a demandé de l'épouser, j'ai accepté aussitôt. Je pensais que le fait de venir vivre ici serait une aventure. Sur un certain plan, je ne me suis pas trompée. Mais j'ai tout de même besoin de retourner en ville de temps en temps pour recharger mes batteries.

— Je vous comprends tout à fait, intervint Diane, avec une grimace en direction de l'horizon. Venir dans ce coin en visite, d'accord, mais je n'y habiterais pour rien au monde.

— Ne vous méprenez pas. Je suis très heureuse. James et moi avons une vie agréable et très enrichissante. Mais je crois qu'il faut être né ici pour pouvoir y rester en permanence. Aucun membre de la famille ne quitte Kurrajong, sauf s'il y est absolument obligé, à l'exception d'Andrew, toutefois. Lui seul semble préférer la ville. Il est avocat, vous le savez, et très talentueux.

— Je suis sûre qu'il fait grande impression au tribunal, reconnut Jenny. Il ne semble pas à sa place ici. Il fait trop propre, trop aristocratique.

Elle s'interrompit brusquement, se rendant compte trop tard que ses propos pouvaient paraître très grossiers. Mais Helen s'esclaffa et trempa les lèvres dans son verre de vin.

— Je comprends ce que vous voulez dire. Je ressens souvent une envie folle de le rouler dans la poussière ou de lui ébouriffer les cheveux. Mais James dit qu'il a toujours été comme cela. Il est trop vieux pour changer.

De nouveau, elle marqua une pause.

— Vous vous êtes montrée très patiente, Jennifer, reprit-elle enfin. Et j'ai beaucoup bavardé. Mais comme je vous l'ai dit au téléphone, j'avais une raison pour venir vous voir.

— Cela a-t-il un rapport avec le harcèlement incessant d'Ethan, au sujet de Churinga ? demanda son hôtesse.

Helen posa les yeux sur elle et hocha la tête.

— En un sens, je suppose. Mais, vous savez, cette situation résulte de l'obstination du vieil homme à s'accrocher au passé, bien qu'il ne gagne rien à refuser de l'enterrer.

Jenny posa les coudes sur la table et cala le menton dans ses mains afin de cacher son excitation. Enfin, elle allait apprendre les secrets qui ne figuraient pas dans les journaux, des secrets qui avaient sans doute été ignorés par Mathilda elle-même.

— Tout a commencé au milieu du XIXᵉ siècle, lorsque les deux familles de pionniers sont arrivées dans cette partie de la Nouvelle-Galles du Sud. Les Squires venaient d'Angleterre, les O'Connor d'Irlande. Ils avaient atteint la région en premier ; ils occupaient les terres maintenant désignées sous le nom de Churinga. C'étaient de bonnes terres, les meilleures de la région, car elles contenaient beaucoup de puits artésiens et de sources montagneuses.

Helen contempla un moment le paysage, les yeux embrumés, avant de poursuivre :

— En dépit de l'inimitié qui opposait à cette époque les Anglais et les Irlandais, les conditions de vie difficiles de cette région permettaient aux gens qui les partageaient de se comprendre. Les deux familles s'entendaient bien. Les O'Connor avaient une fille, Mary, qui allait rester leur seul enfant survivant. À cette époque, la vie était encore plus rude, et le taux de mortalité était élevé. Jeremiah Squires avait trois fils : Ethan, Jacob et Elijah.

Diane prit une cigarette et en offrit une à Helen, qui l'inséra dans un fume-cigarette d'ivoire avant de l'allumer.

— À dix-sept ans, Ethan a commencé à courtiser Mary, qui en avait quinze. Elle était devenue non seulement une véritable beauté, mais aussi une jeune fille très intelligente et audacieuse, en avance sur son temps. Il était d'ailleurs préférable qu'elle ait une forte personnalité, si elle avait l'intention d'épouser Ethan.

— Mais elle ne l'a pas fait, interrompit Jenny. Qu'est-il arrivé ?

— Une chose à laquelle personne ne s'attendait et qui est restée secrète dans la famille jusqu'à ce jour, dit Helen, regardant les volutes de sa cigarette se dissoudre dans l'air étouffant. Si secrète que je suis probablement la seule à la connaître.

— Mais comment…

— J'y viens. Il est bien entendu, n'est-ce pas, que cette confidence ne doit pas sortir d'ici.

Regardant ses deux compagnes avec solennité, elle reprit son récit.

— Il y a quelques années, Ethan a eu une attaque. Nous pensions tous qu'il ne s'en remettrait pas. Au cours de cette période de grande faiblesse, convaincu qu'il ne pourrait survivre longtemps, il s'est confié à moi, me faisant jurer le secret. Mais il est aujourd'hui bien en vie et il me déteste à la fois parce que j'en sais trop et parce qu'il ne peut pas se passer de ma présence.

Un sourire triste se dessina sur son visage.

— Au moins, cela signifie que j'ai sur lui une sorte d'autorité. Il se montre un patient presque parfait. Dans la mesure où il méprise tout le monde, je ne me sens pas insultée par sa grossièreté.

— Je ne sais pas comment vous pouvez le supporter, murmura Diane. À votre place, j'aurais probablement déjà versé quelque chose dans son thé !

— Ne croyez pas que je n'y aie pas pensé ! pouffa Helen. Mais c'est le père de James, et il ne me gêne pas au point que j'aie envie de le supprimer.

Les verres furent de nouveau remplis et les trois femmes s'adossèrent à leurs chaises cannées. Sous le ciel de plomb, l'air chaud s'accumulait. À l'instar de Jenny, l'outback semblait retenir sa respiration.

— Ethan et Mary étaient fiancés depuis presque deux ans. Un jour, le jeune homme a décidé qu'il ne voulait pas attendre sa nuit de noces. Il a toujours su se montrer persuasif, et Mary l'aimait. Alors elle a décidé de tourner le dos aux convenances et lui a cédé. Deux mois plus tard, alors que son père était allé à Kurrajong, pour aider à la tonte, elle s'y est rendue pour le chercher, car il y avait un problème à Churinga, il fallait qu'il rentre rapidement. En passant devant le salon dont la fenêtre était ouverte, elle a entendu des propos qui ne lui étaient pas destinés, et tous les problèmes ont découlé de ce malheureux hasard.

La visiteuse poussa un soupir et tourna nerveusement ses bagues autour de ses doigts.

— Jeremiah Squires et Patrick O'Connor étaient en train de se disputer violemment. Jeremiah menaçait d'annuler le mariage si son voisin refusait d'accorder à sa fille, en guise de dot, plus de mille hectares des meilleurs pâturages de Churinga. Patrick l'accusait de chantage. On avait fait des promesses à Mary, le mariage devait avoir lieu une semaine plus tard, et il n'avait jamais été fait mention d'une dot à la proclamation des fiançailles, deux ans auparavant. Il se trouvait pris dans un dilemme affreux. Si sa fille était rejetée, elle serait déshonorée, mais la perte de ses meilleures terres mettrait Churinga en danger. Il a refusé les exigences de Jeremiah.

Tandis qu'Helen échangeait un regard avec ses deux hôtesses, ses yeux lancèrent des éclairs.

— C'est alors que Jeremiah a tourné Patrick en ridicule. Il lui a dit que son fils ne faisait que lui obéir, qu'il n'avait jamais voulu épouser Mary et ne l'avait d'ailleurs jamais aimée. Si la terre ne faisait pas partie du contrat de mariage, Ethan épouserait une veuve, Abigail Harmer, dont le père, qui possédait la grande station d'élevage située au nord de Kurrajong, ne demandait qu'à céder une partie de son domaine pourvu que sa fille se marie une seconde fois.

En proie à une vive émotion, la narratrice s'interrompit de nouveau, afin de se ressaisir.

— Patrick a essayé de faire entendre raison à Jeremiah, mais le vieil homme ne s'est pas laissé fléchir. Mary, bouleversée, a cherché Ethan. Elle lui a répété ce qu'elle avait entendu. Après une longue et violente querelle, elle lui a jeté sa bague à la figure et est rentrée à Churinga avec son père. Quelques semaines plus tard, elle épousait Mervyn Thomas, qui travaillait sur le domaine comme gardien de bestiaux, et le couple quittait la région.

— Elle ne s'en est pas sortie aussi bien que ça, murmura Jenny en frissonnant, malgré la chaleur.

Devant le mouvement de tête interrogateur d'Helen, elle poursuivit :

— Je vous expliquerai plus tard. Continuez, je vous en prie.

— Ethan était égaré. Il avait effectivement commencé à fréquenter Mary pour obtenir une partie de Churinga mais, pris à son propre jeu, il était tombé amoureux d'elle. Il ne pouvait pas supporter l'idée qu'elle soit mariée à un autre.

— Voilà bien les hommes ! ronchonna Diane. Ils ne comprennent la valeur de ce qu'ils ont que lorsque quelqu'un d'autre met la main dessus !

— Très juste ! Mais ce n'était pas la seule raison de son attitude. Quelques mois plus tard, Mary et Mervyn revinrent à Churinga, car Patrick était mort d'une fièvre, et son épouse ne pouvait diriger seule l'exploitation. Mais ils ne rentrèrent pas seuls. Mary avait donné le jour à une petite fille baptisée Mathilda. Mervyn pouvait tout à fait en être le père, mais Ethan était convaincu qu'il s'agissait de son propre enfant. Il était décidé à récupérer à la fois la mère, la fille, et la terre que Mary avait héritée de son père.

— Mathilda Thomas était donc la fille d'Ethan ? souffla Jenny.

Helen opina de la tête.

— Face à lui, Mary a tenu bon. Au début, elle s'est obstinée à nier avec véhémence ce qu'il affirmait, et elle a refusé d'en parler pendant plusieurs années, en fait jusqu'à ce qu'elle se sente mourir. Ethan était furieux. Il n'était pas homme à accepter facilement la défaite. Et ne l'est toujours pas, d'ailleurs.

— Alors, qu'a-t-il fait ? s'enquit Jenny. Est-ce à partir de ce moment qu'il est entré en campagne pour mettre la main sur Churinga ?

— En quelque sorte, oui. Il avait l'impression non seulement d'avoir raté une occasion d'agrandir ses terres, mais aussi d'avoir perdu la femme qu'il aimait, et la fille qu'il en avait eue. Il a fini par épouser Abigail, a donné un nom à Andrew, le fils de celle-ci, et a ajouté à Kurrajong plus de douze mille hectares, ce qui en faisait l'exploitation la plus vaste de cette partie de la Nouvelle-Galles du Sud.

La visiteuse but une gorgée de vin, le regard perdu au-delà des paddocks.

— Quand Jeremiah est mort, Jacob et Elijah n'étaient que trop contents de céder à Ethan leurs parts de la station. Avec l'argent que leur frère leur a donné, ils ont créé une entreprise d'exportation de laine à Melbourne. Ethan est devenu riche et puissant, donc très influent ; mais il n'a jamais oublié ce qui lui avait été refusé.

Ses yeux se posèrent sur son hôtesse.

— Lorsque la Première Guerre mondiale a éclaté, il s'est arrangé pour faire envoyer Mervyn, simple soldat, au cœur des combats. Il espérait qu'il se ferait tuer et que Mary, sans homme pour l'aider à diriger Churinga, finirait par lui vendre le domaine.

— Mais son plan a échoué ; son rival est revenu.

— Non seulement il est revenu, mais Mary a continué à diriger l'exploitation pendant son absence, et s'en est sortie beaucoup mieux que lui. Après la guerre, les chemins des anciens fiancés se sont croisés à plusieurs reprises. Ils avaient fait trêve à leurs rancœurs. Mais Ethan a reçu un énorme choc quand, après avoir loué les services d'un détective privé, il s'est aperçu que Mary avait la totale propriété de ses terres, pour lesquelles elle avait institué un fidéicommis à l'intention de Mathilda. Personne d'autre ne pouvait toucher à la station.

La narratrice poussa un soupir.

— À la mort de Mary, Ethan a eu le cœur brisé. Je pense vraiment qu'il l'aimait. Mais le besoin de réclamer ce qu'il considérait comme sa propriété est devenu une obsession. Il a commencé à détester Churinga et tout ce qui lui était lié. Lorsque Mervyn est mort, lors d'une inondation, il a essayé de faire la paix avec Mathilda. Mais, fidèle à l'attitude de sa mère, elle l'a renvoyé chez lui en refusant d'écouter ses propositions.

— Il ne lui a donc jamais dit qu'il était son père ?

Helen secoua la tête.

— Il était trop fier, ou trop têtu, pour lui dire la vérité. S'il l'avait fait, les choses se seraient sans doute passées différemment.

Les trois amies restèrent un moment plongées dans leurs pensées.

— Quelle tristesse, n'est-ce pas, lorsque les hommes sont trop orgueilleux pour montrer leurs sentiments, dit Diane d'une voix pensive. Les émotions refoulées ressortent si souvent sous forme de haine et de vengeance !

En pensant à la vie terrible de Mathilda, Jenny était au bord des larmes. Le destin était injuste, surtout lorsqu'il était faussé par un homme cupide et malveillant tel que Jeremiah Squires.

— À partir de ce moment, les choses ont commencé à déraper, reprit Helen. Ethan s'est mis à voler des moutons à Mathilda et à bloquer les ruisseaux. Pour parvenir à ses fins, il a utilisé ses deux fils, Andrew en tant que supposé prétendant, et Billy, pour l'exécution des basses besognes.

Regardant ses compagnes, elle fit une grimace éloquente.

— Mais la situation a commencé à lui échapper lorsque Charlie s'est montré vraiment intéressé par Mathilda. Sans en donner la raison, il a menacé son fils, lui affirmant qu'il l'effacerait de son testament s'il posait encore les yeux sur elle.

— Ce qui explique tout, murmura Jenny. Je me demandais pourquoi Ethan s'opposait à cette union, alors qu'il ne pensait qu'à posséder Churinga.

La narratrice fronça les sourcils.

— Il me semble que vous savez bien des choses pour quelqu'un qui vient juste d'arriver ?

— Les gens parlent beaucoup, vous le savez bien !

Pendant quelques secondes, son interlocutrice parut soupeser cet argument, puis elle reprit son récit :

— Mathilda tenait toujours tête à son voisin, avec succès. Je crois qu'il avait fini par éprouver à son égard un réel respect, et j'irais même jusqu'à dire que chacun d'entre eux retirait, de cette lutte constante, un certain plaisir. Mais lorsque Abigail est morte et que Billy a été tué à la guerre, Ethan est devenu de plus en plus amer et s'est mis à jeter le blâme sur Mary, Mathilda et Churinga.

— Et c'est là que je suis arrivée, dit Jenny d'un ton amer. Mais je n'ai rien à voir avec tout cela ! Les gens qui vivaient ici autrefois sont morts et enterrés. J'en viens presque à plaindre Ethan. Pauvre homme ! Il doit avoir aimé Mary énormément. Quelle vie terrible, par la faute de son propre père !

Les doigts délicats d'Helen se posèrent sur sa main.

— Ne perdez pas votre temps à vous apitoyer sur lui, Jennifer. S'il avait vraiment aimé Mary, il aurait défié son père et l'aurait épousée. C'est un homme détestable et perfide. S'il arrivait à mettre la main sur votre domaine, il le ferait raser en totalité.

— Merci d'être venue me dire tout cela. Je vois maintenant la situation dans son ensemble, et je sais que si je vends la station, ce ne sera pas à votre beau-père.

La visiteuse plia la serviette de lin posée sur ses genoux.

— Kurrajong reviendra à ma fille et à son mari lorsque nous serons prêts à leur en céder la direction. Si vous décidez de rester, je peux vous garantir que la situation sera redevenue tout à fait normale. James est ravi de votre arrivée, vous savez. Il trouve important de voir quelqu'un de jeune reprendre Churinga. Le passé est le passé ; c'est à nous de tirer le meilleur parti de ce que nous avons.

— Quelqu'un d'autre m'a dit la même chose, il y a quelques semaines, dit son hôtesse en souriant.

— Cette personne ne serait pas le délicieux Brett Wilson, par hasard ?

La gorge de Jenny se serra soudain.

— Pourquoi dites-vous cela ? demanda-t-elle d'une voix étranglée.

— À cause de la façon dont vous vous regardiez en dansant. Vous étiez apparemment éblouis l'un par l'autre.

Au bord des larmes, son interlocutrice se sentait incapable de répondre.

— Excusez-moi, Jennifer, j'espère que je ne vous ai pas contrariée. Ici, dans l'outback, nous avons si peu de choses pour nous occuper l'esprit que cela nous rend très observateurs. Les bavardages au téléphone et sur la radio vont bon train, mais c'est à l'occasion des grandes fêtes que l'on apprend les nouvelles croustillantes. Vous seriez surprise de constater tout ce qu'il est possible de savoir, rien qu'en restant un peu à l'écart et en observant les gens autour de soi.

— Eh bien, dans ce cas précis, vous vous êtes trompée, affirma Jenny avec un rire suraigu, qui sonna faux à ses propres oreilles.

Helen choisit de ne faire aucun commentaire.

— Nous sommes si bien, ici, toutes les trois ! Hélas, il est temps que je rentre, dit-elle en soupirant.

Jenny et Diane la raccompagnèrent jusqu'à sa voiture. Elles s'accoudèrent à la portière, et regardèrent la conductrice se débarrasser de ses chaussures.

— Je ne sens pas les pédales avec ces maudits machins! Merci pour tout, Jen. Il m'a été très agréable de parler avec vous. Je me sens mieux maintenant que vous êtes au courant. Si vous décidez de retourner à Sydney, venez me voir. Je vous donnerai mon adresse à Parramatta.

Lorsque la voiture ne fut plus qu'un point à l'horizon, les deux amies rentrèrent dans la maison. La clarté faiblissante donnait plus d'importance aux bruits environnants. Le tonnerre retentissait au loin et de grands nuages de mouches tournoyaient autour des chevaux dans le paddock.

— Quelle histoire affreuse! s'exclama Diane.

— Certes, mais elle explique beaucoup de choses. Mervyn se doutait sans doute que Mathilda n'était pas sa fille. Bien que cela n'excuse absolument rien, il a probablement agi par dépit.

— Si cela ne t'ennuie pas, je vais me coucher, dit sa compagne en bâillant.

Jenny, elle aussi, se sentait épuisée. Le dernier volume du journal attendrait jusqu'au lendemain matin.

Brett n'avait pas été surpris qu'Helen vienne en visite à Churinga. Après tout, s'il devait y avoir un mariage, c'est à elle qu'en incomberait en grande partie l'organisation. Mais il se demandait pourquoi elle était venue seule. Ethan avait beau être un vieillard condamné au fauteuil roulant, on pouvait supposer qu'il voudrait contrôler du début à la fin cet événement, représentant l'aboutissement de nombreuses années de ruminations. Comme il devait se frotter les mains, à l'idée que Churinga entrât enfin dans la famille!

La journée s'était étirée en longueur. En raison du travail qu'il devait assumer, il s'était vu contraint de ne pas quitter les environs de la maison. Il avait vu les deux amies et leur invitée déjeuner dans la véranda et, bien qu'il pût les entendre rire et bavarder, il n'était pas assez près pour savoir de quoi elles parlaient avec un intérêt aussi visible. À coup sûr, il s'agissait de projets d'avenir. Dès qu'Helen serait repartie, il affronterait Jenny, pour lui présenter sa démission. De toute manière, Squires devenant le propriétaire du domaine, sa situation n'avait plus aucun sens.

Rester trop près des trois compagnes s'était vite révélé insupportable. Il avait décidé d'aller s'occuper des paddocks, mais avait eu beaucoup de mal à se concentrer sur les tâches familières. Jenny était différente de toutes les autres femmes qu'il avait rencontrées, et il devait admettre que, même au bout de trois mois, elle restait un mystère pour lui. Au début, ils s'étaient affrontés verbalement, mais il avait senti, au fil du temps, un changement s'opérer en elle, ainsi qu'en lui-même. La nuit du bal avait représenté pour lui une chance de faire connaître ses sentiments. Mais il avait laissé passer cette chance, parce qu'il n'avait pas eu le courage de lui parler. Par crainte d'être rejeté. Par crainte, aussi, que les plaisanteries de ses collègues, l'accusant de vouloir se faire bien voir par la patronne, n'eussent atteint les oreilles de la jeune femme, et ne l'eussent rendue méfiante à son égard.

Avec un sourire amer, il fit reprendre à son cheval la direction de la maison. Elle l'avait rejeté et l'effet en avait été particulièrement douloureux, en raison de la distance qu'elle avait mise entre eux. En outre, l'attitude de Lorraine ne faisait qu'aggraver l'impression de gâchis qu'il éprouvait depuis quelques jours. La nuit du bal, elle avait couché avec l'un des gardiens de bestiaux dont il partageait le bungalow, ce qui l'avait obligé à aller dormir ailleurs, pour échapper au bruit qui s'échappait de la chambre voisine. Le lendemain matin, elle lui avait clairement fait savoir qu'elle n'avait agi ainsi que par dépit.

Alors qu'il était allongé près des chevaux, elle était venue le rejoindre aux premières lueurs du jour, pour lui apprendre, de prime abord, quelle nuit merveilleuse elle venait de passer, et pour l'agonir ensuite d'insultes et de reproches.

Il poussa un profond soupir. Il était temps de changer de cap. Jenny serait sans doute bientôt mariée et Squires placerait ses propres hommes à Churinga. La petite station du Queensland commençait à lui apparaître comme une alternative attrayante.

Levant les yeux vers le ciel menaçant, il observa le mouvement lourd des nuages. Un orage gigantesque se préparait. Il fallait s'assurer que le troupeau était en sécurité et que les animaux dans les enclos ne pouvaient pas s'échapper. Un seul éclair, et ce serait la panique.

Lorsqu'il revint vers la maison, il faisait sombre. La voiture d'Helen avait disparu et les lumières étaient éteintes. L'idée de donner sa démission le déprimait.

— Bon sang, Brett ! murmura-t-il. On dirait un vieux pleurnichard. Ressaisis-toi, mon gars !

Il bouchonna son cheval avec énergie et se dirigea, la mine sombre, vers le baraquement.

Claquant la porte derrière lui, il se jeta sur son lit et resta étendu, fixant le plafond. Si la tempête éclatait cette nuit, personne ici ne dormirait beaucoup. Mais il doutait d'arriver même à trouver le sommeil. Il avait beau se tourner et se retourner sans cesse, l'image de Jenny refusait de s'effacer de son esprit.

19

Le grondement funeste du tonnerre finit par réveiller Jenny. Elle avait sombré dans un assoupissement profond, troublé par des rêves relatifs au passé, où flottaient des êtres aux visages indistincts et aux voix inintelligibles.

Elle resta allongée un moment. Tandis que ces images s'évanouissaient avec les dernières brumes du sommeil, elle avait l'impression de sentir encore leur présence tout autour d'elle, pâles fantômes dissimulés dans les coins sombres, penchés au-dessus de son lit, se fondant dans les murs de la vieille maison.

Avec effort, elle se leva et se dirigea vers la cuisine, sa chemise de nuit trempée de sueur. La température était élevée pour cette nuit d'hiver, où l'orage roulait implacablement sur les vastes étendues, comme à la recherche d'un endroit où se poser.

Les éclairs zébraient le ciel noir d'immenses fourches éblouissantes. Jenny frissonna et but ce qui restait de la citronnade, sans réussir à étancher sa soif, ni même à se rafraîchir. La chaleur avait envahi son corps : rien ne pouvait la déloger. Incapable de rester en place, la jeune femme parcourut nerveusement les différentes pièces de la maison.

Elle avait le sentiment étrange que Mathilda marchait à ses côtés, mais cette sensation ne lui procurait curieusement ni angoisse, ni apaisement particulier. Depuis qu'elle avait ouvert le premier volume des journaux, la présence de l'ancienne propriétaire de Churinga lui était devenue familière, ainsi que la valse oubliée dont semblaient résonner parfois les accents lointains.

La tempête se rapprochait, couvrant les prairies d'une chape lourde et suffocante. Après une douche prolongée, Jenny retourna dans la chambre à coucher. Par les fenêtres ouvertes, que protégeaient les moustiquaires, lui parvenaient les sons de l'outback nocturne, presque étouffés par le tumulte des éléments.

Elle réfléchit aux paroles qu'Helen avait prononcées et tendit la main vers le dernier recueil. Les éléments de la vie de Mathilda semblaient maintenant s'imbriquer parfaitement. Il ne manquait au récit que le dernier chapitre. Enfin, elle se sentait prête à le découvrir.

Churinga produisait enfin quelques bénéfices. Mathilda consulta Finn et décida, après mûre réflexion, de demander conseil à un spécialiste pour placer cet argent. La vie, hélas trop aléatoire, pouvait encore réserver bien des surprises désagréables. Ayant fait l'expérience du labeur harassant des années de guerre, elle voulait à tout prix éviter de retomber dans l'extrême pauvreté dont elle avait souffert.

À la suite d'un échange de lettres avec le conseiller financier de la Bank of Australia, elle se résolut à effectuer le voyage jusqu'à Broken Hill pour rencontrer son correspondant, avec lequel elle souhaitait parler en tête à tête. Elle avait l'habitude de traiter avec des hommes qui comprenaient les vicissitudes de la vie dans l'outback, mais n'avait aucune idée de la façon dont les citadins s'y prenaient pour régler leurs affaires. De plus, elle se sentait vaguement mal à l'aise à l'idée de débattre d'une question aussi importante que l'avenir de Churinga avec un étranger.

C'était la première fois qu'elle voyageait au-delà de Wallaby Flats. Bien que Finn eût proposé de l'accompagner, elle avait refusé. S'étant toujours débrouillée seule jusqu'à présent, il n'était pas question qu'elle se laissât impressionner par cette démarche, somme toute plutôt banale pour la propriétaire d'une exploitation rentable.

Il lui fallut plusieurs jours d'une conduite prudente, en particulier sur la nouvelle autoroute, pour atteindre Broken Hill. La nuit, allongée sur le plateau de la camionnette, le corps enroulé dans une couverture, elle se répétait ce qu'elle dirait à Geoffrey Banks.

Le bureau de ce dernier se trouvait au deuxième étage d'un ancien hôtel particulier de style victorien, transformé en un élégant immeuble dont la façade, ornée de colonnes blanches, se dressait au milieu de jardins bien entretenus. Dans ce décor qui mettait en valeur l'élégance de leurs toilettes, des femmes bavardaient, assises sur des bancs ombragés de gommiers en fleur.

Un peu empruntée dans sa robe d'été et ses chaussures neuves, Mathilda rajusta son chapeau sur sa chevelure récalcitrante et franchit le perron.

Geoffrey Banks était un homme jeune, à la poignée de main ferme et au sourire agréable. Lorsqu'il affirma comprendre les problèmes qu'elle avait rencontrés à Churinga, elle scruta son visage, pour y déceler la moindre trace de duplicité, mais sa méfiance disparut quand il lui apprit que son frère était le propriétaire de Nulla Nulla.

Après avoir établi un portefeuille, le banquier lui versa un verre de sherry. Il la regarda un moment par-dessus le rebord de son verre.

— Avez-vous déjà songé à faire un testament, mademoiselle Thomas ? dit-il brusquement.

Interloquée, Mathilda l'étudia avec une expression de réelle surprise. Cette idée ne lui était jamais venue.

— Je n'en vois pas l'intérêt, déclara-t-elle. Je n'ai personne à qui laisser la propriété lorsque je serai morte.

Il posa les coudes sur la table, avec, dans le regard, une lueur qu'elle aurait pu interpréter comme un flirt si elle avait été moins sensée.

— Vous êtes une femme encore jeune et séduisante, si vous me permettez de m'exprimer ainsi. Qui sait ce que le futur peut vous réserver ? Si vous ne voulez pas que le gouvernement récupère vos biens lorsque vous décéderez, je suggère que vous instituiez un fidéicommis pour vos héritiers, tout comme votre grand-mère et votre mère l'ont fait avant vous.

La visiteuse le toisa avec sévérité. Pour qui se prenait-il, ce jeune freluquet ? Il fallait un certain toupet pour s'adresser ainsi à une femme nettement plus âgée que lui !

— Il n'y a aucun héritier, et je ne pense pas que mon existence changera maintenant.

— Je comprends, mademoiselle Thomas, insista-t-il d'un ton prudent. Mais je vous conseille vraiment d'y réfléchir. La vie est totalement imprévisible. Qui sait ? Vous pouvez, un jour, avoir envie de vous marier et de fonder une famille. Si vous mourez intestat, vos descendants devront se battre au tribunal pour recevoir l'héritage auquel ils ont droit. Vous ne voudriez pas qu'une telle situation se produise, n'est-ce pas ?

Mathilda songea soudain à Ethan, à Andrew, en fait à la famille Squires dans son ensemble, qui avait toujours voulu lui prendre Churinga. Si ce que le banquier disait était exact, ces vautours se précipiteraient, à la seconde même où ils apprendraient sa disparition. Son regard croisa celui de Geoffrey Banks. Il n'avait pas vraiment tort.

— Cela ne fera sans doute aucune différence le moment venu, mais je suppose que c'est une bonne idée, admit-elle. Que faut-il que je fasse ?

— Tout d'abord, il vous faut choisir la personne qui, selon vous, devrait hériter de Churinga. Avez-vous quelqu'un à l'esprit ?

Elle réfléchit un moment. En raison de son mode de vie, elle avait très peu de relations ou d'amis. April et elle s'écrivaient régulièrement, mais elle sentait bien que leurs rapports se distendaient au fil du temps. Il leur devenait même difficile de trouver des sujets épistolaires d'intérêt commun. April vivait à la ville et travaillait dans un bureau, avec des gens élégants et sophistiqués, qui paraissaient beaucoup plus intéressants que les habitants de l'outback, à l'esprit souvent si étroit. Lorsque ses parents disparaîtraient, ses enfants auraient une bonne situation ; il était peu probable qu'ils souhaitent revenir vivre dans la région.

Si elle voulait que Squires ne puisse pas mettre la main sur Churinga, elle devait trouver quelqu'un en qui elle ait vraiment confiance.

Soudain lui vint une idée qui la surprit tout d'abord, mais qui, à la réflexion, lui parut extrêmement sensée. Elle s'était un peu méfiée de Finn McCauley lorsqu'il était arrivé, mais plus le temps passait, plus elle en venait à l'apprécier. En dépit de sa jeunesse et de sa séduction, c'était un homme tranquille, presque timide, qui aimait la terre et manifestait une certaine réserve envers les étrangers. De façon surprenante, il avait l'air de se sentir à l'aise avec elle, et venait la voir au moins une fois par semaine, en dépit des six heures de trajet aller et retour que cela représentait. Chaque samedi soir, Mathilda avait pris l'habitude de cuisiner, pour eux deux, un bon dîner. Après le repas, ils écoutaient la radio ou parlaient de leur travail de la semaine. Finn repartait ensuite aussi discrètement qu'il était arrivé.

L'évocation de cette amitié simple, de plus en plus solide, la fit sourire ; il en découlait, tout naturellement, une grande confiance réciproque. Son voisin se trouverait un jour une épouse, et sans doute le verrait-elle alors moins souvent ; mais il serait néanmoins agréable de savoir que, lorsqu'elle ne serait plus, son domaine se trouverait entre les mains de quelqu'un qui saurait l'apprécier.

Seulement, il ne fallait en aucun cas qu'il se doute de ce qu'elle avait fait, car leur amitié en serait ternie, à coup sûr.

— J'aimerais que Churinga revienne à Finbar McCauley, de Wilga, répondit-elle, et instituer un fidéicommis en faveur de ses héritiers.

Geoffrey accueillit cette déclaration sans sourciller. Peu après, l'entretien prit fin.

— Je vais faire taper les documents, qui seront prêts à signer dans deux heures, mademoiselle Thomas. C'est un réel plaisir d'avoir enfin fait votre connaissance.

Mathilda lui sourit et sortit de son bureau. Elle était contente de la façon dont les choses s'étaient déroulées. Ces deux heures allaient lui donner l'occasion de se promener un peu dans Broken Hill.

Alors qu'elle passait devant les magasins qui se succédaient le long des façades, elle découvrit les vitrines avec stupéfaction. Tous les vêtements paraissaient d'une sophistication extrême, comparés aux nippes ordinaires proposées par la boutique de Wallaby Flats. Devant les robes portées par les mannequins de plâtre, ses propres tenues étaient d'une fadeur affligeante.

La lingerie, surtout, était un ravissement. Jamais elle n'aurait imaginé que les femmes portent des choses aussi raffinées contre leur peau ; le tissu doux et glissant semblait fondre entre les doigts. Et ces couleurs… Tant de nuances diverses, au lieu du coton blanc qui remplissait les catalogues de sous-vêtements grâce auxquels elle faisait habituellement ses commandes !

Bien qu'elle sût qu'elle allait probablement le regretter, elle ne put résister à la tentation d'acheter trois nouvelles robes, un pantalon, une veste et des rideaux prêts à poser, pour sa chambre à coucher.

Tout à coup, elle se sentit gaie et heureuse. Pour la première fois depuis un grand nombre d'années, elle s'amusait réellement.

Les bras chargés de paquets, elle retourna jusqu'à la camionnette. Tandis qu'elle passait devant la magnifique devanture de la galerie d'art, elle hésita un instant, intriguée par les affiches aux couleurs vives annonçant l'exposition qui se déroulait à l'intérieur.

Jamais elle n'avait vu de peintures réelles. Les seuls tableaux qu'elle avait admirés, dans son enfance, étaient des reproductions dans des livres et des magazines, empruntés à la bibliothèque itinérante. Il était impossible de laisser passer cette occasion, qui ne se reproduirait peut-être pas de si tôt.

Après avoir payé six pence, elle pénétra dans l'univers de l'outback et du folklore aborigène. La richesse des couleurs et la clarté avec laquelle les artistes reproduisaient ce monde, qu'elle connaissait si bien, soulevèrent en elle une émotion indicible, faisant ressurgir des souvenirs presque oubliés.

Autrefois, elle avait passé des heures à regarder sa mère peindre des aquarelles. Sous ses yeux fascinés, les paysages familiers, ainsi que les mammifères et les oiseaux qui les peuplaient, apparaissaient comme par magie sur le papier. Elle avait même pensé avoir hérité de ce don. Mais les événements ne lui ayant plus laissé la moindre minute pour se distraire, elle s'était contentée de nourrir son besoin de beauté par la simple contemplation de ses animaux gras et repus, au milieu de la prairie.

Alors qu'elle admirait une peinture à l'huile particulièrement belle représentant une station d'élevage isolée, elle fut de nouveau envahie par une vague de nostalgie, qu'elle reconnut aussitôt comme un désir violent de recommencer à peindre. Depuis la guerre, la vie avait changé. Ayant de l'argent à la banque et du personnel pour accomplir les tâches trop rudes, elle pouvait de nouveau consacrer du temps aux choses qu'elle avait négligées. Avec une excitation grandissante, elle traversa la galerie jusqu'au comptoir.

Devant le choix considérable d'accessoires proposés aux clients, elle prit le temps de se décider. Finalement, elle choisit une boîte d'aquarelles, quelques pinceaux de qualité, des crayons, du papier et un chevalet léger. Un sentiment de culpabilité l'envahit tandis qu'elle payait ses achats et attendait qu'ils fussent emballés ; ce voyage se révélerait ruineux, car elle ne s'était absolument rien refusé.

Il ne lui fallut que quelques minutes pour signer les papiers chez le banquier et prendre des dispositions pour qu'ils soient placés dans un coffre. Lorsqu'elle sortit de l'établissement, elle s'avoua qu'elle en avait assez de Broken

Hill. L'hôtel était cher, les gens lui étaient étrangers et Churinga lui manquait. Ses emplettes empilées sur le siège du passager, elle grimpa dans la camionnette et prit le chemin du retour.

Une fois rentrée, elle décida de se consacrer à toutes les choses qu'elle n'avait jamais eu le temps d'exécuter. À la lecture, tout d'abord. À la couture, grâce à la machine à pédale qu'elle avait déterrée de l'une des granges, et qui, avec une goutte d'huile et de nouvelles aiguilles, fonctionnait à merveille. Et, enfin, à la peinture ; au plaisir de sentir le papier neuf, finement granuleux, vibrer sous le pinceau ; à la joie intense de se laisser totalement absorber par les touches délicates de couleur et de se trouver ainsi transportée loin des problèmes quotidiens.

Elle recula de quelques pas pour examiner sa dernière œuvre d'un œil critique. C'était meilleur que ce qu'elle avait pensé obtenir au départ, en s'appliquant à reproduire le souvenir qu'elle avait de la maison et des bâtiments de la cour, avant les améliorations qui avaient été effectuées. Qui aurait pu penser que ces mains courtes et rugueuses savaient manipuler des pinceaux et des tubes de peinture, pour produire ce résultat d'un charme indiscutable ? Tout en souriant de satisfaction, elle savait qu'il lui restait un long chemin à parcourir avant de pouvoir comparer ses efforts aux tableaux exposés dans la galerie.

Un bruit de voiture la fit sursauter. Elle regarda sa montre : le temps s'était envolé sans qu'elle s'en aperçût. Finn était déjà là, et elle n'avait même pas commencé à préparer le dîner. Hâtivement, elle planta ses pinceaux dans un pot de confiture rempli d'eau et retira son tablier. Sa nouvelle robe n'avait heureusement aucune tache, mais ses cheveux, comme d'habitude, partaient dans tous les sens. Elle tenta de les discipliner avec quelques pinces, et se regarda d'un air mécontent dans le morceau de miroir qu'elle avait accroché au mur. *Quel épouvantail !* se morigéna-t-elle intérieurement. *Tannée par le soleil, piquetée de taches de rousseur et échevelée, tu commences à faire ton âge, ma fille !*

Sans savoir vraiment pourquoi, elle avait commencé à prendre soin de son apparence, depuis que Finn venait la voir régulièrement. Elle veillait à ce que sa robe fût propre et bien repassée, et ses chaussures cirées. C'en était fini des vieux pantalons, des chemises informes, de l'antique chapeau de feutre et des bottes éculées. Tout d'abord, elle avait cherché à se convaincre qu'elle se comportait ainsi parce que la propriétaire d'une riche station d'élevage se devait d'avoir l'allure d'une dame, plutôt que celle d'un garçon manqué. Mais tout au fond d'elle-même, elle s'avouait que cette coquetterie nouvelle avait un rapport indéniable avec les visites régulières de son voisin.

Il frappa à la porte, et elle le pria d'entrer. Attendant toujours avec impatience leurs soirées, elle avait prévu pour celle-ci d'essayer une nouvelle recette trouvée dans un magazine. Mais il était trop tard pour la réaliser.

— Bonjour, Finn, dit-elle, lorsqu'il pénétra dans la pièce. Vous me prenez un peu au dépourvu. Je n'ai plus la notion du temps quand je me mets à peindre.

— Si c'est à cause de ce tableau, je vous comprends tout à fait. Vous avez vraiment capté l'âme de Churinga. J'ignorais que vous aviez un tel talent.

Ôtant son chapeau, il la regarda et lui sourit. Pour la première fois, Mathilda remarqua que lui aussi avait changé, de façon imperceptible. Vêtu d'une chemise et d'un pantalon lavés et repassés, rasé de près, il tentait d'aplatir ses cheveux récemment coupés de ses mains aux ongles impeccables.

Elle s'empourpra et se détourna de lui.

— Ce soir, nous allons nous débrouiller avec les restes du rôti d'hier. J'espère que vous n'avez pas trop faim ?

— Pas de problème, répondit-il de sa voix de baryton. Donnez-moi une bière, et je m'occupe d'éplucher les patates.

Ils travaillèrent tous deux en silence. Lorsque le repas de viande froide, de pommes de terre et de pickles fut prêt, ils mangèrent dans la véranda, à la lueur d'une lampe à pétrole. Tandis que Finn lui racontait sa journée, parlant avec passion de ses chevaux bien-aimés, Mathilda se sentait émue par tant de douceur et de simplicité. Elle écoutait la voix profonde et mélodieuse, sachant à quel point ces moments étaient précieux. Ce bel homme ne tarderait pas à rencontrer bientôt une jeune fille et en tomberait amoureux. Leur complicité serait alors tout naturellement reléguée à l'arrière-plan.

Repoussant ces pensées, elle but une gorgée de bière. Peut-être le moment était-il venu de lui faire prendre conscience du fait que leur rencontre alimentait nombre de rumeurs et de lui donner une chance de faire marche arrière avant qu'il ne soit trop tard.

— Savez-vous que les ragots vont bon train, à notre sujet ?

Dans la lumière de la flamme clignotante, ses yeux luisaient comme de sombres joyaux.

— À quel propos ?

— À propos de vos visites régulières. Ne me dites pas que vous n'avez rien entendu !

Il sourit en secouant la tête.

— Je n'écoute jamais les ragots. J'ai beaucoup mieux à faire.

Après une courte pause, il reprit :

— De toute façon, qui cela regarde-t-il que je passe mon temps libre à Churinga ?

— Personne. Mais cela n'empêche pas les potins. Les mères de l'outback affûtent leurs griffes. Vous ne semblez pas vous rendre compte que vous faites l'objet de spéculations fiévreuses. Il y a des filles à marier dans la région.

Finn s'esclaffa et retourna à son dîner.

— Laissez-les s'agiter, Molly. Ça fournit au moins une occupation à leur esprit étroit, puisqu'elles n'ont visiblement rien d'autre à faire. En outre, dit-il en plongeant son regard dans celui de son interlocutrice, je pense que je suis assez grand pour décider avec qui je veux passer mon temps...

Mathilda l'étudia attentivement. Elle appréciait énormément de le recevoir et de partager avec lui des dîners et des concerts radiophoniques. Après toutes ces années d'isolement, sa compagnie était, pour elle, d'un grand prix. Mais elle comprenait comment les rumeurs avaient commencé. Indéniablement, elle était beaucoup trop âgée pour passer toutes ces soirées avec lui. Il eût été beaucoup plus naturel qu'il se mît en quête d'une femme de son âge.

Cette pensée lui coupa tout à coup l'appétit et elle sentit son pouls s'accélérer. Quelle sotte elle avait été d'encourager ces visites ! Un jour, il ramènerait une épouse à Wilga, et leur étroite amitié se transformerait en une relation distante, prenant la forme de conversations polies, à l'occasion de rencontres dans la prairie ou en ville. Avec un sentiment d'horreur qui lui parut aussitôt répugnant, elle prit conscience de ce qu'elle ressentait. Elle était jalouse de sa future femme ! En fait, elle ne pouvait supporter l'idée d'imaginer Finn avec quelqu'un d'autre, partageant des repas et des confidences qui, jusqu'à présent, lui avaient été réservés.

Son dîner oublié, elle resta silencieuse tandis que la navrante vérité se faisait jour dans son esprit. Elle commençait à voir son ami avec les yeux d'une femme, d'une femme pourtant assez âgée pour savoir à quel point une telle attitude était stupide. Car comment imaginer ce bel homme s'intéressant à une vieille fille desséchée ?

— Molly, vous ne vous sentez pas bien ?

Bien qu'il eût parlé très doucement, elle sursauta au son de sa voix et détourna le regard, craignant qu'il pût lire dans ses pensées. Le visage crispé, elle s'efforça cependant de sourire.

— Juste un peu d'indigestion, je crois, murmura-t-elle. Ça va passer.

Il l'examina tandis qu'elle tripotait pensivement ses couverts et sa serviette.

— Les ragots ne me dérangent pas, vous savez. Et ils ne devraient pas vous déranger non plus. Allez habiter en Tasmanie un bout de temps, et vous vous y habituerez très vite !

— J'oublie toujours que vous n'êtes pas d'ici, dit-elle avec une gaieté qu'elle n'éprouvait pas. Pour moi, vous faites partie de cet endroit. Vous y semblez tellement à votre place !

Submergée par l'émotion, elle fixa les yeux sur son verre. Finn recula un peu sa chaise et croisa les pieds en allumant un petit cigare.

— Je ne vous ai pas beaucoup parlé de moi, n'est-ce pas ? constata-t-il. Nous ne discutons que de sujets relatifs à la terre et au travail, pas de ce qui nous a tous deux amenés à vivre ici.

— Vous connaissez pratiquement toute mon histoire. Mais j'aimerais que vous me racontiez votre vie, avant votre installation à Wilga.

Tirant des bouffées de son cigare, il coinça les pouces dans les poches de son pantalon et dirigea son regard vers les paddocks.

— Mes parents possédaient une maison en plein cœur de la Tasmanie, dans un endroit nommé Meander. C'est situé dans une vaste plaine entourée de montagnes, où il peut faire alternativement très chaud et très froid. Nous élevions des chevaux. Je ne me souviens pas avoir jamais vécu sans ces animaux autour de moi. C'est pourquoi, après la guerre, j'ai décidé d'accepter l'offre du gouvernement pour créer ici ma propre exploitation.

Elle l'étudia dans la lueur de la lampe et vit une ombre dans ses yeux.

— Pourquoi n'êtes-vous pas retourné en Tasmanie, pour tout recommencer là-bas ?

Finn remua sur sa chaise, retira le cigare de sa bouche et l'examina avec un peu trop d'attention, avant de l'écraser dans une soucoupe.

— Papa était mort depuis quelques années, et j'avais repris l'élevage jusqu'au décès de maman. Lorsque la guerre est arrivée, j'ai été appelé. J'ai donc tout vendu et j'ai placé l'argent à la banque, en prévision de mon retour. Mais lorsque je suis revenu, j'ai découvert que Meander n'avait plus le même charme sans la présence de ma mère.

— Je comprends ce que vous voulez dire. Je suis désolée si je vous ai forcé à parler de choses trop douloureuses.

— Ne vous inquiétez pas. Mon vieux était plutôt un sale type, et pour être vraiment honnête, je me suis senti soulagé lorsqu'il est mort. Mais maman… c'était tout à fait différent.

Mathilda observa sur le visage expressif de son interlocuteur un conflit créé par plusieurs émotions. Lui qui parlait rarement de son passé, semblait avoir décidé, ce soir, de se soulager de ce qui le troublait. Elle ne voulait en aucun cas perturber le cours de ses pensées.

— Vous trouvez sans doute que je me montre bien irrespectueux envers mon père, mais, vous voyez, il me détestait. J'étais son seul fils, et j'avais plus que tout le désir de lui plaire. Pourtant, je ne me souviens pas qu'il m'ait jamais manifesté la moindre affection, même lorsque j'étais petit. C'est maman qui m'a aimé et encouragé, et qui a fait de moi l'homme que je suis aujourd'hui.

Soudain plongé dans ses souvenirs, il se tut.

— Lorsque mon père est mort, j'ai compris la raison de sa froideur envers moi. Je n'étais pas son fils, j'avais été adopté. Ce n'est qu'à la mort de ma mère que je l'ai appris, mais j'avais l'impression de l'avoir toujours su. Pourtant, une fois que maman et moi nous sommes retrouvés seuls, cela n'a plus eu la moindre importance. Elle était merveilleuse, et je l'aimais énormément.

— Et vos véritables parents ? N'avez-vous jamais essayé de les retrouver ?

— Non. Maman est morte sans me donner de détails et je n'ai jamais eu l'envie de faire aucune recherche. Ma mère, c'était elle, la seule que j'avais, la seule que je désirais avoir. Après sa mort, j'ai envisagé de devenir prêtre, car c'est ce qu'elle avait toujours espéré pour moi. Mais j'aimais trop la terre et la liberté qu'offre le travail auprès des chevaux.

Il eut un large sourire.

— Je me suis dit que je servirais mieux le Seigneur en vouant ma vie à ce que j'aimais, pas en me cloîtrant dans une communauté.

Voyant la lueur qui s'échappait des yeux de son interlocuteur, Mathilda prit conscience d'un aspect de Finn qu'elle n'avait jamais soupçonné, et qui la mettait mal à l'aise.

— La religion n'est pas pour moi, avoua-t-elle avec prudence. Il s'est passé dans ce monde trop de choses qui m'empêchent de croire en un dieu tout d'amour et de pardon.

Après l'avoir regardée un long moment, il poussa un soupir.

— Je peux vous comprendre. La guerre m'a également ouvert les yeux, car ma foi y était mise à l'épreuve jour après jour. Il est difficile de croire en Dieu lorsque vous êtes au milieu d'un carnage et que vous voyez mourir vos amis les plus proches.

Il posa les coudes sur ses genoux.

— Mais ma foi fait partie de moi. Très intimement. Je ne vais pas me mettre à prêcher devant vous, ni essayer de vous convertir. Je veux tout simplement vivre ma vie du mieux que je peux.

Se redressant, il étala ses mains sur la table.

— Je ne sais pas pourquoi je vous dis tout cela. Vous devez penser que je suis une sorte de mystique illuminé, ou, pire encore, un pleurnichard. Désolé.

Mathilda se pencha vers lui et lui prit les doigts.

— Merci de me faire suffisamment confiance pour me confier tout cela, déclara-t-elle.

— Il est facile de vous parler, Molly. De toute façon, je savais que vous comprendriez.

Elle sentit une boule se former dans sa gorge et éprouva un désir violent de caresser les mèches brunes qui tombaient sur le front de son compagnon. Comme elle aurait aimé le prendre dans ses bras et le tenir serré jusqu'à ce que les ombres s'évanouissent de son regard !

Puis sa raison reprit le dessus. Elle retira sa main et s'affaira pour débarrasser la table. *Mais qu'est-ce qui se passe, tout à coup ?* pensa-t-elle. *Reprends-toi, ma fille, as-tu perdu le peu de bon sens que tu aies jamais eu ?*

Après avoir plongé les assiettes dans l'évier, elle alluma la radio afin de faire chauffer le poste.

— Vous ne devez pas vous enterrer à Wilga, dit-elle à Finn d'un ton bourru. Il vous est possible d'avoir une vie sociale dans la région. Peut-être serait-il temps que vous preniez un peu de bon temps ?

Une magnifique valse de Strauss s'échappa du récepteur, meublant le silence qui s'était établi entre eux.

— Vous me semblez très sage, pour quelqu'un qui n'a jamais quitté Churinga, répondit-il enfin. Pourquoi n'êtes vous jamais allée aux bals et aux réceptions ? Pourquoi ne vous êtes-vous jamais mariée ?

— J'étais trop occupée, répliqua-t-elle sèchement. De plus, je n'ai pas besoin d'un homme pour avoir le sentiment que ma vie est réussie.

Finn se glissa près d'elle et attrapa ses mains avec agilité dès qu'elle se retourna pour lui faire face.

— Pourquoi y a-t-il en vous tant de colère, Molly ? Qui a pu vous faire tant de mal, pour que vous restiez ici comme dans un refuge ?

Levant la tête vers lui, elle essaya de se dégager, mais il la tenait solidement. Elle arrivait à peine à hauteur de sa poitrine. Jamais leurs corps n'avaient été aussi proches l'un de l'autre, et cette proximité la troublait, soulevant en elle des sensations inconnues.

— Je ne suis pas en colère, dit-elle, le souffle court. Je me suis tout simplement installée dans mes habitudes. Vous semblez oublier que je suis assez âgée et qu'il est trop tard pour que je change.

— Vous n'avez pas répondu à ma question, insista-t-il avec douceur.

Il lui souleva le menton et la força à lever les yeux vers lui.

— Quelque chose s'est produit, qui vous pousse à vous cacher. Pourquoi ne me faites-vous pas assez confiance pour me le dire ?

Que pouvait-elle lui dire ? Comment en trouver le courage ? Elle déglutit péniblement puis, après un départ hésitant, elle trouva les mots, qui se déversèrent alors en un flot ininterrompu. Par sa bouche s'écoulait une partie des années sombres de son passé. Elle avait le sentiment qu'un fardeau énorme se soulevait de ses épaules. Son regard plongé dans celui de Finn, elle lui adressait en parlant une supplication muette, le priant de comprendre et de ne poser aucune question.

Lorsqu'elle se tut, il poussa un profond soupir et l'entoura de ses bras pour la serrer tout contre lui.

— Vous êtes une femme magnifique, Molly. Et très brave. Vous n'auriez pas dû vous enfermer ainsi à cause de ce qui s'est produit dans le passé. N'importe quel homme digne de ce nom serait fier de vous avoir pour femme.

— J'en doute, murmura-t-elle contre son corps chaud et réconfortant.

N'arrivant plus à respirer, elle sentait son cœur s'emballer devant l'intensité de sa présence. Elle eût souhaité poser sa tête sur sa poitrine, respirer son odeur virile, sentir le battement régulier de son pouls.

Résistant à cette impulsion, elle le regarda droit dans les yeux.

— Je suis vieille. J'ai la peau d'une prune tavelée et des mains de conducteur de troupeaux. Mes cheveux sont couleur carotte et aussi souples que du fil de fer barbelé. Je suis heureuse de rester célibataire. Si la terre se révèle de temps en temps décourageante, au moins elle ne me trahit jamais.

Elle tenta de lui échapper, mais il resserra son étreinte, le regard fermement rivé au sien tandis qu'il l'entraînait lentement dans une valse langoureuse. Elle n'était plus qu'un insecte prisonnier de la lumière intense de ses yeux. Lorsqu'il pencha la tête et l'embrassa, elle tressaillit. L'espace d'un instant, elle eut la sensation que ce baiser fugitif la brûlait, évaporant ses pensées dans l'espace, réduisant en cendres les principes sur lesquels reposait sa vie solitaire. Et pourtant, tout cela n'était qu'une erreur. Il était trop jeune. Elle était trop vieille. De telles choses ne devaient pas se produire. Elle pouvait s'écarter, et y mettre fin sur-le-champ.

Mais elle était clouée sur place. C'était comme si elle avait perdu tout contrôle d'elle-même. Il l'entraînait dans une danse et elle souhaitait que cela ne s'arrêtât jamais. En dépit de toutes ses craintes, elle se sentait incapable de réagir.

Ils glissèrent lentement au rythme de la musique, enveloppés par la beauté de la mélodie, jusqu'à ce que la dernière note s'évanouisse dans le calme de Churinga. Finn prit alors le visage de Mathilda dans ses deux mains. Il était si proche d'elle qu'elle pouvait sentir son souffle sur ses cils et voir les paillettes violacées qui nuançaient le bleu de ses pupilles. Ce n'était pas bien, toute sa raison ne cessait de le lui répéter, et pourtant elle voulait qu'il l'embrassât encore, voulait sentir sur sa peau sa bouche tendre, voulait éprouver de nouveau l'étincelle qui allumait en elle un tourment délicieux.

Les lèvres de son cavalier se rapprochaient de son visage. Lentement, très lentement, elles se posèrent sur les siennes.

Mathilda fut emportée dans un tourbillon de désir tel qu'elle n'en avait jamais connu et qu'elle n'aurait jamais cru possible. S'agrippant à Finn, elle passa les doigts dans ses cheveux et se tendit contre lui. Elle se noyait dans la douceur de son contact, tandis qu'il lui embrassait le cou, s'attardant sur l'endroit où battait son pouls, avant de revenir à sa bouche. Il lui écarta les lèvres, faisant monter en elle des vagues de délices inexprimables. Elle se fondait en lui, se dissolvait dans son être, et pourtant cela ne suffisait pas.

— Je vous aime, Molly, dit-il d'une voix rauque. Je vous aime tellement que j'ai mal. Épousez-moi. Épousez-moi avant que je devienne fou.

Elle s'efforça de revenir à la réalité et s'écarta violemment de ses bras.

— C'est impossible, souffla-t-elle. C'est de la folie pure. Ça ne marcherait pas.

Il essaya de l'attraper, mais elle s'esquiva. S'il la touchait encore, elle serait perdue. Il fallait qu'au moins l'un d'entre eux garde la tête froide.

Le visage de Finn exprimait une confusion totale.

— Mais pourquoi ? Je vous aime et, après ce qui vient de se passer, je sais que vous m'aimez aussi. Pourquoi laissez-vous votre entêtement entraver notre bonheur ?

Il fit un pas vers elle mais n'essaya pas de la toucher.

— Tous les hommes ne sont pas comme Mervyn, dit-il avec une tendresse infinie. Je promets de ne jamais vous faire de mal. Vous êtes trop précieuse.

Mathilda éclata en sanglots, ce qui ne lui était pas arrivé depuis très longtemps. Il régnait un tel désordre dans ses émotions que rien ne l'étonnait plus. Elle l'aimait, cela ne faisait aucun doute et, par pur miracle, il éprouvait les mêmes sentiments à son égard.

En le regardant à travers ses larmes, elle vit dans ses yeux un étonnement douloureux. Mais à quoi ressemblerait leur futur, s'ils décidaient de le partager ? Peut-être était-ce uniquement la solitude qui les jetait dans les bras l'un de l'autre. Que se passerait-il s'il la regardait un jour et remarquait tout à coup son âge véritable ? Que se passerait-il s'il découvrait qu'il ne l'aimait pas, et se tournait vers une femme plus jeune, qui pourrait lui donner des enfants et l'espoir de vieillir ensemble ? Comment pourrait-elle supporter la torture de le voir avec une autre, après l'avoir connu si intimement ?

À cette pensée, elle eut la sensation d'un coup de poignard, et bien que la douleur fût intolérable, elle savait quelle devait être sa réponse, et les conséquences qui en découleraient. Elle était sur le point de le perdre. Leur amitié ne serait plus la même après cette soirée, et jamais il ne serait son amant.

— Je ne peux pas vous épouser, car j'ai presque trente-sept ans. Je suis trop vieille et abîmée par le travail prolongé de la terre. Trouvez quelqu'un qui puisse vous accompagner au long de votre vie, mon amour. Quelqu'un qui vous donnera des enfants et avec qui vous aurez un avenir véritable.

Il l'attrapa fermement par le bras et la força à lui faire face. Puis il la serra contre lui, la berçant comme si elle était un bébé.

— Je vais vous épouser, Mathilda Thomas, dit-il avec force. Nous nous aimons et je veux que vous deveniez ma femme. Je n'accepte pas votre refus. Nous n'avons qu'une chance dans la vie, et je ne vais pas renoncer à la meilleure chose qui me soit arrivée parce que vous avez l'impression d'être trop âgée.

Les larmes de Mathilda inondaient sa chemise. Elle se souvenait de l'histoire de Gabriel, à propos du premier homme et de la première femme, qui avaient décidé de faire route ensemble. Elle aimait Finn, et il l'aimait. Pourquoi se préoccuper de la vieillesse, dont personne n'était jamais sûr de profiter, de toute manière ? Même si une courte période de bonheur leur était donnée, ne valait-il pas mieux l'accepter ? Pouvait-elle maintenant envisager la morne perspective d'une vie sans lui ?

Croisant son regard, elle y lut l'amour qu'il éprouvait pour elle et s'abandonna à son étreinte. Elle attira son visage vers le sien. Lorsqu'elle sentit la chaleur de sa bouche sur la sienne, elle sut qu'elle avait eu raison. Elle allait chérir chaque jour, chaque instant. Ainsi, le jour où leur vie ensemble devrait cesser, elle aurait de merveilleux souvenirs à préserver.

— Oui, Finn, je vais vous épouser. Je vous aime trop pour vous laisser partir.

— Alors, venez valser encore avec moi, Mathilda, s'écria-t-il, radieux, la soulevant de terre. Valsez avec moi pour l'éternité !

Elle s'agrippa à lui, des larmes de joie inondant son visage. *Tant que cela nous sera donné*, se promit-elle en silence. *Tant que cela nous sera donné.*

Jenny essuya ses pleurs et posa le journal à côté d'elle. Quelle femme exceptionnelle était Mathilda ! Ayant survécu à une succession d'épreuves qui eût abattu plus d'un homme résistant, elle avait été sur le point de sacrifier son bonheur parce qu'elle ne pouvait croire qu'un ami séduisant et plus jeune qu'elle pût la désirer. Pourtant, elle avait eu le courage d'affronter un avenir incertain, en dépit de la souffrance qu'il eût pu lui réserver ; car elle avait compris que la vie n'offrait aucune garantie et que le risque valait d'être couru.

En soupirant, elle pensa à Peter et à Ben. Sa propre existence avait semblé bien installée, sans surprise. Pourtant, le destin avait frappé et avait fait tout exploser. Il ne lui restait plus que ses souvenirs, témoignages de moments vécus qui lui paraissaient aujourd'hui plus précieux encore.

En dépit de l'orage, les premiers rayons de lumière s'infiltraient à travers les nuages sombres. Elle se demanda si les semaines passées à Churinga resteraient gravées dans sa mémoire, une fois qu'elle serait rentrée à Sydney. Jamais elle n'oublierait, elle en était certaine, Mathilda et ses journaux bouleversants. Mais Brett ? Ce n'était pas Finn McCauley, certes non.

— Une seule journée, Ripper, c'est tout ce qui nous reste.

Extirpant le chiot de l'endroit où il s'était réfugié, sous le lit, elle le caressa en le serrant contre elle. La queue entre les pattes, il lui léchait la figure, tremblant comme une feuille à chaque coup de tonnerre.

— Allons, mon chien. Une toute petite sortie dans la cour, et tu auras à manger.

Traversant la maison jusqu'au porche arrière, elle déposa le chiot sur la terre battue. Après une incursion éclair dans les hautes herbes, il revint en courant auprès de sa maîtresse. Jenny leva les yeux vers le ciel. Malgré la chaleur, elle frissonna. L'air semblait se charger de forces menaçantes, qui se regroupaient et maintenaient la terre et le ciel dans un équilibre précaire. Le monde retenait sa respiration, dans l'attente du moment où les éléments en furie allaient se déchaîner.

Elle regarda en direction des paddocks. Les chevaux avaient été parqués dans un coin du corral, là où les arbres, secoués et pliés par le vent brûlant, s'inclinaient jusqu'à la terre sèche qu'ils balayaient de leurs branches soumises. Les moutons s'aggloméraient contre les barrières, dos au vent, leurs bêlements désespérés allant se dissoudre au-delà des pâturages.

Dire que la tempête sèche à laquelle elle assistait avait eu lieu plusieurs fois au cours des dernières décennies et se répéterait encore dans les années à venir ! Ni l'outback, ni les gens qui l'habitaient ne pouvaient changer. Forts et invincibles, ils étaient aussi rudes que la terre qu'ils travaillaient, et aussi impitoyables que les catastrophes qu'ils combattaient.

Elle retourna à l'intérieur et prépara, dans un bol, le dîner de Ripper, dont l'appétit ne semblait pas affecté par la terreur. Abandonnant l'animal à son repas, elle se dirigea vers les aquarelles qui l'avaient fascinée dès son arrivée.

Ainsi, tel était Churinga lorsque Mathilda y avait vécu lorsqu'elle était petite. Chaque détail avait été recréé avec amour, à l'aide de coups de pinceau délicats et de couleurs tendres. Jenny était heureuse de partager avec l'ancienne propriétaire de la station ce goût de la peinture, car elle se sentait encore plus proche de cette femme qu'elle n'avait jamais rencontrée, mais qu'elle avait pourtant eu la chance de connaître intimement.

Après avoir décroché les peintures du mur, elle les empila avec soin dans un cageot à pommes et les cala solidement à l'aide de ses propres toiles enroulées. Elle déposa dessus ses carnets d'esquisses, ses tubes de peinture, ses pinceaux et enveloppa le tout de papier kraft qu'elle maintint à l'aide de ficelle. Il lui fallait emporter les aquarelles à Sydney, non seulement pour pouvoir se remémorer ce qu'elle avait vécu ici, mais aussi comme un témoignage tangible de la vie et de l'influence d'une femme merveilleuse sur ce petit coin de la Nouvelle-Galles du Sud.

Une journée de plus, se dit-elle avec tristesse en parcourant la maison silencieuse. Juste une journée, et ce lieu ne serait plus qu'un souvenir. Mal à l'aise, elle éprouva tout à coup un vif besoin de compagnie et se rendit dans la pièce où s'était installée Diane.

La lampe de la table de nuit projetait une flaque de lumière jaune dans l'obscurité. Allongée sur le lit, où s'étalaient les journaux de Mathilda, son amie dormait, les sourcils froncés, les lèvres frémissantes, plongée dans une communion silencieuse avec ses rêves.

Jenny referma la porte et retourna dans sa chambre. Encore quelques pages, et sa lecture serait terminée. Elle pourrait ainsi passer la dernière journée à chevaucher sur les terres qu'elle avait appris à aimer, afin de leur faire ses adieux.

Mathilda fut emportée dans le tourbillon provoqué par l'enthousiasme de Finn.

— Je pense que nous devrions patienter un peu, protesta-t-elle. Vous pourriez avoir envie de changer d'avis.

— Certainement pas, dit-il d'un ton catégorique. Et il n'y a aucune raison d'attendre. Dieu sait que nous avons mis assez de temps pour nous trouver.

— Alors, rendons-nous simplement au bureau de l'état civil de Broken Hill, proposa-t-elle fébrilement. Je n'ai aucune envie de me trouver au milieu d'une foule et d'être observée avec curiosité et médisance. En outre, je me sentirais hypocrite de me marier à l'église.

Il l'enlaça et embrassa sa chevelure flamboyante.

— Je n'ai pas honte de ce que je fais, Molly. Je ne vois pas pourquoi nous devrions nous passer de la bénédiction de Dieu. Le monde entier peut bien nous observer, en ce qui me concerne. C'est vous, moi, et les vœux que nous allons prononcer qui comptent. Rien d'autre.

Cette profession de foi ne la convainquit pas : elle avait passé trop d'années à s'efforcer de ne pas alimenter les rumeurs excitées qui parcouraient les lignes de téléphone du bush. Mais devant la détermination de Finn, elle se sentait impuissante à empêcher l'écroulement de la forteresse qu'elle s'était construite pour se protéger.

Le père Ryan avait pris de l'âge. Sa chevelure entièrement grise couronnait son long visage émacié, creusé de rides par des années de tournées à travers sa vaste paroisse, et par les vicissitudes d'une vie toute de dévouement et de privations.

Lorsque Mathilda et Finn lui expliquèrent pourquoi ils venaient, il eut un sourire affectueux.

— Je suis ravi pour vous deux, dit-il de sa voix traînante, dont l'accent irlandais était encore à peine teinté d'inflexions australiennes. Je sais que la vie n'a pas été facile pour toi, Mathilda. Je serai très honoré de célébrer la cérémonie de votre mariage.

Elle échangea un regard avec Finn, qui lui prit la main et la garda sur son genou. Il faisait de son mieux pour la rassurer, mais elle ne se sentait pas à l'aise en présence du curé.

Le père Ryan tournait les pages de son agenda.

— Il y a tant de mariages, maintenant que la guerre est finie, dit-il avec un petit rire joyeux. Je vais publier les bans ce dimanche et prévoir le mariage quatre semaines plus tard. Cela vous convient-il ?

Les visiteurs se regardèrent de nouveau et entrelacèrent leurs doigts.

— Le plus tôt sera le mieux, mon père, déclara Finn.

Le prêtre leur jeta un regard sévère par-dessus ses verres en demi-lune. Mathilda sentit ses joues s'empourprer.

— Ce n'est pas ce que vous pensez, intervint-elle. Nous ne voyons simplement pas pourquoi nous devrions attendre, c'est tout.

Ses mains se mirent à transpirer et les murs semblèrent se refermer sur elle. Elle avait eu tort de venir ici. Tort de penser qu'elle pourrait affronter le prêtre, après ce qui s'était passé avec son père.

— Ta mère t'a élevée en bonne catholique, ma fille. Je n'aimerais pas penser que tu vas entrer dans le mariage avec l'empreinte du péché sur ton âme.

Il y a plus de taches sur mon âme que vous ne pourriez jamais le supposer, pensa-t-elle en s'agrippant à la main de Finn.

Ce dernier se pencha en avant.

— Mathilda et moi n'avons rien fait de mal, mon père. Nous serons contents d'attendre le jour de notre mariage.

Le prêtre referma son agenda et s'adossa à sa chaise. Il sortit de sa poche une montre à gousset abîmée, qu'il ouvrit.

— Voudriez-vous vous confesser pendant que vous êtes là ? J'ai le temps de vous écouter.

— Cela fait trop d'années, dit Mathilda précipitamment. Je doute d'arriver à me rappeler tous mes péchés.

Elle s'efforça d'opposer un air désinvolte au regard pénétrant du curé. Il fallait absolument qu'elle quittât ce bureau, où régnait l'odeur de la cire et des livres poussiéreux, pour aller respirer de l'air frais. Pourquoi avait-elle laissé Finn l'amener ici, alors qu'elle avait commis un péché si grave qu'elle n'osait même pas en parler à un prêtre ? Le père Ryan pourrait-il faire autrement que la menacer des flammes de l'enfer et de la damnation, s'il savait comment Mervyn et elle avaient agi, et quelles terribles conséquences en avaient découlé ?

Finn lui pressait la main, afin de l'inciter à se montrer courageuse. Mais elle savait que, cette fois, elle le décevrait.

— Je suis désolée. Cela fait tellement longtemps que je me sentirais hypocrite d'essayer de me confesser maintenant, insista-t-elle lamentablement.

Le père Ryan ôta ses lunettes et se frotta l'arête du nez.

— Je ne peux pas te forcer, Mathilda, et d'ailleurs je ne le voudrais pas. Mais la confession fait partie de la cérémonie, et j'espère que tu changeras d'avis. Cela vaut pour vous aussi, jeune homme.

Il se leva, leur serra la main et les conduisit hors du presbytère.

— J'espère que vous assisterez tous les deux aux messes des trois prochains dimanches, afin d'y entendre la lecture de vos bans. Que Dieu vous bénisse !

Mathilda s'élança le long de l'allée bordée par des stèles anciennes, inclinées par les ans, et se précipita dans la rue. Elle voulait s'éloigner le plus rapidement possible de l'influence étouffante de l'église. Tant d'années s'étaient écoulées sans qu'elle pense à Dieu ! Il s'était passé trop de choses affreuses, et sa foi n'avait pas été assez forte pour survivre à ces assauts.

Finn la rattrapa et lui saisit le bras.

— Attends, Mathilda. Pourquoi tant de précipitation ? Qu'est-ce qui t'effraie autant ?

Elle soutint son regard quelques secondes, la poussière du cimetière tourbillonnant autour de ses jambes.

— J'ai quelque chose à te dire, Finn, mais pas ici. S'il te plaît, ramène-moi à Churinga.

Alors qu'ils se dirigeaient vers la camionnette, il garda un silence contraint, ce dont elle lui fut reconnaissante. Quand ils furent sortis de Wallaby Flats, elle ne jeta pas un regard sur les prairies grandioses, trop préoccupée par ce qu'elle avait à lui dire. Car il était impossible de ne pas lui révéler son second secret, celui de la naissance de l'enfant qui avait été enterré depuis si longtemps.

Et pourtant, elle eût donné presque tout au monde pour garder en elle le récit de cet événement. Elle se sentait blessée, souillée à jamais par Mervyn et par le mensonge dans lequel elle avait dû vivre depuis. Comment Finn réagirait-il ? Pourrait-il encore vouloir d'elle ? Comprendrait-il pourquoi elle ne pouvait en aucun cas se confesser ?

Elle regardait fixement la route. Il fallait qu'elle lui fût confiance. Il admettrait qu'elle ne pouvait commencer leur nouvelle vie avec un tel poids sur la conscience. Tout à coup, elle se rendit compte que son éducation catholique se révélait trop forte pour être complètement ignorée.

Finn arrêta la camionnette dans la cour et Mathilda en descendit. Elle se tourna vers lui et l'enlaça en silence un long moment. Puis elle le précéda dans la maison, prête à remettre son destin entre ses mains.

Lorsqu'elle s'arrêta de parler, elle vit une expression d'horreur se répandre sur son visage et une ombre ternir son regard. Il n'avait pas dit un seul mot.

— Maintenant, tu sais tout, Finn. Si tu veux annuler le mariage, je comprendrai.

Il se leva de sa chaise et vint s'agenouiller devant elle. Puis il l'entoura de ses bras en posant la tête sur ses genoux.

— Ma chérie, grogna-t-il, croyais-tu que mon amour pour toi était si fragile ? Ce n'était pas ta faute, ni ton péché, tu n'as pas à avoir honte de quoi que ce soit.

Un long soupir s'échappa des lèvres de Mathilda, qui passa ses doigts dans les boucles sombres et épaisses. Lorsqu'il leva ses yeux, elle sentit que les mots n'étaient plus nécessaires. Elle éprouvait le sentiment d'être finalement arrivée au port et laissa tomber sa tête sur l'épaule de son fiancé.

Ils se marièrent trois semaines plus tard dans la petite église de bois de Wallaby Flats. Seuls avaient été invités les membres du personnel de Churinga et de Wilga. Deux des conducteurs de troupeaux leur servirent de témoins.

Mathilda avait décidé de ne pas porter de robe blanche. Cela ne lui semblait pas approprié et n'aurait contribué qu'à élaborer un nouveau mensonge. Elle s'était donc rendue à Broken Hill, où, après beaucoup d'indécision, elle avait acheté une robe de satin vert d'eau. À partir de la petite rose cousue à la taille, la jupe tombait presque jusqu'au sol en un tourbillon de soie scintillant au soleil, évoquant dans son imagination le reflet des vagues dansant au bord d'une plage. Elle choisit des chaussures qu'elle fit teindre de la même couleur et se fabriqua elle-même un bouquet, à l'aide de roses cueillies le matin même dans son jardin.

Cette robe mettait des flammes dans sa chevelure, qu'elle avait brossée interminablement et qu'elle avait laissée tomber en boucles souples sur son dos. Une couronne de roses couleur crème remplaçait le voile. Pour la première fois de sa vie, elle se sentait très en beauté.

Debout à l'entrée de l'église, elle regardait en direction de l'autel. L'harmonium résonnait dans la salle. Le père Ryan l'attendait ; à son côté se dressait Finn.

Mathilda eut le souffle coupé. Il était si beau dans son costume, ses cheveux noirs bouclant sur son front et autour de ses oreilles. Elle l'aimait si profondément ! Pourtant, une petite voix lui rappelait la promesse qu'elle s'était faite lorsqu'il lui avait demandé de l'épouser. Tant que cela nous sera donné. Mon Dieu, faites que cela dure la vie entière !

L'harmoniste pédalait avec enthousiasme sur son instrument grinçant. Mathilda regretta soudain de ne pas avoir demandé à l'un des conducteurs de lui donner le bras. Mais il était trop tard. Pour elle, qui avait vécu seule tant d'années, que représentaient quelques pas de plus vers un avenir radieux ?

Elle prit une profonde inspiration, serra plus fort son bouquet et se dirigea vers l'autel.

Le service se déroula dans une odeur d'encens et de fleurs, au son de la voix de baryton de Finn et sous son regard magnétique. Enfin, l'alliance fut enfilée sur son doigt, et son mari la contempla avec une fierté telle qu'elle fut sur le point de pleurer de joie.

Finn avait organisé un petit déjeuner à l'hôtel. Alors qu'ils quittaient l'église pour traverser la rue, Mathilda se sentit perplexe en voyant la foule considérable qui était venue les regarder.

— Ne t'en occupe pas, chuchota-t-il, prenant sa main et la glissant sous son bras. Ils n'ont jamais vu une beauté telle que la tienne.

Elle savait que la présence de ces visages curieux, aux regards hypocrites, qui chuchotaient derrière leurs mains, était due à une raison bien différente. Mais pour épargner la sensibilité de son époux, elle n'en souffla mot.

Dans l'hôtel, sous le plafond décoré, pour l'occasion, de banderoles et de ballons, s'étendaient des tables couvertes de nourriture. Un orchestre composé d'un violon, d'un piano et d'une contrebasse se mit à jouer, à leur entrée, la valse de Banjo Paterson. Finn lui tendit la main et la conduisit sur la minuscule piste de danse.

— Viens valser avec moi, Mathilda, dit-il en souriant.

Elle rit et se jeta dans ses bras.

— Pour la vie entière, chuchota-t-elle dans son oreille.

Deux heures plus tard, après avoir coupé le gâteau, ils revêtirent des vêtements de voyage et s'éclipsèrent par la porte de derrière.

— Personne ne s'en apercevra, lui confia Finn. J'ai donné au patron assez d'argent pour qu'il arrose les gars de bière pendant encore une heure au moins. Nous serons partis depuis longtemps.

— Où allons-nous exactement ? s'enquit Mathilda d'un ton joyeux, tandis qu'elle grimpait dans la camionnette. Tu t'es montré très cachottier ces derniers temps !

Il se caressa le nez du doigt.

— C'est une surprise.

Elle n'insista pas. Peu importait leur destination, pourvu qu'ils fussent ensemble. Posant la tête sur son épaule, elle constata qu'ils prenaient la direction de Dubbo.

Lorsqu'ils atteignirent le terrain d'aviation, la nuit tombait. Tandis que Finn l'aidait à monter les marches du petit avion et à attacher sa ceinture, il s'obstina à refuser de lui révéler leur destination.

— Que se passe-t-il ? s'enquit-elle, à demi anxieuse.

Jamais elle n'avait vu un avion d'aussi près, et l'idée de se laisser emporter dans le ciel la tracassait.

— Serais-tu en train de me kidnapper, par hasard ?

Il couvrit son visage de petits baisers tendres.

— Très juste, madame McCauley. Attendez et vous verrez.

Les propulseurs gémirent et l'avion s'ébranla, puis s'élança sur la piste d'envol. Tandis qu'il s'élevait dans les airs, Mathilda agrippa les bras de son siège, bloquant sa respiration. Au bout de quelques secondes, elle se détendit et expira lentement, admirant avec émerveillement la terre qui se déroulait sous ses yeux.

— J'ai toujours su que ce pays était magnifique, mais je ne me doutais pas de sa majesté. Regarde cette montagne et ce bouquet d'arbres près du lac !

Il rit et lui prit la main, qu'il garda dans la sienne.

— À partir de maintenant, chère madame, vous allez voir des choses, et visiter des lieux dont vous vous êtes contentée de rêver jusqu'à présent. Je veux que tu réapprennes à aimer la vie et que tu possèdes tout ce dont tu as toujours eu envie.

Soulevée par une bouffée d'émotion, elle tourna les yeux vers lui. Qu'était devenue cette femme rude et solide, qui pouvait jurer et crier aussi fort qu'un homme ? Où était la petite éleveuse de moutons au cœur endurci, qui avait accompagné les troupeaux et maintenu Churinga à flot pendant les années de guerre ? Elle s'était évanouie et avait laissé la place à une jeune fille romantique, douce et féminine. Tout simplement parce que cet homme lui avait montré ce que l'amour pouvait représenter.

Elle poussa un soupir d'aise. Sa vie prenait une tout autre signification, et elle était bien déterminée à en savourer chaque instant.

Ils atterrirent à Melbourne. Après un dîner rapide, Finn attrapa les bagages et les traîna derrière lui jusqu'au dehors, afin d'appeler un taxi.

— Nous ne restons pas là, Molly, mais je te promets qu'avant demain matin nous allons pouvoir commencer notre lune de miel.

— Cela suffit, Finn McCauley, décréta-t-elle, essayant de garder une expression sérieuse. Je ne fais plus un pas avant que tu m'aies expliqué où nous allons.

Il claqua la portière du taxi et agita des billets sous ses yeux.

— Nous sommes en route pour la Tasmanie, annonça-t-il avec un large sourire.

Elle ouvrit la bouche, muette de surprise.

Il lui entoura les épaules et l'embrassa sur le sommet de la tête.

— Tu m'as ouvert la porte de ton passé, maintenant, c'est mon tour. Je veux te montrer la splendeur de cette région et la partager avec toi.

Les quais bourdonnaient d'activité. Le taxi se fraya un chemin entre les énormes tas de marchandises et les lourds appareils de chargement. Le *Tasmanian Princess,* doucement balancé par les vagues, attendait ses passagers. Tandis que Finn la prenait par le coude et la dirigeait vers la passerelle, elle leva les yeux, très impressionnée. Peint en bleu et blanc, surmonté d'une immense cheminée ornée du drapeau australien, le bateau était rempli d'une foule colorée et bruyante, répartie sur ses nombreux ponts.

— J'ai réservé l'une de leurs plus grandes cabines, murmura Finn, alors qu'ils suivaient un steward le long d'un couloir étroit. J'espère qu'elle te plaira.

Mathilda attendit que le steward eût ouvert la porte et déposé leurs bagages ; l'homme sourit, toucha son chapeau et empocha son pourboire. Se tournant vers elle, Finn la souleva dans ses bras.

— Ce n'est ni le seuil de Churinga, ni celui de Wilga, mais c'est notre maison pour les douze prochaines heures.

Tenant son mari par le cou, elle posa le visage contre sa joue, sous le regard entendu des gens qui passaient devant la cabine. Elle savait qu'elle était cramoisie, mais rien n'aurait pu dissiper la sensation de sécurité qu'elle éprouvait, ni la certitude absolue qu'elle avait eu raison d'accepter son destin.

Finn la porta à l'intérieur de la pièce et, du pied, referma la porte derrière eux. Serrée contre lui, elle sentait les battements rapides de son cœur, qui faisaient écho aux siens. Les yeux assombris, il pencha sa tête vers elle et posa sur sa bouche ses lèvres ardentes.

Mathilda s'agrippait à lui, à demi effrayée par ce qui allait suivre, et pourtant impatiente. Lorsqu'il la reposa doucement sur ses pieds, elle éprouva un sentiment de déception.

— Je te laisse te rafraîchir, le bar n'est pas très loin. Je ne serai pas long.

Elle eût souhaité qu'il ne partît pas, elle eût voulu lui dire qu'elle se moquait des conventions relatives à la nuit de noces ; mais un frisson de doute l'en empêcha. Lorsque la porte se referma derrière lui, elle resta immobile un long moment. Soudain, dans cette petite pièce remplie de fleurs, le souvenir de Mervyn s'imposa en force. Elle avait l'impression de sentir ses mains rugueuses et d'entendre son souffle bestial.

Agitée de tremblements, elle resserra les bras autour de son corps, comme pour se protéger. Que se passerait-il si l'amour avec Finn ressuscitait l'horreur de ce qu'elle avait vécu ? Qu'arriverait-il si elle ne plaisait pas à son mari et ne pouvait pas lui apporter ce qu'il attendait d'elle ?

— Oh, Finn, sanglota-t-elle, le visage dans ses mains. Qu'est-ce que j'ai fait ?

— Molly ?

Sa voix était tendre et son étreinte rassurante.

— Je n'aurais jamais dû te laisser. Pardonne-moi.

Elle ne l'avait pas entendu revenir. Alors qu'elle le regardait à travers ses larmes, il posa un doigt sur ses lèvres.

— Ch-chut, ma chérie. Je sais. Et je comprends.

Très doucement, il se pencha vers son visage. Elle glissa ses bras autour de son cou, l'attirant soudain vers elle pour ne plus le laisser s'échapper, entrouvrant ses lèvres pour que son baiser se fît plus intense. Lorsque leurs visages se séparèrent, il frôla de sa bouche son cou, puis le creux de sa gorge, faisant naître, là où il s'attardait, une attente délicieuse. Avec une douceur presque insoutenable, il la caressa longuement, soulevant en elle un flot de plaisir dont la violence annihilait toute crainte, toute pudeur. Quand sa robe tomba à ses pieds dans un froissement de soie, elle arqua le dos et s'abandonna aux frémissements que les mains de son mari répandaient sur sa peau.

Bientôt, le monde extérieur s'évanouit. Elle était entraînée dans un tourbillon de sensations diverses où se mêlaient les frôlements des doigts de Finn, de ses cheveux et de sa bouche, et qui faisaient jaillir en elle un désir emportant tout sur son passage. Rien ne comptait plus que de se consumer tout entière, au contact du corps de cet homme qui voulait la faire sienne et que, de toutes ses forces, elle retenait contre elle, ne désirant que se fondre en lui, afin de lui appartenir à jamais. Chair contre chair, souffles mêlés, ils se laissèrent emporter par une marée dont les vagues les soulevaient de plus en plus haut, dans un espace où le temps n'existait plus et où ils sombrèrent ensemble dans une mort exquise, ne faisant plus qu'un, pour l'éternité.

Mathilda reposait dans le creux du bras de Finn, alanguie comme une chatte au soleil. Elle épousa de son corps celui de son époux, qui effleurait de ses doigts son dos, le creux de sa taille et la courbe de ses hanches. Aussitôt après l'amour, il avait encore le pouvoir de la faire vibrer.

— Je t'aime, madame McCauley, chuchota-t-il dans le creux de son oreille.

Mathilda fut surprise par sa toute première rencontre avec la Tasmanie. Elle n'avait jamais pensé à ce septième État de l'Australie et s'était juste contentée de regarder où il se situait dans un vieil atlas, après que Finn lui eut appris d'où il venait. Debout sur le pont du bateau, elle s'avoua que le petit point qu'elle avait vu sur la carte ne pouvait laisser deviner la grandeur de l'étendue montagneuse qui se profilait à l'horizon.

Devonport était un petit port léthargique, niché entre le Mersey et le détroit de Bass. Il se prolongeait d'un rivage bordé de rochers sombres et de plages de sable jaune, derrière lesquelles s'étendaient de vastes étendues d'herbe protégées par des arbres luxuriants. De petites maisons de bois se dressaient sur les collines et dans les vallées.

Partout jaillissaient des gerbes de couleurs : fleurs aux teintes vives, toits de bardeaux et pelouses verdoyantes. Mathilda fût volontiers restée à cet endroit, bien qu'elle eût envie de découvrir le lieu où Finn avait grandi. Mais son mari avait déjà tout organisé. Ils louèrent une voiture, et se dirigèrent vers le sud.

Meander, qui se trouvait au milieu d'un no man's land, lui rappelait Churinga. Pourtant, les distances qui séparaient les propriétés étaient beaucoup moins grandes, l'herbe y était plus fraîche et les couleurs plus douces. En outre, il manquait à cet endroit les envolées d'oiseaux, les cris perçants des perroquets et les rires des kookaburras.

Finn lui désigna la petite maison de bois où il avait vécu, perchée sur une colline basse, et entourée d'une immense prairie. Elle semblait trop étroite pour la famille nombreuse qui l'habitait aujourd'hui. Mathilda se demandait pourquoi elle n'avait pas été agrandie.

— Probablement parce qu'ils n'ont pas d'argent, expliqua Finn. La plupart des propriétaires de Tasmanie sont riches en terres, mais pauvres en argent. Ils n'ont souvent aucune idée de la valeur des propriétés dont ils héritent, car pour eux, seul compte le sol.

Il lui adressa un sourire.

— Tout comme leurs homologues de Nouvelle-Galles du Sud.

— Pas tous ! objecta-t-elle avec un air faussement sévère. Je connais exactement la valeur de ce que je possède, et je n'ai pas l'intention de redevenir pauvre.

Attendri, il la serra contre lui.

— Allons, viens, je vais te montrer mon ancienne école.

Ils visitèrent le bâtiment à classe unique, où Finn lui révéla les cachettes secrètes que connaissaient tous les élèves. Son mari l'emmena ensuite à la ville voisine ; il lui montra le cinéma, le marchand de glaces, et la crique sablonneuse, évoquant les bains d'eau glacée qu'il y avait pris autrefois.

Certaines parties de la Tasmanie n'avaient toutefois rien à voir avec l'outback au sol craquelé. Il était même difficile d'imaginer que ces régions si différentes appartenaient à un seul pays. Ici, l'herbe luxuriante gardait sa couleur d'émeraude. D'immenses montagnes s'élevaient de tous les côtés et des lacs vastes comme des océans s'étendaient dans les vallées, tels de grandioses miroirs. Les arbres produisaient des fruits sucrés. Sous le vent ondoyaient des champs de pavot et de lavande.

La côte sud-est était défendue par des rochers escarpés ; d'énormes falaises surplombaient des plages de sable d'un blanc si pur qu'il en devenait éblouissant. De petites baies désertes, bourdonnant d'insectes, constituaient un endroit parfait pour les amants, heureux de nager et de s'étendre au soleil. Derrière eux s'étendaient à l'infini des forêts de pins et d'eucalyptus. Pour apercevoir les curieux diables de Tasmanie, les ornithorynques et les wombats, créatures plutôt timides, Finn savait où se poster. Il leur arrivait de guetter les animaux pendant des heures, faisant preuve d'une patience inépuisable.

Mathilda et Finn passèrent deux semaines à explorer l'île, prenant le temps de lézarder sur la plage et de se baigner. Ils visitèrent Hobart, escaladèrent le mont Wellington, flânèrent dans le marché du front de mer, et firent, en bateau, le tour des petites îles. Le soir, ils se régalaient d'écrevisses et de truites arc-en-ciel, en dégustant un excellent vin blanc en provenance des vignes nouvelles de Moorilla.

La nuit, après l'amour, Mathilda reposait dans les bras de son mari, somnolente et comblée. Jamais, dans ses rêves les plus fous, elle n'eût pu imaginer une lune de miel plus parfaite.

— J'aimerais pouvoir rester plus longtemps, dit-elle avec mélancolie, tandis que l'avion décollait de la piste d'envol.

Finn lui pressa la main avec tendresse.

— Je te promets que nous reviendrons ici avant d'être trop vieux et décrépits, déclara-t-il. Cet endroit nous appartient maintenant.

Lorsqu'ils rentrèrent enfin à Churinga, ils constatèrent que les Bitjarras avaient quitté la propriété. Au cours de l'année précédente, leur groupe s'était déjà considérablement clairsemé. Maintenant, les habitations d'écorces étaient vides et le feu éteint.

Mathilda en éprouva de la tristesse. Le départ de la tribu marquait la fin d'une époque, bien que pour elle ce fût le début d'une vie meilleure. Peut-être, d'une façon mystérieuse qui leur était particulière, avaient-ils deviné qu'elle n'avait plus vraiment besoin d'eux.

Sa vie avec Finn s'organisa tout naturellement. Il apporta ses affaires dans la maison et installa un directeur à Wilga. Poursuivant son élevage de chevaux, il avait besoin d'un homme responsable sur la propriété. Au bout de six mois, ils se rendirent à Broken Hill et réglèrent, auprès de Geoffrey Banks, les formalités faisant des deux stations un domaine unique.

Mathilda remania son testament conformément à ces modifications. Apposant sa signature au bas du nouveau document, elle ne put s'empêcher d'adresser un sourire au banquier. Comme il avait eu raison de lui donner ce conseil ! Indéniablement, la vie était pleine de surprises.

Ils étaient de retour à Churinga. Mathilda attendit qu'ils eussent fini de dîner et se fussent installés tranquillement sous la véranda. Finn l'attira à lui, la fit asseoir sur ses genoux et tous deux contemplèrent la lune flottant au-dessus des arbres.

— J'ai quelque chose à te dire, Finn, déclara-t-elle enfin. C'est en rapport avec ce que j'ai fait à Broken Hill, pendant que tu commandais tes nouvelles bottes.

Il lui frottait le cou de son nez et de son menton rugueux, faisant naître chez elle un petit rire sensuel.

— Mmmm ?

Elle s'écarta de lui.

— Comment veux-tu que je me concentre quand tu fais ça, Finn ? Arrête une minute et écoute-moi.

Il lui mordilla la joue.

— J'ai encore faim, grogna-t-il.

— Finn ! J'ai quelque chose à te dire et c'est important !

Le visage soudain sérieux, il la regarda.

— Que se passe-t-il, Molly ?

— Nous allons avoir un bébé, dit-elle d'un ton neutre, dans l'attente de sa réaction.

Il la regarda un moment sans réagir, et son visage s'illumina soudain. Fou de joie, il la souleva et se mit à tournoyer avec elle.

— Ma petite futée ! Mais pourquoi ne m'as-tu rien dit avant ?

— Parce que je voulais en être sûre. À mon âge, cela semble tellement fou !

Il l'embrassa avec une infinie tendresse.

— Ma précieuse petite femme, murmura-t-il contre ses lèvres. Je te promets que notre enfant aura la propriété la plus belle de la Nouvelle-Galles du Sud, et les parents les plus aimants. Oh, Molly, Molly ! C'est le plus beau cadeau que tu pouvais me faire !

Mathilda baignait dans une joie indicible, n'arrivant pas à croire à son bonheur. Tandis que les mois s'écoulaient, elle posait à tout instant les mains sur son ventre pour être sûre qu'elle ne rêvait pas. D'une part, elle eût souhaité que le temps passât comme l'éclair, et d'autre part, elle se sentait presque jalouse d'avoir à partager un tel miracle.

Quelle chance elle avait! ne cessait-elle de se répéter. D'être aimée et désirée à ce point, après toutes ces années d'isolement. Cet enfant ne manquerait de rien. Finn et elle l'aimeraient et le chériraient. Il grandirait, fort et sain dans le bon air de Churinga et de Wilga.

La saison de tonte était terminée. Mathilda entrait dans les six dernières semaines de sa grossesse. Elle sentait son énergie décliner avec la venue de l'humidité. Il pleuvait déjà, et le ruisseau menaçait de déborder. Finn était parti avec les gardiens rassembler le troupeau, afin de le mener dans les pâturages plus élevés. De là, il passerait à Wilga pour s'assurer que tout était prêt pour l'hiver.

Mathilda parcourait la maison lentement, le poids du bébé faisant paraître la chaleur encore plus intense. Elle avait prévu de finir de décorer la nursery que Finn avait construite sur un côté de la maison. Il lui avait demandé de le laisser achever le travail, mais elle avait décidé de l'aider. En outre, elle se trouvait trop molle et paresseuse à rester toute la journée sans rien faire. Il était temps qu'elle s'agitât un peu.

Elle prépara un seau d'eau, un canif pour gratter le vernis ancien, des chiffons et de la cire, et se dirigea vers la future chambre d'enfant ; grande et lumineuse, cette nouvelle pièce, qui avait une grande fenêtre donnant sur le paddock, sentait bon le bois fraîchement coupé. Mathilda avait déjà blanchi les murs à la chaux, et voulait exécuter une fresque représentant Churinga, derrière le lit d'enfant que Finn avait fabriqué quelques semaines auparavant. Cette peinture devait être une surprise, et elle était contente que son mari fût absent suffisamment longtemps pour lui permettre de la terminer. *Il me dorlote trop*, pensa-t-elle avec attendrissement, *et il serait toujours dans mes jambes*.

Finn avait apporté de Wilga une commode et une penderie. Mathilda décida de les nettoyer avant de s'atteler à son œuvre. Il fallait que tout fût parfait pour l'arrivée du bébé. Elle savait que ce besoin presque obsessionnel de faire le ménage et de nettoyer faisait partie de son instinct maternel : elle préparait le nid de son petit, tout comme les créatures sauvages de l'outback.

Les meubles de Finn avaient connu de meilleurs jours. Une fois déposés dans la pièce, ils avaient été oubliés dans la frénésie de la saison de tonte. À l'aide d'un chiffon imbibé d'eau chaude, elle ôta la poussière déposée en bas de la penderie et se mit en chantonnant à recouvrir les planches de papier. Ensuite, elle cira le bois jusqu'à ce qu'il brille, et fit quelques pas en arrière pour admirer l'effet produit. Satisfaite, elle se tourna vers la commode.

Alors qu'elle ouvrait le tiroir du haut, elle entendit un objet frotter la paroi, puis tomber avec un bruit sourd. C'était vraisemblablement quelque chose que Finn avait oublié, et qui se trouvait maintenant dans l'espace vide à l'arrière du meuble, s'élevant sur toute la hauteur.

Un par un, elle retira les tiroirs et les empila sur le sol. Soufflant péniblement, elle se mit à genoux et tâtonna jusqu'au fond de la commode. Son ventre proéminent l'empêchait de voir ce qu'elle faisait.

Ses doigts touchèrent un objet lisse et froid, qu'elle réussit à tirer vers elle. Reprenant sa respiration, elle l'examina de plus près. C'était une boîte à biscuit oblongue, ornée sur le couvercle d'une image représentant un tartan et un chardon, et qui avait autrefois contenu des sablés.

Elle secoua la boîte. Il y avait quelque chose à l'intérieur. Intriguée, elle réussit à soulever le couvercle rouillé en s'aidant du canif.

À la place des biscuits, elle découvrit un paquet de lettres, deux articles de journaux, et quelques photographies. Mettant les lettres de côté, elle regarda les clichés. Elle y reconnut la maison de Meander, la plage de Coles Bay, et Finn, souriant et fier dans sa tenue d'école.

Elle embrassa la photo, bien décidée à le taquiner, lorsqu'il rentrerait à la maison, à propos de ses gros genoux de petit garçon.

Passant à la photo suivante, sa main s'immobilisa et l'enfant dans son ventre eut un sursaut violent. Finn se tenait debout entre deux personnes que Mathilda aurait reconnues entre toutes.

— C'est impossible, articula-t-elle, en fermant les yeux.

Lorsqu'elle les rouvrit, elle lut les notices nécrologiques, et sut qu'elle ne s'était pas trompée.

Pourtant, cela n'avait aucun sens, absolument aucun. Car comment le chemin de Finn avait-il croisé celui de Peg et Albert Riley ? Le couple n'avait-il pas eu l'intention d'aller s'installer au Queensland ?

Les visages sur le papier se brouillèrent tandis que ses pensées s'affolaient. Elle se souvint de la voix de Peg, la dernière fois qu'elle l'avait entendue. Ce son, qui explosait dans sa tête, semblait remplir la pièce, la maison, les paddocks et toute la distance qui la séparait de ce lointain passé.

Elle retourna le cliché, mais ne put déchiffrer les mots qui y étaient écrits, ses yeux refusant de s'accommoder. En fait, elle répugnait à les lire, voulait revenir en arrière, oublier que cette photo avait jamais existé. Elle ne pouvait pas exister. Pas ici, à Churinga. Pas dans une commode que Finn avait rapportée de Wilga.

— Non, souffla-t-elle avec rage. Non, non, non !

Mais elle ne pouvait échapper aux lettres tracées au dos de la photographie. En dépit de sa réticence, elles l'attiraient irrésistiblement.

« Bonne chance, fils. Maman et Papa. »

Mathilda déglutit péniblement, avec rage, se forçant à retrouver sa raison. Cela ne pouvait être qu'une coïncidence, elle se laissait emporter par son imagination. Peg et Albert avaient eu leur propre enfant, avaient changé de nom et s'étaient installés en Tasmanie. Voilà, c'était tout. En fait, cette explication était la seule logique.

La voix de Finn résonna à ses oreilles.

« Maman m'a dit que j'avais été adopté, ce qui expliquait pourquoi mon père ne me manifestait aucune affection. »

Cela ne veut rien dire, pensa Mathilda. *Ils l'ont adopté en Tasmanie. Par le plus grand hasard, il s'est retrouvé ici.*

Elle s'assit sur le sol de la nursery, la photographie plaquée contre sa poitrine, essayant désespérément de retrouver son calme. Elle s'était laissée aller au délire. Les femmes dans son état se comportaient souvent de façon un peu folle.

Son regard tomba sur le petit paquet de lettres. En les parcourant rapidement, elle s'aperçut qu'il s'agissait essentiellement d'amis avec lesquels Finn avait fait la guerre, éleveurs de chevaux ou fermiers. Elle commença à se convaincre qu'elle s'était vraiment trompée.

Puis elle trouva une lettre de Peg.

L'écriture en était presque illisible : la missive était probablement destinée à être lue après sa mort. Les mots dansaient devant les yeux de Mathilda, martelant leur message avec autant de dureté que le bruit de clous pénétrant le bois d'un cercueil.

« Mon fils bien-aimé,

Ceci est la lettre la plus difficile que j'aie jamais eu à écrire, mais il faut que tu connaisses la vérité. Maintenant que je ne suis plus, j'espère que tu trouveras la force de me pardonner pour ce que j'ai fait. Je suis seule fautive, ton père ne voulait pas être mêlé à tout cela. Mais le destin m'a offert une chance, et je l'ai saisie.

Ta maman n'était qu'une enfant lorsqu'elle t'a mis au monde, sans aucun avenir, et sans homme pour prendre soin d'elle. Elle allait très mal après ta naissance, et lorsque je t'ai tenu dans mes bras, j'ai su que je ne pourrais plus te quitter.

Je t'ai volé, Finn. Je t'ai enlevé à cette malheureuse enfant et je t'ai donné ce qu'il y avait de mieux, car je savais qu'elle ne pourrait pas s'occuper correctement de toi, même si elle l'avait voulu, ce dont je doute. Il y a des années que nous avons changé notre nom contre celui de McCauley, mais tu ne trouveras aucun papier prouvant quoi que ce soit. De toute façon, il vaut mieux que tu ne saches pas d'où tu viens. Elle pense que tu es mort à la naissance. Dieu me pardonne pour ce mensonge, mais Bert et moi ne pouvions pas avoir d'enfant. Dès que je t'ai vu, j'ai su que notre voie était tracée. »

Presque assommée par le choc, Mathilda fut de nouveau submergée par une vague d'effroi. Elle se remit péniblement debout, sentant son bébé peser lourdement dans son ventre.

— C'est impossible, répétait-elle comme une litanie, impossible.

Le silence l'enveloppait. Le jour avait perdu sa lumière, et elle entendait de nouveau la voix de Peg.

Il était mort-né, mort-né, mort-né.

Elle se couvrit les oreilles de ses mains et sortit de la pièce en trébuchant. Ses pieds la menaient malgré elle dans une direction qu'elle n'avait aucun désir d'emprunter. Mais elle savait qu'elle n'avait pas le choix. Elle traversa la cuisine et sortit sous la véranda, pour mettre à nouveau ses pas dans ceux qu'elle avait autrefois accomplis, et dont elle eût aimé n'avoir jamais à se souvenir, en s'éveillant sur-le-champ de ce cauchemar. Après avoir traversé la cour, elle ouvrit le portillon blanc du cimetière.

Tombant à genoux sur l'herbe détrempée, elle regarda la petite croix de marbre qu'elle avait achetée avec ses premiers bénéfices. La pluie imbibait ses cheveux et dégoulinait sur son visage. Sa robe de coton lui collait à la peau. Elle commença à creuser de ses mains, sans se rendre compte de quoi que ce fût, murmurant fiévreusement une prière de son enfance, depuis longtemps oubliée.

— Sainte Mère de Dieu, vous êtes bénie entre toutes les femmes. Priez pour mes péchés.

Ses mains se mouvaient de plus en plus vite, soulevant des poignées de terre lourdement imbibées d'eau et les jetant de côté. Soudain, elle vit qu'elle avait atteint le petit cercueil de bois brut.

— Sainte Mère de Dieu, priez pour nous. Pardonnez-nous. Seigneur, je vous en prie, pardonnez-nous.

La pluie et les larmes l'aveuglaient tandis qu'elle luttait pour dégager la boîte. Elle enfonça ses doigts plus profondément dans le sol, agrippant de toutes ses forces les angles rugueux et extirpant à grand-peine le cercueil de la boue collante, qui semblait vouloir le garder en elle.

Elle ignora la douleur qui lui déchirait le ventre, les échardes qui se plantaient dans ses mains et ses ongles cassés. Il fallait qu'elle vît par elle-même. Qu'elle découvrît ce que Peg et Albert avaient enterré dans son cimetière vingt-cinq ans auparavant.

Le canif glissait sur les clous rouillés. Avec un grincement et un craquement stridents, le couvercle céda enfin. Mathilda baissa les yeux.

La boîte ne contenait qu'une grosse brique.

Assise sous la pluie, elle serrait contre elle la boîte vide, ne sentant plus rien, morte à tout ce qui l'entourait. Si seulement il lui était possible de se fondre dans la terre et de disparaître à jamais ! La pluie ne pouvait laver le terrible péché qu'elle avait commis. Elle souhaitait simplement ne plus rien éprouver et sombrer dans l'inconscience.

Mais cela ne pouvait pas être. Car une douleur déchirante montait en elle comme une marée, l'obligeant à sortir de sa stupeur. Le petit cercueil toujours serré contre elle, elle se mit à ramper vers la maison. Son enfant innocent annonçait sa venue au monde et elle ne pouvait rien faire pour l'empêcher de naître.

Elle escalada les marches en se traînant sur le sol, puis réussit à franchir le porche et à entrer dans la cuisine. Après un suprême effort, elle atteignit sa chambre à coucher. La douleur envahissait tout son être, comprimant sa poitrine et l'empêchant de bouger, de penser, de respirer. Elle allait mourir, et le destin seul déciderait si son enfant devrait survivre ou non. Mais la peur de l'enfer lui revenait. Sur elle s'abattait un châtiment qu'elle méritait, pour avoir commis tant d'atrocités.

— Finn? appela-t-elle dans la maison silencieuse. Finn, où es-tu?

Elle tomba sur le lit, ne prêtant aucune attention à la boue qui collait à ses vêtements et tachait les couvertures.

— Il faut que je te dise tout, Finn. Que je t'explique.

La douleur lui coupa la parole.

Tandis qu'elle fermait les yeux, le temps perdit toute signification. Lorsqu'elle les rouvrit, elle sentit une humidité poisseuse entre ses jambes. Vidée de presque toutes ses forces, elle tendit fiévreusement les mains vers son journal, et se mit à écrire. Finn devait savoir ce qui s'était passé. Mais si l'enfant survivait, il fallait qu'il puisse être aimé et que l'on s'occupe de lui, loin d'ici. Dans un endroit où jamais il ne découvrirait l'horrible vérité. Il y avait eu assez de péchés dans cette maison.

Le crayon s'échappa de ses doigts. Elle avait rapporté l'essentiel et son enfant ne pouvait plus attendre. La fin était proche.

20

Incapable d'endiguer le torrent de larmes qui jaillissait sur son visage, Jenny laissa échapper le journal qui tomba sur le sol avec un bruit sourd. Elle avait eu raison depuis le début. Churinga était maudit. C'était pour cette raison que la présence de Mathilda s'y faisait encore sentir.

Assise sur le lit, la main crispée autour de son médaillon, elle s'abandonnait au chagrin suscité en elle par la tragédie dont le malheureux couple avait été victime. Mathilda était probablement morte en donnant naissance à son bébé, mais qu'était-il arrivé à Finn ? Ses sanglots s'arrêtèrent brusquement. Et l'enfant, le véritable héritier de Churinga, qu'était-il devenu ?

Cette question réclame une réponse urgente, se dit-elle en essuyant ses joues. Si Finn n'avait pas détruit les journaux de Mathilda, c'était sans doute pour une raison précise. Car il savait qu'ils risquaient d'être lus.

Mais par qui ? Espérait-il que son enfant pourrait retrouver un jour la trace de ses origines, et revenir ici, pour y découvrir la vérité ?

— Tu parles toute seule maintenant ? Ma foi, ça n'a pas l'air de s'arranger !

La voix de Diane la fit sursauter. Elle se moucha bruyamment, tentant de se ressaisir.

— Surtout si j'en crois ce visage couleur de cendre et ces yeux gonflés, poursuivit son amie. Mais que se passe-t-il, Jen ?

Elle se laissa tomber sur le lit et entoura de son bras les épaules de sa compagne.

— Mathilda a épousé Finn, expliqua Jenny d'une voix étranglée, luttant de nouveau contre les larmes.

— Et alors ? Ne me dis pas que la grande cynique que j'ai toujours connue s'est tout à coup transformée en nunuche romantique ? Tu me surprends, ma fille !

Jenny s'écarta brusquement.

— Tu ne comprends pas, insista-t-elle, incapable de retenir ses pleurs. Finn était le fils de Mathilda !

La jeune femme siffla doucement entre ses dents, tandis que ses yeux bruns s'arrondissaient de stupéfaction.

— Là, je dois dire que tu m'en bouches un coin !

Ramassant le journal, Jenny le mit dans les mains de son interlocutrice.

— Et ce n'est pas tout. Ils ont eu un enfant. Peter n'avait aucun droit sur ce domaine, et je n'en ai pas non plus d'ailleurs.

Elle tritura longuement son mouchoir et en fit une boule. Soudain, elle s'appliqua à enlever son médaillon avec fébrilité.

— Même cet objet n'est pas à moi. Il était à Mathilda, et à sa mère avant elle. Je ne suis pas étonnée d'avoir été emportée à ce point dès que j'ai commencé à lire leur histoire.

Diane la regarda fixement.

— Tu dérailles, Jen. Peter était tout à fait autorisé à acheter cette propriété qui se trouvait sur le marché. Peut-être l'enfant n'en a-t-il pas voulu ? Et qui le blâmerait, avec un passé tel que celui-là sur les épaules ?

À cette évocation, ses propres épaules s'affaissèrent.

— Allons, ma vieille. Tu te laisses trop facilement impressionner. La lecture de ces damnés journaux t'a bouleversée, et tu te laisses entraîner par ton imagination débordante.

Jenny secoua lentement la tête, réfléchissant aux arguments de son amie. De toute façon, quelque chose ne collait pas. Il y avait trop de questions sans réponse. Après avoir accompagné Mathilda aussi loin, elle ne pouvait se contenter d'un récit inachevé. Il fallait qu'elle allât elle-même à la recherche de ce qui s'était passé, qu'elle découvrît toute la vérité.

Elle ramassa le journal. Après avoir sélectionné les toutes dernières pages, elle tendit le volume à Diane.

— Lis ceci et dis-moi ce que tu en penses.

Devant son expression, sa compagne comprit qu'il était impossible de ne pas obéir à sa requête. Après un moment de silence, elle commença à lire. Lorsqu'elle eut terminé, elle referma le livre et resta assise, totalement muette, ce qui eut bientôt raison de la patience de Jenny. Alors que celle-ci allait protester, elle s'exprima enfin :

— Je pense que tout cela est une terrible tragédie, qu'il vaut mieux laisser en repos. Soit l'enfant n'a pas survécu, soit il a décidé de vendre son héritage. C'est ainsi et c'est son droit le plus strict. Quant au médaillon...

Elle prit l'objet des mains de son interlocutrice, et en étudia le délicat filigrane.

— Peter l'a probablement trouvé ici lorsqu'il a décidé d'acheter Churinga. Il a tout simplement pensé que ce serait un joli cadeau pour toi.

Jenny ne put réprimer un geste d'agacement.

— Mais enfin, tu ne te rends pas compte ! explosa-t-elle. Les journaux ont été laissés ici pour une raison bien précise. Si l'enfant a survécu, alors pourquoi les avoir laissés traîner, au risque que quelqu'un les lise ? Pourquoi ne pas les avoir détruits ?

— Ne repars pas dans cette direction, une fois de plus.

Jenny prit les deux mains de Diane dans les siennes.

— Mais imagine que cet enfant soit vivant et ne connaisse pas la vérité ? Imagine que Finn ait laissé les journaux ici parce qu'il savait que l'enfant reviendrait un jour ? Que faudrait-il faire ?

— Pure supposition, rétorqua sa compagne.

Jenny lui arracha le médaillon et s'élança vers la porte.

— C'est ce qu'on va voir.

— Où te précipites-tu ? s'écria son amie, d'une voix inquiète.

— Je vais téléphoner à John Wainwright.

Diane courut derrière elle et la tira violemment en arrière au moment où elle tendait la main vers l'appareil.

— Et à quoi cela va-t-il servir ? Laisse tout cela en paix, Jen. Profite de Churinga, du médaillon, de l'histoire que tu as eu le privilège de lire, et vis ta propre vie. Tous les bijoux d'occasion ont une histoire, c'est ce qui les rend si intéressants et beaux. Mais les vieux journaux intimes doivent rester où ils sont, dans le passé. Rien de ce que tu pourras faire ou dire ne changera ces événements dramatiques. Ce qui est fait est fait.

— Mais je dois savoir ce qui leur est arrivé à tous. Je dois comprendre comment Peter en est venu à acheter Churinga. Je le dois à Mathilda.

Elle se tourna vers l'appareil. En attendant que son appel aboutisse, elle entendit son amie bougonner.

— Si je n'arrive pas à te faire entendre raison, John Wainwright y parviendra bien.

Jenny serra l'écouteur entre ses doigts tandis que lui parvenait une voix bien connue, aux accents pompeux.

— John ? C'est Jennifer Sanders.

— Hello, ma chère ! Que puis-je faire pour vous ?

— Vous pouvez me dire comment et pourquoi Peter a acheté Churinga ?

— Je vous l'ai déjà expliqué, répliqua-t-il d'une voix suave.

— John, insista-t-elle fermement. Je sais tout à propos de la tragédie qui s'est déroulée ici. Le médaillon que Peter m'a offert pour notre dernier Noël appartenait à Mathilda. Il disait que cet objet avait un rapport avec le cadeau qu'il voulait me faire pour mon anniversaire. Maintenant, je veux savoir comment il a découvert Churinga et ce médaillon, et savoir aussi ce qui est arrivé à la personne qui devait hériter du domaine.

— Ah !

L'exclamation du notaire fut suivie d'une longue pause.

Jenny lança un regard éloquent à Diane, qui se serra contre elle pour mieux entendre. En dépit de la chaleur qui régnait dans la pièce, elle avait froid. Et bien qu'elle fût impatiente d'en savoir plus, cette impatience même, qui transformait en anxiété au fil des secondes, lui donnait presque envie de raccrocher.

— Que se passe-t-il ? Qu'avez-vous tant de difficulté à me dire ?

Elle entendit au bout de la ligne un soupir, suivi d'un froissement de papiers.

— C'est une très longue histoire, Jennifer. Peut-être vaudrait-il mieux que vous rentriez à Sydney, afin que je puisse tout vous expliquer ?

La note d'espoir qu'elle percevait dans sa question la fit sourire.

— Je préférerais que vous m'en parliez maintenant. Après tout, cela ne peut pas être aussi compliqué que cela !

Un autre soupir lui parvint, suivi d'un autre froissement.

— Peter est venu me voir quelques années avant son décès. Il avait trouvé une propriété, Churinga, et voulait que je m'occupe des documents. Apparemment, il y avait une histoire étrange liée à ce domaine, et il avait passé beaucoup de temps à faire des recherches à ce sujet, avant de s'adresser à moi. Une fois que mon travail a été terminé, il m'a prié de garder le secret sur cette nouvelle acquisition, jusqu'à ce qu'il ait le temps de tout vous expliquer.

Jenny fronça les sourcils.

— Mais pourquoi en faire un secret ? Je ne comprends pas.

Le notaire marqua une pause.

— Parce qu'il savait que vous seriez bouleversée, je pense.

— Alors pourquoi a-t-il acheté ce maudit endroit s'il était convaincu de cela ?

Elle prit une profonde inspiration.

— Votre explication laisse à désirer, John. Y a-t-il quelque chose d'autre que vous ne m'ayez pas dit ?

De nouveau, son interlocuteur resta un moment silencieux. Puis il demanda :

— Comment avez-vous découvert ce qui était arrivé aux McCauley ?

S'il voulait jouer à ce petit jeu, à son aise ! Elle lui renvoya sa question.

— Peter a-t-il visité Churinga ?

— Pas à ma connaissance. Il avait prévu de découvrir la station avec vous, à l'occasion de votre anniversaire de mariage, et de vous raconter alors l'histoire de ce lieu.

— Mais il est mort.

John Wainwright se racla la gorge.

— J'avais reçu des instructions pour gérer le transfert de votre héritage d'une certaine façon. Il souhaitait que vous alliez d'abord visiter l'endroit, et que vous vous fassiez une idée de ce dont il s'agissait avant d'en apprendre davantage.

— Oui, je peux comprendre pourquoi.

Elle regarda le médaillon qui reposait dans le creux de sa main, tel un serpent prêt à frapper.

— Si Peter n'est jamais allé à Churinga, comment a-t-il pu m'offrir le médaillon de Mathilda ?

— Il est tombé dessus au cours de ses recherches au sujet de l'histoire de la propriété. Mais où, il ne me l'a pas dit, répondit le notaire avec vivacité. Toutefois, pour revenir à la question de votre héritage, Peter était l'homme le plus rigoureux et le plus prudent que j'aie jamais rencontré. Il prenait tous les éléments en compte et a insisté vivement pour faire un testament, en mentionnant dans quel ordre les choses devaient se dérouler, si l'impensable se produisait. C'est la raison pour laquelle vous m'avez pris au dépourvu. Comment avez-vous appris l'histoire des McCauley ?

— Peter a commis une erreur. Il aurait dû venir ici avant moi, car il a négligé sans le savoir un élément vital.

Elle poussa un profond soupir.

— Que savez-vous exactement à propos des McCauley, John ?

— Pas grand-chose, répondit-il d'un ton tout à coup plus neutre.

Très nettement, elle eut le sentiment que quelque chose venait de lui échapper.

— C'étaient des colons. Il y a eu une tragédie, et la propriété a fait l'objet d'un fidéicommis à l'intention de leur enfant. Cette situation était gérée par l'un de nos associés, qui, depuis, a pris sa retraite.

— Alors comment Peter a-t-il pu prendre possession de Churinga, et qu'est-il arrivé à l'enfant ?

L'hésitation du notaire fut si longue que Jenny crut la ligne interrompue.

— John ? Vous êtes toujours là ?

Il lui répondit d'une voix dont la réticence ne faisait aucun doute.

— Je vous l'ai dit, Peter avait fait un grand nombre de recherches avant de venir me voir. Je lui ai dit tout ce que je savais, c'est-à-dire pas grand-chose. En raison de la façon dont le fidéicommis avait été institué, notre bureau était très longtemps resté en contact épisodique avec l'institution à laquelle l'enfant avait été confié. Mais, entre-temps, ce dernier avait disparu, et personne ne se montrait disposé à nous aider. Croyez-moi, Peter a recherché de toutes ses forces cet héritier. Il était très méticuleux. Mais j'insiste sur le fait que tout s'est déroulé dans la légalité la plus totale. Cette propriété vous appartient et n'appartient qu'à vous seule.

— Cela signifie donc que le fidéicommis a été résilié ?

— Quelque chose comme cela, oui. Je suis désolé de ne pas pouvoir vous aider davantage. Mais Peter a gardé toute cette histoire pour lui.

Jenny réfléchit un moment.

— Lui qui avait tout prévu, je suis surprise qu'il n'ait pas laissé au moins une lettre, ou un document fournissant des explications !

— Il avait écrit une lettre, au départ, mais il l'a détruite, disant qu'il préférait vous apprendre lui-même l'histoire de Churinga. Je suppose qu'en dépit de toutes ses précautions il n'imaginait pas une seconde qu'il ne serait plus là pour vous la raconter.

Elle sentit une boule se former dans sa gorge.

— Vous n'avez donc jamais lu cette lettre ? Vous n'en connaissez pas le contenu ?

— Non. C'était une lettre scellée qu'il avait laissée dans mon coffre, à n'ouvrir que s'il venait à disparaître, et après que vous aviez visité Churinga. Je suis désolé, Jennifer, je ne peux rien vous dire de plus.

— Alors c'est à moi de trouver le reste, déclara-t-elle d'un ton décidé. Merci John, je vous tiendrai au courant.

Coupant court aux phrases de politesse du notaire, elle raccrocha et se tourna vers Diane.

— Allons, viens, nous allons voir Helen.

Son amie écarquilla les yeux.

— Pourquoi ? Qu'a-t-elle à voir là-dedans ?

— Elle saura où je peux trouver le prêtre, dit Jenny, très excitée, en passant une chemise et un jean. Finn se sera tourné vers lui, j'en ai la certitude.

Après avoir enfilé rapidement ses bottes, elle se leva.

— Il faut que je sache ce qui est arrivé après la mort de Mathilda. Qu'est devenu Finn ? Et pourquoi n'a-t-on pas pu retrouver l'enfant ?

Diane lui attrapa le bras.

— Réfléchis bien, Jen. Je te connais. Dès que tu as quelque chose dans le crâne, tu fonces tête baissée, quitte à t'aventurer en terrain dangereux. Veux-tu vraiment aller plus loin ?

Pour toute réponse, Jenny se libéra d'un geste brusque et sortit de la maison précipitamment.

— Il m'est proprement impossible de laisser cette affaire en suspens. Ma conscience me l'interdit. Et puis, tout de même, dit-elle en montant dans la camionnette et en tournant la clef de contact, tu n'as pas envie de connaître la fin de l'histoire ? N'es-tu pas du tout curieuse à ce sujet ?

Son amie se tenait toujours debout sous la véranda, en chemise de nuit. Indécise, elle se mordit les lèvres, une lueur presque amusée dans le regard.

— Alors, tu viens, oui ou non ?

— Donne-moi une minute.

Diane se précipita dans la maison, faisant claquer la moustiquaire derrière elle.

Jenny tambourinait des doigts sur le volant, le cerveau en ébullition. S'il était encore en vie, le père Ryan devait être très vieux. Peut-être était-il sénile, ou cloîtré dans un monastère, ayant fait vœu de silence. Helen était sa seule chance de le retrouver.

Quelques minutes plus tard, sa compagne grimpait à ses côtés.

— Quand tu veux ! dit-elle, essoufflée. Puisque tu as vraiment envie de jouer avec le feu !

— Ce n'est pas la première fois que je me brûlerai, riposta Jenny en franchissant la première barrière.

Tout au long du trajet, elle se concentra sur sa conduite, évitant les nids-de-poule, les crevasses, et manœuvrant avec dextérité au franchissement des portes. Le vent chaud jouait avec les branches souples des arbres, qui s'inclinaient à leur passage, fouettant la poussière et la soulevant en rafales. Les pensées affluaient à son esprit, aussitôt repoussées. L'enfant de Mathilda avait été élevé à l'orphelinat, ignorant tout au long de ces années la vérité sur sa naissance. Elle n'avait aucun mal à imaginer ce qu'il avait pu éprouver. Le sentiment douloureux d'abandon, le chagrin, la solitude... Ces réminiscences renforçaient sa détermination à découvrir la vérité. Si elle retrouvait la trace de l'héritier perdu de Churinga, alors elle pourrait vivre le reste de ses jours en paix.

Lorsque les deux amies atteignirent Kurrajong, elle virent les conducteurs de troupeaux rassembler les animaux dans les pâturages près de la maison. Andrew et Charlie restaient invisibles, ainsi que le fauteuil roulant et son occupant. Jenny poussa un soupir de soulagement. Ethan était la dernière personne qu'elle eût souhaité voir. Il possédait vraisemblablement toutes les réponses à ses questions, mais il refuserait catégoriquement de les lui donner.

Elles descendirent de la camionnette et se dirigèrent vers la véranda. Avec un dernier regard vers Diane, Jenny tira sur la sonnette. Une éternité s'écoula avant que la porte ne s'ouvrît.

— Jennifer ? Diane ? Quel plaisir de vous voir !

Helen, plus élégante que jamais dans un simple chemisier et un pantalon immaculés, les accueillit avec un sourire.

Jenny n'avait pas de temps à consacrer à des propos mondains. Elle se précipita dans le vestibule et agrippa le bras de l'hôtesse de Kurrajong.

— Il faut absolument que je voie le père Ryan, dit-elle fiévreusement. Il est au courant de tout, et vous êtes la seule personne qui puisse savoir où il se trouve.

— Un instant, Jenny. Calmez-vous et dites-moi ce qui s'est passé. Je ne comprends rien.

Remarquant le trouble d'Helen, qui tentait de libérer son bras, Jenny prit conscience de son aspect égaré et de son attitude pour le moins déroutante. Son hôtesse ne savait rien au sujet des journaux et ignorait le terrible secret enfoui depuis si longtemps à Churinga. Elle prit une profonde inspiration et balaya de la main les mèches qui tombaient devant ses yeux.

— Je dois trouver le père Ryan, répéta-t-elle. Et vous êtes la seule personne qui puisse m'aider à le faire.

Le regard troublé de son interlocutrice se posa sur elle.

— Mais pourquoi, Jenny ? Qu'y a-t-il ?

Jenny jeta un regard à Diane et se mordit la lèvre inférieure, en proie à une impatience intolérable. Elle n'avait pas le temps de tout expliquer.

— C'est très compliqué, avoua-t-elle. Mais c'est d'une importance capitale.

Helen la regarda avec insistance, affichant un calme apparent qui dissimulait mal une inquiétude certaine.

— Venez dans mon bureau, dit-elle en croisant le regard de Diane. Nous pourrons y parler tranquillement.

Au son de pas lourds qui s'approchaient, Jenny se retourna brusquement. Mais il s'agissait simplement du directeur de la station.

— Le patriarche dort, et tous les autres travaillent au rassemblement des bêtes, expliqua gentiment Helen, comme si elle avait lu dans son esprit. Nous ne serons pas dérangées.

Les deux visiteuses la suivirent dans un bureau aux murs tapissés de livres, où elles s'assirent sur un canapé de cuir. Une névralgie martelait les yeux de Jenny, qui ne pouvait cesser de revivre en pensée, avec une clarté douloureuse, les événements affreux de la vie de Mathilda. Avalant d'un coup le whisky que lui tendait Helen, elle sentit l'alcool brûler sa gorge et faire monter des larmes à ses paupières. Il lui fallait bien cela pour s'éclaircir les idées et retrouver sa raison.

— Vous feriez mieux de commencer depuis le début, dit Helen, qui s'installa confortablement dans son fauteuil de cuir, derrière le bureau encombré de livres de comptabilité. Tout ceci n'a rien à voir avec ce que je vous ai dit l'autre fois, n'est-ce pas ?

Dans cette pièce habituellement consacrée au travail, sa voix avait un effet apaisant. Jenny croisa les mains sur ses genoux. Son impatience avait fait place à une maîtrise d'elle-même qu'elle n'avait jamais ressentie auparavant.

— Ce que je vais vous raconter représente probablement le dernier chapitre de votre récit, dit-elle simplement.

Diane posa la main sur celles de son amie, en guise d'encouragement. Après un début hésitant, la narratrice devint de plus en plus éloquente. Tandis que les derniers mots s'évanouissaient dans le silence de la pièce, elle attendit la réaction de son hôtesse.

Celle-ci se leva et vint s'asseoir près des deux jeunes femmes.

— Je n'avais jamais entendu parler de l'existence de journaux intimes, ni de celle d'un bébé.

Jenny sortit le pendentif de la poche de son jean.

— Mon mari m'a offert ceci, et je me demandais souvent à qui il avait appartenu.

Avec un frisson d'excitation, elle ouvrit le médaillon.

— Reconnaissez-vous cette personne ?

Helen baissa les yeux sur le portrait.

— Non, je ne sais pas qui est cette femme, mais d'après la coiffure et le haut de la robe, ce doit être Mary, la mère de Mathilda.

— Je dois retrouver le père Ryan, insista Jenny en reprenant le pendentif. Finn était très croyant. Il serait logique qu'il se soit tourné vers le prêtre après la mort de son épouse. Cet homme est l'unique lien que nous ayons avec le passé. Lui seul peut nous apprendre ce qui est arrivé à l'enfant.

Son interlocutrice se mâchonna les lèvres.

— Il y aurait aussi Ethan, bien sûr.

Évoquant un instant le vieil homme aigri et haineux, Jenny secoua la tête.

— À condition que nous ne puissions pas faire autrement.

— Je vais appeler le presbytère, annonça Helen. Nous donnons assez d'argent à l'église. Il est temps qu'elle fasse quelque chose pour nous.

— Pourquoi ne pas essayer le vieux pervers, Jen ? suggéra Diane en soufflant la fumée de sa cigarette. Bon sang, il était en plein cœur des événements. Il doit savoir ce qui s'est passé.

Helen mit sa main sur le micro du téléphone.

— En fait, je ne le croirais pas même s'il me donnait l'heure exacte, intervint-elle. Jenny a raison, essayons d'abord le prêtre.

Elle réussit à parler à un curé, le père Duncan, mais ses réponses ne donnaient pas d'indications sur ce qu'il disait. Il fallut attendre qu'elle eût fini sa conversation.

— Je vois. Merci infiniment, mon père. Au revoir, dit-elle en raccrochant.

— Alors ? s'enquit Jenny en se levant.

— Le père Ryan est toujours en vie, dans une maison de retraite cléricale, à Broken Hill. Le père Duncan dit qu'il lui écrit régulièrement pour le tenir au courant des potins locaux. Bien que sa vue baisse, ses autres facultés semblent intactes.

Elle arracha une page d'un bloc-notes.

— Voici son adresse.

Jenny prit le morceau de papier et le serra contre son cœur, soulevée par une vague d'espoir.

— Espérons simplement que nous n'irons pas là-bas pour rien, murmura-t-elle.

Regardant ses deux visiteuses, Helen prit soudain une décision.

— Le trajet en voiture jusqu'à Broken Hill est long. Dans la mesure où vous ne connaissez pas bien la route, vous risquez de vous égarer, surtout si la tempête s'aggrave. Je peux vous y conduire, qu'en pensez-vous ?

Toutes deux approuvèrent d'un signe de tête.

— Alors inutile d'attendre. Je jette quelques affaires dans un sac, j'écris un mot à James et nous partons.

Quelques minutes plus tard, ces deux tâches dûment accomplies, Helen conduisit ses amies dans la vaste cuisine, où flottait un arôme mêlé de pain cuit au four et de viande rôtie.

Elle remplit deux bouteilles Thermos de café et demanda à la cuisinière de préparer des sandwichs en quantité suffisante.

— Il va falloir que nous utilisions votre camionnette, déclara-t-elle. James a pris la nôtre et la Jeep est au garage. Pouvez-vous aller la chercher, Diane, et l'amener près des garages, sur le côté de la maison ?

Dès que le véhicule fut arrivé, les trois femmes chargèrent des jerrycans d'essence sur le plateau, ainsi que des bidons d'eau, deux pneus neufs, un cric, une pelle, un fusil et une trousse de premiers secours. Un sac à outils en toile de jute et quelques pièces détachées vinrent s'ajouter à tous ces objets.

— Pourquoi avons-nous besoin d'emporter tout cela ? s'étonna Jenny. Broken Hill n'est tout de même pas aussi loin ?

— Tout trajet effectué dans cette région nous oblige à emporter beaucoup de matériel. Nous pouvons tomber en panne, nous enliser dans le sable ou nous retrouver avec un pneu crevé. Si nous n'avons rien pour réparer ou nous dégager, nous courons le risque de rester bloquées plusieurs jours, avant d'être découvertes. Avec l'arrivée de la tempête, il est plus important que jamais d'être préparées.

Elle grimpa dans la camionnette et s'installa au volant.

— Allons-y, ne perdons plus de temps.

Dès que Jenny et Diane se furent glissées à côté d'elle, elle fit démarrer le véhicule.

— En vous voyant, Helen, on vous imaginerait recevant des invités pour une garden-party, plutôt que sillonnant les routes de l'outback. En fait, vous êtes une sacrée bonne femme ! affirma Diane.

Les ongles vernis de la conductrice luirent sur le volant alors qu'elle prenait un virage inattendu.

— Ce n'est pas un endroit pour les timides violettes, déclara-t-elle. Je l'ai appris assez vite lorsque je suis venue vivre ici.

Elle jeta un rapide regard aux deux amies assises près d'elle, et sourit.

— Mais on éprouve un réel plaisir à affronter les éléments, ainsi que les moutons. Ils ne sont pas très différents des femmes qui assistent aux réceptions, vous savez ! Ils ne pensent qu'à se regrouper et à bêler stupidement !

Après environ deux heures de route, la voix de Diane s'éleva :

— Quelle est la distance qui nous sépare encore de Broken Hill ?

— Six cent cinquante kilomètres environ. Une fois que nous aurons atteint Bourke, nous suivrons pratiquement sans dévier le Darling, jusqu'à Wilcannia, puis l'auto-route 32, qui va jusqu'à Adélaïde.

Jenny regardait le paysage défiler devant elle. Le ciel, tapissé de nuages lourds, laissait à peine filtrer la lumière de midi. Au loin grondait le tonnerre, et d'immenses fourches lumineuses éclataient sur les sommets de la Moriarty Range. Elle était presque surprise que la vie continuât à se dérouler autour d'elle. Seule s'imposait la réalité du monde de Mathilda McCauley, à ses yeux beaucoup plus intense que celle du moment présent.

— J'aimerais que la tempête éclate et que nous ayons de la pluie, dit Helen, tandis qu'elles atteignaient la route goudronnée qui conduisait à Wilcannia. L'herbe est trop craquante pour qu'il s'agisse d'une tempête sèche. Attendons-nous à un déchaînement infernal.

Elle désigna du menton la chaîne de montagnes distante, au-dessus desquelles les nuages s'amoncelaient, sinistres.

Quittant un instant la route des yeux, elle sourit.

— J'espère que le père Ryan possède les réponses que vous attendez, Jenny. Je me demandais si vous ne devriez pas me laisser lui poser les questions.

Jenny regarda la conductrice. Helen en savait-elle plus qu'elle ne le disait ? Non, elle laissait encore son imagination l'emporter.

— Je sais ce que je dois lui demander. Il vaut mieux que je m'en charge.

En dépit de son apparence calme et posée, elle sentait croître sa nervosité à l'approche de leur destination. Ces dernières heures avaient été inimaginables. Elle se pinçait régulièrement pour s'assurer qu'elle était bien en train de voyager en plein cœur de l'outback, en compagnie d'Helen et de Diane, et que tout cela n'était pas un rêve.

S'étant relayées au volant, les trois femmes atteignirent Broken Hill au moment où la lune pointait derrière les nuages, qui se déplaçaient à toute allure. Il était trop tard pour aller voir le prêtre. Elles réservèrent donc des chambres dans un motel où, après un repas tardif, elles s'effondrèrent sur leurs lits, épuisées.

Le lendemain matin, un soleil timide luttait pour transpercer le bouclier nuageux. Le vent était tombé, laissant place à l'humidité. Avant même d'avoir fini leur petit déjeuner, elles avaient déjà toutes trois le sentiment d'avoir besoin de se doucher à nouveau.

La maison de retraite de St Joseph était un bâtiment blanc, tout en longueur, qui se dressait dans un jardin verdoyant à la lisière de la ville. Helen tira sur le frein à main et éteignit le moteur.

— Nous pouvons toujours faire demi-tour et oublier tout cela, suggéra-t-elle.

— Sûrement pas ! À quoi cela servirait-il d'avoir parcouru tout ce chemin ?

— OK. Pas de problème. Voyons si le père Ryan a quelque chose d'intéressant à nous apprendre.

Brett s'éveilla au cœur d'un silence qu'il connaissait trop bien, et qui ne présageait rien de bon. Péniblement, il sortit du lit et regarda à l'extérieur. La lumière, faible et morose, semblait s'attacher à refléter son humeur. En dépit de l'heure matinale, il faisait une chaleur intense et une chape nuageuse d'un noir mat s'étendait au-dessus de Churinga. Pas un souffle d'air n'agitait les arbres, rien ne faisait vibrer l'herbe sèche et cassante. La tempête était sur le point d'éclater.

Posant les yeux sur la lettre qu'il avait mis si longtemps à rédiger la nuit précédente, il la glissa dans sa poche. Elle pouvait attendre. Il fallait s'occuper des chevaux et vérifier la solidité des barrières, une fois de plus ; car bien qu'ils eussent été rassemblés dans les paddocks les plus proches de la maison, ils se mettraient à paniquer dès que les éléments se déchaîneraient.

Allumant une cigarette, il regarda en direction de la maison et fronça les sourcils. Un changement s'était produit, sans qu'il pût définir lequel. Il se concentra sur l'aspect de la cour : le camping-car s'y trouvait, mais pas la camionnette.

— L'un de vous a-t-il déplacé le pick-up ? cria-t-il dans le baraquement des conducteurs de troupeaux.

Ces derniers levèrent la tête de leur lit et la secouèrent avant de la reposer sur l'oreiller.

De nouveau, il regarda en direction de la maison. Les lumières étaient allumées et les rideaux tirés. Tout paraissait normal, mais il fallait qu'il en ait le cœur net.

— Bill, aujourd'hui, tu vas patrouiller dans les paddocks avec Clem. Jake, Thomas, surveillez les bêtes avec les autres. Faites le tour des bâtiments et vérifiez que toutes les machines sont à l'abri. Assurez-vous que les chiens et les cochons sont en sécurité, et pendant que vous y êtes, nettoyez la cour. Il y a des outils et un tas de fouillis qui traînent, et qui risquent d'être emportés par le vent dès qu'il va se lever.

Laissant les hommes bougonner, il se dirigea vers la maison. Le fait de remettre sa lettre à Jenny était un bon prétexte pour s'assurer que tout allait bien. Il frappa à la moustiquaire et attendit.

À l'intérieur, Ripper se mit à aboyer et à gratter furieusement la porte de ses griffes. Brett frappa une fois encore.

Elle eût dû avoir le temps de venir ouvrir. Même si son amie et elle étaient endormies, Ripper les aurait réveillées depuis longtemps.

— Madame Sanders ? Jenny ? C'est Brett.

Toujours aucune réponse. Il était clair que quelque chose d'anormal était arrivé. Décidant qu'il avait assez patienté, il ouvrit la porte et fut assailli par le chien.

— Que se passe-t-il, mon bonhomme ?

Brett s'accroupit et caressa la tête du petit animal en regardant autour de lui. Les lumières étaient allumées, les portes des chambres à coucher ouvertes, et la maison visiblement déserte. Plusieurs flaques sur le sol prouvaient que Ripper était seul depuis un certain temps, et ses gémissements laissaient supposer qu'il était affamé.

Il pénétra dans la pièce et chercha une boîte de pâtée qu'il ouvrit aussitôt. Avec un air pensif, il regarda le chien qui se jetait dessus et mâchait goulûment.

— Mon pauvre vieux ! murmura-t-il. J'aimerais bien que tu m'expliques ce qui se passe.

Abandonnant l'animal à son repas, il inspecta rapidement les pièces. Debout à l'entrée de la chambre de Jenny, il découvrit un fouillis inattendu : les journaux intimes étaient éparpillés sur le lit défait, des vêtements jonchaient le sol ou reposaient en chiffon sur le dossier d'une chaise.

— Jenny ! appela-t-il. Où êtes-vous, bon sang ? Répondez-moi !

Debout au milieu de la cuisine, il se caressa le menton. Les deux femmes ne se trouvaient visiblement pas à l'extérieur et leurs chevaux étaient dans le paddock. Une seule explication s'imposait : elles étaient parties au volant de la camionnette.

Se précipitant dehors, il parcourut en hâte tous les bâtiments, des enclos à l'abattoir. Aucun des hommes n'avait emprunté le véhicule, et aucun ne l'avait vu quitter le domaine.

Il n'avait d'autre choix que d'utiliser le poste émetteur-récepteur pour essayer de retrouver leur trace. Fulminant, il se dirigea vers la maison, sa colère augmentant à chaque pas. Quelles idiotes ! Partir en balade juste au moment où une tempête était sur le point d'éclater ! Qu'avaient-elles dans le crâne ? Pas grand-chose, de toute évidence !

Il fonça à l'intérieur et attrapa le récepteur. Elle s'était sans doute envolée vers son cher Charlie. Plus vite il donnerait sa lettre et partirait d'ici, mieux cela vaudrait. Il était trop vieux pour jouer à la nounou d'une citadine évaporée.

— Kurrajong. James à l'appareil.

— Brett Wilson, répondit-il sans formule de politesse. Mme Sanders est-elle chez vous ?

— Désolé, mon vieux. Elle est partie avec ma femme à Broken Hill où elles avaient une course à faire. J'ai trouvé un mot en rentrant hier soir. J'étais au rassemblement du cheptel.

Brett crispa la main sur le micro. Quelles femelles stupides, écervelées, sans le moindre atome de bon sens ! Il prit une profonde inspiration et s'efforça de garder son calme.

— Savez-vous quand elles ont l'intention de rentrer ?

— Vous connaissez les femmes ! Lorsqu'elles font du lèche-vitrine, elles peuvent en avoir pour des semaines ! Quelle est la situation à Churinga ? Ici, la tempête se prépare.

— Même chose chez nous. Ça ne saurait tarder, depuis le temps que ça mijote.

— Et ça va barder. C'est une bonne chose que les femmes y échappent. Je demanderai à Jenny de vous appeler quand elle sera de retour.

— D'accord. Bonne chance.

Brett raccrocha le micro et régla la radio sur la fréquence de la météo. Les nouvelles n'étaient pas réjouissantes. Une tempête sèche féroce, qui venait de frapper le sud-est, se déplaçait vers eux à grande vitesse. Il n'y avait rien à faire, à part se protéger, et attendre.

Appelant Ripper, il sortit de la maison. James n'avait pas tort, il valait mieux que les femmes y échappent. Il n'avait vraiment pas besoin d'une paire d'hystériques s'accrochant à ses vêtements alors qu'on aurait besoin de lui ailleurs… Pour être totalement sincère, il n'aurait pas détesté que Jenny s'agrippât à lui. Au contraire.

Au cours des trois heures suivantes, qu'il consacra à organiser des équipes et à vérifier que rien n'était laissé au hasard, Ripper resta sur ses talons. Grâce à de fréquents contacts radio, il put entendre les autres colons mentionner les dégâts qu'ils avaient subis et se faire une idée du trajet de la tempête. Soudain, il entendit les mots qu'il appréhendait entre tous.

« Le feu vient vers nous, il est à quatre-vingts kilomètres au sud de Nulla Nulla et s'étend rapidement. Il nous faut tous les hommes que vous pouvez nous envoyer. »

En descendant de la camionnette, Jenny regarda la rangée de vieillards assis à l'ombre de la véranda.

— Je me demande si l'un d'entre eux est le père Ryan.

— Peut-être, dit Diane en haussant les épaules. Je sais seulement que tous ces gens ratatinés dans leurs rocking-chairs ont l'air terriblement seuls et abandonnés. J'ai l'impression que nous sommes leurs premiers visiteurs depuis des années.

Alors qu'elles franchissaient la porte et entraient dans le hall, Jenny tourna les yeux vers Diane. Elle avait la sensation énervante d'être déjà venue ici et comprit aussitôt que cette impression était due à l'odeur de produits antiseptiques, mêlée à celle de la cire, qui avait régné à Dajarra, tout au long de sa petite enfance. Le crucifix sur le mur et la statuette de la Madone à l'Enfant faisaient également ressurgir cette époque de sa vie. La pâleur de Diane lui révéla qu'il en était de même pour elle.

Les cliquetis d'un rosaire contre un habit de nonne les firent se retourner. Voyant la religieuse qui franchissait une porte bien astiquée, Jenny, tout à coup saisie de panique, sentit son courage l'abandonner. Elle agrippa la main de Diane en guise de réconfort.

Tandis qu'elle levait les yeux sur le visage de la nonne, elle découvrit des traits différents de ceux de sœur Margaret, bien que leur expression fût la même. Grande et austère, le visage serré par sa guimpe blanche, la sœur croisait les mains sous les vastes manches de son habit, fixant sur les trois femmes un regard franchement hostile.

Helen ne se laissa pas démonter.

— Nous sommes venues rendre visite au père Ryan, dit-elle d'une voix égale. Je sais que le père Duncan vous a appelée pour vous prévenir de notre arrivée.

— Je ne veux pas qu'il soit importuné par des visiteurs, répondit la religieuse d'un ton catégorique. Il doit se reposer.

Elle fixa sur elles un regard impérieux.

— Cinq minutes. C'est tout ce que je vous accorde.

Pivotant sur ses talons, elle se dirigea vers un couloir à grands pas.

Jenny et Diane échangèrent un regard horrifié. Devant cette femme, qui était la réincarnation de sœur Margaret, elles redevenaient deux petites filles en proie à une terreur instinctive.

Suivant leur guide, dont l'habit bruissait dans le silence, Jenny se remémora un souvenir datant de sa cinquième année. Elle s'était demandé si les sœurs avaient des pieds et des jambes, ou si elles étaient munies de roues, car elles semblaient toujours glisser sur les sols bien cirés. Lorsqu'elle avait posé la question, elle avait reçu une gifle, et s'était vu infliger la récitation de deux rosaires et de trois « Je vous salue Marie ».

Bien plus tard, elle avait reçu une réponse à cette question, un jour où le vent avait indiscrètement soulevé la robe de sœur Margaret. Elle était restée interdite devant les deux jambes blanches enveloppées dans des bas grossiers, ce qui lui avait valu un coup violent sur l'oreille.

Cette femme aigrie n'avait réussi qu'à la dégoûter de la religion. Aujourd'hui, elle ne pouvait plus entrer dans une église sans frémir.

— Vous avez des visiteuses, mon père. Ne les laissez pas vous fatiguer, dit la religieuse en retapant les oreillers du prêtre. Je reviens dans cinq minutes, rappela-t-elle froidement aux trois femmes, avant de quitter la pièce.

Diane et Helen restèrent en retrait, tandis que Jenny s'approchait avec hésitation du vieil homme, qui paraissait si frêle entre les draps de coton blanc. Maintenant qu'elle était près de lui, elle se prit à douter de l'opportunité de sa décision.

Doucement, elle souleva une main couverte de veines bleutées et la garda entre les siennes. Pendant le trajet, elle avait longtemps réfléchi à la façon dont elle aborderait ce sujet délicat et avait décidé d'aller droit au but.

Le prêtre leva la tête, tournant vers elle des yeux voilés de gris. De nouveau, elle fut en proie à l'incertitude. Que pourrait lui dire ce vieillard qu'elle ne savait ou ne suspectait déjà ? Ne méritait-il pas d'être laissé en paix ?

— Jennifer, n'est-ce pas ? Attendez un instant.

Il se tut, remuant avec peine.

— Pourriez-vous redresser ces satanés oreillers pour moi ? implora-t-il soudain. Ils m'enquiquinent et me donnent le torticolis.

Jenny sourit. Le prêtre n'avait pas perdu son accent irlandais. L'aidant à retrouver une position confortable, elle se dit qu'il ne lui restait pas beaucoup de temps ; la sœur allait revenir.

— J'ai besoin de vous parler, mon père, commença-t-elle. À propos de ce qui est arrivé à Finn McCauley. Vous souvenez-vous de lui ?

Un long moment, le prêtre resta immobile.

— Vous m'avez dit votre nom, mon enfant. Pouvez-vous me le répéter ?

— Jennifer Sanders, répondit-elle, ravalant son impatience.

— Est-ce votre nom de jeune fille ? demanda-t-il doucement.

Elle jeta un regard étonné à Diane et à Helen, puis secoua la tête.

— Non, mon père. J'ai été baptisée Jennifer White. Lorsque je suis arrivée à l'orphelinat, les sœurs avaient sans doute déjà épuisé les autres lettres de la liste.

Le vieil homme opina de la tête et poussa un long soupir, évoquant le bruit de feuilles sèches sur un sol dur.

— C'est la volonté de Dieu qui vous a fait venir à temps vers moi. Vous pesez sur ma conscience depuis de longues années.

Jenny s'écarta de lui. Ce n'était pas ce qu'elle avait espéré entendre.

— Pourquoi aurais-je pesé sur votre conscience, mon père?

Fermant les yeux, le père Ryan soupira de nouveau.

— Cela s'est passé il y a si longtemps! Toutes ces années de tourment pour votre pauvre mère. Mais tout avait commencé bien avant... bien avant.

Jenny se pétrifia. Les mots du prêtre perçaient son cœur comme des morceaux de glace qui, une fois plantés, allaient se figer, refusant de fondre à jamais.

— Ma mère? articula-t-elle. Pourquoi parlez-vous de ma mère?

Il garda le silence. Au bout de quelques instants, Jenny se demanda s'il s'était endormi ou s'il avait oublié leur présence. De toute évidence, une grande confusion régnait dans son esprit pour qu'il la confondît ainsi avec une autre personne.

— Il a perdu la boule, Jen. Je savais que nous n'aurions pas dû venir.

Diane s'approcha d'elle et lui prit la main.

— Allons, viens. Laissons-le tranquille.

La jeune femme était sur le point de se lever lorsque la voix frêle s'éleva de nouveau.

— J'ai compris que la situation était compliquée lorsque j'ai entendu la confession de Mary Thomas, avant sa mort. Elle avait épousé un homme, alors qu'elle en aimait un autre. Son enfant n'était pas celui de son mari.

— Il n'y a donc aucun doute, Mathilda était la fille d'Ethan Squires ? interrompit Helen.

Le prêtre ouvrit les yeux au son de sa voix.

— Pas le moindre. Mais elle a gardé son secret jusqu'au bout. Mary était une femme très forte, vous savez, comme sa fille.

Jenny se détendit. Il perdait peut-être un peu la tête, mais ses réponses étaient sensées. Peu importait qu'il crût parler à quelqu'un d'autre.

— Je me souviens très bien de Mathilda et de Finbar, le jour où ils sont venus me voir avant leur mariage ! Ils débordaient de joie et regardaient vers l'avenir avec tant d'impatience, tant de confiance ! Ce qui est arrivé ensuite était très cruel. Cruel et injuste après tout ce que Mathilda avait vécu.

— Je sais ce qui est arrivé, mon père, j'ai trouvé les journaux intimes de Mathilda. Dites-moi ce que Finn a fait après la mort de sa femme.

Saisissant de nouveau la main fragile du curé, elle sentit son pouls très faible, mais la pression de ses doigts restait ferme.

— Votre père m'a appelé à Churinga pour donner à votre mère des funérailles décentes. Ce fut un miracle qu'elle vive assez longtemps pour vous donner la vie, Jennifer.

— Mon pè… !

Sa respiration resta emprisonnée dans sa poitrine, provoquant un étourdissement. Le sol semblait tanguer sous ses pieds. C'était totalement fou. Le vieil homme devait délirer.

— Vous vous trompez, réussit-elle à articuler. Mon nom est Jennifer White. Je n'ai aucun lien de parenté avec Mathilda, ni avec Finn.

Il resserra la pression de ses doigts.

— Jennifer White est le nom qu'ils vous ont donné, mon enfant. Jennifer McCauley est celui sous lequel vous êtes née.

Il ne parut pas ressentir la tension qui régnait dans la pièce, ni le silence stupéfait qui accueillait ses paroles. Une expression d'horreur avait envahi le visage de Jenny, qui restait paralysée, le cœur battant si fort qu'il allait éclater dans sa poitrine.

— Vous étiez un pauvre petit être sans défense, hurlant pour réclamer le sein de votre mère. Vos pleurs résonnaient dans toute la maison. Votre père avait le cœur brisé, il ne savait plus que faire.

Jenny avait à peine conscience de la main de Diane cramponnée à la sienne. Des images évoquées par les journaux lui revenaient à l'esprit, défilant devant elle, déchirant son âme. Mais la voix tremblante ne se taisait pas.

— Nous avons inhumé votre mère dans le petit cimetière de Churinga. Il était tout à fait normal qu'elle soit enterrée avec nos prières et de l'eau bénite, car elle avait péché sans le savoir. Disons plutôt que le péché s'était acharné sur elle. Je suis resté quelques jours pour aider Finn. Il avait besoin de quelqu'un pour le soutenir dans ces moments atroces.

Le prêtre se tut, perdu dans ses souvenirs. Le seul son audible dans la pièce était le bruit rauque de sa respiration.

Des larmes brûlantes coulaient sur le visage de Jenny, mais son désir de savoir était devenu encore plus vif.

— Continuez, je vous en prie, mon père. Dites-moi le reste.

— Finn a lu les journaux.

Il tourna vers elle son regard aveugle, et essaya de s'asseoir.

— Finn était un homme qui craignait Dieu. Un brave homme. Mais la lecture de ces journaux, tout de suite après la mort de Mathilda, a perturbé son esprit. Ce furent ses heures les plus sombres. Bien plus effroyables que celles qu'il avait passées sur les champs de bataille. Il m'a tout raconté. C'est une chose terrible de voir un homme se détruire et de voir son esprit se dissoudre lentement. Je ne pouvais rien faire d'autre que prier.

L'image que ce récit évoquait était trop insupportable. Jenny luttait durement pour garder son calme. Si elle se laissait aller maintenant, elle serait perdue. Le vieux prêtre reposa la tête sur l'oreiller, la voix brisée par l'émotion.

— Je ne me suis jamais senti aussi impuissant de toute ma vie. Vous voyez, Finn ne pouvait pas croire que Dieu lui pardonnerait. Et c'est ce qui a fini par l'anéantir.

La porte s'ouvrit et la religieuse surgit dans l'embrasure, bras croisés et visage dur. Jenny la défia du regard. Il fallait que cette intruse sortît afin qu'elle pût entendre la fin du récit, même si elle savait qu'il ne lui apporterait que tristesse et douleur.

— Il est l'heure de partir. Je ne vous laisserai pas le déranger davantage.

Le père Ryan sembla trouver en lui des ressources inattendues. Il se dressa soudain et se mit à hurler.

— Fermez cette porte et laissez-moi avec mes visiteuses !

L'expression austère se mua en confusion visible.

— Mais, mon père…

— Mais rien du tout, ma sœur. J'ai des choses importantes à régler. Allez-vous-en ! Allez !

La religieuse renifla d'un air hautain et sortit en claquant la porte.

— Celle-là ne connaîtra jamais l'humilité, murmura-t-il en prenant la main de Jenny. Voyons, où en étais-je ?

La jeune femme était incapable de lui répondre.

— Finbar restait assis pendant des heures, vous tenant contre lui. J'espérais que cela lui apporterait un peu de paix. Mais Mathilda avait laissé une lettre, où elle lui demandait de vous emmener très loin de Churinga, et il voulait désespérément faire ce qu'elle lui demandait.

En souriant, le prêtre lui tapota la main.

— Il vous aimait énormément, Jennifer. J'espère que c'est un réconfort pour vous.

Elle lui serra les doigts. Grâce à ce geste, qui les aidait tous les deux, elle se rendit compte que cette déclaration soulageait un peu, en effet, la torture insoutenable qu'elle ressentait depuis le début de son récit.

— Oui, mon père, murmura-t-elle. C'en est un, je pense.

Essuyant ses pleurs, elle redressa les épaules.

— Mais j'ai besoin de savoir ce qui s'est passé ensuite.

Une larme coula sur la joue creuse et parcheminée du vieux prêtre.

— Votre père a fait un testament, dont j'ai été le témoin. Il a parlé au directeur de la Bank of Australia, à Sydney, et a institué un fidéicommis à votre intention jusqu'à votre vingt-cinquième anniversaire. Puis, contre mon avis, il a fait venir le directeur de Wilga et lui a demandé de prendre sa suite.

Il tira sur la main de Jenny. Elle se pencha vers lui, appréhendant la cruauté de ses paroles, mais sachant qu'il lui fallait tout savoir, pour comprendre ce qui avait poussé son père à agir comme il l'avait fait.

— Je n'avais aucune idée de ce qu'il avait en tête, Jennifer. Vraiment aucune. Vous voyez, il ne m'écoutait pas.

Même les prières ne pouvaient lui faire entendre raison. J'ai échoué en tant que prêtre et en tant qu'homme. Je ne pouvais rien faire d'autre que rester près de lui et le voir annihiler tout ce que votre mère et lui avaient construit ensemble.

— Vous voulez dire qu'il voulait démolir Churinga ?

Jenny s'inclina vers le vieil homme et, repoussant de la main les mèches blanches qui tombaient sur son front, elle essuya les larmes de son visage.

— Non, répondit le prêtre d'une voix amère. Il voulait garder le domaine pour vous. Il s'est détruit lui-même, a détruit votre vie, et tout espoir de vous donner un foyer.

— Pourquoi a-t-il fait cela, mon père ? chuchota-t-elle, devinant déjà la réponse.

— Il a décidé de vous emmener à Dajarra. À l'orphelinat des sœurs de la Pitié, où votre identité serait dissimulée derrière un nouveau nom. Le seul lien concret qui vous restait avec Churinga était le médaillon de votre mère, qu'il a confié aux religieuses, afin qu'elles le gardent jusqu'au jour où vous hériteriez. J'ai essayé de l'empêcher d'agir ainsi, mais à ce moment-là plus un seul mot ne pouvait l'atteindre. Je l'ai vu partir avec vous, qu'il avait couchée dans un panier, à ses côtés.

Le père Ryan renifla et se moucha.

— Si seulement j'avais su ce qu'il avait l'intention de faire, j'aurais peut-être pu m'interposer. Mais la sagesse rétrospective est la seule qui nous soit donnée, pauvres fous que nous sommes !

Elle comprenait enfin comment Peter était entré en possession du médaillon. Ses recherches l'avaient conduit à Dajarra et à l'orphelinat. Jenny regarda le prêtre à travers ses pleurs, qui redoublaient. Il était vieux et fatigué. Le fardeau qu'il avait si longtemps porté l'épuisait. Elle essaya d'imaginer son père, au cours de ce voyage, la serrant contre lui. De quelles pensées terribles son esprit avait-il été traversé ? Comment avait-il été capable de l'abandonner aux sœurs, sachant qu'il ne la reverrait sans doute jamais ?

La voix du prêtre résonna de nouveau, la tirant hors de ses pensées.

— Je suis retourné à Wallaby Flats. Ma conscience me tourmentait, et pour la première fois au cours de ma vie d'adulte, ma foi me désertait également. Comment pouvais-je continuer à être prêtre, alors que je ne pouvais trouver les mots susceptibles d'aider un homme torturé ? Quel homme étais-je, alors que je ne savais pas ce que signifiait aimer une femme, et avoir un enfant au sujet duquel il fallait prendre une décision ? J'avais échoué sur les deux plans. J'ai passé de nombreuses heures à genoux, mais la paix que m'apportait habituellement la prière m'était refusée.

Jenny sentit que son estomac se soulevait, à l'approche des mots qu'elle redoutait d'entendre par-dessus tout.

— J'ai écrit à Dajarra. Les sœurs m'ont confirmé que vous étiez arrivée, et que votre père s'était arrangé afin que de l'argent leur parvienne régulièrement, pour votre entretien et votre bien-être. Je demandais de vos nouvelles, mais elles me répondaient laconiquement que vous alliez bien. J'ai entretenu avec elles une correspondance régulière pendant des années. Elles ne me disaient pas grand-chose. Vous voyez, mon enfant, je me sentais responsable de vous. Si ma foi avait été suffisamment forte, j'aurais pu empêcher votre père de commettre le plus grand péché de tous.

Je n'ai pas envie d'entendre ce qui vient, se dit-elle. *Je ne veux pas le croire. Pourtant, c'est inévitable.*

— Finn a été porté disparu peu de temps après qu'il vous a laissée à Dajarra. Je pensais qu'il avait peut-être fait comme les aborigènes, qu'il était parti dans le désert, pour essayer de retrouver un peu de paix dans l'isolement total. Cette idée, dans un sens, était un soulagement, car j'avais craint quelque chose de pire…

L'étincelle d'espoir qu'elle avait ressentie s'éteignit dans la réalité crue des mots suivants :

— Deux conducteurs de troupeaux l'ont retrouvé dans le bush et ont appelé la police. Heureusement, j'avais quelque influence. Lorsqu'ils ont établi son identité, je me suis arrangé pour que la nouvelle ne se répande pas. Ce n'était pas difficile. Les conducteurs ne faisaient que passer par là, ils ne s'étaient pas adressés à des policiers de la région.

Le visage creusé par la sollicitude, il caressa la main de son interlocutrice.

— Je savais que vous reviendriez un jour, Jennifer, et je ne voulais pas que votre avenir soit entaché par ce qui était arrivé auparavant. Mais je suppose que vous avez déjà deviné, n'est-ce pas ?

— Oui, dit-elle doucement. Mais j'aimerais que vous me le disiez tout de même. Il est préférable de tout savoir, afin qu'il ne reste plus de place pour le doute.

Il roula la tête sur l'oreiller.

— Ce qu'il a fait est terrible, Jennifer. Un péché mortel aux yeux de l'Église. Pourtant, en tant qu'homme, je peux comprendre pourquoi il a agi ainsi. Il s'est enfoncé dans le bush et a utilisé son fusil contre lui-même. Le coroner a dit qu'il devait se trouver à cet endroit depuis plus de six mois lorsque les conducteurs l'ont trouvé. Je savais quand il s'était tué. C'était le jour où il vous avait laissée à Dajarra. Il avait prémédité son acte depuis longtemps.

Jenny pensait à cette mort solitaire. À la torture insoutenable que cet homme doux et respectueux de la religion avait dû ressentir en se rendant au cœur du bush afin de mettre le canon de son arme sur sa tempe. Laissant tomber sa tête dans ses mains, elle s'abandonna à son chagrin.

Elle pleurait pour elle-même, pour ses parents, qui avaient payé si chèrement leur amour fou, et pour ce prêtre qui avait porté le poids de sa foi défaillante jusqu'à cet endroit où il allait finir ses jours, ne cessant de se demander ce qu'il eût pu faire pour éviter une telle tragédie.

Lorsque ses larmes se tarirent, elle regarda le vieil homme. Sur l'oreiller blanc, son visage avait pris une teinte de cendre, comme s'il avait utilisé ses dernières forces pour se soulager de son fardeau.

— Père Ryan, je vous remercie infiniment et je voudrais vous convaincre que vous n'auriez rien pu faire de plus. Je suis revenue à Churinga, saine et forte. Grâce aux journaux de ma mère, je sais aujourd'hui que mes parents ne voulaient que mon bien. Grâce à vous, je peux les aimer et je peux comprendre pourquoi ma vie a commencé de cette façon. Vous n'avez pas à vous sentir coupable de quoi que ce soit. Je suis sûre que votre Dieu vous attend les bras ouverts.

Se penchant en avant, elle embrassa sa joue ridée.

— Y a-t-il quelque chose que je puisse faire pour vous ? Avez-vous besoin de quoi que ce soit ?

— Non, mon enfant, chuchota-t-il avec peine. Je peux mourir en paix, maintenant que je sais que quelque chose de bon est sorti de cette tragédie.

Il lui adressa un sourire plein de tendresse.

— La vie est un cercle, et vous êtes revenue là où était votre place. Nous finissons tous par revenir. Maintenant, partez, et vivez votre vie en laissant un vieil homme à ses prières.

— Au revoir, mon père. Dieu vous bénisse.

— Dieu vous bénisse, mon enfant, chuchota-t-il faiblement.

Ses yeux se fermèrent et son visage devint serein.

— Il n'est pas… ?

— Non, Diane, il dort, c'est tout.

— Allons, venez, vous deux, leur intima Helen. Sortons d'ici. Je vais voir le dragon pour lui dire que nous partons, pendant que vous m'attendrez dans la camionnette.

Jenny lui reprit les clefs du véhicule. Accompagnée de Diane, elle longea le couloir, entendant le bruit de leurs pas sur le parquet ciré. Ce son nu, qui résonnait dans le silence, faisait étrangement écho au vide de son cœur.

Tandis qu'elles ressortaient sous le soleil fragile, elle leva les yeux vers le ciel. Comme elle eût souhaité remonter le temps jusqu'au moment où elle ne savait rien ! À quoi lui servait son héritage, s'il était le résultat de terribles secrets et de trahisons ? Comment allait-elle pouvoir vivre en sachant que son père s'était donné la mort par désespoir et que sa mère avait péri, le cœur brisé ?

Sœur Margaret avait eu raison. Elle était un monstre. Une bâtarde née d'une union sacrilège.

Aveuglée par les larmes, elle grimpa dans la camionnette.

— C'est vraiment trop injuste, Diane. Pourquoi a-t-il fallu que cela leur arrive ? Que cela m'arrive, à moi ?

— Je ne sais pas, ma chérie. Pour une fois, les mots me manquent. Si tu savais à quel point je suis désolée !

— Essaie de ne pas m'en vouloir, mais j'ai besoin de rester un peu seule.

Docilement, Diane retourna à l'intérieur du bâtiment.

Jenny pensait à John Wainwright. Il lui avait menti. Forcément au courant du fidéicommis institué par son père, il connaissait sa véritable identité. Mais il n'avait pas eu le courage de la lui révéler. Peter n'ignorait rien, lui non plus ; c'était la raison pour laquelle il avait entouré l'achat de Churinga de tels mystères. Elle comprenait maintenant pourquoi elle n'avait pu hériter avant son vingt-cinquième anniversaire. Secrets et mensonges. Quelle épouvantable toile d'araignée ils avaient tissée autour d'elle !

La douleur se transforma en rage, puis en tristesse. Elle avait perdu toute notion du temps et du lieu où elle se trouvait. À son esprit enfiévré se présentait l'image d'une femme en robe verte, en train de danser au son d'une mélodie ancienne, avec son séduisant époux. Ils se souriaient, illuminés de bonheur.

Juste avant de s'évanouir au fin fond de l'outback, se retournant vers elle, Mathilda murmurait :

— C'est ma dernière valse, mon trésor, rien que pour toi.

Jenny s'effondra sur le volant, curieusement envahie par un sentiment de soulagement indicible. Un choix lui était offert. Ses parents étaient morts dans l'espoir que le passé serait un jour effacé, afin qu'elle pût prendre leur suite, exploiter la terre sur laquelle ils avaient travaillé avec tant d'amour et ramener le bonheur à Churinga. Elle pouvait tenter de réaliser leur rêve, ou lui tourner le dos et se réfugier à Sydney.

Les mots de Gabriel lui revinrent à la mémoire.

« Le premier homme a dit à la première femme :
— Accomplis-tu ce voyage seule ?

Et la première femme répondit :
— *Oui.*
Le premier homme lui prit la main.
— *Alors, tu seras ma femme et nous accomplirons le voyage ensemble. »*

Immobile, Jenny comprit quelle devait être sa décision. Elle aimait Brett et ne pouvait imaginer Churinga sans lui.

En dépit de ce qui s'était passé entre eux, elle lui dirait ce qu'elle éprouvait à son égard. S'il ne tenait pas à elle, il lui faudrait alors accomplir seule une partie du voyage. Mais s'il l'aimait aussi…

— Que se passe-t-il, Jen ? Tu es d'une drôle de couleur !

La voix de Diane la ramena à la réalité.

— Montez, les filles, s'écria-t-elle. Nous rentrons à la maison. Nous retournons à Churinga.

21

Brett saisit le micro. Nulla Nulla ne se trouvait qu'à un peu plus de trois cents kilomètres au sud de Wilga.

— Ici Churinga. Je viens avec mes hommes. Nous devrions arriver dans cinq heures environ. Pouvez-vous tenir jusque-là?

La voix épuisée de Smokey Joe Longhorn lui parvint, affaiblie.

— Je n'en sais rien, Brett. J'ai déjà perdu la moitié du troupeau. Ce feu est une saloperie, il avance plus vite qu'un train de marchandises. Venez le plus vite possible. C'est vous qui êtes menacés après nous. *Over.*

Brett raccrocha et se précipita dehors, Ripper restant collé à ses talons, les oreilles couchées et le regard inquiet. Tandis qu'il appuyait sur l'alarme incendie, il constata que dans le ciel assombri, lourd de menaces, retentissait déjà le grondement du tonnerre. Des éclairs commençaient à déchirer les nuages avec de sinistres craquements, au sud-est de Churinga.

Malgré la chaleur oppressante, les hommes se déversèrent des bâtiments et affluèrent des champs, avec précipitation, pour se rassembler dans la cour. Observant tous ces visages attentifs, Brett y lut un mélange d'appréhension et d'excitation. Rien n'égalait, à leurs yeux, la lutte contre les éléments déchaînés, surtout s'il s'agissait d'un feu de brousse, défi suprême qui les poussait jusqu'à la limite de leurs forces.

— Il y a le feu à Nulla Nulla. Il me faut des volontaires.

Les mains se levèrent. Après avoir choisi les individus les plus jeunes et les plus vigoureux, le directeur chargea le personnel restant de creuser une large tranchée du côté sud du paddock, près de la maison. Il fallait détruire les arbres, raser le scrub et transporter les bêtes le plus au nord possible. Churinga devait être préservé à tout prix.

Les hommes s'élancèrent à la recherche de haches, de bêches, de pioches et de pelles. Brett enferma Ripper dans la maison et sortit la vieille Jeep du garage. Ce véhicule pouvait facilement s'accommoder du parcours rocailleux. Pour atteindre Nulla Nulla par le chemin le plus court, il faudrait traverser Wilga et continuer vers le sud. Mais l'absence de la camionnette était sacrément gênante, car elle limitait la quantité de matériel à emporter. Il se chargerait de régler la question avec madame la propriétaire quand elle daignerait rentrer.

Les dix volontaires grimpèrent à l'arrière de la Jeep avec les sacs de toile, les pelles, les outres et les fusils. D'une voix forte et excitée, ils rivalisaient de plaisanteries pour ce qui les attendait, mais Brett savait que, derrière ces fanfaronnades, se dissimulait une réelle frayeur. Il écrasa l'accélérateur et le véhicule démarra dans un nuage de poussière.

Un éclair illumina le paysage, dissipant un instant la nuée sombre. Tandis qu'ils dépassaient les paddocks à vive allure, ils virent des jaillissements de lumière intermittents effleurer le sommet des gommiers fantômes et sauter de colline en vallée, de nuage en nuage.

Smokey Joe avait raison. C'était une saloperie, dont ils n'apercevaient encore que la lisière. Plus ils avanceraient, plus le spectacle serait impressionnant.

Heureusement, grâce au poste émetteur-récepteur du véhicule, Brett pouvait rester en contact avec son collègue.

— Ça se gâte, mon vieux, révéla Smokey, d'une voix essoufflée. Le feu s'est divisé en deux branches, qui se dirigent vers le sud et vers l'est. Nulla Nulla est encerclé.

— Et toi, tu vas bien ? hurla Brett pour couvrir le bruit du moteur.

— La famille est saine et sauve, mais nous avons perdu deux hommes, et le troupeau est presque entièrement détruit. Nous nous dirigeons vers Wilga. À tout à l'heure.

Brett regardait autour de lui, les sourcils froncés. Sous de gigantesques volutes de fumée s'élevant au loin, il apercevait déjà des langues de feu orange vif lécher le petit bois situé à la lisière de Wilga. Battant désespérément des ailes, les oiseaux affolés poussaient des cris déchirants. Kangourous, wallabies, iguanes et wombats jaillissaient du bush, se jetant devant les roues de la Jeep pour échapper à l'horreur des flammes, tandis que les koalas, désorientés par le bruit et la fumée, bondissaient dans l'herbe coupante, leurs petits agrippés à leur dos. Bouche bée, les passagers du véhicule avaient l'impression d'assister au gigantesque exode de tous les êtres vivants.

Ils atteignirent enfin la maison de Wilga. Au grincement des freins, Curly Matthews, le directeur du domaine, s'élança à leur rencontre, les yeux rougis par la fumée, le visage maculé de suie et de sueur mêlées.

— Les hommes font la chaîne dans le paddock le plus éloigné, déclara-t-il en ôtant son chapeau.

Sortant un mouchoir noirci de sa poche, il s'essuya le front.

— Je ne sais pas si non allons pouvoir le contenir, Brett. Il nous échappe complètement.

— Avez-vous creusé une tranchée ?

Les nuages de fumée semblaient se rapprocher de seconde en seconde. Curly fit un signe de tête affirmatif.

— La tranchée est faite, mais le feu se propage par la cime des arbres beaucoup plus rapidement que nous n'arrivons à le combattre. Dis à tes hommes d'abattre ce bosquet, là-bas. Si nous pouvions au moins empêcher qu'il se déploie… C'est notre dernier espoir.

Brett regarda dans la direction que son collègue lui désignait. Selon lui, le fait d'éliminer quelques arbres ne servirait pas à grand-chose. Tels des serpents, les flammes se répandaient dans l'herbe sèche, entraînant derrière elles l'incendie vorace.

— Vous avez entendu, les gars ? hurla-t-il à ses hommes qui sortaient de la Jeep. Allez-y !

Il se retourna et agrippa l'épaule de Curly.

— Bonne idée, mon vieux, mais je crois tout de même qu'il faut se préparer à partir d'ici rapidement.

Armé d'une hache, il saisit les rênes de l'un des chevaux et s'élança vers la fournaise.

Une vague crépitante écarlate, mêlée de reflets gris et bleus, se précipitait vers eux, semblant s'élever jusqu'aux cieux et rugissant comme un monstre à l'agonie. Il noua fébrilement un mouchoir sur son nez pour pénétrer dans l'écran de fumée dense. S'ils pouvaient abattre les arbres de ce côté du domaine et élargir la tranchée, et si le temps jouait pour eux, ils parviendraient peut-être à sauver Wilga.

Il sauta à bas de son cheval et l'entrava, afin d'éviter que l'animal, pris de panique, ne se précipite dans le feu. Il risquait d'avoir besoin de lui pour s'échapper.

Distinguant avec peine les hommes qui s'activaient à l'élargissement de la tranchée, il rejoignit ses compagnons qui tailladaient les arbres à la hache. Lorsqu'il sentit la lame s'enfoncer dans le bois, il redoubla de force et de vitesse jusqu'à ce que le tronc, entraîné par le poids de ses branches, s'abatte avec fracas.

Les yeux brûlés par la sueur, il s'attaqua sans attendre à l'arbre suivant. Pénétrant sous son masque improvisé, la fumée le faisait tousser. Mais il n'était pas question de s'arrêter.

Tous s'activèrent sans prononcer un mot, concentrés sur leur tâche, jusqu'à ce que tous les arbres soient tombés et emportés plus loin. Se rapprochant dangereusement, le feu ne leur laissait pas le temps d'éliminer les souches. Les bûcherons se précipitèrent vers la tranchée afin de procéder plus rapidement à son élargissement.

Levant les yeux, Brett vit que Smokey Joe travaillait près de lui. Ils échangèrent un regard et se remirent à creuser. Les mots ne les sauveraient pas et ne ressusciteraient pas les morts. Seuls comptaient leur détermination et leur labeur acharné.

Un éclair effleura la branche sèche d'un gommier à plusieurs centaines de mètres de distance. La flamme se propagea en une ligne bleue dévorante le long du tronc blanchi et atteignit l'herbe au niveau des racines dépassant du sol. En quelques secondes, dans un rugissement, l'arbre explosa en projetant une averse d'étincelles sur les eucalyptus. Aussitôt, l'embrasement se répandit sur le sol et forma un mur incandescent, qui s'élevait progressivement, déferlant dans leur direction.

Brett et ses compagnons bondirent hors de la tranchée et frappèrent hâtivement le sol du plat de leurs pelles. La fumée âcre leur piquait les yeux et leur brûlait la gorge. Dissolvant instantanément la sueur, la chaleur dressait sur leur peau les poils et les sourcils roussis.

— Sortez de là ! Le feu tourne !

Le cheval écarquillait les yeux de frayeur et tirait sur son entrave, les oreilles totalement couchées. Smokey Joe continuait à frapper le sol de sa pelle avec obstination. Tournant la tête, Brett constata qu'ils étaient presque entièrement entourés par le brasier.

— Viens, on y va ! hurla-t-il pour couvrir le ronronnement assourdissant des flammes.

Le vieil homme se figea, une expression de terreur dans les yeux. Brett lui agrippa le bras et se mit à courir vers le cheval, les langues démoniaques lui léchant les talons, le dos déchiré par la chaleur insoutenable.

Smokey Joe trébucha et tomba sur le sol. Il restait immobile, la poitrine soulevée par un souffle haletant. Brett le hissa par-dessus son épaule et se dirigea vers l'animal. Ayant jeté Smokey sans cérémonie en travers de la selle, il détacha sa monture et grimpa derrière son collègue, se tournant vers la seule trouée encore visible entre les deux pans du rideau mugissant.

La bête trépigna un instant et se cabra, roulant les yeux. Tirant sur les rênes, Brett l'éperonna, et lui donna une tape sur l'arrière-train. Le cheval plongea aveuglément en direction des flammes.

Derrière eux, l'incendie se rapprochait ; devant eux, la trouée devenait de plus en plus étroite.

Brett sentit que Smokey glissait de la selle. Il agrippa les cheveux de l'homme d'une main et les rênes de l'autre.

Dans un dernier effort, il incita sa monture à accélérer l'allure.

Des parois grondantes s'élevaient de chaque côté. Prisonnier de la fournaise, il était aveuglé et étouffé par la fumée. Il se trouvait en plein cœur de l'enfer.

Tout à coup, l'animal bondit hors de l'enceinte ardente. Des mains se tendaient pour tirer Smokey hors de la selle. Brett sauta à bas de son cheval terrifié, qu'il conduisit aussitôt vers un abreuvoir. Se collant contre les flancs palpitants de la bête, il lui caressa l'encolure jusqu'à ce qu'elle se fût calmée suffisamment pour accepter de boire.

Son dos le faisait souffrir, et ses bras pesaient aussi lourd que s'ils eussent été de plomb. L'épuisement le menaçait. Attrapant une outre remplie d'eau, il but quelques gorgées afin de débarrasser sa bouche et sa gorge de l'odeur de la fumée, puis se versa un peu de liquide sur la tête. La lutte était loin d'être terminée, car l'incendie restait hors de contrôle.

Il regarda ses compagnons harassés, assis dans la poussière, la tête basse, frottant leurs membres douloureux. Le rugissement de ce brasier était assourdissant. Tout ce qu'ils pouvaient espérer maintenant était un changement de vent, ou l'arrivée de la pluie. Mais cela semblait très improbable.

Jenny fonçait sur l'autoroute qui la ramenait à Churinga. Impatiente d'arriver, elle trouvait le trajet interminable.

Les révélations du père Ryan résonnaient encore en elle, ressuscitant le souvenir des années passées à l'orphelinat. Toutes ces religieuses avaient menti, l'avaient privée de l'héritage qui était le sien de plein droit et avaient abusé de la confiance que son père avait placée en elles. Sans l'acharnement de Peter, déterminé à découvrir la vérité, coûte que coûte, elle eût continué à tout ignorer. Sentant la main de Diane se poser sur son bras, elle tourna les yeux vers son amie.

— Je sais combien tu dois te sentir amère, Jen. Je réagirais de la même façon que toi.

— Amère ? répéta-t-elle pensivement. À quoi cela servirait-il ? Les nonnes ont choisi d'agir ainsi, qu'y pouvons-nous ? Il faut croire qu'elles y trouvaient un avantage.

Elle eut un sourire attristé.

— Je suppose que je représentais pour elles une sorte de poule aux œufs d'or. Mais tout cela est derrière moi maintenant. J'ai enfin une identité. Et une maison. Croyez-moi, je compte bien en tirer le meilleur parti.

— Vous avez aussi une famille, Jen, dit Helen doucement. Et je sais que je parle en notre nom à tous en vous disant combien nous sommes heureux de vous y accueillir.

— En ce qui concerne le patriarche, vous vous avancez un peu, je crois ! dit Jenny en riant.

La bouche d'Helen se tordit en un rictus.

— Vous représentez pourtant tout ce qu'il a toujours désiré, un membre de la famille propriétaire de Churinga !

— Quelle ironie, n'est-ce pas ? Mais il ne mettra jamais la main dessus tant que je serai là, je vous le promets !

Helen lui serra doucement l'épaule.

— Bravo ! Je pense que la vie va devenir beaucoup plus animée avec vous dans les environs. Savez-vous que je suis heureuse de pouvoir vous appeler ma sœur ?

Jenny s'esclaffa. Elle n'avait pas encore pensé aux implications généalogiques suscitées par le fait d'être Jennifer McCauley ; mais il serait agréable d'avoir une famille, et des racines qui l'ancreraient quelque part.

— Que vas-tu faire de la maison de Sydney ?

Diane fumait cigarette sur cigarette. Totalement immergée dans ses propres émotions, Jenny n'avait pas songé, un seul instant, à quel point les dernières heures avaient dû être éprouvantes pour son amie.

— Je vais probablement la louer, ou la vendre. Après tout, je peux peindre ici aussi bien qu'ailleurs. Il y a tant de choses à mettre sur la toile ! Jamais je ne serai à court de sujets !

Sa compagne resta un moment silencieuse. Jenny savait à quoi elle pensait.

— Il me sera toujours possible de venir à la ville exposer mon travail. Et je garde mes parts de la galerie.

Diane poussa un énorme soupir de soulagement.

— Merci. Je n'aurais jamais eu les moyens de les racheter et je n'aurais pas voulu que Rufus s'en mêle et puisse intervenir dans mes affaires.

— Je n'aime pas l'aspect de ce ciel, intervint brusquement Helen en allumant la radio. Nous nous dirigeons visiblement vers de sérieux ennuis.

Jenny gara le véhicule sur la voie d'urgence, car le ronronnement du moteur couvrait la voix du speaker.

« Un feu de broussailles se répand dans la région nord-ouest de la Nouvelle-Galles du Sud aujourd'hui. Selon nos informations, il a déjà coûté la vie à six personnes, et les dégâts en animaux et en matériel s'élèveraient à plusieurs millions de dollars. Quatre foyers isolés se sont transformés en un incendie dévastateur, en raison des tempêtes électriques qui couvaient depuis quelques jours. Dans la situation de sécheresse qui est la nôtre, nous pourrions être confrontés à l'incendie le plus gigantesque qu'ait connu l'Australie. Les services de secours de tous les États du continent ont été réquisitionnés. »

Jenny remit le contact et écrasa l'accélérateur.

— Cramponnez-vous, les filles, et gare aux secousses !

Crevassant le ciel et rebondissant sur les nuages avec des crépitements furieux, les éclairs fendaient les arbres en deux et laissaient des flammes sur leur sillage, accompagnés par le roulement du tonnerre. Le vent plus frais soufflait en petites spirales qui balayaient la terre, soulevaient les flammèches et les projetaient dans l'air enfumé. Étendus sur le sol, des arbres calcinés tendaient leurs branches torturées et noircies vers les nuées, tels des bras implorant les cieux pour un peu de pluie. Mais le salut ne venait pas.

Les hommes arrivaient par centaines, de Kurrajong, de Willa Willa, de Lightning Ridge, de Wallaby Flats et d'au-delà. Ils se relayaient pour affronter le brasier, creuser des tranchées et abattre les arbres. Mais le feu, monolithe incandescent, avançait inexorablement vers Churinga. Dans la semi-obscurité luisaient des étincelles. Effleurant le tapis herbeux desséché, des particules enflammées s'en emparaient voracement. De grosses colonnes de fumée s'élevaient à la rencontre du ciel menaçant.

Les quelques animaux de Wilga encore vivants avaient été rassemblés et conduits dans les pâturages situés au nord de Churinga, mais rien ne garantissait qu'ils y fussent en sécurité. L'incendie avait déjà parcouru plus de huit cents kilomètres, et ne semblait pas vouloir se calmer.

En dépit de leurs efforts pour sauver l'habitation, les hommes n'avaient pas eu le temps d'imbiber suffisamment les planches séchées par le soleil. Brett savait que la même chose se produirait à Churinga, à moins qu'ils n'eussent le temps de tout détremper. Debout auprès de Curly et de sa famille, il voyait leur demeure se consumer. Centimètre par centimètre, le bâtiment parut se recroqueviller, jusqu'à ce qu'une seule cheminée calcinée restât debout, telle une sentinelle abandonnée.

— Sautez dans la Jeep et allez à Wallaby Flats. J'ai assez de soucis ici.

Curly serra dans ses bras sa femme et ses enfants, avant de suivre des yeux le véhicule qui disparut derrière un écran de fumée.

— Bon sang, j'espère qu'ils n'auront pas de problème, murmura-t-il.

Après avoir reniflé bruyamment, il fit demi-tour, ramassa une pelle et rejoignit ses compagnons.

Brett pensait à Jenny. Il espérait que les trois femmes se trouvaient toujours à Broken Hill. Il se doutait toutefois que dès qu'elles entendraient les nouvelles à la radio, elles prendraient le chemin du retour.

Avalant la dernière bouchée de son sandwich, il ramassa son sac de toile et sa pelle. Pesamment, il se dirigea de nouveau vers la ligne de feu. Les autres hommes n'étaient plus que de faibles ombres qui s'agitaient en pure perte devant la paroi hurlante au flamboiement monstrueux.

Jenny entra dans la cour de Kurrajong et arrêta la camionnette. Helen sauta du véhicule et se précipita vers la maison.

— James? Où es-tu? Où êtes-vous tous? cria-t-elle d'une voix rendue suraiguë par la panique.

Elle s'élança à l'intérieur, ouvrant les portes l'une après l'autre.

Jenny ne se tenait pas d'impatience. Elle voulait être au plus vite à Churinga, et la quête frénétique d'Helen la rendait plus nerveuse de minute en minute. Cependant, Diane et elle ne pouvaient abandonner leur amie.

— Ils se sont tous précipités à Wilga ! Je leur ai ordonné de rester ici et de s'occuper de leurs propres affaires, mais ils n'ont pas voulu m'écouter. Les imbéciles !

À ces mots, prononcés avec férocité, les trois femmes firent volte-face. Devant elles se trouvait Ethan Squires.

Dressé dans son fauteuil roulant, ses doigts tordus et exsangues crispés sur les accoudoirs, le vieillard les fixait avec des yeux illuminés, une tache cramoisie sur chaque joue.

— Vous feriez mieux de retourner vers votre précieux Churinga, fillette. La maison ne restera pas debout très longtemps.

Une lueur cruelle s'alluma dans son regard.

— Cela suffit, Ethan ! jeta Helen d'une voix cassante en s'approchant du patriarche, sur lequel elle se pencha. Quels sont les dégâts ? À quelle distance se trouve le feu ?

Sentant les yeux aux paupières tombantes se poser sur elle, Jenny retint sa respiration.

— Nulla Nulla et Wilga sont détruits. Le feu se dirige vers Churinga. J'aimerais être là-bas pour assister au spectacle. Oui, je donnerais n'importe quoi pour voir ça.

— Il faut que j'y aille, ils peuvent avoir besoin de moi.

Jenny se précipitait déjà vers la porte.

— Attendez, je viens avec vous, dit Helen, s'écartant de son beau-père. Rien ne me retient ici, et James est probablement déjà là-bas.

— Vous, attendez !

Le cri explosa dans le silence, les arrêtant dans leur élan. Elles se retournèrent.

Ethan pointait un doigt accusateur vers Jenny.

— Enfant de Satan ! Je sais qui tu es, je sais tout ce qui te concerne ! Tu mérites de brûler en enfer avec ton précieux Churinga !

La jeune femme entendit Diane suffoquer et sentit sur son bras la main tremblante de son amie. Paralysée par l'horreur, elle vit le vieil homme se soulever lentement, dans un effort démesuré.

— Je sais qui tu es vraiment, Jennifer McCauley ! Churinga n'a pour moi aucun secret. Il y a très longtemps que j'attends ton retour !

Son regard halluciné témoignait de son égarement, qui semblait lui insuffler une force prodigieuse. Il s'avança vers elle, en traînant pesamment les pieds, le bras tendu et tremblant de rage.

— Puisse le démon avoir le plaisir de ta compagnie. Va brûler en enfer, auprès de ta mère !

Lorsque la main du vieillard lui agrippa le bras, Jenny frissonna. Accablée par les imprécations haineuses qui jaillissaient de sa bouche, elle recula d'un pas, puis d'un autre, totalement hypnotisée.

Ethan s'écroula à ses pieds, et sa tête heurta le sol avec un bruit sourd. Roulant sur lui-même, il resta sur le dos, les lèvres relevées en un rictus qui découvrait de longues dents jaunies.

— Tu m'as trahi, Mary. Tu m'as volé ce qui m'appartenait.

Soudain, il se tut, et s'immobilisa.

Dans un silence stupéfait, elles baissèrent les yeux sur lui. Jenny se demandait comment Mary avait pu aimer un tel homme. Seules les circonstances, sans doute, pouvaient expliquer qu'il fût devenu ainsi. Si son père n'avait pas été aussi cupide, il eût épousé celle qu'il aimait, et toutes ces tragédies eussent pu être évitées.

— Je suis désolée, Jenny. À un point que vous ne pouvez imaginer.

Atterrée, Helen dominait la dépouille pitoyable d'Ethan Squires.

— Il devait être au courant depuis toujours, reprit-elle. Mais comment ? Qui aurait pu lui dire ?

La jeune femme la regarda en réfléchissant rapidement.

— Ethan s'est-il rendu à Churinga entre le départ de Finn et mon arrivée ?

Helen tortillait nerveusement un mouchoir entre ses mains.

— Il y est allé une ou deux fois, au début, dit-elle pensivement. Je me souviens que James me disait qu'il n'appréciait pas la façon dont son père fouillait partout, allant jusqu'à prendre des choses qui ne lui appartenaient pas.

Jenny contourna le corps d'Ethan et prit la main de son amie dans les siennes.

— Essayez de vous rappeler, Helen, qu'a-t-il pris exactement ?

— Il avait emporté une vieille malle qu'il a conservée dans son bureau plusieurs années. Mais un jour, il a ordonné qu'on la remporte à Churinga.

— Les journaux intimes de Mathilda se trouvaient dedans. C'est de cette façon qu'il a tout appris. Et je vous parie qu'il a replacé la malle à Churinga au moment où Peter a découvert mon histoire.

— Selon vous, il désirait que vous les lisiez ? souffla Helen, consternée.

Jenny opina de la tête.

— Il savait que, si l'on m'avait retrouvée, Churinga ne serait jamais à lui. C'était son dernier acte de dépit.

— Mon Dieu, comment peut-on être aussi malfaisant ? Mais comment était-il au courant pour Peter ?

Tout en prononçant ces mots, Helen fronça les sourcils et mit soudain une main devant la bouche.

— Andrew ! Andrew se chargeait d'espionner pour lui !

— Nous ne pouvons en être sûres, répliqua Jenny d'un ton sec. Mais cela ne me surprendrait pas du tout.

Elle regarda par la fenêtre. Le ciel sombre semblait bouillonner au-dessus de la tempête.

— Tout ce que je souhaite maintenant, c'est de retourner vers Brett et Churinga. Vous venez avec moi ?

Helen fit un signe affirmatif.

La lumière du jour avait disparu. Bien que les hommes fussent épuisés, l'incendie continuait à faire rage. Il était impossible d'apercevoir le moindre bout de ciel, mais la terre était éclairée par la lueur écarlate du brasier menaçant qui avançait inexorablement sur Churinga. Les hommes avaient emmené le troupeau de moutons et le reste du cheptel jusqu'au trou d'eau situé derrière le mont Tjuringa, où les arbres restaient verts, grâce à l'humidité maintenue par les sources souterraines. Là se trouvait leur seul espoir de sauver les animaux.

Des camions de pompiers étaient arrivés de partout, mais l'eau étant rare, les pompes s'étaient rapidement révélées inutiles. Les hommes n'avaient d'autre ressource que de lutter contre les flammes à l'aide de sacs de toile, de branches et de tout ce qui leur tombait sous la main. Ils déterraient le scrub, abattaient les arbres et écrasaient de leurs bottes les fleurs du petit cimetière et les légumes du potager. Une chaîne ininterrompue transportait des seaux d'eau du ruisseau jusqu'à la maison, où ils étaient lancés sur les murs de bois désespérément secs.

Pendant ce temps, le feu dévastait les paddocks et s'acheminait de plus en plus sûrement vers l'habitation.

Brett se précipita vers le bâtiment. Il ouvrit la porte et poursuivit Ripper, qui se réfugiait dans la chambre à coucher. Après l'avoir déposé sur les sièges du camping-car de Diane, il retourna à l'intérieur pour voir ce qu'il pourrait sauver.

Il arracha le poste émetteur-récepteur et le rangea à l'arrière du véhicule, avec le paquet de peintures qui avait visiblement été préparé pour être emporté. Il prit également quelques vêtements des deux femmes. Soudain, il aperçut la robe ravissante que Jenny avait portée le soir du bal. Ne pouvant se résigner à la laisser détruire, il l'ajouta aux autres habits. Les journaux intimes gisaient, éparpillés sur le lit. Après un moment d'hésitation, il décida de les laisser. Le destin déciderait de leur sort.

Une dernière fois, il s'élança dans la maison. Le linge précieux et les couverts d'argent, qui étaient à Churinga depuis très longtemps, avaient trop de valeur pour être sacrifiés. Il installa le tout dans le camping-car et se dirigea vers Clem, qui était adossé à la barrière depuis quelques minutes, buvant du thé.

— Emmène ce véhicule jusqu'à Wallaby Flats, et assure-toi qu'il est bien fermé avant de le laisser là-bas, dit-il en lui tendant les clefs. Dépose le chiot au pub.

— Je ne peux quand même pas quitter les copains et partir me pavaner à Wallaby Flats, Brett !

— Tu fais ce que je te dis, mon vieux. D'autres personnes vont arriver, et tu es trop fatigué pour nous être vraiment utile.

Il se détourna pour couper court à toute discussion et s'éloigna à grands pas.

Au moins, Jenny aura quelques souvenirs de Churinga, se dit-il en voyant le camping-car disparaître sur la route. *Car si j'en crois la tournure des événements, la maison est perdue*.

La plus grande partie des hommes, qui étaient debout depuis plus de trente-six heures et n'avaient dormi que par intermittence, poursuivaient le combat. Le vent était tombé, offrant ainsi une chance de faire dévier le feu avant qu'il n'atteignît la bâtisse. Ce seul espoir suffisait à leur insuffler la volonté de ne pas abandonner la lutte.

Soudain, une étincelle jaillit d'un poivrier et retomba dans la véranda. En quelques secondes, elle se transforma en une torche mugissante.

— Faites la chaîne, hurla Brett, tandis que le brasier s'enflait et commençait à lécher les murs.

Il entendit le verre exploser. La chaleur avait atteint une telle intensité qu'il était pratiquement impossible de s'approcher suffisamment des flammes pour les étouffer. Le seul moyen de contenir le feu était de l'isoler dans la cour. Les hommes avaient déjà démantelé le bungalow des apprentis et deux granges ; il leur fallait maintenant humidifier suffisamment le reste des bâtiments pour que l'incendie ne pût atteindre ni les entrepôts, ni les garages. Le fourrage pour l'hiver, l'essence, le pétrole, les bouteilles de gaz et les machines remplies de carburant risquaient d'aggraver considérablement la situation.

Brett regardait la maison avec désespoir. Il leva les yeux et se dit qu'il ne lui restait qu'une ultime chance de sauver Churinga de la destruction complète : utiliser les réservoirs d'eau qui se trouvaient sur le côté de l'édifice.

S'écartant de la chaîne, il rassembla quelques hommes et leur expliqua ce qu'il attendait d'eux. Armés de cordes et de poulies, le petit groupe s'avança vers la fournaise.

Il fallait être complètement fou pour se lancer dans cette entreprise, il le savait. Alors, pourquoi se donner tant de mal puisque, de toute façon, ce domaine ferait bientôt partie de Kurrajong ? Tout simplement parce qu'il se sentait absolument incapable de voir l'habitation se réduire en cendres sans agir. Toutefois, il n'était pas question de demander aux autres de risquer leur vie pour elle.

Saisissant les cordes, il se dirigea vers la citerne la plus proche. L'air brûlant qui lui sauta au visage le fit reculer.

Trempant un chiffon dans un seau d'eau, il l'enroula autour de sa tête, prit une profonde inspiration et fonça droit devant lui. En toute hâte, il attacha la corde autour du réservoir et s'échappa précipitamment.

— Tirez, les gars ! hurla-t-il. Tirez ! Plus fort !

Il tira lui aussi, jusqu'à ce que la citerne s'ébranlât sur ses pilotis et basculât sur le toit de la maison. Des centaines de litres d'eau se déversèrent sur le bois qui commençait à se consumer et sur la tôle ondulée, chauffée au rouge. Les vitres explosèrent et le bois éclata, mais l'eau avait suffisamment atténué les flammes pour qu'il pût courir vers la deuxième réserve.

De nouveau, il imbiba d'eau son turban improvisé et le noua autour de sa tête, avant d'emplir lentement ses poumons et de s'élancer dans les débris incandescents. Sifflements et craquements s'échappaient de ce qui restait de Churinga. La corde lui brûlait les paumes, la fumée chargée de cendres l'étouffait et lui piquait les yeux. Un instant, il revint jusqu'à l'air plus respirable, pour aider ses compagnons à tirer.

Quelques centaines de litres supplémentaires ruisselèrent sur la maison et dans la cour. Le bois des pans de murs encore debout aspirait goulûment le liquide, comme du papier buvard. Réprimées, les flammes s'élevaient plus timidement sur le sol détrempé.

Mais le corps principal de l'incendie se rapprochait, au paroxysme de sa fureur, en dépit de l'étendue des distances traversées.

Une autre citerne, encore quelques centaines de litres d'eau. La terre devenait boueuse. Dans la fournaise aveuglante se mêlaient les odeurs de cheveux roussis, de transpiration, d'eucalyptus brûlés et de cendre. L'espace semblait rempli de cris d'animaux terrorisés, de flammes hors de contrôle et d'hommes en train de hurler.

Jenny aperçut le camping-car au loin. Elle voyait également, sous d'immenses colonnes de fumée, la lueur orange vif qui transformait le jour en nuit macabre. Sachant ce que cela signifiait, elle arrêta brusquement le véhicule et en sortit. La voyant s'approcher, Ripper sauta par la portière pour se jeter dans ses bras.

Jenny serra contre elle le chiot qui se tortillait.

— Quelle est la situation, Clem ? Où est Brett ? Est-ce qu'il va bien ?

— Elle n'est pas bonne, madame Sanders, répondit-il, une expression d'inquiétude sur son visage noirci, presque méconnaissable. Brett est avec les autres. Je devrais y être aussi, mais il m'a demandé d'emporter ce qui est là-dedans à Wallaby Flats.

— Oubliez ça, Clem, dit-elle fermement. Vous retournez là-bas si c'est ce que vous voulez.

Il ne se le fit pas dire deux fois. Tandis que Jenny remontait dans la camionnette, il exécuta un virage en épingle à cheveux et repartit d'où il venait.

— Attache Ripper au siège, Diane. Brett a des ennuis et je ne veux pas avoir à m'inquiéter d'autre chose.

— Alors, tu as de nouveau décidé qu'il t'intéressait ? railla Diane, hurlant pour couvrir le ronronnement du moteur. Ce n'est pas trop tôt !

Déroulant l'écharpe qui lui servait de turban, elle attacha Ripper à la barre métallique qui se trouvait derrière son siège.

— Et vos futurs enfants, Jen ? Ne crois-tu pas que tu devrais consulter un spécialiste avant de fricoter avec lui ? poursuivit-elle, cramponnée au tableau de bord.

Jenny serra les doigts sur le volant ; elle avait eu la même pensée.

— J'ai eu Ben, et c'était un bébé parfait. Pourquoi ne pourrais-je pas avoir d'autres enfants normaux et en bonne santé ?

— Très juste, intervint Helen. En fait, il n'y avait pas d'inceste au sens biologique du terme entre Mervyn et Mathilda. À mon avis, les risques sont très limités.

Jenny enfonça la pédale de l'accélérateur. Pourvu qu'elle n'arrivât pas trop tard !

Elle gara enfin la Jeep près du ruisseau et faillit tomber du véhicule dans sa hâte de se précipiter vers Brett.

— Je reste ici, proposa Diane, se glissant à la place du conducteur. Mieux vaut garder un œil sur la camionnette s'il faut dégager en vitesse !

— Je vais à la recherche de James. Bonne chance, Jenny, lança Helen qui s'élança vers le groupe rassemblé devant la maison.

Mais la jeune femme ne l'entendit pas. Son attention était fixée sur l'homme qui fonçait au cœur des flammes avec une corde, qu'il attachait autour d'une citerne. Elle aurait reconnu cette silhouette n'importe où, en dépit de la chemise mouillée qu'il s'était nouée autour de la tête.

Mais pourquoi prenait-il de tels risques ?

Le voyant disparaître dans le brasier, elle leva les doigts jusqu'à ses lèvres et se mit à prier spontanément. Elle murmurait des mots qu'elle croyait oubliés depuis longtemps, implorant le ciel d'épargner la vie de l'homme qu'elle aimait.

Car le perdre maintenant signifierait que la malédiction de Churinga se poursuivait et que jamais elle ne pourrait envisager d'y vivre.

Des mains noircies s'agglutinaient pour l'aider à tirer sur les cordes. D'autres mains pressaient en hâte des serviettes humides sur les étincelles qui parsemaient ses cheveux et ses vêtements. Ses poumons étaient sur le point d'éclater et sa peau le brûlait. Mais Brett savait qu'il lui fallait rassembler ses dernières forces pour faire basculer la seule citerne encore debout.

Il entra dans l'enfer ardent et enroula fermement la corde autour du vaste réservoir.

Quelque chose de froid tomba sur son bras. Alors qu'il levait les yeux, se demandant si le récipient géant avait commencé à basculer, il sentit d'autres gouttes rafraîchir son visage brûlé.

La corde lui échappa des doigts et il recula de quelques pas, secoué par un rire incrédule. C'était la pluie. La pluie bénie. La pluie salvatrice. Enfin.

Il rejoignit les autres. Bras étendus, bouche ouverte, ils accueillaient l'eau bienfaisante qui soulageait leur peau, la libérant de la poussière et de la sueur.

Sous le déluge, les flammes sifflaient. En quelques instants, le feu devint rampant, telle une bête géante blessée se traînant sur le sol. Tout à coup, il s'éteignit.

Brett ferma les paupières et sentit des larmes couler sur son visage.

Soudain, des bras se glissèrent autour de son cou et un torrent de baisers lui inonda le front, les joues et les lèvres. Ouvrant les yeux, il contempla les traits magnifiques, noircis par la fumée, qu'il avait cru ne jamais revoir. Il serra la jeune femme contre lui, décidé à ne plus jamais la laisser s'échapper.

— Oh, Jenny, chuchota-t-il. Ma belle, ma précieuse Jenny.

— Je pensais que vous alliez périr dans les flammes ! Brett, je vous aime. Je vous ai toujours aimé. Ne me quittez pas ! N'abandonnez pas Churinga !

Il lui releva le menton du doigt et sourit, ses propres larmes se mêlant aux gouttes de pluie.

— Je pensais que vous alliez épouser Charlie !

Il lui fallait être sûr qu'il ne rêvait pas.

— Charlie ? répéta-t-elle en rejetant la tête en arrière, avec un rire attendri. Ce vieux beau de Charlie ? Alors que je n'aime que vous ?

En dépit de l'averse violente, il resserra son étreinte et l'embrassa.

— Je vous aime, Jen. Si vous saviez combien je vous aime, chuchota-t-il contre sa bouche.

De joyeux hourras retentirent soudain. Tels des somnambules brusquement tirés du sommeil, ils ouvrirent les yeux sur le groupe d'hommes aux visages couverts de suie qui les acclamaient. Main dans la main, un sourire confus sur les lèvres, ils attendirent que les applaudissements et les souhaits de bonheur se fussent tus. Dès que l'assemblée s'éparpilla, Jenny entraîna Brett à l'arrière des ruines fumantes de la maison.

Dans le cimetière inondé, les monticules étaient presque entièrement recouverts par les débris de l'habitation. La barrière avait perdu sa couleur blanche et les croix, déchiquetées, traînaient dans la boue.

Brett, intrigué, la regarda marcher avec précaution jusqu'à la plus grande pierre tombale. Elle lui fit signe de venir auprès d'elle.

— Le vieux Churinga est mort, Brett. Les journaux, les souvenirs, le passé. Je sais maintenant pourquoi ces mots figurent sur la tombe. Mais le feu a tout nettoyé, les fantômes ont enfin trouvé le repos, et la musique s'est arrêtée. La dernière valse de Mathilda nous a donné la chance de tout recommencer. Un jour, je vous expliquerai, mais maintenant, j'ai besoin de savoir si vous ferez partie de ce nouveau départ.

— Vous savez bien que oui, murmura-t-il, en glissant un bras autour de ses épaules.

Ensemble, ils se retournèrent et lurent les mots que Finn avait douloureusement gravés sur la stèle :

Ici repose Mathilda McCauley
Amante, sœur, épouse et mère
Que Dieu nous pardonne.

Jane Austen
RAISON ET SENTIMENTS

Injustement privées de leur héritage, Elinor et Marianne Dashwood sont contraintes de quitter le Sussex pour le Devonshire, où elles sont rapidement acceptées par la bourgeoisie locale, étriquée et à l'hypocrisie feutrée.

L'aînée, Elinor, a dû renoncer à un amour qui semblait partagé, tandis que Marianne s'éprend bien vite du séduisant Willoughby. Si Elinor, qui représente la raison, dissimule ses peines de cœur, sa cadette étale son bonheur au grand jour, incapable de masquer ses sentiments.

Jusqu'au jour où Willoughby disparaît…

Publié en 1811, Raison et Sentiments *est considéré comme le premier grand roman anglais du XIXe siècle. L'avant-propos éclairant d'Hélène Seyrès permet de replacer dans son contexte ce classique de la littérature, dont l'auteur a influencé nombre d'écrivains majeurs, tels Henry James, Virginia Woolf ou Katherine Mansfield.*

ISBN 978-2-35287-017-3 / H 50-3876-5 / 448 pages / 7,20 €

John Jakes
CHARLESTON

Une ville, Charleston, en Caroline du Sud, de la déclaration d'Indépendance, en 1779, à sa destruction, lors de la guerre de Sécession, en 1865…

Une famille, les Bell, partagée entre soif d'argent et valeurs morales. Un clan parti de rien, qui deviendra l'un des plus influents du Sud…

Une lutte, celle d'Edward Bell, 21 ans, avec son frère aîné, Adrian, qui lui a pris sa bien-aimée…

Dans un monde de calculs et d'intrigues, l'innocence et la pureté d'un amour se retrouvent confrontées aux pulsions dévastatrices des hommes.

Le destin des héros de *Charleston* est à l'image du rêve américain qui prend corps : épique.

*Né à Chicago en 1932, **John Jakes** est, avec James Michener, le maître du roman historique américain. Son œuvre la plus célèbre, la trilogie* Nord et Sud, *s'est vendue à plus de dix millions d'exemplaires dans le monde et a été adaptée en feuilleton à la télévision.*

« Une fiction historique bouillonnant de personnages attachants : lâches et patriotes, aristocrates et abolitionnistes, esclaves et hommes libres. »
Planète Québec

ISBN 2-35287-000-3 / H 50-3860-9 / 672 pages / 8,50 €

*Cet ouvrage a été composé
par Atlant'Communication
aux Sables-d'Olonne (Vendée)*

*Impression réalisée par Liberduplex
pour le compte des Éditions Archipoche.
en mars 2008*

Imprimé en Espagne
N° d'édition : 24 – N° d'impression :
Dépôt légal : janvier 2007